Catherine Ryan Hyde
Wohin wir gehören

Das Buch

Die vierzehnjährige Angie kümmert sich rührend um ihre kleine autistische Schwester Sophie. Deren stundenlange laute Schreie machen es jedoch fast unmöglich, längerfristig eine Wohnung zu behalten.

Erst als sie als ungeliebte Untermieter bei ihrer Tante Vi die Deutsche Dogge Rigby als Nachbarin bekommen, findet Sophie etwas Ruhe. Der Kontakt zu der großen schwarzen Hündin beendet die ewigen Schreiattacken und macht so auch Angies Leben einfacher. Hinzu kommt ihre Bekanntschaft mit Rigbys Besitzer Paul Inverness, in dem das vaterlose Mädchen trotz der fünfzig Jahre Altersunterschied so etwas wie einen Seelenverwandten findet.

Doch dann ändern sich die Dinge, und Angies Welt droht erneut zusammenzubrechen.

Die Autorin

Die mehrfach ausgezeichnete amerikanische Autorin Catherine Ryan Hyde hat bislang knapp 30 Bücher veröffentlicht. Auf Deutsch von ihr erschienen sind neben weiteren Titeln »Als ich dich fand«, »Wir kommen mit« und »Der Klang der Pferdehufe«.

Ihr bekanntester Roman »Das Wunder der Unschuld« wurde in mehr als 23 Sprachen übersetzt und unter dem Titel »Das Glücksprinzip« mit Kevin Spacey und Helen Hunt verfilmt.

Neben dem Schreiben ist Catherine Ryan Hyde auch als Referentin tätig und stand bereits dreimal zusammen mit Bill Clinton als Rednerin auf dem Podium.

Catherine Ryan Hyde unternimmt gerne Wanderungen und Reisen und ist eine große Hobbyfotografin.

CATHERINE RYAN HYDE

Wohin wir gehören

ROMAN

Aus dem Amerikanischen
von Ute-Christine Geiler und Birte Lilienthal

Die Originalausgabe erschien 2013 unter dem Titel »Where We Belong«
im Selbstverlag.

Deutsche Erstveröffentlichung bei
Tinte & Feder, Amazon Media EU S.à r.l
5 Rue Plaetis, L-2338, Luxembourg
März 2016
Copyright © der Originalausgabe 2013
By Catherine Ryan Hyde
All rights reserved.
Copyright © der deutschsprachigen Ausgabe 2016
By Ute-Christine Geiler und Birte Lilienthal

Die Übersetzung dieses Buches wurde durch AmazonCrossing ermöglicht.

Umschlaggestaltung: bürosüd⁰ München, www.buerosued.de
Umschlagmotiv: © Ricky John Molloy / Getty; © www.buerosued.de
Lektorat: Agentur Libelli GmbH
Printed in Germany
By Amazon Distribution GmbH
Amazonstraße 1
04347 Leipzig, Germany

ISBN: 978-1-503-93673-7

www.tinte-feder.de

Teil 1

Der Teil, als ich erst vierzehn war

KAPITEL 1

ÄR

Als ich sieben war, hatte ich zweiundzwanzig Päckchen Spielkarten. Zweiundzwanzig. Und dabei habe ich damit nie Karten gespielt. Nicht ein Mal. Das ist langweilig.

Meine Karten waren zum Bauen, nicht zum Spielen.

Es begann mit dem Kartenhaus, mit dem mein Dad mir gezeigt hat, wie man eins baut, als ich sechs war, genau bevor er die Hand in seine Hemdtasche steckte und merkte, dass er keine Zigaretten mehr hatte. Und dann ging er aus dem Haus, um sich im Laden an der Ecke welche zu kaufen, und wurde ermordet. Wegen seiner Armbanduhr, seines Portemonnaies und seines Eherings. Die Uhr war eine billige Timex und der Ring nur aus Silber und dünn. Und er hatte nie viel Bargeld bei sich, weil er nie viel besaß.

Ich habe die Kartenhäuser gemeistert und mit Kartenhochhäusern weitergemacht, Kartenwohnanlagen, Kartenranches, Kartenpalästen. Es ist eine Menge Arbeit für etwas, das am Ende doch immer einstürzen wird. Aber so ist es schließlich mit allem im Leben. Stimmt's?

Nehmen Sie meinen Dad. Er wollte mir gerade den perfekten Augenblick zeigen, wenn das Haus richtig groß wird, wenn man beim dritten Stock oder so ist und man bei jeder Karte, die man hinzufügt, den Atem anhält. Dann muss man warten. Man denkt, es fällt sofort zusammen, wenn es das denn tun wird, aber das stimmt nicht. Es gibt da diese seltsame kleine Pause, als wenn die Zeit stehen bliebe. Diese Pause ist es gewesen, die mich dabei gehalten hat, Kartenhäuser zu bauen. Nur diese Pause.

»Ich werde ehrlich sein, Angie«, sagte mein Dad. »Das weckt den Spieler in mir.«

Aber bei ihm brauchte nichts den Spieler zu wecken. Er war einer. Das war immer klar.

Und genau nachdem er das gesagt hatte, steckte er die Hand in die Tasche.

Jetzt habe ich keine Spielkarten mehr. Ich habe sie alle weggeworfen, nachdem meine Schwester Sophie kam. Nicht direkt danach. Weil … Sie wissen schon. Sie war in der Wiege und so. Und selbst als sie anfing, überall herumzukrabbeln, sah es so aus, als sei alles okay mit ihr. Und dann war es das auf einmal nicht mehr. Es ist schwer, genau den Punkt zu bestimmen, an dem wir wussten, dass es nicht so war. Vermutlich eine ganze Weile früher, als wir es laut sagten.

Danach habe ich schnell gelernt, besser nie wieder empfindliche oder leicht kaputt zu machende Sachen herumliegen zu lassen.

Aber egal, welchen Unterschied macht es schon? Jetzt, da ich vierzehn bin, ist unser ganzes Leben ein Kartenhaus. Hinstellen. Warten. Aufatmen. Oder eben nicht.

Mit echten Karten fand ich es besser. Mir gefiel es, wie man sie einfach mit einer Hand zusammenschieben und hochnehmen konnte, wieder von vorne anfangen. Alles auf der Welt ist einfacher aufzuräumen als das eigene verdammte Leben.

***

Es war unser erster ganzer Tag bei Tante Violet, und als ich aufwachte, fragte ich mich, ob es auch unser letzter sein würde. Es kann jeden Tag passieren. Man denkt, man weiß, an welchen es am ehesten so weit ist, aber es stellt sich heraus, dass das nicht stimmt.

Außerdem sah das hier nicht gut aus.

Es war ein Freitag, und ich hätte in der Schule sein sollen, außer dass ich jetzt in eine neue Schule musste und meine Mom gesagt hatte, wenn sie mich Montag da anmelden würde, wäre das früh genug, was in Wahrheit hieß, dass sie mich heute als Babysitter für Sophie brauchte, während sie sich auf die Suche nach einem Job machte.

Wir saßen am Frühstückstisch und aßen Toaster-Waffeln, Sophie und ich und Tante Vi. An dem alten Resopal-Tisch mit den Glitzerpunkten, wie von Menschenhand gemachte Sterne. Diese Punkte faszinierten Sophie. Sie aß ihre Waffel mit der linken Hand und tippte mit der Fingerspitze wieder und wieder auf diese Glitzerpunkte. Mit einem kleinen Grunzlaut bei jedem Aufkommen.

Ihr Haar musste gebürstet werden. Das war vermutlich mein Job, aber ich drückte mich davor. Vorgeschobener Grund: weil meine Mom es mir nicht ausdrücklich aufgetragen hatte. Und der echte Grund: weil es blöd ist.

Tante Vi beobachtete sie auf eine Weise, bei der es mir schwerfiel, zu atmen.

Tante Violet war nicht wirklich unsere Tante. Sie war Moms Tante, weshalb sie unsere Großtante war, und das auch nur angeheiratet. War sie dadurch eigentlich überhaupt eine echte Tante von unserer Mom? Vermutlich schon, da es so was wie eine Schwiegertante ja gar nicht gibt. Ich wusste das nicht, und es war auch egal. Das, was ich wusste, und das, worauf es ankam, war: Wir waren nicht blutsverwandt. Wodurch es viel leichter wäre, uns vor die Tür zu setzen.

»Nach was für einer Arbeit sucht deine Mom?«, fragte Tante Vi. Sie wandte den Blick nicht von Sophie, wodurch es so wirkte, als fragte sie Sophie. Aber das war natürlich unmöglich.

»Sie würde wirklich gerne eine Stelle als Bedienung in einem Diner finden«, antwortete ich. Sophies Grunzlaute wurden zu unangenehmem Quieken, das mir in den Ohren wehtat. Ich konnte sehen, wie Tante Vi jedes Mal zusammenzuckte. Das Tippen auf die Glitzerpunkte ging allmählich in ein Fuchteln mit den Armen über. Ich redete darüber hinweg, so gut es ging. »Weil das Trinkgeld wirklich toll ist. Und ich könnte auf Sophie aufpassen, während sie ...«

»Kann man dafür sorgen, dass sie damit aufhört?«, kreischte Tante Vi. Plötzlich und mit zu schriller Stimme. Und irgendwie verzweifelt. Als ob sie schon die ganze Zeit kurz davor gestanden hätte, damit rauszuplatzen.

Was ich gewusst hatte. Was ich gespürt hatte. Aber ich hatte mir eingeredet, es sei nicht so schlimm, wie ich dachte, hatte mir das auch halb geglaubt, und halb nicht. Onkel Charlie war erst vor ein paar Monaten gestorben, und Tante Violet war in nicht allzu guter Verfassung.

Eine merkwürdige Stille folgte, die in Wahrheit gar keine Stille war, weil Sophie mit ihrem Krach nicht aufhörte. Es waren nur Tante Vi und ich, die still waren und nichts sagten. Fragen Sie mich nicht, wie sich der ganze Lärm wie eine unbehagliche Stille anfühlen kann. Aber das kann er. Und das tat er auch.

Tippen.

»Nein, Ma'am. Ich glaube nicht, dass sie in der Lage ist, damit aufzuhören.«

Warten.

Tante Vi seufzte.

Ich atmete auf.

»Es ist nur, dass ich nicht mehr ich selbst bin, seit Charlie gestorben ist. Es ist, wie krank zu sein. Du denkst, du kannst aufstehen und Sachen machen, aber dann ist man doch schwächer, als man dachte. Du weißt doch, wenn man krank ist, kann man manchmal einfach überhaupt nichts leiden? Alles, was man tun kann, ist krank sein.«

Ich wusste, was sie meinte, auch wenn ich mich fragte, ob »leiden« hier das richtige Wort war.

»Es tut mir wirklich leid wegen Onkel Charlie. Er war ein netter Mann, und ich mochte ihn sehr gerne.«

Tante Vis Gesicht erstarrte einen Sekundenbruchteil oder zwei. Dann verzog es sich, und sie begann zu weinen. Und ich fühlte mich schrecklich, weil ich genau das Falsche zu ihr gesagt hatte.

Sie schoss vom Tisch hoch. Ich hatte gar nicht gewusst, dass eine alte Frau so flink sein konnte.

»Ich muss mich hinlegen«, erklärte sie.

Allerdings waren wir gerade erst aufgestanden. Aber ich sagte nichts.

»Möchtest du Ohrstöpsel?«

Ich griff in meine T-Shirt-Tasche und hielt sie ihr hin. Diese leuchtend blauen Bällchen. Nicht aus Schaumstoff. Schaumstoff-Ohrstöpsel helfen nicht viel. Na ja. Sie helfen nicht genug. Die hier waren aus Bienenwachs gemacht und irgendeiner Faser oder so. Ich hielt sie ihr hin, aber sie hatte uns schon den Rücken gekehrt und eilte davon.

Sie blieb an der Küchentür stehen und drehte sich um. Sie hatte einen Hauskittel an, der über und über mit rosa Blümchen bedruckt war. Er hatte schon bessere Tage gesehen. Die rosa Blümchen verblassten bereits. Waren kaum noch zu erkennen. Sie hielt sich am Türrahmen fest, als sei das Haus eben mit einem Eisberg kollidiert.

Sie trug immer Make-up. Sogar mit dem scheußlichen alten Hauskittel. Ich fragte mich, was sie glaubte, wem es auffallen würde oder wen es interessierte. Nun ja. Mir fiel es auf. Ich fragte mich vor allem, wen es interessierte.

Ich stand einfach da, mit ausgestreckter Hand. Wie der letzte Idiot. Ich machte eine Handbewegung zu den Ohrstöpseln. So beruhigend. So sicher. So eine gute Lösung. Konnte sie das nicht erkennen?

Sie schüttelte den Kopf heftig. »Ich werde mich einfach hinlegen.«

»Nein, warte – bleib hier, Tante Vi. Wir gehen einfach raus.«

Sie stand bloß da, hielt sich fest, als hinge ihr Leben davon ab. Wollte vermutlich sehen, wie ich Sophie dazu brachte, irgendwohin zu gehen.

Ich steckte mir die beiden letzten Stückchen Waffel gleichzeitig in den Mund. Brachte meinen Teller zur Spüle. Dann schlich ich mich von hinten an Sophie an und nahm ihr die halb gegessene Waffel aus der linken Hand.

Sie schrie.

Ich hielt die Waffel hoch wie eine Karotte am Stiel, gerade außerhalb ihrer Reichweite. Ich wusste, sie würde mir durch die Tür ins Freie folgen.

»Ich geb's dir zurück, wenn wir draußen sind.«

Ich wusste nicht, ob Sophie es überhaupt verstand, wenn ich ihr etwas sagte. Ich wusste nicht mal, ob sie zuhörte. Ich sagte es vor allem für Tante Vi. Damit sie nicht dachte, ich sei ohne Grund gemein zu Sophie. Oder vielleicht wäre es ihr auch egal. Vielleicht war es nur mir nicht egal.

Ich schaute zu Tante Vi, als wir an der Hintertür ankamen. Fing ihren Blick auf, ohne es gewollt zu haben.

Wartete.

»Du weißt nicht, wie es ist«, sagte sie. »Wie schwer alles ist, wenn man gerade erst jemanden verloren hat.«

Mein Gesicht wurde ganz heiß, was immer der Fall ist, wenn ich wütend werde. Ich werde leicht wütend, aber ich tue dann nichts damit. Ich lasse es nicht einfach raus. Wenn ich sage, dass ich wütend bin, fange ich an zu weinen, was so unglaublich unfair ist. Es ruiniert alles. Daher sage ich es nicht.

Sophie rammte mich in die Seite und prallte zurück, wieder und wieder. Vermutlich wollte sie mich dazu bringen, die Waffel fallen zu lassen. Es tat weh, aber ich schenkte dem nur meine halbe Aufmerksamkeit.

Ich fand, es war gemein, so was zu mir zu sagen. Gedankenlos, wissen Sie?

Ich zog Sophie mit mir durch die Küchentür auf die hintere Veranda, knallte sie hinter uns zu.

Und gab meiner Schwester die Waffel zurück.

Und atmete nicht.

Oder nicht viel.

* * *

Ich lag auf einem weißen Plastikliegestuhl, und die Sonne brannte auf mich herab, auf einer Rasenfläche voller gelber Flecke, überall da, wo die Hündin hingepinkelt hatte. Sie war auch nicht mehr da, war zwei Wochen vor Onkel Charlie gestorben, was zum Teil der Grund für Tante Vis schlechte Verfassung war. Ich hatte die Hündin gemocht. Sie hatte Beulah geheißen, war ein fetter Basset mit Arthritis gewesen. Sie hatte gesabbert, war aber lieb gewesen.

Sophie hatte Beulah nie leiden können. Sophie konnte überhaupt keine Hunde leiden. Und Katzen auch nicht. Genau genommen, musste man jede Sekunde auf sie aufpassen, weil sie versuchen würde, sie zu treten oder zu schlagen, auch wenn sie ihr überhaupt nichts getan hatten. Ein Hund, den sie mal vor einem Supermarkt gesehen hat, war zu nett, um sich zu wehren, und ich musste dazwischengehen und die Situation retten, und am Ende war ich es, die gebissen wurde.

Ich schaute hoch, wollte wissen, warum Sophie so still war. Sie lag dicht an dem Maschendrahtzaun auf der einen Seite von Tante Violets Garten auf dem Bauch. Eigentlich sah sie wie ein Hund aus, wie sie da im Gras ruhte. Wie ein Hund in Sphinx-Position daliegen würde. Sie stützte das Kinn auf die Handrücken, als seien es Pfoten. Ihre Nase hatte sie durch die Maschen des Zaunes gesteckt. Auf der anderen Seite des Drahtgeflechts war der größte Hund überhaupt. Eine völlig schwarze Deutsche Dogge mit kupierten Ohren, aufrecht und ganz spitz. Ich denke, das sollte man Hunden nicht antun, aber das war jetzt völlig belanglos. Wenn ich raten müsste, würde ich schätzen, dass sie knapp neunzig Kilo schwer war. Das Tier lag in exakt der gleichen Position wie Sophie da. Seine Nase war vielleicht zehn Zentimeter von ihrer entfernt. Sie war das Einzige an ihm, was nicht schwarz war. Die Schnauze war grau.

Ich setzte mich auf. »Hm«, sagte ich laut, obwohl außer mir niemand da war, um mich zu hören. Dann rief ich: »Sophie, geh da weg«, weil ich dachte, sie würde dem armen Hund ein unberechtigtes Gefühl von Sicherheit vermitteln.

Aber ... wie schon zuvor erwähnt, ich wusste nicht mal, ob sie es gehört hatte oder nicht. Oder gehört hatte, aber sich einfach nicht darum kümmerte. Oder sich gar nicht drum kümmern konnte, denke ich, sollte ich sagen.

Ich dachte eine oder zwei Minuten nach. Sie konnte nicht durch den Zaun fassen – oder wenigstens nicht weit. Der Hund war nicht angebunden oder so. Sicher war er klug genug, auszuweichen, wenn es nötig wurde. Und er war drei- oder viermal so schwer wie sie. Wollte ich wirklich mein Leben riskieren und sie holen gehen? Ich konnte immer zur äußersten Notmaßnahme greifen, die daraus bestand, sich von hinten an sie heranzuschleichen, eine Decke über sie zu werfen wie ein Netz, aber ich versuchte, diese Methode nur sehr sparsam einzusetzen. Außerdem wurde ich meist so oder so übelst getreten.

Ich entschied, dass der große alte Hund auf sich selbst aufpassen konnte. Aber nur wegen des Zauns. Ohne diesen Zaun hätte ich seine Chancen anders eingeschätzt.

Immer wieder schaute ich hin, um zu sehen, wie es ging.

»Wag es nicht, ihm wehzutun«, sagte ich. Vielleicht viermal.

Aber keiner von beiden rührte sich.

Ich dachte wieder daran, dass ich ihr das Haar bürsten sollte, aber ich konnte mich nicht dazu bringen, sie zu stören, wo es gerade so gut lief. Es wäre leichter gewesen, wenn meine Mom es kurz geschnitten hätte, so wie bei mir, aber sie liebte Sophies Haar, und ich konnte ihr daraus keinen Vorwurf machen. Es hatte die Farbe von Mahagoni, das satte Braun mit roten Lichtern darin, die die Sonne zum Vorschein brachte. Und in natürlichen Ringellöckchen. Sie war ein wirklich überaus hübsches Kind, mehr, als ich es je sein würde. Meine Mom redete immer von diesem Haar und diesen wunderschönen grünen Augen, als merkte sie gar nicht, dass ich auch noch da war. Inzwischen redete sie allerdings weniger von den wunderschönen grünen Augen, da Sophie uns seit Jahren nicht mehr direkt angesehen hatte.

Ich seufzte und versuchte, all das zu verdrängen.

Nach einer Weile hörte ich auf einmal Sophie schreien, dieses schreckliche besondere Sirenengeheul. Unsere Mom nennt es Klagelaut, aber ich habe schon andere Leute Klagelaute von sich geben gehört, und ich muss Ihnen sagen, das hier ist schlimmer. Ich setzte mich wieder auf und sah, dass der Hund aufgestanden und von dem Zaun zu seinem Wassernapf getrottet war, wo er etwas trank. Er hob seinen Kopf und schaute mich an, und ich schaute zurück. An beiden Seiten lief ihm Wasser aus dem Maul.

Ich griff in meine Tasche, um die Ohrstöpsel herauszunehmen.

Ich will nicht, dass das kaltherzig klingt, einfach die Stöpsel rein und sie schreien lassen. Es klingt so, als sei es mir egal, dass sie heult. Aber das ist es nicht. Es ist mir alles andere als egal. Es gibt nur nichts, was ich tun könnte. Nichts. Niemand kann etwas tun. Außer die eigene geistige Gesundheit zu schützen, auf welche Weise auch immer.

Tante Violet kam durch die Küchentür in den Garten.

»Du musst sie dazu bringen, aufzuhören«, sagte sie. Sie klang noch verzweifelter als vorhin, als würde ihr gleich der Geduldsfaden reißen. Als würde sie jeden Moment explodieren und in einem Haufen trockner Stückchen und Fetzen auf das fleckige Gras flattern. »Ich kann das nicht ertragen«, rief sie. »Ich bin nicht stark. Ich habe deiner Mutter gesagt, dass ich nicht stark bin. Ohne Charlie bin ich nicht ich selbst. Ich habe nicht viel …«

Während sie nach dem Wort für das suchte, wovon sie nicht viel hatte, blickte ich ihre Augenbrauen an. Ich schaute immer verstohlen hin, wenn ich glaubte, ich könnte damit durchkommen. Sie schien keine eigenen Brauen mehr zu haben, daher malte sie sie sich in dieser komischen Farbe, diesem hellen Braun, auf, aber in der Mitte war der Bogen zu hoch. Dadurch sah sie aus, als sei alles auf der Welt ein Schreck für sie. Nicht, dass das im Moment in irgendeiner Weise von Bedeutung war. Aber wenn es schlimm wird, fangen meine Gedanken an zu wandern. Manchmal.

Gerade als ich meinen Mund aufmachte, um ihr beizubringen – was sie eigentlich längst selbst hätte wissen müssen –, dass ich Sophie nicht dazu bringen kann, aufzuhören, wenn sie erst einmal angefangen hat, dass niemand das kann … kam der Hund zum Zaun zurückgetrottet. Ich sah ihn aus dem Augenwinkel.

Sophies Schrei wurde leiser, genau wie eine Sirene, leiser und langsamer, und dann war er weg.

»Oh, Gott sei Dank«, sagte Tante Violet. »Gott sei Dank hat sie aufgehört.« Sie richtete ihre Augen auf mich, die aufgemalten Brauen so tief nach unten gezogen, wie es nur ging, wobei sie immer noch etwas zu hoch aussahen. »Habe ich dich mit etwas gekränkt, als wir vorhin gesprochen haben?«

Sie fragte das, als hätte sie die ganze Zeit darüber nachgedacht, könnte sich aber einfach nicht vorstellen, was das sein mochte.

Mein Gesicht wurde wieder heiß.

»Ich fand es nur ein bisschen gedankenlos von dir«, erklärte ich, und mein Gesicht brannte wie verrückt, weil es irgendwie mutig war, das auszusprechen. Ich musste mir Mühe geben, nicht zu weinen.

Tante Vis Kopf ruckte zurück. »Was, um alles auf der Welt, hab ich denn gesagt?« Als wüsste sie schon, dass ich falschlag und nicht wirklich was gewesen sein konnte.

»Dass ich nicht wüsste, wie es sich anfühlt, wenn jemand stirbt.«

Sie starrte mich eine Minute lang ausdruckslos an. Keine volle Minute, aber so lange, wie man braucht, um bis drei zu zählen. Dann wurden ihre Augen groß, und sie schlug sich eine Hand vor den Mund. Und sie stürzte sich auf mich. Ich hatte eine Scheißangst. Ich dachte, sie wollte mir was tun, und ich wollte wegrennen oder schreien. Oder was machen. Irgendwas. Aber alles passierte so schnell.

Das Nächste, was ich wusste, war, dass sie mich in einer Umarmung fast erstickte, und ich wurde gegen ihren großen Bauch gepresst, der weicher war, als ich fand, dass ein Mensch sein sollte. Sie hatte eine Hand auf meinem Hinterkopf und zog mich näher zu sich, an ihren Riesenbusen, und ich bekam kaum noch Luft.

»Oh, Süße«, sagte sie und beugte sich vor, dicht an mein Ohr. »Es tut mir so leid. Ich hab's vergessen. Ich hab's vergessen, das mit …«

Sprich es nicht aus, dachte ich.

»… deinem Vater. Ach, und auch noch ein so schrecklicher Tod. Und so plötzlich. Du hast recht, das war furchtbar gedankenlos von mir. Aber siehst du, ich hab dir doch gesagt, ich bin nicht ich selbst.«

Sie drückte meinen Kopf von sich weg, hielt mich an den Schläfen, und ich atmete richtig tief ein.

»Verzeihst du mir?«

»Ja, Ma'am«, erwiderte ich. Aber das war nur dahingesagt. Es war kein Verzeihen und auch kein Nicht-Verzeihen. Ich hatte nicht mal richtig darüber nachgedacht, was das bedeuten würde.

»Oje«, sagte sie, ohne mir zu verraten, was »oje« war.

Sie verschwand wieder im Haus, warf die Tür mit einem lauten Knall hinter sich zu. Ich schaute zu Sophie. Sie und der Hund hatten wieder die gespiegelten Positionen eingenommen.

Ich atmete auf. Auch wenn uns das nicht wirklich viel mehr Zeit verschaffen würde.

Wissen Sie, so ist es immer. Während man atmet und einfach nur glücklich ist, dass das ganze Haus nicht eingestürzt ist, weiß man, dass die nächste Karte gleich obendrauf kommt. Es geht nicht darum, viel weiterzukommen. Sondern nur darum, überhaupt weiterzukommen. Es geht immer nur darum, nicht alles in diesem Moment zu verlieren, der gerade ist.

Ich stand auf und ging zum Zaun, und das lange Gras fühlte sich komisch und kitzlig zwischen meinen Zehen an. Ich dachte, ich könnte vielleicht für Tante Violet das Gras mähen. Mich so nützlich wie möglich machen.

Ich stand über Sophie.

»Was ist los, Sophie?«, fragte ich sie. »Du magst doch gar keine Hunde.«

»Är«, sagte sie.

Was wirklich ... Ich weiß nicht, wie ich das sagen soll. Ein Wort von Sophie ist ... Das streicht man sich im Kalender an.

»Ich will verdammt sein.«

Dann fiel mir auf, dass dies der ruhigste, beste Tag war, den ich seit Jahren mit Sophie gehabt hatte. Warum, in Gottes Namen, wollte ich ihr das ausreden?

Was auch immer »das« war.

* * *

Mein bester Tag dauerte bis fünf nach fünf, und dann musste ich doppelt für den Frieden und die Ruhe zahlen. Ich weiß die Uhrzeit genau, weil ich zufällig gerade in die Küche ging, um nachzusehen, wie spät es war, da ich dachte, es könnte inzwischen Zeit sein, dass meine Mom wieder nach Hause käme. Ich wusste nicht, ob es gut oder schlecht war, dass sie so lange brauchte.

Als ich wieder rauskam, stand der Hund plötzlich auf. Er blieb dicht am Zaun, schaute aber auf die Straße. Sophie stand ebenfalls auf.

Ich konnte nichts hören, aber ich spürte auf jeden Fall, dass meine Ferien gleich vorüber sein würden. Ich bin mir nicht sicher, was ich gedacht hatte, mit wie viel Ferien ich rechnen konnte, oder auch warum.

Dann hörte ich eine Autotür zugehen. Es klang weit entfernt, aber der Hund begann mit dem riesigen, kräftigen Schwanz zu wedeln. Er blieb am Zaun stehen, direkt neben Sophie, daher schlug er beim Wedeln gegen den Maschendraht, wodurch das Metallgitter klirrte wie eine misstönende Glocke.

Sophie begann auf und nieder zu hüpfen. Was ich interessant fand. Ich meine, sie hat ganz eindeutig den Hund nachgemacht, daher erwartete ich fast, dass sie mit dem Hintern zu wackeln beginnen würde oder so, aber stattdessen hüpfte sie, als sei sie aufgeregt, weshalb ich dachte, es sei, wie es *in* dem Hund aussah, was sie nachahmte. Was ein bisschen so war, wie zu wissen, was jemand anderes fühlt, was, wie ich glaube, die Ärzte Empathie nennen. Wozu Sophie, wie wir alle dachten, glaube ich, gar nicht in der Lage war.

Eine Minute oder so später öffnete sich die Seitentür im Haus nebenan, und ein Mann stand auf der Schwelle. Er schien erschreckt, mich zu sehen. Was irgendwie komisch war, weil ich ja in Tante Violets Garten stand, nicht in seinem. Ich konnte mir nicht vorstellen, warum er mich anschaute, als hätte er mich plötzlich in seinem Wohnzimmer angetroffen. Unsere Blicke begegneten sich einen Moment lang, und dann sah ich wieder weg.

Er war schon älter. Allerdings nicht so alt, dass er schon ganz bucklig war oder so. Er war groß und wirklich dünn, und er erweckte den Anschein, eigentlich in guter Verfassung zu sein. Aber sein Haar war fast ganz grau, und er hatte den Anflug eines Bartschattens, gerade so, dass ich erkennen konnte, sein Bart würde weiß sein, wenn er ihn sich je wachsen ließ. Er trug einen schönen grauen Anzug mit einem hellblauen Oberhemd und einem gestreiften dunkelblauen Schlips, den er allerdings gelockert hatte. Der oberste Knopf seines Hemdes stand auf, und der Schlips war heruntergezogen. Um ihm das Atmen zu erleichtern, würde ich sagen.

Er starrte mich eine weitere Minute lang an, und dann schaute er zu seinem Hund. Auf sein Gesicht trat dieser verwirrte Ausdruck, und ich konnte allein daran schon erkennen, dass es merkwürdig war, dass sein Hund noch da am Zaun stand.

Inzwischen wedelte der wie verrückt gegen den Maschendraht, aber es war klar zu erkennen, dass das nicht reichte.

»Rigby«, sagte der Mann.

Er schrie nicht oder rief auch nur laut, ehrlich. Er sagte es nur, wie irgendein Wort in einem Satz.

Das brach den Bann, und der Hund lief zu dem Mann und setzte sich vor ihn, wedelte weiter. Und er hob sein Gesicht ziemlich dicht vor das des Mannes, weil er tatsächlich groß genug dafür war.

Natürlich war da schon wieder Sophies Sirenengeheul losgegangen.

Der Mann schaute sich um, aber nicht wirklich zu uns. Ich denke, er hatte Sophie bis dahin gar nicht bemerkt. Wenn, dann ließ er es sich jedenfalls nicht anmerken. Ich glaube nicht, dass er dachte, ein Laut wie dieser könne aus einem kleinen Kind kommen. Den meisten Leuten geht es so. Er schaute sich weiter um, als rechnete er damit, einen Krankenwagen oder ein Feuerwehrauto auf der Straße heranbrausen zu sehen. Er blickte sogar nach oben, als gäbe es da etwas, aber ich habe keine Idee, was das hätte sein sollen. Dann sah er nach unten, und sein Blick fiel auf Sophie.

Warten.

Ich konnte sehen, wie sich sein Gesicht ein wenig verzog. Als könne er den Lärm besser ertragen, wenn er von einer Sache käme, nicht von einer Person. Menschen sind so. Sie denken, eine Maschine oder eine Sirene weiß es nicht besser und kann nichts für das Geräusch, das sie macht. Sobald sie merken, dass es Sophie ist, wollen sie, dass es aufhört.

Der Moment zog sich in die Länge. Gerade lang genug, dass sich mein Gesicht kalt anfühlte. Dann drehte er sich auf dem Absatz um und ging zurück ins Haus. Rigby folgte ihm auf dem Fuße, wedelte aber noch. Die Tür schlug zu.

Ich stand auf und verschwand nach drinnen, ließ Sophie einen Augenblick allein, um Tante Vi auf das vorzubereiten, was uns allen bevorstand. Es war im Grunde genommen ziemlich okay, Sophie allein zu lassen, weil sie nichts anderes tun würde, als sie bereits tat. Und das ungefähr ... ewig.

Ich fand Tante Vi in ihrem Bett, ein Daunenkissen über dem Kopf. Ich berührte sie an der Schulter, und sie zuckte zusammen. Dann richtete sie sich auf und blickte mich an, mit dieser restlos unglücklichen Miene, und ich hatte Mitleid mit ihr. Wirklich. Ich hätte Sophie genommen und wäre mit ihr weggegangen und hätte sie in Ruhe gelassen, wenn wir irgendeinen anderen Ort auf der Welt gehabt hätten, an den wir hätten gehen können. Ich nahm zwei Ohrstöpsel aus der Shirttasche und hielt sie ihr hin.

»Sie funktionieren«, sagte ich. »Ehrlich. Nicht so, als wäre es ganz still, aber damit klingt es so weit entfernt, dass es kaum zählt. Du musst sie vorher weich kneten, dann zu einer Kugel formen und sie dir ins Ohr drücken, bis sie fest sitzen. Du wirst dich wundern.«

Sie nahm sie mir ab und lächelte schwach.

»Danke, Liebes«, sagte sie.

Dann stand ich auf und ging, denn ich wusste ziemlich gut, dass sie mit ihrem Elend lieber allein sein wollte. Bei mir war es genauso, daher verstand ich das.

Ich ging wieder nach draußen, setzte mich auf den Liegestuhl neben Sophie und begann meine eigenen Ohrstöpsel weich zu kneten. Ich hatte schon einen drin, als die Seitentür vom Haus des Mannes wieder aufging und er rausschaute. Mich anschaute. Dann zu Sophie.

Gerade, als ich mich fragte, wie lange er dort stehen und starren konnte, kam er zum Zaun, und Rigby war schwanzwedelnd gleich hinter ihm. Sophies Sirenengeheul verstummte, als sie näher an den Zaun kamen.

Der Mann hatte sich einen schwarzen Sweater übergezogen, aber er hatte noch seine Anzughosen an. Und glänzende schwarze Lederschuhe.

Er stand da und schaute auf Sophie runter, die jetzt still war. Rigby war mit zum Zaun gekommen und saß mit gerecktem Hals davor, seine Schnauze auf der anderen Seite nur wenige Zoll vor dem Zaun. Sophie hatte ihre Hände in die Gittermaschen gehakt und war mit ihrem Kopf so nah beim Hund, wie es nur ging.

Der Mann schaute mich wieder an, und ich sah weg. Es lag daran, wie er guckte. Ich mochte das nicht, und ich konnte den Blick nicht lange erwidern. Es lag keine Härte darin. Als erwartete er etwas, und als wollte er es einfach aus mir rausholen.

»Sie hat aufgehört«, stellte er fest.

Er hatte genau die Stimme, die ich bei ihm erwartet hatte. Scharfkantig. Leicht hart. Fast kritisch.

»Ja. Das hat sie.«

»Wird das so bleiben?«

»Nur bis Sie wieder reingehen.«

Ich stand auf und lief zum Zaun, auch wenn ich wirklich nicht näher bei ihm sein wollte. Aber ich wollte auch nicht, dass Tante Vi hörte, dass wir Ärger mit einem ihrer Nachbarn hatten. Jetzt schon.

Ich holte ein weiteres Paar Ohrstöpsel aus meiner Tasche und hielt sie ihm hin. »Die hier helfen ziemlich gut«, sagte ich.

Er starrte sie eine lange Weile an, als sei es eine Art Mathegleichung. Vielleicht eine, die seine Fähigkeiten leicht überstieg.

»Das sind Ohrstöpsel«, sagte ich, um uns irgendwie weiterzubringen.

»Ich weiß, was das ist.«

»Sie wollen wissen, warum sie das tut.«

»Du kommst der Sache näher.«

»Sie mag Ihren Hund.« Das hing einen Augenblick in der Luft, als wüsste keiner von uns so recht, was damit anzufangen war. Ich vermute, wenn man Sophie nicht kannte, beantwortete das nicht jede Frage, die in der Luft hing. »Sie hat den ganzen Tag mit Ihrem Hund da gesessen, und sie hat sich aufgeregt, als er reingegangen ist.«

»Sie«, sagte er.

»Oh. Es ist ein weiblicher Hund.«

»Ja, eine Hündin.«

»Meine Schwester hat sich aufgeregt, weil sie – Ihre Hündin – mit Ihnen ins Haus gegangen ist.«

»Und sie macht dieses Geräusch, immer wenn sie aufgeregt ist?«

»Fast immer. Ja.«

Dann trat dieser Ausdruck auf sein Gesicht, den Leute immer bekommen. Als ob Sophie es besser wissen müsste. Sich besser benehmen müsste. Und das ärgert mich, weil sie es nicht wissen. Sie sollten sie nicht verurteilen, wenn sie nichts wissen.

»Ich nehme nicht an, dass Ihr Hund noch eine Weile draußen bleiben könnte?«

Er warf mir diesen Blick zu, der brannte. Es war der gleiche Blick, aber dieses Mal für mich. Als sollte ich es besser wissen. Als sollte *ich* mich besser benehmen.

»Ich arbeite hart«, sagte er. »Jeden Tag. Und ich hasse jede einzelne Minute davon. Alles, was ich am Ende des Tages tun will, ist nach Hause kommen, meinen Hund sehen und ganz in Ruhe die Abendnachrichten schauen, dabei etwas essen. Ist das zu viel verlangt?«

»Nein, Sir, ich denke nicht.«

Es war aber mehr, als er bekommen würde. Das sagte ich allerdings nicht.

»Aber sie wird wieder anfangen, sobald ich das tue.«

»Ja, Sir. Nichts und niemand kann sie dazu bringen, aufzuhören.«

»Wann hört sie also von alleine auf?«

»Grundsätzlich kann sie das etwa zwei Stunden lang, bevor ihre Stimme weg ist. Dann kann sie ein paar Tage lang nur noch flüstern und höchstens quieken. Das verschafft uns allen eine Erholungspause.«

Er schaute mir eine Minute lang in die Augen. Als versuche er verzweifelt, die Stelle zu finden, an der ich gescherzt hatte. Dann blickte er zu Sophie hinunter, mit dieser Miene restloser Verachtung. Als sei sie die niederste Lebensform auf der Erde.

Mein Gesicht begann zu brennen, und ich wusste, dieses Mal würde ich was sagen. Ob ich mich dabei blamierte, weil ich weinte, oder nicht.

Ehe ich den Mund aufmachen konnte, um das zu tun, drehte er sich um, um wieder reinzugehen. Und Sophie begann wieder zu kreischen.

»Sie ist kein ungezogenes Gör«, sagte ich. Schön laut, damit er mich über den Lärm hinweg hören konnte.

Aber er verstand mich nicht. Er legte sich eine Hand hinters Ohr, um mir das mitzuteilen. Dann kam er zum Zaun zurück, und Sophie wurde leiser. Ich konnte es in meinem Magen spüren. Oder das Fehlen, sollte ich wohl besser sagen. Als hätte etwas Hässliches darin vibriert, und es fühlte sich so gut an, als es aufhörte.

»Was hast du gesagt?«, fragte er, was es mir viel schwerer machte, ihm die Meinung zu sagen.

Ich tat es trotzdem.

»Sie ist nicht ungezogen.«

»Komisch, denn sie benimmt sich so.«

Ein paar Tränen quollen hervor, aber ich durfte nicht zulassen, dass es mir etwas ausmachte. Na ja, ich konnte nicht verhindern, dass es mir etwas ausmachte. Aber ich konnte damit nicht aufhören.

Ich blickte ihn geradeheraus an, Tränen hin oder her.

»Ich bin es so leid, habe es so satt, dass die Leute sie behandeln, als würden wir sie nicht richtig erziehen oder so. Meine Mom hat mich erzogen, und ich bin ganz gut geraten. Sophie ist anders. Ihr Gehirn ist anders. Es ist wie eine Form von Autismus. Ich meine, es ist in vielerlei Hinsicht wie Autismus, aber gleichzeitig auch nicht wie Autismus. Sie nennen es Autismus-Spektrum. Die Ärzte verstehen es immer noch nicht wirklich, aber sie kann nicht anders, und wir können auch nicht anders. Sie kennen uns gar nicht, daher sollten Sie kein Urteil über etwas fällen, wovon Sie nicht die geringste Ahnung haben.«

Inzwischen liefen die Tränen ungehindert, und ich konnte sie nicht verbergen. Ich spürte eine über meine Wange rollen. Was unendlich peinlich war, aber was sollte ich tun? Ich wischte sie mir ärgerlich und unsanft mit dem Handrücken weg.

Er blickte mich eine lange Weile an. Also, ein paar Sekunden. Es fühlte sich lang an.

»Du hast recht«, sagte er. »Entschuldige bitte.«

Dann wandte er sich um und ging in sein Haus zurück. Der Hund wartete eine Sekunde dicht am Zaun. Dicht bei Sophie. Aber dann drehte sich der Mann um und warf dem Hund einen Blick zu, und sie entschied sich für ihn, was ja vermutlich irgendwie ihre Aufgabe war. Ich fand es in gewisser Weise bemerkenswert, dass sie das nicht sofort getan hatte.

Die Sirene setzte wieder ein.

Der Mann blieb auf der Veranda vorne stehen und warf mir über die Schulter einen langen, unglücklichen Blick zu. Ich konnte sehen, wie sie verschwand – seine Hoffnung auf das ruhige Dinner bei den Nachrichten vor dem Fernseher. Ich konnte einfach in seine Augen sehen und erkennen, wann er es begriff. Dass es nicht passieren würde. Dass selbst dieser bescheidene Traum weg war.

Ich hielt ihm die Ohrstöpsel wieder hin.

Anfangs stand er da und zögerte. Als sei die ganze Entscheidung einfach zu schrecklich. Aber nach einem Moment kam er zum Zaun zurück, um sie sich zu nehmen. Und – eigentlich komisch, dachte ich – der Hund blieb an den Stufen vor der Tür sitzen. Als sei sie klug genug, zu wissen, dass zum Zaun zu kommen, und sei es nur für ein paar Sekunden, alles bloß noch schlimmer machen würde.

Ich reichte ihm die zwei kleinen dunkelblauen Kügelchen auf den Spitzen meiner Finger durch den Zaun. Ließ sie in seine wartende Hand fallen. Er hatte große Hände, aber glatt, als hätte er noch nie in seinem Leben ein Loch gegraben oder einen Zaun errichtet. Das hatte er vermutlich auch nicht. Nicht in dem schönen Anzug.

»Danke«, sagte er, schrie praktisch, um über die Sirene hinweg gehört zu werden.

Dann schüttelte er den Kopf und kehrte ins Haus zurück.

* * *

Ich hatte keine Armbanduhr, aber ich denke, es war fünfundvierzig sehr laute Minuten später, als die Polizei auftauchte. Ich hörte sie nicht kommen und vor dem Haus anhalten oder anklopfen oder an der Tür klingeln oder was sie sonst taten. Natürlich nicht. Ich hatte meine Ohrstöpsel drin, und ich war immer noch draußen mit Sophie, die wiederum immer noch wie am Spieß schrie, und wenn ich irgendetwas hören würde, dann nur das. Ich träumte mit offenen Augen, war in Gedanken Hunderte Meilen weit fort von hier, aber ich weiß nicht mehr, wo. Dann sah ich aus dem Augenwinkel eine Bewegung, und es war Tante Vi, die raus in den Garten kam, begleitet von zwei

Polizisten. Also genau genommen waren es ein Polizist und eine Polizistin.

Ich setzte mich sehr aufrecht hin, mit diesem kalten Gefühl im Magen, und zog die Ohrstöpsel heraus, so schnell ich konnte.

»Sie haben eine Beschwerde wegen des Lärms«, sagte Tante Violet, musste über Sophies Kreischen hinwegschreien. Ich hatte Tante Vi – oder irgendjemand anderen, wenn man's genau nimmt – noch nie so niedergeschlagen oder so verlegen gesehen. Und ich hatte einiges gesehen.

»Es tut mir leid«, rief ich. Das war nicht genug, das wusste ich, aber ich hatte nichts anderes zu meiner Verteidigung zu sagen.

Die beiden Cops blickten Sophie an und dann einander.

»Der Nachbar, der bei uns angerufen hat, dachte, es sei ein Tier in Not«, schrie der Polizist.

Da wurde ich böse, denn der blöde Kerl von nebenan wusste sehr gut, dass es kein Tier war, und er wusste auch, dass wir sie nicht misshandelten. Das war einfach schäbig von ihm gewesen, dachte ich.

»Sie können sehen, dass wir ihr nichts tun«, rief Tante Violet.

Die Polizistin schrie: »Wie heißt die Diagnose noch mal? Was sie hat?«

»ASS«, antwortete ich. Und dann musste ich es lauter wiederholen.

»Und das ist …?«

»Autismus-Spektrum-Störung.«

»Also ist sie autistisch?«

»Ja, Ma'am. Mehr oder weniger. Es gibt viele verschiedene Ausprägungen, und sie hat eine davon. Sie regt sich so auf, weil sie den Hund des Nachbarn mag, der ihn aber mit ins Haus genommen hat. Ich habe mir große Mühe gegeben, sie zu beruhigen, das schwöre ich.«

Die Polizisten blickten einander wieder an. Hatten definitiv eine Form von Unterhaltung mit den Augen. Ich war genau da und hab zugeschaut, doch ich konnte sie nicht verstehen. Aber ich mochte das Gefühl nicht.

»Gibt es denn nichts, womit du sie zum Aufhören bewegen kannst?«, fragte die Polizistin.

»Nein, Ma'am. Ich schwöre, ich würde es tun, wenn ich das könnte. Es tut mir leid. Sie muss sich einfach müde schreien.«

Ein weiterer dieser Blicke.

»Kannst du sie nicht wenigstens ins Haus schaffen? Den Nachbarn eine Ruhepause gönnen?«

Ich linste zu Tante Vi. Ich war absichtlich mit Sophie draußen geblieben, um ihren Ohren eine Pause zu gönnen. Aber sie machte eine rasche Bewegung mit dem Kopf zum Haus. Und das war eine stumme Aufforderung, die ich verstand. Bring sie rein, um Himmels willen, sagte sie damit.

Ich stand aufrecht da. Sperrte die Gedanken in meinem Kopf ein. Wappnete mich.

»Könnten Sie ... mir helfen? Und sie an den Füßen nehmen? Sonst tritt sie mir ... tritt sie ziemlich fest um sich. Sie will mir nicht wehtun. Es ist einfach die Art und Weise, auf die sie anders ist.«

Der Mann öffnete den Mund, um Nein zu sagen. Er schaffte es so halb. »Wir dürfen nicht ...«

»Ich werde dir helfen«, sagte die Frau.

Wir standen vor Sophie, und ich holte tief Luft und packte sie, schlang beide Arme um sie, drückte ihre Arme fest an ihren Körper. Ich hielt meine Hände ziemlich tief, auf Höhe ihres Bauches, falls sie anfing zu beißen. Die Polizistin fasste sie an den nackten Knöcheln, aber Sophie riss sie sofort wieder weg und traf mich, ein Tritt direkt in die Seite meines rechten Oberschenkels. Dann griff die Polizistin fester zu und hielt sie dieses Mal sicherer. Nicht, dass sie wusste, was ihr bevorstand.

Aber ich machte einen Anfängerfehler. Und dabei hätte ich es von allen Leuten am besten wissen sollen. Ich hatte sie zu hoch erwischt, sodass ihr Kopf fast so auf einer Höhe mit meinem war, dass sie, wenn sie ihn nach hinten …

Genau in dem Moment, in dem ich das dachte, buckelte sie, versuchte sich zu strecken, dabei warf sie den Kopf zurück und traf mich, schlug mir die Unterlippe gegen die Zähne. Hart genug, dass es wirklich wehtat.

Die Polizistin schaute mich an. »Alles okay?«

Ich deutete nur mit dem Kopf zum Haus, weil ich sie einfach endlich reinbringen wollte, damit das hier vorüber war. Wir gingen rasch über das Gras und die kleinen Betonstufen hoch in die Küche. Tante Vi schlug die Tür hinter uns allen zu, und ich ließ Sophie so behutsam wie möglich auf den Linoleumboden gleiten.

Jemand von den Beamten reichte mir ein Stück Küchenpapier, aber ich konnte nicht mal erkennen, wer es war. Es erschien einfach vor mir, am Ende eines Arms in blauer Uniform. Zuerst wusste ich nicht, was ich damit sollte. Aber dann merkte ich, dass meine Lippe blutete.

Und dann begann sich Sophie gegen die Tür zu werfen. Fest.

Das war schlimm. Das war selbstverletzendes Verhalten. Die meiste Zeit mussten wir uns bei Sophie wegen Selbstverletzung keine Sorgen machen, aber wir wussten immer, dass es reichlich übel werden könnte, wenn sie jemals diese Linie überschritt. Es war die Sache, die immer da draußen lauerte, vielleicht sogar auf uns wartete. Und ich wollte wirklich nicht in dem Moment da sein, wenn es begann.

Ich packte sie und drückte sie zu Boden, lag irgendwie auf ihr, schlang Arme und Beine um sie. Meine Ohrstöpsel waren noch draußen, und sie schrie mir direkt ins Ohr, aber das kam mir wie die geringste meiner Sorgen vor.

Ihre Stimme war noch ziemlich stark.

Ich weiß nicht, was danach hinter mir geschah. Ich hörte Tante Vi mit der Polizei an der Haustür reden, aber nicht, was gesagt wurde. Als ich dachte, sie seien gegangen, spürte ich eine Hand auf meiner Schulter. Ich dachte, es sei Tante Vi, aber als ich den Kopf hob, war es die Polizistin. Sie nahm mein Kinn in eine Hand und wischte mir, so gut es ging, mit irgendeinem feuchten Lappen das Blut von Lippe, Hals und Shirt. Dann hielt sie die Ränder der Wunde in meiner Lippe zusammen und klebte ein kleines Schmetterlingspflaster drauf.

Sie drückte mir die Schulter, ehe sie ging. Ich konnte das so interpretieren, dass sie fand, ich machte meine Sache gut, oder so, dass sie mir Glück wünschte, weil ich das brauchen würde. Oder vielleicht beides.

Dann hörte ich kein Reden mehr, und niemand schien in der Nähe zu sein.

Ich vermute, es waren noch etwa dreißig Minuten, bis Sophie sich in den Schlaf geschrien hatte.

* * *

Nachdem ich sie ins Bett gesteckt hatte, sperrte ich mich im Bad ein. Ich duschte lange und ausgiebig, bis fast das ganze heiße Wasser alle war. Als ließe sich alles, was geschehen war, einfach abspülen. Mir ging es davon allerdings besser. Zumindest ein bisschen.

Ich stieg aus der Dusche, wickelte mich in ein Handtuch und wischte mit der Hand den Wasserdampf von dem beschlagenen Spiegel.

Meine Lippe war unter dem Pflaster geschwollen und sah blutig aus. Ich stieß mit der Zunge gegen den Zahn dahinter, dann mit dem Finger, und es jagte mir einen Schreck ein, wie locker er war. Ich wusste nicht, ob er von alleine wieder anwachsen oder ob ich ihn verlieren würde. Das wäre eine größere Katastrophe. Es war ja nicht so, als könnten wir uns einen Besuch beim Kieferorthopäden leisten.

Ich hörte ein leises Klopfen an der Badezimmertür.

»Ich bin gleich fertig, Tante Vi.«

»Ich bin's«, sagte meine Mom.

»Oh. Hi.«

»War dein Tag so weit okay?«

»Eigentlich ziemlich so wie meistens«, antwortete ich.

Wir hatten diese Abmachung, dass wir dem anderen nicht mehr über schlimme Tage erzählen würden, als er wissen musste. Wir sprachen es nicht laut aus, aber es war trotzdem eine Abmachung.

»Ich habe tolle Neuigkeiten für dich.«

»Gut, die kann ich brauchen.«

»Ich bin sofort eingestellt worden. Ich werde abends in dem netten italienischen Restaurant in der Sixth Street bedienen. Es ist reichlich teuer. Du weißt ja, was das heißt.«

Gutes Trinkgeld. Das war es, was es hieß. Je höher die Rechnung, desto größer das Trinkgeld.

»Das ist klasse«, erwiderte ich. »Vielleicht können wir uns dann eine eigene Wohnung leisten.«

»Lass uns nicht zu weit vorgreifen, Kleines. Jedenfalls fange ich nächste Woche an.«

»Das ist super, Mom.«

»Du klingst …«

»Es geht mir gut. Ich komme gleich raus, okay?«

Eine Pause. Und dann muss sie wohl gegangen sein, denn ich habe danach nichts mehr gehört.

* * *

Nachdem ich mich wieder angezogen und mir mit Tante Vis Föhn die Haare getrocknet hatte, ging ich in die Küche, um zu sehen, wo alle waren. Ich konnte Mom und Vi leise miteinander sprechen hören.

Als ich meinen Kopf in die Küche reinstreckte, hörten beide auf zu reden und schauten mich an. Als hätte ich sie bei etwas Unerlaubtem erwischt.

»Warum hast du mir nicht gesagt, dass die Polizei da war?«, fragte meine Mom. Als sei es meine Idee gewesen, dass sie gekommen waren.

Sie verlor kein Wort über meine Lippe, aber vielleicht war es das Licht. Das Licht aus dem Wohnzimmer war hinter mir, und vermutlich sah sie es nicht.

»Du hast nicht danach gefragt«, sagte ich.

Ich vermute, es war frech, das zu sagen. Ich wollte nicht frech sein, ich war nur müde. Ich kann fast alles überstehen oder ich kann für alles verantwortlich sein, aber manchmal ist beides an einem Tag einfach zu viel.

Niemand machte irgendeine Bemerkung, und nichts passierte, außer dass mir klar wurde – und das ziemlich schnell –, dass sie ihre Unterhaltung nicht weiterführen würden, solange ich da in der Tür stand und zuhörte. Ich trat von der Schwelle und ging durchs Wohnzimmer zur Haustür.

Ich hörte Tante Vis Stimme. »Ich glaube wirklich nicht ...«

Und meine Mutter fiel ihr ins Wort und sagte: »Bitte, Vi. Bitte. Ich flehe dich an. Wir brauchen ein wenig Zeit. Wir würden buchstäblich auf der Straße sitzen, wenn ...«

Da schlug ich die Haustür zu. Mit mir auf der anderen Seite. Draußen. Die Dämmerung war angebrochen, und es war kühl, und irgendwie fühlte ich mich frei, jetzt, wo ich rausgegangen war. Oder wenigstens freier.

Ich schaute zu dem Haus nebenan, atmete tief ein und drückte meine Schultern nach hinten, marschierte rüber. Und klopfte.

Ich hörte Rigbys unglaublich tiefes Bellen. Aber nur dreimal.

Die Tür ging auf.

Der Mann trug einen Pyjama und einen schönen weinroten Bademantel aus einem schimmernden Stoff, obwohl es noch gar nicht spät war. Rigby wedelte mit dem Schwanz, vor und zurück, als würde sie mich schon ihr Leben lang kennen. Sie traf den Typ auf der Rückseite der Beine, aber er benahm sich nicht so, als merkte er es.

Seine Augen wurden schmal, als er mich anschaute. Nur ein bisschen, aber trotzdem …

»Ja?«

Beinahe hätte ich den Mut verloren.

Ich musste meine Lungen erst wieder füllen. Ich musste meine Schultern straffen.

Ehe ich sprechen konnte, fragte er: »Was ist mit deiner …«

Ich ließ ihn nicht ausreden.

»Das war so unfassbar gemein, was Sie getan haben.«

Er kaute einen Moment auf seiner Unterlippe. Betrachtete einfach mein Gesicht. Dann sagte er: »Ich habe mich entschuldigt. Ich dachte, damit sei das erledigt.«

»Das habe ich nicht gemeint, und das wissen Sie auch.«

»Ich weiß nicht so viel, wie du zu glauben scheinst.«

»Sie wissen, was Sie getan haben.«

»Ganz ehrlich: nein.«

»Uns die Polizei auf den Hals zu hetzen. Obwohl Sie genau wussten, dass ich getan habe, was ich konnte. Das war gemein und ganz schlimm.«

»Ich hab die Polizei nicht gerufen.«

Das fiel auf die Eingangsstufen und blieb da eine Minute liegen. Ich war nicht sicher, was ich damit tun sollte. Ich glaubte ihm nicht wirklich. Aber es ist eine ziemlich heftige Sache, einen Erwachsenen einen Lügner zu nennen. Das ist schon was ganz schön Radikales.

»Wer war es dann?«

Er trat hinaus auf die Treppe, und Rigby kam mit ihm. Sie setzte sich links neben mich, und ich legte ihr eine Hand auf den Rücken. Davon fühlte ich mich besser.

»Sieh dich um«, sagte er und deutete rechts und links die Straße runter. »Was siehst du? Die Oberfläche des Mondes mit nur diesen beiden Häusern darauf? Oder Nachbarn, so weit das Auge reicht?«

Da kam ich mir schrecklich dumm vor. Weil ich von selbst darauf hätte kommen sollen, dass jeder hier die Polizei gerufen haben konnte. Nur weil ich keinen der anderen Nachbarn getroffen hatte, hieß das nicht, dass sie nicht das ganze Theater hören konnten.

»Das waren Sie wirklich nicht, oder?«

»Lass dir etwas über mich sagen. Wenn ich glaube, dass etwas das Richtige ist, dass man es tun sollte, dann tue ich das. Und wenn du mich fragst, ob ich es getan habe, dann sage ich die Wahrheit, weil ich dachte, es sei das Richtige. Ich werde es dir sagen, dass ich es war, und ich werde dir auch sagen, warum. Ich würde nie etwas tun und dann deswegen lügen. Ich habe die Polizei nicht gerufen. Ich habe deine Ohrstöpsel reingetan und habe die Nachrichten im Internet gelesen, statt sie im Fernsehen zu gucken. Und ich hab mir zum Essen ein Fertiggericht mit Roastbeef und Kartoffelbrei warm gemacht. Das ist alles.«

»Oh«, sagte ich. Und als ich das sagte, holte mich meine ganze Müdigkeit und Erschöpfung ein, mit einem Mal. Ich hätte einfach zu einer Pfütze auf seiner Türschwelle dahinschmelzen können. »Das tut mir leid. Ehrlich. So furchtbar leid.«

»Entschuldigung akzeptiert.«

»Das ist ein echt netter Hund«, sagte ich und rieb ihr die riesigen Schulterblätter.

»Danke. Wenn du mich dann jetzt entschuldigen willst.«

»Haben Sie sie nach dem Lied benannt?«

»Welches Lied?«

»Alle kennen dieses Lied. Über Leute. Die einsam sind.«

»Ich mag einfach den Namen Rigby. Und jetzt, wenn da weiter nichts ist ...«

Aber da war was. Ich schwöre, es war, weil ich so müde war. Ich fühlte mich, als würden meine Nerven bloß liegen. Ich schwöre, ich hätte das an keinem anderen Tag gesagt. Ich hätte es herausgefiltert. An dem Abend waren mir die Filter aber gerade ausgegangen.

»Ich wünschte, Sie hätten ihr nicht die Ohren schneiden lassen. Ich weiß, Sie werden sagen, es geht mich nichts an. Und vermutlich haben Sie sogar recht. Es ist Ihre Hündin. Es ist nur ... Wenn so ein Hundewelpe auf die Welt kommt, und sie ist genau so, wie sie eben ist, da verstehe ich einfach nicht, wie jemand denken kann, dass sie so, wie sie geboren wurde, irgendwie nicht richtig ist. Und, wie auch immer, ich mag es, wie sie aussehen mit den großen Ohren, die umklappen.«

Ich wagte einen Blick auf sein Gesicht. Es sah nicht viel anders aus als sonst. An seinen Augen konnte ich nichts ablesen.

»Bist du fertig?«

»Ich habe nur das Gefühl, als sei es unser Job, uns um sie zu kümmern. Wissen Sie? Und wenn man sich um jemanden kümmert, dann sollte man sie lieben, so, wie sie sind. Nicht versuchen, sie anders zu machen.«

Eine Pause.

»Sonst noch was?«, fragte er.

»Nein. Ja. Nur noch eine andere Sache. Es tut ihnen weh. Welpen vertrauen Menschen, und ich denke, wir sollten nichts mit ihnen tun, was ihnen wehtut, es sei denn, es ist unumgänglich.«

Noch eine Pause.

»Fertig?«

»Ja.«

»Ich hab ihr nicht die Ohren kupiert.«

Ich blickte auf den Hund runter. Also eigentlich mehr ... *rüber* zu ihr. Ihre Ohren kamen in mein Blickfeld, ich schaute auf diese Ohren, als könnte ich sie mit einem Mal wieder ganz sehen. Dann schaute ich zurück zu dem Nachbarn. Dachte mir, er würde das erklären, wenn ich ihm nur genug Zeit ließe.

»Ich habe sie aus einem Tierheim für Rassehunde geholt, als sie acht Monate alt war. Sie war bereits kupiert. Ich hätte zwar lieber einen unkupierten Hund gehabt, aber ich mochte ihren Charakter.«

»Oh«, sagte ich. Und fühlte mich wieder sehr dumm und sehr, sehr müde. »Ich vermute, dann muss ich mich noch mal bei Ihnen entschuldigen.«

»Ja, vermutlich schon.«

»Entschuldigung.«

»Siehst du, das kann uns allen mal passieren.«

»Was?«

Ich wusste wirklich nicht, was er meinte. Ich dachte, er spräche noch vom Ohrenkupieren. Als könnte Ohrenkupieren jederzeit jedem passieren. Was nicht wirklich Sinn ergab.

»Du kennst uns gar nicht, daher solltest du kein Urteil über etwas fällen, wovon du nicht die geringste Ahnung hast.«

»Oh. Richtig. Das habe ich gesagt. Und dann habe ich das Gleiche zweimal selbst getan.«

»Ja, genau. Daher kannst du es vielleicht das nächste Mal, wenn jemand etwas Falsches über deine Familie denkt, nicht persönlich nehmen, sondern den Umstand berücksichtigen, dass jeder mal voreilige Schlüsse ziehen kann. Selbst du.«

Ich wusste, es war irgendwie wichtig, was er da gesagt hatte, aber ich war zu müde, wirklich darüber nachzudenken. Ich wusste, was er meinte, aber mein Gehirn war einfach nicht mehr wirklich bei der Arbeit.

Ich kratzte mich am Kopf. Ich weiß nicht, warum. Er juckte nicht.

»Vermutlich werde ich darüber nachdenken müssen«, erwiderte ich.

»Gute Nacht«, sagte er.

»Es tut mir leid, dass ich Sie gestört habe.«

»Gute Nacht«, sagte er erneut.

Dann ging er zurück ins Haus, mit Rigby dicht hinter ihm, schloss die Tür und drehte den Schlüssel um. Ließ mich da auf der obersten Stufe seines Hauses stehen und mir wie die größte Idiotin der Welt und eine hoffnungslose Närrin vorkommen.

KAPITEL 2

TIBET

Der nächste Tag war ein Samstag, und ich schlief irre lang.
Als ich an den Küchentisch kam, aßen Mom und Tante Vi gerade in absolutem Schweigen Rührei er und Roggentoast. Meine Mom erhob sich und kam mir auf halbem Weg entgegen, nahm mein Kinn und drehte meinen Kopf zum Licht.

»Vi hat mir das mit deiner Lippe erzählt. Meine arme Kleine. Das braucht nicht genäht zu werden, oder?«

»Es ist in Ordnung. Es wird auch so gut verheilen.«

»Denn weißt du, wenn es nötig ist, werden wir einen Weg finden.«

»Das weiß ich«, erwiderte ich. Das wusste ich wirklich. Und ich wusste auch, dass sie furchtbar erleichtert wäre, wenn es nicht genäht werden musste.

»Es tut mir so leid, dass gestern so ein schlimmer Tag war, Baby. Und ich war nicht hier.«

Sie legte die Arme um mich und hielt mich fest. Ich versteifte mich etwas. Ich versuchte, das nicht zu tun, aber ich machte es trotzdem. Es war nicht so, dass ich nicht wollte, dass sie mich lieb hat. Das wollte ich. Es war nur, dass ich es nicht mochte, wenn jemand mich bemitleidete. Wenn ich verletzt wurde oder es schwer hatte, dann wollte ich das ganz allein durchstehen, ohne dass mir jemand zuschaute.

»Mir geht's gut«, sagte ich, und sie verstand die Botschaft und ließ los. »Wo ist Sophie?«

Meine Mom deutete in den Garten.

Ich ging zum Fenster und schaute hinaus. Sophie hatte wieder in Sphinx-Positur am Zaun Stellung bezogen. Und wartete. Rigby war nirgends zu sehen.

»Es ist Samstag«, sagte ich. Zu niemand im Besonderen.

»Was ist damit, Süße?«, fragte meine Mom.

Ich drehte mich um, erstaunt, sie so dicht hinter mir zu hören. Sie stand am Herd, versuchte die Flamme unter der gusseisernen Pfanne anzubekommen. Sie blies hinein, damit das Feuer anging. Was schließlich passierte.

In der Pfanne war noch eine Portion Rührei.

»Die hier sind vielleicht ein wenig trocken, Süße. Es tut mir leid, dass ich mir nicht gedacht habe, dass du heute länger schlafen willst. Du musst ziemlich erschöpft sein. Was ist damit, dass Samstag ist?«

»Der Hundebesitzer arbeitet vermutlich nicht am Samstag. Daher möchte er den Hund vielleicht nicht rauslassen.«

Dabei guckte ich noch einmal aus dem Fenster, zu Sophie, obwohl sie keinen Muskel bewegt hatte. Dennoch dachte ein Teil von mir, es sei nicht gut, sie so lange sich selbst zu überlassen. Andererseits bewegte sie sich nicht und würde das auch eine Weile lang nicht tun. Das ist das, worauf man sich bei Sophie verlassen kann: Wenn sie sich erst mal auf was eingelassen hat, hat man ein wenig Zeit.

»Irgendwann muss er rauskommen, wenigstens um im Garten sein Geschäft zu verrichten«, bemerkte meine Mutter und klang leicht nervös.

»Sie«, sagte ich. »Der Hund ist eine Hündin. Und dann, wenn sie das getan hat, wird sie gleich wieder reingehen.«

Von Tante Vi konnte ich nichts hören, aber meine Mutter antwortete: »Aber Violet, ich bin doch jetzt da, um mich darum zu kümmern. Und jetzt atme einfach ganz ruhig. Bitte.«

Ich schaute über meine Schulter zu Tante Vi. »Was weißt du über den Mann nebenan?«

Tante Vi schien nachzudenken. »Nicht viel, Süße. Warum?«

Ich fragte mich, warum sie darüber nachdenken musste. Entweder wusste sie was oder eben nicht.

»Auf mich wirkte er irgendwie mürrisch«, erklärte ich.

»Hast du mit ihm gesprochen?«

»Ja. Warum?«

»Ich rede nie mit ihm. Alles, was ich weiß, ist, dass er Paul Inverness heißt. Und dass er in der Kreditabteilung bei einer Bank arbeitet. Keine Ahnung, bei welcher. Sonst weiß ich nichts, nur den Namen und was er beruflich macht. Im Grunde genommen ist es so, dass ich seit fünfzehn Jahren hier wohne und nicht mehr als zehn Sätze mit ihm gewechselt habe.«

»Warum nicht?«

»Das weiß ich nicht. Ich hatte irgendwie nie das Gefühl, dass er das wollte. Er bleibt für sich allein. Halt dich von ihm fern, ja? Ich mag keine Männer, die allein leben und mit jungen Mädchen reden, aber nicht mit ihren Nachbarn.«

»So war es gar nicht«, wandte ich ein.

»Das weißt du nicht.«

»Doch.«

»Die Welt ist kein netter Ort.«

»Also das weiß ich allerdings wirklich.«

Ich öffnete die Tür in den Garten.

»Wohin willst du, Liebes?«, fragte meine Mutter.

»Ich fühle mich nicht wohl dabei, wenn sie länger so ganz allein da draußen ist.«

»Ich passe auf sie auf. Mach dir keine Sorgen.«
Ich blieb nicht stehen.
»Was ist mit Frühstück?«
»Könntest du es mir rausbringen?«
Ich wartete nicht wirklich auf eine Antwort. Ich hatte angeboten, auf Sophie aufzupassen, daher kam es mir nicht so vor, als sei es zu viel verlangt, wenn sie im Gegenzug einen Teller Rührei rausbrachte.

Ich ging zum Zaun und stand über Sophie. Sie musste meinen Schatten gesehen haben, aber sie schien nicht zur Kenntnis zu nehmen, dass ich da war.

»Är«, sagte sie. »Är, är, är.«

Vielleicht wusste sie es doch. Oder vielleicht sagte sie es auch schon die ganze Zeit. Ihre Stimme war heiser. Aber sie war noch da.

»Was ist mit diesem ›är‹, Sophie?« Mir war klar, es hatte etwas mit dem Hund zu tun, daher erklärte ich: »Rigby. Die Hündin heißt Rigby.«

»Är«, sagte sie wieder.

Ihr Haar glänzte und war sauber und gebürstet. Meine Mutter hatte sie schön zurechtgemacht.

»Rigby.«
»Är.«
»Rigby.«
»Är, är, är.«

Seufzend drehte ich mich um und ging zu dem Liegestuhl, setzte mich darauf.

Ein paar Minuten später wurde mir von hinten ein Teller Rührei unter die Nase gehalten. Ich war so in Gedanken gewesen, dass ich nichts gehört oder gesehen hatte. Sie hatte zwei Scheiben Roggentoast mit Butter drauf auf meinen Teller getan und ein kleines Glas Orangensaft.

»Danke«, sagte ich.

»Probier es bitte. Wenn es nicht mehr gut ist, mache ich dir neues.«

»Es ist bestimmt super.«

»Probier es.«

Ich nahm einen Bissen, gab mir Mühe, nicht mit den Gabelzinken gegen meinen losen Zahn zu stoßen. Es war trocken.

»Es ist super.«

Es wäre blöd, es wegzuwerfen. Dafür war es nicht trocken genug.

»Ist es wirklich in Ordnung für dich, hier draußen bei ihr zu sein? Gestern war ein schwerer Tag für dich. Heute sollte ich an der Reihe sein.«

»Ich will nur sehen, was mit dem Hund passiert. Dann gönne ich mir eine Pause.«

Sie seufzte. Küsste mich auf den Scheitel.

»Ich wünschte, du würdest dir die Haare lang wachsen lassen.«

»Ich mag es so. Das habe ich dir doch schon gesagt.«

»Lang würde es hübsch aussehen. Weiblicher. Oh … egal. Es tut mir leid. Vergiss, dass ich das gesagt habe. Ich habe dir versprochen, damit aufzuhören, oder?«

Danach hörte ich die Tür hinter ihr zuklappen, als sie wieder ins Haus ging.

»Das hast du«, sagte ich leise. »Zwei Mal.«

Ich hatte die Rühreier aufgegessen und die Hälfte meiner zweiten Scheibe Toast, als die Tür vom Nachbarhaus geöffnet wurde und Rigby herausgesprungen kam. Ich schaute auf und sah direkt in Paul Inverness' Gesicht. Er stand einfach nur da auf der Türschwelle. Als seien Sophie und ich ein schlechter Traum gewesen. Er wirkte müde, als er mich erblickte. Uns erblickte.

»Är!«, rief Sophie. »Är! Är!«

Rigby lief dreimal im Kreis und hockte sich dann ins Gras, kam danach zu Sophie an den Zaun. Ich stand auf und ging hin, und Paul ebenfalls. Er war für einen freien Tag viel zu gut angezogen. Kein Anzug, aber braune Stoffhosen mit Bügelfalte, braune Lederschuhe und dazu ein Hemd, das strahlend weiß war. Er war frisch rasiert und roch nach Aftershave. Als wolle er zu einer Verabredung, statt nur den Hund rauszulassen, damit er in den Garten machen konnte.

»Ich dachte, ihre Stimme wäre weg, sodass wir alle etwas Ruhe bekommen würden.«

»Ja, tut mir leid. Sie hat nicht geschrien, bis ihre Stimme weg war. Stattdessen hat sie sich irgendwie in den Schlaf geschrien.« Dann standen wir einfach da, waren beide irgendwie verlegen. Na ja, bei ihm ist das geraten. Aber er sah verlegen aus. »Es tut mir wirklich leid, was ich gestern gesagt habe. Über die Ohren Ihres Hundes. Ich war müde und so gestresst. Gewöhnlich denke ich mir so was nur und spreche es nicht laut aus. Ich weiß nicht, warum ich es gesagt habe. Ich weiß auch nicht, warum Sie sich überhaupt all das von mir haben gefallen lassen. Und Sie waren wirklich sehr höflich. Es hat mich gewundert, dass Sie mir nicht einfach einen Tritt gegeben und mir die Tür vor der Nase zugeschlagen haben.«

Dann machte ich eine Pause, war endlich halbwegs bereit, mir anzuhören, was er antworten würde.

»Ich hab dich reden lassen, weil mir gefallen hat, was du zu sagen hattest.«

Ich schnitt eine Grimasse. Davon tat mir die Lippe weh.

»Warum?«

»Ich mochte es, weil du dich für meinen Hund eingesetzt hast. Das hat mir gefallen. Du hast meinen Hund verteidigt. Aus dem gleichen Grund habe ich auch nichts gesagt, als du mir wegen deiner Schwester die Leviten gelesen hast. Das ist eine gute Eigenschaft bei einem Menschen. Sich für jemanden einsetzen, der das selbst nicht kann.«

»Oh.« Was eine dumme Antwort darauf war, aber ich war verlegen und wusste nicht, was ich sonst sagen sollte. Dann musste ich was sagen. »Es ist Samstag.«

»Allerdings. Gott sei Dank.«

»Sie müssen am Samstag nicht arbeiten.«

»Nein, Gott sei Dank nicht.«

»Wenn Sie Ihren Job so sehr hassen, warum machen Sie ihn dann?«

»Weil ich nur noch sieben Wochen bis zur Rente habe, und so lange kann ich alles ertragen. Sogar meinen Job.«

»Also ... sind Sie ... den ganzen Tag zu Hause?« Ich versuchte natürlich herauszufinden, was für ein Tag es mit Sophie werden würde. Ich hoffte, für ihn war es nicht so offensichtlich.

»Nein. Ich werde meinen Bruder und seine Frau auf der anderen Seite der Stadt besuchen.«

Ich fand das komisch, dass er mir das verriet. Es kam mir wie zu viel Information vor. Ich hielt ihn nicht für die Sorte Mensch, die einem erzählte, wo sie hinwollte. Er wirkte viel eher wie jemand, der einfach »Auf Wiedersehen« sagen würde. Und wenn man fragte, würde er einen vielleicht daran erinnern, dass es sein Leben war und nicht deines.

Es war fast so, als freute er sich wirklich darauf, zu seinem Bruder zu fahren, und wollte es jemandem mitteilen.

»Kommt Rigby mit?« Früher oder später musste ich das fragen, das wussten wir beide.

»Nein. Du hast Glück. Rigby wird hierbleiben.«

Ich atmete tief durch. Als hätte ich eine ganze Zeit lang nicht richtig Luft geholt. Und ich denke, das hat er gemerkt.

»Jetzt bin ich an der Reihe, meine Nase in Sachen zu stecken, die mich nichts angehen«, erklärte er. »Vielleicht könntest du ihr einfach einen Hund besorgen.«

»Sophie hasst Hunde.«

Dann schauten wir beide zu ihr runter, wie sie ihr Gesicht gegen den Zaun drückte und versuchte, dichter zu Rigby zu kommen. Ich wusste, das musste sehr seltsam geklungen haben.

»Är«, sagte Sophie.

»Sie«, sagte Paul direkt zu Sophie.

Die meisten Leute reden nicht direkt mit Sophie, sodass das interessant war.

»Är«, sagte Sophie.

Das war ehrlich der erste Moment, in dem es mir aufging. Sophie sagte »er«. Wirklich, jetzt, wo ich es wusste, konnte es genauso »er« wie »är« sein. Ihre Aussprache war nicht perfekt, aber es klang ähnlich genug, dass ich mir nicht vorstellen konnte, warum ich nicht selbst darauf gekommen war. Warum ein Fremder das für mich hatte rausfinden müssen. Aber andererseits, wenn man berücksichtigte, wie viele Worte Sophie in ihrem Leben gesagt hatte, dann hatte Paul Inverness vermutlich fast so viele davon gehört wie ich.

Ich entschied, dass das etwas war, worüber ich nicht länger nachdenken wollte.

»Ich weiß, es ergibt keinen Sinn, dass ich gesagt habe, sie mag keine Hunde. Aber es stimmt. Sie mag nur Ihren Hund. Nicht Hunde generell.«

Wieder Schweigen, dann schüttelte er den Kopf. Ich konnte erkennen, dass er mit dem Gespräch fertig war. Er wollte weg.

Er wandte sich zum Gehen.

»Viel Spaß bei Ihrem Bruder«, sagte ich.

Er blieb stehen. Drehte sich noch mal um. Warf mir einen seltsamen Blick zu. Er war beinahe … irgendwie argwöhnisch. Als hätte ich das mit Hintergedanken gesagt.

»Warum sagst du das?«

»Ich … Oh. Äh … ich weiß nicht. Sagt man nicht immer solche Sachen? Es sah so aus, als würden Sie sich darauf freuen, zu ihrem Bruder zu fahren. Das ist alles.«

»Ich freue mich nicht darauf, meinen Bruder zu sehen.«
»Ehrlich? Ich hatte den Eindruck, Sie würden das.«
»Ich habe keine Ahnung, wie du darauf kommst. Ich mag meinen Bruder nicht mal.«

Ich wollte fragen: Warum besuchen Sie ihn dann? Aber ... nein, nicht wirklich. Ich wollte es *denken*. Aber die Unterhaltung hatte eine seltsame Richtung eingeschlagen, und es war völlig ausgeschlossen, dass ich so was laut aussprach.

Auf seinem Weg zum Tor schaute er über seine Schulter zu mir. Warf mir diesen Blick zu. Als ob dieses plötzliche Unbehagen allein meine Schuld sei und überhaupt nicht seine.

Ich machte mir im Geiste die Notiz, mich auf keine weiteren Gespräche mit Paul Inverness einzulassen. Nicht mehr, als unvermeidbar war.

Ich ging wieder rein, um meiner Mutter die gute Neuigkeit mitzuteilen. Dass es für eine Weile einfach sein würde, wenigstens für ein paar Stunden.

Ein paar Stunden Frieden ist eine Menge.

Je nachdem, was man sonst gewohnt ist.

* * *

Ich ging zur Bibliothek, obwohl die fast zwei Meilen entfernt war. Es ist nicht so, dass ich nicht das Geld für eine Busfahrkarte gehabt hätte. Es ist nur so, dass ich grundsätzlich nie viel Geld habe, und wenn ich zu Fuß gehe, dann kann ich es behalten.

Es war eine kleinere Zweigstelle als die, in der ich sonst immer war, weil wir jetzt in der Vorstadt waren. Als ich reinging, suchte ich mit den Augen den Computerraum. Es gab acht Computer, nicht mal die Hälfte von dem, was ich gewohnt war. Aber es waren nur zwei Leute da, die welche benutzten. Ich war an zwanzig gewöhnt und daran, dafür anzustehen.

Ich ging zur Anmeldung. Die Frau dort war vermutlich erst Anfang zwanzig und hatte blondes Haar mit einer blauen Strähne auf der einen Seite.

Ich zeigte ihr meine Bibliothekskarte.

»Wir sind gerade erst hergezogen. Kann ich die gleiche Karte auch hier weiterbenutzen?«

Sie blinzelte ein paarmal, als seien einfache Fragen schwieriger zu beantworten als komplizierte. Dann sagte sie: »Es ist das gleiche Bibliothekssystem im ganzen Bezirk.«

»Oh. Gut. Danke.«

Nicht, dass ich Bücher ausleihen wollte. Ich liebte Bücher. Aber ich lieh sie mir nicht aus. Ich las sie stundenlang und betrachtete die Bilder darin, aber ich nahm sie nicht mit nach Hause, weil ich nicht wollte, dass sie kaputtgingen. Aber ich wusste, ich brauchte eine Bibliothekskarte, um einen der Computer zu benutzen.

Ich begann, indem ich mich an den Computerkatalog für Bibliotheksbücher setzte. Ich saß ein paar Minuten da, die Hände auf den Knien, versuchte zu denken. Es war nicht wirklich wichtig, weil da drei Terminals waren und niemand darauf wartete, eines davon zu benutzen.

Nach einer Weile hatte ich das Gefühl, als stünde jemand hinter mir, sodass ich hochsah und mich umdrehte. Da war eine Frau, vielleicht vierzig, mit langem glatten Haar. Sie hatte freundliche Augen.

»Kann ich dir helfen? Suchst du was Bestimmtes?«

»Oh. Nein, danke. Ich komme super mit dem System hier zurecht. Ich versuche zu entscheiden, wo ich heute hinwill.«

Ich betrachtete ihr Gesicht eine Weile. Sie sah mich an, als hätte ich etwas Komisches gesagt.

»Was?«, fragte ich.

»Nichts. Ich mag das nur. Es klang nett. Wohin willst du denn gewöhnlich?«

»Ich mag Reisen. Und Reisebücher. Und ich sehe mir gerne Reisefotografien an und Videos im Internet. Aber am liebsten mag ich große Bildbände, in denen man alles über die Orte erfährt, die aber auch jede Menge Farbfotos haben. Weil ich dann was über den Ort lernen kann und zudem das Gefühl habe, als könnte ich ihn sehen. Aber die meisten Bibliotheken haben solche Bücher gar nicht, weil sie zu teuer sind. So gehe ich an ganz verschiedene Orte, aber am liebsten mag ich Tibet. Wenn ich mich also nicht entscheiden kann, gehe ich in der Regel nach Tibet. Ich mag Berge, daher mag ich auch Indien und Nepal und Bhutan, weil die auch im Himalaya sind. Aber ich mag genauso die Anden in Südamerika und die Alpen. Und Australien, wegen des Great Barrier Reef. Auch wenn das kein Berg ist.«

»Hm«, sagte sie. »Klingt so, als wüsstest du genau, was du willst.«

»Ja, Ma'am.«

Ich wusste, was ich wollte, schon richtig. Aber wie ich das bekommen sollte, das war das Problem.

Sie ging weg, und ich dachte, es könnte ihr nicht egaler sein und dass ich ihr viel mehr darüber erzählt hatte, wonach ich suchte, als sie wissen musste. Ich rede nie viel, es sei denn, ich bin in einer Bibliothek oder einer Buchhandlung, und dann rede ich zu viel. Ich scheine das mit dem Reden nie richtig hinzubekommen.

Ich dachte: Vielleicht mal was Neues, daher begann ich nach Norwegen zu suchen. Vielleicht irgendwo bei den Fjorden oder so.

Eine Minute später kam sie zurück und sagte: »Wir haben nicht viel mit Fotos über den Himalaya, aber wir haben Lonely-Planet-Bücher für Tibet, Nepal und Bhutan.«

Sie hatte meinen Gedankengang unterbrochen. Ich war verwirrt.

»Danke«, sagte ich. »Aber ich habe das über Tibet schon dreimal gelesen. Nepal zweimal und Bhutan erst einmal.«

»Gelesen? Oder durchgeblättert? Weil diese Bücher ...«

Sie hielt die Hände auseinander, übertrieb, wie dick sie waren.

»Ja, Ma'am, ich weiß, dass sie viele Seiten haben, weil ich sie von vorne bis hinten gelesen habe und genau weiß, wie viel das ist.«

»Also ... Wow. Wir könnten etwas bestellen aus einer der anderen Bibliotheken.«

»Äh. Nein, danke. Das ist nicht nötig. Ich benutze einfach den Computer.«

Es kostet eine Gebühr, wenn man sich ein Buch aus einer anderen Zweigstelle schicken lässt.

»Du weißt, es gibt die Global-Road-Warrior-Datenbank ...«

»Ja, Ma'am. Darin bin ich gut. Wenn ich mir ein neues Land aussuche, gehe ich immer dahin. Aber ich weiß bereits alle Fakten über alle Länder, über die ich gerade geredet habe.«

»Hmm«, sagte sie. »Kann ich dich für einen Job als Hilfsbibliothekarin gewinnen?«

Ich lachte, und davon tat mir die Lippe weh.

»Dafür bin ich wohl ein bisschen zu jung.«

Sie legte mir eine Hand auf den Kopf, dann ging sie. Während sie sich entfernte, sah ich ihr die ganze Zeit nach. Ich konnte den warmen Abdruck noch spüren, wo ihre Hand gewesen war.

Ich machte es mir vor dem Computer bequem und surfte eine Stunde lang zu Norwegen, aber ich fühlte mich dennoch nicht, wie ich mich fühlen wollte.

* * *

Während ich draußen unterwegs war und umherwanderte, kam ich an einer Buchhandlung vorbei. Neue und gebrauchte Bücher. Sie hieß Nellie's Books, und innen sah sie irgendwie nett aus. Nicht so wie die großen, modernen Buchläden mit Espressobar. Nur Bücher.

Ich ging hinein.

Die Frau hinter dem Tresen schaute auf und lächelte mich an. Aus irgendeinem Grund war das Lächeln fast wie das, was ich bei Norwegen gesucht hatte. Das ergab keinen Sinn, weil ich nie zu dem Lächeln von jemandem reisen konnte. Aber andererseits ... ich würde auch nie nach Norwegen kommen. Wem wollte ich da was vormachen?

»Sind Sie Nellie?«, fragte ich. »Oder ist das nur ein Name für den Laden?«

Dann stand ich da und dachte darüber nach, was ich Dummes gesagt hatte. Warum war mir das überhaupt wichtig? Das war es auch gar nicht. Ich hatte nur das Gefühl gehabt, ich müsste etwas sagen. Ich wusste nicht mal, warum. »Hi« wäre vermutlich gut gewesen.

»Höchstpersönlich«, antwortete sie. »Womit kann ich dir helfen?«

»Ich habe mich gefragt, ob Sie wohl welche von diesen großen, schönen Bildbänden über ferne Länder haben.«

»Von etwas Bestimmtem?«

»Berge sind immer gut.«

Sie sah mich etwas komisch an, als ich das sagte. Vermutlich, weil die meisten Leute in ein Land reisen, nicht zu einer Geländeform.

»Ich hatte etwas Schönes über den Himalaya bei den gebrauchten Büchern«, erwiderte sie. »Lass mich nachsehen, ob ich es noch habe.«

Mein Herz machte einen Satz. Wenn es gebraucht war, konnte ich es mir vielleicht sogar leisten. Aber das war nur einer dieser aufflackernden Gedanken. Diese Bücher kosteten richtig viel Geld, sogar gebraucht noch. Außerdem waren sie viel zu schön, um sie mit nach Hause zu nehmen.

Ich folgte ihr durch ein paar Gänge, beobachtete sie, aber mehr aus dem Augenwinkel. Sodass es, falls sie zu mir zurückschaute, nicht aussah, als starrte ich sie an. Sie hatte Haare wie Sophie, vielleicht etwas brauner. Und ihre Augen waren ebenfalls braun. Ich mochte ihre Nase, wusste aber nicht, warum. Ich könnte nicht sagen, was mit meiner eigenen Nase nicht in Ordnung ist, außer ein paar Sommersprossen, aber plötzlich wollte ich sie gegen ihre eintauschen.

Dann blieb sie stehen, nahm ein Buch aus dem Regal und hielt es mir hin, das Cover zu mir. Ich schwöre, mir wurden die Knie weich wie Butter. Ich dachte, ich würde gleich umfallen. Es hatte ein Bild vornedrauf, das so sehr wie das erste war, das ich überhaupt je von Tibet gesehen hatte, dass sich mein Kopf umnebelt anfühlte und irgendwie weit weg, als würde das jetzt nicht wirklich passieren. Es war, als ob das Land mir nachliefe und mich gefunden hätte. Es hatte die weißen Tempel mit den coolen Dächern, die unglaublich zerklüfteten schneebedeckten Berge dahinter, die lächelnden Kinder in leuchtend bunten Kleidern, die Gebetsfahnen, die im Wind wehten. Na ja. Es war natürlich immer noch ein Bild, daher wehten die Gebetsfahnen nicht wirklich. Außer dass sie es eben doch taten, das konnte man sehen.

Kinder in Tibet lächeln immer auf den Bildern. Ich denke, das ist, wie es eigentlich überhaupt erst angefangen hat.

Auf dem Buch standen vornedrauf das Wort »Himalaya« in Groß und in kleineren Buchstaben »Tibet, Nepal, Bhutan, Nordindien und Nordpakistan«.

»Kann ich es mir ansehen?« Ich streckte die Hände aus. Sie zitterten, und ich denke, das hat sie bemerkt.

Ich hielt es eine Minute lang einfach fest. Es war riesig und schwer. Ich drehte es um und schaute auf das Preisschild. Fünfundfünfzig Dollar, gebraucht. Aber niemand würde darauf kommen, dass es nicht neu war. Bis auf eine angestoßene Ecke war es perfekt.

»Kann ich mich hinsetzen und es mir ansehen?«

»Natürlich.«

Sie zeigte mir einen netten Polstersessel. Er stand ziemlich weit weg von ihrem Tresen, aber ich konnte sie von da aus sehen, und sie mich. Ich hockte mich drauf, streifte mir die Schuhe ab und setzte mich mit untergeschlagenen Beinen und in Socken hin, um den Sessel nicht schmutzig zu machen. Ich schlug das Buch auf meinen Knien auf.

Ich blickte hoch und sah, sie war wieder hinter dem Tresen und las.

Ich blätterte langsam um, meine Augen wurden vor allem von den schneebedeckten Bergen angezogen. Ich hatte in meinem Leben noch nie echten Schnee gesehen. Nicht ein Mal. Aber ich wollte ihn nicht in der Stadt, halb an den Straßenrand geschoben, sehen. Ich wollte ihn sehen, wie er oben von einem hohen Berg wehte oder von Schneeüberhängen oder in den Steilhängen an diesen unglaublichen Gipfeln lag. Ich wollte sogar eine Lawine sehen. Aber natürlich nur aus sehr, sehr weiter, sicherer Entfernung.

»Wirst du dorthin fahren, wenn du erwachsen bist?« Sie schaute nicht mal von ihrem Buch auf, als sie mir die Frage stellte.

Ich blickte aber von meinem auf und starrte sie eine Minute an.

»Das glaube ich nicht.«

»Das ist nicht die Antwort, mit der ich gerechnet habe.«

Jetzt sah sie mich an, und ich schaute rasch weg.

»Ich muss hierbleiben und meiner Mutter helfen.«

»Für immer?«

»Vermutlich schon.«

»Ich möchte nicht makaber klingen, aber deine Mutter wird nicht ewig leben.«

»Oh. Dann muss ich wirklich dableiben. Denn wenn meine Mom nicht da ist, um sich um Sophie zu kümmern, dann werde ich das tun müssen.«

Da hätte ich mir am liebsten selbst einen Tritt gegeben. Ich wartete darauf, dass sie fragte, wer Sophie wäre und warum ich mich um sie kümmern müsste. Das tat sie aber nicht.

Ich blätterte weiter. Auf der nächsten Seite waren Mönche in diesen orangen Roben.

»Vielleicht verdienst du ja richtig viel Geld und kannst jemanden bezahlen, der deiner Mom hilft, während du auf Reisen bist.«

Ich hob erneut den Blick. »Das hört sich toll an«, sagte ich.

Ich hoffte, sie würde mehr sagen, aber das tat sie nicht. Daher ging ich weiter das Buch durch. Es war genau, wo ich an diesem Tag hinwollte. Es war genau, wo ich *jeden* Tag hinwollte. Ich begann schon zu spüren, dass ich es nicht weglegen wollte. Ich wollte es nicht hierlassen. Was, wenn jemand reinkam und es kaufte? Ich fühlte mich, als gehörte es mir. Oder wäre dazu bestimmt, mir zu gehören. Der Gedanke, dass es jemand anderem gehören könnte, fühlte sich richtig schlecht an.

»Was zieht dich an den Himalaya-Ländern an?«

Beim Klang ihrer Stimme zuckte ich zusammen.

»Also, ich hab dieses Bild gesehen, als ich klein war. Es war eines wie das auf dem Cover hier. Es sah so völlig anders aus als alles, wo ich je gewesen war. Und alles, was anders daran war, schien besser. Ich war nie in den Bergen und hab auch keinen Schnee gesehen. Ich weiß nicht. Alles war einfach richtig daran. Oder vielleicht mochte ich es, weil es von hier aus auf der anderen Seite der Welt ist.« Dann saß ich da eine Minute lang, wollte den letzten Satz am liebsten zurücknehmen. Das konnte ich nicht, daher entschied ich mich, noch was hinzuzufügen.

»Haben Sie je einen Tibetfuchs gesehen? Er sieht völlig anders aus als jeder andere Fuchs auf der Welt. Ich schwöre, er sieht aus wie eine Zeichentrickfigur. Überhaupt nicht wie ein echter Fuchs. Er sieht aus wie ein sprechendes Tier, das man in einer Hausjacke malen würde, wie es Pfeife raucht, eine große. Sein Gesicht sieht so weltmännisch aus.«

Sie lächelte. Das war gut.

Ich machte weiter.

»Wussten Sie, dass die Hälfte aller Pflanzenarten in ganz China in Tibet vorkommt? Vierhundert Arten von Rhododendron. Nicht vierhundert Sorten Blumen. Vierhundert verschiedene Arten von dieser einen Blume. Über fünfhundert Arten wilde Orchideen. Viertausend verschiedene Pflanzen, und über dreißig Prozent aller Vögel auf dem gesamten indischen Subkontinent. Und vierhundert verschiedene Arten Schmetterlinge. Wussten Sie das?«

Sie blickte mir ins Gesicht, daher schaute ich weg.

»Liest du mir das vor?«

»Nein, Ma'am. Das steht nicht in diesem Buch. Ich meine, bis dahin bin ich noch nicht gekommen. Das weiß ich so.«

»Nun, um deine Frage zu beantworten, ich denke, die Einzigen, die das wissen, sind Leute, die im tibetanischen Fremdenverkehrsbüro arbeiten, und du. Und ... bitte ... ich weiß, ich bin alt im Vergleich zu dir. Aber ich denke bei ›Ma'am‹ immer mehr an jemanden wie meine Mutter. Nenn mich doch bitte Nellie.«

»Nellie. Tut mir leid. Ich weiß nie, wer Zeug wie das weiß und wer nicht.«

Darauf antwortete sie eine ganze Weile nicht, aber sie wandte sich auch nicht wieder ihrem Buch zu. Sie schaute zum

Fenster raus. Es war links von ihr, und ich konnte nicht erkennen, ob es da was zu sehen gab oder ob sie nur nachdachte.

Dann sagte sie: »Du weißt bestimmt, es ist nicht mehr, was es einmal war, nachdem die Chinesen einmarschiert sind.«

»Ja, ich weiß.«

»Und der Tourismus hilft auch nicht. Nun ja, er hilft, aber er schadet auch. Ich habe gehört, die Flüsse sind voller Müll.«

»Das ist egal«, erwiderte ich. »Es ist nur ein Traum. Ich werde nie dorthin kommen.«

Ich schloss das Buch und begann aufzustehen.

»Entschuldige«, sagte sie. »Geh nicht.«

»Es ist nicht Ihre Schuld, dass die Flüsse zugemüllt sind.«

»Es ist meine Schuld, dass ich davon angefangen habe, während du geträumt hast.«

»Das macht nichts«, sagte ich. »Ich muss nur heim. Ich kann nicht reisen, und ich kann mir auch dieses Buch nicht leisten, und ich muss nach Hause.«

»Du könntest doch auch wiederkommen und dir den Rest ansehen.«

»Na ja ... Ja. Vielleicht. Vielleicht tue ich das.«

Ich brachte es zum Tresen, denn ich wusste nicht mehr, wo es hingehörte. Man sollte nie ein Buch ins Regal zurückstellen, wenn man nicht genau weiß, wo es hinmuss.

»Demnächst habe ich eine große Inventur anstehen«, sagte sie. »Ich könnte es dir für vier Stunden harter Arbeit überlassen.«

Ich legte es auf den Tresen und schaute weg. Zum gleichen Fenster raus, zu dem sie rausgeblickt hatte. Dort war nichts zu sehen.

Ich glaubte nicht, dass sie wirklich die Hilfe brauchte. Es fühlte sich mehr wie Almosen an. Was ... ich meine ... ich weiß, sie meinte es gut und so. Aber ich mochte das Gefühl nicht.

»Das ist sehr freundlich, Ma'am. Ich meine, Nellie. Aber ich kann das Buch ohnehin nicht mit nach Hause nehmen. Es würde nur kaputtgehen.«

»Es gibt keinen Platz in deinem Haus, wo das Buch sicher wäre?«

»Also … ich habe diese Metallkiste, die sich verschließen lässt. Aber irgendwann müsste ich es ja hervorholen, denn wozu sollte ich es sonst überhaupt haben wollen? Und ich fände es schrecklich, wenn es kaputtgehen würde. Dafür ist es zu schön. Sie wissen schon.«

»Möchtest du, dass ich es hinter dem Tresen für dich zurücklege, damit du darüber nachdenken kannst?«

»Äh …« Ich dachte wieder daran, wie es wäre, wenn ich herkäme, um es mir anzuschauen, aber jemand anders hätte es gekauft. Jemand anders, der Unmengen Geld besaß und über fünfundfünfzig Dollar nicht mal nachdenken musste und dem das Buch gar nicht so wichtig sein musste, weil der Preis nicht so hoch war, dass er sich darüber Gedanken zu machen brauchte. »Das wäre in der Tat nett. Danke.«

»Wie heißt du?«

Ich stand eine Minute lang da wie eine Idiotin. Weil ich herauszufinden versuchte, warum sie das wissen wollte.

Ehe ich das Rätsel lösen konnte, sagte sie: »Wenn ich ein Buch für dich zurücklegen will, muss ich deinen Namen daraufschreiben.«

»Oh. Richtig. Angie. Brauchen Sie auch meinen Nachnamen?«

»Nein. Nur dein Vorname und die Telefonnummer reichen.«

»Oh. Die Telefonnummer weiß ich nicht.« Ich verzog das Gesicht, merkte selbst, wie unglaublich dumm sich das anhörte. »Wir sind gerade erst vorgestern bei meiner Tante hier eingezogen. Die Nummer kenne ich noch nicht auswendig.«

»Das ist okay. Bring sie mir nächstes Mal, wenn du herkommst.«

»Das mache ich. Danke.«

Ich sah zu, wie sie meinen Namen in einer großen, geschwungenen Handschrift mit Schlingen auf einen gelben Haftzettel schrieb. Als sie ihn vorn auf das Cover klebte, dachte ich: Siehst du? Das Buch war für dich bestimmt.

Außer dass ich immer noch nicht richtig glauben konnte, dass es das je sein würde.

Dann ging ich raus auf die Straße und blinzelte ins Licht, erkannte, dass ich nicht mal zwei Stunden totgeschlagen hatte, den Weg eingeschlossen. Es stimmte nicht, dass ich heimmusste. Ich musste nicht, und ich wollte nicht. Es war diese Frau. Ich mochte sie, aber sie gab mir das Gefühl, als hätte ich keine Haut. Als gäbe es nichts, was mich davor schützte, dass jemand in mich hineinschaute. Oder reinkam.

Ich ging eine Stunde lang herum und saß eine weitere in einem Park. Ich würde ja erzählen, worüber ich nachgedacht habe, aber das weiß ich wirklich nicht. Ich weiß nicht mal, ob ich das überhaupt getan habe.

* * *

Als ich heimkam, waren meine Mutter und meine Schwester im Schrank. Das war nie ein gutes Zeichen. Ich fand sie, indem ich dem Laut folgte. Ich konnte Sophie hören, aber ihre Stimme war nur noch dieser leise, heisere Überrest. Sie wäre bald ganz weg. Was hieß, dass sie schon eine ganze Weile dabei war.

Ich öffnete die Schranktür.

Meine Mutter schaute mich an. Sie wirkte irgendwie erschreckt. Dann wurde ihr Gesicht weich, als sei sie froh, dass es nur ich war.

»Du hast die Eierkartons angebracht«, bemerkte ich.

Während ich weg gewesen war, hatte meine Mom den Wandschrank in Tante Vis nicht benötigtem Zimmer ausgeräumt, dem Zimmer, in das wir alle irgendwie reinpassen sollten, und hatte die Wände mit leeren Eierkartons ausgekleidet. Sie hatte sie in einem Pappkarton mit hergebracht, von dem alten schalldichten Schrank in unserer alten Wohnung.

»Ja, Gott sei Dank war der Mann nebenan lang genug weg, dass ich das tun konnte.«

Ich kam in den Schrank und schloss die Tür hinter mir. Ich bin nicht sicher, warum. Es war nur gerade genug Platz, um im Schneidersitz auf dem Boden zu sitzen. Mein Knie war an Sophies Seite, aber das schien sie nicht zu stören.

Meine Mom strich ihr das Haar aus der Stirn, wieder und wieder, streichelte ihr mehr die Stirn als alles andere, vermute ich. Sophie mag es nicht, angefasst zu werden, aber manchmal, wenn sie wirklich müde ist und erschöpft, scheint es sie zu hypnotisieren. Ihr Gesicht war rot und verschwitzt. Es war etwas warm im Schrank, daher überraschte mich das nicht.

Ihre Stimme war so schwach, dass meine Mom und ich einfach drüber hinwegreden konnten, ohne unsere Kehlen zu überanstrengen.

»Wo ist Tante Vi?«

Sie ließ sich mit der Antwort viel Zeit. Wann immer meine Mutter lang darauf wartet, eine Frage zu beantworten, wird die Antwort nicht gut sein.

»In einem Motel.«
»Sie ist in ein Motel?«
»Ich fürchte ja.«
»Wir haben sie aus ihrem eigenen Haus vertrieben?«
»Ich weiß nicht, was ich dir darauf sagen soll, Kleines.«
»Für wie lange?«
»Ich habe keine Ahnung.«

Dann saßen wir einfach nur da, eine Minute oder so. Es wurde zu heiß hier, und ich wollte raus.

Da erkundigte sie sich: »Wo warst du heute?«

Nicht, dass ich Bericht erstatten musste. Mehr, weil sie wollte, dass ich wusste, sie interessierte sich dafür. Sie gab sich große Mühe, um mir zu zeigen, dass sie an allem, was ich tat, interessiert war. Ich nehme an, weil Sophie so viel Aufmerksamkeit erforderte. Aber ehrlich, nichts hätte mich glücklicher gemacht, als wenn sie vor allem Sophie Beachtung geschenkt hätte und mich einfach hätte tun lassen, was ich eben tat. Das Gefühl, dass jemand mir zusah, wie ich das einfache, komische Zeug machte, das ich jeden Tag so machte, war mir immer unbehaglich.

»In der Bibliothek.«

»Deinen Freunden aus der alten Schule E-Mails geschickt?«

»Ja. Irgendwie. Computerzeug. Du weißt schon. Im Internet surfen und ein bisschen soziale Netzwerke.«

Ich hatte keine Freunde in der alten Schule. Nicht so, dass ich ihnen fehlen würde, nachdem ich fort war. Aber ich wollte nicht, dass meine Mom das je erfuhr. Und auch von dem Reisen, weil ich wusste, sie würde sich dann nur schlecht fühlen.

»Der Typ von nebenan ist überhaupt kein netter Mensch«, sagte sie. Einfach so, aus heiterem Himmel.

Mein Kopf ruckte hoch, aber sie schaute nur auf Sophie, strich ihr über die Stirn, sodass sie es nicht sah.

»Hast du mit ihm gesprochen?«

»Ja. Warum?«

»Durch den Zaun?«

»Nein, ich bin rübergegangen.«

»Und was wolltest du ihm sagen?«

»Wir müssen rausfinden, wie wir Sophie dabei helfen können, mehr Zeit mit dem Hund zu verbringen.«

»Das geht nicht. Es ist unmöglich. Sie ist *sein* Hund.«

»Ja. Das ist ziemlich genau das, was er auch gesagt hat. Und es ist ausgeschlossen, dass er sich von dem Hund trennt ...«

»Du hast ihn gefragt, ob er uns den Hund überlässt?« Ich hörte selbst, dass meine Stimme schrill klang.

»Nein, nicht überlassen. Ich hätte ihn bezahlt. Nicht auf einmal, aber vielleicht in Raten.«

Da war ich plötzlich auf den Füßen, und ich wusste gar nicht, wie das passiert war.

»Das kann ich nicht glauben! Das ist *sein* Hund! Dieser Hund ist sein Freund. Man fragt doch nicht jemanden, ob er einem seinen Freund verkauft.«

»Ich hab ja nur gefragt. Er konnte ja Nein sagen. Und das hat er ja auch getan.«

»Ich fasse einfach nicht, dass du ihn überhaupt gefragt hast. Was, wenn es seinen Hund beruhigen würde, mit Sophie zusammen zu sein? Würdest du ihm Sophie verkaufen?«

Jetzt war sie aufgesprungen und stand Nase an Nase mit mir. Sophie saß noch auf dem Boden und krächzte.

»Du vergleichst deine Schwester *nicht* mit einem Hund, verstanden?«

»Das tue ich doch gar nicht. Und du kennst mich besser, als das zu denken. Ich vergleiche diesen Hund mit einem Menschen. Dieser Hund ist der Einzige, der jeden Tag auf den Mann wartet, wenn er von der Arbeit nach Hause kommt. Denkst du, das heißt nichts? Das ist sein bester Freund, kein Gebrauchtwagen.«

»Wir stecken in der Klemme, falls es dir noch nicht aufgefallen ist. Er hätte wenigstens nett sein können.«

»Ich mache ihm daraus keinen Vorwurf. Ich wäre auch nicht nett zu jemandem, der mir das antäte.«

Ich stürmte aus dem Schrank, konnte mich dann aber nicht entscheiden, wohin.

Am Ende lief ich einfach aus dem Haus in den Garten hinten und ließ mich auf den Liegestuhl fallen. Die leichte Brise war kühl, und ich konnte spüren, wie sie den Schweiß auf meinem Gesicht trocknete. Ich dachte an den Schrank und bekam einen Anfall von Klaustrophobie, aber merkwürdigerweise erst im Nachhinein. Als fühlte sich mein ganzes Leben wie der schallisolierte Schrank an. Zu eng und zu heiß. Nicht genug Platz, um die Ellbogen rauszudrücken oder die Beine auszustrecken.

Nach einer Weile steckte meine Mom den Kopf zur Hintertür raus und sagte: »Ich wünschte, du wärest nicht böse auf mich.«

»Kannst du mir bitte noch ein wenig mehr Zeit geben?«

Das ist das Problem mit meiner Mom. Sie hasst es, wenn irgendwer wütend auf sie ist. Besonders ich. Daher will sie immer, dass ich ihr alles innerhalb einer Sekunde verzeihe. Oder dass ich das wenigstens sage.

Aber ich brauche mehr Zeit. Sachen haben sich in mir verheddert, und ich muss es zulassen, dass sie sich wieder lösen. Es hilft jedenfalls nicht, mich dabei zu hetzen.

Sie musste reingegangen sein, weil ich danach kein weiteres Wort mehr von ihr hörte.

* * *

Ich muss für eine Weile eingeschlafen sein, ohne es gewollt zu haben. Und das ist einfach … Ich kann gar nicht sagen, wie seltsam das für mich ist. Ich mache nie tagsüber ein Nickerchen. Die Hälfte der Zeit schlafe ich nicht mal in der Nacht, und das ist vielleicht Teil des Problems.

Ich schlug die Augen auf.

Die Sonne war fast untergegangen. Und meine Mom saß neben mir auf dem Stuhl, an meiner Hüfte, und schaute mir beim Schlafen zu.

»Bist du mir noch böse?«

Sie wirkte traurig. Und vielleicht auch ein wenig ängstlich.

»Wie kann ich das? Ich schlafe. Im Schlaf kann ich niemandem böse sein.«

Sie lächelte, aber ohne den traurigen Ausdruck zu verlieren. Sie hatte ihr langes Haar zu einem dieser lockeren Zöpfe geflochten, die ihr so gut standen. Kleine Strähnchen hatten sich daraus gelöst und umrahmten ihr Gesicht, aber selbst das sah nett aus.

Sie begann mir die Stirn zu streicheln, wie sie es bei Sophie getan hatte. Nur dass ich nicht viel Haare hatte, die sie wegstreichen konnte.

»Wo ist Sophie? Du hast sie doch nicht allein im Schrank gelassen, oder?«

»Selbstverständlich nicht. Du weißt doch, das würde ich nie tun. Sie schläft. Ich habe sie ins Bett gebracht.«

»Das ist aber furchtbar früh. Ich frage mich, ob sie die Nacht durchschlafen wird.«

»O Gott. Na, hoffen wir mal.«

Eine Weile Stille. Ich ließ mich weiter von ihr streicheln, weil es sich nett anfühlte.

Dann sagte sie: »Ich hasse es, wenn du böse auf mich bist.«

»Das weiß ich doch. Aber manchmal muss man einfach böse werden. Ich meine, das ist sein Hund, Herrgott noch mal.«

Sie hielt mir mit einer Hand den Mund zu, aber ganz sachte.

»Fang nicht wieder an.«

Ich verdrehte die Augen, und sie nahm ihre Finger weg.

»Du weißt doch, dass ich es gut gemeint habe«, sagte sie.

»Ich weiß. Ich weiß, du versuchst eine Bleibe für uns zu finden, bei der wir nicht gleich wieder rausgeschmissen werden.«

»Es kommt mir im Nachhinein allerdings etwas dumm vor. Was ich getan habe. Selbst in meinen eigenen Augen. Ich schwöre dir, in dem Moment schien es mir eine gute Idee zu sein, aber jetzt fällt mir einfach nicht mehr ein, wie ich mich davon überzeugen konnte, dass es so ist.«

»Es sind erst zwei Tage. Wie willst du wissen, ob Sophie den Hund nicht morgen vielleicht hasst?«

»Sophie? Interesse an etwas verlieren? Ich meine, wenn sie überhaupt erst mal an etwas interessiert ist?«

»Na ja. Da hast du recht.«

»Ich dachte, wir könnten schauen, ob wir eine schwarze Deutsche Dogge finden. Meinst du, sie merkt den Unterschied, wenn sie normale Ohren hat?«

»Ich denke, sie würde den Unterschied merken, selbst wenn der andere Hund aus dem gleichen Wurf wäre. Ich denke, sie würde den Unterschied merken, selbst wenn du diesen Hund klonst. Es geht nicht darum, wie der Hund aussieht. Es ist etwas in dem Hund, was sie mag.«

»Das klingt so gar nicht nach Sophie.«

»Glaub's mir. Ich habe ihnen beiden zugesehen.«

»Ich fühle mich manchmal wie eine komplette Idiotin.«

»So fühle ich mich mehrmals am Tag.«

»Ich meine, bei dir. Manchmal habe ich das Gefühl, als wüsstest du mehr als ich. Denn wenn wir bei etwas verschiedener Meinung sind, stellt sich oft am Ende heraus, dass du recht hast. Dann denke ich immer, du bist erwachsener als ich. Und das jagt mir Angst ein.«

»Ich bin nicht erwachsener als irgendwer«, erwiderte ich.

Obwohl ich wusste, es stimmte nicht. Es mag eine Reihe Sache geben, von denen ich noch nicht verstanden hatte, wie man sie ist, aber erwachsen zu sein gehörte nicht dazu. Mir war die Richtung dieses Gesprächs jetzt unangenehm. Ich hatte es ihr gegenüber nie laut ausgesprochen ... noch nicht ... aber ich wusste genau, was sie meinte. Und es machte mir auch Angst.

Genau genommen, denke ich, machte es mir sogar noch mehr Angst als ihr.

* * *

Nachdem sie reingegangen war, saß ich eine ganze Weile auf der Kante des Liegestuhls. Es war beinahe dunkel, aber aus irgendeinem Grund rührte ich mich nicht vom Fleck. Es war, als könnte ich mich einfach nicht dazu überwinden, irgendwas anderes zu tun.

Schließlich erregte eine Bewegung meine Aufmerksamkeit, und ich schaute auf und sah Rigby, die mich durch den Zaun anstarrte und dabei wedelte. So als ob sich der Zaun auflösen würde, wenn sie nur lange und geduldig genug wedelte, und sie rüberkommen und mich begrüßen könnte. Ich musste lächeln, auch wenn ich das eigentlich nicht wollte.

Ich wollte auch eigentlich nicht hochblicken und Paul hinter ihr stehen sehen. Eine Minute lang oder so meinte ich, ich könnte es vermeiden.

Aber dann hörte ich ihn sagen: »Ach komm, Rig. Tu endlich, wofür auch immer du hier rausgekommen bist.«

Ich schaute hoch. Und war in all der Missbilligung gefangen.

Ich seufzte. Stand auf. Ging zum Zaun. Steckte meine Finger hindurch, sodass Rigby daran schnüffeln konnte.

»Das mit meiner Mom tut mir leid«, sagte ich.

Ich erhielt nicht ganz die Reaktion, auf die ich gehofft hatte.

Er versteifte sich, stellte sich noch gerader hin, als verwandelten sich seine Schultern in etwas, das härter war als normales Schultermaterial. Beton oder Granit. Seine Stirn legte sich in Falten.

»Das mit deiner kleinen Familie ist so«, sagte er. »Ich möchte nichts damit zu tun haben. Was ich hingegen möchte, ist Folgendes: Ich möchte in Ruhe gelassen werden. Ich möchte Frieden. Ich möchte Stille. Ich möchte, dass mein Leben so unkompliziert ist wie nur irgend möglich. Du scheinst mir ein recht nettes Kind zu sein. Der Rest der Bande da drüben, da bin ich mir nicht so sicher. Aber darum geht es mir nicht. Mir geht es darum, dass es auf deiner Seite des Zauns kompliziert ist. Ich möchte es aber einfach. Ich möchte Ruhe. Wenn du mir irgendeinen Teil eures Lebens bringst, dann wird meines ebenfalls kompliziert. Verstehst du, was ich meine?«

»Ja, ziemlich gut.«

»Ich möchte nur in Ruhe gelassen werden.«

»Das verstehe ich.«

»Du, ja. Das glaube ich dir. Und ich glaube dir auch, dass du mich in Ruhe lässt, wenn ich dich darum bitte. Aber du kannst nicht dafür sorgen, dass deine Schwester leise ist.«

»Nein, Sir. Ich denke nicht, dass irgendjemand dafür sorgen kann, dass meine Schwester leise ist.«

»Du kannst nicht dafür sorgen, dass deine Mutter sich um ihre eigenen Angelegenheiten kümmert.«

»Also ... ich bin mir nicht sicher, ob das stimmt.« Ich schaute von Rigbys liebem Gesicht hoch und in Pauls nicht so liebes. Es war gerade noch genug Licht da, um seine Miene zu erkennen. »Ich habe mit ihr ganz schön geschimpft deswegen.«

Er stand ruhig da, fast eine Minute. Ich beobachtete, wie sich sein Gesichtsausdruck veränderte. Nur ein wenig. Von versteinert zu ... beinahe ... neugierig.

»Und das hat sie sich von dir gefallen lassen?«

»Mehr oder weniger. Größtenteils. Sie wurde nur wütend über eine Sache, die ich gesagt habe. Ich hatte ihr vorgehalten: ›Was, wenn es seinen Hund beruhigen würde, mit Sophie zusammen zu sein? Würdest du ihm Sophie verkaufen?‹ Da ist sie ärgerlich geworden und hat behauptet, ich würde meine Schwester mit einem Hund gleichsetzen. Aber das habe ich ja gar nicht getan. Ich habe Ihren Hund mit der Schwester von jemandem verglichen. Wie auch immer, sie hasst es, wenn ich böse auf sie bin. Daher wird sie es wohl am Ende wirklich nicht noch mal tun.«

»Du hast das alles wirklich zu ihr gesagt?«

»Ja.«

Er hatte diesen Ausdruck in den Augen. Nur eine Sekunde lang. Beinahe wie ... als ob er zu mir aufschauen würde oder so. Ich weiß, das klingt verrückt. Aber nur für den Bruchteil einer Sekunde war es da, ehe es wieder verschwunden war.

»Ich mag es, wie du Sachen siehst. Aber ...«

»Sie wollen in Ruhe gelassen werden.«

»Ja.«

»Gut, das kann ich tun.«

»Ich weiß, du denkst bestimmt, ich sei der mürrischste alte Mann auf der Welt. Das geht den meisten Menschen so. Das bin ich aber nicht. Oder, wie auch immer, ich versuche es nicht zu sein. Ich will nur ...«

»Sie wollen Ihre Ruhe.«

»Ja.«

»Fein«, erwiderte ich. »Kein Problem.«

Er wandte sich wieder zu seinem Haus um. Ich schaute ihm zu, wie er die Stufen auf der Rückseite zur Veranda hinten hinaufging. Es kam mir komisch vor, weil er sicher nicht ohne Hund ins Haus zurückgehen würde. Oder wenigstens dachte ich nicht, dass er das tun würde. Ich vermute, er hätte es gekonnt, aber er würde viel eher draußen bleiben, bis sie ihr Geschäft gemacht hatte. Alles, was sie bislang getan hatte, war, mich durch den Zaun anzuwedeln.

»Sie meint es nicht böse«, sagte ich.

Er drehte sich jäh zu mir zurück.

»Wer? Deine Mutter oder deine Schwester?«

»Beide, denke ich. Aber ich meinte meine Mutter. Sie bemüht sich, ein guter Mensch zu sein. Wissen Sie? Sie gibt sich große Mühe.«

Eine lange Pause entstand.

Dann sagte er: »Der Weg zur Hölle ist mit guten Absichten gepflastert.«

»Ich weiß nicht einmal, was das bedeutet.«

»Es bedeutet, Leute wie sie richten großen Schaden an, indem sie versuchen, nett zu sein.«

»Und Leute wie Sie richten großen Schaden an, indem Sie *nicht* versuchen, nett zu sein.«

Mein Gehirn kribbelte, und ich wartete, was er sagen würde. Es war nicht meine Gewohnheit, Erwachsene zu beleidigen. Aber dieser Erwachsene schien anders zu sein. Ich hatte das Gefühl, als könnte ich bei ihm nichts falsch machen. Je gröber ich wurde, desto mehr bewunderte er mich.

»Kein schlechter Einwand«, sagte er. »Aber ...«

»Aber Sie wollen einfach nur in Ruhe gelassen werden.«

»Ja.«

Dann ging er ins Haus. Ohne Hund.

Das war für drei Wochen die letzte Unterhaltung, die ich mit Paul Inverness hatte. Wenn mich damals jemand gefragt hätte, hätte ich gesagt, es wäre meine letzte Unterhaltung überhaupt mit ihm gewesen. Ich denke, in meinem ganzen Leben, sowohl vorher als auch seitdem, habe ich nie so sehr danebengelegen.

Kapitel 3

Inventur

Drei Wochen später – drei Wochen in einer neuen Schule und mit einer Menge aufzuholen – und wieder an einem Samstag hörte ich jemanden an die Tür klopfen.

Tante Vi war längst aus dem Motel zurück, lag aber noch im Bett. Meine Mutter war draußen im Garten und passte auf Sophie auf, während die still im Gras am Zaun lag und darauf wartete, dass Är erschien.

Ich machte auf.

Vor der Tür stand Paul Inverness.

Er trug Jeans und ein graues Sweatshirt. Er hatte sich nicht rasiert. Seine Bartstoppeln waren schneeweiß, und seine Augen schienen von dem gleichen Grau zu sein wie sein Sweatshirt.

»Ich dachte, Sie wollten Ihre Ruhe haben«, bemerkte ich.

»Ich wusste, dass du das sagen würdest. Aber ich habe einen geschäftlichen Vorschlag für dich.«

Ich lachte, ein leises, kurzes Geräusch. Es kam fast wie gespuckt heraus.

»Sie wollen mir ein Geschäft vorschlagen? Ich bin vierzehn.«

»Ich möchte dir einen kleinen Job anbieten.«

Ich spürte, wie meine Augen schmal wurden. »Was soll ich machen?«

»Den Hund ausführen.«

»Oh. Sie wollen, dass ich mit Rigby spazieren gehe?«

»Nur für ein paar Wochen. Mein Ischias ist wieder schlimm. Ich war schon beim Chiropraktiker, aber es wird eine Weile dauern, bis es besser wird. So schlimm wie jetzt war es noch nie. Der Schmerz strahlt bis in meine Ferse aus. Seit ich den Hund habe, bin ich jeden Tag zwei Meilen mit ihr gegangen. Und manchmal auch mehr. Nie habe ich einen Tag versäumt. Nicht einen. An keinem Feiertag und auch nicht, wenn ich krank war. Aber jetzt habe ich sowohl gestern als auch vorgestern nicht mit ihr gehen können. Das ist ihr gegenüber nicht fair.«

Es klang, als hätte er sich die Worte vorher genau zurechtgelegt und sie ein paarmal geübt. Was, wenn es stimmte, das Innenleben von Paul Inverness mehr wie mein eigenes machte, als ich mir vorstellen wollte.

»Also ... jeden Tag?«

»Ja. Nur ein paar Wochen lang.«

»Wie viel?«

»Was wäre in deinen Augen ein fairer Preis?«

»Ich habe keine Ahnung. Ich weiß nicht, was Hundeausführer bekommen. Schlagen Sie was vor.«

»Gut. Du solltest dafür nicht länger als eine halbe Stunde brauchen. Wie wäre es also mit ... zehn Dollar?«

Meine Augen wurden groß. Ich konnte das fühlen. Ich bemühte mich mehr um so was wie ein Pokergesicht. Aber ich denke nicht, dass es funktionierte.

»Zehn Dollar.«

»Ja.«

»Pro ...«

»Tag. Pro Spaziergang.«

Das waren praktisch zwanzig Dollar die Stunde.

Ich streckte ihm schnell die Hand hin. Zum Einschlagen. Bevor er sich besann und erkannte, dass er viel zu viel geboten hatte. Ehe er seine Meinung ändern konnte. Seine Hand fühlte sich so weich an, wie sie aussah. Als hätte er nie zuvor harte Arbeit verrichtet. Aber irgendwie trotzdem kräftig. Und trocken.

»Ich würde meinen Hund nicht jedem anvertrauen«, sagte er noch, ehe er die Stufen hinabging. »Ich habe eigentlich gedacht, dass ich sie nie jemandem anvertrauen würde. Aber ich mag deine Einstellung ihr gegenüber.«

Mir wollte einfach keine Erwiderung darauf einfallen. Aber das war auch gar nicht nötig. Ehe ich den Mund öffnen konnte, war er schon halb wieder in seinem eigenen Vorgarten und viel zu weit weg, als dass er mich hören könnte.

* * *

Ich fand meine Mom draußen im Garten und berichtete ihr von meinem neuen Job.

»O Süße«, sagte sie. »O mein Gott. Das ist fabelhaft. Wir können das Geld so dringend gebrauchen. Siebzig Dollar die Woche! Das ist wirklich eine große Hilfe.«

Dann schwiegen wir beide und schauten einander an. Und ließen das auf uns wirken. Ich verarbeitete die Tatsache, dass sie dachte, das Geld sei für die Familie, während ich zusah, wie sie sich der Idee annäherte, dass ich gedacht hatte, das Geld sei meines.

»Oh, ich weiß, Süße. Das ist nicht wirklich fair dir gegenüber, aber wir brauchen es. Ich zahle es dir auch zurück. Das schwöre ich. Ich schreibe jeden Cent auf und zahle es dir zurück, wenn sich die Lage gebessert hat.« In meiner Familie hieß das so viel wie nie. Das sprach ich aber nicht laut aus.

»Du musst es mir nicht zurückzahlen. Ich bin Teil dieser Familie.«

Aber meine Stimme klang schwer und belegt, als ob ich aus großer Höhe gesprungen und tief in der Depression gelandet wäre. Na ja ... Da war kein »als ob« dabei. Ganz genau so war es.

»Süße, es tut mir so leid. Es ist nur, dass ...«

»Ich kann nichts davon behalten? Nicht mal ein bisschen?«

»Das ist ein guter Einwand. Du solltest etwas davon behalten.«

Dann wartete ich, wagte kaum zu atmen, während sie über meinen Anteil nachdachte.

»Du behältst das Geld für den ersten Spaziergang der Woche. Wie ist das?«

Wow, dachte ich. Das ist allerdings wirklich ein bisschen.

»Gut«, sagte ich und wandte mich zum Gehen.

»Angie, geh nicht, wenn du böse bist.«

Ich blieb stehen und drehte mich zu ihr um. »Ich bin nicht böse.«

»Du siehst aber so aus.«

»Ich bin nicht böse. Ich muss nur mit dem Hund spazieren gehen.«

* * *

»Komm rein«, sagte Paul und machte einen Schritt zur Seite. »Komm einfach rein.«

Das war das Letzte auf der Welt, was ich von ihm zu hören erwartet hatte. Ich war darauf eingestellt gewesen, dass er mir einfach die Leine rausreichte, bei halb geschlossener Tür, sodass ich möglichst nicht mal hineinschauen konnte.

Ich betrat sein Wohnzimmer. Ich versuchte, möglichst viel von dem Raum zu sehen, ohne mich zu offensichtlich umzublicken. Rigby saß zu meiner Linken, und ich streichelte ihr den Nacken, von ihrem gewaltigen Schädel bis zu ihrem Halsband.

Es sah entschieden wie das Wohnzimmer eines Mannes aus. Es gab keine Farbe. Der Teppich war grau, der riesige Flachbildschirmfernseher schwarz, die Ledercouch und der Fernsehsessel waren ebenfalls schwarz. Es war unkompliziert, genau wie er gesagt hatte. Es lag nirgendwo was rum. Keine Magazine. Keine Post. Keine Tassen oder Gläser.

Ein großes Regal nahm eine gesamte Wand ein, aber es war nicht mal voll. Er benutzte es, um Vasen und kleine Figuren und gerahmte Kunstwerke aufzustellen, an lauter Stellen, wo keine Bücher standen. Da war ein Foto von einer Frau auf dem Bücherregal. Eine hübsche dunkelhaarige Frau mit langer, gerader Nase. Ich dachte, vielleicht hatte er mal eine Ehefrau gehabt, aber dann war sie gestorben. Oder hatte ihn verlassen. Oder irgend so was.

Nein, gestorben. Sie musste gestorben sein. Denn als Sophies Vater gegangen ist, hat meine Mutter all seine Bilder abgenommen. Aber als mein Vater starb, blieben seine Bilder hängen.

Ich hatte nie in einem Haus ohne Krimskrams gelebt. Das hier schien zu wunderbar, um wahr zu sein. Erst fragte ich mich, ob er alles in eine Kiste geräumt hatte, weil er wusste, dass ich kommen würde. Aber dann erkannte ich, dass es so nicht gewesen war. Er lebte so. Das Haus war wie sein Besitzer. Nur das, was sein musste, mehr nicht.

»Das ist nett von dir«, sagte er. »Vor allem, weil ich das letzte Mal, als wir miteinander geredet haben, nicht sonderlich freundlich zu dir war.«

»Sie waren zu keiner Zeit besonders freundlich, wenn Sie mit mir gesprochen haben.«

Er lachte. Das überraschte mich. Obwohl ich ihn so gut kannte, wie ich das mittlerweile tat. Was vermutlich nicht wirklich gut war. Aber trotzdem.

»Dann ist es sogar noch netter von dir.«

»Ich bin nicht nett. Wir brauchen das Geld.«

Schweigen breitete sich aus, und ich wusste nicht, warum.

»Wir? Du darfst es nicht für dich behalten?«

»Na ja, beides«, antwortete ich. Aber es war zu spät. Ich hatte den Blick bereits abgewandt, daher wusste er, dass es mir peinlich war. Mir war etwas herausgerutscht, das ich nicht hatte verraten wollen. »Ich behalte einen Teil für mich und gebe den Rest ab, um der Familie zu helfen.«

»Das ist eine Menge Verantwortung für ein Mädchen in deinem Alter.«

»So ist es immer schon gewesen«, erwiderte ich.

Was nicht ganz stimmte. Als mein Vater noch lebte, war es nicht so. Und bevor Sophie geboren wurde. Aber davon würde ich ihm bestimmt nicht erzählen. Und außerdem war das wie ein völlig anderes Leben. Als sei ich gestorben und so wiedergeboren worden.

»Es ist nur für vier Wochen, weißt du?«

Ich lachte etwas. »Sie wissen schon das Datum, an dem Ihr … was immer Sie gesagt haben, was Ihnen wehtut … besser wird?«

»Nein. Aber in vier Wochen gehe ich in Rente.«

»Und dann haben Sie mehr Zeit, um mit dem Hund zu gehen.«

»Nein, ich werde wegziehen«, antwortete er. Beinahe so, als hätte ich das wissen müssen. Als fände er es komisch, dass man es nicht sehen konnte, oder so.

Diese Neuigkeit fühlte sich wie ein kaltes Messer an, das er mir zwischen die Rippen gestoßen hatte. Als ich versuchte, tief einzuatmen, konnte ich die Spitze stecken spüren.

»Wohin wollen Sie ziehen?«, fragte ich, gab mir Mühe, so normal wie möglich zu klingen.

»Oben in die Berge, in eine kleine Stadt in der Sierra Nevada. Nicht weit vom Lake Kehoe entfernt. Mein Bruder hat dort ein Wochenendhaus. Ich überlasse ihm dafür dieses hier.«

»Oh«, sagte ich. Immer noch reichlich schockiert. Ich hatte es nicht mal vollkommen realisiert, aber wir lebten in einer Blase relativer Stille und voller Frieden. Das war für uns fast so was wie Glück. Nicht, dass ich nicht gewusst hätte, dass es still war. Das war unmöglich zu überhören. Aber ich hatte nicht gewusst, dass es eine Seifenblase war. Jetzt wusste ich es. Und jetzt wusste ich auch genau, wann sie platzen würde. »Ich liebe die Berge. Das wird nett für Sie sein.«

»Hier, lass dir zeigen, wie du ihr das anlegst.«

Er hielt mir das Geschirr mit der braunen Lederleine hin. Rigby stand auf und wedelte mit ihrem ganzen Körper, traf mich mit ihrem Schwanz am Po. Es fühlte sich wie der Hieb einer Bullenpeitsche an. Also wie ich mir vorstellte, dass es sich anfühlen würde. Niemand hatte mich bisher mit einer Bullenpeitsche geschlagen.

»Au!«

»Oh, und pass auf den Schwanz auf.«

»Danke für die Warnung.«

»Sie geht links von dir. Daher streifst du es ihr so über.« Er zeigte es mir. Der schwere Ring mit dem Karabinerhaken für die Leine daran kam über ihren Hals und dann nach unten. »So wird die Schwerkraft alles locker und offen halten, solange sie die Leine nicht straff zieht.«

»Sie ist ein großer Hund. Was tue ich, wenn sie zieht?«

»Das wird sie nicht tun.«

»Oh.«

Ich nahm die Leine und ging ein Stück, und sobald ich das tat, stand sie von ihrem Platz auf und war mit einem Schritt bei mir. Ich blieb stehen, und sie setzte sich wieder hin, neben meinen linken Fuß.

»Siehst du? Sie weiß genau, was sie tun muss. Kennst du den kleinen Park mit dem Springbrunnen?«

»Klar.«

Da kam ich auf meinem Weg zur Bibliothek jedes Mal vorbei.

»Das ist eine Meile. Also einfach um den Springbrunnen herum und wieder zurück.«

»Okay.«

Rigby und ich gingen zur Tür.

»Deine Schwester ist ruhig gewesen«, bemerkte er.

Ich blieb stehen. Rigby setzte sich.

»Ja. Das ist sie.«

»Ich dachte, nichts und niemand könnte sie dazu bringen.«

Ich schaute ihn über meine Schulter an. »Nichts und niemand hat das gekonnt. Sie macht das von allein. Anfangs war sie immer ganz verstört, wenn Rigby ins Haus ist, aber der Hund ist immer wieder rausgekommen. Also ist es wohl so, dass sie verstanden hat, dass Rigby wieder da sein wird. Also sitzt sie jetzt am Zaun und wartet und sagt kein Wort. Sie schläft am Zaun ein, und wir tragen sie rein ins Bett.«

»Sie geht nicht zur Schule oder bekommt irgendeine Therapie?«

»Also, das ist eine lange Geschichte.«

»Dann lass es sein. Vergiss, dass ich gefragt habe.«

»Da war sie. Wo wir früher gewohnt haben. Als wir noch in der Stadtmitte lebten. Eine Art Sondervorschulprogramm. Jetzt müssen wir entscheiden, wann sie in die erste Klasse gehen soll. Wir müssen eine geeignete Schule finden und sie dort anmelden. Ich denke, meine Mom wartet noch ein Jahr.«

»Ach so.«

»Sie wird nicht glücklich sein, wenn Sie wegziehen.«

»Nein«, sagte er. »Ich vermute, das wird sie nicht.«

Wegen der Art und Weise, wie er das sagte, war klar, dass das nicht sein Problem war und er das auch wusste.

Es würde eindeutig meines sein.

* * *

Keine zwanzig Schritt von der Tür entfernt beging ich einen Riesenfehler.

Ich überquerte die Straße.

Es schien simpel genug. Aber dann hörte ich Sophie hinter dem Haus im Garten schreien.

»Är!«, rief sie. »Är, Är, Är! Äääär!«

Ich wirbelte herum, und ich konnte sie durch den Zaun sehen. Was okay war. Die schlechte Nachricht war, dass sie auch mich sehen konnte. Und den Hund. Ich ging weiter. Beschleunigte meine Schritte sogar.

Drei weitere »Ärs«, und dann schraubte sich das dritte zu einem Sirenengeheul hoch.

Ich ging zurück zum Zaun. Was konnte ich sonst tun?

Außer dass ich jetzt festhing.

Als ich da ankam, waren meine Mom und Tante Vi im Garten und stritten sich.

Ich hörte Tante Vi sagen: »Ich dachte, das sei vorbei. Du hast mir gesagt, es sei vorbei.«

Und meine Mom antwortete: »Sie hatte aufgehört, okay? Sie hat aufgehört. Bitte. Geh einfach ins Haus, Vi. Ich werde mich drum kümmern.«

Ich wartete am Tor, bis die Hintertür zufiel. Dann kam meine Mutter raus, dahin, wo Sophie und Rigby standen, auf unterschiedlichen Seiten des Zaunes.

Sie wirkte ängstlich. Es ist immer beängstigend, wenn die eigene Mutter Angst hat.

»Sie hat dich gesehen.«
»Vermutlich.«
»Warum tut sie das nicht jedes Mal, wenn der Mann mit ihm spazieren geht?«
»Mit ihr. Keine Ahnung. Ich vermute, vielleicht überqueren sie nicht die Straße. Ich denke, sie hat uns nur gesehen, weil ich auf die andere Seite gewechselt bin.«

Ihre Augen richteten sich wieder auf mich, und wieder sah ich die Panik darin, und das erschütterte mich bis ins Mark.

»Was tun wir jetzt?«, fragte sie.
»Ich weiß nicht, Mom. Ich muss mit dem Hund spazieren gehen. Das ist mein Job.«

Sie seufzte. »Dann werde ich sie mir wohl schnappen und mit ihr in den Schrank. Und wenn du dann zurückkommst, wird Vi vermutlich wieder im Motel sein. Aber es gibt nichts anderes, was wir tun können. O lieber Gott, lass dies nicht der Tag sein, an dem sie uns bittet, wieder zu gehen.«

»Nein. Mach das Tor auf.«
Stille.
»Das Tor aufmachen?«
»Ja. Versuch es. Mach es auf.«
»Und was dann?«
»Dann laufe ich die Straße entlang, und wir sehen, was sie tut.«
»Sie wird dir folgen.«
»Das denke ich auch. Genau.«
»Bist du dir sicher, dass du mit ihr auf der Straße zurechtkommst?«
»Nein. Bist du dir sicher, dass du hier mit ihr zurechtkommst?«

Eine lange panikgeladene Stille.
»Was, wenn sie auf die Straße läuft oder so was?«

»Ich glaube, sie bleibt dicht bei Rigby, aber egal, lass es uns ausprobieren. In der Einfahrt. Oder direkt vor dem Haus.«

Ich schwöre, ich konnte ihren nächsten Atemzug hören. Sie öffnete das Tor.

Sophie kam heraus und auf meine linke Seite, außen neben Rigby, die artig bei meinem Fuß saß. Sie ließ sich auf die Knie fallen, faltete die Beine unter sich und stützte sich auf den ausgestreckten Armen ab. Hockte in genau so einer Dreiecksform da wie der Hund.

Ich machte ein paar Schritte die Einfahrt runter, Rigby bei Fuß. Das schien Sophie zu überraschen, und sie reagierte verspätet. Sie musste erst auf die Füße kommen und losrennen, um uns einzuholen. Als sie das schließlich tat, war ich bereits zum Stehen gekommen, und sie ließ sich wieder in die gleiche Stellung fallen, wieder links neben dem Hund.

Ich blickte über die Schulter zu meiner Mutter.

»Wir gehen jetzt«, sagte ich. »Wünsch mir Glück.«

Das tat sie nicht. Sie sagte kein Wort. Sie hatte diesen Ausdruck im Gesicht, als könnte sie kein Wort sagen, selbst wenn sie es versuchte.

»Mom. Tu etwas. Geh rein, und sag Tante Vi, alles ist okay.«

Einen Moment lang stand sie wie erstarrt da. Dann hob sie beide Hände, zeigte mir ihre gedrückten Daumen und eilte davon. Als könnte sie es nicht ertragen, zu sehen, was als Nächstes kommen würde.

* * *

Sophie trippelte hinter uns, und ihre Bewegungen sahen auf bizarre Weise unkoordiniert aus. Ich vermute, ich war einfach nur nicht dran gewöhnt, weil ich sie sonst nie eine längere Strecke mit einem Ziel und auch nur halbwegs gerade laufen sah.

Ich schaute häufig zu ihr. Zum einen, weil ich mir Sorgen um sie machte, aber zum anderen auch, weil es Spaß machte, sie anzusehen. Sie trug ein T-Shirt und einen rosa Rock über einer dicken schwarzen Strumpfhose und Sneakers, die bis auf die Grasflecken an den Spitzen blendend weiß waren. Meine Mom hatte ihr das Haar zu zwei großen lockigen Zöpfen frisiert. Ihre Beine waren lang, dünn und niedlich.

Wann immer ich an jemandem vorbeikam, nickte man mir entweder leicht zu oder sah mich überhaupt nicht an. Oder manchmal lächelten die Leute auch. Dann wanderte ihr Blick zu Rigby, und sie zuckten ein wenig zusammen. Als wäre sie ein Grizzlybär oder so. Oder manchmal lächelten sie auch sie an. Aber jeder Einzelne, an dem ich vorbeikam, lächelte, wenn er Sophie erblickte.

Ich begann mit dem Gedanken zu spielen, sie jeden Tag mitzunehmen.

Dann wurde mir klar, dass das hier etwa fünfmal so viel Bewegung war, wie sie an einem gewöhnlichen Tag hatte, und ich begann mir Sorgen zu machen, ob sie das durchhalten würde. Was, wenn sie müde wurde und nicht mehr bis nach Hause laufen konnte? Konnte ich sie so weit tragen? Würde sie mich das überhaupt tun lassen?

Andererseits, falls sie die Strecke gehen konnte ... Himmel, sie würde ja so müde und lieb sein für den Rest des Tages. Vielleicht jeden Tag. Das konnte nur gut sein. Oder?

Falls. Und falls nicht, dann war ich hier ganz allein mit ihr.

Ich versuchte, mich in den Augenblick zurückzuholen. Denn für den Moment lief alles prima.

An jeder Ecke blieb ich stehen und wartete, dass die Ampel grün wurde oder, wenn es nur eine Kreuzung war, bis zwischen den Autos so viel Abstand war, dass wir genug Zeit zum Überqueren hatten. Rigby setzte sich hin und wartete geduldig. Sophie setzte sich ebenfalls hin und wartete geduldig. Dann traten Rigby und ich auf die Straße, und Sophie kam hastig hinter uns her. Sie schaffte es nie, genau den Zeitpunkt zu erwischen, wenn wir losgingen. Dafür wurde sie richtig gut darin, uns schnell einzuholen.

Natürlich schaute ich immer wieder über meine Schulter nach ihr. Aber sie tat immer das Gleiche. Und wenn es etwas gab, das ich von meiner Schwester Sophie behaupten konnte, dann das: Wenn sie erst mal in den Trott geraten war, etwas zu tun, immer das Gleiche, dann tat sie das auch weiterhin.

Nach einer Weile drifteten meine Gedanken ab. Dann rief ich mich schnell zur Ordnung und fürchtete, ich hätte schon irgendeine größere Katastrophe verursacht, weil ich nicht die ganze Zeit aufmerksam gewesen war. Ich blickte rasch über die Schulter. Und da war sie, trabte hinter uns her, immer ein Stückchen nach dem Hund. Es war irgendwie nett. Ich meine nicht nett im Sinne von »kein totales Desaster«. Mehr nett wie in ... netter, als es gewesen wäre, wenn sie nicht mitgekommen wäre.

Ganz plötzlich blickte ich wieder nach vorne und erkannte, dass ich beinahe bei Nellies Buchhandlung angekommen war. Mir klopfte das Herz heftiger, als ich den Laden erblickte, in der Mitte des Häuserblocks, aber ich war mir nicht sicher, warum. Ich war nicht wieder da gewesen, um mir das Buch anzusehen. Nicht mal, um Nellie meine Telefonnummer zu geben. Wahrscheinlich hatte sie das Buch mittlerweile ins Regal zurückgestellt. Es vielleicht sogar verkauft. Bei dem Gedanken hatte ich ein widerliches und ekliges Gefühl im Magen. Aber es stimmte vermutlich. Vermutlich war es weg.

Ich musste mich entscheiden, ob ich einfach schnell vorbeieilen wollte und hoffen, dass sie es nicht merkte, oder kurz reinschauen und fragen, ob sie es noch hatte. Ich könnte ihr später eine Anzahlung von zehn Dollar geben. *Wenn* es noch da war.

Das gab den Ausschlag.

Ich steckte den Kopf zur Tür hinein, und mein Herz klopfte so laut und heftig, dass ich es in meinen Ohren hören und spüren konnte. Davon wurde mir ein wenig schwindelig.

Sie brauchte einen Moment, um hochzusehen. Sie stand am Tresen, schaute sich etwas an – las vermutlich – und kaute eine lange, gedrehte Stange Lakritze. Ich betrachtete sie eine Weile, und als sie merkte, dass ich da war, blickte ich rasch weg.

»Da bist du ja«, sagte sie.

»Ja, hier bin ich.«

»Ich dachte, du würdest vielleicht nicht zurückkommen.«

Ich auch. Aber das sagte ich nicht laut.

»Na ja. Ich hatte zu tun. Wissen Sie, mit der neuen Schule und allem. Versuchen, Stoff aufzuholen. Wie auch immer, ich werde nachher zehn Dollar haben, dann komme ich und mache eine Anzahlung für das Buch. Wenn Sie es noch haben. Haben Sie es noch?«

Ihre Miene wurde ganz enttäuscht. Ich fühlte mich davon ganz schlecht. Aus zwei Gründen. Einerseits, weil das wahrscheinlich hieß, dass sie es inzwischen verkauft hatte. Und andererseits, weil ich sie lieber zum Lächeln bringen wollte. Jedenfalls nicht ... was auch immer das war, was sie da gerade machte.

»Dann willst du nicht bei der Inventur helfen? Daraus kann ich dir keinen Vorwurf machen, fürchte ich.«

Ich schaute nach Sophie. Sie war genau da, wo sie sein sollte.

»Oh. Ich dachte, das war nicht wirklich ernst gemeint.«

»Wie kommst du denn auf die Idee?«

»Ich weiß nicht. Ich hatte irgendwie den Eindruck, dass Sie nur Mitleid mit mir hatten, weil ich es mir nicht leisten konnte.«

»Gibt es einen Grund, warum nur dein Kopf im Laden ist?«

»Ja, Ma'am. Nellie. Ich habe einen großen Hund bei mir.«

»Hast du irgendwo ein Schild ›Hunde verboten‹ gesehen?«
»Nein, Ma'am. Nellie. Dürfen sie denn? Rein, meine ich.«
»Wenn sie gut erzogen sind.«
»Sie ist der am besten erzogene Hund überhaupt.«
»Dann bring sie rein.«

Ich machte etwa zehn Schritte, dann standen wir alle zu dritt auf dem Läufer im Laden vor dem Tresen. Also, das stimmte nicht ganz. Ich stand, Sophie und Rigby saßen.

Nellie erhob sich und beugte sich über den Tresen. Ich konnte ihr Haar riechen. Es roch nach Früchten. Wie ein Shampoo mit Kokosnuss und Mangos oder beidem.

»Und wer ist das?«
»Das ist Sophie.«
»Oh, das ist die Sophie, von der du mir erzählt hast? Ist das deine kleine Schwester?«
»Ja, Ma'am. Ich meine, ja, Nellie. Oder eigentlich … ich vermute … nur ja. Ich weiß nicht, warum ich das immer noch mache.«
»Ich auch nicht. Hallo, Sophie.«
»Äh. Nehmen Sie sich das nicht zu Herzen. Aber sie wird nichts sagen. Sie sagt nicht mal zu mir Hallo.«
»Sagt sie je etwas? Irgendwann mal?«
»Sie sagt ›Er‹, aber das klingt eher, als sagte sie ›Är‹. So nennt sie den Hund. Sie liebt diesen Hund wirklich.«
»Das ergibt Sinn.«
»Nicht wirklich. Es ist ein Weibchen.«
»Und das ist das einzige Wort? Sonst sagt sie nie was?«
»Also nicht nie. Als sie kleiner war, hat sie angefangen zu sprechen. Irgendwie spät. So mit drei. Und nicht viel. Nur ein paar Worte. Und dann haben wir weiter darauf gewartet, dass sie mehr redet. Aber stattdessen wurde es weniger. Und dann hörte sie auf, Augenkontakt zu machen. Und dann wollte sie nicht mehr angefasst werden …«

Ich brach ab, begann mich mit einem Mal zu fragen, was zur Hölle ich da eigentlich machte. Ich war so dankbar gewesen, dass Nellie mich nicht nach Sophie gefragt hatte. Und jetzt holte sie die Wahrheit einfach so aus mir raus, als ich gerade nicht aufpasste. Oder vielleicht tat ich das auch ganz allein.

Ich denke, sie merkte, dass ich das Thema wechseln wollte.

»Lakritze?«, fragte sie.

Sie hielt mir eine Plastikdose voll mit schwarzen Lakritzstangen hin. Ich war froh über die Ablenkung.

»Sicher, danke.«

»Mag Sophie auch Lakritze?«

»Sophie liebt Lakritze.«

Ich nahm zuerst ein Stück für Sophie. Sophie streckte einen Arm aus, wollte es dringend haben, aber sie blieb sitzen. Weil Rigby das auch tat.

Ich reichte ihr die Lakritze, und sie reichte sie sofort an den Hund weiter.

»Nein! Gib sie ihr nicht …«

Ich versuchte, das Stück zu erwischen, aber es war zu spät. Ich öffnete sogar Rigbys Maul und schaute hinein. Es war bereits verschwunden. Sie musste es praktisch im Ganzen runtergeschlungen haben. Und da war ich, steckte meinen Kopf in das Maul dieses Hundes, den ich kaum kannte. Ihre Zähne waren unvorstellbar riesig, und ich fühlte mich wie ein Löwenbändiger, allerdings mit weniger Erfahrung. Aber sie wedelte nur.

»Verdammt, Sophie. Ich weiß doch gar nicht, ob der Hund das überhaupt fressen darf.«

»Ich glaube nicht, dass es ihr schaden wird«, warf Nellie ein.

Was völlig in Ordnung gewesen wäre, wenn es mein Hund gewesen wäre. Doch Rigby gehörte mir nicht. Ich war für sie verantwortlich. Aber es gab nichts, was ich jetzt noch tun konnte. Außer Paul die Wahrheit zu beichten.

Ich wechselte rasch das Thema.

»Also Sie müssen wirklich diese Inventur machen, bei der Sie jemanden brauchen, der Ihnen hilft? Was muss ich da tun?«

Nellie stützte den Kopf in die Hände und seufzte.

»Es ist mir peinlich, es dir zu erzählen. Weil ich nicht will, dass du weißt, wie dumm ich bin. Ich möchte, dass du denkst, dass ich eine gute Geschäftsfrau bin.«

Das schien mir komisch, aber auch unvorstellbar cool. Dass sie in meinen Augen gut dastehen wollte. Nicht andersherum. Aber das sagte ich nicht. Ich sagte gar nichts.

»Du weißt ja, ich verkaufe gebraucht und neu. Und wenn ich von einem Großhändler kaufe, habe ich einen Nachweis darüber, einen Beleg. Und wenn ich was zurückschicke, habe ich auch einen. Dann habe ich aber angefangen, den Kunden, die mir ihre Bücher zurückverkaufen, einen Rabatt von zwanzig Prozent anzubieten. Aber wie das letzte Dummerchen habe ich dafür kein Katalogisierungssystem eingerichtet. Daher kann ich jetzt praktisch unmöglich mit Sicherheit sagen, ob ich ein Buch habe oder nicht.«

»Aber Sie haben sie doch alphabetisch nach Autor sortiert, oder?«

»Ja. Und dann kommen Kunden rein und schauen sich um, stellen die Bücher nicht wieder an die richtige Stelle zurück, nicht da, wo sie dem Alphabet nach hingehören. Ich habe inzwischen Hunderte Stunden damit verbracht, die alphabetische Ordnung wiederherzustellen, um mir vielleicht zehn Stunden Inventur zu ersparen. Die Sache ist die, das muss man zu zweit tun. Ich brauche jemanden, der mir die Titel vorliest, während ich am Computer sitze. Cathy sagt, sie würde das tun, aber sie hat nicht die Zeit. Wenn du mir wenigstens schon mal hilfst, einen Anfang zu machen …«

»Wenn Sie wirklich Hilfe brauchen. Ich dachte, das sei gar nicht so.«

»Doch, ich brauche Hilfe. Du hast ja keine Ahnung.«

»Wann?«

»Morgen?«

»Ist sonntags nicht geschlossen?«

»Ja, und genau das ist der springende Punkt. Keine Kunden. Kein klingelndes Telefon. Wie ist es mit elf? Von elf bis drei?«

»Okay.«

»O mein Gott«, sagte sie. »Ich bin gerettet.« Sie blickte zu Rigby hinunter. »Ich liebe deinen Hund. Was für ein Schatz.«

»Genau genommen ist es nicht mein Hund. Ich führe sie nur für unseren Nachbarn aus.«

»Oh, ich dachte ... Weil du sagtest, Sophie hinge so an ihr ...«

Wir schauten beide zu Sophie, die total ruhig und total geduldig auf dem Teppich saß und wartete.

»Ja. Es ist komisch. Es ist eine komische Situation. Sophie ist in den Hund von nebenan vernarrt.«

»Hm«, machte Nellie. »Und wie läuft das so?«

Ich musste wieder an Paul Inverness und seine Neuigkeiten denken.

»Das werden wir bald herausfinden«, sagte ich.

* * *

Sophie schaffte den ganzen Weg zum Park und wieder zurück aus eigener Kraft. Aber als wir heimkamen, erkannte ich, dass es schwirig wurde, ganz am Ende. Ich konnte sie nicht in den Garten bringen und dann mit dem Hund weggehen. Sie würde nur wieder die gesamte Nachbarschaft zusammenschreien. Ich musste sie mit zu Paul nehmen. Auch wenn ich mir nicht sicher war, ob sie nicht auch anfangen würde zu schreien, wenn er den Hund mit sich reinnahm. Sie hatte schon lange nicht mehr geschrien, wenn Rigby ins Haus ging, aber das war von der anderen Seite des Zaunes aus gewesen. Jetzt, da sie es gewohnt war, direkt neben dem Hund zu sein …

Es war an der Zeit zu sehen, was für ein Monster ich da erschaffen hatte.

Gemeinsam gingen wir die Stufen hoch zu seiner Haustür, und ich klopfte an.

Die Tür schwang weit auf, und Paul blickte uns drei an. Rigby wedelte heftig, peitschte Sophie mit ihrem Schwanz, aber die machte keinen Laut. Verzog keine Miene.

Wortlos griff er in seine Gesäßtasche und zog das Portemonnaie raus. Schaute hinein und nahm zwei Fünfdollarscheine heraus.

»Ich muss Ihnen noch was sagen«, gestand ich.

Sein Kopf ruckte hoch.

»Rigby hat ein Stück Lakritze bekommen. Ich hoffe wirklich, das ist nicht schlecht für sie. Es war ein Versehen. Ich verspreche, nächstes Mal werde ich viel vorsichtiger sein. Wenn Sie ein nächstes Mal noch wollen. Aber ich könnte es verstehen, wenn Sie mir jetzt nicht mehr trauen.«

Ich wartete. Es fühlte sich sehr lange an. Ich wollte ihm ins Gesicht sehen, aber ich konnte mich nicht dazu überwinden, es tatsächlich zu tun.

»Genau genommen … traue ich dir jetzt mehr.«

Ich schaute auf. Mein Blick traf seinen, dann sah ich rasch wieder weg.

»Wie? Warum?«

»Weil du es mir gesagt hast. Das hättest du nicht tun müssen. Jetzt weiß ich, dass du mir die Wahrheit sagen wirst, selbst wenn du es nicht musst. Selbst wenn ich es sonst nie erfahren würde.«

»Ich hoffe nur, es ist nicht schlecht für sie. Ist es das?«

»Es geht ihr gut.«

Er reichte mir die zwei Banknoten, nahm die Leine entgegen und führte den Hund ins Haus. Dann schloss er die Tür.

Ich verzog das Gesicht und wartete.

Nichts.

Ich schaute zu Sophie hinunter. Sie saß immer noch in derselben Stellung da. Am selben Fleck.

Was würde sie tun, wenn ich jetzt nach Hause ging? Würde sie versuchen, für immer vor der Haustür unseres Nachbarn zu hocken? Würden wir sie uns schnappen und schreiend und tretend nach Hause tragen müssen?

Ich machte drei oder vier Schritte, dann schaute ich über meine Schulter. Sophie kam hinter mir her. Nicht ganz so schnell, wie sie es getan hatte, als Rigby bei mir gewesen war. Nicht so von dem Wunsch beseelt, mich einzuholen. Aber sie folgte mir.

Ich öffnete das Tor zu Tante Vis Garten, und sie kam hinter mir durch, lief zu ihrem gewohnten Platz am Zaun. Ließ sich im Gras nieder und wartete auf das nächste Mal, dass sie Är zu sehen bekam.

* * *

Meine Mutter saß in der Küche, den Kopf über einer dampfenden Tasse Tee. Als sei das eine Gesichtsbehandlung und kein Getränk. Ihr Kopf fuhr hoch, als sie mich sah.

»Alles ist gut«, sagte ich. »Es hat super geklappt.«

»Wo ist sie?«

»Da, wo sie immer ist.«

Ich konnte zuschauen, wie alle Anspannung aus ihr wich. Na ja, nicht alle. Aber die zusätzliche. Ich sah, wie sie wieder auf Normalspannung zurückfiel. Was schlimm genug war.

Statt erleichtert zu wirken, wirkte sie nur müde.

»Also ... morgen ...«, fing sie an. Wie eine Frage, die man sich nicht zu stellen traut.

»Morgen kann sie wieder mit mir kommen.«

»Wirklich?«

»Sicher. Es ging ihr gut. Sie hat das prima gemacht.«

»O mein Gott. Das wäre großartig.«

Sie nahm einen weiteren großen Schluck Tee, dann schien sie in Gedanken abzudriften. Als folgte sie der großartigen Sache auf ihrer Reise ins Land der großartigen Sachen.

»Wo ist Tante Vi?«

»Hält ein Nickerchen.«

»Das macht sie oft.«

»Na ja«, erwiderte sie. Und dann verzog sich ihr Gesicht zu so was wie einem Lächeln. »Sie ist einfach nicht mehr dieselbe, seit Onkel Charlie tot ist.«

Ein kleines Lachen brach aus mir heraus. Meine Mutter legte sich einen Finger auf die Lippen, um mich aufzuhalten. Ich setzte mich zu ihr an den Tisch, und wir schauten einander an. Und dann brach das Lachen erneut hervor – aus uns beiden –, und wir mussten uns zusammenreißen.

Oh, ich weiß. Das hört sich schrecklich an. Es war nicht komisch, dass Charlie gestorben war. So hatten wir es nicht gemeint. Es war nur, dass Vi es so oft sagte. Es war nur komisch, es von jemand anderem zu hören. Nun, nein, das war es nicht. Es war vermutlich überhaupt nicht komisch. Ich denke, das war einfach ein Weg, etwas von der angestauten Spannung abzulassen.

Meine Mom schaute zu mir hoch, und sie hatte einen Ausdruck in den Augen, den ich lange nicht mehr gesehen hatte.

»Ich fühle mich hoffnungsvoll«, sagte sie. »Ich erinnere mich gar nicht mehr an das letzte Mal, dass ich Hoffnung hatte.«

Ich dachte: Ich kann es ihr nicht sagen. Das geht einfach nicht. Ich muss ihr die Hoffnung etwas länger lassen.

Ich stand vom Tisch auf und ging in mein Zimmer. Na ja, in das Zimmer von uns allen. Und setzte mich aufs Bett. Und ich dachte: Nein, das ist nicht richtig. Das geht nicht. Dann ist sie an dem Ort, den sie das Narrenparadies nennt. Und das ist nicht das Gleiche wie Hoffnung. Das ist einfach nur mitleiderregend.

Ich ging zurück in die Küche, und mein Herz fühlte sich an, als wöge es eine Tonne. Ich setzte mich zu ihr an den Tisch, und sie merkte sofort, dass ich schlechte Nachrichten hatte.

»Was? Was ist es? Sag's einfach. Und mach schnell.«

»Er zieht weg.«

Ich konnte sie schlucken hören.

»Der Typ mit dem Hund?«

»Ja.«

»Er zieht um.«

»Ja.«

»Wann?«

»In vier Wochen.«

Langes Schweigen. Lange, lange, lange. Und hässlich. Nähme man unser ganzes Leben der vergangenen fünf Jahre und filterte alles heraus, wovon wir wünschten, es sei nie geschehen, dann würde sich das, was im Filter übrig blieb, so anfühlen wie dieses Schweigen. Wirklich, so schlimm.

»Was sollen wir nur tun?«, fragte sie.

Ich sagte: »Das fragst du mich oft.«

Ich sagte nicht: Ich wünschte, du würdest damit aufhören. Ich sagte nicht: Du bist vierzig, ich bin vierzehn. Wenn du es nicht herausfinden kannst, ist es nicht fair, es von mir wissen zu wollen. Aber ich bin sicher, etwas von dem, was ich nicht sagte, drang trotzdem durch.

* * *

»›Die Glasglocke‹«, rief ich. »Von Sylvia Plath.«

»Ich habe eine Ausgabe von ›Die Glasglocke‹?«

Nellies Stimme klang sanft und weit entfernt. Ich spähte zum gefühlt hundertsten Mal um die Regalecke. Sie lächelte nicht, und ich versuchte, rauszufinden, wie ich sie dazu bringen konnte. Aber es ist schwierig, Buchtitel komisch klingen zu lassen.

»Doch, das ist da.«

»Sicher?«

»Ich halte es in der Hand.«

»Das wusste ich ehrlich nicht.«

»Ich dachte ehrlich, das ist der Grund, warum wir das hier machen.«

Bingo. Sie lächelte. Und schaute hoch, ertappte mich dabei, wie ich sie ansah. Ich zog den Kopf zurück.

»Du weißt schon, dass wir das nie vier Stunden lang durchhalten«, sagte sie.

»Ich schon.«

»Aber ich nicht. Ich sterbe vor Langeweile.«

»Wie lange sind wir jetzt schon dabei?«

»Eine Stunde und fünfzig Minuten.«

»Ich glaube, das ist noch nicht lang genug.«

»Ich sterbe vor Langeweile.«

»Also«, sagte ich. »Das will ich auf keinen Fall.«

»Ich bestell uns Pizza.«

Ich kam hinter dem Stapel vor und schaute sie an. Sie hatte das Telefon schon am Ohr.

»Und danach machen wir's fertig?«

»Wie wäre es mit zwei weiteren Stunden nächsten Sonntag? Warte …« Sie hielt einen Finger hoch. »Hallo. Eine große … Ja, liefern bitte. Nellie's Books … Moment. Ich weiß, was ich darauf möchte, aber ich muss noch fragen, was meine Freundin mag. Ja, ich bleibe dran. Angie, was möchtest du auf der Pizza?«

»Äh, ich weiß nicht. Alles, vermute ich.«

»O. k. Dann Anchovis, Ananas und Jalapeños.«

Dann sah sie mir ins Gesicht und begann zu lachen. Ich fragte mich, was sie da gesehen hatte. Ich konnte es mir nur vorstellen.

»Das ist nur ein Witz gewesen. Ich bin Vegetarierin. Ich nehme Pilze, grüne Paprika und Oliven. Möchtest du auf deiner Hälfte Peperoni?«

»Nein. Ich nehme genau das, was du nimmst. Aber wenn wir das erst nächsten Sonntag zu Ende machen, kommst du dann nicht unter der Woche wieder völlig raus?«

»Wir können heute ohnehin nicht fertig werden. Ich werde sie einfach … Hallo? Ja, Pilze, Paprika und Oliven. Eine große Pizza. Und bitte mit extra Käse. Okay, danke.« Sie klappte das Telefon zu. »Zwanzig Minuten.«

»Sollten wir nicht besser arbeiten, bis sie kommt?«

»Auf gar keinen Fall.«

»Dann stirbst du vor Langeweile.«

»Ganz genau.«

Da wusste ich, warum Nellie in der ganzen Zeit nicht mit der Inventur angefangen hatte. Warum ich sie gerettet hatte, indem ich versprochen hatte, herzukommen und ihr die Titel zuzurufen. Weil sie, auf sich allein gestellt, die Inventur nie machen würde. Sie würde weiter wissen, sie sollte eigentlich. Sie wollte keine Inventur machen. Sie wollte einfach, dass sie fertig war. Und das sind nun mal zwei völlig verschiedene Dinge.

Ich hatte das Gefühl, wenn diese Inventur je gemacht werden sollte, musste ich diejenige sein, die sie vorantrieb. Und plötzlich schien es mir unendlich wichtig, sie fertig zu bekommen.

Sie griff unter den Tresen und holte mein großes Buch über den Himalaya vor. Hielt es mir mit der Vorderseite hin, wie sie es auch beim ersten Mal getan hatte. Ich schmolz dahin. Wie beim letzten Mal auch.

»Setz dich«, sagte sie. »Lies.«

Ich nahm es in die Hände. Und ja, sie zitterten auch dieses Mal ein bisschen. Aber es war nicht nur das Buch oder das Bild darauf. Nun ja, ich weiß nicht, was genau es war. Eine Menge verschiedener Sachen, glaube ich.

Ich streifte mir die Schuhe ab und setzte mich im Schneidersitz hin, wieder wie letztes Mal. Aber ich ließ das Buch geschlossen, starrte es einfach nur an. Plötzlich war ich in Tibet, aber nicht allein. Plötzlich war Nellie es auch, lief an der Reihe Gebetsmühlen vorbei und streckte die Hand aus, um sie anzustoßen. Immer nach links, nie nach rechts. Ich ging hinter ihr. Stieß die Mühlen ebenfalls an. Und es war, als sei es ein anderes Land als vorher, als ich allein da gewesen war. Allein ist eine völlig andere Sache. Und ich war jedes Mal, wenn ich im Geiste gereist war, allein gewesen.

Dieses Mal, als ich Annapurna sich in der Ferne erheben sah, mit Schneewirbeln, die vom Gipfel wehten, legte ich ihr eine Hand auf die Schulter, um sie darauf aufmerksam zu machen, zeigte hin. Wie um zu sagen: Du musst das einfach sehen, Nellie, aber ich bin von dem Anblick zu überwältigt, um zu sprechen. Dann würde sie meine Hand drücken – die immer noch auf ihrer Schulter lag –, weil Annapurna so schön war. Weil es zu schön für Worte war.

»Darf ich dir eine persönliche Frage stellen?«

Ich erschrak so sehr, dass das Buch fast zu Boden gefallen wäre. Ich hatte völlig vergessen, dass sie hier bei mir war. Ich war so damit beschäftigt gewesen, sie mir in Tibet vorzustellen.

Mein Herz klopfte, als wollte es mir gleich aus der Brust springen. Ich wollte fragen: Wie persönlich?

»Äh. Ich weiß nicht. Vermutlich schon.«

»Wirst du zu Hause misshandelt?«

»Misshandelt? Was meinst du damit? Wie misshandelt?«
»Geschlagen?«
»Nein. Ich werde nicht geschlagen. Warum fragst du das?«
»Meinem scharfen Adlerauge ist nicht entgangen, dass du beim ersten Mal, als du herkamst, eine dicke Lippe hattest. Mit nur einem Pflaster darauf. Obwohl es eigentlich hätte genäht werden müssen.«

Mein Herzschlag verlangsamte sich etwas.

»Es ist ja verheilt«, erwiderte ich. Ich berührte die Narbe. Es war nicht wirklich verheilt, nur verschorft. »Und mein Zahn war locker, aber jetzt sitzt er wieder fest. Nein, ich werde zu Hause nicht misshandelt. Das war Sophie. Aber nicht absichtlich.«

»Oh, Sophie.«

»Ja. Und das ist völlig anders. Oder?«

»Nun. Ja und nein. Es ist immer noch eine schlimme Situation für dich. Es tut trotzdem weh.«

Ich schaute zurück ins Buch. Schlug es auf. Blätterte Seiten um, die ich noch gar nicht gelesen hatte. Blickte auf Seiten, die ich nicht sah.

»Ich wollte dich nicht in Verlegenheit bringen.«

»Ist schon okay.«

Aber das war es nicht, nicht wirklich. Ich hasste Augenblicke wie diesen. Und unter dem Hass mochte ich den Umstand, dass sie mich beschützen wollte. Es war beinahe wie … es war beinahe so gut, als ob Nellie mir die Hand gedrückt hätte.

* * *

»Wie ist es in der neuen Schule?«, fragte sie.

Ich hatte das Buch wieder auf den Teppich gelegt, ziemlich weit weg. Damit kein Fett von dem geschmolzenen Käse daraufkleckerte. Ich schaute immer noch auf das Cover.

»Mpf«, sagte ich, weil ich den Mund voll hatte.

»Tut mir leid.«

Ich kaute und schluckte, so rasch ich konnte, aber es war heiß.

»Irgendwie erstaunlich okay.«

»Deine Mitschüler sind nicht gemein zu dir?«

»Nein, warum sollten sie?«

»Ich weiß auch nicht. Zu mir waren sie das immer. Mein Vater war beim Militär, sodass wir oft umgezogen sind, daher war ich immer die Neue. Und die anderen Kinder haben es mir nicht leicht gemacht. Aber vielleicht lag das nur an mir.«

»Vielleicht waren das einfach kleinere Schulen«, sagte ich. »Das hier ist so eine Riesenschule. Himmel, ich könnte schwören, niemand dort weiß überhaupt, dass ich da bin. Ich meine, die Lehrer natürlich schon, die haben mich in ihren Klassenlisten und so. Aber es ist wie ... es ist, als ob alle durch mich hindurchsehen.«

Dann schwieg ich und entschied, Nellie hatte mich das wieder tun lassen, das, wobei ich ihr mehr verriet, als ich vorhatte. Ich biss ungefähr ein Viertel von meinem Pizzastück auf einmal ab.

»Weißt du ... du musst nicht wirklich immer da bleiben und deiner Mutter helfen.«

Darauf antwortete ich nicht, weil mein Mund zu voll war.

»Wenn du ein Kind hast, gibt es diese Riesenverantwortung. Da kommt man nicht so leicht wieder raus. Wenn es schiefgeht, hängt man trotzdem drin. Aber du hast ja kein Kind.«

Ich schluckte hart. Zweimal. Trotzdem war da noch eine Menge Pizza, um die ich herumsprechen musste.

»Wer würde ihr helfen, wenn nicht ich?«

»Ich weiß, das klingt schrecklich ... und es fällt dir vielleicht aus deiner jetzigen Position heraus schwer, das zu verstehen ... aber ich denke nicht, dass das dein Problem ist.«

»Ich kann nicht einfach weg. Sophies Vater ist gerade erst gegangen. Er ist einfach irgendwie auf und davon, als er merkte, es würde hart werden.«

»Ich glaube nicht, dass das dein Problem ist. Ich bin mir nicht sicher, ob man es, wenn ein Mensch einen im Stich lässt, durch andere Menschen ausgleichen kann.«

»Sie könnte Sophie nicht alleine versorgen. Niemand könnte das.«

»Na ja, aber wie willst du das machen? Wenn ihr beide deutlich älter seid? Oder wenn deine Mutter mal nicht mehr da ist?«

Ich nahm einen weiteren Riesenbissen Pizza. Der knusprige Rand scheuerte an meinem Gaumen, während ich kaute.

Sie sagte: »Du möchtest über was anderes sprechen, oder?«

Ich nickte. Heftig.

»Okay. Sorry. Was?«

Ich schluckte angestrengt. »Ich möchte darüber sprechen, wie sehr du dich anstellst und immer neue Vorwände findest, anstatt dich einfach zusammenzureißen und diese blöde Inventur hinter dich zu bringen.«

»Hm. Das ist ein Problem. Ich kann höchstens zwei Stunden auf einmal schaffen. Wenn alles gut geht.«

»Eher eine Stunde und fünfzig Minuten.«

»Oder das.«

»Also nächsten Sonntag um die gleiche Zeit?«

»Ja. Das ist okay. Aber wenn du nicht da bist, um zu helfen, kann ich für nichts garantieren.«

»Ich werde da sein, um zu helfen. Ich werde jeden Sonntag kommen und helfen, bis es fertig ist. Anders wird das nie was.«

»Im Gegenzug für was? Du musst nur noch zwei Stunden arbeiten, dann hast du das Buch.«

»Ich weiß nicht. Pizza? Irgendwas. Da finden wir schon noch was.«

Ich erhob mich.

»Nein, ich bezahle dich. Du musst dich von mir bezahlen lassen. Möchtest du die Pizzareste mit nach Hause nehmen?«

»Ja. Sicher, danke.«

Als ich zum Tresen ging, um sie zu holen, schaute sie mir direkt ins Gesicht. Ich wusste, sie wollte was Wichtiges fragen. Und dass ich die Frage nicht mögen würde.

»Wenn du je wirklich Hilfe brauchtest, Angie ... wenn dir mal alles über den Kopf wächst ... würdest du es mir sagen? Oder irgendjemandem?«

Ich nahm die Pizzaschachtel und trat ein paarmal von einem Fuß auf den anderen.

»Nein«, sagte ich schließlich.

»Nein«, antwortete sie. »Das hatte ich auch nicht gedacht.«

Kapitel 4

Am Boden zerstört

Am Tag des Umzugs – Pauls, nicht unserer – wachte ich auf und stolperte ins Wohnzimmer, sah meine Mutter durch die Vorhänge nach draußen spähen.

Ich ignorierte sie und ging in die Küche.

Tante Vi war nirgends zu sehen. Sophie war auch nicht da, aber ich wusste, wo ich sie finden konnte, wenn ich das wollte. Doch ich wollte weder Tante Vi noch Sophie. Ich wollte Frühstück.

In der Küche sah nichts nach Frühstück aus. Ich schien die Erste heute zu sein, die überhaupt auf die Idee kam.

Ich nahm mir Frühstücksflocken, suchte im Kühlschrank nach Milch. Es war keine da.

Ich seufzte nur. Was konnte ich sonst tun?

Von der Tür aus schaute ich zu meiner Mutter, die immer noch durch den fast zugezogenen Vorhang spähte. Ich wollte ihr sagen, dass mich das nervös machte. Aber ich tat es nicht. Wozu wäre das schon gut gewesen?

Als ich es nicht länger aushielt, trug ich meine Frühstücksflocken zum Fenster und zog den Vorhang mit einem Ruck auf, worauf meine Mutter zurückschreckte und aus dem Weg sprang. Ich wollte ihr sagen, sie habe ihre wahre Berufung als Privatdetektivin verfehlt, entschied dann aber, dass das gemein wäre.

Da stand dieser riesige Umzugswagen in Pauls Einfahrt, mit dem Namen der Spedition auf der Seite. Und dem gemalten Bild eines Berges. Als wüssten sie bereits, wohin er ziehen wollte, noch ehe er ihn gemietet hatte. Hinten hatte der Lastwagen eine Abschleppstange für sein Auto.

»Er hat jedenfalls keine Zeit verschwendet«, bemerkte meine Mutter.

»Das hatte ich auch nicht gedacht. Er kann es nicht erwarten, hier wegzukommen.«

Ich starrte in meine Frühstücksflockenschale. Mein Magen knurrte, also aß ich eine Handvoll trocken.

»O mein Gott«, flüsterte sie. »Er kommt her.«

Ich schaute auf und sah Paul den Rasen überqueren.

»Und?«

»Er kommt zur Tür. Was sollen wir nur tun?«

»Äh ... aufmachen?«

»Ich will diesen Mann nicht sehen. Ich will nicht mit ihm reden.«

»Gut. Dann öffne ich ihm.«

Ich ging zur Tür, und dabei blickte ich über meine Schulter und verfolgte, wie meine Mutter verschwand. Ich fragte mich, wovor sie solche Angst hatte. Aber nicht für lange. Es lohnt sich nicht wirklich, zu viel Zeit darauf zu verwenden, darüber zu grübeln, wovor sich andere Leute fürchten. Jeder fürchtet immer irgendwas, und es ergibt nie viel Sinn. Sich zu wundern bringt nichts.

Ich öffnete die Tür, während Paul noch auf dem Weg war.

»Guten Morgen«, grüßte er, und ich fand, er klang ungewohnt fröhlich.

Außerdem war er wieder nett gekleidet. Mit einem neu wirkenden hellblauen Hemd und marineblauen Hosen mit Bügelfalte. Und als er näher kam, merkte ich, er roch auch gut. Wie neulich. An einem freien Tag roch er nie so gut, oder wenn er auf dem Weg zur Arbeit war. Nur auf dem Weg zum Haus seines Bruders, an dem Samstag vor ein paar Wochen.

Ich sagte: »Ich dachte, Sie würden fort sein, bevor die Sonne aufgeht.«

»Ich auch«, erwiderte er. »Ich bin vier Stunden hinter meiner Planung.«

»Brauchen Sie Hilfe beim Packen oder so?«

Da war er schon an der Tür, und als ich das sagte, machte er wirklich einen Schritt nach hinten. Als sei er überrascht.

»Nun, das ist aber wirklich nett, das anzubieten. Aber nein, wir schaffen das Packen selbst.«

Ich war neugierig, wer »wir« wohl war, aber ich sagte nichts. Wartete nur.

»Ich habe mich gefragt, ob ich dich zu einem letzten Hundespaziergang überreden könnte. Ich dachte, ich hätte selbst dafür Zeit, aber es klappt nicht so, wie ich wollte. Ich will es auch nicht einfach ausfallen lassen, weil es eine so lange Fahrt ist. Sie wird sechs oder sieben Stunden in der Fahrerkabine des Lastwagens eingesperrt sein.«

»Sicher, kein Problem.«

Er schaute nach unten auf meine Frühstücksflockenschüssel.

»Ich warte, bis du mit dem Frühstück fertig bist.«

»Nein, ich kann gleich kommen.«

»Deine Frühstücksflocken werden ganz matschig.«

Ich hielt ihm die Schale unter die Nase, sodass er reinsehen konnte.

»Nicht, wenn keine Milch drin ist. Das ist das Gute daran, wenn einem die Milch ausgegangen ist.«

Er lachte, aber nur ein wenig.

»Nimm sie mit. Ich habe Milch.«

Ich zuckte die Achseln und trat aus dem Haus, zog die Tür hinter mir zu. Gerade, als ich das tat, schaute ich zurück. Meine Mutter blickte aus dem Flur zu uns. Sie hatte sich an eine Stelle begeben, an der ich sie sehen konnte, aber Paul nicht.

Ich bedachte sie mit einem kleinen Stirnrunzeln, während ich die Tür schloss.

Als wir über den Rasen gingen, fragte ich mich, ob es ihr komisch vorkam, dass Paul und ich miteinander redeten, als wären wir Freunde. Wie zwei ganz normale befreundete Erwachsene. Da fiel mir auf, dass es *mir* komisch vorkam. Und dass ich das vorher nicht gemerkt hatte. Oder ich wenigstens nie innegehalten hatte, um genauer drüber nachzudenken.

»Die letzten zehn Dollar«, sagte er und holte mich aus meinen Gedanken.

»Nein, das ist schon okay. Das hier geht auf mich.«

»Das musst du aber nicht.«

»Geht so in Ordnung. Es macht mir nichts. Ich werde das alte große Mädchen vermissen, wenn Sie weg sind.«

»Nicht halb so sehr wie deine Schwester, möchte ich wetten.«

Ich runzelte die Stirn, ohne es zu wollen. »Darüber reden wir bei uns zu Hause nicht.«

»Oh, tut mir leid.«

»Das muss es nicht. Es gibt 'ne Menge bei mir zu Hause, was einem leidtun kann, aber nichts davon ist Ihre Schuld.«

Er lächelte ein wenig, während er mir seine Haustür aufhielt. Aber es war ein trauriges kleines Lächeln. Und ich fragte mich, ob er mich wirklich gut genug kannte, um für mich traurig zu sein, oder ob ich ihn einfach an etwas erinnerte, dessentwegen er für sich traurig war. So ist es bei den meisten Leuten. Mehr ihret- und weniger deinetwegen.

Wenn es wirklich für mich war, dann wurde mir davon unbehaglich.

Rigby begrüßte mich mit Hundeküssen. Quer übers Gesicht. Was sie nie zuvor getan hatte. Ich fragte mich, ob sie klug genug war, zu wissen, dass sie weggehen würde.

Als ich aufschaute, stand da eine Frau. In Pauls Haus. Eine Frau.

»Oh«, machte ich. Lahm, aber ich war überrascht.

Ich kannte sie, aber ich wusste nicht, woher.

»Hallo«, sagte sie.

Einfach nur das. Nur Hallo.

Ich dachte, sie hätte einen winzigen Anflug von einem Akzent, aber wenn sie nicht mehr redete, würde ich nie herausfinden, was es war.

»Das ist Rachel«, erklärte Paul. »Meine Schwägerin. Rachel, das hier ist Angie. Von nebenan. Sie geht mit dem Hund spazieren, während wir packen.«

»Freut mich sehr, dich kennenzulernen«, sagte Rachel.

Sie war etwa in Pauls Alter, aber hübsch. Schlank, mit dunklem Haar und dunklen Augen, einer langen, geraden Nase. Und ich hatte sie schon mal gesehen.

»Ich kenne Sie«, bemerkte ich. »Wir sind uns schon mal begegnet. Oder? Ich meine ... oder etwa nicht?«

Da fiel es mir plötzlich ein. Einfach so, aus heiterem Himmel. Ich wandte den Kopf, um zum Regal zu schauen. Doch das Foto war weg. Aber das war sie. Sie war die Frau auf dem Foto in Pauls Bücherregal. Die, von der ich geglaubt hatte, sie sei tot. Aber da hatte ich falschgelegen, denn sie stand direkt vor mir.

Das Seltsame war, nichts sonst in dem Bücherregal war bereits gepackt. Nur das Foto, das einzige Bild eines menschlichen Wesens, war fort.

Paul trat in mein Sichtfeld, und auf seinen Zügen lag ein angespannter Ausdruck. Fast war es, als versuchte er, meinen Blick aufzufangen. Ich konnte mir keinen Reim darauf machen, aber es bewirkte, dass ich den Wunsch verspürte, besser den Mund zu halten.

»Vermutlich habe ich mich geirrt«, sagte ich. »Ich denke, Sie erinnern mich wahrscheinlich an jemanden.«

Ich sah wieder zu Paul, der erleichtert wirkte.

Ich hatte keine Ahnung, was für einen Reim ich mir darauf machen sollte. Es weckte meine Neugier, aber es war wie ein verheddertes Knäuel Schnur, und ich konnte nicht anfangen, es zu entwirren, bevor ich nicht die beiden Enden fand. Daher gab ich einfach auf und legte es im Geiste für später auf die Seite.

»Wo ist Dan?«, fragte Paul.

»Im Schlafzimmerschrank. Er packt deine Anzüge.«

»Dann verschwendet er seine Zeit. Ich werde meine Anzüge verbrennen.«

»Nein, heb sie auf«, erklärte sie. »Falls jemand stirbt.«

Paul lächelte, als sei das komisch. Nur dass es zu viel Lächeln für nicht komisch genug war. Und ich beschloss, dass ihr Akzent europäisch war, vermutlich deutsch oder so, aber verblasst. Nur ein vager Überrest.

Ich wollte gerade nach Rigbys Leine fassen, als Paul sagte: »Milch.«

»Oh, richtig. Milch.«

Er setzte mich an den Küchentisch und stellte einen Karton mit Milch vor mich. Dann holte er mir einen Löffel aus einer Küchenschublade.

Und ich dachte: Junge, er ist wirklich mit dem Packen hintendran, wenn die Löffel noch in der Küchenschublade sind.

Dann saß ich da und aß meine Frühstücksflocken, mit Rigbys Kopf auf meinem Knie. Wozu sie sich ziemlich weit runterlehnen musste, wodurch sie wiederum aussah wie ein Geier.

Ich blickte ins Wohnzimmer und beobachtete, wie Paul und Rachel vor der Tür hin- und hergingen. Und ich wusste, da gab es was zu wissen, aber ich wusste es nicht. Das störte mich, aber wie bei fast allem, was mich störte, gab es verdammt noch mal nichts, was ich dagegen tun konnte.

* * *

Ich nahm Sophie nicht mit. Ich versuchte, mich dazu durchzuringen, aber ich konnte einfach nicht. Da war dieser große Widerstand tief in mir, den ich nicht richtig erklären konnte. Schließlich entschied ich, es wäre für Sophie am besten, wenn sie gar nicht erst in die Nähe von Pauls Haus kam und das ganze Packen sah.

Ich wusste wirklich nicht, was Sophie verstand und was nicht, wie gesagt. Aber sie hatte auf jeden Fall eine Menge Erfahrung mit Leuten, die um sie herum alles zusammenpackten.

Ich denke, das war vermutlich ein idiotischer Vorwand. Ich denke, es war selbstsüchtig von mir. Mir würde dieser riesige Engel von einem Hund wirklich fehlen, und ich wollte sie beim letzten Mal einfach für mich allein haben.

Daher blieb ich dicht an der Häuserreihe auf unserer Seite der Straße, wo Sophie uns nicht sehen konnte.

Beim Laufen hatte ich meine Hand zwischen Rigbys mächtigen Schulterblättern liegen, spürte, wie sie sich bei jedem ihrer langsamen, gigantischen Schritte bewegten. Ich war trauriger, als vermutlich gerechtfertigt war.

»Ich wünschte, du würdest nicht wegziehen«, sagte ich zu ihr.

Sie blickte mich an, als wollte sie antworten. Seltsam, aber für einen Sekundenbruchteil dachte ich, sie würde es wirklich tun.

Dann sah sie wieder nach vorne.

»Und nicht nur wegen Sophie«, fügte ich hinzu.

Es ist immer am besten, die Leute wegen mehr zu mögen als wegen dem, was sie für einen tun können. Ich nehme an, Rigby zählte zu dem Zeitpunkt für mich schon als »Leute«.

Ich war mir ziemlich sicher, dass jeder, der den Hund kannte, das genauso sehen würde.

* * *

Als ich sie zurückbrachte, kam Paul raus und nahm die Leine von mir entgegen. Er wirkte ein wenig verlegen und traurig über den Abschied, obwohl ich natürlich wusste, dass er überglücklich war, die Stadt und seinen Job für immer hinter sich zu lassen.

»Könnten Sie mir einen Gefallen tun?«, fragte ich ihn. »Wenn Sie mit dem Umzugswagen wegfahren, könnten Sie dann *die* Richtung nehmen?« Ich zeigte mit dem Finger von Tante Vis Haus weg die Straße entlang. »Ich bin mir nicht sicher, was passieren wird, wenn Sophie Sie und Rigby vorbeifahren sieht. Ich weiß, früher oder später haben wir den Salat, es ist nur …«

Mir gingen die Worte aus, und das war's dann.

»Natürlich«, antwortete er. »Bist du sicher, dass du die zehn Dollar nicht doch willst?«

»Nein, das passt schon. Das ist mein Abschiedsgeschenk. Seien Sie einfach glücklich da, wohin Sie gehen. Ich bin ganz neidisch, wissen Sie? In die Berge ziehen. Ich würde liebend gerne dort oben wohnen. Egal, das interessiert Sie vermutlich nicht. Seien Sie einfach glücklich, okay?«

Ich meinte das wirklich ernst, und ich denke, das konnte er spüren. Damals kannte ich Paul noch nicht wirklich gut. Aber ich wusste, dass er nicht glücklich war. Man musste ihn nicht gut kennen, um das zu sehen. Er war gerade fünfundsechzig geworden und nun in Rente, und wenn er jetzt sein Glück nicht fand, wann sollte er das dann? Das hier war seine letzte Chance.

Er legte mir eine Hand auf den Scheitel und ließ sie dort. Das überraschte mich. Es war fast eine Geste der Zuneigung. Etwas, was eine Mutter oder ein Vater tun würde.

»Du bist ein gutes Kind«, sagte er. »Lass dir nur nichts anderes einreden.« Dann schaute er auf seine Hand auf meinem Kopf, als merkte er erst jetzt, dass sie überhaupt da lag. Er zog sie zurück. »Na ja, das hört sich wie was Dummes an, denke ich. Niemand wird dir was anderes sagen. Ich glaube, was ich meine, ist, pass auf, dass du dir *selbst* nichts anderes einredest.«

Ich konnte nachvollziehen, warum das schwieriger war. Aber ich wusste nicht genau, wie ich das in Worte fassen sollte. Daher stand ich einfach da wie ein Schwachkopf und sagte nichts.

Rigby saß noch immer links von mir. Obwohl Paul die Leine hatte, war sie nicht zu ihm gegangen. Ich denke, sie wusste, das hier war ein Ende. Es stimmt, Hunde können so was eigentlich nicht wissen. Aber ich hatte den Eindruck, als wüsste sie es trotzdem.

Nach einer zu langen Weile des Schweigens sagte Paul: »Vielleicht sehen wir uns wieder. Wenn wir hierher zu Besuch kommen.« Bei dem Wort »hierher« deutete er über seine Schulter zum Haus.

Das nun seinem Bruder und der Frau auf dem Bild gehörte.

»Sie können Ihren Bruder doch gar nicht leiden«, erwiderte ich. Aber leise, sodass niemand im Haus es hören konnte. Vielleicht wusste Pauls Bruder ja nicht, dass Paul ihn nicht mochte. Paul wäre nicht der Erste, der so etwas für sich behielt.

Er musste ein wenig lächeln. Mit nur einer Seite seines Mundes. »Wie wahr«, antwortete er. »Aber ...«

Dann sprach er nicht weiter.

Ich wollte das »Aber« für ihn zu Ende führen, und ich schwöre, fast hätte ich es getan. Beinahe hätte ich gesagt: Aber Sie mögen Rachel sehr. Ich hielt mich gerade noch rechtzeitig zurück. So was sagt man nicht zu jemandem, der praktisch ein Fremder ist.

Aber dann musste ich denken: Wenn wir Fremde sind, warum verabschieden wir uns dann, als seien wir Freunde?

Ich trat von ihm weg, und als ich auf der letzten Steinstufe war, sagte ich noch: »Fahren Sie vorsichtig.«

Als ich über den Rasen lief, blickte ich über meine Schulter zu ihm. Er stand immer noch da, vor seiner Haustür.

Er hob eine Hand, hielt sie ruhig hoch, ein Winken ohne Bewegung.

Ich winkte zurück. Mit echtem Winken.

* * *

»Du kannst nicht gehen«, sagte meine Mutter. »Wie kannst du das nur tun?«

Es war am nächsten Morgen, und ich war auf dem Weg zur Tür hinaus, um Nellie bei der Inventur zu helfen. Es war gut möglich, dass das der letzte Inventurtag werden würde. Aber bei Nellie konnte man das nie so genau sagen.

Ich ging. Diese Buchhandlung war das Einzige in meinem erbärmlichen Leben, worauf ich mich wirklich freute. Das sagte ich natürlich nicht.

Was ich hingegen sagte, war: »Ich gehe.«

»Heute ist vielleicht der Tag, an dem deine Schwester den Zusammenbruch hat.«

»Ja, vielleicht. Oder auch erst übernächste Woche.«

»Ich brauche vielleicht Hilfe mit ihr.«

»Hilfe wie? Bei was helfen? Wenn sie schreit, können wir sie zu zweit nicht besser zum Aufhören bewegen als einer allein.

Du möchtest nur, dass ich hierbleibe und dir helfe, dir Sorgen zu machen. Du musst sie in Ruhe lassen, darfst dich nicht so reinsteigern. Sonst nimmt sie deine Sorgen und deinen Stress wahr, und das macht alles nur noch schlimmer.«

»Siehst du? Genau deswegen brauche ich dich.«

»Himmel noch mal!« Ich sprach mit erhobener Stimme. »*Du* bist *meine* Mutter, nicht andersherum.«

Das hatte durchschlagende Wirkung. Eine unbehagliche Weile lang sagte keine von uns etwas. Und meine Mom auch weiter nicht.

»Hör zu. Ich liebe diese Buchhandlung, und ich gehe jetzt hin. Viel Glück mit Sophie. Ich werde dir helfen, wenn ich zurückkomme. Wenn du dann noch Hilfe brauchst.«

Ich versuchte, sie auf dem Weg zur Tür nicht anzusehen, weil diese Sache mit der Schmolllippe echt blöd war. Nicht einmal ich machte das. Ich meine, noch nicht mal, als ich noch sechs oder so war.

Andererseits unterstrich das nur meinen Punkt.

* * *

Ich arbeitete mit einem Regal zwischen mir und Nellie, was die Sache erleichterte. Ich liebte es, mit ihr zu reden. Aber von Angesicht zu Angesicht war es etwas zu … intensiv. Oder irgendwas in der Art. So war es jedenfalls leichter.

»Was würdest du über einen Typ denken, der nur das Foto eines einzigen Menschen in seinem ganzen Haus hat, und dann stellt sich heraus, es ist das Bild der Frau seines Bruders?«

Ich hielt einen Roman mit festem Einband in der Hand, hatte aber den Titel noch nicht vorgelesen. Nellie störte das nicht. Je weniger Inventur wir machten, desto glücklicher war sie.

»Was ich darüber denken würde?«

»Ja. Was denkst du darüber?«

»Ich würde denken, dass das schon ein wenig komisch ist.«

»Aber was, meinst du, würde das heißen?«

»War es ein Bild mit vielen Leuten darauf, die vielleicht gerade irgendwas Besonderes tun?«

»Nein. Nur ein Porträtfoto dieser Frau.«

»Ich könnte mir vorstellen, dass seine eigene Frau oder seine Freundin oder wer auch immer ziemlich sauer sein muss.«

»Er ist nicht verheiratet. Er lebt allein, bis auf seinen Hund.«

»Dann würde ich denken, dass er eine Affäre mit der Frau seines Bruders hätte.«

»Das glaube ich nicht. Weil er ihr Bild weggeräumt hat, als sie zu Besuch kam. Wenn sie eine Affäre hätten, würde sie wissen, wie er empfindet. Er müsste es nicht verbergen.«

»Allein der Umstand, dass sie ihn ohne seinen Bruder besucht, scheint meine Theorie zu bestätigen.«

»O nein. Ihr Ehemann – der Bruder dieses Typs –, der war dabei.«

»Dann war er es vielleicht, vor dem er das Foto versteckt hat.«

»Vielleicht«, erwiderte ich.

Aber ich glaubte das nicht. Ich dachte nicht, dass es so war. Pauls Leben schien mir zu traurig und leer dafür. Er schien mir mehr der Typ zu sein, der einfach allein in einer Ecke hockte und fühlte, was er fühlte, und nicht danach handelte. Aber andererseits, was wusste ich schon?

Ich las den Titel des Romans vor, und sie wiederholte ihn, auf ihre Art und Weise, »Hab ich« zu sagen.

»Mir kommt es nur komisch vor. Dass es Leute gibt, die allein sind, und sie benehmen sich, als seien sie das aus freien Stücken, als sei das alles, was sie wollen. Und ich glaube ihnen, denn schließlich, warum auch nicht? Und dann stellt sich heraus, dass das eigentlich gar nicht so ist. Niemand sagt die Wahrheit. Ist dir das schon mal aufgefallen?«

»Ja, das kann schon sein«, erwiderte sie. Dann gab es eine Pause, als wartete sie darauf, dass ich ihr einen weiteren Titel vorlas. Als ich das nicht tat, sagte sie: »Geht es um einen echten Menschen, oder spielst du ›Mein Freund hat ein Problem‹?«

»Nein, er ist echt. Er ist nicht wirklich ein Freund. Denke ich. Findest du es seltsam, dass ich nur zwei Menschen habe, die so was wie Freunde für mich sind, mit denen ich überhaupt rede, wie man das mit Freunden tut, und es sind keine Kinder oder Jugendlichen? Einer ist fünfundsechzig, und die andere ist in deinem Alter.«

»Du weißt nicht, wie alt ich bin, also wie willst du das wissen?«

»Na ja. Sie ist du. Du bist in deinem Alter. Oder nicht?«

»Ich spreche nicht über mein Alter, daher verrate ich nichts.«

Eine Weile lang sagte keine von uns etwas, also schaute ich ums Regal herum zu ihr, und sie sah mich direkt an. Ich zog den Kopf zurück. Ich kam mir immer wie eine Schildkröte vor, wenn ich bei Nellie Inventur machte.

»Schummle dich nicht da raus, meine Frage zu beantworten. Ist das komisch?«

Ich hörte sie seufzen. »Du musst doch selber wissen, dass du für dein Alter absurd reif bist. Sehr wenig an deinem Verstand scheint mir auch nur entfernt vierzehnjährig zu sein. Das weißt du auch, oder?«

Ich kam hinter den Regalen hervor und setzte mich auf den großen Sessel. Pulte an einem ausgefransten kleinen Loch in dem Aufschlag meiner Jeans herum.

»Ich denke, es ist, weil meine Mom sich manchmal in gewisser Weise verhält, als sei sie jünger als ich. Aber ich bin mir nicht ganz sicher, ob das wirklich so stimmt, was du gesagt hast. Ich meine, ich fühle mich schon wie vierzehn. Auch wenn ich offenbar wenig mit irgendwem in meinem Alter gemein habe und alle mir das Gleiche wie du erzählen, daher muss es wohl stimmen.«

Ich blieb da noch etwa eine Minute sitzen und pulte an dem Loch. Dann schaute ich plötzlich auf und fragte mich, was ich da tat.

»Was zur Hölle? Ich wollte mich gar nicht hinsetzen. Wir haben Inventur zu machen.«

Ich stand hastig auf.

»Das läuft uns nicht weg«, erwiderte Nellie. »Wenn du reden willst, rede.«

»Nein, ich will nicht reden. Ich hasse Reden. Ich möchte, dass wir das für dich fertig bekommen.«

Ich ging wieder an die Stelle, wo ich aufgehört hatte. Immer das letzte Buch ließ ich ein wenig vorstehen, damit ich leichter wiederfand, wo es weiterging. Ich zog das nächste Buch heraus und hielt es in der Hand.

Es war »Das Tibetische Totenbuch«.

Mir blieb fast das Herz stehen.

»Mist«, habe ich vielleicht gesagt. Oder vielleicht auch nur gedacht.

»Was ist los?«

»Oh, nichts.« Also hatte ich es nicht nur gedacht. »Nichts. ›Das Tibetische Totenbuch‹. Das hat keinen Autor, nur einen Übersetzer. Kannst du den statt des Autors nehmen?«

Diese Frage beantwortete sie nicht. Sie fragte nur: »Hast du das gelesen?«

Ich stieß ein kleines Lachen aus, das mehr wie ein schnelles Seufzen klang. »Nein. Das habe ich noch nicht gelesen. Ich weiß, worum es geht, aber gelesen … Nein, habe ich nicht.«

»Geht es um das, wonach es klingt?«

»Eigentlich schon. Zu verstehen, was passiert, wenn jemand stirbt.«

»Da es Teil der tibetischen Kultur ist, überrascht es mich, dass du es nicht schon in der Bibliothek siebenmal von vorne bis hinten durchgelesen hast.«

»Ich bin mir nicht sicher, ob ich das hier überhaupt lesen will.«

»Möchtest du es mit nach Hause nehmen und dann entscheiden? Ich schulde dir jede Menge Bücher und Geld für all die Arbeit. Du kannst es gerne haben, wenn du magst.«

Die Frage konnte ich nicht beantworten. Wirklich nicht. Ich stand einfach da mit dem Buch in der Hand und konnte kein Wort sagen.

Schließlich kam ich hinter dem Regal vor. Hielt immer noch das Totenbuch. Ging geradewegs zu ihrem Tresen, ohne sie überhaupt anzusehen. Ich schaute immer noch nur auf das Buchcover.

»Hast du jemanden verloren, der dir nahestand?«, fragte sie.

Ich versuchte zu entscheiden, ob ich es ihr erzählen sollte oder nicht, als sie abrupt den Kopf hob und lächelte.

»Oh, sieh mal«, sagte sie. »Cathy ist da.«

Ich blickte hin.

Sie hatte mal jemanden namens Cathy erwähnt, und ich hatte das auch irgendwo abgespeichert, hatte aber nicht wirklich drüber nachgedacht, wer das sein mochte. Eigentlich hatte ich geglaubt, das sei eine Angestellte oder so, die ich noch nicht kennengelernt hatte.

Cathy kam hereingeschlendert, grinste. Ich dachte nicht, dass sie eine Angestellte war. Es war Sonntag. Und außerdem, niemand freut sich so darauf, zur Arbeit zu gehen.

Sie sah asiatisch aus, oder vielleicht war sie auch Halbasiatin. Ihr Haar war länger als meins, und sie war etwas älter als Nellie. Alt genug, um Lachfältchen um Mund und Augen zu haben.

Nellie stellte uns einander vor, aber ich starrte nur die andere Frau an.

Cathy kam hinter den Tresen, als gehörte die Buchhandlung ihr so wie Nellie, legte Nellie einen Arm um die Mitte. Dann küsste sie sie auf die Wange.

Ich machte einen Schritt zurück.

Beide schauten mich an, vermutlich wegen des Schritts nach hinten. Aus Versehen ließ ich »Das Tibetische Totenbuch« fallen. Ich bückte mich so schnell danach, um es wieder aufzuheben, dass ich mir beim Wiederaufrichten den Kopf am Tresen stieß. Heftig genug, dass ich kleine Lichtexplosionen sah. Das war das erste Mal, dass ich den Ausdruck »Sterne sehen« verstand.

Ich hörte Nellie sagen: »Autsch. Alles okay, Angie?« Aber es kam wie aus weiter Ferne.

Ich versuchte noch mal, das Buch aufzuheben, und als ich es hatte, legte ich es auf die Theke. Aber ich hätte mich nicht so rasch aufrichten sollen, weil mir davon schwindelig wurde.

»Alles okay?«, erkundigte sich Cathy. Sie sah irgendwie ... verwirrt aus.

»Ich muss mal ins Bad«, erklärte ich.

Dann stürmte ich so schnell wie möglich in die Richtung.

Ich öffnete gerade die Tür zu dem Raum hinten im Laden, als ich Cathy sagen hörte: »Das war seltsam. Was genau war das?«

Ich konnte nicht verstehen, was Nellie darauf erwiderte. Sie sprach zu leise.

»Ein junges Mädchen auf dem Weg zur Homophobie?«, fragte Cathy. Sie hatte eine laute Stimme, die weit zu hören war.

Aber dann redete Nellie weiter, sagte: »Das ist so ungefähr das Dümmste, was du je zu mir gesagt hast. Ist dein Schwulenradar gerade zur Reparatur? Sie ist ein wenig in mich verliebt, darum ging das eben. Benutz doch mal deinen Kopf.«

Zu dem Zeitpunkt klammerte ich mich an ein Bücherregal. Als würde ich hinfallen, wenn ich mich nicht daran festhalten konnte. Was nicht völlig ausgeschlossen war. Ich konnte spüren, wie mein Herz hämmerte. Und ich hasste es. Ich war es so leid. Ich hätte mein Leben, ohne eine Sekunde zu zögern, gegen ein anderes eingetauscht. Ich war es so leid, was zu fühlen.

Cathy sagte: »Wenn ich das gewusst hätte, hätte ich euch beide nicht so oft allein gelassen.«

Jetzt klang Nellie wütend. »Darüber macht man keine Witze, Cathy. Das ist überhaupt nicht lustig. Sie ist vierzehn.«

»Oh. Tut mir leid«, erwiderte Cathy. »Ich wusste nicht, dass sie noch so jung ist. Sie wirkt älter.«

»Ja, darüber haben wir gerade gesprochen. Aber weißt du, wir sollten nicht … Ich muss mal nach ihr sehen. Wir sollten nicht so über sie reden. Ich muss mich vergewissern, dass sie nirgendwo ist, wo sie uns hören kann.«

Während sie sprach, merkte ich, dass sie näher kam. Aber ich konnte mich nicht vom Fleck rühren. Ich war völlig erstarrt. Ich hatte keine Zeit mehr, ins Bad zu gehen, und selbst wenn, hätte ich es einfach nicht tun können. Selbst wenn ich Zeit gehabt hätte. Ich hatte nicht mal Zeit, mit reiner Willenskraft mein Ableben hier an Ort und Stelle herbeizuführen. Was ich definitiv getan hätte. Wenn sie nicht genau da aufgetaucht wäre.

Ich schaute auf, und da war sie, am Ende des Regals. Sie blickte mich an.

»Angie«, sagte sie.

Ich ließ das Regal los. Stand aus eigener Kraft. Ich weigerte mich, sie anzusehen, sondern richtete die Augen auf das Muster im Teppich.

Sie bewegte sich nicht, und ich auch nicht.

Dann plötzlich konnte ich mich wieder bewegen, und ich ging einfach auf sie zu. Als wollte ich sie umrennen. Ich konnte nicht mal den Mund öffnen, um zu sagen: Entschuldigung, oder: Geh mir aus dem Weg. Aber sie schien von allein zu verstehen, dass sie das besser tun sollte.

Ich konnte spüren, wie ich sie mit der Schulter streifte, als ich mich an der engen Stelle an ihr vorbeidrängte. Mir blieb nicht verborgen, dass ich sie damit aus dem Gleichgewicht brachte. Aber ich lief einfach weiter. Schaute nicht zurück. Schaute nicht zu Cathy, als ich an ihr vorbeiging. Ich wäre lieber in eine Grube voller Skorpione gesprungen. Ich schaute einfach weiter auf den Teppich, bis ich draußen war.

Als ich auf dem Bürgersteig angekommen war, war das Licht viel zu grell. Es brannte mir in den Augen und bohrte sich wie ein Messer in meinen Kopf.

Ich hörte sie noch mal meinen Namen rufen.

»Angie!«

Ich begann zu rennen.

»Angie, warte!«

Das tat ich nicht.

Ich rannte den ganzen Weg bis nach Hause.

* * *

Ich konnte Tante Vis Haus am Ende des Häuserblocks sehen, und ich rannte immer noch. Ich hatte Seitenstechen, und meine Lungen taten weh. Ich hätte stehen bleiben können. Es gab keinen echten Grund, das nicht zu tun. Das sagte ich mir. Aber ich blieb nicht stehen.

Vielleicht wollte ich, dass es wehtat.

Da hörte ich Sophie. Ihr Sirenengeheul. Und eine Sekunde lang dachte ich: Mist. Wenn ich sie vom Ende des Blocks aus hören kann, dann ist das schlecht. Schlechter als schlecht. Das ist eine absolute Katastrophe.

Dann merkte ich, dass der Laut von hinter mir kam.

Ich blieb stehen und drehte mich um, beugte mich etwas vor, stützte die Hände auf die Knie. Damit ich nicht vornüberkippte. Oder einfach nur, um halbwegs wieder zu Atem zu kommen. Ich hob den Kopf, soweit das ging.

Meine Mutter lenkte hinter mir unseren alten Kombi an den Straßenrand, während Sophie auf dem Rücksitz wie am Spieß schrie. Und – das muss man sich mal vorstellen – hinten war ein Anhänger. Es war keiner dieser offenen Anhänger, die sich die Leute mieten, wenn sie umziehen, sondern einer, der wie ein Pferdeanhänger aussah, nur ohne die Öffnungen, durch die ein Pferd herausschauen würde, und kaum groß genug für ein Pony. Es bedeutete Umzug, ganz klar. Etwas anderes konnte es nicht heißen.

Ich kniff die Augen zu.

Zuerst versuchte ich, mich zu widersetzen. Wie: Nein, das kann nicht wirklich passieren. Nicht alles auf einmal, wie das hier. Dann kam ich dahin, wo die Dinge so schlimm sind, dass man sich nicht mehr dagegen wehrt. Wo man sich einfach mit dem Bauch nach oben treiben lässt und dann untergeht. Wo man sich noch nicht mal selbst zu retten versucht.

Ich knickte einfach zusammen.

»Steig ein«, sagte meine Mutter.

Sie beugte sich rüber und kurbelte das Beifahrerfenster runter. Das Auto war so alt, dass es nicht mal elektrische Fensterheber hatte. Das Schreien wurde lauter.

Ich rührte mich nicht. Konnte es nicht, denke ich.

Aber dann kam ein Nachbar, den wir beide nicht kannten, vor die Haustür, um nachzusehen, was für ein furchtbarer Lärm das war.

»Los, beeil dich«, sagte meine Mom.

Da zwang ich mich, mich zu bewegen.

Ich ließ mich auf den Sitz fallen, versuchte immer noch, zu atmen. Kurbelte das Fenster wieder hoch, während sie losfuhr.

Ich dachte, wir würden zurück zu Tante Vi fahren, was nur ein paar Häuser von der Stelle entfernt war, wo sie mich aufgelesen hatte. Aber sie fuhr einfach vorbei.

»Wohin wollen wir?«, fragte ich.

»Was ist mit deinem Kopf passiert?«, fragte sie fast im gleichen Moment.

Wir mussten beide schreien, um uns über Sophies Gebrüll hinweg verständlich zu machen.

Dann warteten wir beide. Als würde der jeweils andere antworten.

»Wohin wollen wir?«, fragte ich wieder.

»Du zuerst.«

Ich bin mir nicht sicher, warum ich sie das gewinnen ließ. Ich hatte keine Kraft mehr für einen Streit.

»Sieht es schlimm aus? Wahrscheinlich ist es nicht so schlimm, wie es ausschaut. Ich hab mir nur den Kopf angeschlagen, als ich mich nach einem Buch gebückt habe.«

»Warum bist du gerannt?«

»Mir war einfach danach. Jetzt bist du an der Reihe. Wohin fahren wir?«

»Wir ziehen um.«

»Das habe ich mir schon gedacht. Aber wollen wir nicht zuerst bei Tante Vi unser Zeug zusammenpacken?«

»Das habe ich schon getan.«

»Wie willst du das geschafft haben? Ich war ja höchstens ...«

»Zweieinhalb Stunden fort.«

»Wie konntest du einen Anhänger besorgen und all unsere Sachen so rasch einpacken?«

Mein Hals wurde ganz kratzig davon, dass ich so laut sprechen musste.

»Weil, wie du vielleicht schon bemerkt hast, es in unserem Fall nicht viel zu packen gibt.«

»Ich halte das nicht aus. Ich brauche die Ohrstöpsel.«

»Tut mir leid. Die sind eingepackt.«

»Dann müssen wir sie finden.«

»Angie, sie sind irgendwo da hinten im Auto. Ich habe alles in irgendwelche Kisten getan und in Müllbeutel gestopft, dann alles in den Anhänger geworfen. Wie willst du was so Kleines da finden?«

Etwas in mir riss. Etwas, das zu straff gespannt gewesen war. Ich hielt mir mit den Händen die Ohren zu und beugte mich so weit nach vorn, bis mein Kopf zwischen meinen Beinen war. Dann drückte ich mit den Knien gegen meine Hände, so fest ich konnte.

Es war immer noch laut.

Ich konnte spüren, wie wir abbogen. Ein ums andere Mal. Es vergingen fünf oder auch zehn Minuten, bis ich sicher wusste, dass wir im Kreis fuhren.

Dann brauchte ich noch mal fünfzehn oder zwanzig Minuten, bis ich vollkommen erschöpft war von der Sinnlosigkeit von allem.

Ich hob den Kopf.

»Wenn du nur um den Block fährst, kannst du mich bei Tante Vi rauslassen? Ich habe ihr ein Paar Ohrstöpsel gegeben. Vielleicht hat sie sie noch.«

»Ich weiß nicht, ob wir da willkommen sind.«

»Ich spreche nur von mir. Nicht von uns allen. Außerdem will ich mich vergewissern, dass du nichts von meinen Sachen vergessen hast.«

»Es ist rein gar nichts mehr im Schlafzimmer.«

»Hast du auch meine beste Jacke aus dem Schrank in der Diele mitgenommen?«

»Äh …«

»Klasse. Super gemacht, Mom.«

»Okay. Gut. Ich lass dich raus.«

Ein paar Minuten später hielt sie vor Tante Vis Haus an, und ich stieg rasch aus. Sie fuhr gleich wieder los, sodass ich kaum Zeit hatte, die Tür zu schließen.

Ich stand am Straßenrand und sah ihr nach. Da erst fiel mir auf, dass ich keine Ahnung hatte, wann sie zurückkommen würde, um mich einzusammeln. Aber das war es nicht, was mir Angst machte. Es war vielmehr, dass es mir egal war. Mir zuckte der Gedanke durch den Kopf, dass es wäre, als würde ich an niemanden mehr gebunden sein. Das klingt fürchterlich, aber das dachte ich nun einmal. Sicher, ich war erst vierzehn. Es wäre schwierig, es allein zu schaffen. Aber ... schwieriger als das hier? Wie könnte irgendwas schwieriger als das hier sein? Ich hatte das Gefühl, mehr in diese Geschichte hineinzustecken, als ich herausbekam. Aber ich schob den Gedanken weg.

Sie waren meine Familie, ob es mir gefiel oder nicht.

Ich klopfte an Tante Vis Haustür. Nur für den Fall, dass ich wirklich nicht willkommen wäre. Als niemand aufmachte, schloss ich mit meinem Schlüssel auf.

Ich fand Tante Vi im Schlafzimmer, im Bett, in ihrem verblassten Hausmantel. Unter der Decke, aber sie schlief nicht. Sie schaute zu mir hoch, als sei alles, was ihr je das Herz gebrochen hatte, direkt vor ihren Augen.

»Mir tut das alles so leid«, sagte ich.

Sie lächelte ihr trauriges Lächeln. »Für dich tut es mir mehr leid. Du kannst nie davon weg, wie ich es kann. Du kannst nicht einfach sagen: ›Genug. Mehr ertrage ich nicht.‹«

Das traf mich tief. Weil ich genau da war, an dem Punkt. Es war wirklich gerade mehr, als ich ertragen konnte. Aber sie hatte recht. Ich konnte das nicht einfach sagen. Sie konnte einen Schlussstrich ziehen. Ich nicht.

»Was ist passiert? Wie hat sie rausgefunden, dass der Hund weg ist?«

»Nebenan ging die Tür auf, und jemand, den sie noch nie gesehen hatte, kam raus. Eine Frau. Und kein Hund. Es war gleich, nachdem du gegangen bist. Sie hatte einen Zusammenbruch. So habe ich sie noch nie gesehen. Und dabei dachte ich, ich hätte sie schon von ihrer schlimmsten Seite erlebt.«

»Ich bin mir nicht sicher, ob einer von uns sie schon von ihrer schlimmsten Seite erlebt hat«, bemerkte ich.

Dann wünschte ich mir, ich hätte das nicht gesagt. Es war eines von den Dingen, die die ganze Zeit da waren, darauf warteten, ausgesprochen zu werden. Aber es musste schon ein echt übler Tag sein, wenn er mich derart aus der Bahn warf, dass ich vergaß, es nicht zu tun.

»Du hast knapp deine Freundin verpasst.«

»Welche Freundin?«

»Die nette junge Dame von der Buchhandlung. Sie hat dir was dagelassen.«

Das war, wie von einem Baseball aus Eis getroffen zu werden. Ich vermute, ich hatte mich wohl getäuscht, als ich dachte, ich sei ganz unten angekommen und unternähme nicht mal den Versuch, mich zu retten.

»Woher wusste sie, wo ich wohne?«

»Sie hat angerufen, und ich habe es ihr gesagt. Wir dachten, du würdest zu Hause sein, bis sie hier eintrifft, aber du hast sie gerade verpasst. Das Päckchen ist an der Tür. Wohin werdet ihr nur gehen, Liebes?«

Ich gab einen frustrierten Laut von mir. Das war wirklich super, mich das in diesem Moment zu fragen. Warum stellten mir Leute solche Fragen, als sei ich das Gehirn der Truppe? Warum durfte ich nicht einfach Kind sein?

»Ich habe keine ... Ahnung.« Beinahe hätte ich einen Kraftausdruck benutzt. Nicht aus Ärger über sie. Mehr aus dem Bedürfnis heraus, die Lage an sich zu verfluchen. Aber ich hielt mich gerade noch rechtzeitig zurück. »Okay. Hör mal, mir tut das alles furchtbar leid. Ich will mich nur rasch umsehen, ob meine Mutter auch nichts von meinem Zeug vergessen hat. Und ... erinnerst du dich noch an die Ohrstöpsel, die ich dir gegeben habe? Hast du sie noch?«

Sie setzte sich halb auf. Als könnte sie nur denken, wenn ihr Verstand aufrecht war. »Ich glaube, sie sind im Badezimmerschrank. Aber du wirst sie nicht mehr wollen, wenn ich sie schon benutzt habe, oder?«

»Ich bin irgendwie verzweifelt.«

»Na ... dann geh nachsehen.«

Ich lief ins Badezimmer. Mein Bild im Spiegel warf mich völlig aus der Bahn. Ich hatte eine deutlich sichtbare rote Beule auf der Stirn, und meine Augen sahen aus, als hätte ich gerade einen Krieg hinter mir. Rasch öffnete ich die Schranktür. Fand auch gleich die Ohrstöpsel. Das Blau würde ich überall wiedererkennen.

»Danke«, sagte ich auf dem Weg zurück durch ihr Schlafzimmer. Ich ließ den Hausschlüssel auf das Nachttischchen neben ihr fallen.

Dann ging ich in unser altes Zimmer.

Ich fasste unter das Bett. Wie erwartet war die verschlossene kleine Kiste noch da. Also ... nur die wichtigsten Sachen, die mir gehörten. Eine Puppe und zwei Bücher, die mein Vater mir gegeben hatte. Eines seiner alten Hemden. Mein Himalaya-Bildband. Ein Ring, der früher mal Grandma gehört hatte.

Ich fuhr mit der Hand unter die Matratze und tastete herum, bis ich den Schlüssel fand, und steckte ihn mir tief in die Tasche.

»Großartig, wie du gepackt hast, Mom«, sagte ich laut zu niemandem.

Ich trug die Kiste zur Haustür, nahm meine beste Jacke aus dem Schrank in der Diele.

Auf dem kleinen Holztischchen neben der Tür war die Tasche. Es war eine schlichte Papiertasche mit dem Logo und der Adresse von Nellies Buchhandlung darauf. Ich warf mir die Jacke über den Arm und trug alles nach draußen.

Meine Mutter war nirgends zu sehen.

Ich saß auf der Schwelle, fühlte mich so exponiert. Als ob Nellie jeden Moment wieder auftauchen würde und mit mir über etwas würde reden wollen. Ich hasste Reden. Hasste es so sehr. Warum wollten alle immer über Sachen sprechen, die man besser auf sich beruhen ließ?

Ich öffnete die Kiste. Ich wollte die Tasche einfach reintun, ohne sie aufzumachen und hineinzusehen, dann wieder abschließen. Aber ich musste einfach in die Tasche schauen, ich konnte mich nicht davon abhalten.

Drinnen war »Das Tibetische Totenbuch«. Was meine Nervosität nur noch steigerte. Jetzt, wo es mir gehörte. Und ein versiegelter Umschlag.

Ich bekam dieses komische schwindelige Gefühl. Als sei ich in einer Art Zeitschleife. Wie hatten so viele Leute so vieles so schnell erledigt? Wie hatten wir uns von »Wir wohnen hier« zu »Wir wohnen hier nicht mehr« bewegen können, während ich bei Nellie war? Wie hatte sie all das hinbekommen und meine Adresse rausfinden und vorbeischauen können, während ich nach Hause lief? Oder ... na ja ... während wir im Kreis gefahren waren, denke ich.

Es war fast so, als würden wir nicht alle mit dem gleichen Tempo fahren. Ich konnte mich nicht entscheiden, ob ich es ertragen würde, den Umschlag zu öffnen, oder nicht. Ich wollte genauso dringend sehen, was darin war, wie ich genau das nicht wollte. Dann beschloss ich, dass ich besser jetzt nachschaute, ehe meine Mutter wieder vorbeikam. Es wäre zu spät, meine Meinung noch zu ändern, für weiß der Himmel wie lange.

Ich riss ihn auf. Drinnen war eine Hundertdollarnote mit einer darumgewickelten Quittung, auf der stand: »Bezahlung für Hilfe bei der Inventur«. Und dann war da noch ein langer handbeschriebener Zettel. Den ich – jetzt, da ich ihn vor mir hatte – ganz bestimmt nicht lesen wollte.

Ich schaute nur auf die erste Zeile. Mit zusammengekniffenen Augen. Ich schwöre, ich denke mir das hier nicht aus – ich las es mit halb geschlossenen Augen. Als könnte ich es sehen und auch nicht sehen. Ich entzifferte: »Angie, es tut mir so leid. Ich wollte Dich nie in Verlegenheit …«

Rasch steckte ich ihn wieder in den Umschlag. Ehe ich vor Verlegenheit starb. Das Einzige, was noch peinlicher wäre als das, was ich gerade hinter mir hatte, wäre, wenn jemand mich darauf aufmerksam machte, wie peinlich es war.

Eine Minute lang fragte ich mich, ob mit allen anderen Menschen auf der Welt etwas nicht stimmte. Oder ob ich das allein war.

Meine Mutter kam am Ende des Blocks um die Ecke gefahren, und ich steckte mir das Geld tief in die Jeanstasche. Dann warf ich das Buch und den Brief in die Kiste und schloss zu.

Als sie anhielten, konnte ich hören, dass Sophies Stimme heiser wurde. Aber sie schrie immer noch so laut, wie sie konnte.

Ich knetete die Ohrstöpsel weich und bekam sie gerade noch rechtzeitig rein.

Die Jacke und meine Kiste räumte ich in den Kofferraum des Kombis, stieg zu meiner Mutter ins Auto.

Sie sagte etwas, aber ich verstand sie nicht.

»Was? Ich habe meine Ohrstöpsel drin.«

»Ich sagte: ›Oh, die Kiste.‹« Viel lauter.

»Ja, genau. Oh, die Kiste. Nur die wichtigsten Sachen, die ich besitze.«

»Tut mir leid.«

»Du hättest nicht für mich packen sollen. Ich hätte das selbst tun dürfen müssen.«

»Ich hatte dir doch gesagt, du solltest nicht gehen.«

Da fiel mir auf, dass sie recht hatte. Ich wäre besser nicht gegangen. Das hatte ich die ganze Zeit schon gewusst. Aber es war etwas, das ich nicht hatte aufgeben wollen.

»Du hast recht. Tut mir leid.«

Wir fuhren eine Weile, ohne zu reden. Sophies Stimme begann zu brechen. Menschen haben nur eine begrenzte Stimmkraft. Sogar meine Schwester.

Meine Mutter fuhr immer noch im Kreis. Was so wahnwitzig war, dass ich mich kaum imstande fühlte, irgendwas dazu zu sagen.

Schließlich, als ich es nicht mehr aushielt, fragte ich: »Wohin fahren wir?«

»Keine Ahnung.«

»Können wir nicht irgendwo anhalten?«

»Ich kenne keine Stelle hier irgendwo, die weit genug von anderen Menschen entfernt ist, sodass niemand die Polizei ruft. Ich werde einfach weiterfahren, bis sie aufhört.«

»Und was dann?«

»Du stellst zu viele Fragen. Ich brauche mehr Zeit zum Nachdenken.«

»Entschuldige.«

* * *

Es war mitten am Nachmittag. Urplötzlich wachte ich auf, obwohl ich keine Ahnung hatte, dass ich überhaupt eingeschlafen war. Das Auto war vor Tante Vis Haus geparkt. Sophie schlief tief und fest auf der Rückbank. Meine Mutter war nirgends zu sehen.

Ich schloss die Augen wieder.

Ich fühlte mich etwas besser, weil ich dachte, sie sei zu Tante Vi gegangen, um mit ihr zu reden. Vielleicht sogar eine Lösung zu finden. Vielleicht konnten wir doch hierbleiben, wenigstens für die Nacht.

Ich weiß nicht, wie lange ich die Augen geschlossen hatte, aber als ich sie wieder öffnete, sah ich meine Mutter im Seitenspiegel. Sie stand auf der Veranda von dem Haus, in dem bis vor Kurzem Paul Inverness gelebt hatte.

Sie sprach mit Rachel.

»Was zur Hölle?«, sagte ich. Aber leise, damit ich Sophie nicht weckte. Das war zwar schwierig, wenn sie sich erst mal verausgabt hatte. Aber ich wollte kein Risiko eingehen.

* * *

Ich zuckte zusammen, als die Autotür zugeschlagen wurde, und schaute zu meiner Mom.

»Was war das?«

Sie antwortete nicht. Startete nur den Motor und fuhr los. Ich musste überlegen, wie heftig ich sie bedrängen wollte, mir zu antworten. An einem Tag wie diesem, wollte ich da unbedingt noch mehr schlechte Nachrichten erhalten?

Dieses Mal fuhren wir nicht im Kreis. Dieses Mal fuhren wir auf die Autobahn.

»Also«, begann ich mal so als Test. »Kann ich jetzt fragen, wohin wir fahren?«

»Ja«, sagte sie. »Jetzt kannst du mich fragen. Wir fahren in eine reizende kleine Stadt in den Bergen. Und da fangen wir von vorne an. Wenn sie so klein ist, wie ich denke, können wir uns vielleicht sogar was mieten, das außer Hörweite von Nachbarn liegt.«

»In den Bergen«, wiederholte ich. Wagte es kaum zu glauben.

»Es wird klasse, du wirst schon sehen.«

Das war der Moment, in dem ich auf einmal begriff, dass meine Mutter keine Ahnung hatte, wie sehr ich die Berge liebte. Ich hatte mein Innenleben wirklich so geheim gehalten.

»Welche Berge? Wo?«

»In der Sierra Nevada. Oben, in der Nähe von Lake Kehoe.«

Es dauerte eine Minute oder so, bis sich das gesetzt hatte. Es fiel in meinen Verstand wie die Stücke eines Puzzles. Ein wenig Neuanordnen war dazu nötig.

Als der Groschen schließlich bei mir fiel, schrie ich so laut auf, dass es ein Wunder war, dass Sophie davon nicht wach wurde.

»O mein Gott!«

»Sei leise!«

»Das würdest du nicht tun! Das kannst du nicht! Das kann nicht dein Ernst sein. Er hat sein ganzes Leben so hart gearbeitet, damit er dort oben Ruhe und Frieden haben kann.«

»Die Stadt gehört ihm nicht.«

»Wie kannst du glauben, dass das funktioniert? Du denkst, du findest rein zufällig ein Haus zur Miete auf der anderen Seite eines Zaunes von seinem Hund? Das ist doch verrückt!«

»Wir können es ja wenigstens versuchen.«

»Ich kann einfach nicht glauben, dass du das tust. Ihn trifft der Schlag, wenn er uns sieht.«

»Hast du eine bessere Idee?«

Da landeten wir immer. Die schlechten Ideen meiner Mutter akzeptieren oder mir etwas Besseres einfallen lassen. Immer nur diese beiden schlechten Alternativen.

So aufzuwachsen ist nicht gerade toll.

Wenigstens meiner Meinung nach nicht.

* * *

Ich hielt meine Augen den Großteil der Fahrt aus der Stadt über geschlossen. Ich hätte Geld darauf gewettet, dass ich unmöglich schlafen könnte, aber plötzlich waren meine Augen offen, und wir befanden uns mitten im Nirgendwo. Es war dunkel, und es regnete heftig. Und wir fuhren nicht.

Meine Mutter hatte die Arme über das Lenkrad gelegt, die Stirn auf die Arme gebettet.

Ich betrachtete sie eine Minute, versuchte, die Reste des Schlafs abzuschütteln. Ich beobachtete den Regen, der auf die Windschutzscheibe prasselte, riesige Tropfen, die beim Kontakt in kleinere explodierten. Am Himmel zuckten Blitze, und ich konnte am Horizont die zackigen Linien erkennen, die sich den Weg zur Erde suchten.

Ich blickte zur Rückbank zu Sophie, aber die schlief noch.

Als der Donner kam, fuhr meine Mutter zusammen.

»Oh, du bist ja wach«, sagte sie.

»Ja. Was tun wir?«

»Nicht viel.«

»Konntest du nicht mehr genug sehen, um weiterzufahren?«

»Doch, das konnte ich. Das ist es nicht.«

Ich hätte fragen können: Was dann? Aber das war eine ziemlich offensichtliche Frage. Sobald man zu jemandem gesagt hat: »Das ist es nicht«, sollte man bereit sein, die andere Hälfte der Sache einfach zu erzählen. Die anderen sollten nicht fragen müssen.

Nach einer Weile erklärte sie: »Vielleicht ist das verrückt.«

»Oh, aber sicher ist es das.«

Dann schwieg sie eine lange Weile, und ich sagte auch nichts.

Schließlich war ich das Warten leid. Daher fragte ich: »Was können wir sonst tun? Wenn wir das nicht tun wollen?«

Sie lachte auf eine Weise, die nichts mit Belustigung zu tun hatte.

»Na ja, das ist ja gerade das Problem. Genau so komme ich zu verrückten Entscheidungen und unvernünftigen Handlungen. Kein Plan B.«

»Wie weit sind wir denn schon gefahren?«

»Über die Hälfte.«

Die Blitze tauchten erneut alles in ihr grelles Licht, und meine Mutter zuckte wieder zusammen, wappnete sich für den Donner. Aber der war nichts im Vergleich zu dem von eben.

»Vielleicht ...«, begann sie.

Ich wusste schon, dass jetzt was Schlechtes kommen würde. Und was es höchstwahrscheinlich sein würde.

Ich fühlte mich, als sei die Erde wirklich flach und ich einfach über den Rand gesegelt, ohne es zu wissen. Es fühlte sich an wie Fallen. Und als ob nichts den Fall aufhalten würde. So hatte ich mich seit der Buchhandlung gefühlt. Und bis jetzt kein Boden in Sicht.

»Vielleicht was?«

»Vielleicht müssen wir über Sachen nachdenken, die wir vor langer Zeit mal ausgeschlossen haben. Und ... du weißt schon. Vielleicht ... sollten wir sie wieder in Erwägung ziehen.«

Ich konnte keine besondere Reaktion in mir spüren, weil da nicht viel Raum dafür war, dass die Dinge noch schlimmer wurden.

»Ich kann einfach nicht glauben, dass du das tun würdest. Ich kann nicht glauben, dass du das jetzt sagen konntest. Du hast es versprochen. Wir haben es beide versprochen.«

»Wir stehen mit dem Rücken zur Wand, Angie. Falls es dir noch nicht aufgefallen ist.«

»Das macht keinen Unterschied. Es ist ein Versprechen. Man hält ein Versprechen, egal, was kommt. Man hält nicht ein Versprechen, bis es schwer wird. Was ist mit mir? Was, wenn ich dir das Leben schwer mache? Fliege ich dann auch raus?«

»Das ist so was von unfair«, sagte sie, und ihre Stimme kochte vor Wut und Gekränktheit. »Das ist überhaupt nicht dasselbe, und das weißt du auch.«

»Warum ist es das nicht? Wir sind beide deine Töchter. Das ist entweder für immer und ewig, oder es ist es nicht. Das ist entweder egal-was-da-kommt oder eben nicht.«

Ein weiterer Blitz.

Sie antwortete mir nicht. Manchmal, wenn meine Mutter wirklich aufgebracht war, fehlten ihr die Worte. Ich wusste nie, ob sie sie einfach nicht mehr fand oder ob ihr die, die sie fand, nicht gefielen.

»Okay«, sagte ich. »Es ist nicht vollkommen das Gleiche. Es tut mir leid. Aber wir haben es uns versprochen.«

»Also, wie lautet dein Plan?«

Ich hasste es, das zu glauben, aber in mir blitzte kurz der Gedanke auf, dass sie das mit Absicht getan hatte. Dass das ganze Gerede davon, Sophie wegzugeben, nur der Auftakt war, bevor sie mir ihre nächste Idee vor die Füße warf. Ich verdrängte das. Es konnte stimmen, aber es half kein bisschen.

Ich sagte: »Vielleicht können wir in diese kleine Stadt ziehen, in der Paul jetzt lebt. Aber es muss Regeln geben. Ich möchte nicht, dass du oder Sophie in seine Nähe kommt, weil ich nicht glaube, dass er das will. Aber ich komme ja ganz gut mit ihm aus. Vielleicht kann ich ihm einfach erklären, in welcher Lage wir uns befinden. Ihm vielleicht anbieten, umsonst mit dem Hund zu gehen. Und Sophie könnte auf die Spaziergänge mitkommen, weil er da ja sowieso nicht dabei ist. Und vielleicht beruhigt sie sich ja und erkennt, dass sie Rigby am nächsten Tag wiedersieht. Du weißt schon. Wie bei Tante Vi. Haben wir Geld für eine Unterkunft?«

»Ja und nein.«

»Was soll das heißen?«

»Wir könnten für kurze Zeit wo bleiben. Oder essen. Beides gleichzeitig klappt nicht wirklich.«

Mein Handballen ruhte über der leicht knisternden Ausbuchtung von Nellies Hundertdollarschein, der noch in meiner Jeanstasche steckte. Ich erwähnte ihn nicht. Nicht, dass ich ihn für mich behalten wollte. Ich meine, wir mussten was essen. Ich wollte nur, dass er eine kleine Weile länger mir allein gehörte. Ehe ich ihn zum Wohle der Familie aufgab. Wie ich das immer tat.

KAPITEL 5

WEG

Im Schlaf durchlebte ich das Fiasko in der Buchhandlung noch einmal. Nur einen endlosen widerlichen Augenblick. Ich stand hinter dem Bücherregal, wusste, Nellie würde mich gleich entdecken. Herausfinden, dass ich sie belauschte. Nur dass im Traum der Gang zwischen den Regalen breit wie ein Fußballfeld war und sich in die Unendlichkeit erstreckte. Wenn ich ihr Gesicht sah, würde genug Platz sein, um mit einer Meile Abstand an ihr vorbeizulaufen.

Aber ich stand wie erstarrt da und konnte mich nicht rühren.

Dann war sie da, am Ende des Ganges, aber es war gar nicht wirklich Nellie. Mehr wie Sophie, aber erwachsen. Und ohne Autismus. Fragen Sie mich nicht, woher ich wusste, dass es Sophie war. Ich tat es einfach. Sie schaute mich direkt an, und ihre Augen nahmen alles wahr. Sie waren völlig klar.

Ein Geräusch weckte mich.

Rasch setzte ich mich auf.

Jetzt kommt die schlechte Nachricht: Da war kein Platz, um sich aufzusetzen. Wie sich herausstellte, lag ich hinten im Kombi, wo ich mich überhaupt nicht erinnern konnte, eingeschlafen zu sein. Ich konnte mich nicht mal mehr daran erinnern, nach hinten geklettert zu sein. Ich stieß mir also die Stirn am Dachhimmel, der alt war und nicht besonders straff gespannt, sodass er mich nicht wirklich vor dem Metall des Autodachs schützte. Die Stelle, mit der ich dagegenprallte, war genau die, mit der ich mich an Nellies Tresen gestoßen hatte.

Ich fiel wieder zurück.

»Au«, sagte ich halblaut. Und dann: »Mist.« Noch leiser.

Das Geräusch von eben erschreckte mich wieder. Es war ein Klopfen. Jemand klopfte leise gegen die Heckscheibe des Kombis.

Mein erster Gedanke war: Das ist die Polizei. Wir dürfen hier nicht halten und schlafen. Wir stecken in Schwierigkeiten.

Draußen war es hell, und ich konnte denjenigen sehen, der da klopfte, aber es regnete in Strömen, und er hatte einen Regenmantel an und die Kapuze auf, sodass ich nicht wirklich was erkennen konnte. Ich konnte sehen, es war ein älterer Mann, vielleicht in Pauls Alter, aber mit weicherem Gesicht und freundlicheren Augen.

Ich setzte mich wieder auf, dieses Mal achtete ich aber darauf, vornübergebeugt zu bleiben, damit ich mir den Kopf nicht noch mal stieß. Ich blickte nach vorne ins Auto. Sophie war noch im Kindersitz auf der Beifahrerseite der Rückbank angeschnallt und schlief. Meine Mom lag schlafend auf dem Fahrersitz, dessen Lehne so weit nach hinten geklappt war, dass er beinahe flach war.

Ich öffnete das hintere Fenster. Es ging nach oben auf wie eine Heckklappe. Na ja. Es war ja auch irgendwie eine Heckklappe. Es fühlte sich seltsam an, so gebückt dazuhocken. Aber mir blieb nicht viel anderes übrig.

»Guten Morgen«, sagte er.

»Haben wir irgendwas falsch gemacht?«

»Nein, überhaupt nicht. Ich habe euch nur im Auto schlafen gesehen und mich gefragt, ob ihr wohl ein Zelt habt. Tut mir leid, wenn ich dich geweckt habe.«

»Zelt?«

»Ihr habt keines?«

Ich sah mich um. Es war schwer, was in dem strömenden Regen zu erkennen, aber wir befanden uns auf einer Art Campingplatz. Ich sah eine Reihe Zelte, Wohnwagen und Campingbusse.

»Äh. Nein. Wir haben keines.«

»Das dachte ich mir schon. Wir haben drei im Fundbüro, die nie jemand abgeholt hat. Du wärst erstaunt, wie oft die Leute sie abbauen und dann ohne sie abfahren. Ihr könnt eines leihen, wenn ihr wollt.«

»Oh. Danke. Das ist nett. Nur … ich weiß gar nicht, wie lange wir hier überhaupt bleiben. Wenn meine Mutter aufwacht, finde ich das raus. Ich weiß nicht, ob sie, wenn sie wach wird, gleich weiterfahren will.«

»Na, lass es mich einfach wissen. Siehst du das große Mobilheim mit dem Lattenzaun darum? Meine Frau und ich sind die Platzwarte des Campingplatzes. Daher, wenn ihr irgendwas braucht, kommt einfach vorbei.«

»Danke«, sagte ich.

Vermutlich hätte ich mehr sagen sollen. Er wollte nett sein. Aber ich konnte den Schlaf nicht so recht abschütteln und den Traum auch nicht. Und ich wusste nicht mal, wo wir waren.

Er verschwand wieder im Regen, hielt die Krempe seines Hutes fest, um sein Gesicht zu schützen.

»Was war das?«, wollte meine Mom wissen.

»Also bist du wach.«

»Ja.«

»Aber du überlässt es mir, damit fertigzuwerden.«

»Was hat er gesagt?«

»Nur, dass er uns ein Zelt leihen kann, wenn wir das wollen.«

»Gut. Lauf ihm nach. Sag ihm, das wollen wir.«

»Ich muss nicht laufen. Ich weiß, wo ich ihn finde. Wir bleiben hier? Warum? Und wo sind wir hier überhaupt?«

»Wir sind genau außerhalb dieser kleinen Stadt.«

»Und warum sind wir hier auf diesem Platz gelandet?«

»Was schlägst du denn vor, wo wir bleiben sollen?«

»In … du weißt schon … einem Gebäude. Mit einem Dach. Es regnet in Strömen. Nicht unbedingt Campingwetter.«

Ich beugte mich über die Rücklehne, um zu sehen, ob Sophie trotz allem weiterschlief. Das tat sie.

»Ein Dach über dem Kopf kostet Geld. Hast du welches?«

Ich beschloss in dem Moment, besser nicht zu verraten, dass ich in der Tat welches hatte. »Du hast gesagt, wir hätten Geld.«

»Ich habe gesagt, wir hätten genug, um irgendwo eine Weile unterzukommen oder um was zu essen, aber nicht für beides. Ich denke, Essen wäre grundsätzlich nicht verkehrt. Und ich muss den Anhänger zurückbringen. Vermutlich werde ich dazu den ganzen Weg bis nach Fresno zurückfahren müssen.«

»Du kannst ihn nicht zurückbringen. Er ist voll mit unserem Zeug.«

»Wir werden einfach alles rausräumen müssen. Ich zahle pro Tag dafür.«

»Also willst du all unser Zeug in den Regen draußen stellen, und wir leben in einem Zelt. Und wenn das Geld ausgeht … was dann?«

»Du weißt schon … ich kann überall arbeiten, jede Schicht … wir könnten überall leben … wenn nicht …«

»Stopp. Fang nicht wieder damit an.«

»Ich muss. Es tut mir leid, aber es geht nicht anders. Ich bin irgendwie am Ende, weiß mir keinen Rat …« Dann begann sie zu weinen. Nicht nur leichtes Zittern in der Stimme und vielleicht eine Träne oder zwei. Richtiges Schluchzen. »Wir sind obdachlos. Verstehst du?«

Ich konnte kaum die Worte ausmachen. Aber ich verstand. Und fühlte einfach nur nichts.

Und ich begriff auch, wenn irgendwer hier was in Ordnung bringen sollte, dann musste ich das sein.

Ich stieg durch das Heckfenster in den Regen. Lief zu dem Mobilheim des Platzwarts. Es regnete so heftig, dass ich nicht viel erkennen konnte. Aber um uns war ein Wald aus Nadelbäumen, das konnte ich immerhin sehen. Als ich unter seine Markise trat, war ich bereits bis auf die Haut durchweicht. Und fror.

Die Tür stand weit offen, daher steckte ich nur den Kopf rein und sagte: »Hallo?«

»Oh«, sagte der ältere Mann. »Das hat aber nicht lange gedauert.«

»Meine Mom sagt, wir bleiben. Daher wollte ich Ihr Angebot mit dem Zelt annehmen. Aber ich muss Sie um einen großen Gefallen bitten. Könnten Sie uns vielleicht zwei leihen? Weil wir auch unsere Sachen aus dem Anhänger laden müssen, damit meine Mom ihn zurückbringen kann.«

Er kratzte sich das Kinn, das mit kurzen grauen Barthaaren bewachsen war. »Ich wüsste nicht, warum nicht. Im Fundbüro nützen sie jedenfalls niemandem was.«

Mit eingezogenem Kopf trat er aus der Tür, fasste nach dem Regenmantel neben dem Ausgang. Dann verschwand er im Regen, schlüpfte noch rein, während er bereits lief. Als er zurückkam, trug er zwei nicht zueinanderpassende grüne Stoffsäcke. Einer war vielleicht zwei Fuß lang, der andere eher drei. Sie waren beide schmal genug, dass ich sie mir unter die Arme klemmen konnte.

»Weißt du, wie man die aufbaut?«

»Nicht wirklich.«

»Na ja, das hier hat eine Bilderanleitung. Aber es geht bei allen ungefähr gleich. Die Stangen sind zerlegt, und man muss sie zusammenstecken. Und dann schiebt man sie durch die Schlaufen auf der Außenseite des Zelts. Und dann, wenn man die Enden der Stangen in diese Ösen steckt, steht es wie von allein wie eine Art Kuppel.«

Ich verfolgte die Schritte, die er mir beschrieb, auf den Bildern, und alles sah ganz einfach aus.

»Danke, ich denke, das schaffe ich.«

»Das hier hat eine Unterlegplane, um das Durchweichen bei Regen zu verhindern. Wie eine Folie, die man unter das Zelt legt, damit der Boden trocken bleibt. Ich würde euch raten, das zum Schlafen zu nehmen. Eure Sachen tut ihr in das andere, aber die Sachen unten, die nicht durch Feuchtigkeit ruiniert werden können. Wenn ihr Kartons habt, stellt sie vielleicht oben auf das wasserfeste Zeug.«

»Okay.«

Es klang kompliziert und schwierig. Wie etwas, das Eltern in die Hand nehmen sollten. Es weckte in mir den Wunsch nach Eltern, die etwas in die Hand nahmen.

»Wenn ihr irgendwelche Probleme habt, komm zu mir.«

»Okay.« Ich begann mich umzudrehen. Zurückzugehen in den Regen. Aber dann blieb ich stehen. »Woher wussten Sie, dass wir kein Zelt haben?«, fragte ich ihn. Ich konnte hören, wie meine Zähne leicht aufeinanderschlugen, während ich die Frage stellte.

»Das wusste ich nicht, nicht sicher. Aber ihr seid nicht die erste Familie, die mit Sack und Pack hier auftaucht und nicht wirklich fürs Campen ausgerüstet ist.«

»Oh. Ich dachte, das geht nur uns so. Ich dachte immer, alle anderen bekommen ihr Zeug hin.«

Er lachte, ein kurzes kleines Schnauben. »Wohl kaum.«

Ich wandte mich ab, um in den Regen zu laufen, aber er hielt mich mit einem Wort zurück.

»Warte.«

Das tat ich.

»Ich muss dich etwas fragen. Es tut mir leid, aber ich muss einfach. Bist du in Sicherheit? Oder tut dir jemand weh?«

Ich schwöre, ich wusste nicht, was er meinte. Ich fühlte mich nicht sicher, nein. Und mir wurde wehgetan, wenn ich mich nur umdrehte. Aber ich glaubte nicht, dass er irgendetwas in der Art meinte.

»Ich bin mir nicht sicher, ob ich die Frage verstehe.«

Er hob eine Hand und deutete auf seine Stirn. Meine Hand fuhr unwillkürlich zu meiner hoch. Es schmerzte bei der leichtesten Berührung.

»Oh, das.«

»Das und die Tatsache, dass du eine Narbe von einer aufgeplatzten Lippe hast.«

»Ich bin in Sicherheit, und mir wird nicht wehgetan.«

»Ich möchte dir wirklich gerne glauben.«

»Das hier«, sagte ich und deutete auf meine Stirn, »war meine eigene Dummheit. Ich habe mich gebückt, um was aufzuheben, was ich fallen gelassen hatte, und hab mich an einer Theke gestoßen. Die Lippe war meine kleine Schwester. Aber nicht absichtlich. Ich werde manchmal verletzt, wenn ich versuche, mich um sie zu kümmern. Doch sie kann nichts dafür. Sie hat ASS. Das ist …«

»Ich weiß genau, was das ist«, sagte er. Ich sah, wie sich in seinen Augen etwas änderte. All das Warme, Offene verschwand. Was zurückblieb, wirkte verloren und traurig. »Meine Frau und ich haben einen Sohn, der Autist ist.«

»Wie alt?«

»Sechsunddreißig.«

»Lebt er hier irgendwo bei Ihnen?«
»Nein.«
»Da haben Sie Glück. Glück, dass er allein leben kann.«
Noch weniger warm und offen. Verlorener und trauriger.
»Er lebt nicht allein. Er hat eine schwere Form von Autismus. Er lebt in einer Einrichtung, wo sie wissen, wie man sich um Leute kümmert, die seine Probleme haben.«

Genau in dem Augenblick erkannte ich etwas. Zwei Sachen, um genau zu sein. Dass ich eine Minute lang oder so diesen Typ gemocht hatte. Und dass ich das jetzt nicht mehr tat.

»Wir machen das nicht«, erklärte ich.

»Ich wünsch dir alles Gute. Meine Frau hat noch eine kleine weiße Narbe am Kinn. Beinahe dreißig Jahre später kann man sie noch sehen.«

»Ich muss los«, sagte ich. »Danke für die Zelte.«

Ich rannte den ganzen Weg zurück durch den Regen. Aber ... wohin zurück? Es war nicht so, als ob dieses gemietete Fleckchen Erde irgendeine Form von Unterschlupf wäre oder Schutz vor den Elementen böte. Es war nicht viel von irgendwas. Aber in dem Moment war es alles, was wir hatten. Mir blieb nichts anderes übrig, als es als Zuhause zu betrachten.

* * *

»Du wirst noch ein Stück zurücksetzen müssen«, sagte ich zu meiner Mutter.

Meine Zähne klapperten. Ich war bis auf die Haut durchnässt, weil ich beide Zelte im strömenden Regen aufgebaut hatte. Aber andererseits war ich bereits vollkommen durchweicht gewesen, bevor ich mit den Zelten angefangen hatte. Das sagte ich mir immer wieder. Wenn man erst mal nass bis auf die Knochen ist, kann man nicht noch nasser werden.

Aber es waren draußen nur knapp fünf Grad. Was hieß, wenn die Nacht begann, würde ich meinen ersten Schnee sehen. Was, durch ein Fenster betrachtet, sicher toll gewesen wäre. Oder in trockener Kleidung. Aber keines davon schien wahrscheinlich.

Ich überlegte, wie viele Decken wir wohl hatten.

Meine Mutter stieg ins Auto, um erneut zu versuchen, es so rückwärts vor das große Zelt zu setzen, dass sich das Heck direkt vor der Zeltklappe befand. Das ohne Bodenplane, um das Innere von unten trocken zu halten.

Ich hörte sie den Gang einlegen. Ich konnte auch Sophie hören. Sie war jetzt wach und immer noch in ihrem Autositz angeschnallt. Allerdings glaube ich, meine Mom und ich waren die beiden Einzigen, die wussten, was das für ein Geräusch war. Sie hatte ihre Stimme völlig verloren. Es klang wie ein beständiges Flüstern. Wie Wind, der durch trockenes Gras strich, aber etwas lauter.

Der Anhänger kam näher zu mir, aber nicht gerade. Er schlingerte ein wenig, fuhr in die falsche Richtung.

»Stopp!«, schrie ich.

Sie blieb stehen.

»Lass es einfach so.«

Ich entschied, es sei leichter, das Zelt in die richtige Position zu rücken, als meine Mutter dazu zu bringen, den Anhänger an die richtige Stelle zu manövrieren.

Ich zog die Heringe raus. Dann öffnete ich die Hecktüren des Anhängers und zog das Zelt mit der Öffnung davor. Es nützte nicht viel. Regen lief weiter von der Zeltplane vorn, und wir mussten noch alles durch diesen Wasservorhang reichen. Ich verankerte es nicht wieder im Boden, da ich mir dachte, dass wir es ohnehin mit jeder Menge schwerer Sachen füllen würden.

Meine Mutter stieg hinten auf den Anhänger und nahm sich einen Karton.

»Nein«, sagte ich. »Kartons zuletzt. Das habe ich doch schon erklärt.«

»Oh. Richtig.«

Sie gab mir meine Metallkiste. Offenbar hatte sie sie einfach hinten auf den Anhänger draufgeworfen, sodass ich mehr Platz hätte, im Auto zu schlafen. Ich stellte sie an die Seite, damit sie nicht unter all dem anderen Zeug begraben wurde.

»Ich bin ganz nass«, bemerkte sie.

»Willkommen im Club. Ich hoffe, wir haben viele Decken.«

»Ein paar. Ich bin mir nicht sicher, was du mit ›viele‹ meinst.«

Sie reichte mir einen Plastikeimer voller Handtücher. Den räumte ich auch erst mal auf die Seite. Mir wurde langsam klar, dass alles irgendwie so untergebracht werden musste, dass wir mühelos rankamen. Was praktisch unmöglich war.

»Wir werden eine ganze Menge Decken brauchen«, stellte ich fest.

»Vorher hatten wir immer genug.«

»Heute Nacht wird es kalt werden.«

»Es ist doch fast schon Sommer.«

»Wir sind aber weiter oben. Weißt du nicht, dass es in den Bergen immer kälter ist?«

»Oh. Ja, richtig.« Sie reichte mir einen Pappkarton. »Tut mir leid. Es gibt praktisch nichts, was in einer wasserfesten Kiste ist. Daher gebe ich dir jetzt zuerst die mit Geschirr und Töpfen und Pfannen. Da kann zwar die Pappe außenrum aufweichen, aber wenigstens wird das, was drin ist, nicht ruiniert. Manche Sachen sind auch in Müllbeuteln. Das kann auch auf den Boden. Aber wir können nicht wirklich viel obenauf stapeln.«

Ich ließ die Kiste mitten im Zelt fallen, wo es bereits nass war. Ich konnte nicht erkennen, ob es durch den Zeltboden drang oder durch die offene Zeltklappe reinregnete oder spritzte. Oder von mir runterlief. Ich konnte nicht glauben, dass wir so leben sollten, für wer weiß wie lange.

»Nimm Sophie mit, wenn du den Anhänger zurückbringst«, sagte ich.

»Du kommst nicht mit?«

»Nein.«

»Warum nicht?«

»Ich muss trocken werden.«

»Dann warten wir.«

»Ich möchte unser Zeug nicht unbeaufsichtigt lassen. Was, wenn es jemand stiehlt?«

»Das ist nicht viel wert.«

»Es ist alles, was wir haben.«

»Früher oder später wird es hier ohne uns bleiben müssen.«

»Ich komme nicht mit. Okay? Auf keinen Fall. Ich bin wütend, und ich möchte allein sein. Ich muss eine Weile für mich sein. Ich brauche Zeit allein. Sonst gehe ich einfach raus, wenn ich allein sein will. Aber wir sind nicht in Laufweite von irgendwas, und es gießt wie aus Eimern, und dazu ist es eiskalt. Daher nimm sie, und bring den blöden Anhänger zurück, und lass mich wenigstens im Schlafzelt sein und Ruhe haben. Hast du irgendeine Vorstellung davon, wie schwer es ist, so zu leben? Wir alle drei zusammen in dem Zelt? Im strömenden Regen?«

»Es kann ja schlecht ohne Unterbrechung immer weiter regnen.«

Sie reichte mir eine andere Schachtel. Die fühlte sich leicht an.

»Sind wir schon bei Kleidung?«

»Ich weiß es nicht«, antwortete sie. »Ich kann nicht sagen, was alles hier drin ist. Stell es einfach oben auf die Küchensachen. Ich weiß nicht, was ich wohin gepackt habe. Ich war in Eile.«

»Was ist, wenn der Regen aufhört? Hier ist kein Zaun. Wir haben keinen Garten. Wie sollen wir ohne Zaun mit ihr fertigwerden?«

»Deine Vorwürfe sind nicht hilfreich, Angie.«

»Na, das tut mir leid. Aber die sind alles, was ich im Moment habe.«

»Geh einfach in das andere Zelt, und sei allein. Ich mache das hier fertig. Dann nehme ich Sophie, und wir bringen den Trailer zurück.«

Ich duckte mich rasch und trat in den Regen, bevor sie ihre Meinung änderte.

»Du musst sie aber erst rauslassen«, erklärte ich. Obwohl das bedeutete, dass ich im Regen stehen musste, um es zu sagen.

»Warum? Du hast doch eben selbst gesagt, dass es keinen Zaun gibt.«

»Du kannst sie nicht den ganzen Tag lang in dem Sitz festschnallen. Und so lange wird es dauern, bis du zurückkommst. Das ist grausam. Es ist wie Misshandlung.«

Ich konnte den Regen in meine Augen und meine Ohren laufen fühlen.

Sie antwortete nicht. Daher suchte ich einfach Schutz im Zelt.

Allerdings gab es nicht viel Schutz. Ich war aus dem Regen – das musste man zugeben. Aber in dem leeren Zelt war nichts außer mir. Und ich war völlig durchnässt, sodass sich, je länger ich dasaß, die Arme um die angezogenen Beine geschlungen, und zitterte, eine größere Pfütze unter mir bildete.

Aber wenigstens war ich allein.

* * *

Es war vermutlich eine Stunde später oder so, als ich den Reißverschluss des Zelts hochzog und den Kopf hinausstreckte. Regen wehte herein, vergrößerte die Wasserlache, die von mir stammte.

Ich begann mich zu wundern, was meine Mutter so lange aufhielt.

Ich wollte dringend in das größere Zelt und mir Handtücher und trockene Kleidung und vielleicht auch eine Decke suchen. Aber ich hatte versucht zu warten, bis sie weg waren. Sie hätten inzwischen längst weg sein sollen. Ich begann mich zu fragen, was zur Hölle los war. Ich wusste, ich hätte es gehört, wenn der Motor angelassen worden und das Auto weggefahren wäre.

Das Auto und der Anhänger waren genau da, wo sie vorhin schon gestanden hatten. Keine Mom, keine Sophie.

Ich kroch aus dem Zelt in den Regen.

Ich suchte im Lagerzelt nach ihnen.

Niemand war drin. Nur das, was wie etwa zwei Drittel unserer Sachen aussah. Als hätte sie nicht mal zu Ende ausgeladen.

Ich schaute in den Anhänger. Er war leer.

Sie hatte keine Witze gemacht, als sie gesagt hatte, unsere Sachen seien zusammen nicht viel wert. Ich blickte wieder auf die Kartonstapel, versuchte mich an die Idee zu gewöhnen, dass es wirklich alles war, was uns gehörte. Es schien unmöglich. Erbärmlich.

Ich seufzte ein paarmal, dann nahm ich den Plastikeimer mit den Handtüchern. Ich fand eine zugebundene Plastiktüte, die nach Decken aussah. Ich nahm sie mit, ohne mir den Inhalt genauer anzuschauen.

Damit lief ich zurück zum Schlafzelt, vergaß die trockenen Sachen. Als ich den Reißverschluss zugezogen hatte und es mir wieder einfiel, war es mehr, als ich ertragen konnte. Es war einfach zu viel.

Ich öffnete den Deckel von dem Eimer mit den Handtüchern und zog das zerschlissenste heraus. Damit wischte ich das meiste von dem Wasser auf dem Zeltboden auf. Aber es saugte sich sofort voll, und der Boden war immer noch ziemlich nass. Ich nahm mir ein weiteres.

Darunter sah ich die alte Schmuckschachtel meiner Mutter. Was mir komisch vorkam, weil sie eigentlich all ihren Schmuck schon vor langer Zeit verkauft hatte. Ich fragte mich, warum sie sie überhaupt aufgehoben hatte. Dann fragte ich mich, was sie wohl darin aufbewahrte, wenn sie weder Geld noch Schmuck hatte.

Ich öffnete sie.

Drinnen lagen ein Portemonnaie, eine Timex-Armbanduhr und ein schlichter Silberring.

Ich klappte das Portemonnaie auseinander. Das Gesicht meines Vaters lächelte mich von seinem Führerschein aus an. Was irgendwie ein Schock war, den ich gar nicht beschreiben kann. Rasch schloss ich es wieder und warf es zurück in die Schachtel, machte auch sie zu. Ich bedeckte sie mit einem sauberen Handtuch und steckte sie wieder in den Eimer, legte den Deckel drüber.

Zuerst dachte ich, ich wüsste, was das hieß. Es hieß, dass die Polizei ihr die Sachen zurückgegeben hatte.

Nur dass sie mir nie erzählt hatte, dass sie es ihr gegeben hätten. Warum sollte sie mir das nicht erzählt haben? Außerdem konnten sie es uns nur zurückerstattet haben, wenn sie den Typ gefasst hatten. Was nicht passiert war.

Dann dachte ich: Es heißt, sie haben den Typ gefasst. Ob ich es weiß oder nicht.

Nur dass es dann ein Gerichtsverfahren gegeben hätte. Und außerdem, wie konnte ich das nicht wissen? Es wäre in den Nachrichten und in der Zeitung gewesen. Die anderen Kinder in der Schule hätten es gesehen. Und die Nachbarn auch.

Ich riss die Plastiktüte mit den Decken auf, obwohl ich genau wusste, ich hätte den Knoten vorsichtig lösen sollen. Ich wickelte mich in eine Decke und saß da, fragte mich, wohin Sophie und meine Mom wohl verschwunden waren, ohne Auto und im strömenden Regen.

Aber ich musste immerzu an die Uhr, das Portemonnaie und den Silberring denken.

Ich dachte: Ich habe keine Ahnung, was das heißt.

Außer ... ich wusste, es hieß, dass alles, was ich geglaubt hatte, nicht notwendigerweise wahr war.

* * *

Bis meine Mutter den Kopf zum Zelt hereinsteckte, war vermutlich noch eine Stunde vergangen. Regenwasser lief ihr aus dem langen Haar und sammelte sich auf dem Boden, den trocken zu bekommen ich mir solche Mühe gegeben hatte.

»Wir haben ein Problem«, sagte sie.

Ich dachte: Bist du eine Lügnerin? Lügst du mich an? Weil das nämlich ein Problem wäre.

Ich erwiderte: »Wo ist Sophie?«

»Das ist das Problem. Ich habe keine Ahnung. Ich habe sie aus dem Auto gelassen, damit sie etwas herumlaufen kann, und sie ist losgerannt. Ich habe versucht, sie einzufangen, aber ich bin im Matsch ausgerutscht. Als ich wieder stand, konnte ich nicht mehr sehen, wohin sie gelaufen ist. Ich suche sie schon seit Stunden. Sie muss sich irgendwo verstecken. Ich habe keine Ahnung, was wir tun sollen.«

Was die Art und Weise meiner Mutter war, zu sagen: Jetzt mach du was. Wenn meine Mutter sagte, sie wisse nicht mehr weiter, hieß das, dass jetzt ich an der Reihe war.

Ich saß einfach eine Minute da, war mir nicht sicher, was ich sagen sollte. Das schien sie nervös zu machen.

»Meinst du, ich sollte den Platzwart um Hilfe bitten?«, schlug sie vor. »Er schien mir nett zu sein.«

»Nein«, sagte ich. Ich dachte, er würde das nur als Beweis ansehen, dass wir mit Sophie nicht zurechtkamen. Dass er und seine Frau recht hätten und meine Mutter und ich nicht. Aber den Teil behielt ich für mich. »Was soll er tun? Wenn du sie nicht finden kannst, wie soll er das dann schaffen?«

Mehr Schweigen. Ich fühlte mich wie erstarrt, wie in dem Traum. Kein Teil von mir wollte sich bewegen. Oder fühlte sich auch nur so an, als könnte er das.

»Angie«, sagte sie. »Wir müssen was unternehmen.«

Ich öffnete den Mund, um zu sagen: Ich kann das nicht. Du kannst nicht immer von mir verlangen, dass ich mich um Sachen kümmere. Ich war so überwältigt, so mit meiner Weisheit am Ende, dass ich knapp davor stand, zu weinen. Mir war kalt, ich war nass und obdachlos. Ich war vierzehn. Ich war niemandes Mutter. Ich hatte Sophie nicht verloren. Es war nicht fair, dass ich diejenige sein sollte, die sie finden musste.

Ich schloss den Mund, ließ all das ungesagt.

Als ich ihn wieder aufmachte, hörte ich mich sagen: »Hast du Pauls Telefonnummer?«

»Nein, aber seine Adresse.«

»Ich würde ihn gerne zuerst anrufen. Es wird ihm wirklich unangenehm sein, wenn ich einfach an seiner Tür aufkreuze.«

»Okay. Ich gehe zum Münztelefon und sehe, ob ich seine Nummer herausbekomme.«

Ihr Kopf verschwand.

Ich saß eine Weile länger da, fragte mich, warum ich sie nicht nach Sophie hatte rufen hören. Ich konnte mir nur denken, dass sie sie nicht gerufen hatte. Vielleicht hatte sie gedacht, es wäre ohnehin klar, dass Sophie nicht kommen würde.

Aber ich fragte mich, ob Sophie sich nicht eher vor meiner Mom versteckte und weniger vor mir.

Ich steckte den Kopf aus dem Zelt und rief ihren Namen. Ich wollte ihn nicht brüllen. Aber er kam als Schrei heraus. Er kam mit all der Panik, der Verwirrung ... allem, was ich in mir verschlossen hatte.

Eine andere Zeltklappe nebenan wurde aufgezogen, und jemand schaute raus. Ich sah, wie sich ein Vorhang an einem Fenster eines Wohnmobils bewegte. Dann bewegte sich nichts mehr. Wo auch immer Sophie war, sie konnte mich nicht hören. Entweder das, oder sie hörte mich, hatte aber beschlossen, es sei besser, da zu bleiben, wo sie war.

Ich blickte hoch und sah meine Mutter über mir stehen.

»Keine Nummer«, sagte sie.

»In Ordnung. Bring mich hin.«

»Wohin?«

»Hast du mich wirklich nicht gehört?«

»Was, wenn sie zurückkommt, während wir weg sind?«

»Ich weiß nicht. Ich weiß nur, dass wir das hier versuchen müssen. Wir müssen etwas tun, das funktionieren kann. Sie ist nass bis auf die Knochen. Wenn es heute Nacht unter null Grad wird – was möglich ist –, erfriert sie am Ende. Sie würde die Nacht draußen nicht überleben.«

Eine lange Pause, in der meine Mutter im strömenden Regen stand. Sich nicht die geringste Mühe gab, trocken zu bleiben.

»Ich denke, wir müssen die Polizei rufen.«

»Lass mich erst das hier ausprobieren.«

»Wir verschwenden kostbare Zeit, Angie.«

»Es könnte aber funktionieren. Und dann werden wir es niemandem sagen müssen. Was, wenn die Polizei sie findet und uns nicht zurückgibt?«

»Warum sollten sie das tun?«

Ich antwortete nicht.

Nach einer Weile wurde sie es leid, da im Regen zu stehen, denn sie kam rein und setzte sich dicht neben mich. Ich konnte den kleinen See schon spüren, der sich aus ihren nassen Kleidern um sie ausbreitete und auch unter meinen Hintern lief.

»Warum sollten sie sie nicht zurückgeben?«

»Ich weiß nicht. Weil wir nicht mit ihr zurechtkommen, vielleicht. Wie oft sollen sie herkommen und sie finden, wenn wir sie nicht davon abhalten können, wegzurennen?«

»Schau mal, Angie. Sie schicken uns vielleicht beim zweiten oder dritten Mal eine Rechnung für die Suchaktion. Sie hören vielleicht auch auf, auf unsere Anrufe zu reagieren. Aber sie können sie nicht einfach bei sich behalten.«

»Sie nehmen Kinder ihren Eltern weg, wenn die Eltern nicht für ihre Sicherheit sorgen können.«

»Ich denke, die Eltern müssten schon absolut ungeeignet sein, damit das passiert.«

»Bist du dir da ganz sicher?«

Langes Schweigen.

Dann sagte sie: »Was soll Paul tun?«

»Nichts. Ich werde ihn nicht bitten, irgendwas zu tun. Sein Hund ist es, der uns, glaube ich, helfen kann. Was, wenn ich Sophie zurufe, dass Rigby hier ist? Sie würde angerannt kommen, wenn sie das hört.«

Sie seufzte. »Und wenn nicht?«

»Lass es mich versuchen. Das ist unsere beste Chance. Sie wird sich auch vor der Polizei oder einer Suchmannschaft verstecken. Das ist das Einzige, was mir einfällt und wovon ich mir vorstellen kann, dass es funktioniert.«

»Ich muss dem Platzwart Bescheid sagen, dass er nach ihr Ausschau hält, während wir fort sind.«

»Meinetwegen. Was immer du willst.«

Sie ging aus dem Zelt, ließ die Klappe offen, sodass mir Regen ins Gesicht wehte. Rasch zog ich den Reißverschluss wieder zu.

Ich fragte mich, wie spät es wohl war. Auf jeden Fall Nachmittag. Ich fragte mich, wie viel Zeit uns wohl noch blieb. Ob es je aufhören würde zu regnen. Ob es schneien würde. Ob der gesamte nasse Wald vereisen würde. Ob der Boden wohl glatt werden und ob die Äste wohl unter dem Gewicht des Eises brechen würden.

Ich fragte mich, ob alles am Ende meine Schuld war, weil ich meiner Mom gesagt hatte, sie sollte Sophie aus dem Auto lassen.

Ich fragte mich, ob wir meine Schwester je wiedersehen würden.

Ich schnappte mir das Schmuckkästchen meiner Mutter aus dem Handtucheimer und lief damit zum Zelt nebenan, dem mit unseren Sachen. Dort stopfte ich es in einen Karton zwischen ein paar Laken. Sie würde sich nicht erinnern, wohin sie es gepackt hatte. Wenigstens hoffte ich, sie würde das nicht. Ich wollte nicht, dass sie wusste, ich hatte es gesehen.

* * *

»Lass mich an der Ecke raus.«

»Stört es dich nicht, noch nasser zu werden?«

»Das ist mir egal. Ich will nicht, dass er dich sieht. Wenn er dein Auto vor seinem neuen Haus sieht ... das ist zu stalkerhaft. Er erschrickt. Es darf nur ich sein.«

Ich stieg aus in den Regen, der nachgelassen hatte und in ein leichtes Nieseln übergegangen war.

Ich blickte mich um. Ich konnte nicht mal Häuser sehen, nur Briefkästen. Und die Straßen waren nicht asphaltiert. In der Stadt selbst natürlich schon. Aber hier in der Wohngegend am Stadtrand gab es nur matschige Schotterstraßen, dicht stehende Bäume und Briefkästen.

Ich bog im Regen um die Ecke und fand den Briefkasten mit der richtigen Nummer darauf. Jemand hatte ihn mit Blumen bemalt. Es sah nicht so aus, als passte das zu Paul. Ich fragte mich, ob sie wohl von Rachel stammten. Und ob Paul ihn so gelassen hatte, weil Rachel sie gemalt hatte.

Von da aus, wo ich war, konnte ich immer noch nicht sein Haus sehen. Nur eine sehr lange Treppe mit zwei Absätzen an der Seite des Berghangs, völlig zugewachsen von blühenden Bäumen. Sie umgaben die Stufen wie ein Tunnel. Ich konnte erkennen, dass sie so gestutzt waren, dass sie nicht den Weg zur Haustür versperrten.

Etwa auf der Hälfte der Treppe nach dem zweiten Absatz sah ich das Haus. Es bestand praktisch nur aus Dach, das bis zur Erde reichte, und war aus Holz, blau mit weißen Fensterläden und Zierleisten. Es sah aus wie etwas aus einem Märchen.

Ich merkte, dass ich nicht atmete.

Dann dachte ich, er sei gar nicht wirklich hier. Dass meine Mom irgendwie einen Riesenfehler gemacht hatte. Es schien einfach nicht vorstellbar, dass er hinter der Eingangstür dieses Märchenhauses sein könnte.

Rigby riss mich aus diesen Gedanken. Sie bellte. Zweimal. Sie musste mich gehört oder gerochen haben, während ich noch auf der Treppe stand.

Also war alles doch nicht nur ein Fehler oder ein Traum.

Ich sah Pauls Gesicht im Fenster, als er rausschaute. Einen Moment lang wäre ich fast weggelaufen. So große Angst hatte ich vor dem, was er denken könnte. Ich versuchte mich zu beruhigen. Ich sagte mir, es zählte nicht, was er dachte. Aber das tat es doch. Ich war mir nur nicht sicher, warum. Oder warum es *so* wichtig war.

Die Tür ging auf. Er stand da auf der Schwelle. Blickte mich einfach nur an.

»Ich weiß«, sagte ich. »Das hier ist sehr merkwürdig. Ich weiß.«

Rigby beugte sich vor zu mir, wedelte mit dem gesamten Körper. Aber sie war zu gut erzogen, um vor die Tür zu kommen, solange Paul das nicht tat.

»Wie hast du mich hier gefunden?«
»Ihre Schwägerin hat uns die Adresse verraten.«
»Warum hast du mich finden wollen?«
»Das ist schwieriger zu erklären.«
»Du wirkst besorgt. Ist alles in Ordnung?«
»Nein. Nichts ist in Ordnung. Kann ich reinkommen?«

Eine lange Pause. Er musste darüber nachdenken. Es musste eine Versuchung sein, einfach Nein zu sagen. Es war sehr schwierig, dass wir ihm bis zu seinem neuen Zuhause gefolgt waren, kaum zwei Tage später. Und man musste nicht eigens erwähnen, dass mein Leben komplizierter als je zuvor war und ich ihn um die Erlaubnis bat, den ganzen Ballast in sein Wohnzimmer zu bringen. Einen kurzen Moment lang musste ich denken, dass ich ihm keinen Vorwurf daraus machen würde, wenn er mir einfach die Tür vor der Nase zuschlagen würde.

»Sicher«, antwortete er und machte einen Schritt zurück.

Ich trat ein.

Es war klein, aber wunderschön. Holzdielen und alles holzgetäfelt. Die Fenster hatten auch innen Läden. Bislang war noch nichts ausgepackt. Es stand alles ordentlich zu einem Berg Kartons aufgestapelt in der Mitte seines neuen Wohnzimmers.

Rigby war so froh, mich zu sehen, dass sie an mir hochsprang. Was komisch war, weil dadurch ihr Kopf höher als meiner war und sie mich nicht im Gesicht lecken konnte.

»Runter, Rigby«, sagte er.

Sie gehorchte sofort.

Er räumte ein paar Kartons von der Ledercouch und bedeutete mir, mich daraufzusetzen. Das tat ich, aber meine nasse Kleidung war mir peinlich. Und ich überlegte, ob das der schönen Couch schaden würde.

Ich fragte mich, ob wir in Wahrheit nicht doch Freunde waren, auf eine komische, verquere Weise.

Ich dachte mir, dass ich das rausfinden würde.

»Was ist los? Was soll das alles?«, wollte er wissen, nachdem er sich auf dem anderen Ende des Sofas niedergelassen hatte.

Rigby kam zu mir gekrochen und leckte mir den Hals. Ich legte ihr die Arme um den riesigen Kopf. Ich war so froh, dass ich am liebsten geweint hätte. Das tat ich beinahe auch.

»Ich bin nicht sicher, wo ich anfangen soll. Kurz nach Ihrem Auszug sind wir aus dem Haus meiner Tante geflogen. Damit sind wir jetzt obdachlos. Und meine Mutter hatte diese absolut irre Idee, herzukommen. Zuerst habe ich ihr gesagt, dass es verrückt sei. Einfach nur verrückt. Dass Sie ausflippen würden und uns auf ewig hassen. Aber dann dachte ich: Was, wenn sie Ihnen gar nicht über den Weg laufen? Was, wenn Sie nie einen von den beiden zu Gesicht bekommen? Sondern nur mich. Was, wenn ich einfach jeden Tag vorbeikomme und Rigby für einen Spaziergang abhole, ohne Bezahlung, einfach für umsonst? Sie würden Sophie nie sehen. Oder hören. Und Sie würden auch nie mit meiner Mutter zu tun haben müssen. Sophie würde Rigby nur treffen, wenn wir mit ihr spazieren gehen. Und vielleicht beruhigt sie das, wie es bei Tante Vi der Fall war, und sie wartet einfach, bis sie sie am nächsten Tag wiedersieht. Und wir wären gerettet.«

»Wieso wärt ihr gerettet? Ihr wärt doch immer noch obdachlos.«

»Nein, das wären wir dann nicht. Wir können überall wohnen, wenn Sophie ruhig ist und brav wie bei Tante Vi.«

Ich wartete. Beobachtete, wie sich Falten auf seiner Stirn bildeten.

»Deine Familie würde hier leben. *Hier.* Das ist komisch. Ich will dich nicht anlügen. Es ist schon sehr seltsam, dass ich ein paar Stunden weit wegziehe, und dann sehe ich euch alle hier wieder.«

»Ich weiß. Es tut mir leid.«

Stille.

Ich wollte gerade aufstehen, mich geschlagen geben und gehen.

»Ich gehe inzwischen selbst wieder mit ihr«, erklärte er. »Meinem Rücken geht es besser.«

»Würden ihr zwei Spaziergänge am Tag nicht lieber sein? Wäre das nicht doppelt so gut?«

»Nicht notwendigerweise. Sie ist ja schon alt.«

»Ja? Wie alt denn?«

»Sechseinhalb.«

»Das ist nicht alt.«

Aber mir war schon aufgefallen, dass ihre Schnauze grau war.

»Für eine Deutsche Dogge schon. Sie leben nicht lange. Gewöhnlich sieben oder acht Jahre.«

»Das ist schrecklich.«

»Es ist aber einfach so.«

»Warum haben die Leute sie dann überhaupt?«

»Weil sie großartige Hunde sind.«

»Aber es ist doch furchtbar, einen großartigen Hund zu verlieren, wenn er erst sieben ist.«

»Oder acht. Oder vielleicht auch neun oder zehn. Wer weiß? Sieh mal, vielleicht kann ich eine Meile mit ihr gehen und du auch eine. In ihrem Alter sind vielleicht zwei kurze Spaziergänge besser für sie als ein langer.«

Ich versuchte zu antworten, hatte aber keine Ahnung, was ich sagen sollte. Obwohl ich es natürlich nicht wirklich gewusst hatte, hatte ich nie damit gerechnet, dass es klappen würde. Ich hatte fest damit gerechnet, dass er mich rauswerfen würde, mit ein paar unfreundlichen Worten und einem Tritt in den Hintern. Ich war völlig platt.

»Heißt das Ja?«

»Wolltest du nicht, dass ich Ja sage?«

»Doch, schon. Aber ich dachte nicht, dass Sie es tun würden. Genau genommen war ich mir ziemlich sicher, dass Sie es nicht tun würden.«

»Willst du mir weiter erzählen, wie ungewöhnlich das für mich ist? Oder möchtest du mir nicht lieber sagen, wann du anfangen willst?«

»Heute. Ich möchte wirklich, wirklich gerne heute anfangen. Oh. Ist es schlecht für sie, draußen im Regen unterwegs zu sein? Wenn es kalt ist? Sie ist ja irgendwie schon älter.«

»Es regnet nicht mehr.«

»Nicht?«

Ich folgte ihm zum Fenster. Rigby kam mit uns. Die Wolken teilten sich und trieben über den blauesten Himmel, den man sich nur vorstellen konnte.

»Also wohin willst du mit ihr gehen? Kennst du die Stadt überhaupt?«

Ich war immer noch ganz verdattert, dass der Regen rechtzeitig aufgehört hatte, um mich zu retten. Ich dachte, es würde für immer regnen. Wenn nicht noch länger.

Ich sagte: »Wissen Sie noch, wie gut es Ihnen gefallen hat, als ich die Wahrheit gesagt habe, obwohl ich das nicht musste?«

»Die Lakritze.«

»Genau. Ich muss mit ihr zurück auf den Campingplatz, wo wir ein Zelt haben, und da mit ihr spazieren gehen. Sophie ist weggelaufen, versteckt sich irgendwo, und ich denke, sie kommt raus, wenn Rigby bei mir ist.«

Er schaute mich an mit diesem seltsamen Ausdruck auf dem Gesicht. Es sah aus, als hieße das Nein.

»Du bist nicht alt genug, Auto zu fahren.«

»Nein. Ich fahre nicht, das macht meine Mutter.« Dann fügte ich rasch hinzu: »Ich hab ihr gesagt, sie soll um die nächste Straßenecke warten. Damit sie nicht in die Nähe Ihres Hauses kommt.«

Er lächelte, nur mit einem Mundwinkel, wie ich es bei ihm vorher schon gesehen hatte. In seinem alten Haus. Das schien so lange her. Wie in einem anderen Leben.

Und dann ging er aus dem Zimmer.

Als er zurückkam, hatte er Rigbys Leine dabei.

Alle Anspannung und Angst in mir schmolzen dahin, als seien sie unterwegs zu meinen Füßen, um sich dort am Boden zu sammeln und vielleicht sogar ganz zu verschwinden.

»Unter einer Bedingung«, sagte er. »Setz dir einen vernünftigen zeitlichen Rahmen. Zwei Stunden oder so. Wenn sie bis dahin nicht wieder da ist, dann funktioniert es einfach nicht. Und dann hätte ich gerne meinen Hund zurück.«

Ich hielt ihm die Hand hin, damit er einschlagen konnte, und er schüttelte sie.

»Sie können sich gar nicht vorstellen, wie sehr ich das zu schätzen weiß.«

»Geh einfach. In den Bergen wird es rasch dunkel. Es ist ein kalter Sturm.«

»Ich weiß.«

»Viel Glück.«

»Danke.«

Ich hatte das Gefühl, als sei da noch viel mehr, was ich sagen sollte. Und ich wollte es auch sagen. Aber ich wusste einfach nicht genau, was. Außerdem hatte er recht. Wir hatten nicht viel Zeit.

* * *

»Sophie? Sophie, rate mal, wen ich hier bei mir habe. Rigby ist hier. Är! Komm und schau's dir an. Es stimmt. Ich würde dich nicht anlügen. Es ist Är!«

Das war eine leicht abgewandelte Version von dem, was ich mindestens schon dreißig Mal gerufen haben musste.

Immer noch nichts. Andererseits konnte sie eine Meile außer Hörweite sein. Ich hätte in die völlig falsche Richtung gelaufen sein können.

Ich schaute Rigby an.

»Rigby, weißt du, wo Sophie ist?«

Sie hielt die Nase in den Wind. Ich hatte nicht das Gefühl, als würde sie sofort etwas wittern, irgendeinen Geruch wahrnehmen. Aber ich hatte den Eindruck, als hätte sie die Frage verstanden. Aber vielleicht war das auch nur meine blöde Hoffnung.

Immer wieder abrutschend erklommen wir einen steilen Abhang. Ich sah mich um und schaute das erste Mal auf das, was jenseits der Bäume lag. Mir stockte der Atem. Wir waren wirklich in den Bergen. Bis zu diesem Moment hatte ich nicht viel von meiner Umgebung mitbekommen. Ich blickte über einen Canyon und sah die höheren Gipfel der Sierra Nevada aufragen, manche mit Schneekappen. Ich sah einen kleinen See und Bäume, die aus schierem Felsen zu wachsen schienen. Und der Himmel darüber erstreckte sich stahlblau, in einem dunkleren Farbton, dichter an den Bergen, mit luftigen weißen Wolken, die darüberjagten.

Nur einen Moment lang hatte ich genau dasselbe Gefühl wie schon vor Pauls Haus. Als ob das etwas wäre, das ich mir nur einbildete. Nichts Reales.

»Sophie?«, rief ich wieder. »Ich habe Är!«

Ich hörte nichts, keine Antwort oder so. Aber plötzlich zog mich Rigby den steilen Abhang hinunter, und ich geriet im Schlamm und auf den lockeren Steinen ins Rutschen. Rigby zog nie an der Leine, daher wusste ich, sie musste etwas gehört oder gerochen haben. Ein paarmal wäre ich fast hingefallen, aber ich fand immer gerade noch mein Gleichgewicht wieder, bevor es so weit war. Dann rutschte ich aus und stützte mich mit meiner freien Hand ab, aber Rigby zog mich wieder hoch, und wir gingen weiter.

Der Grund war uneben, und sie führte mich zu einer Reihe umgestürzter Felsen, jeder ungefähr von der Größe eines kleinen Autos.

Zwischen ihnen sah ich meine kleine Schwester im Schlamm liegen, nass und zitternd. Sie öffnete die Augen und schaute hoch. Nicht zu mir. Zum Hund. In ihrem Haar war Schlamm.

»Är«, sagte sie, aber es klang schwach.

Rigby leckte ihr das Gesicht und den Hals. Nicht direkt Hundeküsse, sondern mehr wie eine Hündin ihr Junges sauber leckt.

Sophie lachte laut auf.

Ich hockte mich neben sie und legte ihr die Hand auf die Schulter. Sie schüttelte sie nicht ab. Ich konnte spüren, wie sie tief innen zitterte. Zum ersten Mal fiel mir auf, wie schlimm es gewesen wäre, wenn ich sie nicht bis Einbruch der Dämmerung gefunden hätte. Es war die ganze Zeit da gewesen, aber ich hatte es mich nicht denken lassen.

»Warum bist du von uns weggelaufen?«, fragte ich sie. Obwohl ich wusste, sie würde mir nicht antworten. Obwohl ich mir nicht sicher war, ob sie es überhaupt wissen würde.

Ich hob sie hoch und an meine Schulter, und sie legte den Kopf so, dass ihr Gesicht an meinen Hals rollte. Sie fühlte sich an wie ein nasser Sack.

Ich schaute mich um.

»Oh, Mist«, entfuhr es mir.

Ich wusste nicht mehr, wo wir waren. Ich wusste nicht, in welche Richtung wir laufen mussten, um wieder zum Campingplatz zurückzukommen. Ich drehte mich einmal um mich selbst, und er hätte in jeder liegen können.

»Rigby«, sagte ich. »Lass uns zurückgehen.«

Sie lief los, und ich folgte ihr. Wir kletterten wieder die Anhöhe hoch und auf der anderen Seite wieder runter, überquerten eine matschige Geländerinne und stiegen erneut einen Hügel hoch. Es war schwer, da ich das ganze Gewicht den Berg hochtragen musste, aber ich hatte keine Wahl.

Aber wenn wir nicht in die richtige Richtung gingen und ich hier stundenlang herumlaufen musste …

Schnaufend kam ich oben auf dem zweiten Abhang an. Indem ich einfach Rigby hinterhergelaufen war. Dort unten, gleich vor uns, war der Campingplatz.

Alle Luft wich mir auf einmal aus den Lungen.

»Braver Hund!«, sagte ich.

* * *

»Also, ich fange an zu glauben, dass Ihr Hund besondere Kräfte hat.«

Ich stand in der Tür von Pauls Wohnzimmer. Ich wusste, meine Mutter wartete um die Ecke, aber ich fand, das Mindeste, was sie tun konnte, war warten.

»Sie ist ein großartiger Hund«, erwiderte er. »Niemand ist ein größerer Fan von Rigby als ich. Aber sie hat keine besonderen Kräfte. Sie hat nur ein Gehör, das zehnmal besser ist als unseres, und einen Geruchssinn, der ein Dutzend Mal feiner ist. Sie kann einfach Dinge, die wir nicht können.«

»Aber als ich gesagt habe: ›Lass uns zurückgehen‹ ...«

»Das mache ich dauernd mit ihr. Wenn wir so weit von zu Hause fort sind, wie wir gehen, sage ich immer: ›Lass uns jetzt zurückgehen.‹ Und das tun wir dann.«

»Oh. Na dann ... Okay, sie hat keine besonderen Kräfte. Aber sie ist eine Heldin. Wir sollten sie in die Nachrichten bringen oder so.«

»Nein!«, sagte er, zu laut. Ich war mir nicht sicher, ob er das halb im Scherz meinte oder mich wirklich anschrie. »Ich möchte keine Presse vor meiner Tür.«

»Sie möchten Ihre Ruhe.«

»Genau.«

Ich wandte mich zum Gehen. »Welche Zeit morgen?«, fragte ich über meine Schulter.

»Jederzeit. Es kommt nicht darauf an.« Dann sagte er: »Vielleicht nicht wirklich nur meine Ruhe. Hier ist es anders. Ich muss nicht mit Leuten zusammenarbeiten, egal, ob ich sie mag oder nicht. Die neuen Nachbarn habe ich nicht mal zu Gesicht bekommen. Ich mag es so, nicht dass du mich falsch verstehst, aber die Vorstellung, dass jemand jeden Tag einmal vorbeikommt, ist nicht so schlimm. Ich meine, wenn es jemand ist, mit dem ich zurechtkomme.« Er sagte nicht: wie du. Aber ich wusste, dass er das meinte. »Also vielleicht ist das der Grund, warum es kein so schwerer Schlag für mich war, dich zu sehen.«

Beinahe hätte ich gesagt: Also sind wir Freunde. Ich dachte es.

Aber dann glitt mein Blick über sein neues Bücherregal. Es war vollkommen leer bis auf das Foto von Rachel. Es musste das Erste gewesen sein, was er ausgepackt hatte.

Er sah, dass ich es bemerkt hatte.

»Andererseits«, erklärte er, »wenn man Leute reinlässt, fangen sie an, Sachen über einen zu wissen. Das ist nicht das, was ich besonders schätze an diesem Zeug mit anderen Leuten.«

»Ich sag Ihnen was«, erwiderte ich. »Das nächste Mal, wenn ich Sie sehe, werde ich Ihnen was über mich verraten. Etwas, wovon ich auch nicht will, dass andere es wissen. Dann sind wir quitt.«

Ich wusste noch nicht, was. Aber das ließ mir Zeit zum Nachdenken. Ich wusste, Paul würde es niemand anderem verraten, was auch immer es war, weil er sowieso niemals mit irgendwem redete. Außer mit Rigby.

Und jetzt mit mir.

Ich lief die lange Treppe mit den beiden Absätzen hinunter und war merkwürdig glücklich. Meine Schwester war wieder da. Und ich hatte mindestens einen Menschen, der so was wie ein Freund war.

Man muss ziemlich weit unten angekommen sein, bevor etwas, das eigentlich so unbedeutend wie das ist, für einen anfängt, wie Glück auszusehen.

KAPITEL 6

WAHRHEIT

Als ich im Zelt aufwachte, lagen wir drei eng aneinandergekuschelt da. Meine Mutter war in der Mitte, auf dem Rücken, die Arme um uns beide gelegt. Sie streichelte mir das Haar.

Ich denke, wir versuchten alle, möglichst warm zu bleiben.

Ich hob den Kopf und schaute über meine Mutter hinweg zu Sophie.

Sie war wach, machte aber keinen Laut. Spielte in der Luft mit ihren eigenen Händen. Sie wirkte völlig entspannt. Was nur eines bedeutete: Sie vertraute bereits darauf, dass sie Är wiedersehen würde. Ich hatte ihr das gestern Abend schon gesagt, und sie musste mir geglaubt haben.

Was uns wieder in eine Blase des Friedens zurückversetzte.

Sie hatte eine Schramme auf der Wange, und in ihrem Haar war immer noch getrockneter Schlamm. Aber ich war so glücklich, sie zu sehen, dass es mich ganz ausfüllte. Ich war so glücklich, dass sie nicht für ewig gegangen war, dass ich mich beinahe gut fühlte. Als ob es nicht schlimm wäre, dass der Boden hart war und wir nichts hatten, was wir als Unterlage nehmen konnten. Es war egal, dass ich keine Ahnung hatte, wie wir je sauber werden sollten. Oder dass wir in all der Verwirrung ohne Essen zu Bett gegangen waren.

Wir waren alle noch da. Das war das Einzige, was sich so anfühlte, als sei es wichtig.

»Du bist also wach«, stellte meine Mutter fest.

Ich antwortete nicht. Weil in dem Moment, in dem ich ihre Stimme hörte, etwas an mir zu nagen begann. Irgendwo hinten in meinem Kopf. Ich konnte noch nicht genau sagen, was es war, aber es war weder etwas Gutes noch etwas Fröhliches. Ich konnte das Ärgerliche darin spüren, wie einen Schnipsel in der Kleidung hinten am Halsausschnitt oder eine Klette in der Socke.

»Und?«, sagte sie. Als sollte ich reden.

Dann fiel es mir wieder ein.

Ich wog es eine Minute ab, prüfte Größe und Gewicht. Es fühlte sich wie ein blauer Fleck an, den man absichtlich drückt, um zu sehen, wie weh es tut. Der Himmel wusste, ich hatte genug Erfahrung mit blauen Flecken.

Dann kam es auf einmal hoch, ganz von allein. Ich hätte es nicht unten halten können, wenn ich das versucht hätte. Aber das tat ich auch gar nicht.

»Hat man den Typ, der Dad umgebracht hat, eigentlich je gefasst?«

Sie setzte sich so jäh auf, dass ich von ihrer Schulter rutschte und mit dem Kopf fest auf den harten Boden prallte. Der Boden des Zeltes war jedenfalls kein Kissen.

Sophie machte ein kleines überraschtes Geräusch.

»Was, zum Teufel, ist das für eine Frage?«

»Einfach nur eine Frage. Reg dich nicht so auf.«

»Wie kann ich mich nicht aufregen? Ich wache morgens auf, und du fängst an, so was zu fragen. Wie soll ich mich dabei fühlen? Wie kommst du überhaupt ausgerechnet jetzt darauf?«

Ich setzte mich auf und rieb mir den Kopf. Dann schlang ich die Arme um mich, um warm zu bleiben. Es funktionierte nicht.

»Ich denke die ganze Zeit daran. Jeden Tag.«

»*Jeden Tag?* Ich hatte keine Ahnung, dass du jeden Tag daran denkst. Es ist schließlich acht Jahre her.«

»Es war schon eine große Sache, weißt du?«

»Natürlich weiß ich das. Wie kannst du es wagen, so mit mir zu reden, als müsste man mir das erst sagen?« Ab und zu, wenn ich einen besonders wunden Punkt traf, wurde sie mit einem Mal sehr mutterhaft. »Er war mein Ehemann, und ich habe ihn über alles geliebt. Für mich war es auch eine große Sache. Mehr, als du ahnst.«

»Aber du denkst nicht jeden Tag daran?«

»Ich hasse diese Fragerei. Hasse sie wirklich. Ich habe keine Ahnung, warum wir das hier diskutieren müssen.«

»Du weichst immer noch meiner Frage aus. Haben sie den Typ gefasst?«

»Oder die Typen. Es können auch zwei oder drei gewesen sein.«

»Du weichst immer noch aus.«

»Nein! Nein, okay? Nein. Sie haben ihn nicht gefasst. Oder sie. Können wir jetzt über was anderes reden?«

»Sicher«, sagte ich.

Und ich meinte es so. Denn wenn einem jemand ins Gesicht lügt, dann hat es keinen Sinn, weiter mit ihm zu reden. Man hat genau gar nichts davon.

Offenbar hatte ich die letzten acht Jahre meines Lebens absolut nichts davon gehabt. Das hatte ich nur bis zu diesem Moment nicht gewusst.

* * *

»Wir gehen jetzt alle duschen, und dann muss ich den Anhänger zurückbringen. Es ist Mist, dass wir ihn nicht gestern schon zurückbringen konnten. Das ärgert mich wirklich. Das kostet uns einen Riesenbatzen von unserem Geld für Essen.«

Ich antwortete nicht. Weil ich nicht mit meiner Mutter redete.

Allerdings hatte ich das Gefühl, dass sie es nicht bemerkt hatte.

Ich wollte sie fragen, wo wir denn eine Dusche finden sollten. Ich hätte das garantiert getan, wenn ich mit ihr gesprochen hätte. Da wusste ich noch nicht, dass der Campingplatz Duschen für die Gäste hatte.

Das fand ich rasch genug heraus, weil ich meiner Mutter und Sophie folgte, und das war, wo wir landeten.

Die Duschen liefen mit Vierteldollarmünzen.

Meine Mutter nahm Sophie mit den Vierteldollars, die wir hatten, mit in eine und gab mir einen Dollar. Wenn ich duschen wollte, musste ich zum Platzwart und mir Geld wechseln.

Es war noch früh, sodass ich Angst hatte, ich würde sie wecken. Aber dann sah ich seine Frau innen vor dem Fenster ihres Trailers entlanggehen.

Daher ging ich zur Tür und klopfte.

Die Tür öffnete sich mit einem leisen Knarren, und sie schaute heraus. Sie hatte tiefe Falten um Augen und Mund, aber ich konnte erkennen, dass sie früher mal hübsch gewesen war. Oder es in gewisser Weise sogar noch war. Nur alt hübsch statt jung hübsch. Mir fiel sofort die Narbe am Kinn auf. Sie war klein, aber es war für mich schwer, wegzusehen.

»Guten Morgen«, sagte ich. »Sie müssen die Frau des Platzwartes sein.«

Sie lachte. »Geralynne«, sagte sie.

»Ich habe mich gefragt, ob Sie mir vielleicht Geld für die Dusche wechseln können.«

»Natürlich.«

Sie nahm meinen Dollar und verschwand. Als sie mit den Vierteldollarmünzen zurückkam, begriff ich, dass sie nicht alles waren, was ich hier wollte. Ich starrte auf meine Hand, als sie sie hineinfallen ließ, ohne mich zu berühren.

»Ich habe mich auch gefragt, ob Ihr Ehemann wohl in der Nähe ist.«

Sie schaute mich erstaunt an.

»Nein, er ist draußen und prüft Kennzeichen.«

Ich wusste nicht, was das für Kennzeichen waren, und ich fragte auch nicht nach. Es war eigentlich auch egal.

»Oh, ich wollte ihm für gestern danken.«

»Bist du das Mädchen, das seine Schwester verloren hat?«

»Ja, Ma'am.«

»Wir haben nicht viel getan. Nur euern Stellplatz im Auge behalten, falls sie von allein zurückkommt.«

»Na ja, es war jedenfalls nett von Ihnen.«

»Wir sind so froh, dass sie in Sicherheit ist.«

Ich begann zu merken, dass diese Unterhaltung etwas mit den Münzen gemein hatte. Es stellte sich heraus, dass sie auch nicht das war, was ich wollte.

»Ich wollte ihm noch sagen, dass mir etwas leidtut.«

»Ach?«

»Ja. Er hat mir von Ihrem Sohn erzählt, und ich …«

Der Ausdruck auf ihrem Gesicht ließ mich innehalten. Sie erstarrte zu Stein. Direkt vor meinen Augen. Und schnell.

Dann schaute sie über meinen Kopf hinweg und sagte: »Hier ist er ja, da kannst du es ihm selbst sagen.«

Sie verschwand in den Trailer, ließ die Tür halb offen.

»Guten Morgen«, sagte der Mann, dessen Namen ich nicht kannte.

»Hallo, ich bin vorbeigekommen, um Münzen für die Dusche zu wechseln. Aber Ihre Frau hat mir damit bereits geholfen. Und um Ihnen für gestern zu danken. Und Ihnen zu sagen, dass mir was leidtut, aber ich fürchte, ich habe Ihre Frau damit aufgeregt, daher glaube ich, es sollte mir doppelt leidtun.«

Ich wartete für den Fall, dass er etwas sagen wollte. Aber er sah nur verwirrt aus. Daher sprach ich einfach weiter.

»Als Sie mir von Ihrem Sohn erzählt haben, denke ich, war ich in gewisser Weise unhöflich. Das wollte ich nicht. Ich hätte nicht sagen sollen: ›Wir machen das nicht.‹ Denn ich weiß gar nicht, was wir genau machen. Ich kann es nicht wissen. Ich weiß nur, was ich will. Wenn sie anfängt, sich selbst zu verletzen, oder auch wenn sie groß ist und wir nicht mehr mit ihr klarkommen und wenn sie uns zu heftig verletzt … oder wenn sie dauernd wegläuft … dann bleibt uns am Ende nichts anderes übrig. Ich hätte das nicht sagen sollen, als hätten Sie falsch gehandelt. Sie haben vermutlich getan, was Sie tun mussten. Ich *hoffe*, wir müssen das nicht, hätte ich sagen sollen.«

Ich beobachtete, wie er tief Luft holte. Ich dachte: Er ist wie meine Mom. Mag es nicht, wenn man ihn am frühen Morgen mit so Schwerverdaulichem überfällt. Dann hatte ich wieder das Gefühl, als sei es meine Schuld und ich würde alles im Leben falsch machen, allen auf die Nerven gehen mit Sachen, die man besser auf sich hätte beruhen lassen. Ausgerechnet ich. Diejenige, die es hasste, über alles zu reden. Oder die das wenigstens früher immer getan hatte.

»Denk nicht, das sei das Schlimmste auf der Welt. Es gibt ein paar nette Einrichtungen. Wie Wohngruppen. Sie können deiner Schwester da beibringen, so viel selbst zu machen, wie es nur geht.«

»Sie ist sechs«, erwiderte ich. »Kaum alt genug für die Schule.«

»Aber später …«

»Oh. Später. Ja. Genau genommen ... daran habe ich noch gar nicht gedacht. Vielleicht, wenn sie achtzehn ist oder so. Vielleicht werde ich erwachsen, ziehe aus und habe einen Job, und sie wird auch erwachsen, geht in eines dieser Heime und lernt Zeug. Das ist vielleicht okay. Die Sache ist ja so, wenn wir es jetzt tun müssten, wäre es ja so, als hätten wir sie gar nicht großgezogen. Als hätten wir sie gehabt und dann unsere Meinung geändert. Wie auch immer, das müssen Sie ja gar nicht alles wissen. Ich wollte nur sagen, dass es mir leidtut.«

»Mach dir deswegen keine Sorgen.«

Er ging zurück in seinen Wohntrailer, und gerade als ich durch das Tor in dem niedrigen Lattenzaun trat, hörte ich Geralynne fragen: »Warum, um alles in der Welt, hast du ihr von Gary erzählt?«

Und schon fühlte ich mich wieder schlecht, als würde ich immer Leute aufregen, Unruhe stiften. Sie immer an Sachen erinnern, die sie lieber vergessen wollten. Ich glaube, ich habe ein gestörtes Vergessensvermögen.

Während ich zurückging, dachte ich auch darüber nach, wie ich gesagt hatte: »Als hätten *wir* sie gehabt.« Als hätte ich Sophie so viel, wie meine Mom sie hatte. Dann erinnerte ich mich wieder, dass Nellie genau das Gegenteil gesagt hatte. Dass meine Mom sie hatte und nicht ich. Dass Sophie in Wahrheit nicht mein Problem war. Aber ich wollte nicht so gerne an Nellie denken, daher verdrängte ich das Ganze so weit wie möglich. Was mir, genau wie bei der Sache mit meinem Dad, nicht besonders gut gelang.

* * *

Meine Mutter stand neben dem Auto, die Hände in den Hüften, und starrte mich zornig an. Sie war immer noch wütend wegen dem, was ich über Dad gefragt hatte. Aber das gab sie nicht zu.

»Kommst du doch mit? Nach all dem, was du darüber erzählt hast, nicht mitgehen zu wollen?«

»Ich komme nicht mit. Du lässt mich bei Paul aussteigen.«

»Wir werden viele Stunden weg sein.«

»Und? Ich werde bei ihm sitzen und mit ihm reden. Oder ich helfe ihm beim Auspacken. Oder wenn er mich nicht um sich haben will, mache ich einfach meinen Spaziergang mit dem Hund und setze mich dann auf die Stufen vor seinem Haus und warte auf dich.«

Sie kam rasch zu mir, ganz dicht, und das erschreckte mich.

»Und Sophie?«, fragte sie, zu leise, als dass Sophie – die bereits in ihren Autositz geschnallt war – es verstehen konnte. »Es geht doch bei der ganzen Sache darum, dass sie dich auf den Spaziergängen begleitet.«

Erstaunlicherweise hatte ich das vergessen. Ich hatte daran gedacht, zu Paul zu gehen, irgendwie als Belohnung für mich. Aber das gab ich nicht zu.

An diesem Morgen wurde viel nicht zugegeben. Jede Menge Zeug nicht.

»Ich werde Rigby nach draußen mit zum Auto nehmen, wenn du kommst, um mich abzuholen. Und Sophie kann sie dann sehen. Sie wird am nächsten Tag mit uns kommen. Was soll ich sonst tun? Stundenlang im Zelt herumsitzen? Da gehe ich lieber Paul besuchen.«

Sie machte einen Schritt zurück und sah mich seltsam an, dann stieg sie ein. Sie ließ den Motor an, bevor ich richtig im Wagen war. Legte den Gang ein, ehe ich mich angeschnallt hatte.

Glücklicherweise war unser Campingplatz einer, bei dem man komplett durchfahren konnte. Meine Mutter war nicht gut darin, mit dem Anhänger rückwärts zu rangieren.

Wir fuhren die Hälfte des Weges in die Stadt, ohne ein Wort zu sagen.

Dann erkundigte sie sich: »Und du bist dir sicher, dass dieser Mann kein Perversling ist?«

»Absolut.«

»Und … wenn er alle hasst … wie kommt es da, dass ihr beide auf einmal so dicke Freunde seid?«

Das begann sich viel zu sehr anzufühlen, als spräche ich mit meiner Mutter, was ich nicht tat. Mit ihr sprechen. Daher zuckte ich nur die Achseln.

Außerdem war es eine Frage, auf die ich keine Antwort parat hatte. Ich hatte mich selbst schon darüber gewundert. Ich hatte nicht mal eine vage Idee.

* * *

»Ist es okay, dass ich noch hierbleibe?«

Ich hatte meinen Kopf halb in einem riesigen Umzugskarton in seiner Küche. Ich reichte ihm Geschirr, und er räumte die Schränke so ein, wie er sie haben wollte.

»Es ist in Ordnung. Warum?«

»Ich weiß nicht. Ich möchte niemand sein, der sich einfach uneingeladen aufdrängt. Schließlich habe ich versprochen, den Hund auszuführen und Ihnen danach nicht weiter auf den Wecker zu fallen.«

»Ist alles gut. Leute, die bereit sind, beim Auspacken zu helfen, sind immer willkommen, wohin sie auch gehen.«

Ein paar Minuten arbeiteten wir schweigend nebeneinander. Ich sah immer wieder zu Rigby, die ausgestreckt auf dem Küchenboden lag. Von ihren Vorderpfoten bis zu den Hinterpfoten füllte sie die gesamte Breite der Küche.

»Ich liebe diesen Hund wirklich«, sagte ich.

Ich hatte das nicht laut aussprechen wollen. Es klang zu emotional. Mehr Liebe, als ich zugeben wollte. Es ist seltsam, den Hund eines anderen so zu lieben. Es ist schwer.

»Ich auch«, sagte er. »Sie ist ein gutes Mädchen.«

Wenn er dachte, dass es merkwürdig war, sprach er es nicht aus. Daher stürzte ich mich tiefer rein.

»Als Sie mir gestern gesagt haben, sie sei alt, habe ich nicht weiter darüber nachgedacht, weil es nicht ging. Sophie war verschwunden, und ich musste sie finden, und ich war nicht sicher, ob wir sie überhaupt je lebend wiedersehen würden. Aber dann, als ich gestern Abend einschlafen wollte, musste ich darüber nachdenken, dass Rigby alt ist. Und es war traurig. Es hat mich wirklich beunruhigt. Aber andererseits ist jetzt alles traurig. Ich habe so viele Dinge, die mich beunruhigen, dass ich die Hälfte der Zeit gar nicht sagen kann, wo die Trauer herkommt.«

Ich schaute hoch, und er blickte mir direkt ins Gesicht. Es machte mich nervös. Obwohl er interessiert wirkte, war er offensichtlich nett zu mir. Ich dachte an die Zeit, als wir nicht gut miteinander ausgekommen waren. Als er mürrisch gewesen war und mir gesagt hatte, ich solle weggehen. Zum zweiten Mal in ebenso vielen Tagen kam es mir vor, als sei das ewig her.

Warum ist das eigentlich so, dass Jahre vergehen und es sich anfühlt, als gäbe es überhaupt keine Bewegung, und dann mit einem Mal ändert sich die Welt drei- oder viermal innerhalb weniger Tage? Das kann ich einfach nicht verstehen.

»Als ich sechs war«, sagte ich, während ich mich noch fragte, ob ich es wirklich tun würde, »ist mein Vater gestorben.«

»Oh. Das tut mir leid. An …?«

»Einer Pistole.«

»Selbstmord? Oder hat ihn jemand erschossen?«

»Jemand hat ihn umgebracht. Ich war zu jung, um wirklich zu verstehen, was damals passiert ist. Daher kann ich mich nur an das halten, was meine Mutter mir darüber erzählt hat. Sie sagt, es sei ein Raubüberfall gewesen. Sie sagt, sie wussten, dass es ein Überfall war, denn als man ihn gefunden hat, waren sein Portemonnaie, seine Armbanduhr und sein Ehering verschwunden. Es wirkte immer so merkwürdig willkürlich, wissen Sie? Als sei er bloß gegangen, um sich ein Päckchen Zigaretten zu holen, und dann brach auf einmal die ganze Welt zusammen.«

»Ich kann mir vorstellen, wie du dich dabei gefühlt hast. Aber so was passiert.«

»Ja. Das weiß ich. Aber ich bin mir jetzt nicht mehr so sicher, ob es meinem Vater auch wirklich so passiert ist. Sie wissen ja noch, dass ich erzählt habe, dass wir bei meiner Tante rausgeflogen sind. Da hat meine Mutter all unser Zeug in Kisten geworfen und Tüten und Eimer und dann in den Anhänger gestopft. In großer Eile, wissen Sie? Kreuz und quer durcheinander. Und gestern habe ich dann nach Handtüchern gesucht, und raten Sie mal, was ich gefunden habe.«

»Keine Ahnung.«

Rigby streckte sich, drückte die Vorderpfoten gegen die Küchenwand auf der einen Seite. Es kam mir komisch vor, dass sie so entspannt war. Ich war so angespannt, dass mir fast übel war.

»Seine Armbanduhr, sein Portemonnaie und seinen Ehering. Sie hatte sie in einem alten Schmuckkästchen.«

»Die Polizei muss sie ihr wiedergegeben haben.«

»Aber sie müssten verschwunden sein.«

»Vielleicht haben sie den Mörder gefasst, und er hatte die Sachen bei sich.«

»Genau. Das ist es, was ich auch gedacht habe. Daher hab ich sie heute früh gefragt, ob man den Mörder je gefasst hat. Sie hat Nein gesagt. Sie wollte überhaupt nicht darüber reden.«

»Hm.« Er kratzte sich an der Schläfe. »Also, zwei Möglichkeiten, die mir einfallen. Entweder hat die Polizei die Gegenstände gefunden, ohne den Täter zu fassen. Vielleicht hat jemand sie illegal verkauft, und sie sind in Polizeigewahrsam gekommen. Oder er hatte sie doch noch am Körper, als er gefunden wurde. Trotz dem, was sie dir gesagt hat.«

»Und was würde das heißen? Wenn er sie bei sich hatte, als man ihn fand?«

»Ich weiß nicht. Vermutlich, dass es kein Raubüberfall war. Aber ich weiß nicht, was das heißt, was es dann war. Ich brauche mehr Informationen. Warum fragst du nicht deine Mutter?«

»Weil ich denke, dass sie mich anlügt. Und es nützt nicht wirklich was, wenn man jemanden fragt, von dem man sich ziemlich sicher ist, dass er einem nicht die Wahrheit sagt.«

»Hm«, machte er wieder.

Ich versuchte ihm einen weiteren Stapel Suppenschüsseln zu reichen, aber er nahm sie mir nicht ab.

Er fragte nur: »Hast du Internet?«

»Ich? Nein. Wir campen. Wir haben nicht nur keinen Computer, wir haben nicht mal eine Steckdose, um ihn einzustecken.«

»Willst du, dass ich mal für dich nachsehe?«

»Wie können Sie das tun?«

Wir räumten immer noch nicht wieder Geschirr weg, und das machte es schwerer, mit ihm zu reden, weil ich nicht den Menschen ansehen wollte, mit dem ich über so was redete, und ich wusste nicht, wohin ich sonst blicken sollte.

»Das sollte nicht sonderlich schwierig sein. Es war ein Verbrechen, daher muss darüber in irgendeiner Form berichtet worden sein.«

»Oh, stimmt.«

»Schreib mir seinen Namen auf, ehe du heute gehst. Und wo ihr zu der Zeit gelebt habt. Und das Datum, so gut du es eingrenzen kannst. Es ist nur ...«

Die Pause machte mich nervös.

»Was? Es ist nur was?«

»Bist du sicher, dass du es wissen willst? Es kann ja sein, dass deine Mutter gelogen hat, weil die Wahrheit schwer zu ertragen ist. Bist du dir sicher, dass du die Wahrheit wissen willst?«

»Äh. Nein. Nicht wirklich. Hängt davon ab, wie hart die Wahrheit ist. Vielleicht können Sie es herausfinden und mir dann sagen, wie schlimm es ist.«

»Das hört sich für mich nach einer schwierigen Entscheidung an.«

»Es ist egal«, sagte ich. »Sie werden sie ja nicht treffen müssen. Sobald ich weiß, dass es eine Wahrheit gibt, die sich von dem unterscheidet, was ich bisher dachte, muss ich wissen, was es ist. Richtig?«

»So wäre es bei mir.«

»Vielleicht können Sie mir die Details immer eins nach dem anderen beibringen, wenn es wirklich schlimm ist. Und ich könnte sagen: ›Das reicht‹, wenn ich nicht mehr hören möchte.«

»Das könnte funktionieren.«

Er nahm mir die Schüsseln aus der Hand, was mich überraschte, weil ich vergessen hatte, dass ich sie noch hielt. Er stellte sie in den Schrank, während ich mich nach den Gläsern bückte, die einzeln in Zeitungspapier gewickelt waren.

»Das ist nicht unbedingt was, weswegen man sich schämen muss«, erklärte er.

Ich hatte keine Ahnung, was er meinte. »Wer sagt das denn?«

»Was ich meine, ist, selbst wenn deine Mutter gelogen hat, ist das was Schlechtes für sie. Nicht für dich. Obwohl … ich vermute, du würdest nicht wollen, dass ich jemandem davon …«

»Oh. Das. Die Sache. Ich hatte vergessen, dass ich Ihnen etwas über mich erzählen wollte. Das war nicht diese Sache. Das hier hat mich nur gerade beschäftigt. Und ich konnte ja schließlich nicht mit meiner Mutter darüber reden.«

»Du musst mir nichts über dich verraten.«

»Nein. Ich werde das tun. Ich hatte nur vergessen, darüber nachzudenken.«

»Das ist schon okay. Ich vertraue dir. Ich weiß, du wirst niemandem etwas über … meine Situation sagen. Nur erzähl es nicht deiner Mutter, okay? Egal was ist. Sie hat so eine Art, genau das Falsche zu sagen. Ich möchte auf keinen Fall, dass Rachel davon erfährt.«

»Sie weiß nichts von Ihren Gefühlen?«

»He. Ich habe nichts davon gesagt, dass ich ins Detail gehen will.«

»Oh, tut mir leid.«

Wir arbeiteten eine Weile weiter, ohne zu reden. Wir räumten die ganze Kiste aus und wandten uns dann einer mit Besteck und Kochutensilien zu.

»Ich denke, ich bin vermutlich lesbisch.«

Es war schon halb aus meinem Mund, ehe ich ahnte, dass es mir auf der Zunge lag. Aber ich hatte das nicht geplant, und es gab nicht mehr viel, was ich da noch tun konnte, um es zu ändern. Und irgendwie, denke ich, fand ich auch, es sei besser, wenn es raus war.

Er unterbrach seine Arbeit, das Besteck in die Schublade zu legen, und schaute mich an, aber ich sah ihn nicht an.

»Ist das die Sache?«

»Ich weiß nicht. Vielleicht. Es ist *eine* Sache.«

»Das ist aber auch nichts, wegen dem man sich schämen müsste.«

»In jemanden verliebt zu sein ja auch nicht. Es ist einfach nur eine dieser Sachen, die man nicht einfach jedem x-Beliebigen mitteilen würde.«

»Würde es deine Mutter stören?«

»Ich glaube schon. Sie würde es nicht hassen. Aber sie möchte gerne, dass ich mädchenhaft bin, weil sie das auch war.

Ist. Sie möchte, dass ich mir das Haar lang wachsen lasse. Sie sagt, dass es bald schon wichtig sein wird, weil ich mich dann für Jungs zu interessieren beginnen werde. Ich meine, Himmel, Mom. Ich bin vierzehn. Wie alt muss ich wohl werden, ehe sie darauf kommt, dass es nicht so sein wird? Gott weiß, dass sie das genau genug beobachtet.«

»Du wirkst nicht wie vierzehn. Mehr wie zwanzig. Dafür nur höchstens ein bisschen klein.«

»Das sagen alle.«

»Also … ich will nicht neugierig sein. Und du musst auch nicht weiter ins Detail gehen, wenn du nicht willst. Aber … meinst du, du *könntest* es sein? Oder *bist* du es?«

»Ich bin es. Es war eben nur einfacher, es so auszusprechen.«

»Okay. Das dachte ich mir schon.«

»Warum? Woher wussten Sie das?«

»Das habe ich nicht gemeint. Ich wusste es nicht. Ich habe auch nie darüber nachgedacht. Ich meinte nur, als du es gesagt hast, dachte ich, wenn jemand denkt, er könnte was sein, dann tut er das meist, weil er es ist.«

Dann redeten wir eine Weile lang nicht mehr darüber, und es fühlte sich seltsam okay an. Nicht als hätten wir Angst, mehr zu sagen. Und es war auch nicht unangenehm. Wir stellten nur Töpfe und Pfannen und andere Sachen weg. Und das war genug.

* * *

Als ich meine Mom hupen hörte, sagte ich zu ihm: »Das ging aber schnell.«

»Nicht wirklich. Du bist vor fast zwei Stunden von deinem Spaziergang mit Rigby zurückgekommen.«

»Im Ernst?«

Er zeigte mir seine Armbanduhr.

Es war eine schöne Uhr.

»Die Zeit vergeht wie im Flug, wenn man seine Geheimnisse verrät«, bemerkte er.

Da wusste ich, dass mein Vater wegen etwas anderem gestorben war als wegen eines Überfalls. Weil seine Uhr keine so schöne wie die von Paul war. Ich wusste, sie war nicht gut genug, um sie irgendwo zu verkaufen.

***

Ich lief die Stufen mit Rigby neben mir runter, und als wir auf die Schotterstraße kamen, hörte ich Sophie schon erfreut quietschen. Es war auch wirklich ein lautes Quietschen, weil meine Mutter ein gutes Stück die Straße runter angehalten hatte.

Ich öffnete die Hintertür und ermutigte Rigby, zu Sophie reinzusteigen. Sie passte kaum in den Wagen. Sie musste sich mit eingezogenem Kopf hinhocken, quer über Sophies Autositz, was Sophie natürlich entzückte. Ich musste Rigbys Schwanz vorsichtig zur Seite schieben, ehe ich die Tür schließen konnte.

Ich setzte mich vorne zu meiner Mom, die breit grinste. Es ergab so wenig Sinn, dass sie glücklich sein sollte, dass ich es gar nicht wirklich wahrnahm.

»Ich brauche einen Stift und Papier«, sagte ich. »Haben wir das?«

»Ich habe einen Job.«

»Du machst Witze. Wie hast du so schnell einen Job gefunden?«

»Auf dem Weg aus der Stadt habe ich an diesem kleinen Diner gehalten, um ein paar Muffins für die Fahrt zu kaufen. Und stell dir vor, was ich im Fenster entdeckt habe: ein ›Aushilfe gesucht‹-Schild. Sie haben mich auf der Stelle genommen. Ist das nicht Glück? Ich kann gleich morgen anfangen.«

Ich konnte meinen Verstand nicht dazu bringen, diese jähe Wendung mitzuvollziehen. Ich wollte wirklich erst mal nur Stift und Papier. Das war alles, woran ich im Moment denken konnte. Mein Gehirn schwankte hin und her und landete schließlich bei keinem davon.

»Muffins? Ihr hattet Muffins? Ich bin halb verhungert. Ich hatte keine Muffins.«

Sie schnappte sich eine weiße Papiertüte vom Boden in der Nähe meiner Füße und warf sie mir in den Schoß. »Ich hab dir einen aufgehoben.«

»Oh. Gut, danke. Haben wir Stift und Papier?«

»Du klingst nicht erfreut über meine Neuigkeiten.«

»Nein, das ist wirklich klasse. Morgen? Welche Schicht?«

Das Lächeln blieb auf ihren Lippen, aber es verblasste etwas in ihren Augen und dem Rest ihres Gesichts. »Ich werde die Morgenschicht arbeiten. Bis nach dem Lunch-Andrang.«

Schweigen. Eine Minute lang oder so vergaß ich sogar den Stift.

Bis sie sagte: »Im Handschuhfach müsste ein Stift sein.«

Ich öffnete es und fand den Stift inmitten der Unordnung. Ich riss ein Stückchen weißes Papier von der Tüte. Dann beschloss ich, erst mal nichts draufzuschreiben, bis ich wieder vor Pauls Tür stand. Meine Mom würde einen Anfall bekommen, wenn sie sähe, dass ich was über meinen Vater aufschrieb.

Ich sah ihr direkt ins Gesicht. Sie schaute weg.

»Also«, sagte ich. »Ich soll also jetzt tagsüber auf sie aufpassen. Hast du schon darüber nachgedacht, wie ich zur Schule gehen soll?«

»Natürlich habe ich das. Ich meine nur … es sind ja ohnehin nur noch ein paar Wochen vom Schuljahr übrig. Es lohnt ja kaum, jetzt an einer neuen Schule anzufangen. Es ist viel besser, das erst im Herbst zu tun. Bis dahin habe ich was Besseres gefunden.«

»Dann werde ich aber wirklich viel nacharbeiten müssen.«
»Du bist doch so klug.«
Ich blickte nach hinten auf den Rücksitz. Rigby leckte Sophie über die geschlossenen Augenlider – und dabei auch gleich unabsichtlich über den Rest ihres Gesichts –, und Sophie gluckste entzückt. An dem Tag waren alle glücklich. Außer mir.
»Wenn ich morgen viel Trinkgeld bekomme, können wir uns für die Nacht ein billiges Hotelzimmer leisten. Heute könnte das letzte Mal sein, dass wir draußen schlafen müssen.«
»Gut«, sagte ich. »Das wäre nett.«
Es war witzlos, mit ihr wegen der Schule zu streiten. Ich hatte da keine Stimme. Und die Sache war ohnehin gelaufen.
Es störte mich allerdings, dass ich mich mit meiner Mutter freuen sollte, während ich eigentlich noch gar nicht wieder mit ihr sprach. Sie machte das oft. Fand immer einen Weg, mir die Zeit zu nehmen, mich in Ruhe mit dem auseinanderzusetzen, was ich empfand. Nicht, dass ich dachte, das sei Absicht. Aber ob nun absichtlich oder nicht, es gelang ihr immer.
»Ich verstehe es nicht«, sagte ich. »Wie hast du das überhaupt gemacht, reinzugehen, Muffins zu kaufen und ein Vorstellungsgespräch zu schaffen? Du hattest ja schließlich Sophie bei dir, oder? Hast du sie mit reingenommen?«
Ich erkannte die Antwort daran, wie sie den Blick abwandte. Je länger sie nicht antwortete, desto mehr wusste ich, ich hatte richtig geraten.
»Du hast sie im Auto gelassen.«
»Doch nur für ein paar Minuten.«
»Unglaublich.«
»Es war abgeschlossen. Und die Fenster waren ein Stück geöffnet. Außerdem hatte ich geparkt, wo ich sie sehen konnte. Hör mal, Angie. Willst du mir dafür die Hölle heißmachen, obwohl gar nichts passiert ist? Oder willst du froh sein, dass ich

einen Job hab und wir wieder ein Dach über dem Kopf haben werden?«

Ich seufzte. »Ich möchte jetzt einfach Paul seinen Hund zurückbringen und dann ...« Ich hatte keine Ahnung, wie ich den Satz beenden sollte. Wir hatten kein Zuhause.

Ich stieg aus und holte Rigby vom Rücksitz. Es erinnerte mich an Clowns im Zirkus, wenn sie aus dem winzigen Clownauto steigen. Ja, mein Dad ist mit mir in den Zirkus gegangen.

»Du wirst sie morgen wiedersehen, Sophie. Das verspreche ich dir.«

Aber die Mühe hätte ich mir sparen können. Sophie schien nicht das geringste bisschen verstört.

Gemeinsam liefen wir die Stufen wieder hoch, bis ich keine Luft mehr hatte, zu laufen.

Die Tür stand offen, daher klopfte ich nur gegen den Türrahmen und trat ein. Paul stellte Bücher ins Bücherregal, zu beiden Seiten von Rachels Bild.

»Ich werde alles über meinen Vater aufschreiben«, erklärte ich.

Ich setzte mich hin, schrieb seinen Namen auf und Los Feliz, den Stadtteil von Los Angeles. Und dass ich das Datum nicht genau wusste, aber es wäre jetzt acht Jahre her, und es wäre im Sommer gewesen.

Als ich es ihm reichte, sagte er: »Dan. Wie mein Bruder.«

»Den Sie nicht leiden können.«

Darüber lachten wir beide ein bisschen.

Aber da verstand ich bereits mehr. Wie zum Beispiel, warum er seinen Bruder nicht mochte. Und warum er so glücklich gewirkt hatte, wenn er ihn besuchen ging. Na ja, ich wusste es nicht wirklich. Vielleicht hatte er jede Menge anderer Gründe, seinen Bruder nicht zu mögen. Aber selbst das eine schien irgendwie genug.

Ich dachte an Cathy. Dann hörte ich aber gleich wieder auf, an sie zu denken.

* * *

In der Nacht war es auf dem Campingplatz kalt. Ich wollte glauben, dass es die letzte Nacht im Freien war. Aber sicher war ich mir nicht. Meine Mutter hatte nur gesagt: »wenn«. Wenn das Trinkgeld an ihrem ersten Tag gut genug war. Außerdem war »letzte« irgendwie auch relativ. Das war das erste Mal, dass wir obdachlos waren. Ich war mir nicht wirklich sicher, ob es auch das letzte Mal sein würde.

Ich fand nicht so viel Schlaf, wie ich es gerne getan hätte.

* * *

»Okay, warte hier«, sagte ich zu meiner Mutter. »Ich komme mit dem Hund raus.« Ich schaute über meine Schulter zu Sophie. »Ich hole Är, Sophie. Und du kannst mitkommen.«

Ich lief die Straße entlang zu Pauls Haus und die ganze Treppe hoch.

Rigby hörte mich kommen und bellte. Und Paul öffnete die Tür, bevor ich noch oben ankam.

»Also, was haben Sie herausgefunden?«, fragte ich ihn, völlig außer Atem.

Es war beinahe vier Uhr nachmittags, und es war alles, woran ich gedacht hatte. Während meine Mutter arbeitete, hatte ich den ganzen Tag über nichts anderes zu tun gehabt, als mit Sophie auf dem Campingplatz herumzusitzen. Und zu warten. Und mir den Kopf zu zerbrechen.

Ich konnte an seinem Gesicht ablesen, dass er was wusste.

»Es war kein Raubüberfall«, sagte er.

»Das dachte ich mir schon.«

Ich hörte es mich sagen, aber meine Lippen fühlten sich taub an. Als ob, wer auch immer da gerade redete, nicht ich wäre. Und außerdem sagte, wer immer da redete, sie habe gewusst, dass es so sein würde. Obwohl die Wahrheit doch war, dass ich eigentlich damit gerechnet hatte, dass er sagen würde, er hätte nichts finden können.

»Ich habe eine Reihe Artikel als Bookmark gespeichert. Komm mit mir in mein Arbeitszimmer.«

Ich folgte ihm durch die Diele, als befände ich mich auf dem Weg zu meiner Hinrichtung. Rigby lief wedelnd neben mir her, schlug mir mit ihrem Schwanz gegen den Po. Ich sagte nicht »Aua«, weil ich zu sehr mit meinen inneren Schmerzen beschäftigt war.

Sein Büro war – bislang – nur ein hoher Holztisch mit einem Laptop darauf und einer ordentlichen Pyramide aus Schachteln in der Mitte des Bodens.

Der Computer machte mich nervös, und mein Kopf begann zu prickeln, wie es der eigene Fuß tut, kurz bevor er einschläft. Daher trat ich ans Fenster, das nach hinten rausging, und schaute hinaus. Man konnte die Berge sehen, mit Schnee darauf.

»Nette Aussicht«, sagte ich.

»Danke.«

Er tippte was auf seinem Laptop, vermutlich um zu suchen, was er vorher markiert hatte.

»Also war es nicht schwierig, was über ihn herauszufinden?«

»Nein, überhaupt nicht. Ich habe einfach seinen Namen eingegeben, und schon war alles da.«

»Sie haben eine Garage.«

Ich hatte schließlich meinen Blick von den Bergen losgerissen und schaute hinab auf das Grundstück. Ich wusste, es war seine Garage, weil sie blau war mit weißer Verzierung, wie das Haus auch. Aber sie war zwei Stockwerke hoch, als könnte jemand in dem Raum darüber wohnen oder arbeiten.

»Erscheint dir das seltsam?«

»Ja, irgendwie schon. Weil Sie ja keine Auffahrt haben. Ich meine, soweit ich es erkennen kann. Wie bekommen Sie Ihr Auto da hinein?«

»Ich habe eine Auffahrt. Sie ist nur so weit vom Haus entfernt, dass du vermutlich dachtest, es sei die Einfahrt von einem anderen Haus. Es ist ein riesiges Grundstück. Du bist nicht bereit dafür, oder?«

»Vielleicht schon. Vielleicht bin ich in einer Minute oder so so weit. Können wir diese Minute warten?«

»Natürlich. Lass dir so viel Zeit, wie du brauchst.«

Er kam zu den Fenstern, die nach hinten rausgingen, und stand da mit mir, und wir blickten zu dritt hinaus, bewunderten die Aussicht.

»Und was haben Sie mit dem Raum über der Garage vor?«

»Nein«, sagte er.

»Nein, was? Das war keine Ja-oder-nein-Frage.«

»Ich habe Nein zu dem gesagt, was du gedacht hast.«

»Was habe ich denn gedacht?«

»Tut mir leid. Vielleicht habe ich mich geirrt. Ich dachte, du wolltest mich fragen, ob ich ihn nicht vermieten möchte. Aber ich bin noch nicht bereit für die Wucht der ganzen Familie, Angie. Es tut mir leid. Ich brauche mehr Raum, als ich dann hätte.«

»Oh. Ach so. Das würde ich nie fragen.«

»Das war es nicht, was du meintest, oder?«

»Nein. Der Gedanke war mir gar nicht gekommen.«

»Entschuldige.«

Wir blickten eine Weile schweigend auf die Landschaft. Vielleicht waren es ein paar Sekunden, vielleicht aber auch

Minuten. Ich bin nicht sicher, dass ich in der Stimmung war, das eine von dem anderen zu unterscheiden.

»Weißt du«, sagte er, »ich könnte einfach die Bookmarks wieder löschen und so tun, als hätte ich diese Artikel nie gefunden.«

Ich atmete ein paarmal ein und aus, fragte mich, warum ich mich auf einmal atmen hörte, wo das doch noch nie zuvor der Fall gewesen war. Soweit ich es wusste.

»Ich denke nicht, dass ich so tun könnte, als hätten Sie sie nie gefunden.«

»Wenn es dir hilft, es steht im Grunde genommen gar nicht wirklich so viel drin. Sie sagen nichts darüber, warum er getötet wurde, weil das auch die Polizei nicht wusste. Entweder das, oder sie meinten, zu viele Einzelheiten würden die Ermittlungen behindern. Aber es wurde ihm nichts gestohlen. Und sie sind sich ziemlich sicher, dass er kein zufälliges Opfer war. Sie dachten, dass er seinen Angreifer kannte. Aber sie haben nichts darüber gesagt, warum sie das glaubten.«

»Ich wette, meine Mutter weiß mehr.«

»Vielleicht.«

»Ich kann sie aber nicht danach fragen.«

»Ich denke, früher oder später wirst du das.«

»Ist das wirklich alles, was es zu wissen gibt?«

Ein Schweigen, das ich nicht mochte.

»Nur, dass er nicht erschossen wurde.«

»Meine Mutter hat gesagt, das sei er.«

»Sie hat auch gesagt, es sei ein Raubüberfall gewesen.«

Mit einem Mal konnte ich nicht mehr schlucken. Es war so, als hätte ich einfach vergessen, wie man das macht.

»Wie wurde er getötet? Auf schlimme Weise, nicht wahr?« In meinem Kopf hörte ich Tante Vi sagen: *Ach, und auch noch ein so schrecklicher Tod.* »Nein, egal. Den Teil will ich gar nicht hören. Sagen Sie mir nichts darüber.«

»Okay, das werde ich nicht tun. Ich werde es nie wieder ansprechen.«

Wir standen einfach eine Weile lang da. Ich fühlte mich, als hätte ich mich in eine Statue verwandelt. Ich schaute immer noch aus dem Fenster, aber ich sah gar nicht, was ich vor Augen hatte.

Ich richtete den Blick wieder auf seine blau-weiße zweistöckige Garage.

»Also, was haben Sie mit dem Raum vor?«

»Da bin ich mir nicht so sicher. Ich könnte ihn als Büro nutzen. Aber dafür habe ich ja dieses Schlafzimmer auf der Rückseite. Außerdem bin ich jetzt in Rente. Warum sollte ich ein Büro brauchen? Einfach aus Gewohnheit, vermute ich. Ich könnte es natürlich vermieten, wenn ich das Geld brauchte. Aber das tue ich nicht. Wenigstens jetzt nicht. Es würde ein nettes Gästezimmer abgeben.«

»Vielleicht kommen Dan und Rachel mal zu Besuch.«

»Das bezweifle ich. Sie waren das Haus hier recht bald ziemlich leid. Oder wenigstens ging es Dan so. Daher habe ich es ihm auch abluchsen können.«

»Wenn Sie aber nicht arbeiten müssen, was werden Sie dann tun? Wie werden Sie die ganzen Tage füllen?«

»Na ja, lass uns mal sehen. Erst mal werden Rig und ich morgens aufstehen und in die Stadt gehen, uns eine Zeitung kaufen. Und einen doppelten Espresso. Und einen Muffin oder ein Scone, es sei denn, ich nehme zu viel zu. Und dann werde ich den halben Vormittag lang Zeitung lesen. Manchmal gehe ich auch an einem kühlen Gebirgsbach angeln oder an einem der Bergseen. Mir ein paar frische Forellen fürs Abendbrot fangen. Und dann lese ich die restlichen Bücher in meiner Bibliothek. Die, die ich schon zwanzig Jahre habe, für die ich aber nie Zeit hatte. Und vielleicht bringe ich auch wieder meine Holzwerkstatt auf Vordermann und stelle Regale und Tische her, wie früher. Und wenn mir langweilig ist, können Rig und ich eine Wanderung auf den markierten Wegen in den Bergen machen. Es muss nur ungefähr eine Milliarde davon geben, die innerhalb eines Radius von fünf Meilen von hier beginnen.«

»Das klingt himmlisch«, sagte ich.

»Ja, nicht wahr? Und ich musste dafür nur geschlagene fünfundvierzig Jahre in einem Job arbeiten, den ich gehasst habe.«

Ich vermute, ich hätte lachen sollen. Aber irgendwie fühlte es sich nicht komisch an. Es fühlte sich wie etwas an, das einfach nicht richtig war im Leben.

Daher sagte ich nichts.

»Geht's dir gut?«, fragte er.

»Hm. Ja, schon. Irgendwie. Ich habe das Gefühl, als würde ich schlafen. Aber ich bin okay. In gewisser Weise. Ich denke, ich muss mich kurz hinsetzen, ehe ich spazieren gehe. Meine Beine sind irgendwie ganz zittrig.« Da fiel es mir mit einem Mal wieder ein. »Oh, Mist. Ich kann mich nicht hinsetzen. Meine Mutter wartet im Auto mit Sophie auf mich, damit sie auf den Spaziergang mitkommen kann. Das hatte ich völlig vergessen. Sie muss schon ganz schön ungeduldig sein. Ich lege Rigby besser rasch die Leine an und gehe.«

Die Geschichte meines Lebens in zwei Sätzen:

Ich brauche Zeit, das alles zu sortieren.

Die habe ich aber nicht.

Das war eines dieser Muster, die immer wieder hochkamen. Jedes Mal, wenn es seine hässliche Fratze zeigte, gewann es. Ich hatte nie mehr Macht darüber als beim letzten Mal.

* * *

Meine Mutter ging mit Sophie auf die öffentliche Toilette am Campingplatz, als wir kamen, um unser Zeug zu holen.

Meine großartige Idee hatte ich nicht gleich am Anfang. Zuerst stand ich einfach da, lehnte am Auto. Als hätte ich Zeit totzuschlagen und wüsste nichts damit anzufangen.

Ich dachte nicht viel, aber ich erinnere mich, dass ich froh war, dass wir uns für die Nacht ein Motelzimmer leisten konnten. Ich war nie sonderlich dankbar gewesen für so einfache Sachen wie ein Bett und ein Dach über dem Kopf, aber in dem Moment schwor ich mir, dass ich das in Zukunft immer sein würde. Dann fragte ich mich, ob das überhaupt möglich war oder ob ich mich einfach irgendwie daran gewöhnen und es dann vergessen würde.

Das Nächste, was ich weiß, ist, dass ich plötzlich zum Zelt für unsere Sachen lief. Und ich wusste auch, was ich da wollte. Aber ich schwöre, das formte sich nicht wie eine Gedankenkette in meinem Kopf. Es ergab sich irgendwie einfach.

Ich ging mit geducktem Kopf hinein und fand die Kiste mit den Decken.

Mein Herz hämmerte, während ich mit der Hand unter verschiedenen Decken herumtastete, bis meine Finger gegen das Schmuckkästchen stießen. Ich schloss die Augen und atmete eine Sekunde lang. Aber nur eine Sekunde. Ich begann mir Sorgen zu machen, wie lange meine Mom und Sophie wohl noch brauchen würden und ob meine Mutter mich suchen kommen und mich dabei ertappen würde, wie ich das hier tat.

Erst wollte ich einfach das Kästchen insgesamt nehmen, entschied mich dann aber dagegen. Weil sie dann denken würde, sie hätte es beim Packen verloren. Sie würde einfach darauf warten, dass es wieder auftauchte. Aber wenn sie das Kästchen fand und es leer war …

Ich steckte die Hand in die Holzkiste, blind, ohne sie rauszunehmen. Ich schloss die Finger um das Portemonnaie, die

Uhr und den Ring, alles zusammen mit einem Griff. Ich zog sie raus und steckte sie mir in die Jackentasche.

Ich beugte mich aus dem Zelt und schaute nach meiner Mom, aber sie waren noch nicht auf dem Rückweg.

Daher machte ich rasch weiter.

Ich stopfte die Sachen meines verstorbenen Vaters in meine verschließbare Kiste.

Ich sah noch einmal hinein, ehe ich sie zusperrte. Zählte all das, womit ich mich noch nicht befassen konnte: die Nachricht von Nellie, »Das Tibetische Totenbuch«, die Wahrheit über meinen Vater. Ich zog die Hundertdollarnote aus meiner Jeanstasche. Meine Mom hatte einen Job und konnte uns versorgen. Ich konnte meinen Notgroschen behalten.

Ich warf das Geld mit in die Kiste, schlug den Deckel zu und schloss ab.

Ich stahl nicht die Sachen meines Vaters. Nur dass das klar ist. Diese Sachen gehörten rechtmäßig meiner Mutter. Und ich würde sie ihr zurückgeben. Sobald sie merkte, dass sie nicht mehr da waren. Sobald sie mir in die Augen sah und mir sagte, sie wüsste, dass ich sie hatte.

Dann konnte sie mir sagen, warum sie da waren. Sie würde das müssen. Ich würde nicht mal fragen müssen. Allein die Tatsache, dass ich wusste, wir hatten sie, war schon die Frage an sich.

Ja, ich weiß, es ist nicht so gut, wie wenn man in der Lage ist, den Mund aufzumachen. Aber das konnte ich einfach nicht. Ich konnte mich einfach nicht dazu bringen, es zu tun. Daher sorgte ich dafür, dass die Frage sich selbst stellte. Im Nachhinein armselig. Aber das war, wie ich es damals gehandhabt habe.

* * *

Die Wochen, die wir im Motel lebten, waren ruhig und sind in meiner Erinnerung irgendwie verschwommen. Ich vermute, weil jeder Tag in jenem Teil meines Lebens wie jeder andere war. Es gab nur eine Sache, die auffiel. Und selbst das war eigentlich nichts. Ich erzähle es nicht, weil es eine große Sache ist, sondern nur, weil es mir im Gedächtnis haften geblieben ist.

An einem Abend war ich bei Paul und sah ein Kartenspiel auf dem Couchtisch liegen. Schwer vorstellbar, warum es das tat, denn es gab niemanden hier, der mit ihm Karten hätte spielen können. Solitär war das Einzige, was als Antwort darauf Sinn ergab.

Er war in der Küche und machte uns beiden ein Sandwich.

Das Schlechte an dem Motel war, dass dafür jeder Cent draufging, den meine Mutter verdiente. Sie brachte uns Reste aus dem Restaurant mit, genug für eine Mahlzeit am Tag. Und ich aß gewöhnlich ein weiteres Mal bei Paul und sparte etwas für meine Schwester auf. Die gute Nachricht war, dass es weniger als eine halbe Meile von Pauls Haus entfernt war. Daher konnte ich jederzeit zu ihm gehen, solange meine Mutter zu Hause war und sich um Sophie kümmern konnte. Sie wartete nicht immer draußen im Auto auf mich.

Ich ging viel zu Paul. Das Motelzimmer war klein. Selbst für eine Person. Für drei Leute war es die Hölle.

Ich hatte eine ganze Weile keine Spielkarten mehr gesehen.

Es war seltsam, sie hier zu sehen, und ein Gefühl, das schwer zu beschreiben war. Wie eine alte Freundin, mit der man sich gezankt hat und die man nicht mehr sieht. Und dann ist sie mit einem Mal da, und man denkt sich: Was macht *die* denn hier? Als ob man wütend wäre, aber gleichzeitig auch irgendwie gekränkt. Was man jedoch vielleicht nicht zugeben will.

Ich starrte die Karten eine lange Weile an.

Dann holte ich sie aus der Schachtel und begann daraus ein Haus zu bauen.

Anfangs nur ein ganz einfaches, aber schon bald beschloss ich, ihm drei Stockwerke zu geben.

Dann habe ich mich wirklich reingesteigert und darüber irgendwie meine Umgebung vergessen, wie ich es immer schon getan habe.

Mit einem Mal hatte ich fast keine Karten mehr, wollte aber nicht aufhören. Ich meine, ich wollte *wirklich* nicht aufhören. Es war, als sei es mir wieder ins Blut gegangen und unter die Haut, und ich brauchte dringend mehr Karten. Und zwar schnell.

Ich war so darin versunken, dass ich gar nicht merkte, dass Paul neben mir stand mit zwei Sandwiches auf Tellern. Ich konnte die geräucherte Truthahnbrust riechen, und ich hatte noch kein Frühstück gehabt. Aber trotzdem waren alles, was ich wollte, mehr Karten. Mehr riskante Manöver.

»Wow«, sagte er. »Das kannst du aber gut.«

»Ich hab's seit Jahren nicht mehr gemacht.«

»Es muss so was wie Fahrradfahren sein.«

»Das hier ist nichts. Früher habe ich ganze Ranches gebaut, mit Wohngebäude, Scheune, Stall und Koppeln ...«

»Warum?«

»Einfach nur, um die Zeit totzuschlagen, denke ich.« Ich platzierte die letzte Karte, und alles blieb stehen. Aber es gab nichts mehr weiter damit zu tun. »Mein Vater war gerade erst gestorben, und ich vermute, ich brauchte was, in das ich mich hineinsteigern konnte.«

»Tut mir leid. Ich glaube, das klang grob. Ich habe mich nur gefragt, warum Leute so was tun. Du weißt schon. Sachen, die ...«

Rigby trottete herbei, und ihr Schwanz schwang hin und her. Paul und ich sahen, was gleich passieren würde. Aber er hatte noch in jeder Hand einen Teller, und ich traute mich nicht, über das Kartenhaus nach ihr zu fassen. Selbst die Luftbewegung eines ausgestreckten Arms reichte aus, um alles zum Einsturz zu bringen.

»Rigby, nein!«, befahl er.

Sie erstarrte, ihre Nase, aus der Atem kam, keine zwei Fuß von meiner Konstruktion entfernt, und sie sah ihn an mit einem Gesichtsausdruck, der, das schwöre ich, unendlich verletzt war. Ich vermute, sie war es nicht gewohnt, angeschrien zu werden. Da sie nie etwas falsch machte.

»Gutes Mädchen«, lobte Paul. »Bleib.«

Das tat sie.

Aber sie setzte sich nicht hin. Weil ihr das niemand gesagt hatte. Sie stand da, wedelte mit ihrem riesigen Schwanz, und ungefähr beim dritten Mal machte sie genug Wind.

Ich sah eine Karte im zweiten Stock umfallen, und dann war da dieser Moment. Der erstarrte Sekundenbruchteil. Er ist so kurz, dass man sich einreden kann, man hätte es sich nur eingebildet, aber ich habe schon vor Langem entschieden, dass ich es anders machen und mir einreden werde, ich hätte das nicht getan.

Karten flogen überallhin, manche landeten auf dem Holzparkett.

»Das tut mir leid«, sagte er.

»Das macht nichts. Es ist nichts. Geben Sie ihr nicht das Gefühl, sie hätte etwas Schlimmes gemacht. Es fällt ohnehin früher oder später in sich zusammen. Das tun sie alle.«

Ich schob die Karten auf dem Tisch zusammen und bückte mich dann nach denen, die auf dem Boden gelandet waren.

»Ich glaube, das ist es, was ich eben sagen wollte«, erklärte Paul. »Aber ich bin mir nicht sicher, weil es kein klarer Gedanke war. Ich denke, ich habe mich immer wegen Sachen wie Kartenhäusern und Sandburgen gewundert. Und Eisskulpturen. So viel Zeit auf etwas zu verschwenden, was ohnehin nicht von Bestand ist.«

Ich setzte mich auf die Couch und zählte die Karten schnell durch. Einundfünfzig.

Ich ließ mich auf alle viere fallen und fischte die letzte unter dem Sofa hervor. Die Herzkönigin. Das fühlte sich bedeutsam an, aber es war vermutlich nur dumm von mir.

»Ich sehe das so«, sagte ich und steckte das Kartenspiel wieder in die Schachtel. »Ich denke, das stimmt für alles. Man wird geboren, baut sich all das Zeug. Kauft Häuser und Autos und spart Geld. Dann stirbt man, und alles fällt in sich zusammen.«

»Nicht immer. Wie ist es mit dem Bau einer Brücke? Die bleibt stehen.«

»Vielleicht noch für eine Weile, nachdem man tot ist. Aber nicht für alle Ewigkeit. Früher oder später wird jemand entscheiden, dass sie unsicher ist, und dann wird sie eingerissen, an ihrer Stelle eine neue errichtet. Baut man ein Haus, wird es irgendwann verschwunden sein. Vielleicht dauert es hundert Jahre, aber irgendwann wird es weg sein. Bei Kartenhäusern geht das nur schneller, das ist alles.«

Er setzte sich ebenfalls auf die Couch und stellte unsere Sandwiches auf den niedrigen Tisch davor. Ich nahm einen großen Bissen von meinem. Mein Magen war so leer, dass er sich verzog, als das Essen in ihm ankam. Aber es war ein gutes Sandwich. Es war immer schwer, die eine Hälfte für Sophie aufzuheben, weil ich immer Hunger auf das Ganze hatte … und mehr. Aber ich tat es jedes Mal.

»Das ist eine deprimierende Theorie«, sagte er.

»Nicht wirklich. Ich meine, nicht in meinem Kopf. In meinem Kopf ist es genau anders. Manche Leute tun nie etwas, weil sie solche Angst haben, dass es keinen Bestand hat. Sie lassen sich von der Tatsache entmutigen, dass nichts von Dauer ist.

Dann sind da die Mutigen, die trotzdem lauter Sachen tun. Ich will eine von ihnen sein. Darum baue ich Kartenhäuser. Oder das war, warum ich es getan habe. Ehe Sophie kam. Oder vielleicht auch zum Teil deswegen, weil es das Letzte war, was ich zusammen mit meinem Vater getan habe, ehe er umgebracht wurde. Aber das ist nur ein Teil davon. Der andere ist das, was ich eben gesagt habe.«

Ein paar Minuten lang aßen wir schweigend. Ich verzehrte meine Hälfte des Sandwiches mit drei weiteren Bissen. Es war gut, solange es dauerte.

Wie alles, würde ich sagen.

Dann bemerkte er: »Bist du dir sicher, dass du nicht doch ein vierzigjähriger Zwerg bist?«

»Glauben Sie mir: Es gibt Teile von mir, die sind absolut vierzehn.«

»Die merkt man aber nicht.«

»Gut«, erwiderte ich. »Dann funktioniert es noch.«

* * *

Ich sah das Kartenspiel in dem Jahr vielleicht noch zehnmal auf seinem Couchtisch liegen. Aber ich öffnete die Schachtel nie wieder.

Teil 2

Der Teil, als ich fünfzehn war

Kapitel 1

Fischverdiener

Aus Gründen, die ich im Nachhinein nicht erklären kann, rechnete ich mit größerem Trara.

Es war der erste Tag meiner Sommerferien. Ein ganzes Jahr an einer neuen Schule. Was, ehrlich gesagt, viel schwerer war als in der alten. Weil es eine kleine Schule war. An riesigen Schulen kam ich bestens zurecht. Auf einer Highschool mit insgesamt dreihundert Schülern in allen vier Klassenstufen war es nicht möglich, einfach unterzutauchen.

Es war unvermeidlich, dass sie mich, aus der Nähe betrachtet, etwas merkwürdig fanden.

Sophie und meine Mutter saßen am Frühstückstisch. Meine Mutter schob sich Reis mit Bohnen, die vom Abendessen gestern übrig waren, in den Mund. Sophie saß vor ihr und war völlig in die Betrachtung von irgendetwas versunken. Ich hatte keine Ahnung, was es war. Etwas in der Luft. Etwas, worauf ich nie kommen würde.

Wir waren in einer neuen Wohnung. Es war eine Art Ferienhaus. Mit nur einem Schlafzimmer und unvorstellbar klein.

Allerdings war meine Mutter nett genug, sich das Schlafzimmer mit Sophie zu teilen und mir die Ausziehcouch zu überlassen. Das hört sich nach nichts Besonderem an. Und das war es auch nicht. Aber wenigstens verlangte sie nicht, dass ich mir mit meiner Schwester das Wohnzimmer teilte.

Mir ist die Größe oder wie schick die Einrichtung von meinem Zimmer ist, herzlich egal. Ich bin da nicht wählerisch. Solange ich etwas habe, das mir gehört.

Ich setzte mich an den Tisch.

»Frühstück?«, fragte meine Mutter.

Sie klang, als schliefe sie noch.

Ich wusste, es war zwecklos, sich zu große Hoffnungen zu machen, aber ich dachte, sie sollte sich vielleicht für mich freuen. Sie wusste, es war der erste Tag von meinen Sommerferien. Ich fühlte mich so, wie ich mir vorstellte, dass Paul es getan hatte, als er mir erzählt hatte, was er in seinem Ruhestand alles tun wollte, nachdem er sich fünfundvierzig Jahre dafür abgeschuftet hatte.

Ich wollte eine kleine Fanfare. Teufel, ich erwartete praktisch eine Parade.

»Übrig gebliebene Bohnen und Reis zählen kaum als Frühstück«, bemerkte ich.

»Ich fürchte, es ist das oder nichts.«

»Dann nichts.«

Keine Antwort. Kein Interesse.

Ich schaute zu Sophie, die nonverbal mit etwas zu kommunizieren schien, das über dem leeren Platz am Frühstückstisch schweben musste.

»Wie ich sehe, hat sich Sophie auch für nichts entschieden.«

Immer noch keine Erwiderung.

Nachdem meine Mutter die Miete für das Haus bezahlt hatte, blieb uns praktisch kein Geld mehr übrig. Sie ging zur Arbeit und wieder zurück, weil wir uns das Benzin nicht leisten konnten. Sie hatte eine Riesentüte Reis und fünf Pfund getrocknete Bohnen gekauft, und damit mussten wir bis zum nächsten Zahltag auskommen. Ich hatte Reis und Bohnen von Herzen satt. Beim Lohnscheck davor waren es Nudeln gewesen. Und ich hatte auch Nudeln von Herzen sattgehabt.

»Wenigstens bekommt sie in der Schule was zu Mittag«, sagte ich. »Das bekommt sie doch auch im Sommerschulprogramm, oder?«

»Was?«

»Schulessen. Für Sophie. Sie bekommt was in der Schule, auch im Sommer, oder?«

»Natürlich. Was denkst du denn? Dass sie Kinder in der Förderschule einfach den Sommer über hungern lassen?«

»Bitte entschuldige, dass ich danach gefragt habe«, sagte ich halblaut. Dann blickte ich hinüber zur Uhr an der Mikrowelle. »Sie ist schon spät dran. Der Bus wird jeden Moment hier sein.«

Der Kopf meiner Mutter ruckte hoch. Sie schaute ebenfalls auf die Uhr.

»Oh, Scheiße!«

Dann hielt sie sich mit einer Hand den Mund zu und schaute zu Sophie. Warum sie sich Sorgen machen sollte, dass Sophie schlimme Wörter aufschnappte, konnte ich mir nicht vorstellen. Sophie hatte nie irgendwelche Wörter aufgeschnappt, in den ganzen sieben Jahren nicht. Außer »Är«. Und das hatte was mit extremer Motivation zu tun. Es würde sich so schnell nicht wiederholen.

Meine Mutter rannte ins Schlafzimmer, war eine Minute später mit Sophies Socken und Schuhen wieder da.

»Ich gehe spazieren«, verkündete ich.

Keine Antwort.

Ich blieb an der Tür stehen und schaute zurück. Meine Mutter war auf ihren Knien auf dem Teppich, zog Sophie die Sneakers an.

»Mir auch noch fröhliche Ferien«, sagte ich. Fragte mich, während ich es sagte, warum ich es eigentlich tat.

»Du scheinst von ganz allein schon fröhlich genug zu sein«, erwiderte sie. »Ich denke, du brauchst dabei keine Hilfe von mir. Was gut ist, weil ich einen bescheidenen Morgen habe.«

Ich seufzte und ging hinaus. Ich hatte die Tür noch nicht hinter mir geschlossen, als ich Mr Maribal in die lange Einfahrt einbiegen sah. Mr Maribal war der Fahrer des Schulbusses zur Förderschule des Bezirks. Er machte den Eindruck eines geduldigen Mannes, aber manchmal fragte ich mich, ob das nur von außen so schien.

Gewöhnlich hupte er. Aber da er mich sah, winkte er nur.

Ich steckte meinen Kopf ins Haus.

»Der Kleinbus ist da.«

»Warum hupt er nicht?«

»Weil er gesehen hat, dass ich ihn gesehen habe.«

Sie kam zur Tür gestürmt, schubste mich fast aus dem Weg. Blickte auf die Einfahrt.

»Schön, dass du mir glaubst«, bemerkte ich.

Sie winkte Mr Maribal zu und sagte zu mir: »Bring sie hin, wenn du ohnehin spazieren gehen willst, ja? Ich muss mich für die Arbeit fertig machen.«

»Sophie«, sagte ich. »Komm schon, der Bus ist da. Lass uns gehen.«

Nichts.

Nicht, dass ich viel erwartet hätte. Ich meine, es war schließlich Sophie. Die Vorstellung, in den Kleinbus zu steigen und zur Schule zu fahren, schien für sie okay zu sein. Aber das hieß nicht, dass sie auf eine bloße Aufforderung hin reagierte.

Ich ging zurück zum Tisch und nahm sie an der Hand.

Früher hätte sie sie zurückgerissen. Aber sie war ruhig, seit wir hierhergekommen waren. Und sie hing besonders an mir, weil ich für sie die Verbindung zu Är war.

Ich führte sie aus dem Haus und die Einfahrt entlang. Hinter uns hörte ich die Tür zuknallen.

»Sie hat schlechte Laune«, teilte ich Sophie mit, die natürlich nicht weiter auf mich achtete.

Mr Maribal war schon ausgestiegen, als wir an dem Kleinbus ankamen, öffnete die Seitentür. Es war im Grunde genommen einfach ein normalgroßer Van, wie ihn eine Familie mit mehreren Kindern fahren würde. Es gab im gesamten Bezirk nur sieben Kinder, die in die Förderschule gingen.

Ich hob Sophie in ihren Sitz, steckte dann den Kopf nach hinten in den Wagen, während Mr Maribal sie anschnallte. Er kümmerte sich gerne selbst um die Sicherheitsgurte. Er hatte ein ausgeprägtes Verantwortungsgefühl. Oder Angst. Oder sonst was.

»Guten Morgen, Reggie«, sagte ich. »Guten Morgen, Ellen.«
Wir waren der dritte Halt.

»Guten Morgen«, erwiderte Reggie. »Guten Morgen, guten Morgen, guten Morgen. Weißt du, was ich gesehen hab? Es war … äh. Weißt du, was es war? Ich hab's gesehen. Heute Morgen. Eben gerade. Es war …«

»Was denn, Reggie?« Ich versuchte, ermutigend zu klingen.

Ich war mir nie sicher, was er hatte. Vermutlich war er auch autistisch, aber vielleicht hatte er auch eine geistige Behinderung. Ich wusste nur, dass er das genaue Gegenteil von Sophie war, wenn es ums Reden ging.

»Das hab ich vergessen«, erwiderte er.

Mr Maribal schob die Vantür mit einem befriedigenden Rums zu.

»Tschüss, Sophie«, sagte ich.

Nichts. Aber andererseits das, was ich erwartet hatte.

Reggie fing an mit seinem »Tschüss, Sophies Schwester! Tschüss! Wir fahren jetzt zur Schule! Bis morgen, Sophies Schwester!«

Ich winkte, bis sie fort waren, dann ging ich den Rest des Weges die Auffahrt hinunter und dann wieder bergan auf dem Weg in die Stadt. Es war schwer, denn ich war hungrig. Wie gewöhnlich. Das machte es schwer, viel Energie aufzubringen.

Ich überlegte, dass es angenehm wäre, wenn Sophie mehr redete, wie Reggie, weil ich mich ihr mehr verbunden fühlen würde. Dann aber entschied ich, dass es eine der Sachen war, die für eine oder zwei Stunden nett wären, und dann für den Rest der Ewigkeit schrecklich.

Ich war mir nicht sicher, warum ich in die Stadt ging. Verstandesmäßig war mir klar, dass ich nach dem suchte, was Paul beschrieben hatte. In die Stadt gehen und Zeitung lesen, einen doppelten Espresso trinken und vielleicht dazu noch ein Scone oder so bestellen. Aber Paul hatte Geld im Portemonnaie.

Dennoch war ich entschlossen, etwas von dem zu tun, was er beschrieben hatte. Vielleicht konnte ich ja ins Café gehen und wenigstens in der Lokalzeitung blättern.

Ein Auto fuhr neben mir, wurde langsamer, blieb fast stehen.

Ich hörte: »Einen schönen ersten Ferientag.« Ich erkannte seine Stimme sofort.

Rigby steckte den Kopf aus dem Fenster hinten. Ich ging zum Auto und legte ihr meine Arme um den riesigen Kopf, küsste sie zur Begrüßung. Dann trat ich zum Fenster auf der Beifahrerseite vorne, das er runtergelassen hatte, und legte die Arme drüber.

»Ich habe heute den ganzen Morgen drauf gewartet, dass meine Mutter so was zu mir sagt. Schien mir nicht zu viel verlangt.«

»Ist aber nicht passiert, was?«

»Nein.«

»Wo willst du hin?«

Ich seufzte. »Ich hab wirklich keine Ahnung. Ich wollte einen Ferientag haben, daher gehe ich in die Stadt. Wie du das immer morgens tust. Aber ich habe kein Geld für Gebäck und Espresso, daher ist es irgendwie ein Witz. Ich versuche also, mir diesen Morgen anders und gut zu machen, vermute ich. Was ist mit dir? Ich dachte, du gehst jeden Morgen zu Fuß in die Stadt. Wo willst du hin?«

»Wir sind schon auf dem Rückweg. Rigby und ich waren heute im Morgengrauen angeln.«

»Oh, schön. Und, was gefangen?«

Er griff nach einem seltsam geformten Weidenkorb mit Deckel. Er stand auf einer blauen Plane auf der Beifahrerseite unten im Fußraum und hatte einen ledernen Schulterriemen. Ein weiterer Riemen, der den Deckel zuhalten sollte, war ebenfalls aus Leder. Aber er war nicht geschlossen. Paul hob den Deckel. Drinnen lagen fünf wunderschöne Fische, silbrig mit schimmernden Bäuchen und Regenbogenfarben an den Seiten. Sie lagen neben- und übereinander völlig reglos da.

»Forellen?«

»Ja, Regenbogen.«

»Was hast du mit ihnen vor?«

»Das ist eine komische Frage. Ich werde sie essen. Ziemlich genau gleich jetzt.«

»Zum Frühstück?«

»Du gehst nicht viel zelten, was?«

»Nein, nicht wirklich.«

»Es ist das klassische Frühstück beim Campen. Frisch gefangene Forellen, über einem offenen Feuer zubereitet. Weil die Morgen- und die Abenddämmerung die beste Zeit zum Forellenfischen sind. Ich würde dich ja einladen, dir anzusehen, was ich meine, aber du hast vermutlich bereits was gegessen.«

»Genau genommen nein.«

»Du hattest keinen Hunger?«

»Ich bin halb verhungert. Das bin ich immer. Das Frühstück war nur so schrecklich, dass ich mich nicht überwinden konnte, was zu essen.«

»Dann steig ein. Dir steht ein wahres Festmahl bevor. Pass auf, dass du nicht auf den Fisch trittst.«

Ich nahm den Korb auf den Schoß, während er fuhr. Nur zur Sicherheit.

Einmal hob ich den Deckel an und schaute hinein. Die großen glasigen Augen starrten ins Nichts. Ich fand es traurig, dass sie erst heute Morgen frei und unbeschwert im See oder Bach geschwommen waren und geglaubt hatten, alles sei in bester Ordnung. Dass es einfach ein toller Tag sei, wie jeder andere Tag auch, und dann passierte so was.

Andererseits, alle mussten was essen. Und ich auch.

* * *

Der Fisch war noch im Ganzen, als Paul ihn sorgfältig mit einem Pfannenwender auf meinen Teller lud. Er hatte die Forellen nur ausgenommen, unter fließendem Wasser gewaschen und dann vorsichtig mit einem Papiertuch trocken getupft, ehe er sie mit Olivenöl einstrich und unter den Grill legte.

»Starrt er mich die ganze Zeit so an, während ich ihn esse?«

Genau genommen war das Auge auf dem Grill milchig weiß geworden. Aber es war immer noch ein Auge. Auf meinem Teller. Und auf mich gerichtet.

»Tut mir leid, ich hab vergessen, dass du das noch nie gemacht hast. Warte mal …«

Er nahm eine Gabel und ein Steakmesser, machte einen raschen Schnitt, der das gesamte obere Filet vom Rest der Forelle trennte, und ließ es auf meinen Teller gleiten. Dann nahm er den Schwanz zwischen die Finger und hielt das untere Filet mit der Gabel an genau der richtigen Stelle fest. Das gesamte

Fischskelett wurde angehoben, und der komplette Kopf mit. Sodass nur die beiden perfekten, dampfenden Filets auf meinem Teller übrig blieben.

Es war ein großer Fisch, vielleicht dreißig oder fünfunddreißig Zentimeter lang mit Kopf und Schwanz. Es war mehr Essen, als ich in einer langen Zeit – für mich allein – auf einem Teller angerichtet gesehen hatte.

»Danke. Es ist komisch, wenn einen etwas, das man isst, anschaut.«

Er hatte einen Mülleimer in der Küche, der aufging, wenn er auf ein Pedal trat. Ich verfolgte, wie er das Fischskelett darin versenkte. Es erinnerte mich an die Zeichentrickfilme, die ich als Kind gesehen habe. Wie das, was die Cartoon-Straßenkatzen immer aus dem Müll zogen.

»Unter dem Grill im Ofen ist es nicht dasselbe«, sagte er. »Ich denke darüber nach, mir einen für draußen zu besorgen. Aber selbst mit Gas ist es nicht das Gleiche wie mit einem Holzfeuer. Mir fehlt das Camping. Ein Teil von mir würde es am liebsten noch mal tun, aber ich bin zu alt, um auf dem Boden zu schlafen.«

Er ging wieder zurück zum Herd, um sich sein Frühstück aufzutun.

Es roch einfach himmlisch. Mein Magen verkrampfte sich und knurrte.

»Was ist mit einem Feldbett?«

»Ja. Vielleicht. Dennoch, ich denke, Rigby ist auch zu alt, um noch auf dem Boden zu schlafen. Langsam bekommt sie Arthritis. Ich musste ihr schon Medikamente besorgen.«

»Das wusste ich nicht.«

»Na ja, ich hab es nicht an die große Glocke gehängt. Ich weiß, keiner von uns will, dass sie alt wird. Aber worauf wartest du? Fang an.«

»Ich wollte nicht unhöflich sein.«

»Unsinn. Iss, bevor es kalt wird. Achte auf kleine Gräten. Oh. Hier sind Salz und Pfeffer.«

Ich drückte meine Gabel mit der Kante auf das Fischfilet, aber es war schon vorher klar, dass es bei der leisesten Berührung auseinanderfallen würde. Dass ich einen Bissen einfach abstreifen konnte. Das tat ich. Ich steckte ihn mir in den Mund. Halb aufgeregt, halb nervös.

Der Geschmack explodierte förmlich auf meiner Zunge. Und dennoch war es nicht zu fischig. Es war fluffig, wie eine Wolke. Es war das Beste, was ich je in meinem Leben gegessen hatte. Das schwöre ich. Das ist nichts, was man einfach so sagt. Ich dachte an Pizza und das Steak, das meine Mutter von ihrer alten Arbeit im Restaurant mitgebracht hatte. Und die Shrimps, die ich mal auf einer Party bekommen hatte. Die waren nichts. Verglichen mit dieser Forelle schmeckten sie wie Pappe.

Ich nahm mir Salz und Pfeffer und salzte leicht. Nahm einen weiteren Bissen.

Sogar besser als perfekt.

Paul setzte sich mit seinem Frühstück hin. »Und? Wie ist es?«

»Ich denke, ich bin gestorben und in den Himmel gekommen.«

»Tut mir leid, wenn das jetzt kommen muss: Das habe ich dir ja gesagt.«

»Wo ist Rigby? Es überrascht mich, dass sie der Geruch nicht anlockt.«

Er deutete in eine Richtung.

Rigby saß in der Ecke, verzehrte säuberlich ihre eigene Portion Fisch.

»Sie bekommt ihren eigenen Fisch. Das ist eine Art Tradition bei uns. Wenn ich mehr als einen fange, bekommt sie ihren eigenen.«

Ich wollte etwas erwidern, aber ich wollte auch nicht aufhören zu essen.

So saßen wir schweigend da und aßen, eine gefühlte kleine Ewigkeit. Ich versuchte mich dazu zu ermahnen, langsamer zu machen. Das Essen gab mir das Gefühl, real zu sein. Als sei ich im Zimmer, auf eine Weise, wie es nicht ging, wenn ich hungrig war. Als ob ich vollkommen in meinem Körper wäre und das zur Abwechslung mal ein guter Ort sei.

Paul sprach als Erster: »Hat Sophie auch Ferien?«

»Nein, es gibt ein Sommerschulprogramm für die Kinder von der Förderschule. Gott sei Dank. Sonst könnten die Eltern gar keinen normalen Job ausüben. Oder in meinem Fall würde ich gar keine Ferien haben.«

»Geht es ihr immer noch gut da?«

Ich biss auf meine erste kleine Gräte, trennte sie mit der Zunge von dem guten Zeug und zog sie mit den Fingern aus meinem Mund.

»Also, soweit wir es sagen können, stört es sie nicht, hinzugehen. Ich denke, es ist ein viel besseres Programm für sie als das in der alten Vorschule. Sie hat es gehasst, zur alten Schule zu gehen. Aber das war auch, bevor sie Rigby getroffen hat.«

Als sie mich ihren Namen sagen hörte, legte Rigby ihren Kopf auf meinen Oberschenkel. Was immer komisch war, weil sie sich dazu runterbeugen musste. Vermutlich war sie mit ihrem Fisch fertig.

»Das ist nicht fair, Rigby«, sagte Paul. »Du hattest deinen schon.«

Sie verzog sich ins Wohnzimmer, wirkte ein wenig beschämt. Sogar von hinten.

»Bringst du mir das Angeln bei?«

Es überraschte uns beide. Ich hatte gar nicht gewusst, dass ich das fragen wollte.

»Das wundert mich«, sagte er. »Du machst auf mich nicht den Eindruck, der Anglertyp zu sein.«

»Mich wundert es auch. Weil ich wirklich kein Anglertyp bin. Aber ich bin ein Esstyp. Und das hier ist das Beste, was ich seit langer Zeit gegessen habe. Na ja. Überhaupt jemals. Und du musstest es nicht kaufen. Du bist einfach gegangen und hast eine Angelschnur ins Wasser geworfen, in einen See oder einen Bach, und schon war das Frühstück da. Und es war umsonst.«

Er lachte, eine Art Lachen durch die Nase. Ich wusste nicht genau, warum er das tat.

»Umsonst. Lass uns mal sehen. Fünfundvierzig Dollar im Jahr für die Angelerlaubnis. Vermutlich knapp tausend für ein halbes Dutzend Angelruten mit Rollen. Schwimmer, Haken, Bleigewichte, Lebendköder, Lachseier und Leinen. Das teilt man durch die Anzahl der Fische, die ich damit gefangen habe, und man kommt auf ungefähr fünfzig Dollar pro Frühstück. Andererseits werde ich in den nächsten Jahren ja noch mehr fangen. Dann lande ich vielleicht irgendwann bei zehn pro Fisch.«

»Oh. Ich wusste, das war zu gut, um wahr zu sein. Alles, was so gut ist, muss einen Haken haben. Sorry wegen des Kalauers.«

»Nun, nicht notwendigerweise. Vielleicht für dich nicht. Du brauchst keine Angelerlaubnis.«

»Warum nicht?«

»Sechzehn und älter.«

»Oh. Dann habe ich ja noch ein Jahr kostenloses Fischen vor mir. Bis auf ...«

»Und die Tatsache, dass ich ein halbes Dutzend Angelruten habe, bedeutet, dass ich dir eine leihen kann. Ich gebe dir ein paar Haken und etwas Schnur. Wenn du die verlierst, ist das nicht so teuer.«

»Also wirst du es mir beibringen?«
»Gewiss doch.«
»Wann?«
»Was hast du heute vor?«
»Heute? Aber du warst ja heute schon angeln.«
»Ja, und? Du vergisst, ich bin Rentner.«
»Ja, schon, aber macht es dir denn zweimal am Tag Spaß? Außerdem hast du doch gesagt, die Morgendämmerung ist am besten.«

»In Bächen, ja. Da ist das Wasser ganz flach, und da ist es am besten, wenn es draußen fast noch dunkel ist. Gerade genug Licht, dass sie den Köder sehen. Nicht so hell, dass sie deine Bewegung am Ufer erkennen. Oder dass die Sonne auf der Schnur im Wasser glitzert. Aber wir könnten zu einem der kleinen Teiche fahren, die aus den Gebirgsbächen gespeist werden. Da tummeln sich Bachforellen zuhauf. Während des warmen Teils des Tages tauchen sie in tiefes Wasser ab, aber die Teiche sind so flach, dass man bis zur Hüfte hineinwaten und die Angel an die tiefste Stelle auswerfen kann.«

Da wurde ich aufgeregt, denn hüfttief im Wasser zu stehen und mir mein Abendessen zu fangen, klang nach einer echten Sommerferienbeschäftigung. Beinahe so gut wie Pauls Ruhestand.

Ich hätte nicht nur einen tollen Sommer, ich würde vielleicht sogar regelmäßig etwas zu essen bekommen. Meine ganze Familie würde regelmäßig etwas zu essen bekommen.

Durch mich.

Im Geiste sah ich, wie Reis und Bohnen ins Vergessen entschwanden.

* * *

»Ich könnte mir eigentlich sogar selbst Angelzeug kaufen«, sagte ich. »Ich habe ein wenig Geld gespart, von dem niemand weiß.«

Er holte eine Angel aus dem Kofferraum und reichte sie mir. Ich ließ sie durch die Luft sausen, vor und zurück, und sie war erstaunlich flexibel. Man konnte sie fast in der Mitte umbiegen. Ich berührte die Schnur. Hielt sie zwischen meinen Fingern. Sie war durchsichtig und so dünn, dass sie fast so fein war wie ein Menschenhaar. Na ja, nicht wirklich. Aber wirklich dünn. Ich dachte an den Fisch auf meinem Teller vor ungefähr einer Stunde. Seine Größe. Ich wunderte mich, warum er sie nicht hatte zerreißen können. Schließlich war es um sein Leben gegangen.

»Dazu war sicher einige Willenskraft notwendig«, sagte er.

Er schlug den Kofferraumdeckel zu.

Wir standen da am Teich, Paul in seinen wasserdichten Anglerhosen, ich in T-Shirt, Sneakers und abgeschnittenen Jeans. Er hatte eine Plastikschachtel in einer Hand, eine Rute und ein Netz in der anderen. Der Korb, den man, wie ich herausfand, passenderweise Fischkorb nannte, hing über seiner Schulter.

»Wozu ist Willenskraft notwendig?«

Ich hatte vergessen, worüber wir redeten.

»Geld zu haben, es aber nicht auszugeben. Wo ich schließlich weiß, du hättest mehr und besseres Essen gut gebrauchen können.«

»Ich hoffe, es sieht nicht komisch aus, wenn ich bei dir gegessen habe, obwohl ich Geld hatte.«

»Nein, gar nicht. Es hätte nicht lange gereicht, wenn du es benutzt hättest, oder?«

»Genau. Das ist genau der Grund, warum ich es nicht getan habe. Weil es einfach verbraucht worden wäre, und unsere Probleme wären immer noch da gewesen. Früher habe ich meiner Mutter den Großteil des Geldes gegeben, das ich hatte, wie als du mich bezahlt hast, damit ich mit Rigby spazieren gehe. Aber das hat unser Problem nie gelöst. Unser Problem löst sich nur, wenn meine Mutter mehr Geld verdient oder wir eine Wohnung finden, die weniger kostet. Wenn ich ihr meine hundert Dollar aushändigte, würden wir ein oder zwei Wochen besser essen, und dann wäre es fort. Und im Grunde hätte ich ihr dann nur dabei geholfen, die Probleme nicht grundlegend zu lösen. Ich glaube immer, wenn die Lage schlimm genug wird, dann wird sie sich was einfallen lassen. Aber bislang ist nichts passiert. Das hier hingegen könnte das Geld wirklich wert sein.«

»Heb dir deine hundert Dollar weiter auf. Ich werde dir geben, was du brauchst, um anzufangen. Ich habe genug Angelausrüstung für den Rest meines Lebens. Wenn dir die Haken ausgehen oder du eine neue Spule Schnur brauchst, dann hast du bis dahin ein Dutzend Essen auf den Tisch gebracht. Sag ihr, sie soll ein paar Dollar in den Brotverdiener investieren.«

»Fischverdiener«, verbesserte ich ihn.

»Fischverdiener. Ja. Aber bilde dir nicht zu viel ein. Du hast bislang noch nichts gefangen. Du musst noch eine Menge lernen.«

* * *

Paul beugte sich dichter zu mir und flüsterte: »Ich spüre, wie endlich was an meinem Köder knabbert. Wie ist es bei dir?«

Es ist wichtig, in der Nähe von Fischen still zu sein. Oder wenigstens bei Forellen. Sonst erschrecken sie und ziehen sich woandershin zurück. Wir hatten gefühlt mindestens eine Stunde still im See gestanden.

»Nein«, flüsterte ich zurück.

Ich verspürte einen gewissen Neid, weil er Knabbern an seiner Angel hatte. In mir begann der Verdacht zu reifen, dass dieses ganze Geangel nicht so toll war, wie man meinen könnte.

Ich stand bis zum Rand meiner reichlich kurzen abgeschnittenen Jeans im Wasser. Ich hatte Sneakers an, weil der Teichgrund glitschig und schlammig war. Sie würden wieder trocknen.

Ich schaute über meine Schulter zu Rigby, die am Ufer im Schatten lag. Sie hatte sich nicht gerührt. Sie war kein bisschen beunruhigt, weil wir wo waren, wo sie nicht hinwollte. Man sah ihr an, dass sie das hier schon viele Male getan hatte.

Dann spürte ich etwas. Als zupfte jemand an meiner Angel.

»Ja!«, flüsterte ich.

»Erinnerst du dich, was ich dir gesagt habe?«

Ich nickte.

Ich sollte warten, bis ich ein oder zwei mehr gespürt hatte, dann die Angel mit einem Ruck hochreißen. So würde sich der Angelhaken, wenn er im Maul des Fisches war, tiefer eingraben.

Mehrmals hintereinander zog es ganz leicht an der Angel. Fast wie Stottern.

Ich riss dran.

Nichts.

Ich wartete. Kein Ziehen mehr.

»Ich denke nicht, dass ich ihn habe«, flüsterte ich.

»Hol die Schnur ein. Sieh nach, ob er deinen Köder gestohlen hat.«

Ich spulte die Schnur auf, bis ich den Haken aus dem Wasser kommen sah. Er war leer. Keine Lachseier.

»Wie hat er das gemacht?«

»Die machen das die ganze Zeit«, sagte er. »Bloß weil sie wollen, was auf dem Haken steckt, heißt das nicht, dass sie den ganzen Haken nehmen, um dranzukommen. Manchmal stupsen sie den Köder auch nur an. Oder beißen rein und ziehen dran.«

»Denkst du, sie wissen es?«

»Vermutlich nicht. Aber das lässt sich nur schwer sagen. Da ich nie selbst Fisch war. Hier, nimm dir ein paar neue Lachseier.«

Er hielt mir das Glas hin. Sie waren hellrot und hatten ungefähr die Größe von jungen Erbsen. Ich befestigte vier am Haken. Damit die Fische nur die Lachseier sehen würden. Und nicht den Haken.

»Es tut mir leid, wenn ich dir heute einen falschen Eindruck vermittelt habe, indem ich mit fünf wunderschönen großen Regenbogenforellen heimgekommen bin. Manchmal steht man mit leeren Händen da. Es ist nicht so, als müsse man nur die Angel ins Wasser hängen und sie dann wieder einholen. Manchmal wird einem auch nur der Köder gestohlen, und man hat nichts. Oder man könnte schwören, dass in dem Wasser kein einziges Lebewesen ist. Aber sie sind da. Nur beißen sie, oder sie beißen eben nicht.«

»Aber wie weiß man, ob sie anbeißen werden?«

»Indem man einen Haken mit Köder ins Wasser wirft und abwartet, ob sie es tun. Wenn es einen Weg gäbe, das zu wissen, ehe man das Haus verlässt, und ich würde ihn kennen, dann hätte ich nicht mein Leben lang in der Bank arbeiten müssen. Ich hätte das Geheimnis in Flaschen abgefüllt und jedem Fischer und Angler auf der Welt verkauft. Ich wäre wahrhaft ein reicher Mann. He.«

Ich wusste nicht, was das »He« hieß, bis er an der Rolle zu kurbeln begann und die Angelschnur einholte. Ich konnte erkennen, dass er was am Haken hatte, weil ich sehen konnte, wie sich seine Angelrute unter dem Druck durchbog. Ich verfolgte, was er tat, damit ich wusste, was zu tun war, wenn das mir passierte. Falls es mir passieren sollte.

»Halt den Kescher bereit«, sagte er. »Hilf mir, ihn an Land zu holen.«

»Wie tue ich das?«

»Halt ihn einfach. Ich übernehme den Rest.«

Ich zog ihn ihm von der Schulter – er hing an einer Schlinge aus grünem Seil. Mit beiden Händen hielt ich ihn und klemmte mir die Angelrute zwischen die Knie. Ich verfolgte, wie der Fisch dreimal aus dem Wasser auftauchte. Als ob er dächte, er könne wegfliegen. Aber das ging natürlich nicht.

Ein paar Sekunden später zappelte er im Netz, und Paul hielt ihn fest, entfernte den Haken aus seinem Maul. Er musste nicht mal frische Lachseier auf den Haken stecken, er musste nur diejenigen neu arrangieren, die noch dort waren.

Der Fisch war keine Regenbogenforelle. Er hatte eine dunklere Farbe, ein fleckiges Braun mit einem langen dunkelroten Streifen auf der Unterseite des Bauches.

Ich beobachtete, wie Paul den Fisch fasste, indem er seinen Finger in die Kiemen hakte, und ihn in den Fischkorb tat, der im Wasser hing. Mir tat der arme kleine Kerl leid. Er wollte so gerne wieder frei sein. Ich konnte sehen, wie sein Körper sich immer wieder krümmte, jede Unze seiner Kraft darauf verwendete, sein Leben zu retten. Aber sein Leben war vorbei.

»Zu schade für ihn«, sagte ich.

»Ja, aber gut für uns.«

»Tun sie dir je leid?«

»Ja und nein. Wenn sie in der freien Natur sterben, dann meist, indem sie bei lebendigem Leib gefressen werden. Das hier muss besser sein.«

Ich wollte darauf etwas erwidern, aber ich spürte wieder was an meiner Leine.

Ich wartete, fühlte es noch zweimal. Aber dieses Mal stärker. Ein kräftigeres Ziehen.

Ich riss die Angel hoch. Der Fisch hielt dagegen.

»Ich habe einen!«, rief ich, vergaß zu flüstern.

»Schön ruhig. Nichts überhasten. Aber lass auch nicht los.«

Die ganze Zeit über, die ich die Schnur einholte, konnte ich spüren, wie er dagegenhielt. Dann, früher als ich erwartet hatte, sah ich ihn unter Wasser. Er war weniger als einen Fuß von meinem rechten Bein entfernt. Er war größer als der, den Paul eben gefangen hatte. Er war wunderschön.

Dann schaute ich auf nichts. Er war fort.

»Was ist passiert?«, fragte ich.

»Dein Fisch ist weggeschwommen.«

»Wie ist er vom Haken gekommen?«

»Du hast aufgehört, ihn einzuholen. Wenn die Spannung aus der Schnur weicht, dann können sie sich vom Haken befreien.«

»Aber da sind doch Widerhaken dran. Damit er drinbleibt.«

»Damit er normalerweise drinbleibt. Wenn du Glück hast. Fast jede Forelle kann sich vom Haken winden, wenn du ihr zu viele Chancen lässt. Stell es dir als Glücksspiel zwischen dir und dem Fisch vor. Es gibt Chancen auf beiden Seiten. Sei froh, dass du nicht derjenige bist, für den es um das eigene Leben geht.«

Es war mir unangenehm, mir das als Glücksspiel vorzustellen. Mich schienen Sachen, in denen es ums Spielen ging, einfach zu faszinieren.

Ich nahm vier Lachseier und warf die Angel wieder aus.

Paul sagte: »Das kannst du langsam wirklich gut.«

Einen Sekundenbruchteil später war etwas an meiner Schnur, und ich holte sie ein.

»Immer schön weiter kurbeln, bis er aus dem Wasser ist, und dann schau, ob du ihn ins Netz fallen lassen kannst.«

Ich beobachtete, wie dieses wunderschöne Geschöpf aus seinem See kam, und ich zog ihn höher, versuchte zu warten, bis Paul das Netz unter ihm hatte. Ich konnte das Sonnenlicht auf seinem nassen dunkelroten Bauch glitzern sehen, und dann zappelte er wild, warf sich zur Seite, riss sich vom Haken los. Und landete genau im Netz.

»Du hast soeben einen Fisch gefangen«, sagte Paul.

»Wow.«

Ich starrte den Fisch an, während Paul ihn in den Korb verfrachtete. Und ich dachte: Ich habe ihn getötet. Ich töte ihn. Aber ich musste essen. Und mir fiel ein, wenn wir Fisch aus dem Supermarkt aßen, musste jemand anders den Fisch getötet haben. Aber das hier war nicht, dass jemand einen Fisch für mich umbrachte. Das hier war ich, ich machte es persönlich.

Aber ich drückte mich nicht. Weil meine Familie mehr Essen brauchte. Ja, es war schade, dass sein Leben vorbei war, aber so war es nun mal. Wenn ein Löwe oder ein Wolf essen musste, wäre auch mein Leben mal zu Ende. Ich würde einfach damit klarkommen müssen, einen Fisch zu töten. Und der Fisch ... nun, er hatte keine andere Wahl. Oder?

Im Geiste sagte ich ihm, dass es mir leidtat. Aber auch, dass ich ihn nicht zurückwerfen würde.

»Was, wenn ich hier rauskommen würde, um ganz allein zu angeln? Wie bekomme ich ihn ins Netz?«

»Gewöhnlich mache ich es so: Ich gehe in den Teich und werfe die Leine ins tiefe Wasser. Dann öffne ich den Bügel an der Spule hier und lasse Leine, während ich zum Ufer zurückgehe. Ich angle vom Ufer aus. Wenn ich etwas fange, hole ich die Schnur ein und drehe mich dann rasch um, werfe den Fisch so weit vom Ufer entfernt auf die Erde, wie es nur geht. Er kann so viel herumzappeln, wie er möchte, aber man hat ihn. Selbst wenn er sich vom Haken befreit, hat man ihn noch. Wenn er ins Wasser zurückgelangen kann, wird er ...«

Dann musste er aufhören zu reden, weil er einen weiteren am Haken hatte.

Das war nicht schlimm, denn ich wusste, wie der Satz endete. Ich wusste, was er sein würde, wenn er zurück ins Wasser klatschte.

Dann fing ich noch einen.

Und Paul einen dritten.

Ich aber nicht.

Es gab kein weiteres Gezupfe an meiner Schnur, kein Geziehe.

Wir standen vielleicht noch eine weitere halbe Stunde da. Mich störte es nicht, dazustehen. Mir war nicht langweilig. Ich schaute zu, wie sich die Berge in der Wasseroberfläche spiegelten und wie das Spiegelbild sich auflöste, wenn Wind aufkam. Ich schaute langbeinigen Vögeln zu, wie sie in Ufernähe durch den Teich stelzten.

Ich hatte Ferien. Und ich war glücklich.

Paul sagte: »Ist schon komisch, wie sie erst gar nicht beißen. Und auf einmal tun sie es. Und dann hören sie genauso plötzlich wieder auf. Wir können jetzt heimfahren.«

* * *

Auf der Heimfahrt fragte Paul: »Soll ich dir die Fische säubern?«

»Das mache ich. Ich meine, ich denke, das kann ich. Ich meine, ich werde es tun. Vielleicht kannst du es mir beibringen.«

»Du nimmst drei von den fünf.«

»Das ist nicht fair.«

»Es ist okay. Du hast drei Mäuler bei dir zu füttern. Ich habe noch zwei Fische von heute Morgen. Daher nehme ich zwei, und das sind dann zwei Mahlzeiten für mich und Rigby.«

»Okay. Wenn du dir sicher bist.«

»Absolut«, antwortete er.

* * *

Als wir ins Haus gingen, piepte etwas.

Paul war in der Küche, legte die Fische in seine Edelstahlspüle. Es schien nicht so, als hörte er es.

»Was piept da?«

»Das ist mein Anrufbeantworter. Lass mich erst mal die Hände waschen und nachsehen, was es ist.«

Ich lehnte mich gegen den Tisch, statt mich zu setzen. Weil meine abgeschnittenen Jeans noch nass waren. Das Gepiepse machte mich nervös, aber ich war mir nicht sicher, warum.

Eine Minute später kam er, trocknete sich die Hände an einem Geschirrtuch ab und drückte einen Knopf an dem Gerät.

»Paul«, sagte eine Stimme. Eine Frau. Mit einem Anflug eines Akzents. »Ruf mich an. Okay?« Pause. »Ruf mich an.«

Wir sahen einander an.

»Rachel?«, fragte ich.

»Ja.« Langes Schweigen. Dann sagte er: »Das kommt nicht nur mir so vor, oder? Das klang nicht gut, oder?«

»Auf keinen Fall.«

»Okay, dann muss ich sie anrufen.«

»Soll ich gehen?«

»Ich hab dir deinen Fisch noch nicht gegeben. Außerdem muss ich dir noch zeigen, wie man sie säubert.«

»Ich kann draußen warten.«

»Darauf kommt es jetzt nicht an. Es ist mir egal. Du musst nicht gehen. Ich muss sie nur gleich anrufen.«

Er nahm das Telefon und gab die Nummer auswendig ein. Was kein Wunder war, schließlich war es jahrzehntelang seine eigene gewesen.

Sie musste dicht beim Telefon gewesen sein.

»Rachel. Ja. Geht es dir gut? Du klangst so …«

Da musste sie was gesagt haben. Und sie redete lange.

Ich beobachtete ihn. Ich stand einfach da und schaute ihn an, wie er zuhörte. Was konnte ich sonst schon tun? Je mehr er zuhörte, desto älter sah er aus.

Nach einer Weile sagte er: »Ich komme runter.«

Schweigen auf unserer Seite.

»Nein, ich kann sie in eine Hundepension geben.«

Schweigen.

»Nein, du hast recht. Nicht, wenn es für so lange ist. Aber ich lasse mir was einfallen. Ich habe vielleicht sogar schon einen Hundesitter für sie. Gleich hier.«

Wieder Schweigen.

»Rachel, bist du dir sicher?«

Schweigen. Das Schweigen begann, schmerzhaft zu werden. Ich fühlte mich, als säße mir jemand auf der Brust. Und ich wusste nicht mal, was überhaupt los war.

»Aber was ist mit *dir*?«

Mehr Schweigen.

»Okay. Ich weiß nicht, was ich sagen soll. Rufst du mich an, wenn du deine Meinung änderst? Und auch, wenn du das nicht tust, ruf mich bitte sofort an, wenn du mehr weißt, ja?«

Kurzes Schweigen.

»Okay. Kann ich dich jeden Tag anrufen?«

Mittellanges Schweigen.

»Okay, ich rufe dich auf dem Handy an. Tschüss. Pass auf dich auf, ja?«

Er beendete das Gespräch. Aber er legte das Telefon nicht zurück in die Ladeschale. Er stand einfach da, bewegte sich nicht, sagte nichts. Schaute weder Rigby noch mich an. Starrte nur auf das Telefon, als müsste es ihm noch mehr sagen. Obwohl niemand mehr am anderen Ende in der Leitung war.

Ich wollte fragen: Was ist los? Was ist passiert? Aber ich wollte ihn nicht in diesem besonderen Moment stören, ihn rausreißen. Es fühlte sich so an wie die Sache, dass man nie einen Schlafwandler aufwecken sollte. Es fühlte sich an, als könnte es gefährlich sein.

Ich hatte Zeit, zu denken: Er hat die gleichen Gefühle wie alle anderen. Wenn er so tut, als hätte er das nicht, dann ist das eine Lüge.

Er schaute mich an. Sein Blick durchbohrte mich förmlich.

»Ist was mit Rachel?«, fragte ich.

»Nein. Mit Dan. Mit Dan ist was nicht in Ordnung.«

Er sagte nicht, was. Nicht direkt. Ich wartete einfach.

Dann schließlich: »Er hat Magenkrebs im vierten Stadium.«

»Und das haben sie dir eben erst gesagt?«

»Das haben sie selbst gerade erst erfahren.«

»Was wird mit ihm passieren?«

»Das ist noch unklar. Er wird übermorgen operiert. Sie sind sich ziemlich sicher, dass sich schon Metastasen gebildet haben. Aber mehr wissen sie erst, wenn sie nachgesehen haben. Ich wollte zu ihnen fahren, aber sie besteht darauf, dass ich hierbleibe. Dass ich bleibe und meinen Ruhestand genieße. Dabei sollte ich dort sein.«

Wir verharrten einen weiteren Moment in diesem schmerzlichen Schweigen. Minuten, so fühlte es sich an. Aber wie sich Dinge anfühlen, kann eine Lüge sein.

Dann sagte er: »Komm, lass uns deinen Fisch fertig machen.«

Ich folgte ihm in die Küche, meine Beine waren ein wenig wackelig.

»Ich würde mich um Rigby kümmern, wenn du hinfahren willst.«

»Ich weiß. Ich habe versucht, ihr das zu sagen. Macht es dir was aus, wenn ich es dir heute nicht beibringe? Wie man sie säubert? Stört es dich, wenn ich es einfach tue?«

»Ist schon gut. Das macht nichts.«

Ich saß am Tisch und betrachtete seinen Rücken. Er arbeitete mit den Händen in der Spüle, damit ich weder Blut noch Gedärme sehen musste.

»Kann ich dich was fragen?«, erkundigte ich mich leise.

»Vermutlich schon«, antwortete er, ohne sich umzudrehen.

»Ich weiß, du magst deinen Bruder nicht, aber … liebst du ihn?«

Er antwortete lange Zeit nicht. Lang genug, dass ich schon dachte, das würde er nie.

Dann sagte er: »Ja.«

Das war alles. Nur Ja. Nichts Komplizierteres als das.

In der Küche wurde es wieder still.

Eine Minute später sagte er was, und es war laut. Zu laut. Ich erschrak.

»Ich fahre hin.«

Er wischte sich die Hände an einem weißen Geschirrtuch ab, auf dem er hellrote Flecken aus Fischblut hinterließ. Er lief ins Wohnzimmer. Ich stand auf und blieb auf der Türschwelle stehen, sah ihm zu, wie er die Nummer wählte.

»Rachel, hör zu. Bitte, hör einfach zu. Ich bin der einzige lebende Blutsverwandte, den er hat. Und es wird schwer werden, ihn nach der Operation zu versorgen. Du hast keine Familie in der Nähe. Bitte. Widersprich nicht. Lass mich einfach kommen. Wenn du mich schon nicht deinetwegen oder Dans wegen kommen lassen willst, dann tu es um meinetwillen.«

Das erste Schweigen im zweiten Telefonat. Es war nicht ganz so schmerzlich wie die vorhin.

»Angie wird sich um sie kümmern. Oder, Angie?«

Er schaute mich an, seine Augen wirkten anders als sonst. Tiefer irgendwie. Wie eine Höhle, in die man mit einem Mal weiter hineingehen kann.

»Ja, sicher.«

»So lange, wie es sein muss, nicht wahr, Angie?«

»Ja. Es ist egal, wie lange. Den ganzen Sommer über, wenn nötig.«

»Sie würde mit Rig den ganzen Sommer hierbleiben.«

»Oh, warte«, sagte ich und machte eine Handbewegung, dass er das Telefon zuhalten sollte.

»Rachel, wart mal eine Sekunde, okay?« Er drückte seine Handwurzel auf die Sprechmuschel. »Gibt es ein Problem?«

»Ich kann sie nicht mit zu mir nach Hause nehmen. Tiere sind da nicht erlaubt.«

»Du könntest hier wohnen.«

»Okay.«

Er hielt sich das Telefon wieder ans Ohr, überlegte es sich dann anders und bedeckte noch mal die Muschel. »Wird deine Mutter dich hier alleine leben lassen?«

»Ich glaub schon, aber ich bin mir nicht absolut sicher.«

»Hast du damit ein Problem, hier allein zu sein?«

»Soll das ein Witz sein? Wann bin ich nicht allein? Und zu allem Überfluss auch noch verantwortlich für meine Schwester.«

»Ich bezahle dich.«

»Das musst du nicht.«

»Natürlich tue ich das. Sei nicht albern.«

»Paul. Wir sind Freunde. Du musst mir nichts zahlen.«

Einen Moment starrte er auf eine Stelle in der Nähe meines Kinns. Ich hatte keine Ahnung, was er dachte.

»Wir überlegen uns was«, erklärte er. Dann sprach er wieder ins Telefon. »Ich breche morgen früh auf«, teilte er ihr mit.

»Richtig«, erwiderte er.

»Bis dann«, sagte er noch.

»Rachel?«, fragte er.

Schweigen. Ich hatte das komische Gefühl, als herrschte auf beiden Seiten der Leitung Schweigen.

»Egal. Wir sehen uns morgen.«

* * *

Ich beobachtete Sophie dabei, wie sie ihre Forelle verschlang. Sie aß wie gewöhnlich. Mit den Fingern.

»Hast du ihren Fisch auch wirklich sorgfältig nach kleinen Gräten abgesucht?«, fragte ich meine Mom.

»Hör auf, das Thema zu wechseln. Noch mal: Warum wirst du dafür nicht bezahlt?«

»Er hat es mir angeboten. Aber ich habe Nein gesagt. Wenn es dir nichts ausmacht, will ich jetzt meinen Fisch essen, solange er noch warm ist.«

Wir aßen eine lange Zeit schweigend. Das einzige Geräusch war Sophies Schmatzen bei jedem Kauen. Sie aß immer mit offenem Mund. Es war irgendwie eklig, aber ich nehme an, sie konnte nichts dafür. Daher schaute ich einfach nicht hin. Meine Mutter kochte innerlich, und ich versuchte, das zu ignorieren. Ich versuchte auch, mir nicht den Appetit verderben zu lassen oder dass mir davon schlecht wurde. Es war meine zweite proteinhaltige Mahlzeit an einem Tag. Ich hätte schwören können, dass mir das ganze Protein zu Kopfe stieg. Mein Verstand fühlte sich klarer an als seit Monaten.

Als ich schließlich den letzten Bissen heruntergeschluckt hatte, brach meine Mutter ihr Schweigen.

»Okay, du bist fertig. Warum, sagtest du noch mal, willst du kein Geld?«

»Weil er mein Freund ist. Du nimmst von einem Freund kein Geld, wenn du ihm einen Gefallen erweist. Besonders in einer Zeit wie dieser.«

»Doch, wenn man das Geld braucht. Wenn er wirklich dein Freund wäre, würde er wissen, dass du es brauchst. Und er würde darauf bestehen.«

»Das hat er. Oder hat es wenigstens versucht. Ich habe es abgelehnt. Er tut die ganze Zeit Sachen für mich. Ich habe fast jeden Tag bei ihm gegessen, seit wir hergezogen sind, bis Sophie und ich in der Schule Lunch bekommen haben. Was hast du gedacht, wovon wir uns ernähren? Du hast nicht mal darauf geachtet. Er hat mir das Angeln beigebracht. Er leiht mir eine Angelrute und das an Ausrüstung, was ich brauche, um anzufangen. Darum konnte ich überhaupt dieses super Essen mitbringen. Wofür du mir noch nicht mal gedankt hast. Du bist in letzter Zeit dauernd so mies gelaunt, dass ich kaum noch weiß, wie ich mit dir umgehen soll.«

Im Zimmer wurde es still. Bis auf Sophie und die Geräusche, die sie machte.

Meine Mutter nahm einen Bissen von ihrem Fisch. Er muss da schon richtig kalt gewesen sein.

»Es schmeckt sehr gut. Danke. Es ist nur so, dass wir zusätzliches Geld dringend gebrauchen können.«

»Wir können immer zusätzliches Geld gebrauchen. Und du versuchst immer, das Problem zu lösen, indem du dich an mich wendest. Es gibt Gesetze gegen Kinderarbeit, weißt du? Wenn wir nicht genug zu essen haben, solltest du dir eine besser bezahlte Arbeit suchen oder so. Oder einen zweiten Job. Oder eine günstigere Wohnung. Du solltest dich jedenfalls nicht an mich wenden, als sei es meine Aufgabe, für Essen zu sorgen. Ich habe angeln gelernt, um Essen nach Hause zu bringen. Und du freust dich nicht mal darüber.«

»Ich kann nicht erkennen, wie Fisch unser Problem lösen soll.«

»Ich schon. Wir können ihn *essen*.«

Ich wurde allmählich wütend. Sophies leises Schmatzen wurde lauter, weil wir sie nervös machten. Sie mochte es nicht, wenn wir schrien.

»Denkst du nicht, dass wir den Fisch nach einer Weile leid sind?«

»Anders als Reis und Bohnen? Oder Nudeln? Die uns natürlich nie zu den Ohren rausgekommen sind.«

»Sprich nicht so mit mir.«

»Willst du den Fisch jetzt oder nicht? Weil ich wirklich froh wäre, ihn zu essen, wenn es dir ohnehin egal ist.«

Zuerst antwortete sie nicht. Aber als ich nach ihrem Teller griff, wehrte sie mich ab. Sie legte ihre Arme schützend darum und schubste mich weg.

»Hör mal, es tut mir leid«, sagte sie. »Ja. Ich will ihn essen. Ich mache mir nur solche Sorgen wegen des Geldes, das ist alles.«

»Ist das der Grund, warum du die ganze Zeit so schlechte Laune hast?«

»Ich hatte nicht die ganze Zeit schlechte Laune.«

Ich schnaubte lauter, als ich beabsichtigt hatte.

»Richtig. Natürlich nicht. Ich gehe jetzt spazieren.«

Sie erwiderte nichts. Sie versuchte mich nicht mal aufzuhalten. Ich schaute zu ihr zurück, sah sie den Fisch förmlich verschlingen. Ich schüttelte den Kopf und ging weiter.

* * *

Das Licht über Pauls Haustür war aus, daher stand ich im Dunkeln, bis er Zeit hatte, zu kommen, um mir aufzumachen. Als er die Lampe anschaltete, war das Licht so grell, dass es mir wie mit Messern in die Augen stach. Ich schirmte sie mit einer Hand ab.

Als er die Tür aufzog, stand ich eine Sekunde oder so da. Unsicher, was ich sagen sollte.

»Ich habe mich mit meiner Mutter gestritten. Kann ich kurz reinkommen?«

Er machte einen Schritt zurück, und ich trat ein, zu Rigby, und umarmte sie, hielt sie einfach fest. Ich dachte: Wag es ja nicht zu sterben, Rigby. Mit alldem und dem mit meiner Mutter war ich den Tränen so nahe wie selten, daher umarmte ich sie länger, bis ich mich einigermaßen unter Kontrolle hatte.

Dann richtete ich mich auf und hatte keine Ahnung, was ich zu Paul sagen sollte.

Ich wollte fragen, ob ich die Nacht über hier schlafen konnte, aber ich wusste, das ging nicht. Ich wusste, zwischen mir und Paul war nichts Perverses, und er wusste das ebenso, aber es gibt einfach Situationen, da muss man sich dem beugen, was andere Leute denken werden. Ich konnte nicht über Nacht in seinem Haus bleiben, solange er noch da war.

Also sagte ich: »Vielleicht kann ich hier warten, bis ich glaube, dass sie zu Bett gegangen ist.«

»Sicher.«

»Ich schlafe im Wohnzimmer, daher bin ich nirgends ungestört, bis sie im Schlafzimmer ist.«

»In den nächsten Wochen bekommst du mehr als genug Ungestörtheit.«

»Ja. Das wird klasse.«

Ich schaute mich um und begann zu überlegen, wie super es wäre, all das für mich allein zu haben, den ganzen Tag lang, einen Tag nach dem anderen. Danach wollte ich sogar noch weniger heimgehen.

»Ich werde dir nicht lästig fallen, das verspreche ich.«

»Du bist nie lästig. Weißt du, wie man Gin Rommé spielt?«

»Nein. Aber ich kann es lernen. Wenn du bereit bist, es mir beizubringen.«

* * *

Wir spielten mehr als zwanzig Runden, ehe ich schließlich heimging.

Ich begann es zu sehr zu mögen. Als ob alles, was mit Karten zu tun hatte, schlecht für mich wäre. Aber es waren nicht die Karten, nicht wirklich. Es war das Glücksspiel. Wir spielten nicht um Geld, aber ich konnte spüren, wie leicht es wäre, diese Grenze zu überschreiten.

Was, wenn ich tief im Inneren eine Spielernatur war? Wie mein Vater?

Da würde ich sehr vorsichtig sein müssen.

Kapitel 2

Darum

»Trockenfutter ist hier«, sagte Paul. Er öffnete die Speisekammer, um mir einen Plastikeimer zu zeigen, der beinahe so groß war wie die Mülltonne, aber mit einem fest verschließbaren Deckel. »Darin ist ein Messbecher. Also einen Messbecher davon und eine Dose Nassfutter. Zweimal täglich. Die Medizin gegen Arthritis kannst du gleich mit in ihr Essen tun. Ich hab sie neben die Mikrowelle gelegt.«

»Ist es wichtig, zu welcher Zeit sie sie bekommt?«

»Nein, nicht auf die Minute. Ich füttere sie, wenn ich aufstehe, und dann noch mal ungefähr um fünf Uhr nachmittags. Sie wird dich schon dran erinnern, wenn sie hungrig ist. Eine Stunde früher oder später stört sie nicht sonderlich.«

Ich zählte die Hundefutterdosen im Regal.

»Zwei am Tag. Was soll ich tun, wenn du länger als achtzehn Tage wegbleibst?«

»Nun, das bezweifle ich. Aber um auf der sicheren Seite zu sein …« Er zog sein Portemonnaie hervor und nahm einen Zwanziger raus. Steckte ihn unter die letzte Dose im Regal. »Sie verkaufen sie hier im Ort im Supermarkt, daher heb dir die letzte Dose auf, damit du weißt, welche du kaufen musst.«

»Okay. Wie weiß ich es, wenn sie mal muss?«

»Deswegen musst du dir keine Sorgen machen. Ich habe an der Hintertür eine Hundeklappe einbauen lassen. Rigby lässt sich selbst raus.«

»Ist das Grundstück komplett eingezäunt?«

»Nein, nicht komplett. Aber sie wird nicht einfach weglaufen. Dafür ist sie zu gut erzogen.«

»Was, wenn sie sich aufregt, weil du weg bist?«

»Ich gehe die ganze Zeit weg und lasse sie allein. Sie wartet einfach am Haus auf mich. Sie ist ein guter Hund. Vertrau ihr.«

»Das tue ich«, sagte ich.

Aber es war eine große Verantwortung.

»Hier ist die Nummer ihrer Tierärztin. Und meine Handynummer. Wenn du irgendwelche Fragen hast, ruf mich einfach an.«

»Okay.«

»Bist du dir sicher, dass ich dich nicht dafür bezahlen darf?«

»Absolut.«

Das ließ ihn einen Moment innehalten. Ich überlegte, was er wohl dachte. Ich konnte es an seinem Gesicht nicht ablesen.

»Iss alles auf. Ich erwarte, hier keinen Krümel Essen mehr vorzufinden, wenn ich wiederkomme. Die Sachen zum Angeln sind in der Garage. Nimm sie dir. Es gibt eine ganze Reihe Stellen, wo man gut Fische fangen kann, die du von hier aus zu Fuß erreichen kannst. Ich lasse dir auch eine Karte von der Stadt da, dann siehst du, wo die Bäche entlangfließen. Es sei denn, das hast du selbst schon rausgefunden, da du ja bereits eine Weile hier lebst.«

»Nicht wirklich. Die Karte wäre hilfreich. Soll ich Rigby mitnehmen?«

»Sicher. Wenn du willst.«

»Was, wenn es zu weit für sie ist?«

»Versuch, sie überallhin mitzunehmen. Wenn sie anfängt zu humpeln oder steif wirkt, dann ist es zu viel. Dann reduziere es etwas. Wenn du dir nicht sicher bist, ruf an.«

»Okay.«

»Bist du deswegen nervös?«

»Ein bisschen.«

»Musst du nicht. Du hast sie lieb. Das ist alles, was man dafür braucht.«

* * *

Wir standen vor der Tür und schauten ihm hinterher, wie er wegfuhr. Ich winkte, aber wegen des Winkels, in dem wir zu seinem Auto standen, bezweifelte ich, dass er es sehen konnte.

»Er kommt zurück«, sagte ich zu Rigby. »Und solange er weg ist, passe ich gut auf dich auf.«

Ich weiß nicht genau, warum ich das machte. Sie schien nicht im Mindesten beunruhigt. Die Einzige, die beunruhigt war, war ich.

* * *

Ich öffnete die Tür seines Kühlschranks. Weil ich natürlich kein Frühstück gegessen hatte. Ich fand Orangensaft. Zwei Dutzend Eier. Schinkenspeck. Cheddar-Käse und Frischkäse. Milch. Salatzutaten im Gemüsefach. Eine angebrochene Packung Räucherlachs. Ein frischeversiegeltes Päckchen mageres Rinderhackfleisch. Ein halbes Dutzend Pfirsiche.

»Heilige Scheiße!«, sagte ich laut.

Rigby kam zu mir, um zu sehen, was los war. Sie schaute im Kühlschrank dahin, wo ich hinschaute. Als erwartete sie, dort etwas Ungewöhnliches zu entdecken. Dann blickte sie wieder mich an, als wollte sie wissen, was die ganze Aufregung sollte.

Vermutlich sah für sie alles ganz normal aus. Vermutlich war sie diesen Anblick gewohnt, schließlich lebten viele Leute so, hatten den Kühlschrank voller Essen. Das hatte ich vollkommen vergessen.

Ich dachte, wenn da Frischkäse und Räucherlachs waren, müsste es auch irgendwo Bagels geben. Daher blickte ich mich suchend auf der Arbeitsfläche um. Öffnete die Brotkiste.

Schließlich fand ich sie im Gefrierschrank.

Ich röstete mir beide Hälften von einem und strich Frischkäse drauf, krönte das mit der Hälfte des Räucherlachses, was das Doppelte dessen war, was normale Leute nehmen würden.

Paul hatte gesagt, er wollte keinen Krümel Essen mehr vorfinden, wenn er zurückkam. Und er würde nie erfahren, wann ich was gegessen hatte. Das würde nur ich wissen.

Die Vorstellung, mehr zu essen, als ich musste, um satt zu sein, war mir damals vollkommen fremd. Ich hatte keine Ahnung, wie sehr es mir gefehlt hatte.

Da hatte ich diesen plötzlichen Impuls, es durchzuschneiden und für Sophie aufzuheben. Aber dann fiel mir ein, dass ja noch mehr da war. Viel mehr. Ich konnte ihr genau so einen Bagel wie den machen, den ich gleich essen würde.

Ich nahm meinen ersten großen Bissen und seufzte. Ich saß einfach da an seinem Küchentisch, kaute nicht mal. Schmeckte nur, was ich abgebissen hatte.

»So gehört sich das, Rig«, sagte ich, und mein Mund war noch voll.

* * *

Ich fand einen Pfad hinunter zum Bach, indem ich Pauls Karte benutzte. Rigby war so dicht hinter mir, dass sie mit der

Schnauze gegen meinen Rücken gestoßen wäre, wenn ich auch nur ganz kurz angehalten hätte.

Die Bäume standen dichter beisammen, und ich blieb immer wieder mit der Spitze der Angelrute an den Ästen hängen. Dann musste ich stehen bleiben und mich vergewissern, dass die Schnur sich nicht in den Tannennadeln verheddert hatte.

Als wir zum Bach kamen, blickte ich ins Wasser. Es war nur vielleicht einen Fuß tief, gluckerte mit einem wunderbaren Geräusch. Aber wenn da Fische wären, hätte ich sie gesehen.

Es waren keine zu sehen.

Ich wünschte, es wäre Zeit gewesen für zwei Einheiten Angelunterricht, bevor Paul weggemusst hatte. Und vielleicht eine Lektion Bachfischen. Bislang wusste ich nur, wie man in einem Teich angelte. Aber die waren zu weit weg, als dass ich zu Fuß hätte hingehen können.

Ich blickte hinunter und sah, dass Rigby mich verwundert anschaute. Ich konnte erkennen, sie wollte wissen, was mein Problem war. Warum ging ich nicht einfach angeln? Vielleicht gab es bestimmte Stellen, die die Fische bevorzugten. Vielleicht kam Rigby oft genug mit Paul her. Vielleicht wusste sie, wo er gewöhnlich hinging.

»Wohin, Rigby?«

Vielleicht kam es mir nur so vor, aber sie schien froh, dass ich fragte. Sie machte sich gleich auf den Weg, lief bachaufwärts. Ich folgte ihr, war bald außer Puste und atmete schwer. Versuchte, nach unten zu sehen, damit ich nicht über hochstehende Wurzeln oder Äste stolperte. Und nach oben, damit ich nicht mit der Angel irgendwo hängen blieb. Beides zur selben Zeit.

»Warte, Rig«, rief ich.

Das tat sie.

Ungefähr fünf Minuten später kamen wir aus dem Gestrüpp auf eine Lichtung, gesprenkelt von Sonnenlicht, das durch das Blätterdach über uns fiel. Der Bach wurde zu einem flachen Teich, viel tiefer als der Rest des Wasserlaufs und ungefähr fünfmal breiter. Ich stellte die Kiste mit der Ausrüstung und die Angelrute ab, ging zu ein paar flachen, glatten Felsen am Rand. Ließ mich auf alle viere nieder. Da war ein blattloser Baumstamm halb unter Wasser, und ich stützte mich auf einen der Äste, während ich mich vorsichtig über den Rand des Teiches beugte.

Mehr als ein Dutzend Regenbogenforellen schwammen davon. Durch die leicht gekräuselte Oberfläche waren ihre Körper nur verzerrt zu sehen.

Ich ging zu Rigby zurück.

»Guter Hund«, lobte ich sie.

* * *

Ich verbrachte allein etwa zehn Minuten damit, den Haken am Ende der Angelschnur zu verknoten. Weil ich vergessen hatte, wie Paul es mir gezeigt hatte. Ich tat es so, wie ich glaubte, dass es richtig war, aber dann zog ich am Haken, um mich zu vergewissern, dass er hielt. Und jedes Mal löste er sich gleich wieder.

Ich blickte zu Rigby, die neben mir lag, die Vorderpfoten ausgestreckt, die Augen in der milden Sonne halb geschlossen. Ihre Augenbrauen waren mittlerweile grau, die Schnauze noch grauer.

Ich begann den Knoten von vorne.

»Also, man führt das eine Ende der Schnur durch...«

Einen verrückten Moment lang, das schwöre ich, hielt ich ihn ihr hin. Als könnte sie mir zeigen, durch welche Schlaufe ich welches Schnurende führen musste. So, wie sie gewusst hatte, wo Sophie war und wo der Campingplatz. Wie ich Pauls beste Angelstelle fand.

Ich rief mich zur Ordnung und schlug mir mit der Hand gegen die Stirn.

»Genau«, sagte ich. »Du kannst nicht hexen.«

Aber einfach nur, indem ich ihr den halb fertigen Knoten hinhielt, ließ die Spannung in der Schnur nach. Und ich sah, wo das Ende der Schnur durchgehen konnte.

»Natürlich. Jetzt fällt es mir wieder ein. Erst ein paarmal verdrehen. Dann *hier* durch. Und schließlich durch die Schlinge, die sich bildet. Ich glaub, das ist es, Rig.«

Ich zurrte die Schnur fest und zog dann kräftig am Haken. Gab mir Mühe, mich nicht selbst zu piken. Beinahe kräftig genug, um die Schnur zu zerreißen, aber der Knoten hielt.

Ich befestigte zwei Angelgewichte aus Blei so an der Schnur, wie Paul es mir gezeigt hatte, biss darauf, damit sie sich verzahnten.

Ich fädelte vier Lachseier auf den Haken, dann ging ich vorsichtig zu den nassen, rutschigen Felsblöcken. Ich holte aus, bereit für einen weiten Wurf, so wie ich es am Teich getan hatte. Als ich die Rute wieder nach vorne riss, hing sie fest. Ich hatte, noch bevor ich meinen ersten Wurf ausgeführt hatte, die Schnur verheddert.

Ich kletterte wieder von den Felsen und folgte der Schnur zurück, bis ich erkennen konnte, dass sie sich in einem Baum verfangen hatte. Es war zu hoch oben, sodass ich nicht drankam, um sie zu entwirren. Ich versuchte, den Ast runterzuziehen, aber dann riss die Schnur.

Mit einem Seufzen ging ich zurück zu Rigby.

»Na toll«, sagte ich. »Schon einen Haken verloren, bevor er überhaupt nass werden konnte.«

Also knotete ich einen neuen an die Schnur, befestigte wieder die Bleigewichte und die vier Lachseier. Das kleine Glas war halb leer. Eine Handvoll Fehler mehr wie der eben, und ich müsste mir was einfallen lassen, was ich sonst noch als Köder nehmen konnte.

Ich kroch wieder auf die Felsen raus. Blickte ins Wasser und verspürte Aufregung, als zwei Forellen unter mir entlangglitten. Ich fragte mich, ob sich so ein Löwe fühlte, wenn er eine Zebraherde in der Steppe beobachtete.

Ich öffnete den Bügel an der Spule und ließ die Schnur ins Wasser fallen.

Zuerst nichts. All die Forellen, aber keine schien was zu bemerken. Ein Sonnenstrahl fiel in den Teich, wo mein mit dem Köder versehener Haken gelandet war, und die Lachseier wirkten wie von innen beleuchtet, wie winzige hellrote Glühbirnen.

Ich schaute über meine Schulter, um sicher zu sein, dass Rigby nicht auf Wanderschaft ging. Obwohl ich wusste, dass sie so was nie tun würde.

Ich konnte Pauls Stimme hören, wie er sagte: *Vertrau ihr.*

Ich holte tief Luft und versuchte es.

Als ich wieder zurücksah, war eine Regenbogenforelle nur weniger Zoll von meinem Köder entfernt. Verharrte ganz reglos. Blickte ihn ziemlich genau so an wie ich sie. Dann lief eine wellenartige Bewegung durch ihren Körper, und sie schwamm näher. Blieb stehen. Wartete.

Sie streckte sich und zupfte an einem Lachsei, huschte erschreckt zurück, als sich der Haken bewegte. Ich schwöre, ich atmete nicht. Eine Mücke stach mich in die Rückseite meines Oberschenkels, und ich konnte noch nicht mal danach schlagen.

Die Forelle kam wieder und verschluckte den Köder, mit Haken und allem.

Ich zog an der Schnur, und sie schwamm weg, bog meine Rute nach vorn. Die Forelle verschwand unter dem umgefallenen Baumstamm. Meine Rute blieb gebogen, aber ich konnte den Zug des Fisches nicht mehr spüren. Ich versuchte, sie einzuholen, aber die Schnur hing fest. Sie musste sich an einem Ast verfangen haben.

Ich zog. Ich wartete.

Schließlich wusste ich, dass ich verloren hatte, daher gab ich einfach auf und kappte die Schnur.

Ich kroch wieder von den Felsen, um noch einmal von vorne zu beginnen. Ich starrte in das Glas mit den Lachseiern und wusste, ich musste von dem halb versunkenen Baumstamm weg. Ich machte alles bereit und klappte die Angelkiste zu, schloss den Deckel.

»Komm, Rigby. Lass uns sehen, wie wir auf die andere Seite des Baches kommen.«

Es war nicht schwer. Am anderen Ende des Teiches verengte er sich wieder zu einem Bach, war hier nur einen oder zwei Fuß tief. Daher watete ich hindurch, bemühte mich, nicht auf den nassen Steinen auszurutschen. Rigby folgte mir platschend durchs Wasser.

Wir gingen wieder zurück zu der tiefen Stelle und standen auf der anderen Seite, wo der nackte Fels direkt ins Wasser abfiel. Da würde ich mich nicht so gut verbergen können. Aber meine Angel würde sich auch nicht verfangen. Wenn einer anbiss, würde ich ihn an Land ziehen können, ohne irgendwo hängen zu bleiben.

Dieses Mal schaute ich hinter mich, ehe ich die Angel auswarf. Es war viel Platz bis zum nächsten Baum. Daher holte ich aus und schleuderte den Haken schön weit. Direkt in die Mitte zu der tiefsten Stelle.

Ich kurbelte die Schnur auf, bis sie leicht gespannt war, und schaute zu Rigby, die auf den Felsen saß.

»Ich verspüre leisen Optimismus«, erklärte ich.

Im Geiste vermerkte ich mir, in Pauls Haus nach einer Taschenlampe zu suchen. Dann könnten wir nächstes Mal morgens viel früher aufbrechen. Er kam mir wie jemand vor, der eine Taschenlampe besaß, für den Fall, dass der Strom ausfiel. Vermutlich hatte er auch im Kofferraum seines Wagens ein Ersatzrad. Anders als alle in meiner Familie. Wir hofften einfach, dass keine Katastrophen über uns hereinbrachen. Wir bereiteten uns nicht auf irgendwas vor oder so.

Ich lehnte mich auf dem Felsen zurück, den Kopf an Rigbys Seite, und versuchte, nicht einzuschlafen. Aber vielleicht passierte mir das doch. Oder es war einfach keine Zeit vergangen.

Es war kein Ziehen an der Angel, was ich bekam, sondern ein Kampf mit aller Kraft, gleich von Anfang an. Ich setzte mich sofort auf, und meine Rute bog sich so weit, dass ich dachte, sie würde brechen. Ich fragte mich, ob ein Fisch das schaffen konnte. Aber dann entschied ich, dass eher die Angelschnur reißen würde.

Ich erinnerte mich an das, was Paul mir beigebracht hatte. Nichts überstürzen, immer schön gleichmäßig. Die Schnur nicht erschlaffen lassen. Ich kurbelte weiter, als er aus dem Wasser kam, ließ ihn gut drei Meter vom Ufer auf den Felsen fallen. Er befreite sich nicht vom Haken.

Rigby reckte den Kopf und schnupperte vorsichtig an ihm. Aber sie versuchte nicht, ihn zu berühren oder mir in die Quere zu kommen.

Ich packte ihn am Unterkiefer, so wie Paul es mir gezeigt hatte, aber ich konnte den Haken nicht herausbekommen. Und ich fühlte mich schlecht, als würde ich ihm wehtun, wenn ich es versuchte. Daher hielt ich einfach den Haken so, dass er nicht an seinem Maul zog, und kappte die Schnur. Und legte ihn in den Fischkorb, ins flache Wasser. Später, bevor ich ihn kochte, würde ich mir den Haken holen. Dann würde es ihm nicht mehr wehtun.

Ich benutzte den gleichen künstlichen Wurm, weil die Bachforelle ihn nicht verschluckt hatte, und warf die Angel wieder in die tiefe Stelle des Teiches. Aber dieses Mal saß ich aufrecht und vorgebeugt. Starrte ins Wasser. War bereit. Weil ich dieses Mal fest daran glaubte, dass etwas passieren würde.

Ich schwöre, es war keine zehn Minuten später, als ich den Nächsten am Haken hatte und an Land holte.

Ich dachte: Das mit dem Angeln ist klasse. Es ist wie Hexerei. Ich werfe einfach immer wieder den Haken aus und ziehe einen nach dem anderen aus dem Wasser. Alle zehn Minuten. Den ganzen Morgen lang. Oder bis ich das Tageslimit gefangen hatte, das bei fünf lag. Und dann würde ich mich schlecht fühlen, weil ich aufhören musste. Beinahe, als könnte ich gar nicht aufhören. Etwa so, wie ich mich fühlte, wenn ich das letzte Kartenhaus gebaut hatte und bei der zweiundfünfzigsten Karte angekommen war.

Ich dachte: Blödes Limit. Ich dachte: Ob das wohl je jemand merkt? Ich fragte mich, wie oft die Leute überhaupt kontrollierten. Obwohl ich wusste, dass ich mich vermutlich entscheiden würde, das Richtige zu tun.

Ich hätte mir die Mühe sparen können, mit mir darum zu ringen. Den ganzen Morgen lang fing ich nichts mehr.

* * *

Als das Telefon klingelte, hielt ich gerade ein Nickerchen.

Es war ungefähr halb fünf nachmittags. Das Telefon riss mich aus einem Traum, und als ich richtig aufgewacht war, war ich schon aufgesprungen und stand schwer atmend da. Immer noch starr vor Angst, obwohl ich da schon wusste, dass es nur das Telefon war. Ich versuchte mich an den Traum zu erinnern, aber er war verschwunden.

Ich wusste nicht, ob ich drangehen sollte. Ich hatte vergessen, Paul zu fragen, ob ich rangehen sollte, wenn es klingelte.

Ich trat vorsichtig näher, erschrak bei jedem Klingeln.

Beim vierten nahm ich ab.

»Hallo? Hier ist … bei Inverness.«

»Ich bin es, Paul.«

Ich stieß den Atem aus, den ich offenbar angehalten hatte, ohne es zu merken.

»Oh, Gott sei Dank. Weil ich nicht wusste, ob ich drangehen sollte, wenn dein Telefon klingelt.«

»Das war in Ordnung so«, sagte er. »Das, was du getan hast.«

»Wie geht es deinem Bruder? Haben sie die Operation durchgeführt?«

»Ja, er ist aus dem OP-Saal. Er ist auf der Aufwachstation.«

»Wie sieht es aus?«

Er antwortete nicht gleich. Genau genommen antwortete er eine ganze Zeit lang nicht. Da wusste ich es schon.

Schließlich, nach einer langen Weile, sagte er: »Schlecht.«

Aber er musste es nicht mehr sagen.

»Das tut mir leid.«

Bleiernes Schweigen an beiden Enden der Leitung.

Dann fuhr er fort: »Erinnerst du dich noch, dass du gesagt hast, du könntest den ganzen Sommer über auf Rigby aufpassen, wenn es nötig ist?«

»Ja. Das ist auch noch immer so.«

»Gut. Weil ich hier unten bleiben will. Bis …«

Aber er wollte da nicht aussprechen, bis wann. Doch ich ahnte es schon. Es gab wirklich nur ein »bis«, das gemeint sein konnte.

»Wie lange, denkst du? Mir ist es gleich. Mir gefällt es hier. Sehr. Es ist nur eine Frage. Du weißt schon, meine Mutter wird es wissen wollen. Also … nur, damit ich es ihr sagen kann.«

»Es heißt, zwei bis vier Monate. Aber vermutlich eher zwei und nicht vier. Ich werde ein paarmal zwischendurch heimkommen, damit Rigby nicht glaubt, ich hätte sie völlig vergessen.

Und sieh mal ... Ich weiß, es geht ihr gut. Ich meine, sie ist gesund. Sie ist vielleicht siebeneinhalb, aber sie ist in bester Verfassung. Aber wenn irgendwas ist, ruf mich sofort an. Ich komme. Wenn sie zum Tierarzt muss oder sie sich komisch verhält, ruf mich an, damit ich kommen kann. Das Letzte, was ich möchte, ist, die letzten Tage mit meinem Hund zu versäumen.«

Es störte mich, dass er das sagte. Ich meine, ich wusste, warum er das tat. Und ich wusste auch, dass er es tun musste. Ich wünschte nur, es wäre nicht so gewesen. Ich wünschte, es wäre nicht nötig gewesen, es zu sagen.

»Es geht ihr gut. Sie ist absolut fit.«

»Das weiß ich. Ich bin im Moment nur ein bisschen empfindlich. Das Leben scheint mir so unbeständig.«

»Es geht ihr gut.«

Sein Ton änderte sich, als hätte er etwas abgeschüttelt. »Du musst dich aber jetzt von mir bezahlen lassen. Wenn es mehrere Monate sind.«

»Nein. Auf keinen Fall. Sprich es bloß nicht noch mal an. Wir sind Freunde.« Eine lange Pause. Dann sagte ich: »Es tut mir leid, dass du all das durchmachen musst.«

»Danke.«

»Du kannst anrufen. Das weißt du ja. Wenn du jemals jemanden zum Reden brauchst ... einfach so.«

Eine weitere lange Pause.

»Weißt du, ich könnte dich beim Wort nehmen. Das mache ich zwar eigentlich nicht, aber es ist nicht unmöglich. Ich halte dich auf dem Laufenden. Und ich rufe bald wieder an.«

Ich merkte, er hatte alles Reden über schweres Zeug erledigt, zu dem er für den Moment imstande war. Daher beendeten wir das Gespräch rasch und legten auf.

Ich blickte mich im Haus um und wurde plötzlich von der Erkenntnis überwältigt, dass ich nicht irgendwann bald wieder von hier fortmüsste, und es war eine enorme Erleichterung.

Pauls Haus war eins, bei dem man sich daran gewöhnen konnte, darin zu leben.

Ich holte die beiden Fische aus dem Kühlschrank und räumte sie zurück in den Fischkorb, entschied mich in letzter Sekunde, sie für die kurze Strecke mit Eiswürfeln zu bedecken.

Ich zog meine Sneakers an, obwohl sie noch nass waren.

»Komm, Rigby«, sagte ich. »Wir gehen zu Sophie und meiner Mutter und bringen ihnen was zum Abendessen.«

Das Telefon läutete erneut.

Dieses Mal ging ich schneller dran.

»Hallo?«

Da fiel mir ein, dass ich es nicht richtig gemacht hatte, nicht wie letztes Mal. Ganz höflich und korrekt.

»Ich noch mal.«

»Hi.«

»Ich habe nachgedacht.«

Er klang reichlich ernst. Und ich bekam Angst. Ich dachte, es würde mir alles wieder unter den Füßen weggezogen.

»Worüber?«

»Ich denke, du solltest deine Familie in die Gästewohnung über der Garage holen, solange ich weg bin.«

Ich sagte nichts. Weil ich das nicht konnte. Mein Mund funktionierte nicht.

»Ich meine, nicht nur, solange ich weg bin. Allerdings will ich ganz ehrlich sein und muss dir sagen, dass ich nicht versprechen kann, dass es auf Dauer sein wird. Wenn ich zurückkomme, denke ich, sollten wir ein paar Grundregeln aufstellen, die gewährleisten, dass ich ungestört bleibe. Wenn sie funktionieren, super. Wenn nicht, dann weiß ich, dass es eine Weile dauern wird, bis ihr ein neues Dach über dem Kopf gefunden habt. Ihr könnt so lange da wohnen bleiben, bis es so weit ist. Aber selbst wenn es nicht funktioniert, wäre es doch eine Entlastung, wenigstens ein paar Monate mietfrei zu wohnen, oder?«

»Ja, sehr sogar. Wir halten uns an alle Regeln.«

»Ich weiß, dass du das tun wirst. Wir werden sehen, wie es klappt, okay? Keine Versprechen.«

»Okay.«

»Aber nur du darfst ins Haupthaus. Bitte. Selbst solange ich nicht da bin. Nur du, okay? Auch wenn ich es nie erfahren werde.«

»Du weißt doch, dass ich dir immer die Wahrheit sage. Auch wenn du es nie erfahren würdest.«

»Ja, stimmt. Das weiß ich von dir. Wird es wirklich helfen? Oder bilde ich mir nur ein, es würde helfen?«

»Es hilft. Eine Menge.«

Schweigen.

Dann stellte ich die drängende Frage: »Warum? Warum hast du dich so plötzlich dafür entschieden?«

»Ich dachte, das läge auf der Hand«, erwiderte er.

»Sorry«, sagte ich.

»Weil wir Freunde sind.«

»Oh. Richtig. Weil wir Freunde sind.«

* * *

Ich ging die Hintertreppe runter und über die steile geschotterte Auffahrt. Ich konnte Rigby spüren, die dicht hinter mir lief. Ich war vorher nie zur Garage gegangen. Sie war größer, als sie vom Haus aus wirkte. Zwei Autos breit und tiefer als gewöhnlich, mit einer kleinen Werkstatt und Platz, um Kaminholz zu lagern. Ich lief die Treppe hoch, war außer Atem, probierte die Tür, aber sie war versperrt.

Ich dachte, ich müsste ins Haus zurück und von vorne beginnen, aber dann tastete ich meine Taschen ab und fand die Schlüssel, die Paul mir gegeben hatte. Es war eine enorme Erleichterung. Nicht, weil es so schlimm gewesen wäre, wenn ich noch mal ein paar Meter bergan hätte gehen müssen. Sondern weil ich es nicht erwarten konnte, das Apartment zu sehen.

Ich öffnete die Tür und atmete scharf ein, so laut, dass Rigby zusammenzuckte. Es war eineinhalbmal so groß wie das, für das wir unser ganzes Geld ausgeben mussten. Und es war so schön wie das Haupthaus, mit den gleichen Holzböden, der Vertäfelung und den Fensterläden auf der Innenseite. Ungefähr zwei Drittel des Bodens bedeckte einer dieser herrlichen antiken persischen Teppiche in sanften Blautönen, und die eine Wand bestand aus einem eingebauten Regal.

Es gab allerdings kein Schlafzimmer. Alles war in einem großen Zimmer. Aber es gab einen Paravent, eine Art Raumteiler, der um das Bett aufgestellt war. Wir würden ein weiteres Bett brauchen, es sei denn, die große Veloursledercouch ließ sich ausziehen. Aber ich hatte nicht das Gefühl, ich müsste mir jetzt darum Sorgen machen. Eine Ecke war mit einer kleinen Küche ausgestattet, mit zwei Kochplatten, Spüle und einem Kühlschrank in der Größe, wie sie für Wohnmobile hergestellt werden. Und einem runden Küchentisch aus Holz mit zwei Stühlen. Wir würden auch noch einen weiteren Stuhl brauchen. Was aber auch egal war.

Auf der Rückseite mit Blick auf die schneebedeckten Berge bestand die Wand zum größten Teil aus einer Schiebeglastür, die auf einen Balkon führte. Sodass man hingehen konnte und auf die Welt schauen, als stünde man mittendrin. Nicht, als wäre man innen in einem Haus. Oder man konnte sie aufschieben und auf den hölzernen Balkon treten. Was ich auch gleich tat, nur eine Minute lang. Einfach, um ein Gefühl dafür zu bekommen. Auf dem Balkon gab es Holzstühle, auf denen man sitzen und die Aussicht bewundern konnte. Ich setzte mich nicht. Ich war noch nicht fertig damit, mich umzuschauen.

Aber das war nicht mal das Beste.

Obwohl ich nicht den Eindruck hatte, als ob die Garage ebenfalls als Nur-Dach-Haus errichtet worden war, besaß sie ein hohes, steiles Dach, vermutlich, damit sie zum Haupthaus passte. Innen war keine Decke eingezogen, und in der Mitte ging es ganz weit nach oben. Die Balken waren nicht verkleidet, und an ihnen hingen Körbe mit getrockneten Blumen. An jeder Schrägseite gab es ein Dachflächenfenster.

Ich schaute hoch und dachte, in jeder Wohnung, in jedem Haus, in dem ich bis zu diesem Moment je gewohnt hatte, hatte ich Klaustrophobie bekommen. Aber plötzlich war ich frei von dieser Krankheit, von der ich gar nicht gewusst hatte, dass ich sie hatte.

Ich ging eine Minute umher, als befände ich mich in einem Traum. Was, glaube ich, war, wie ich mich fühlte. Ich fuhr mit den Händen über den Rand der Bücherregale. Ich ließ mich auf die Couch fallen, um zu sehen, wie gut sie gefedert war, wie es sich anfühlte, darauf zu sitzen.

Es fühlte sich so an, wie es aussah. Reich. Als wäre ich mit einem Mal reich.

Eine Minute oder so wanderte ich umher, weil ich nicht wusste, was ich sonst machen konnte. Dann setzte ich mich auf den Teppich und weinte. Rigby kam zu mir.

Anfangs versuchte ich ihr zu erklären, dass ich nicht unglücklich war. Es war mehr so, dass ich vorher immer unglücklich gewesen war. Dass alles so schlimm gewesen war bis zu dem Moment, dass ich es nicht gewagt hatte, zu weinen, bis es vorbei war.

Aber vielleicht war ich es auch selbst, der ich das erklärte, weil Rigby das letzte Geschöpf auf der Welt wäre, das sich so was nicht selbst zusammenreimen konnte.

Ich weiß nur, dass ich ganz lange geweint habe.

* * *

Ich legte frisches Eis auf die Fische, ehe Rigby und ich das Haus verließen, und es schmolz, während wir gingen, tropfte die ganze Zeit auf mein Bein. Es roch auch nach Fisch. Fast rechnete ich damit, dass uns eine Horde Katzen oder so folgte. In einem Zeichentrickfilm wäre das so gewesen.

Doch es geschah nicht.

»Ich hoffe, du bist nicht enttäuscht«, teilte ich Rigby mit. »Ich weiß, wenn Paul zwei Fische angelt, bekommst du einen. Aber die ersten beiden sind für Sophie und meine Mom, weil sie nicht so gut essen wie wir beide. Wenn ich je zwei zusätzlich fange statt nur die beiden für sie, werde ich dir einen abgeben. Nein, ich gehe sogar einen Schritt weiter. Wenn ich je zwei für sie angle und dann noch einen, dann teile ich mir den mit dir.«

Zu der Zeit waren wir schon an der Auffahrt zu unserem alten Ferienhaus angekommen und gingen sie hoch. Komisch, wie schnell ich es als das zu betrachten begonnen hatte. Ich brauchte jedenfalls nicht lange, um mich von dem winzigen, viel zu teuren Haus zu verabschieden. Ich sah nach, um mich zu vergewissern, dass das Eis noch nicht vollends geschmolzen war, aber es gab noch genug, um den Fisch zu kühlen. Mehr als die Hälfte von dem, womit ich angefangen hatte.

Meine Mutter musste mich durchs Fenster gesehen haben, weil sie die Tür weit aufriss.

»Du kannst sie hier nicht reinbringen. Wir bekommen Ärger mit den Magnussons.«

Die Magnussons waren die Leute, die in dem großen Haus hinten lebten. Unsere Vermieter.

»Gut. Dann komm raus.«

Sophie hörte meine Stimme und kam herausgestürzt, schrie: »Är, Är, Är!«

Ich hielt meiner Mutter den Fischkorb hin.

»Ich habe dir zwei Fische gefangen. Aber ich brauche den Korb zurück.«

»Okay, ich tu sie in den Kühlschrank und bringe ihn dir wieder.«

»Warte. Ich habe noch Neuigkeiten.«

»Es dauert nur eine Minute.«

Sie verschwand.

»Du musst sie ausnehmen«, rief ich ihr hinterher. »Weißt du, wie das geht?«

»Das schaffe ich schon«, erwiderte sie.

»Dann bring's mir bei, okay? Und heb den Haken im Maul des einen auf. Ich brauche alle Haken, die ich bekommen kann.«

Aber ich konnte nicht sagen, ob sie mich gehört hatte oder nicht.

Ich blickte zu Sophie runter, die neben Rigby auf der Erde saß. Ich fragte mich, ob sie dachte, wir würden spazieren gehen. Es überraschte mich ein wenig, als ich merkte, dass sie mir gefehlt hatte. Obwohl es nicht einmal zwei volle Tage gewesen waren.

Meine Mutter kam wieder raus und reichte mir den leeren Fischkorb.

»Was sind die Neuigkeiten? Gut oder schlecht?«

»Gut.«

»Gott sei Dank. Dann mal raus damit.«

»Paul wird viel länger wegbleiben, als er dachte …«

»Wie lange?«

»Na ja, eher Monate.«

»Ah, toll«, sagte sie. Als sei das überhaupt nicht toll. »Also zahlt er dir jetzt eine Menge. Weil nichts anderes das zu guten Neuigkeiten machen würde. Du kommst her und sagst mir, dass ich monatelang auf mich allein gestellt bin, um zu arbeiten, die Rechnungen zu zahlen und mich um Sophie zu kümmern, und behauptest, es seien gute Neuigkeiten. Also muss es richtig viel Geld sein. Das sollte es besser.«

»Kein Geld. Ich lasse mich von ihm nicht bezahlen.«

»Sieh zu, dass du zu dem guten Teil kommst, Angie, und zwar schnell, weil mein Kopf gleich explodiert. Wenn du denkst, ich werde ...«

»Er lässt uns in dem Ferienapartment über seiner Garage wohnen.«

Ihre Augen wurden schmal.

»Wie groß ist es?«

»Größer als das hier.«

»Schön?«

»Es ist unglaublich. Schöner als alles, wo wir je gewohnt haben.«

»Dann können wir es uns nicht leisten.«

»Oh, doch, das können wir.«

»Was verlangt er dafür?«

»Nichts.«

Wir standen einfach da im warmen Sonnenschein, eine Minute oder so, während sie das auf sich wirken ließ. Rigby schnupperte an Sophies Haar.

»Er lässt uns da umsonst einziehen?«

»Ja.«

»Warum?«

»Weil ich von ihm kein Geld dafür nehmen wollte, dass ich mich um seinen Hund kümmere. Was du für eine so schlechte Idee gehalten hast.«

Sie stand einfach da, blinzelte eine Weile länger. Ich konnte sehen, sie konnte es nicht wirklich fassen.

»Nur, während er fort ist?«

»Nein, nicht notwendigerweise. Er sagt, wenn er zurückkommt, wird er ein paar Grundregeln aufstellen, damit er weiter ungestört ist. Und wenn du die einhalten kannst, dann dürfen wir bleiben. Wenn es nicht klappt, dürfen wir bleiben, bis wir was Neues finden.«

Ich wartete. Aber sie blinzelte nur weiter.

»Ich warte auf den Augenblick, in dem du es begreifst und dich zu freuen beginnst«, sagte ich.

Das schien es zu schaffen. Ihre Miene veränderte sich, als hätte jemand plötzlich aufgehört, sie mit dem elektrischen Viehtreiber zu piesacken. Sie kam zu mir und umarmte mich, hob mich dabei von den Füßen.

»O mein Gott«, sagte sie. »Keine Miete?«

»Keine Miete.«

»Also muss von dem Geld, das ich verdiene …«

»Wir können damit Essen kaufen. Und das Auto auftanken. Lauter solche Sachen.«

»O mein Gott, dann haben wir so viel Geld!« Ihre Stimme endete bei dem Wort »Geld« in einem Schrei, dass es mir in den Ohren wehtat. Aber das machte nichts. Sie stellte mich ab und ließ mich los. Hielt mich an den Schultern auf Armeslänge von sich. »Können wir gehen und es uns ansehen?«

»Sicher. Hat das Auto Benzin?«

»Nein, keinen Tropfen. Ich bin mir nicht mal sicher, ob es anspringt. Wir müssen zu Fuß laufen.«

»Gut, dann zu Fuß.«

Als wir alle zusammen zur Straße gingen, zu viert, streichelte sie mir das Haar und sagte: »Süße, es tut mir so leid, dass es so schwierig mit mir war. Ich weiß, es war nicht leicht in der letzten Zeit. Ich stand unter solchem Druck und hatte solche Angst.«

»Ich weiß«, sagte ich. »Das weiß ich.«

Aber sie hatte es abgestritten, bis zu dem Moment. Es war schön, es aus ihrem eigenen Mund zu hören. Nicht, dass ich immer recht behalten musste. Es war eher so, dass es sich gut anfühlte, wenn mir gesagt wurde, dass ich mir nicht nur irgendwas einbildete, dass ich nicht verrückt war.

* * *

»O mein Gott«, sagte meine Mutter.

Sie blickte nach oben, während sie das sagte. Direkt zur Mitte der Decke. Hoch zu den Balken mit den Körben und den getrockneten Blumen. Und zwischen uns und ihnen all dieser viele Platz. Beinahe wie Freiheit. Wie wenn man nicht mit angezogenen Ellbogen leben muss, obwohl ich wusste, es war nicht wirklich richtig, weil der Platz vor allem nach oben war, nicht zu den Seiten. Aber so fühlte es sich an.

»Das hier ist so viel größer, als es von außen aussieht. Du sagst also, wir können hier für immer wohnen, ohne Miete zu zahlen? Das kann ich einfach nicht fassen.«

»Für immer ist ziemlich lange«, sagte ich. »Aber wenn es funktioniert, müssen wir nicht ausziehen, wenn er zurückkommt.«

»Ich werde jede Regel befolgen, versprochen.«

»Ich habe dir doch gesagt, es sind gute Neuigkeiten.«

»Stimmt.«

Rigby lag ausgestreckt auf dem Teppich wie eine Sphinx, wie sie es auf der anderen Seite des Zaunes bei dem alten Haus getan hatte. Sophie lag neben ihr, in genau der gleichen Position.

»Wie geht es seinem Bruder?«

»Liegt im Sterben. Daher kommt Paul auch nicht gleich zurück.«

»Oh, das tut mir leid. Es muss schwer sein. Wie heißt sein Bruder?«

»Welchen Unterschied kann das schon machen?«

»Ich habe nur gefragt. Was ist daran falsch, seinen Namen zu erfahren?«

»Dan«, erwiderte ich.

Erst keine Antwort. Dann sagte sie: »Autsch.« Und eine kleine Weile später: »Lässt sich die Couch ausziehen?«

»Das weiß ich nicht. Ich hab es noch nicht ausprobiert.«

»Dann lass es uns rausfinden.«

Sie zog die Couchkissen runter und warf sie auf den Teppich. Ich wollte sie ermahnen, vorsichtiger mit den Sachen umzugehen, auch wenn es vermutlich einem Kissen nicht schade, auf einen Teppich geworfen zu werden.

»Ja, sie lässt«, verkündete sie. »Es sieht sogar so aus, als sei sie schon bezogen. Oh, Flanell. Wie wäre es, wenn Sophie und ich die Couch nehmen, und du schläfst hinter dem Wandschirm auf dem Bett in der Ecke? Du möchtest doch immer so gerne ungestört sein.«

»Na ja, später. Nachdem Paul zurückkommt. Bis dahin werde ich im großen Haus sein, und du und Sophie könnt das hier alles für euch haben.«

Sie antwortete nicht sofort. Stattdessen ging sie zu der großen Glasschiebetür und schaute zu den Bergen. Ich stellte mich neben sie und blickte ebenfalls hinaus.

»Wenn du mir vor einem Jahr oder zweien erzählt hättest, dass wir heute hier sein würden«, bemerkte sie, »hätte ich dich für verrückt erklärt. Wir konnten uns kaum ein winziges Apartment in einer runtergekommenen Gegend leisten. Und jetzt sind wir hier, in dieser wunderschönen Wohnung, in dieser kleinen Stadt, wo die Schule klasse und die Luft sauber ist ...«

»Und Sophie still.«

»Und ich bekomme endlich auch mal Zeit für mich, denn Sophie wird im Haus bei dem Hund sein wollen.«

»Nein«, sagte ich, und sie sah mich seltsam an. »Nur ich im Haus. Nicht Sophie und du auch nicht. Das habe ich ihm versprochen.«

»Er wird es nie erfahren.«

»O Gott! Das glaube ich einfach nicht! Du standest doch vor nicht mal zwei Minuten da und hast hoch und heilig geschworen, den Regeln zu folgen. Möchtest du, dass wir hier bleiben dürfen, oder nicht?«

Sie wandte den Blick ab, wie sie es immer tat, wenn sie sich selbst nicht so respektierte wie mich. Nach ein paar Sekunden kehrte sie zur Couch zurück und ließ sich mit einem Seufzen darauffallen. Als sei alle Luft aus ihr gewichen.

Ich redete mir eine Minute lang ein, ich müsse es nicht tun. Dann ging ich zu ihr und setzte mich neben sie. Zuerst sagte keiner von uns was. Die Stille wurde irgendwie schwer und komisch.

Daher sagte ich: »Einen Penny für deine Gedanken.«

Das war etwas, das sie dauernd zu mir gesagt hat, als ich noch klein war. Besonders, nachdem Dad gestorben war. Das war das erste Mal, dass ich es zu ihr sagte. Gewöhnlich war ich glücklich und zufrieden, es nicht zu wissen.

»Ich muss daran denken, dass wir deinetwegen diese Wohnung bekommen. Und dass ich dich gedrängt habe, Geld dafür zu nehmen, dass du auf seinen Hund aufpasst. Und dass es eigentlich ich sein müsste, die dir Sachen beibringt wie: ›Tu Gutes für andere, und es wird zu dir zurückkommen.‹ Stattdessen lehrst du es mich.«

»Ja, sicher, aber setz nicht zu viel Vertrauen in mich als Lehrerin«, erwiderte ich, versuchte meinen Weg zurück in die Tochterrolle zu finden. »Die Hälfte der Zeit habe ich das Gefühl, nicht zu wissen, was ich eigentlich tue.«

»So fühle ich mich die ganze Zeit.«

Womit sie mich mit einem einzigen Satz daran erinnerte, dass ich mich in die Tochterrolle zwängen konnte, wie ich wollte, aber sie dazu zu bekommen, in der Mutterrolle zu bleiben, stand auf einem ganz anderen Blatt.

* * *

Paul rief nachts um elf Uhr an. Das Telefon riss mich aus dem Schlaf. Ich hatte geträumt, und ich hatte das merkwürdige

Gefühl, als sei Nellie da irgendwo gewesen. Aber beim ersten Klingeln war sie fort.

Glücklicherweise stand ein Telefon in der Nähe des Bettes. Ich ging ran und sagte: »Hallo.« Ich knipste das Licht an, wusste aber nicht, warum. Denn der Mond war halb voll, und ich konnte das Telefon auch so bestens erkennen. Außerdem war es so viel zu hell, und es tat mir in den Augen weh, sodass ich sie zusammenkniff.

»Ich weiß, ich habe dich geweckt«, sagte er. »Das wusste ich. Tut mir leid. Aber du hast gesagt, ich kann dich anrufen.«

Ich machte das Licht wieder aus. Es wirkte alles sehr dunkel, bis sich meine Augen wieder daran gewöhnt hatten.

»Das macht nichts. Ich habe Ferien. Ich kann morgen bis Mittag schlafen, wenn ich will.«

»Ich denke immer daran, dass du gesagt hast, wir seien Freunde. Und ich habe das auch gesagt. Zu Zeiten wie diesen ruft man seine Freunde an und redet mit ihnen. Und ... nun ... ich hasse es, das zuzugeben. Es ist armselig. Aber mir fiel einfach niemand außer dir ein, mit dem ich reden könnte.«

Ich wollte ihm sagen, dass ich mich geehrt fühlte – nein, genauer gesagt, gerührt, und zwar so tief, dass ich es im Magen spüren konnte –, dass er mich angerufen hatte, um zu reden. Ich hatte nicht gedacht, dass er das je tun würde. Es gab mir das Gefühl, als sei ich wichtig, als käme es auf mich an. Als glaubte jemand, ich sei zu was gut. Außer dazu, auf meine Schwester aufzupassen.

Er hatte immer noch nicht weitergesprochen, und ich wusste nicht, was ich sagen sollte. Rigby war auf dem Bett bei mir, lag flach auf der Seite, mit dem Rücken an meiner Hüfte, und ihre Pfoten hingen über den Rand. Ich kraulte sie hinter dem Ohr, und sie reckte sich.

»Niemand spricht hier mit irgendwem«, sagte er. »Das ist komisch.«

»Du kannst nicht mit Rachel reden?«

»Ja und nein. Wir sagen Sachen. Aber es ist, als sei nichts real. Ich denke, wir stehen beide unter Schock. Daher gehen wir umher, als wären wir in Watte gewickelt oder so. Wir sagen Worte zueinander, aber es ist nichts, was wir zu anderen Zeiten zueinander sagen würden. Sie scheinen bedeutungslos zu sein. Sie fühlen sich nicht echt an.«

Ich wartete eine Minute, um ganz sicher zu sein, dass er fertig war.

»Ich hatte irgendwie gehofft, du würdest mehr mit Dan reden können. Du weißt schon, man sagt doch ... manchmal ... na ja, ich weiß nicht. Ich weiß es wirklich nicht, daher sollte ich es vielleicht lassen. Aber es heißt, Menschen seien anders, wenn sie wissen, dass ihr Ende naht, und manchmal werden alter Groll und andere Sachen irgendwie einfach ... Ach, ich weiß nicht, was damit ist. Ich hatte nur gehofft, ihr beide könntet reden.«

»Er hat den Verstand verloren«, antwortete Paul. Eine komische Pause folgte darauf. Dann erklärte er: »Das meine ich nicht so, wie es sich angehört hat, nicht als Beleidigung. Ich meine es im wörtlichen Sinn. Er hat buchstäblich den Verstand verloren. Er ist so vollgepumpt mit Schmerzmitteln, dass er jemand ganz anderes ist. Die Hälfte der Zeit weiß er nicht mal, wer er ist. Oder wo er ist, was um ihn herum geschieht. Er fragt mich nach Block und Zettel, damit er sich alles aufschreiben kann.«

Er schien nicht mehr sagen zu wollen, daher fragte ich: »Was denn?«

»All die Sachen, von denen er denkt, er vergisst sie. Er denkt immer, er hätte noch Sachen zu tun. Ich habe fünf oder zehn Minuten damit verbracht, ihn zu beruhigen. Ihn davon zu überzeugen, dass er für nichts mehr verantwortlich ist. Dann legt er den Block weg und den Stift hin, aber wenn er aufwacht, beginnt alles wieder von vorne. Vor ein paar Minuten habe ich ihm einen neuen Notizblock gebracht, den ich gekauft hatte, weil er den letzten schon ganz vollgeschrieben hatte. Ich hatte gerade die Plastikverpackung entfernt. Nach etwas mehr als einer Minute ruft er mich und behauptet, er habe jedes Blatt beschrieben. Ich gehe zu ihm und sehe nach, und alles ist leer. ›Dan‹, sage ich, ›sie sind leer.‹ Wir schauen uns den Block zusammen an, und bei jedem Blatt sage ich: ›Nichts. Da steht nichts.‹ Und bei jeder Seite sagt er: ›Du machst Witze.‹«

Meine Augen hatten sich jetzt komplett an das Licht gewöhnt, und es fühlte sich gut an, in dem Raum zu sein, im Halbdunkel. Und mit Rigby allein, ohne mich allein zu fühlen. Ich beobachtete, wie der Wind den Baum vor dem Schlafzimmerfenster beugte. Durch die Fensterscheibe konnte ich die Äste sehen, die hin und her schwangen, und aus dem Augenwinkel, wie die Schatten an der Wand tanzten.

»Das muss schrecklich sein«, sagte ich.

»Das ist nicht das Schwerste.«

»Stimmt. Vermutlich nicht.«

»Für das Schwerste habe ich keine Worte. Aber vielleicht weißt du es.«

»Ich denke schon. Ich denke, vielleicht ist es Rachel, und dass sie bald allein sein wird und nicht mehr verheiratet. Aber nicht aus irgendeinem Grund, den du dir gewünscht hättest. Du musst dich fragen, was das heißt. Du weißt schon. Für dich. Aber dann fühlst du dich schlecht, dass du dich überhaupt gefragt hast. Und ich weiß, du könntest niemals mit ihr über so was sprechen, schon gar nicht, solange ihr Ehemann …«

Ich brach ab, weil ich von seinem Ende der Leitung ein leises Geräusch hörte. Nur ein kleines Schniefen. Vielleicht war er allergisch auf irgendwas dort unten. Oder erkältet. Aber vermutlich nicht. Weil ich das gleich von Anfang an gehört hätte.

»Alles okay?«, erkundigte ich mich.

»Ja.«

Und selbst in diesem einen Wort hörte ich es. Ich hatte ihn zum Weinen gebracht. Oder irgendwas hatte das getan. Das Leben, denke ich. Ich hätte nicht gedacht, dass Leute wie Paul weinen. Ich dachte, das täten nur Leute wie ich. Ich dachte, Leute wie Paul hätten sich im Griff.

»Nun. Nicht okay. Aber okay. Ich meine, es ist furchtbar, aber ich bin okay, weil ich nicht zusammenbreche. Ich bin okay, weil ich es sein werde.«

»Es tut mir leid, wenn ich das alles nicht hätte sagen sollen.«

»Nein. Es war gut, dass du das ausgesprochen hast. So musste ich es nicht tun.«

Eine lange Weile herrschte Schweigen auf beiden Seiten. Aber es fühlte sich nicht zu unangenehm an.

Dann fragte Paul: »Ist deine Familie schon umgezogen?«

»Noch nicht.«

»Was denke ich auch? Das war erst gestern. Mein Gott. Es fühlt sich an, als sei es Wochen her. Die Tage fühlen sich so lang an.«

»Sie sind gekommen und haben es sich angesehen. Meine Mutter kriegt in drei Tagen ihren Lohn. Im Moment hat sie kein Geld, um das Auto aufzutanken, damit sie unser Zeug herfahren kann. Daher wird der Umzug erst dann sein. Weil sie nicht den Großteil dieses Geldes nehmen und für die Miete des nächsten Monats beiseitelegen muss. Ausnahmsweise. Wir haben jetzt mal wirklich Geld für Sachen. Ich meine ... wir werden es haben. In drei Tagen.«

»Ich dachte, sie bekommt Trinkgeld.«

»O nein, den Job hat sie schon längst nicht mehr. Sie arbeitet in der Apotheke, solange Sophie in der Schule ist.«

»Dann nimm den Zwanziger, den ich unter das Hundefutter getan habe. Du kannst ihn zurücktun, wenn sie ihren Lohn bekommt.«

»Oh. Okay, wenn du dir sicher bist.«

»Selbstverständlich bin ich mir sicher. Es wundert mich, dass du nicht selbst darauf gekommen bist.«

»Na ja. Ich wusste, es ist da. Aber es ist dein Geld. Es ist für Hundefutter.«

»Selbst wenn ich es nie erfahren hätte. Hör mal. Ich habe den Lebensmittelladen angerufen und vereinbart, dass du anschreiben lassen kannst. Daher kannst du, wenn du mehr Hundefutter brauchst, hingehen, ohne es bezahlen zu müssen. Und wenn du mehr Essen im Haus brauchst, dann kauf auch das damit. Tu mir nur den Gefallen, und füttere damit nicht deine ganze Familie durch.«

»Ich werde nichts kaufen außer Hundefutter. Wir können uns jetzt selbst Essen leisten. Deinetwegen.«

»Ich sollte dich schlafen lassen.«

»Du weißt, du kannst mich jederzeit anrufen, wenn es schwierig wird.«

»Ja«, sagte er. »Das weiß ich.«

* * *

Nachdem wir beide aufgelegt hatten, fragte ich mich, wo er wohl wohnte. Vermutlich in seinem alten Haus, gleich neben Tante Vi.

Ich hätte ihn bitten sollen, ihr zu sagen, wo wir waren, dass es uns gut ging. Sie musste sich schuldig fühlen. Uns so auf die Straße gesetzt zu haben. Sie musste sich Gedanken machen, wie es uns ging. Wo wir gelandet waren. Ich fragte mich, ob meine Mutter sich je die Mühe gemacht hatte, es ihr zu sagen.

Dann lachte ich ein wenig, ein kleines Schnauben, und Rigby wachte auf und schaute über ihre Schulter zu mir.

»Nichts«, sagte ich. »Alles ist gut. Schlaf weiter.«
Das tat sie.
Ich machte mir in Gedanken eine Notiz, Paul das nächste Mal, wenn wir telefonierten, darum zu bitten. Es war eine dieser Sachen, die man lieber nicht meiner Mutter überlassen wollte.

Kapitel 3

Pause

Die Wohnung sah mit all unseren Sachen drin kaum anders aus. Bei all den Umzügen waren die Betten und die Couchtische und die Couch und all die anderen großen Gegenstände nach und nach zurückgelassen worden. Ich versuchte mich zu erinnern, wo sie verschwunden waren und wann, aber ich schwöre, es fiel mir einfach nicht ein. Die Zeit zwischen dem ersten Mal, dass wir aus einem Haus geflogen sind – das, in dem wir mit meinem Dad gelebt haben –, und dem hier war ganz dunkel und irgendwie neblig. Als hätte ich alles nur geträumt.

Jetzt hatten wir Zeug wie Wäsche für die Betten, Geschirr und Besteck für die Schubladen, Handtücher fürs Badezimmer und Anziehsachen für die Kleiderschränke. Und nicht sonderlich viel mehr.

Nachdem wir also alles weggeräumt hatten, sah es hier noch ziemlich so aus, wie bevor wir mit dem Einzug begonnen hatten.

Mit anderen Worten: Es sah immer noch schön aus.

Meine Mutter war im Badezimmer, und ich hörte sie aufschreien. Ich dachte, sie hätte eine Maus oder eine Kakerlake oder so was gesehen. Aber ich war so glücklich hier. Nichts konnte es ruinieren. Ich dachte nur: Egal. Wir kaufen eine Mausefalle oder irgendein Insektenvernichtungsmittel und sind trotzdem glücklich.

Aber als sie den Kopf zur Tür rausstreckte, strahlte sie übers ganze Gesicht.

»Es gibt eine Badewanne.«

»Das ist bei den meisten Badezimmern so.«

»Aber bei den Magnussons gab es keine. Und im Motel auch nicht. Ich bin Duschen so leid. Ich habe seit einem Jahr kein heißes Bad mehr genommen. Und die Wanne ist riesig. Und tief. Es sieht so aus, als könnte ich mit allen Körperteilen untertauchen, die ich nicht zum Atmen brauche.«

»Na, dann ist das wohl dein großer Abend.«

»Ich denke, wir sollten uns Pizza bestellen«, erklärte sie.

»Das können wir uns leisten?«

»Natürlich können wir das. Wir zahlen ...«

Ich wappnete mich für die Lautstärke. Verzog das Gesicht.

»... keine Miete.«

Sie sprach diese beiden Worte nie mit normaler Stimme, sie schrie sie nur. Ich hatte mich unterdessen schon beinahe daran gewöhnt.

»Sag mir, was du draufhaben willst«, erwiderte ich, »dann rufe ich sie aus dem Haupthaus an.«

»Ich glaube, wir sollten Peperoni und Pilze und doppelt Käse nehmen. Schließlich ist das hier ein echtes Fest.«

»Das klingt super. Komm, Rigby.«

Ich ging zur Tür, öffnete sie, trat auf den obersten Treppenabsatz und wartete darauf, dass Rigby mit mir kam. Das tat sie nicht. Ich schaute zu ihr zurück und sah sie auf dem Teppich neben Sophie liegen, von wo aus sie mir einen Blick zuwarf, den ich nur als entschuldigend bezeichnen konnte. Als müsse sie bei Sophie bleiben, weil Sophie sie brauchte, und vielleicht könne ich das verstehen.

»Macht nichts«, sagte ich. »Ich geh einfach allein.«

* * *

Als ich zurück ins Apartment kam, warf meine Mutter die Arme um mich. Und nicht für eine kurze Sekunde. Sie umschlang mich und ließ nicht los.

Es war irgendwie leicht verstörend.

»Du hast uns wirklich den Hintern gerettet«, sagte sie.

Da fühlte ich mich noch komischer.

Ich wand mich aus ihrer Umarmung. »Sag das nicht.«

»Warum nicht? Ehre, wem Ehre gebührt.«

»Ich weiß nicht. Ich fühle mich einfach nicht gut dabei. Aber ich kann nicht sagen, warum.«

Sie seufzte.

Ich wusste, warum. Es war, weil ich jedes Mal, wenn ich ein Problem für sie löste, das zu lösen eigentlich ihre Aufgabe gewesen wäre, dachte, dass sie mir nun auch das nächste zuschieben würde. Die Situation mit ihr war wie mit einer streunenden Katze. Ich wollte wirklich, dass sie wegging. Ihr einen leckeren Fisch zum Essen vorzusetzen und Milch zu geben würde mir nicht das bringen, was ich wollte.

Andererseits hatte ich versucht, nichts zu unternehmen. Und dann passierte auch nichts.

* * *

»Ich kann nicht glauben, dass wir die gesamte Pizza verputzt haben«, sagte meine Mutter.

»Ich glaube es.«

»Sophie hat zwei Stück gegessen. Das ist wirklich kaum zu fassen.«

»Wir waren alle hungrig. Sie konnte es nur nicht sagen.«

Das brachte die Unterhaltung zum Erliegen.

Eigentlich war ich seit Tagen nicht mehr hungrig gewesen. Ich hatte mich am Inhalt von Pauls Kühlschrank gütlich getan. Aber ich hatte mich noch nicht daran gewöhnt, ausreichend zu essen. Ich musste immer noch aufholen. Daher stimmte die Behauptung noch.

»Ich denke, Rigby und ich gehen jetzt mal besser zurück ins Haus. Du nimmst dein heißes Bad. Wir sehen uns dann morgen.«

Ich stand auf und trat zur Tür, fragte mich, ob Rigby wieder lieber bei Sophie bleiben würde. Ich sah sie über meine Schulter an. Sie lag noch in genau derselben Haltung auf dem Teppich, warf mir den gleichen Blick zu.

Ich machte mir im Geiste eine Notiz, morgen ihr Polster mit herzunehmen. Vielleicht war es schlecht für ihre Arthritis, es nicht zu haben. Und sie benutzte es im Haus ohnehin nie. Sie lag immer auf Pauls Betthälfte.

»Rigby. Ehrlich, es ist Zeit. Wir schlafen im großen Haus. Wir müssen los.«

Sie erhob sich mit ihren langen Beinen, wirkte ein wenig steif. Ich fragte mich, ob ich Paul davon erzählen sollte. Oder einfach nur unsere Wegstrecke reduzieren und abwarten, ob das reichte.

Sie kam zur Tür und zu mir, brauchte ungefähr vier Schritte. Ich machte auf.

Sophie öffnete den Mund. Und schrie.

Es war das erste Mal, dass wir diesen entsetzlichen Laut hörten, seit wir die Stadt hinter uns gelassen hatten und hergekommen waren. Seit sie auf der Fahrt die Stimme verloren hatte.

Ich schaute zu meiner Mutter, und sie schaute zu mir.

»Warum tut sie das?«, fragte ich, völlig in Panik, schrie selbst, um gehört zu werden.

»Das weiß ich nicht.«

»Sie kann das hier nicht machen! Wir sind nicht so weit von den Nachbarn entfernt.«

Ein heftiges Schulterzucken. Das war die einzige Antwort, die meine Mutter darauf zu haben schien.

Ich ging dahin zurück, wo Sophie auf dem Teppich saß, und Rigby folgte mir. Und natürlich verstummte Sophie sofort.

Ich runzelte die Stirn, setzte mich mit gekreuzten Beinen neben sie auf den Boden. Schaute absichtlich nicht zu meiner Mutter.

Das hier war also eine weitere streunende Katze, die ich gefüttert hatte, auch wenn ich sie nie hatte wiedersehen wollen. Ich hatte Sophie gerade beigebracht, dass ich den Hund zurückbringen würde, wenn ich Rigby mitnehmen wollte und sie schrie. Aber was konnte ich schon tun? Ich hätte nicht zulassen können, dass Pauls Nachbarn die Polizei riefen.

Ich saß ein paar Minuten lang da, hatte dieses schwere, übelkeiterregende Gefühl im Magen. Ein paar Stunden lang war ich völlig entspannt gewesen und hatte gedacht, alles würde gut werden. Aber das würde es offensichtlich nicht tun.

Ich fragte mich, ob die Hoffnung das war, wo ich den Fehler gemacht hatte.

Schließlich nahm ich allen Mut zusammen und schaute meine Mutter an, die aussah, als fiele es ihr schwer, die ganze Pizza im Magen zu behalten.

Sie fasste das unwohle Gefühl in meiner Magengrube perfekt in Worte. Sie sagte: »Die kürzesten Ferien der Weltgeschichte.«

»Ich dachte, du wolltest ein Bad nehmen.«

»Vielleicht musst du mit dem Hund hier leben. Nicht im Haus.«

Ich sprach nicht aus, was ich am liebsten gesagt hätte.

Was ich am liebsten gesagt hätte, war: Das ist die dümmste, kurzsichtigste Idee, die du je hattest. Was nicht leicht zu schaffen ist. Denn wenn Paul heimkommt und seinen Hund zurückwill, wird alles vorbei sein. Und wir sind dann wieder auf der Suche nach einer neuen Wohnung.

Was ich stattdessen sagte, war: »Das geht nicht. Paul ruft vielleicht an, und dann weiß er nicht, wo ich bin. Oder wie es seinem Hund geht.«

Irgendwie musste ich Sophie beibringen, geduldig zu warten, bis sie Rigby das nächste Mal wiedersah. So, wie sie es die ganze Zeit getan hatte. Aber ich hatte keine Ahnung, warum sie es so lange so gut geschafft hatte. Oder warum sie aufgehört hatte. Daher hatte ich auch keine Ahnung, wo ich anfangen sollte.

»Also, was sollen wir tun?«, fragte meine Mom.

Etwas in mir … riss … irgendwie.

»Und da ist es wieder«, sagte ich. Meine Stimme klang hart. Sogar in meinen eigenen Ohren.

»Was soll das heißen?«

»Jedes Mal, wenn was schiefgeht, fragst du mich, was *wir* tun sollen. Was im Grunde genommen ist wie … falls du nicht selbst merkst, wie das klingt … Die Nachricht darin ist wirklich ganz klar. Du weißt nicht, was du tun sollst, daher hoffst du, dass ich das weiß.« Glücklicherweise wurde ich nicht laut. Aber ich fragte mich, ob ich das weiter schaffen würde. »Ich komme mit dem Druck nicht länger klar. Sieh dir an, was ich alles getan habe, um unsere Lage zu verbessern, alles in Ordnung zu bringen. Und dann geht was schief mit Sophie, und ich bin die ›Problemlöserin‹ deiner Wahl. Ich verstehe, dass du manchmal das Gefühl hast, ich sei darin besser als du, aber könntest du es wenigstens versuchen? Könntest du … ich weiß nicht … dir ein wenig Mühe geben? Oder so?«

Ein langes Schweigen, während dem ich es nicht wagte, einen Blick auf ihr Gesicht zu werfen.

Dann tat ich es.

Sie lehnte sich mit dem Rücken gegen die Glasschiebetür. Die Arme vor der Brust verschränkt. Sie blickte von mir weg, auf die Bodendielen am Rand des großen Teppichs. Ihr Gesicht wirkte schwer und düster, wie eine Sturmwolke, bevor Donner und Regen einsetzen. Aber nichts geschah. Sie brütete nur vor sich hin.

»Nimm dein Bad«, sagte ich. »Ich bleibe hier, bis Sophie einschläft.«

Sie blieb eine Weile wie erstarrt stehen. Als hätte sie es nicht gehört. Dann stieß sie sich plötzlich ab und marschierte ins Badezimmer. Warf die Tür hinter sich zu. Laut.

Ich zuckte zusammen. Wir zuckten alle drei zusammen.

Ich sah Rigby an und dann Sophie. Rigby erwiderte meinen Blick.

»Na, das war jedenfalls eine ziemliche Katastrophe«, teilte ich ihr mit.

Sie reckte den Kopf vor und schnupperte an meinem Ohr. Das klang komisch, sodass ich lachte. Es fühlte sich gut an, zu einer solchen Zeit zu lachen, aber auch seltsam. Ich vermute, ich dachte, vielleicht würde ich das nie wieder tun.

* * *

Es war nach zehn, als ich schließlich das Haus betrat. Der Anrufbeantworter piepte.

Ich hatte nie gelernt, wie man die Nachrichten darauf abhörte.

Ich betrachtete die Knöpfe eine Weile lang. Es war vermutlich Paul gewesen, aber ich hatte Angst, es versehentlich zu löschen, und dann würde sich rausstellen, es stammte von jemand anderem und war wichtig gewesen. Daher suchte ich Pauls Nummer aus der Liste auf der Seite des Kühlschranks raus und wählte sie.

»Hast du angerufen?«, fragte ich ihn.

»Ja«, antwortete er.

»Es tut mir leid. Ich war mit meiner Mutter und Sophie in der Wohnung drüben.«

»Das muss dir nicht leidtun.«

»Ich war mir nicht sicher, ob du dir vielleicht Sorgen machst, wenn ich abends nicht hier im Haus bin.«

»Ich habe mir schon gedacht, dass du wahrscheinlich bei deiner Familie bist«, erklärte er.

»Alles in Ordnung bei dir?«

Langes Schweigen.

»Ich sollte dich vermutlich nicht anrufen, um dir meine Probleme zu erzählen«, sagte er.

»Das macht mir wirklich nichts aus.«

Ich nahm das Telefon mit rüber zur Couch und setzte mich. Rigby legte sich so dicht neben mich, dass eine ihrer Vorderpfoten über meinem Fuß landete.

»Aber du hast dein eigenes Leben. Und eigene Probleme.«

»Na und? Jeder hat sein Leben. Und Probleme. Aber jeder hat auch Freunde, und manchmal hören sie zu, wenn ihre Freunde ihnen von ihren Problemen erzählen. Das ist normal. Na ja. Hör dir an, was ich da rede, als wüsste ich, was normal ist. Ich sage nicht, dass ich es mein Leben lang so gemacht habe oder so. Aber ich bin mir ziemlich sicher, dass viele Leute es tun.«

Es gab einen kleinen Laut von ihm, der ein Lachen hätte sein können, aber es hörte sich mehr nach Luftholen an.

»Was ist bei dir los?«, fragte ich.

»Es geht alles nur so schnell.«

Mir wurde es plötzlich in der Brust und im Magen ganz eng, und ich dachte, ich würde nicht genug Zeit haben, um das Sophie-Problem zu lösen. Dann fühlte ich mich schuldig, weil ich nur an mich dachte. Aber ich dachte das nicht richtig. Es war ja mein Magen. Und ich denke, mein Magen kennt nur mich.

»Wie schnell?«

»Das ist schwer zu sagen. Und schwer zu wissen, wie viel die Schmerzmittel ausmachen. Vielleicht ist es auch zum Teil, dass er sich noch nicht wieder ganz von der Operation erholt hat.«

»Ist er zu Hause?«

»Ja, er ist zurück. Und wir haben einen ambulanten Hospizdienst, der kommt und uns hilft.«

Es war vielleicht seltsam, aber ich fragte mich, wie es sich für ihn anfühlte, das Wort »uns« für sich und Rachel zu benutzen. Aber es schien mir nicht richtig, das zu fragen.

Ich blickte aus dem Fenster und sah Lichter von Häusern am Fuß der Berge. Irgendwie fühlte es sich tröstlich an. Als ob das Leben immer irgendwo weitergeht. Egal, was sonst passiert.

Ich sagte: »Kann ich dich um einen Gefallen bitten?«

»Sicher. Ich denke schon.«

»Du wohnst doch im Moment direkt neben dem Haus meiner Tante Violet, oder?«

»Ja. Genau da, wo wir uns kennengelernt haben.«

»Wenn sich die Gelegenheit ergibt, kannst du ihr sagen, wo wir sind und dass es uns gut geht?«

»Klar.«

»Ich denke, sie fühlt sich wahrscheinlich schuldig, weil sie uns rausgeworfen hat.«

»Vermutlich.«

»Aber ... tut mir leid. Du warst gerade dabei, von Dan zu erzählen. Und ich habe einfach das Thema gewechselt. Du hast gesagt, alles scheint so schnell zu gehen.«

Zuerst nichts.

Dann: »Ich denke immer eine oder zwei Wochen zurück. Er war noch nicht beim Arzt gewesen, und niemand wusste, dass irgendwas nicht okay war. Na ja, das stimmt nicht ganz. Er muss was gewusst haben. Sonst wäre er ja nicht hingegangen. Ich vermute, er hatte schon eine Weile Probleme, aber er dachte wohl, es sei überschüssige Magensäure oder ein Magengeschwür. Und dann bekommt er die Nachricht. Peng. Er muss operiert werden, und dann bricht alles zusammen. Es muss wirklich schnell wachsend sein. Zusätzlich war es in einem späten Stadium, als sie es entdeckt haben. Aber trotzdem. Ich hatte eigentlich erwartet, dass es langsamer geht. Es scheint mir seltsam, dass alles sich so schnell auflöst. Es ist schwer zu begreifen.«

Stille. Ich konzentrierte mich auf die kleinen Lichter der Häuser draußen.

»Wie kommt Rachel mit allem klar?«

Für ungefähr volle zehn Sekunden war alles, was ich hörte, sein Atem. Es schien irgendwie merkwürdig, dass ich das so klar und deutlich hören konnte. Als atmete er bewusst und vorsichtig statt einfach normal.

»Sie steht völlig neben sich«, antwortete er. Eine lange Pause. Und dann: »Es ist wirklich schwer. Du weißt schon. Zu …«

Ich wartete. Eine ganze Weile. Fragte mich, ob ich je das Ende des Satzes hören würde. Es war keiner, bei dem ich es erraten konnte.

»… zu sehen, dass sie ihn so liebt.«

Seine Stimme brach irgendwie bei dem letzten Wort. Aber nicht, weil er weinte, nicht wirklich. Sie bröckelte nur irgendwie.

Wieder sagte er eine lange Zeit nichts und ich auch nicht. Ich hatte keine Ahnung, was ich darauf erwidern sollte, und es kam mir fast so vor, als würde er nie wieder reden.

»Es war so viel leichter, solange ich sie nur ein paar Stunden ein- oder zweimal im Monat gesehen habe. Ich denke, ich war in dieser verrückten Phase des Leugnens. Ja, sie waren seit Jahrzehnten verheiratet, aber so ernst war das alles nicht. Als existierten sie einfach im selben Haus nebeneinander, aber ... Ach, ich weiß auch nicht. Ich weiß nicht, was ich hier sage. Was habe ich mir nur dabei gedacht, herzukommen? Um sie mit ihm zusammen zu sehen, tagein, tagaus? Mit anzusehen, wie schwer es für sie ist, ihn zu verlieren? Was habe ich mir nur gedacht?«

»Ich denke, du wolltest für beide da sein. Ich denke, du wusstest genau, dass es schwer sein würde, aber du wusstest auch, dass du es bereuen würdest, wenn du es nicht tätest.«

»Ich wusste nicht, dass es *so* schwer wird.«

Irgendwie brach es mir ein bisschen das Herz. Ich vermute, ich ließ es für einen Sekundenbruchteil zu, dass mein Herz seinem nahe war. Und ich spürte das Brechen. Es war komisch. Wie nichts, was mir je zuvor im Leben geschehen war. Allerdings hielt ich gewöhnlich auch großen Abstand zwischen mir und allen anderen.

Ich hatte keine Ahnung, was ich sagen sollte.

»Ich sollte auflegen«, erklärte er.

»Das musst du nicht.«

»Das war eine Menge mehr, als ich vorhatte zu erzählen.«

»Es ist okay. Ich meine, es ist mir recht.«

»Ich muss mich nur eine Weile allein hinsetzen und all das verarbeiten.«

»Du kannst wieder anrufen.«

»Ich denke, das muss ich wohl jetzt. Es ist fast so, wie wenn man sich nicht gestattet zu weinen, es dann aber doch tut. Es ist eine Sache, die Schleusen zu öffnen, aber etwas völlig anderes, sie wieder zu schließen.«

»Du kannst dich jederzeit melden.«

»Gute Nacht, Angie.«

»Gute Nacht.«

Ich ging zu Bett. Aber ich konnte bis in die frühen Morgenstunden nicht einschlafen. Und selbst dann schlief ich nicht lange.

* * *

Ich wachte auf, als ich die Plastikklappe der Hundetür aufgehen und wieder zufallen hörte. Ich dachte, es sei Rigby, die mal rausmüsste. Daher drehte ich mich einfach auf die andere Seite, um zu sehen, ob ich wieder einschlafen konnte, und rollte gegen Rigby. Sie war auf dem Bett bei mir. Sie hatte den Kopf gehoben und schaute zu dem hinteren Raum. Sie hatte die Klappe ebenfalls gehört.

Ich nahm mir vor, aufzustehen und nachzuschauen, was da war. Aber ich war wie erstarrt. Ich fragte mich, ob wohl wilde Tiere durch die Klappe reinkommen würden. Es war eine große Hundetür. Das musste sie sein. Sonst wäre sie für Rigby nutzlos gewesen. Darüber hatte ich mir schon mal Sorgen gemacht, als ich anfangs hier allein gewesen war. Aber ich hatte mir gesagt, Rigby würde gut aufpassen und ihr Revier verteidigen.

Jetzt fragte ich mich, ob es fair war, es darauf ankommen zu lassen.

Ehe ich mir etwas Besseres einfallen lassen konnte, steckte Sophie ihren Kopf zur Schlafzimmertür herein.

»Är!«, quietschte sie.

Ich war auf den Füßen, ehe ich auch nur wusste, dass ich aufstehen wollte.

»Sophie! Nein! Du kannst hier nicht rein.«

Ich packte sie, hob sie hoch, beinahe ohne zu denken, und sie trat mich fest gegen den Oberschenkel. Halb ließ ich sie fallen, halb setzte ich sie ab. Dann fasste ich sie an der Hand und versuchte sie zur Hintertür zu ziehen. Sie begann mit diesem ohrenbetäubenden Kreischen, schleifte mit den bloßen Füßen über den Holzboden.

»Rigby«, rief ich. »Komm. Lass uns rausgehen.«

Rigby sprang vom Bett, und zu dritt liefen wir den Flur entlang zur Hintertür. Mit einem Mal war alles wieder ruhig. Und Sophie kam ganz folgsam mit uns, war ganz still. Natürlich. Natürlich hörte sie mit dem Kreischen auf, wenn ich ihr gab, was sie wollte. Zugang zum Hund. Was ich gerade zum zweiten Mal getan hatte.

Ich war noch ganz verschlafen, und ich konnte meinen Verstand einfach nicht dazu bringen, ordnungsgemäß zu funktionieren. Ich wusste, ich hatte ein Problem, und ich machte es nur schlimmer. Aber ich konnte nicht klarer denken als bis da. Ich hatte keine Ahnung, wie ich es lösen sollte. Ohne sie schreien zu lassen, bis sie heiser war. Was ich nicht tun konnte, während wir hier in Pauls Haus waren.

Sie war so gut darin gewesen, einfach darauf zu vertrauen, dass sie Rigby bald wiedersehen würde. Ich wusste nicht, wohin dieses Vertrauen verschwunden war. Oder warum. Oder was ich deswegen unternehmen sollte.

Wir gingen durch die Hintertür und auf die kleine Terrasse davor, von wo ich zum Apartment schaute und sah, dass die Wohnungstür sperrangelweit offen stand.

»Kommt«, sagte ich. Zu beiden. »Lasst uns gehen und uns mit Mom unterhalten.«

* * *

Meine Mutter lag auf der Ausklappcouch und schlief tief und fest.

»Was sollte das?«, fragte ich. Klar und deutlich, laut. Es schien mir nicht richtig, dass sie einfach wieder einschlafen sollte, nachdem sie ein Problem wie das hier verursacht hatte.

Sie setzte sich auf, schaute sich um. Blickte mich an. Rieb sich die Augen.

»Schließ die Tür«, sagte sie. »Es ist kalt.«

Ich spürte, wie mir der Mund aufklappte.

»Schließ die Tür? *Schließ die Tür?*«

»Was an ›Schließ die Tür‹ verstehst du nicht?«

»Ich habe die Tür nicht aufgemacht. Das warst du. Und ich bin gerade erst aufgewacht mit Sophie im Haus. Das für sie ausdrücklich verboten ist. Ist sie unruhig aufgewacht, sodass du entschieden hast, sie mir aufzuhalsen?«

»Hör mal, Angie, *du* hast gerade *mich* aufgeweckt. Ich habe die ganze Nacht geschlafen.«

»Wer hat dann Sophie rausgelassen?«

»Ich habe keine Ahnung.«

Ich glaubte ihr nicht ganz. Das konnte ich nicht. Vielleicht war sie halb im Schlaf gewesen.

»Ich frage mich, ob Sophie vielleicht gelernt hat, Türen zu öffnen«, sagte sie.

»Unmöglich.«

Aber das war es nicht. Das war genau das Problem. Sophie war nicht dumm. Sie war anders. Aber die Andersartigkeit bedeutete nicht, dass sie nicht intelligent war. Ich wollte, dass es unmöglich war. Darum sagte ich das. Aber das machte es noch lange nicht so.

»Selbst wenn sie es war«, fuhr meine Mutter fort, »wie ist sie ins große Haus gekommen? Sperrst du nicht die Türen ab, bevor du zu Bett gehst?«

»Sie hat die Hundeklappe benutzt.«

»Oh.«

»Jetzt weiß ich nicht, was ich tun soll. Ich möchte zurück ins Haus, aber sie ist nun wach. Darum schreit sie jetzt.«

»Lass den Hund hier.«

»Das kann ich nicht. Davon lernt sie nur, dass sie schreien muss, um zu bekommen, was sie will.«

»Fein. Dann lass es. Aber tu es jetzt. Nachher kommt der Van und holt sie zur Schule ab. Das nächste Mal, wenn sie den Hund sieht, machen wir es anders. Du kannst herkommen und mit ihr und dem Hund spazieren gehen. Wie in den alten Tagen. Und du kannst ihr sagen, dass sie Rigby morgen wiedersehen wird. Vielleicht kommen wir dann zurück zu einem normalen Verhaltensmuster.«

Ich war nicht im Geringsten sicher, dass es funktionieren würde. Aber es fühlte sich gut an, einen Plan von meiner Mutter zu hören. Ob es nun ein guter Plan war oder nicht, wenigstens gab sie sich Mühe.

Daher sagte ich: »Rigby, bleib hier bei Sophie, okay?«

Und ich ging raus und ließ sie da. Und stieg wieder die Treppe hoch, zurück ins Bett.

Aber ich machte mir zu viele Sorgen, um so was wie Schlaf zu finden.

* * *

Sophie kam ungefähr eine Viertelstunde nach vier heim. Ich war auf alles gefasst. Womit ich nicht rechnete, war, dass ich meine Mutter laut rufen hören würde. Quer über die ganze Einfahrt.

»Sophie, warte! Sophie, komm zurück!«

Ich verzog das Gesicht und musste an Pauls Nachbarn denken. Und ich fragte mich, wie lange es wohl dauern würde, bis sie sich bei ihm beschwerten. Und wie er es aufnehmen würde, wenn sie es taten.

Dann wurde aus dem Rufen meiner Mutter ein Schreien zu mir.

»Angie, pass auf! Versperr die Hundeklappe oder so was!«

Ich saß am Küchentisch und blickte zu Rigby, die mich bereits anschaute. Als fragte sie mich, ob ich irgendwelche Erklärungen oder Anweisungen hätte.

»Willst du spazieren gehen?«, fragte ich sie.

Sie stand auf und begann zu wedeln. Natürlich. Was sonst sollte sie schon tun? Das ist keine Ja-oder-nein-Frage für einen Hund. Darauf gibt es nur eine Antwort: Ja.

Ich achtete darauf, ihrem Schwanz nicht zu nahe zu kommen, während wir über den Flur zum hinteren Schlafzimmer gingen. Ich schnappte mir die Leine vom Haken neben der Tür. Zusammen traten wir nach draußen, gerade als Sophie die Treppe unten erreichte.

»Warte«, sagte ich zu Sophie. »Wir kommen runter. Wir wollen gerade spazieren gehen.«

Sie wartete nicht. Begann die Stufen hochzukommen.

Meine Chancen, wenn ich versuchte, mit ihr zu reden, gefielen mir nicht, daher führte ich Rigby einfach nach unten, und als Sophie zu uns stieß, blieb ihr nichts anderes übrig, als kehrtzumachen und wieder zurückzugehen.

Zu dritt liefen wir über die Auffahrt an meiner Mutter vorbei, die wie ein Schluck Wasser in der Kurve aussah.

»Uns geht es gut«, sagte ich. »Wir machen einen Spaziergang.«

Sie atmete auf, sagte aber nichts. Und sie wirkte auch nicht glücklicher oder ruhiger.

Das war das Problem dabei, diejenige zu sein, die alles in Ordnung brachte. Ich versuchte, meiner Mutter den Stress zu nehmen, aber dann war es eher, als hätten wir ihn beide.

Manchmal war ich nicht sicher, ob ich überhaupt irgendwas in Ordnung brachte.

***

Wir gingen den ganzen Weg bis in die Stadt. Ich hoffte, Sophie würde davon müde werden. Und ich hoffte auch, Rigby würde davon nicht steif werden oder lahm. Es war immer ein Balance-Akt. Mein gesamtes Leben war ein Tanz auf dem Eis eines zugefrorenen Sees kurz vor der großen Schneeschmelze.

Alle schienen uns zu kennen.

Das war keine Riesenüberraschung. Aber da war etwas ... irgendwie *mehr* an diesem Tag, und das wunderte mich. Es war eine sehr kleine Stadt, eigentlich nur ein Dorf, und wir gingen seit über einem Jahr hier spazieren. Ein fünfzehnjähriges Mädchen mit einem Hund von der Größe eines kleinen Ponys und mit einem autistischen Kind war schwer zu übersehen. Wir sahen nicht wie irgendwer sonst aus, der hier auf der Straße unterwegs war.

Meistens kannte ich nur die Gesichter. Manchmal wusste ich auch, woher, wie bei der Frau, die in der Poststelle arbeitete, oder dem Mann, der an der Kasse im Supermarkt saß. Ich begegnete drei Mädchen, die ich aus der Schule kannte. Zwei taten so, als bemerkten sie mich nicht. Oder vielleicht war es auch wirklich so. Es ist immer schwer, so was zu sagen.

Eine Frau wusste Sophies Namen. Wir kamen an ihr vorbei, und sie lächelte uns an. Und sagte: »Hallo, Sophie.«

Ich blieb stehen. »Woher kennen Sie Sophies Namen?«, fragte ich sie.

»Meine Tochter ist im Förderschulprogramm«, erwiderte sie. »Sophie ist immer schon im Van, wenn Mr Maribal morgens bei uns anhält.«

»Oh, schön, Sie kennenzulernen.«

Dann gingen wir weiter. Aber es war ein seltsames Gefühl. Ich brauchte eine Weile, um genau sagen zu können, was mich störte. Etwas daran, dass die Leute uns bemerkten. Zu wissen, dass sie uns kannten. Dass wir hier lebten. Was hieß, dass, wenn wir nicht mehr hier leben würden, jemandem auffallen würde, dass wir weg waren. Es war, als existierte ich auf eine Weise, von der ich mir nicht sicher war, vorher schon existiert zu haben.

Ich mochte es, und ich mochte es nicht. Beides zur selben Zeit.

* * *

Als wir heimkamen, brachten Rigby und ich Sophie zum Apartment. Ich öffnete die Tür.

»Sophie ist wieder da«, rief ich meiner Mutter zu. »Pass bitte eine Weile auf die Tür auf. Sophie«, sagte ich und schaute sie an. Natürlich erwiderte sie meinen Blick nicht. »Du siehst Rigby morgen früh wieder. Okay? So wie immer.«

Ich überließ sie meiner Mutter, Rigby und ich machten kehrt und gingen die Treppe wieder runter. Ohne uns umzudrehen.

Wir waren zur Hälfte über die gekieste Auffahrt zum Haus gegangen, als ich es hörte. Den berühmten Sophie-Schrei. Ich blieb stehen. Kniff die Augen zu. Öffnete sie wieder und schaute Rigby an, die mich fragend anblickte, als warte sie auf Anweisungen.

»Komm mit«, sagte ich.

Wir kehrten wieder zurück zum Apartment.

»Schau mich nicht so an, Rigby. Wir haben keine andere Wahl.«

Aber, ehrlich gesagt, sie sah mich nicht irgendwie besonders an. Ich war es, die sich von außen betrachtete, alles kritisch bewertete. Aber wenn es einen besseren Weg gab, die Dinge zu handhaben, konnte ich ihn nicht erreichen. Von da aus, wo ich stand, konnte ich nicht einmal was Besseres sehen.

* * *

»Also das hier funktioniert nicht«, sagte ich zu meiner Mutter. »Und ich dachte wirklich, das würde es.«

Wir waren auf dem Balkon auf der Rückseite des Apartments und schauten zu den Bergen. Auf den meisten Gipfeln lag im Juni noch Schnee. Sophie war mit Rigby drinnen. Es war nur ein Vorwand, um in Ruhe ein schweres Gespräch zu führen.

»Ich glaube, es liegt daran, dass der Hund bei dir ist«, sagte sie. »Sie denkt, sie kann mit. Sollte mit. Die ganze Zeit. Solange der Hund bei einem Fremden war, empfand sie das anders.«

»Was, meinst du, wird passieren, wenn Paul zurückkommt?«

»Keine Ahnung.«

»Was, wenn sie weiter einfach durch die Hundeklappe in Pauls Haus geht, nachdem er wieder zu Hause ist?«

»Wir können immer noch die Wohnungstür von innen absperren.«

»Dann wird sie schreien.«

Sie sagte nichts. Keiner von uns sagte irgendwas. Für eine lange Zeit.

Nach einer Weile setzte ich mich auf einen von den Holzstühlen. Meine Mutter nannte sie Adirondack-Gartensessel, aber ich wusste nicht, warum. Sie stand ein paar Minuten am Geländer. Dann kam sie rüber und setzte sich auch.

Sie blickte über ihre Schulter, durch die Glasschiebetür. Daher tat ich das Gleiche. Aber nichts hatte sich geändert. Nur Sophie und Rigby, die nebeneinander auf dem Teppich lagen.

»Ich werde ein paar Sachen sagen«, erklärte sie. »Und ich fände es wirklich nett, wenn du nicht gleich schreien würdest, während ich noch spreche. Lass mich einfach alles loswerden, ehe du anfängst rumzuschreien.«

Ich holte tief Luft. Ließ sie wieder raus. Meine Art und Weise, mich innerlich zu wappnen, vermute ich.

»Ich denke nicht, dass ich genug Energie habe, zu schreien.«
»Gut.«
Eine zu lange Pause.
Daher sagte ich: »Bitte spuck es einfach aus, damit wir es hinter uns haben.«
»Ich denke, wir versuchen etwas, das schlicht nicht machbar ist.«
Ich saß einen Moment da, ließ die Worte auf mich wirken. Es weckte nicht den Wunsch in mir, irgendwen anzuschreien. Ich hasste es, aber es war nichts in mir, was dagegen kämpfen wollte. Genau genommen fühlte ich prüfend herum und fand die Stelle in mir, die unendlich erleichtert wäre, zuzugeben, dass das stimmte. Nicht froh. Nur erleichtert. Wenn etwas stimmt, benötigt man viel Energie, so zu tun, als sei es das nicht. Es verbraucht praktisch alle Lebensenergie, die man hat, und dann bleibt nicht mehr viel übrig für irgendwas anderes. Nach Jahren davon ist man einfach so erschöpft. Beinahe alles klingt okay, wenn es eine Verschnaufpause verspricht.
»Du sagst ja gar nichts«, bemerkte sie.
»Ich denke nach.«
»Das scheint für uns immerhin ein Fortschritt zu sein.«
»Ich will immer noch nicht, dass es so endet.«
»Es wäre kein Ende, Angie. Wir könnten sie ständig besuchen. Wann immer wir wollen.«
Ich seufzte nur. Antwortete nicht.
»Ich möchte nicht von hier weg«, sagte sie. »Ich brauche eine Ruhepause. Und Frieden. Das brauche ich. Ich möchte es nicht nur, ich *brauche* es. Ich kann es nicht ertragen, wieder auf der Straße zu landen, mit zwei Töchtern, von denen die eine besondere Förderung braucht. Diese Wohnung hier fühlt sich wie ein Zuhause an, und wir brauchen eines. Sophie braucht es auch. In einem Zelt zu leben ist nicht gut für sie. Wo sie in den Wald laufen kann.«

Ich sagte eine ganze Weile lang nichts.

Wir blickten wieder über unsere Schultern. Nichts hatte sich im Apartment geändert. Rigby und Sophie lagen weiterhin nebeneinander auf dem Teppich. Sophie war ein echter Engel, solange ich ihr gab, was ich eigentlich gar nicht durfte.

»Einen Penny für deine Gedanken«, sagte sie.

»Ich dachte, du redest, als seist du diejenige, die entscheidet.«

»Ist das gut oder schlecht?«

»Na ja, beides. Da ich nicht sonderlich mag, was du entscheiden willst. Aber es ist auch irgendwie eine Erleichterung, wenn du dich wie meine Mutter verhältst. Dann kann ich zurücktreten und wieder Kind sein, keine Ahnung haben, was ich tue.«

Langes Schweigen. Vielleicht drei oder vier Minuten. Oder mehr. Es war ungefähr sieben Uhr, aber die Sonne stand schon tief, war bereit, gleich hinter den Bergen zu versinken. Obwohl es einer der längsten Tage des Jahres war. Die Sonne geht hinter den Bergen eine Weile früher unter als am Horizont. Besonders, wenn die Berge hoch sind. Und nah.

»Wenn wir sie irgendwo unterbrächten, könnten wir sie je zurückbekommen? Du weißt schon, wenn wir hierblieben und Geld sparten, um uns ein Haus zu kaufen? Vielleicht irgendwo weitab von den nächsten Nachbarn? Ich könnte mir einen Job fürs Wochenende besorgen und helfen.«

»Oh, jetzt auf einmal willst du Geld verdienen?«

»Wenn es helfen würde, Sophie zurückzubekommen.«

»Sie ist ja noch gar nicht weg, Angie.«

»Du hast meine Frage nicht beantwortet.«

»Weil ich es nicht weiß. Ich denke schon, aber ich weiß es nicht wirklich. Ich könnte mir Verschiedenes anschauen. Wie wäre es, wenn wir das immer schön eins nach dem anderen angehen? Erst einmal warten wir ab, was geschieht, wenn er zurückkommt.«

»Richtig«, sagte ich.

»Wann, denkst du, wird das sein?«

»Vermutlich bald. Er sagte, der Verfall schreitet schnell voran.«

»Hast du mit ihm gesprochen?«

»Ja. Er ruft an.« Da fühlte sich das Schweigen seltsam an, daher sagte ich: »Du weißt schon, um sich nach Rigby zu erkundigen. Und um mich auf dem Laufenden zu halten, wann er zurück sein wird. Ich meine, soweit er das wissen kann.«

»Also ... was schätzt du?«

»Ich weiß es nicht. Ein paar Wochen vielleicht.«

»*Wochen?* Du hast gesagt, er würde *Monate* weg sein.«

Dann schauten wir beide wieder durch die Glastür. Um zu sehen, ob Sophie oder der Hund ihren Ausbruch mitbekommen hatten. Aber sie schienen beide auf dem Teppich zu schlafen.

»Ich meinte, dass er weg sein wird, bis sein Bruder stirbt. Was, wie die Ärzte glaubten, in zwei bis vier Monaten sein würde. Aber Paul dachte immer, es würden eher zwei als vier sein. Und jetzt sagt er, alles ginge sehr schnell.«

»Dann fange ich besser an, mich nach Heimen umzusehen.«

Mit einem Mal hatte ich das Gefühl, als könnte ich hier nicht länger bleiben. Ich stand auf und ging rein. Sagte meiner Mutter nicht Auf Wiedersehen oder Gute Nacht. Sagte nichts.

Sophie war wirklich auf dem Teppich neben Rigby eingeschlafen. Aber ohne den Hund irgendwo zu berühren. Ich legte Rigby eine Hand auf den Kopf, und sie wachte auf und schaute mich an, um zu sehen, was ich als Nächstes von ihr wollte.

»Lass uns zurück ins Haus gehen.«

Und das taten wir.

***

Die zweite Nacht hintereinander fiel es mir schwer, Schlaf zu finden. Daher war ich ziemlich groggy, als Sophie am Morgen durch die Hundeklappe kam.

Ich hob meinen Kopf und Rigby ihren. Aber heute wussten wir genau, was uns erwartete.

Als ich ihr Gesicht in der Tür entdeckte, sagte ich: »Game over, Sophie. Und wir verlieren alle.«

Ich weiß nicht, warum ich so was zu ihr sagte. Aber das tat ich nun einmal.

Dann stand ich auf und brachte Sophie und Rigby durch die Hintertür wieder zurück ins Apartment. Und teilte Rigby mit, sie solle dort bleiben, während ich ins Haus zurückging. Nicht, dass ihr viel anderes übrig blieb. Die Tür würde sich gleich wieder schließen. Aber das Mindeste, was ich tun konnte, war, mit ihr zu reden. Ihr zu sagen, was von ihr erwartet wurde. Was geschehen würde.

Dann ging ich wieder ins Bett.

Ich schlief aber nicht wieder ein.

Ich lag einfach da, hatte dieses seltsame Gefühl, dass wir keine Familie mehr wären. Nur meine Mom und ich, das fühlte sich nicht wie Familie an. Ich dachte darüber nach, wie es sein würde, wenn es nur wir beide wären. Es fühlte sich eigentlich ziemlich nach zwei Menschen an, die zwar manchmal ganz gut miteinander auskamen, aber meistens eher nicht. Zwei Menschen, die sich eigentlich nicht sehr verwandt fühlten, obwohl sie es waren. Es war Sophie, die alles zusammenhielt, es zu etwas machte, das sich wie Familie anfühlte.

Wenigstens ein paar Wochen länger würde sie das tun.

* * *

Paul rief später an, in der Nacht. Es war beinahe Mitternacht.

Zur Abwechslung hatte ich geschlafen, und es war schwer, aufzuwachen. Aber ich war trotzdem froh, von ihm zu hören.

»Ich muss es dir einfach erzählen«, sagte er. »Dan und ich hatten den besonderen Moment. Den, von dem du geredet hast.«

»Über welchen habe ich denn geredet?«

»Den, den du uns gewünscht hast. Du hast gesagt, wenn jemand das Ende nahen spürt, kann man ihm auf andere Weise nahe sein.«

»Oh. Richtig. Das. Jetzt erinnere ich mich wieder. Was ist geschehen?«

»Er hatte diesen Moment. Er war kaum bei Bewusstsein. So ist es fast die ganze Zeit. Beinahe Tag und Nacht. Aber ganz plötzlich, vor ein paar Minuten, hatte er diesen lichten Moment. Wie aus dem Nichts hat er die Augen geöffnet und mich angeschaut. Und er hat gesagt ...«, eine unbehagliche Pause, »er hat gesagt ... ›Es tut mir leid, dass wir dir das Herz gebrochen haben.‹«

»Ui.«

»Das dachte ich auch. Nie zuvor hätte er so was zu mir gesagt. Niemals. Er hat das niemals zugegeben. Ich war mir nicht mal sicher, ob er es überhaupt wusste.«

»Wie lange fühlst du schon so? Du weißt schon. Ich meine ... für sie?«

Dann dachte ich plötzlich, dass es falsch von mir gewesen war, das zu fragen. Und dass er mir eine scharfe Abfuhr erteilen würde, wie: »He, ich hab nicht gesagt: Frag, was du willst.«

Aber das tat er nicht.

Er sagte: »Neunundvierzig Jahre. Seit ich siebzehn bin.«

»Du kennst sie, seit du siebzehn warst?«

»Ja. Noch bevor sie Dan getroffen hat. Sie war in einem Austauschprogramm zum Collegebesuch hier. Aber sie war neunzehneinhalb. Sie ist zweieinhalb Jahre älter als ich. Ich weiß, es klingt jetzt nicht nach viel, aber sie war schon im College. Sie war schon im zweiten Studienjahr und ich gerade erst auf die Highschool gekommen. Zu der Zeit fühlte sich das unüberwindlich an. Als sei sie eine erwachsene Frau und ich noch ein Kind. Ich war mit ihr befreundet, noch ehe sie Dan kennengelernt hat. Später hat sich herausgestellt, dass sie darauf hoffte, über mich Dan vorgestellt zu werden. Und ich hoffte, sie könnte über den Altersunterschied hinwegsehen.«

Einen Augenblick lang herrschte Schweigen, während Schatten über die Wand des Schlafzimmers huschten. Ich war verblüfft, dass er mir das alles erzählte. Aber ich hatte Angst, dass er aufhören würde, wenn ich ihn darauf hinwies.

Daher war alles, was ich erwiderte: »Autsch.«

»Ich will hier nicht einen falschen Eindruck erwecken. Es ist nicht so, dass sie mich benutzt hat oder so, um an ihn ranzukommen. So ist sie nicht. Sie war eine gute Freundin. Das ist sie immer schon gewesen. Es ist nur so, dass er es war, für den sie romantische Gefühle hatte.«

Ich wollte sagen: Vielleicht ändert sich das jetzt. Oder irgendwann. Vielleicht, wenn sie diesen schweren Verlust überwunden hat.

Doch das tat ich nicht. Ich hatte immer noch das Gefühl, als ginge mich dieses Leben nichts an. Wenn er mir davon erzählen wollte, war das okay. Das war seine Entscheidung. Aber ich hatte nicht das Gefühl, als hätte ich das Recht, viel davon zu kommentieren.

So sagte ich nur: »Es freut mich, dass du einen guten Moment mit deinem Bruder hattest.«

»Na ja«, sagte er. »Einen schweren Moment, aber ich denke, er war auch gut.«

»Was hast du gesagt? Als er das zu dir gesagt hatte?«

»Nicht viel. Nur, was ich ihm tausendmal am Tag sage. Dass er sich wegen nichts mehr Sorgen machen muss.«

Ein langes, recht angenehmes Schweigen schloss sich an. Ich wusste, das war alles, was er mir hatte erzählen wollen. Und ich war nicht sicher, was das für uns bedeutete.

Nach einer Weile, als er nicht sofort auflegte, sagte ich: »Wäre es okay, wenn ich dir etwas erzähle, was hier bei mir los ist?«

»Natürlich. Das fände ich schön.«

»Ich bin nicht sicher, ob es wirklich richtig ist. Wenn man bedenkt, dass du da bist und was du alles durchmachst.«

»Bitte, tu es. Es wäre gut, mal was ganz anderes zu hören.«

»Ich denke, wir werden Sophie in ein Heim geben müssen.«

Schweigen. Ich fragte mich, wer schockierter war, mich die Worte aussprechen zu hören.

»Oje. Das ist schade. Ich dachte, es würde die Probleme lösen, wenn ihr im Apartment leben könnt.«

»Ja, das dachten wir alle. Ich bin nicht sicher, was schiefgegangen ist. Es ist fast so, als wüsste sie, dass Rigby bei mir ist, daher denkt sie, es sei ihr erlaubt, ständig bei uns zu sein. Ich musste mit Rigby im Apartment bleiben oder sie drüben lassen, bis Sophie am Morgen in die Schule fährt, und nach unserem Spaziergang, bis sie schlafen geht. Und morgens öffnet Sophie die Tür des Apartments, kommt die Treppe hoch und durch die Hundeklappe ins Haus. Natürlich lasse ich sie nicht bleiben. Ich bringe sie gleich wieder raus. Aber sie war zweimal in deinem Haus, jeweils ungefähr eine Minute lang. Nein, nicht mal so lange. Sekunden. Aber trotzdem. Früher oder später musste ich es dir sagen.«

»Obwohl ich es nie erfahren hätte.«

»Obwohl du es nie erfahren hättest.«

»Vielleicht wird es, wenn ich zurückkomme, mehr, wie es war, als wir auf verschiedenen Seiten des Zaunes gelebt haben.«

»Vielleicht. Darauf hoffen wir natürlich auch. Aber meine Mutter hat bereits entschieden, dass sie hier nicht wieder wegwill. Woraus ich ihr keinen Vorwurf mache. Was für eine Wohnung wir auch finden würden, wir würden ohnehin bald wieder rausgeworfen. Obdachlos zu sein war schrecklich.«

»Vielleicht wäre es wirklich für alle das Beste. Sophie eingeschlossen.«

»Ich weiß nicht. Wäre es nicht für jede Siebenjährige schlimm, von allem weggebracht zu werden, was sie kennt?«

»Doch, vermutlich schon.«

»Und Sophie verkraftet Veränderungen schlechter als die meisten anderen Kinder.«

»Tut mir leid, dass ich das gesagt habe.«

»Das muss es nicht. Vielleicht stimmt es ja. Nicht, weil es gut ist, sondern weil unter Umständen alles andere schlechter ist. Ich weiß es nicht. Ich weiß nur, dass ich gehofft hatte, wir könnten warten, bis sie alt genug ist, dass es mehr wie die gewöhnliche Zeit wäre, zu der man von zu Hause fortgeht. Und ich habe das komische Gefühl, dass wir ohne sie keine echte Familie mehr wären. Nur meine Mom und ich. Das fühlt sich nicht nach Familie an. Das fühlt sich nur nach zwei Menschen an.«

Langes Schweigen. Ich merkte, dass ich fertig war. Ich hatte alles gesagt, was ich zu sagen hatte. Das gleiche Gefühl, das ich gehabt hatte, als er vorhin fertig gewesen war. Ich beobachtete die Schatten an der Wand und fragte mich, wie ich das alles beenden sollte.

»Nun, wenn schon sonst nichts«, erklärte er, »hast du mich daran erinnert, dass ich nicht der Einzige bin, der es im Moment schwer hat.«

Ich erwiderte darauf nichts. Ich wusste nicht, was ich hätte sagen sollen.

»Du weißt, dass ich dir, so gut es geht, helfen werde, wenn ich zurückkomme.«

»Ja. Das weiß ich. Aber ich weiß auch, dass es dein Leben ist. Es ist dein Ruhestand. Und du hast so hart dafür gearbeitet, eine lange Zeit. Du hast ein Anrecht darauf. Du hast das Recht, es so zu haben, wie du es willst.«

Erst kam nichts.

Dann sagte er: »Es kann sein, dass ich mich mit der Sache mit dem Alleinsein getäuscht habe. Es ist nicht so toll, wie ich mir eingeredet hatte.«

»Ich persönlich mag es noch. Außerdem wolltest du es unkompliziert. Du möchtest es immer noch unkompliziert, oder?«

»Da bin ich momentan hin- und hergerissen. Andere Leute bringen immer Komplikationen mit sich. Das liegt einfach in der Natur menschlicher Beziehungen. Du kannst die Leute nicht von ihren Komplikationen trennen. Unkompliziert und allein sind mehr oder weniger das Gleiche. Ich weiß nicht. Ich denke immer noch darüber nach. Und im Moment ist mein Verstand vermutlich beeinträchtigt. Ich sollte dich jetzt wieder schlafen lassen. Wir sollten beide schlafen. Vielleicht sieht morgen früh alles besser aus.«

»Vielleicht«, antwortete ich.

Aber ich dachte nicht, dass es das würde.

»Es tut mir leid, dass du eine schwere Zeit hast«, sagte er.

»Es tut mir leid, dass *du* eine schwere Zeit hast«, sagte ich.

»Schlaf gut«, sagte er.

»Gute Nacht«, sagte ich.

Dann legte ich auf und schlief praktisch gar nicht.

* * *

Nach ein paar schlaflosen Stunden zog ich die kleine Kiste unter Pauls Bett vor. Ich öffnete sie mit dem Schlüssel, den ich an einem Ring zusammen mit Pauls Hausschlüsseln bei mir trug.

Ich gab mir Mühe, nicht auf Nellies Brief zu schauen oder »Das Tibetische Totenbuch« oder den Einhundert-Dollar-Schein. Oder das Portemonnaie und die Armbanduhr meines Vaters. Zwar konnte ich nicht verhindern, dass ich diese Dinge sah, aber ich achtete darauf, dass mein Blick nicht darauf verweilte.

Ich nahm mein Himalaya-Buch raus, sperrte die Kiste wieder ab und schob sie zurück unters Bett. Dann setzte ich mich gegen die Kissen gelehnt für ein paar Stunden ins Bett und reiste durch Tibet und Nepal. Wo ich schon lange nicht mehr gewesen war.

Es gab nur ein kleines Problem. Es war schwer, nicht an Nellie zu denken. Sie kam immer wieder durch die Hintertür in meinem Kopf. Ich schob sie zurück und sperrte hinter ihr ab. Aber es war nie gut genug versperrt. Weil sie immer wieder reinkam.

Eines aber konnte ich mit Bestimmtheit sagen. Sie reiste in dieser Nacht nicht mit mir nach Tibet. Ich war ein Einzelreisender auf diesem Trip. So wie früher immer.

Als meine Augen zu müde wurden und sich wund anfühlten, schloss ich das Buch. Rigby lag mit dem Rücken an meiner Hüfte, ihre Beine hingen über die Bettkante. Ich streichelte sie, und sie wachte auf, reckte ihre unglaublich langen Beine noch weiter aus dem Bett.

»Ich wünschte, ich könnte mit dir reisen«, sagte ich. »Du bist der perfekte Begleiter. Nur dass du kein Mensch bist. Na ja, in gewisser Weise bist du es vielleicht schon.«

Ich ließ das Buch auf dem Nachttisch liegen. Weil das bei Paul möglich war. Ich hatte keine Ahnung, wie lange ich noch so wunderbar leben konnte. Ich wusste nur, was auch immer geschah, irgendwann in meinem Leben würde ich es wieder so haben. Irgendwann würde ich an einem Ort leben, wo alles sicher war, auch wenn es offen herumlag. Irgendwie würde ich dahin kommen.

Ich wusste nur nicht, wo das »dahin« war. Oder wie lange ich warten musste.

*　*　*

Paul rief wochenlang nicht an. Und sonst passierte nichts, was es wert gewesen wäre, berichtet zu werden. Nur ein paar Angelausflüge und dieser eine winzige Moment.

Es war nach sechs Uhr abends, und wir waren alle zusammen im Apartment. Rigby lag mit Sophie direkt neben sich auf dem Teppich. Die späte Nachmittagssonne fiel durch die Schiebetür aus Glas und auf sie beide, ließ sie aussehen wie eine Weihnachtskrippe. Dieses unheimliche, fast übernatürliche Licht. Ein Heiligenschein für die ganze Szene.

Meine Mutter starrte sie an.

Nachdem sie das etwa eine Minute lang getan hatte, erkundigte sie sich: »Wie alt ist dieser Hund?«

Ehrlich gesagt, hatte ich mich schon gefragt, wann sie das würde wissen wollen.

»Alt«, antwortete ich.

Und das war das Ende des Gesprächs. Danach kam das Thema nie wieder auf.

Kapitel 4

Ruhe

Das nächste Mal, dass ich von Paul hörte, war beinahe drei Wochen später. Und es war nicht wie die anderen Male. Es war nicht spät. Er rief nicht an, um mir zu erzählen, was ihn von dem, was vor sich ging, am meisten schmerzte. Er klang verschlossen. Weit weg. Ich meine nicht, dass seine Stimme klang, als käme sie von weit entfernt. Sie war so laut wie immer. Ich meine, sie klang, als wäre er ganz woanders.

»Ich komme morgen heim«, sagte er.

Ich hoffte, er meinte, für einen Besuch. Damit Rigby nicht dachte, dass er sie vergessen hätte. Ich wollte wesentlich mehr Vorwarnzeit, wenn er für immer nach Hause kam. Nicht, dass mehr Zeit etwas geändert hätte. Es gab nicht viel, was ich hätte tun können, um mich vorzubereiten. Aber ich hatte trotzdem das Gefühl, es wäre hilfreich, wenn ich mich innerlich wappnen könnte. Andererseits war es vielleicht auch einfach nur etwas, das ich mir einreden wollte.

»Zu Besuch? Oder ist Dan …?«

»Dan ist gestorben«, sagte er. Einfach so. Ausdruckslos.

Das erinnerte mich an etwas. Oder jemanden. Aber ich hatte keine Zeit, genauer darüber nachzudenken, an was. Oder an wen.

»Oh, das tut mir leid. Wann ist es passiert?«

»Letzte Nacht, während wir alle geschlafen haben.«

»Oh. Was ist mit Rachel? Braucht sie nicht Beistand?«

»Offenbar nicht. Sie hat mir gerade gesagt, sie würde Zeit allein benötigen.«

Fast hätte ich »Autsch« gesagt, konnte mich aber gerade in letzter Sekunde noch daran hindern und wandelte es zu einem »Oh« ab.

Es konnte nicht schön gewesen sein, das zu hören. Ich meine, zusätzlich zu der Tatsache, dass sein Bruder gerade erst gestorben war. Aber ich wusste, wenn jemand etwas zu mir sagte, das mich verletzte, war das Letzte, was ich wollte, dass ein anderer kam und mich auf das Offensichtliche hinwies. Wie beispielsweise mit: Das muss wehgetan haben. Daher sagte ich nichts.

»Rigby wird außer sich sein vor Freude, dich wiederzusehen«, bemerkte ich.

»Ja. Das wird schön.« Seine Stimme klang weicher. »Ich werde vermutlich am späten Nachmittag da sein. Soll ich von unterwegs anrufen? Damit du genauer weißt, wann?«

»Nein, das ist in Ordnung so. Ich freue mich, dich zu sehen, wann immer du hier ankommst.«

Ich konnte aus seinem Schweigen heraushören, dass es ihn überraschte, mich das sagen zu hören. Aber ich wusste nicht genau, warum. Es war, als hätten wir den ganzen Fortschritt in unserer Freundschaft, den wir seit seiner Abreise gemacht hatten, wieder verloren.

»Bis morgen dann«, sagte er.

Wir verabschiedeten uns, und ich legte auf. Und da fiel es mir ein. Woran er mich erinnert hatte. An den alten Paul. Den von vorher.

Den Paul von der anderen Seite des Zaunes.

* * *

Als ich die Reifen seines Autos auf dem Kies der Auffahrt hörte, lief ich zum Apartment und holte Rigby und Sophie, brachte sie zu ihm. Ich wusste, meine Mutter würde er nicht sehen wollen. Und ich wusste auch, er wollte nicht heimkommen und von Geschrei begrüßt werden. Was der Fall sein würde, wenn ich Sophie nicht mitgenommen hätte.

Rigby peitschte mich ein paarmal mit ihrem Schwanz, egal, wie sehr ich mich bemühte, ihr auszuweichen, weil sie nicht still halten konnte. Sie richtete sich immer wieder auf, setzte sich auf die Hinterbeine. Obwohl ich sie wirklich gut kannte, erstaunte es mich doch, wie groß sie sein konnte.

Sophie hüpfte auf und nieder wie ein Kind auf einem Pogo-Stick, weil sie immer spürte, was Rigby fühlte. Mir fiel etwas auf. Nicht zum ersten Mal, aber auf andere Weise: Darum war sie beinahe immer ruhig, wenn Rigby in der Nähe war. Sie ahmte das Innere des Hundes nach, da kam die Ruhe her.

Paul kam aus der Garage, wirkte alt und müde. Als hätte er sich an dem Tag nicht rasiert. Als hätte er eine Woche lang nicht geschlafen. Er trug zwei Tüten mit Lebensmitteln.

Sein Gesicht strahlte auf, als er Rigby erblickte.

Sie saß vor ihm, war kaum imstande, die Position zu halten, wirkte, als würde sie jeden Augenblick anfangen zu tanzen.

»Na, siehst du nicht wunderbar aus?«, begrüßte er sie. »Man kann erkennen, dass deine Hundesitterin dich bestens versorgt hat.«

Ich fragte mich, ob ihr Maul und ihre Augenbrauen grauer waren als beim letzten Mal, als er sie gesehen hatte. So was ist schwer zu beurteilen, wenn man jemanden täglich vor sich hat.

Dann schaute er zu uns hoch.

»Hallo, Angie«, sagte er. »Hallo, Sophie.«

»Ich hoffe, es ist okay für dich, dass Sophie dabei ist«, erklärte ich. »Ich wollte, dass sie dich sieht und wie du den Hund zurücknimmst. Ich dachte, das hilft vielleicht.«

»Und wenn nicht? Wie lautet unser Plan B?«

»Na ja, wir haben den Schrank mit Eierkartons ausgekleidet, damit der Schall etwas gedämpft wird. Das hat zwar nicht die Wirkung, die man sich wünschen würde, aber es wird etwas helfen. Und ich habe noch ein frisches Paar der wirklich guten Ohrstöpsel.«

»Sophie«, wandte sich Paul an sie, schaute ihr ins Gesicht. Sie erwiderte den Blick nicht. »Rigby muss jetzt mit mir ins Haus. Warte einfach bis morgen, und Angie wird dich wieder auf den Spaziergang mitnehmen. Klingt das gut?«

Dann warteten wir eine Minute, aber ich hatte keine Ahnung, worauf. Ich fragte mich, ob er das besser wusste. Oder ob das zu den Sachen gehörte, die man einfach macht, weil man sich etwas vorher nicht gut überlegt hat.

»Ich werde gleich mit ihr hochgehen«, sagte ich. »Weil es Probleme geben könnte, wenn sie glaubt, ich dürfte bei Rigby bleiben. Aber wenn sie eingeschlafen ist, kann ich rüberkommen.«

»Bitte versteh das nicht falsch«, antwortete er. Aber ich wusste bereits, dass ich das tun würde. »Ich weiß, wie sich Rachel jetzt fühlt. Ich brauche einfach etwas Zeit allein. Nur ich und mein Hund.«

»Okay, das verstehe ich.«

Und das konnte ich wirklich. Aber es tat mir auch weh. Beides zur gleichen Zeit. Ich fragte mich, wo der Mann war, der mich um Mitternacht angerufen hatte. Ob ich ihn jemals wiedersehen würde. Warum ich geglaubt hatte, es sei eine permanente Veränderung.

Ich gab ihm die Schlüssel zurück. Schaute zu, wie er die Stufen zur Hintertür hochging, gefolgt von der wedelnden Rigby.

Ich begriff zwei Sachen.

Zum einen hatte ich vergessen, den Schlüssel zu meiner Kiste von seinem Schlüsselbund abzunehmen. Aber das konnte ich später noch nachholen.

Wichtiger war, dass ich zum anderen erkannte, dass Rigby die Einzige von meinen Freunden war, die nie etwas sagen würde, das meine Gefühle verletzte.

Ich schaute zu Sophie.

»Lass uns reingehen, Sophie. Wir werden Rigby morgen wiedersehen.«

Zusammen liefen wir die Treppe hoch, und sie folgte mir in die Wohnung. Und ich schloss hinter uns die Tür.

Ich blickte zu meiner Mutter, die auf der Couch saß und mich ansah. Ich überkreuzte die Finger an beiden Händen, hielt sie hoch, damit sie sie sehen konnte. Dann überkreuzte auch sie ihre Finger. Und dann auch noch die Füße. Und schließlich auch noch die Augen, aber das endete in einem furchtbaren Schielen, sodass ich lachen musste. Vermutlich zu laut und zu lange, aber ich war nervös.

Sophie ließ sich in Sphinx-Stellung an der Tür nieder, wie sie es am Zaun bei Tante Vi getan hatte. Meine Mom und ich beobachteten sie ein paar Minuten. Nach einer Weile gab es nicht viel mehr zu beobachten.

Sie schlief so ein, und Mom klappte die Couch aus und legte sie darauf.

»Ich glaube, wir können jetzt alles entkreuzen«, stellte sie fest.

***

Am Morgen wachte ich früh auf, es war vielleicht sechs Uhr. Es war hell draußen und sehr kalt. Zugig. Aber ich war mir nicht sicher, warum.

Ich schlief in dem einzelnen Bett hinter dem Raumteiler. Es war das erste Mal, dass ich in dem Apartment übernachtet hatte, daher ging ich in meinem schlafumnebelten Verstand einfach davon aus, dass es jeden Morgen kalt und zugig war.

Es gab einen Gaskamin, mit dem geheizt werden konnte, aber es kam mir seltsam vor, ihn im Sommer anzuschalten. Doch dann begann ich zu zittern und entschied, dass es mir egal war.

Ich stand auf und ging um den Raumteiler herum.

Meine Mutter schlief tief und fest auf der Ausklappcouch. Die Tür stand sperrangelweit auf, und von Sophie war weit und breit nichts zu sehen.

Ich zog mich so schnell an, wie ich nur konnte. Nahm mir Jeans und ein Sweatshirt und lief noch barfuß die Treppe hinunter. Die Stufen zur Hintertür ging ich so langsam hoch, wie ich nur konnte. Aber dann wusste ich nicht mehr weiter.

Wenn ich anklopfte, würde ich Paul wecken. Er schlief vermutlich und ahnte nicht, dass Sophie in seinem Haus war. Ein paar Minuten lang setzte ich mich auf die oberste Stufe und versuchte, mir eine Möglichkeit zu überlegen, sie aus dem Haus zu bekommen, ohne dass er etwas davon mitbekam. Aber ich war noch gar nicht richtig wach und konnte nicht wirklich gut nachdenken.

Das Einzige, was mir einfiel, war, die Hundeklappe unten anzuheben und Rigby zu rufen. Wenn die Hündin rauskam, würde Sophie ihr folgen.

»Rigby«, zischte ich.

Wegen der Lautstärke war ich mir nicht sicher. Sie musste mich ja hören können. Aber ich durfte Paul unter keinen Umständen wecken. Mir fiel wieder ein, dass Paul mir gesagt hatte, Rigbys Hörvermögen sei zehnmal besser als unseres. Ich dachte, das könnte sich als meine Rettung erweisen.

»Rigby«, sagte ich wieder, dieses Mal ein wenig lauter.

»Du musst nicht flüstern«, rief Paul mir zu. »Ich bin wach.«

»Oh, entschuldige.«

Ich saß ungefähr eine Minute da, weil ich nicht wusste, was ich sonst tun sollte. Dann ging die Hintertür auf, und Paul stand da, über mir, im Pyjama und in seinem eleganten weinroten Morgenmantel.

»Du suchst deine Schwester, nehme ich an.«

»Richtig.«

»Sie ist hier.«

»Ja. Das tut mir leid.«

»Na ja, sie ist ja lieb und ganz leise. Sie will nur neben Rigby liegen. Hast du schon gefrühstückt?«

»Äh, nein.«

»Dann komm doch rein.«

Das tat ich. Ich schob einfach meine Verwunderung beiseite und tat, was man mir gesagt hatte. Sophie lag auf dem Küchenboden neben Rigby. Ich setzte mich an den Tisch.

»Trinkst du Kaffee?«, fragte Paul.

»Ja, klar. Ich hätte gerne Kaffee.«

»Mit Milch und Zucker?«

»Woher weißt du das?«

»Die meisten trinken anfangs ihren Kaffee so. Schau mal, es tut mir leid, dass ich gestern so schlecht gelaunt war.«

»Nein, das ist schon okay. Das warst du nicht. Du wolltest einfach deine Ruhe haben. Das verstehe ich.«

»Ich wollte mir gerade einen Bagel mit Frischkäse und Räucherlachs machen.«

»O Gott, das klingt himmlisch.«

Ich beobachtete, wie er was im Kühlschrank suchte.

»Da war noch Essen im Haus, als ich heimkam. Im Gefrierschrank. Und ein paar Dosen. Du weißt doch, was ich dir dazu gesagt habe.«

»Ich hab mir wirklich Mühe gegeben.«

»Ja, bestimmt hast du das. Und schließlich war ich ja auch nicht so lange weg, wie ich ursprünglich gesagt hatte. Ist das eigentlich dein Schlüssel auf dem Tisch da? Er war an meinem Schlüsselbund.«

»Ja, danke«, sagte ich und steckte ihn mir in die Tasche.

Dann herrschte längere Zeit Schweigen, während er den Kaffee einschenkte und die Bagels toastete. Und Frischkäse auf den Tisch stellte und ein Messer dazulegte. Auf einen kleinen Teller häufte er genug Räucherlachs, um vier Leute satt zu machen. Sogar vier Leute, die solche Unmengen davon verspeisen konnten wie ich.

Er setzte sich hin, und wir aßen. Und redeten nicht. Ich erinnere mich daran, gedacht zu haben, dass, was immer wir als Nächstes sagen würden, uns auf vermintes Terrain bringen würde. Daher aßen wir einfach nur.

Nach ungefähr fünf Minuten machte er den ersten Schritt.

»Es ist nicht so, dass ich bedauere, meine Gedanken mit dir geteilt zu haben, wie ich es in den Anrufen spät in der Nacht getan habe …«, erklärte er.

Dann sprach er nicht gleich weiter. Und ich wusste nicht, was ich darauf erwidern sollte. Außer dass es weniger Gedanken als eher Empfindungen gewesen waren. Aber das wollte ich nicht aussprechen, daher schwieg ich lieber.

Nach einer Weile sagte er doch was. »Es ist mehr so, dass ich müde war. Ich hatte das Gefühl, als lägen meine Nerven bloß. Als würden sie mit Sandpapier bearbeitet. Ich musste zumachen, um mich zu erholen.«

»Das klingt logisch.«

Wir aßen wieder stumm etwa fünf Minuten lang.

Plötzlich erstaunte ich mich selbst mit der Frage: »Hast du …?«

Doch dann konnte ich den Satz nicht zu Ende bringen. Ich hätte damit gar nicht erst anfangen sollen, und ich konnte nicht weitermachen.

»Habe ich was?«

»Ist nicht wichtig. Das geht mich nichts an.«

»Nein, ich habe nicht mit ihr gesprochen. Wie auch? Zu einer solchen Zeit?«

»Ja, ich verstehe, was du meinst.«

Wieder aßen wir schweigend, bis nichts mehr auf dem Tisch stand.

Ich blickte zu Sophie und fragte mich, wie ich sie ins Apartment bringen und anziehen und für die Schule fertig machen sollte.

»Sophie«, sagte ich. »Bald kommt der Van. Lass uns dich anziehen. Wenn du aus der Schule heimkommst, nehme ich dich mit auf den Spaziergang mit Rigby. Aber jetzt muss sie erst mal mit Paul hierbleiben. Danke fürs Frühstück, Paul.«

Ich stand auf, war mir nicht sicher, ob ich meine Schwester irgendwo anfassen sollte. Ich entschied, erst zu versuchen, sie ohne Berührung zur Tür zu bringen. Einfach mit Überzeugung. Als erwartete ich einfach, dass sie mir folgen würde.

Und das tat sie. Stillschweigend. Und ruhig.

* * *

Als wir ins Apartment kamen, war meine Mom wach. Sie setzte sich auf, schaute sich panisch um.

»O Gott«, sagte sie. »O Gott. War es eine absolute Katastrophe?«

»Seltsamerweise ... nein.«

»Warum? Warum war es nicht schlimm? Wie kann das sein?«

»Ich habe wirklich keine Ahnung. Es war es einfach nicht. Und ich will auch gar nicht so genau hinterfragen, warum es das nicht war. Weil ich einfach nur froh bin, dass es so gelaufen ist. Und ich schlage vor, du machst es mir fürs Erste nach.«

* * *

Ich war diejenige, die die Auffahrt hinabging, um Sophie nach der Schule am Van abzuholen. Wir standen auf der Erde und dem Kies und winkten, während Mr Maribal davonfuhr. Na ja, ich winkte. Dann drehten wir uns um, machten uns auf den Weg zum Apartment, als Sophie plötzlich losrannte. Auf ihre ungelenke Art, zu den Stufen zu Pauls Hintertür.

Ich ging damit anders um als mit allem bisher.

Ich holte sie ein und warf mich auf sie, sodass wir beide zu Boden gingen. Ich landete auf ihr, hörte und spürte, wie alle Luft aus ihr wich. Ich hatte mir das Knie aufgeschlagen und die Hände aufgeschürft, und ich sah gleich, dass sie eine Schramme am Kinn hatte, die ziemlich bluten würde. Aber all das erschien mir unbedeutend im Vergleich damit, in ein Heim gesteckt zu werden.

»Jetzt hör mir gut zu«, zischte ich ihr direkt ins Ohr. »Du willst Är sehen? Dann musst du mit mir zusammenarbeiten. Du musst dich an die Regeln halten. Wenn du das hier vermasselst, wirst du verlieren. Wir alle werden das. Wenn du es in deine eigenen Hände nimmst, wird das alles ruinieren. Ich weiß nicht, wie viel du von dem, was ich sage, verstehst, aber wenn du jemals auch nur eine Sache begreifst, dann sollte es das hier sein: Ich werde dafür sorgen, dass du den Hund so oft und so lange siehst, wie Paul es zulässt. Daher tu besser, was ich sage.

Du gehst mit mir zusammen ganz ruhig und nett zu ihm. Sonst bekommst du am Ende genau das Gegenteil von dem, was du willst.«

Ich stemmte mich hoch und setzte sie hin, verfolgte, wie sie um Atem rang. Ich fühlte mich schrecklich. Aber ich musste mich daran erinnern, wie viel schlimmer es werden konnte.

»Bist du okay? Bereit, Rigby zu besuchen?«

Ich streckte ihr eine Hand hin, aber sie nahm sie nicht. Ich war mir nicht sicher, warum ich überhaupt gedacht hatte, sie würde das tun. Ich fasste sie an beiden Ellbogen und half ihr auf die Füße. Etwas Blut tropfte von ihrem Kinn auf ihr T-Shirt.

Ich fragte mich, ob ich es besser gleich von Anfang an auf die harte Tour hätte versuchen sollen. Gleich nachdem wir hergezogen waren. Aber es war witzlos, sich über etwas aufzuregen, das vorbei war.

Zusammen gingen wir den Rest der Auffahrt hoch, ordentlich und langsam. Die Stufen zur Hintertür hoch. Aber ich machte nicht den Fehler, mir einzureden, dass sie mich verstanden hatte und tat, was ich ihr gesagt hatte. Es war vermutlich einfach nur so, dass ich sie aus dem Gleichgewicht gebracht hatte, ganz buchstäblich und auch im übertragenen Sinn.

Ich klopfte an. Rigby machte »Wuff!«. Zweimal. Die Tür ging auf, und Paul betrachtete uns von oben bis unten. Rigby stand wedelnd hinter ihm.

»Oje. Was ist denn mit euch passiert?«

»Wir hatten einen kleinen Unfall auf der Auffahrt.«

»Alle beide?«

»Es ist irgendwie eine lange Geschichte.«

»Wie wäre es mit einem Pflaster? Und was, um das Kinn zu säubern?«

»Das wäre schön. Danke.«

Wir kamen nach drinnen, und Sophie folgte dem Hund, während Paul ein Fläschchen mit etwas besorgte, um ihr das Kinn zu besprühen. Irgendein Desinfektionsmittel für Wunden.

»Das hier sollte nicht zu sehr brennen. Was ist mit deinen Händen? Brauchst du dafür auch irgendwas?«

Ich blickte auf die aufgeschürfte Haut. Hielt sie ihm hin, damit er selbst sehen konnte.

»Alles okay. Es blutet nicht mal.«

»Du solltest sie dir trotzdem waschen gehen. Sieht so aus, als hättest du Dreck reinbekommen.«

Während ich im Bad war und mir die Hände säuberte, fiel mir auf, dass mein eines Knie blutete. Aber die Jeans verdeckte das. Also hoffte ich, Paul würde es nicht auffallen. Ich wollte die Dinge nicht noch mehr verkomplizieren. Ich wollte nur mit Rigby spazieren gehen.

Paul wartete mit einem Wattebausch und dem Spray sowie einem Pflaster, und ich war dankbar, dass er die Klugheit besessen hatte, nicht zu versuchen, Sophie selbst zu verarzten.

Sie machte keine Schwierigkeiten. Sie lag auf dem Hundebett in Pauls Zimmer, zusammen mit Rigby. Die Hündin war entspannt, und Sophie ebenfalls.

Ich säuberte ihr Kinn und klebte das Pflaster drüber, und Paul hielt mir die Hände hin, um die Papierverpackung und die Watte und schließlich auch das Spray entgegenzunehmen.

»Willst du morgen früh angeln gehen?«, fragte er mich.

»Liebend gerne.«

Dann holte ich Rigbys Leine vom Haken an der Tür, und wir machten uns auf den Weg. Ich musste daran denken, dass es schwierig sein könnte, am Morgen angeln zu gehen, weil wir drei – Paul, Rig und ich – aufbrechen würden, ehe der Fahrdienst kam, und Sophie würde am Ende schreien.

Und natürlich konnte man immer am besten angeln, ehe der Fahrdienst kam.

***

Wir kamen gar nicht bis in die Stadt. Rigby fing an zu humpeln. Sie begann, die rechte Vorderpfote zu schonen. Ich blieb stehen, und sie setzte sich. Sophie tat es ihr nach, und ich nahm Rigbys Pfote und schaute zwischen den Zehenballen nach, dachte, sie hätte vielleicht eine Klette dazwischen oder so. Aber es war alles in Ordnung damit, soweit ich es sehen konnte. Wir waren vermutlich noch keine Viertelmeile weit gekommen. Und ich war mir nicht sicher, ob wir weitergehen sollten.

Schließlich versuchten wir es eine Minute in Richtung Stadt, aber da humpelte sie schon heftig.

Eine Joggerin kam uns entgegen und lief an uns vorbei, schaute Rigby mit einem traurigen Lächeln an. »Der arme Bursche wird alt«, bemerkte sie.

»Mädchen.«

»Oh.«

Ich weiß nicht, warum ich das richtigstellte. Ich weiß nicht, warum es wichtig war. Es war eigentlich egal, ob Rigby ein Rüde oder eine Hündin war. Das, worauf es ankam, war, dass sie alt wurde.

Ich blieb stehen, und wir standen – und saßen – einfach eine Weile da. Vermutlich eine volle Minute. Dann entschied ich, dass wir besser kehrtmachen und es für heute gut sein lassen sollten.

***

»Es war richtig von dir, zurückzukommen«, sagte Paul. »Hier, geh mal mit ihr auf mich zu, damit ich es mir ansehen kann.«

Ich führte Rigby durch das hintere Schlafzimmer, während Paul sie genau betrachtete. Sophie lief hinter dem Hund.

»Es ist nicht ihre Pfote, sondern ihre Schulter. Sie hat Probleme mit der rechten Schulter.«

»Denkst du, es liegt vielleicht an dem ganzen Herumgespringe, als du heimgekommen bist?«

»Kann sein. Es hängt auf jeden Fall mit ihrer Arthritis zusammen.«

»Aber sie bekommt doch Medizin dafür.«

»Die Medizin kann sie nicht heilen. Sie hilft ihr nur, damit besser klarzukommen.«

»Oh. Okay. Ich vermute, wir brechen dann jetzt auf und lassen euch in Ruhe. Sophie. Komm mit, lass uns zu Mom gehen. Rigby besuchen wir morgen wieder. Und Paul auch. Wegen dem Angeln … Ich frage mich, wie wir hier rauskommen, ohne dass Sophie mitwill.«

»Wie es sich im Moment darstellt, denke ich, es wäre am besten, wir lassen Rigby hier. Ich bin mir nicht sicher, ob es gut für sie wäre, stundenlang auf dem harten Boden zu liegen, wenn die Arthritis gerade schlimmer wird.«

»Kann sie im Apartment bleiben, während wir weg sind?«

»Sicher. Das wäre schön. Wir bringen ihr Polster dorthin. Ich werde an eure Tür klopfen, kurz bevor es Zeit ist, aufzubrechen. Es wird früh sein.«

»Das stört mich nicht.«

»Es wird dunkel sein.«

»Das macht nichts. Ich kann's gar nicht erwarten.«

Dann gingen Sophie und ich aus seinem Haus. Sie kam ruhig mit mir und blieb es auch.

* * *

Am Morgen weckte mich Pauls Klopfen. Es war dunkel, wie er gesagt hatte. Ich streckte den Kopf hinter dem Raumteiler hervor und sah die Eingangstür sperrangelweit offen stehen. Er stand in der offenen Tür und klopfte ganz leicht an.

Ich kam zu ihm, ein bisschen verlegen, weil mein Schlafanzug so zerschlissen war. Aber ich wollte ihm auch nichts zurufen und damit meine Mutter wecken.

»Ich habe mir meine Sachen schon zurechtgelegt«, flüsterte ich. »Daher bin ich in einer Minute fertig. Wo ist Sophie?«

»Im Haus bei Rig.«

»Ich dachte, wir würden heute Morgen vor ihr wach sein. Wie lange ist sie schon da?«

»Sie war schon um zwei Uhr da, als ich aufgestanden bin, um ins Bad zu gehen. Das ist alles, was ich mit Sicherheit dazu sagen kann.«

* * *

Es war immer noch beinahe pechschwarz draußen, als Paul mir eine Angelrute aus dem Kofferraum reichte. Ich sah sie mir genauer an und tastete sie ab. Sie kam mir kurz vor, aber dann erkannte ich, dass sie aus zwei Stücken bestand.

»Was ist das?«

»Deine Angelrute.«

»Sieht ganz anders aus als alle anderen Angelruten, die ich je benutzt habe.«

»Das liegt daran, dass wir keine Forellen angeln.«

»Was denn?«

Er leuchtete mit der Taschenlampe in den Kofferraum, um sich zu vergewissern, dass wir alles hatten, dann schlug er die Klappe zu und schloss das Auto ab.

»Ich bin nicht sicher, ob ich es dir sagen oder dir die Überraschung lassen soll.«

Wir machten uns gemeinsam auf den Weg, folgten dem schmalen Lichtstrahl der Taschenlampe, die den Trampelpfad beschien. Ich konnte fließendes Wasser hören. Es klang nach viel mehr Wasser als an den Stellen, an denen ich bislang geangelt hatte.

»Wenn sie so viel größer sind als das, was wir bisher geangelt haben, solltest du es mir besser vorher sagen.«

»Das sind sie.«

»Dann sag's mir vorher.«

»Katzen.«

Ich blieb jäh stehen, weshalb ich völlig im Dunkeln stand, während er weiterging.

»Katzen? Wir angeln Katzen?«

»Katzenwelse«, sagte er, blieb ebenfalls stehen und leuchtete mit der Taschenlampe auf meine Füße.

Ich lief zu ihm.

»Katzenwelse, richtig. Das wusste ich.«

* * *

Ein schmaler Streifen Licht begann gerade erst über den Bergen im Osten aufzuscheinen, als wir ans Wasser kamen.

»Ist das ein Fluss?«

»Nicht wirklich. Technisch gesehen ist es ein Bach. Aber er ist so groß wie ein kleiner Fluss. Und an den tieferen Stellen gibt es Katzenwelse.«

»Bei was beißen Katzenwelse an?«

»Bei allem Möglichen. Je stinkender und schrecklicher, desto besser. Sie sind wie die Ziegen des Wassers. Aber Hühnerleber ist ihr Lieblingsköder.«

»Hast du welche dabei?«

»Ja. Hier. Halt mal deine Hand hin. Vorsichtig. Ich werde einen Haken darauf legen. Es ist ein Dreizack, du hast also drei Möglichkeiten, dich aufzuspießen. Daher pass auf, wenn du im Dunkeln damit herumhantierst.«

»Wie soll ich in der Dunkelheit erkennen, wie ich ihn an der Schnur festbinde?«

»Lass mich meinen fertig machen, und dann leuchte ich dir mit der Taschenlampe.«

»Dieser Haken ist riesig. Und die Schnur fühlt sich so dick an. Man könnte fast denken, wir angeln Riesen.«

»Sie werden groß. Manchmal wiegen sie hier zwanzig Pfund oder mehr. Allerdings ist es nicht sehr wahrscheinlich, dass wir einen so Großen fangen.«

»Ich wusste nicht einmal, dass so große Haken hergestellt werden.«

»Es gibt Haken in der Größe meiner Hand. Leute fahren aufs Meer und fangen Speerfische, Thunfisch und Heilbutt, die größer sind als du. Größer als ich. Hunderte Pfund schwer.«

»Merkwürdig«, sagte ich.

»Was ist daran merkwürdig?«

»Ich weiß nicht genau. Ich dachte nur gerade übers Leben nach, und wie man niemals wirklich so viel weiß, wie man zu wissen meint. Man denkt, da ist eine Sache, über die man so viel weiß, aber dann stellt sich heraus, man hat kaum an der Oberfläche gekratzt. Wie Tibet.«

Er richtete den Strahl der Taschenlampe auf mein Gesicht, und ich zuckte zusammen, hielt mir die Hand vor die Augen.

»Ich gebe auf. Inwiefern ist es wie Tibet?«

»Weil … ich weiß mehr über Tibet als irgendwer sonst, den ich kenne. Mir hat mal eine Buchhändlerin gesagt, nur jemand, der in einem tibetischen Tourismusbüro arbeitet, wüsste so viel darüber wie ich. Eine Bibliothekarin hat mir in der Bücherei mal einen Job als Aushilfe angeboten, weil ich so viel weiß. Nun, das war ein Scherz. Aber es war ein Scherz, weil ich so viel weiß. Doch ich war noch nie in Tibet. Was, wenn ich hinfahre, und dann ist es überhaupt nicht so, wie ich es mir vorgestellt habe? Oder was, wenn sich herausstellt, dass das, was ich weiß, nicht mal ein Prozent von einem Prozent dessen ist, was es alles zu wissen gibt?«

»Wenn du vorher noch nie an einem bestimmten Ort warst, kann ich dir garantieren, dass das, was du weißt, nicht ein Prozent von einem Prozent dessen ist, was es zu wissen gibt.«

»Siehst du, was ich meine? Das ist der Grund, warum ich finde, dass es merkwürdig ist.«

* * *

Die Sonne war beinahe schon über dem Berg aufgegangen und schien mir in die Augen, als wir das nächste Mal was sagten. Unsere Schnüre hingen im Wasser, an der tiefen Stelle, wurden von der Hühnerleber und den Riesenhaken nach unten gezogen. Wir saßen mit dem Rücken gegen die Stämme von Nadelbäumen gelehnt da. Das Plätschern des Wassers war wie Musik. Mir war es völlig gleich, ob wir überhaupt etwas fingen oder nicht. Nur dass ich wirklich gerne wissen wollte, wie ein Katzenwels aussah.

Ich war es, die den Mund öffnete.

»Es ist irgendwie komisch, ohne Rigby zu angeln.«

Darauf gab es eine lange Zeit keine Antwort.

Dann sagte er: »Ich weiß nicht, was ich ohne den Hund anfangen werde.«

»Sag das nicht. Sie wird noch eine Weile da sein, oder?«

»Das hoffe ich jedenfalls.«

Wir saßen ein paar Minuten weiter schweigend da, ehe ich sagte: »Du solltest Rachel fragen, ob sie dich nicht mal besuchen möchte.«

»Wie kommst du jetzt darauf?«

»Ich weiß nicht. Ich dachte nur gerade nach. Du hast gesagt, Dan mochte es hier oben nicht. Das klang so, als ob es Rachel hier gefällt. Vielleicht fehlt ihr das Haus hier.«

»Es könnte zu früh für sie sein.«

»Redest du mit ihr?«

»Ja. Sie ruft an, oder ich mache es. Beinahe täglich. Es ist noch nicht lang genug her, falls es das ist, was du denkst. Es sind erst ein paar Tage. Sie braucht Zeit, um den Verlust zu verwinden. Ich werde nichts sagen, bevor die Zeit nicht reif ist.«

»Wie lange, was denkst du?«

»Ich weiß nicht, vermutlich wenigstens ein Jahr.«

»Ein Jahr. Wow.«

»Sie waren lange verheiratet. Siebenundvierzig Jahre. Da braucht es Zeit, um einen solchen Verlust zu verwinden.«

Ich beschloss, dass meine Schnur zu locker war, daher spulte ich sie ein wenig auf. Aber als ich ans Ende des lockeren Teils kam, war es irgendwie komisch. Es ließ sich einfach nicht weiterspulen. Ich konnte die Kurbel gar nicht mehr bewegen.

»Mist«, sagte ich. »Ich denke, ich hänge an etwas fest.«

»Zieh schön fest und gleichmäßig daran, und schau, ob du den Haken losbekommst.«

Ich zog, wie er es gesagt hatte. Aber die Schnur leistete Widerstand, sodass sich die Rute zu einem Bogen krümmte.

»Ah, ja«, sagte Paul. »Du hängst an was fest. Einem großen Fisch.«

»Was soll ich tun?«

»Hol ihn an Land.«

Ich kurbelte die Schnur auf. Oder ich versuchte es wenigstens. Aber es fühlte sich an, als versuchte ich, einen Baumstamm an Land zu holen. Und es tat mir an den aufgeschürften Händen weh. Sehr sogar.

»Lass etwas lockerer. Erinnerst du dich noch, wie ich dir das gezeigt habe?«

»Ja, aber mit dieser Rute ist es anders.«

»Hier, nimm das mal. Ich erledige das für dich.«

Er griff über mich rüber und drehte einen Knopf an der Rute, und als der Fisch zog, hörte ich ein Sirren, als er Schnur abspulte.

»Warum tust du das?«

»Dann wird es schwieriger für ihn, die Schnur zum Reißen zu bringen.«

Es machte es auch leichter für mich, ihn an Land zu ziehen. Weniger so, als hinge ich an einer Ziegelmauer. Ich zog ihn näher, und er bekam wieder Spiel und entfernte sich ein Stück. So ging das eine ganze Weile. Ich habe keine Ahnung, wie viele Minuten es waren. Ich kann nicht mal versuchen, es zu sagen. Ich bin sicher, die Zeit spielte mir einen Streich. Ich weiß nur, meine Armmuskeln schrien förmlich, und ich dachte schon, sie würden es gleich nicht mehr schaffen. Ich wusste nicht, was ich tun würde, wenn sie mich im Stich ließen. Meine Hände taten so weh, dass es schwer war, nicht laut aufzuschreien. Aber das tat ich nicht. Ich behielt meinen Schmerz für mich.

Dann, gerade als ich dachte, ich würde nichts erreichen, sah ich ihn auf das schlammige Ufer zukommen. Als er erneut versuchte zu ziehen, konnte er nicht viel ausrichten. Er hing im Schlamm fest. Daher stand ich auf und ging rückwärts, immer weiter, bis er ganz aus dem Wasser war. Ich lief zu ihm, kurbelte die Schnur dabei auf.

»Gut gemacht«, rief Paul.

Wir standen da und schauten ihn eine Sekunde oder zwei an. In diesem kurzen Moment hielt er still. Als wüsste er, dass es vorbei war.

Er besaß einen dicken Körper. Grünlich braun, mit komischen Augen. Und diese langen Dinger, die wie Schnurrhaare an beiden Seiten seines Mauls waren, aber aus dem gleichen Zeug gemacht wie der Rest von ihm, keine Haare. Ich wollte gerade laut sagen, dass sie wie Schnurrhaare aussahen. Aber ich erkannte noch rechtzeitig, wie albern das klingen würde.

Natürlich sahen sie wie Schnurrhaare aus. Darum nannte man sie vermutlich Katzenwelse.

»Sei vorsichtig, wie du mit ihm umgehst«, sagte Paul. »Steck nie die Finger in sein Maul. Sie können dir wirklich wehtun. Soll ich ihn für dich an den Stringer tun?«

»Ja, das wäre nett.«

Ich wusste ja nicht mal, was ein Stringer war. Bislang hatten wir gefangene Fische immer in den Weidenkorb getan. Aber das Exemplar hier war mindestens doppelt so groß wie der Korb, den Paul gar nicht erst mitgenommen hatte.

Ich schaute zu, wie Paul aus der Angelkiste eine gelbe Kordel nahm, wie ein dünnes Nylonseil. Sie hatte einen Metallring an einem Ende und eine Metallspitze an dem anderen. Ich verfolgte, wie er dem Fisch das Ende mit der Spitze durch die Kiemen führte, immer weiter nachschob, bis sie dem Fisch aus dem Maul wieder rauskam, der es offen hatte und nach Luft schnappte. Dann fädelte er das Ende auf den Ring und zog es fest, und er hatte den Fisch sicher an dem Nylonseil an den Kiemen. Er entfernte den Haken aus dem Fischmaul, und ich kurbelte weiter.

Er trug den Katzenwels am Ufer des Flüsschens entlang, ein Stückchen flussabwärts von da, wo wir angelten, und setzte ihn in flaches Wasser. Band das eine Ende des Stringers um einen Schössling, damit der Fisch nicht einfach wegschwimmen konnte.

Ich befestigte eine weitere widerliche Hühnerleber an dem Haken und warf die Angel wieder aus.

»Du wirst allmählich richtig gut«, bemerkte Paul.

Ich hatte nicht gewusst, dass er mir zuschaute.

Er setzte sich wieder an den Baum neben mir und nahm seine Angel.

»Also«, sagte er. »Das war aufregend.«

»Ich hätte nie im Leben gedacht, dass ich jemals einen so großen Fisch fangen würde. Was denkst du, wie viel wiegt er?«
»Sieben bis acht Pfund vielleicht.«
»Wie viel wiegt eine durchschnittliche Forelle?«
»Ein Pfund. Oder weniger.«
»Wow. Das gibt dann aber eine Menge zu essen.«

Wir fischten ruhig eine Weile länger. Fünfzehn, zwanzig Minuten, ohne dass was gesagt wurde. Hie und da zog ich sachte an meiner Schnur, um zu sehen, ob es einen Widerstand gab. Aber ich konnte immer spüren, wie der Haken sich bewegte.

Dann sagte ich: »Was, wenn du ein Jahr wartest und dann mit ihr sprichst und es sich herausstellt, dass sie sich schon mit jemand anders trifft?«

»Na ja. Ich spreche ja beinahe jeden Tag mit ihr.«

»Ja. Aber was, wenn es in einem Jahr ist und du mit ihr sprichst und sie dir erzählt, dass sie begonnen hat, sich mit einem anderen zu treffen? Dann ist es wieder nicht die richtige Zeit, es ihr zu sagen, und du hast zu lange gewartet.«

Von wegen lange warten: Ich saß eine ganze Weile da und dachte, er würde gleich antworten, aber das tat er nicht.

»Tut mir leid. Ich vermute, du willst nicht drüber reden. Ich hab's nur so gedacht. Ja, es ist komisch, wenn ich so was zu dir sage. Und du magst es auch gar nicht gerne hören. Aber ist es nicht wesentlich besser, wenn du es mich sagen hörst, als wenn es passiert?«

Erst nichts.

Dann: »Hör zu, ich weiß, du willst nur mein Bestes, aber ...«

»Fein. Es tut mir leid. Es geht mich auch wirklich nichts an. Wir werden wann anders darüber sprechen. Wo war Sophie, als du gestern und vorgestern Morgen aufgewacht bist? Sie war nicht bei dir im Bett, oder?«

»Im Bett? Nein. Warum sollte sie? Sie will ja bei Rigby sein.«

»Schläft Rigby denn nicht bei dir im Bett?«

»Nein. Sie schläft in ihrem Hundebett auf dem Boden.«

»Ups. Dann habe ich wohl einen Fehler gemacht. Ich dachte, sie dürfte ins Bett. Sie ist mit mir hochgekommen, und ich dachte, sie würde das nicht tun, wenn es ihr nicht erlaubt wäre.«

»Es stört mich nicht, wenn sie ins Bett kommt. Ich möchte sie nur nicht oben haben, während ich schlafen will, weil ich dann keinen Platz habe.«

»Sie hat sich wirklich Mühe gegeben, nur die eine Betthälfte zu beanspruchen.«

»Wie ist das möglich? Sie ist größer als das Bett.«

»Sie hat so geschlafen, dass ihre Beine aus dem Bett hingen.«

»Dieser Hund ist so klug, dass es mir manchmal fast Angst macht.«

»Entschuldige bitte, wenn ich da was falsch gemacht habe.«

»Es ist wirklich nicht wichtig. Mich stört es nicht, wenn es dich nicht gestört hat.«

»Ich habe überlegt, ob wir uns vielleicht eine dieser Sicherheitsketten für Türen holen. Innen an der Wohnungstür. Und so hoch anbringen, dass Sophie nicht drankommt.«

»Okay. Wir halten auf dem Heimweg in der Stadt an und besorgen eine. Ich bringe sie an, während deine Mutter bei der Arbeit ist.«

Und ich dachte: Gut. Vielleicht ist das die Lösung für das Problem. Vielleicht wird dann jetzt alles gut. Aber der Teil von mir, der sich entspannen und froh sein sollte, sagte: Genau. Als hätte ich das nicht schon hundert Mal von dir gehört.

»Erzähl mir, was auf der Auffahrt passiert ist«, sagte er. »Da wir so viel Zeit haben.«

Er schaute auf das aufgerissene Knie meiner Jeans. Da ich mit gebeugten Knien dastand, konnte man das getrocknete Blut durch das Loch im Jeansstoff erkennen.

»Sie hat sich von mir losgerissen und wollte zu deinem Haus rennen. Daher habe ich mich auf sie geworfen. Ich wollte ihre Aufmerksamkeit bekommen, versuchen, die Kontrolle zurückzugewinnen. Es war nicht beabsichtigt, ihr wehzutun. Ich habe keine Ahnung, ob es richtig oder falsch war, was ich getan habe. Ich weiß es einfach nicht. Denkst du, es war richtig?«

»Keine Ahnung«, sagte er. »Aber ich finde es gut, dass du was Neues ausprobiert hast.«

Wir blieben noch beinahe zwei Stunden. Bis die Sonne hoch stand und es zu warm wurde. Wir hatten keinen weiteren Katzenwels gefangen.

* * *

Am nächsten Morgen, Pauls drittem vollen Tag zu Hause, wachte ich in meinem Bett im Apartment auf. Es war kalt. Und zugig.

»Das ist nicht möglich«, sagte ich. Laut. Zu mir selbst.

Ich stand auf und spähte um den Raumteiler. Die Tür stand sperrangelweit offen, Pauls neue Sicherheitskette baumelte geöffnet daneben.

Ich weckte meine Mutter. Mir taten die Arme weh, aber ich rüttelte sie an der Schulter, bis sie sich aufsetzte. Sie sah sauer aus. Das war mir egal. Ich war auch sauer.

»Das Schloss funktioniert nicht, wenn du es nachts nicht zumachst.«

»Hab ich doch.«

»Offensichtlich nicht. Sonst wäre Sophie nicht fort.«

Sie reckte den Hals, um den Wohnungseingang zu sehen.

»Ich will verdammt sein«, sagte sie. »Ich frage mich, wie sie das geschafft hat.«

»Du musst vergessen haben, es zuzumachen.«

»Das habe ich nicht.«

»Das bezweifle ich. Sie kommt ja nicht so hoch.«

»Hmm. Ich habe keine Ahnung, Angie. Aber ich hab's zugemacht.«

»Schön. Wie auch immer. Ich werde mich nur rasch noch mal bei Paul entschuldigen. Aber dich stört es dann sicher nicht, wenn ich heute Nacht selbst dafür sorge, dass die Kette eingehängt ist.«

* * *

In der Nacht stellte ich mich, nachdem Sophie längst schlief, auf die Zehenspitzen und hakte die Kette ein. Sie war weit oben, selbst für mich schwer zu erreichen. Und meine Arme fühlten sich immer noch an, als würden sie gleich abfallen.

»Ich schwöre, ich hab gestern wirklich zugemacht«, erklärte meine Mutter.

Ich dachte mir, dass das nicht stimmte, aber ich hatte keine Lust, mit ihr zu streiten.

* * *

Am nächsten Morgen, an Pauls viertem vollen Tag zu Hause, wachte ich auf, und wieder war es zugig und kalt.

»Mist«, sagte ich. Ehe ich überhaupt aufstand und nachsah.

Wieder weckte ich meine Mutter, und gemeinsam starrten wir es an. Und schüttelten die Köpfe.

»Vielleicht hat sie einen der Küchenstühle rübergezogen«, sagte sie.

»Ich kann zwar glauben, dass Sophie darauf kommen könnte. Aber ich denke, dass sie, nachdem sie die Kette aufhat, einfach losläuft. Ich kann mir vorstellen, dass sie sich überlegt, wie sie bekommt, was sie will, aber nicht, dass sie danach ihre Spuren verwischt.«

»Hm. Denkst du, die Couch steht vielleicht zu dicht an der Tür? Denkst du, sie stellt sich auf die Lehne und stützt sich an der Wand ab, um ranzukommen?«

»Keine Ahnung. Aber lass sie uns ein Stück wegschieben. Nur um sicher zu sein. Ich gehe und werde mich noch mal bei Paul entschuldigen.«

* * *

Am nächsten Morgen, Pauls fünftem Tag, wurde ich wach und fand die Tür offen, einen der Küchenstühle dahintergezogen.

Wieder weckte ich meine Mutter.

»Nun, dann hatte ich ja bei einer Sache recht. Sie macht sich nicht die Mühe, die Spuren zu verwischen.«

»Ich werde die Tische und Stühle in die Garage stellen, ehe ich zur Arbeit gehe. Und du entschuldigst dich noch mal bei Paul.«

»Richtig. Als würden wir das nicht jeden Morgen tun. Als hätten wir das Glück, dass es wirklich nur noch ein weiteres Mal ist.«

* * *

An Pauls sechstem Tag nach seiner Rückkehr war die Tür wieder auf. Davor standen meine versperrte Kiste und ein wackeliger Stapel Bücher darauf.

Ich weckte meine Mutter.

»Ich denke, wir sind am Arsch«, sagte ich. »Entschuldige die Ausdrucksweise.«

»Es ist höflicher als das, was ich gesagt hätte.«

»Es funktioniert einfach nicht.«

»Ich habe mal Erkundigungen angestellt.«

»Hast du was Vernünftiges gefunden?«

»Nicht in der Nähe. Nicht irgendwo, wo wir sie regelmäßig besuchen könnten.«

»Dann gehe ich besser mit Paul reden.«

* * *

Vor der Hintertür legte ich ein Ohr ans Holz, stützte mich mit den Händen daran ab. Ich wollte Beweise, dass er wach war. Ich dachte, ich hörte Wasser laufen, daher klopfte ich.

Paul öffnete die Tür, fertig angezogen und rasiert.

»Guten Morgen«, sagte er. »Sie ist genau da, wo sie immer ist.«

»Du hast unglaublich viel Geduld bewiesen. Aber wir haben das Gefühl, es ist an der Zeit, über die Tatsache zu reden, dass es nicht funktioniert.«

»Komm rein.«

Ich folgte ihm in seine Küche und setzte mich an den Tisch. Er schenkte mir eine Tasse Kaffee ein und stellte Milch und Zucker vor mich.

»Danke«, sagte ich.

Ich war mir nicht sicher, was ich sagen wollte oder wann ich es sagen sollte. Es schien, als hätte es sich selbst erklärt. Daher saß ich da wie ein Idiot und schaute zu, wie er Rigbys Essen fertig machte. Er stellte es in eine Ecke und rief sie, und sie kam herein, wirkte steif und humpelte. Sophie folgte dicht hinter ihr.

Dann setzte er sich mit seiner eigenen Tasse zu mir an den Tisch, und wir starrten sie an und sagten lange Zeit nichts.

Gerade als ich all meinen Mut zusammengenommen hatte, kam er mir zuvor.

»Es scheint gar nicht so furchtbar zu sein«, erklärte er. »Ich dachte, das würde es. Aber das ist es nicht. Bitte halt mir diese Worte nie vor. Und erzähl niemandem, dass ich es gesagt habe.

Ich würde das hier zu niemandem außer dir sagen, und ich vertraue dir, es nicht völlig falsch zu verstehen. Aber es ist ein wenig, wie einen weiteren Hund zu haben. Einen überaus wohlerzogenen. Ich weiß, sie ist kein Hund. Selbstverständlich ist sie ein eigenes menschliches Wesen, ein kleines Mädchen. Aber sie macht einen Hund nach. Daher ist sie das für mich. Es ist nicht so, als sei ein anderer Mensch bei mir im Haus. In keiner Weise. Ein anderer Mensch würde mich ansehen. Und mit mir reden wollen. Ich müsste vorsichtig sein, was ich in meinem eigenen Zuhause sage und tue. Sophie schaut mich nie an. Sie schenkt mir keinerlei Beachtung. Sie scheint nicht mal zu wissen, dass ich da bin. Oder vielleicht interessiert es sie auch gar nicht. Wie auch immer. Sie scheint keinen Raum zu beanspruchen.«

»Also … ich bin nicht ganz sicher, was du sagen willst. Oder vielleicht weiß ich es doch, kann aber nicht glauben, dass du es sagst. Sagst du, es ist okay?«

»Ich sage … ich wache auf, und sie schläft still bei Rigby im Hundebett, dann kommst du und holst sie für die Fahrt zur Schule. Und es kommt mir einfach nicht wie etwas vor, wofür sie in ein Heim gesteckt werden sollte. Es fühlt sich nach keiner so großen Sache an.«

* * *

Meine Mutter war auf und angezogen, als ich zurückkam. Sie wirkte ziemlich gestresst. Genau genommen sah sie aus, als müsse sie sich gleich übergeben.

»Was hat er gesagt?«

»Das wirst du nicht glauben, nie im Leben.«

Und ich machte mir im Geiste eine Notiz, dass ich bis zum Winter Zeit hatte, Sophie beizubringen, die Tür zu schließen, nachdem sie rausgegangen war.

Teil 3

Als ich sechzehn war, und jetzt, wo ich siebzehn bin

Kapitel 1

Lächeln

Als ich an diesem Morgen hinter dem Raumteiler hervorkam, saß meine Mutter schon an unserem kleinen Küchentisch in der Ecke des Apartments. Sie trank Tee und aß gebutterten Toast.

Es waren eineinhalb Jahre vergangen, und wir hatten immer noch keinen dritten Stuhl. Wir brauchten keinen. Sophie war nie zu Hause. Sie war entweder in der Schule oder bei Paul und dem Hund.

»Es hat heute Nacht kräftig geschneit«, sagte meine Mutter. »Zieh deine Stiefel an, bevor du gehst.«

»Okay.«

»Du wirst vielleicht Snowboots oder Cross-Country-Skier brauchen, um zum Haus zu kommen.«

»Soll das ein Witz sein?«

»So halb. Aber der Schnee liegt wirklich hoch. Versuch, Sophie ein bisschen früher herzubringen, damit ich sie richtig warm anziehen kann. Und wir müssen über diesen hohen Schneehaufen klettern, den der Räumdienst zusammengeschoben hat. Wenn der überhaupt schon durch ist. Glaubst du, dass sie schon unterwegs waren? Hast du was gehört? Vielleicht bleiben die Schulen heute zu.«

»Ich garantiere dir, dass die Schulen heute zu sind. Es sind Weihnachtsferien.«

»Nein, die fangen morgen an.«

»Nein, heute.«

»Nicht für Sophie.«

»Doch, auch für sie. Ich hab mich extra noch mal erkundigt. Es ist für alle derselbe Tag.«

»Oh. Ich frag mich, wie ich das falsch verstehen konnte.«

»Keine Ahnung.«

Ich wollte schnell los. Paul brauchte morgens Hilfe. Je eher, desto besser. Ich fragte mich, ob man mir meine Ungeduld anmerken konnte.

»Wie geht's dem Hund? Besser?«

»Mom. Das ist nichts, was wieder besser wird.«

Sie runzelte die Stirn. Ich wartete, dass sie etwas sagen würde, aber das tat sie nicht.

»Also ... Paul braucht meine Hilfe. Ich muss los.«

Auf der Treppe hielt ich mich am Geländer fest, schob, so gut ich konnte, den Schnee aus dem Weg, bevor ich auf die Stufen trat. Als ich mir sicher war, dass ich unten angekommen war, machte ich einen großen Schritt und versank bis zu den Knien. Aber ich stapfte einfach weiter, auch wenn mir der Schnee oben in die Stiefel drang.

Paul hatte auf seiner Hintertreppe schon Schnee geschaufelt. Er musste wahnsinnig früh aufgestanden sein.

Ich klopfte an die Hintertür.

»Es ist offen«, rief er. »Komm rein.«

Das tat ich. Und ging direkt zu Rigby.

Sie lag flach auf der Seite auf dem Boden in Pauls Schlafzimmer, auf dem beheizbaren Hundebett, dass Paul ihr gekauft hatte. Sie war mit einem dicken Quilt zugedeckt, und Sophie lag halb auf ihr. Als Rigby mich sah, hob sie leicht den Kopf und wedelte mit dem Schwanz, sodass ein Teil des Quilts auf und ab hüpfte.

»Denkst du, wir stehen das noch mal durch?«, fragte Paul mich.

Genau als er mich das fragte, reichte er mir eine Tasse Kaffee mit Zucker und Milch.

»Das werden wir müssen«, erwiderte ich.

Ich sah zu Sophie runter, die seltsamerweise nicht ruhig wirkte. Ich hatte sie nicht mehr so unruhig gesehen, seit den ersten paar Tagen, nachdem wir hergezogen waren. Ihr Gesicht war verzerrt, als wenn etwas von innen dagegendrückte. Und sie gab aufgeregte kleine Klagelaute von sich.

»Lass mich nur die Tasse abstellen«, erklärte ich.

»Du kannst erst austrinken. Sie kann warten.«

»Das fühlt sich nicht richtig an. Ich denke, was Rigby will, ist wichtiger.«

»Okay«, sagte er.

Ich stellte meinen Kaffee auf sein Nachttischchen.

»Komm mit, Sophie«, sagte ich. »Komm mit, Rigby. Bewegt euch. Lasst uns rausgehen.«

Sophie stand nicht auf. Normalerweise tat sie das. Sie lag einfach nur da. Jammernd und mit gerunzelter Stirn.

»Wie lange geht das schon so?«, wandte ich mich an Paul.

»Seit Rigby heute Morgen aufgewacht ist. Als Rigby geschlafen hat, hat Sophie auch geschlafen.«

Ich hatte eine Theorie. Aber die gefiel mir nicht. Also sprach ich sie nicht aus. Ich ignorierte sie und hoffte, sie würde einfach wieder weggehen. Ich zog Sophie an den Ellenbogen hoch. Sie beklagte sich bitterlich, aber sie kämpfte nicht dagegen an, aufgehoben zu werden.

»Bereit?«, fragte Paul.

»Soweit das möglich ist.«

Wir arbeiteten beide zusammen, um Rigby zu helfen, hochzukommen. Das war schon fast eine Woche lang immer nur mit enormem Aufwand zu schaffen gewesen. Heute Morgen war es fast unmöglich. Ich musste immer wieder innehalten und die Beine richtig unter ihr platzieren. Und Paul musste sie festhalten, damit sie nicht umfiel, während ich das tat. Mein Rücken tat mir jetzt schon so lange weh, wie ich mich überhaupt zurückerinnern konnte. Ich wollte nicht darüber nachdenken, wie es Pauls gehen musste.

Als Rigby endlich aufgerichtet war und einigermaßen sicher stand, stellten wir uns links und rechts neben sie. Wir mussten jeder eine Seite nehmen und dicht neben ihr bleiben, weil sie jederzeit umkippen konnte. Wenn wir dann nicht nah genug waren, würde sie umfallen.

Vorsichtig führten wir sie zur Vordertür. Die Hintertür war jetzt nichts mehr für sie. Vor der Hintertür war nur ein Absatz mit ein paar Stufen. Rigby konnte die Stufen nicht mehr bewältigen. Neben der Vordertür war ein kleines und ziemlich ebenes Stück Erde. Nur eine Stufe runter, wenn sie rausging, und eine hoch wieder zurück.

Bei jedem Schritt, den wir Rigby weiterhalfen, jammerte Sophie. Als wenn jemand sie mit einer Nadel pikte, wann immer Rigby auftrat. Das machte es mir nicht leichter, meine Theorie zu ignorieren.

Als wir draußen ankamen, bemerkte ich, dass Paul auch vorne schon Schnee geschippt hatte. Also konnte Rigby herumlaufen, ohne im tiefen Schnee zu versinken.

»Du hast schon ganz schön viel geschafft, dafür, dass es noch so früh ist«, bemerkte ich.

»Ich habe nicht besonders gut geschlafen.«

»Oh. Tut mir leid, das zu hören.«

Wir stabilisierten Rigby vorsichtig, während sie die eine Betonstufe runterging. Sie hockte sich sofort hin, um zu pinkeln. Ohne vorher noch herumzuschnüffeln. Und fiel dabei beinahe um. Paul fing sie auf, aber dann rutschte er aus und stürzte selbst auf ein Knie. Er schrie auf, und ich wusste, dass er sich verletzt hatte. Ich wusste nur nicht, wie schlimm. Aber er blieb dort, wo er war, und hielt Rigby fest, bis ich sie wieder ins Gleichgewicht bringen konnte.

Sie konnte nicht aufhören zu pinkeln, nachdem sie einmal damit angefangen hatte, also machte sie sich die ganzen Hinterbeine nass, während wir ihr wieder auf die Füße halfen.

»Wir können sie jetzt reinbringen«, sagte er. »Was anderes braucht sie nicht zu machen.«

»Frisst sie immer noch nicht?«

»Sie hat fast drei Tage nichts mehr gefressen.«

Wir brachten sie wieder rein, wobei uns Sophie folgte, die weiter jammerte. Wir halfen Rigby zu ihrem Bett und versuchten, sie zu stützen, damit sie sich vorsichtig hinlegen konnte, aber letztendlich war es doch mehr fast ein Fallen. Das Bett verhinderte, dass sie sich verletzte, aber ich wusste, es musste ihren alten, arthritischen Knochen wehgetan haben. Sie zuckte zusammen, gab aber keinen Laut von sich.

Sophie schrie einmal auf, als Rigby aufkam, und rollte sich dann an sie geschmiegt zusammen.

Ich saß bei Rigbys Kopf im Schneidersitz auf dem Boden und streichelte ihr die Ohren, und sie legte ihre gigantische graue Schnauze auf mein Knie und seufzte.

Paul kam mit einer Schüssel warmen Wassers und einem Lappen zurück und säuberte ihr die Hinterbeine und trocknete sie mit einem Handtuch ab, bevor wir sie wieder zudeckten.

»Wie schlimm hast du dir wehgetan?«, fragte ich.

»Das weiß ich vermutlich erst, wenn ich morgen versuche, aus dem Bett zu kommen. Aber auf jeden Fall schlimm genug.«

»Dein Rücken?«

»Leider ja.«

Ich wollte fragen, wie ich Rigby morgens aus dem Haus kriegen sollte, wenn er verletzt war. Ohne meine Mom zu Hilfe zu holen. Wenn er das gewollt hätte, bin ich mir sicher, er hätte das schon vor langer Zeit vorgeschlagen.

Ich fragte nicht. Weil es keine Antwort darauf gab. Wenn wir beide es zusammen nicht schafften, konnte ich es auch nicht alleine.

»Ich habe eine Theorie zu Sophie«, bemerkte ich. »Darüber, wie sie sich verhält.«

»Wird sie mir gefallen?«

»Nein.«

Am Anfang dachte ich, er wollte sie wirklich nicht hören. Und würde das auch nie wollen. Dann zupfte er mich am Ärmel und zeigte mit dem Kopf Richtung Küche.

Bevor ich Rigby verließ, sagte ich dieselbe Sache, die ich ihr die letzten drei Monate jeden Tag gesagt hatte. Aber nicht laut. Ich machte das nie laut. Und doch vertraute ich darauf, dass die Nachricht ankam. Ich erklärte ihr schweigend: Falls ich dich nicht wiedersehe, Rigby – ich liebe dich, und mach's gut, und danke für alles.

Ich nahm meinen Kaffee und ging zu Paul in die Küche, setzte mich hin. Am Anfang saßen wir einfach nur da.

»Ich glaube, die Schmerzmittel wirken nicht mehr«, stellte ich fest.

»Es sind fast genug Medikamente, um sie umzubringen. Ich kann mir nicht vorstellen, dass die nicht mehr helfen.«

»Ich glaube, die Schmerzen sind zu stark.«

»Ich dachte, es geht um deine Theorie zu Sophie.«

»Das tut es ja.«

Ich merkte, dass er es nicht verstand, aber er fragte nicht nach. Vermutlich, weil er es nicht wissen wollte.

»Sophie ahmt nach, wie es in Rigby aussieht. Wo es meist ruhig ist. Aber wenn Rigby aufgeregt ist, dich zu sehen, hat Sophie auch das nachgemacht.«

»Also meinst du, sie jammert, weil Rigby Schmerzen hat.«

»Das wäre möglich.«

»Du weißt, wenn ich nicht dafür sorgen kann, dass sie wenig bis keine Schmerzen hat, muss ich sie zum Tierarzt bringen und ihr Leiden beenden.«

»Ich weiß. Es tut mir leid. Ich hab nur gedacht, ich sollte es dir sagen.«

»Ja. Du hast recht. Denke ich. Wie sicher bist du dir? Vielleicht jammert sie, weil sie weiß, dass sie Rigby bald verlieren wird. Vielleicht kann sie das spüren.«

»Vielleicht.«

»Aber du denkst, es sind die Schmerzen.«

»Du hast sie gehört, als wir Rigby zur Tür gebracht haben. Jeder Schritt. Jedes Mal, wenn Rigby aufgetreten ist. Und als Rigby aufs Bett gefallen ist, hat sie aufgeschrien. Rigby hat keinen Laut von sich gegeben, aber Sophie hat geschrien.«

Er schloss die Augen. Zuerst sah es so aus, als würde er nicht einmal mehr atmen. Dann seufzte er. Lang und seltsam langsam. Die Stille fing an, mir Angst zu machen.

Er stand auf und kehrte zurück ins Schlafzimmer. Ich ging ihm nicht nach. Es war, als wäre ich an dem Stuhl festgewachsen.

Nach etwa einer Stunde kam er wieder zurück. Oder vielleicht auch nach zwei, drei Minuten. Schwer zu sagen.

»Ich bin mir noch nicht mal sicher, wie wir sie zum Tierarzt schaffen sollen. Allein dafür brauchen wir ein, zwei weitere Leute.«

»Vielleicht könnte der Tierarzt auch hierherkommen.«

»Vielleicht.«

Wir tranken schweigend unseren Kaffee. Und dieses Schweigen war schwer. Es war so schwer, dass es sich anfühlte, als läge es mir wie ein Stein im Magen. Als wenn es mir den Boden des Magens rausreißen und dann weiter fallen würde.

»Es ist eine schwere Entscheidung«, sagte er. »Wenn sie noch bleiben will, will ich ihr das nicht verwehren. Wenn sie Schmerzen hat, will ich nicht, dass sie sich unnötig quält. Ich weiß nicht, was ich tun soll. Was soll ich tun, Angie?«

Ich erwiderte nichts. Weil ich es auch nicht wusste.

Ich versuchte zu antworten. Ich versuchte, wenigstens zu sagen, dass ich es auch nicht wusste. Aber die Wörter waren zu groß. Sie blieben auf dem Weg nach draußen stecken.

Nach einigen Minuten bekam ich raus: »Ich denke, du solltest Rachel anrufen.«

»Und ihr was sagen?«

»Sie bitten, herzukommen.«

»Warum?«

»Zur moralischen Unterstützung. Du warst für sie da, als sie Dan verloren hat.«

»Sie hatte mich aber nicht darum gebeten. Sie hat gesagt, ich soll hier oben bleiben und meinen Ruhestand genießen.«

»Das war, als er operiert werden sollte. Nicht, als sie erfahren hat, dass er sterben würde. Sie hätte das nicht allein durchstehen wollen. Oder?«

»Vielleicht. In der Minute, in der er gestorben ist, wollte sie allein sein.«

»Willst du allein sein? Oder willst du, dass sie hier bei dir ist?«

Zwei Atemzüge, die ich beide hören konnte. Dann sagte er: »Es wäre schön, sie hierzuhaben. Aber ... das ist ... Ich weiß nicht, wie ich ausdrücken soll, was das ist. Ihr zu sagen, dass sie von allen Menschen, die an meinem Leben teilgehabt haben, die eine ist, die ich zu einer solchen Zeit bei mir haben möchte ... Das verrät sehr viel. Das verrät ihr fast alles, was es da überhaupt zu sagen gibt.«

»Paul. Es ist eineinhalb Jahre her. Denkst du nicht, es ist an der Zeit?«

Er schüttelte den Kopf. Heftig.

»Es ist zu viel. Ich kann das jetzt nicht. Es ist zu viel auf einmal.«

»Okay. Dann bitte sie herzukommen, weil du Hilfe brauchst, um Rigby zum Tierarzt zu bringen.«

Er schwieg. Für eine abartig lange Zeit. Als wenn er mich nicht gehört hätte oder keine Meinung zu dem hätte, was ich vorgeschlagen hatte.

Dann sprang er plötzlich auf. »Das ist gut«, erklärte er.

Was mich stolz machte, dass mir das eingefallen war.

Er rief Rachel an, die versprach, am folgenden Tag zu kommen.

* * *

Als ich am nächsten Morgen aufwachte, war mein erster Gedanke, dass ich vielleicht an ihren letzten Tagen nicht bei Rigby würde sein können. Weil Paul, wenn Rachel kam, vielleicht lieber wollte, dass ich wegblieb. Genau wie Sophie. Ich hatte nicht mal gefragt, ob Sophie dableiben konnte. Und dennoch, nach all der Zeit, war ich mir nicht sicher, wie irgendjemand bewerkstelligen sollte, dass sie woanders war.

Es war schrecklich. Wirklich schrecklich. Ich konnte es in meiner Brust fühlen, und ich erinnere mich, dass ich dachte, nun wüsste ich, warum man davon spricht, dass einem das Herz bricht. Das war genau so, wie es sich anfühlte.

Aber dann dachte ich: Wenn ich es noch einmal tun müsste, würde ich es dann wieder genauso machen?

Und das würde ich. Ich wusste, das würde ich. Denn es war Pauls Hund, und deshalb war Paul wichtiger.

Also stand ich auf und machte mich bereit, mich dem Tag zu stellen und es herauszufinden.

Was sollte ich auch sonst tun?

* * *

Die Hintertür war nicht abgeschlossen, was normalerweise bedeutete, dass Paul schon aufgestanden war. Aber als ich reinging, konnte ich ihn nicht hören, und er schien auch nicht da zu sein. Ich steckte meinen Kopf ins Schlafzimmer, um nach Sophie und Rig zu sehen. Paul blinzelte mich vom Bett aus an. Er war wach, aber noch im Bett.

»Ich war bis um drei auf«, sagte er. »Aber das ist okay. Du kannst reinkommen und nach ihnen sehen.«

Rigby lag tief schlafend auf der Seite. Sie wachte nicht auf, um mich mit einem Wedeln zu begrüßen. Sophie lag auf dem Rücken und berührte den Hund nicht. Starrte einfach ins Nichts. Und lächelte.

»Sophie lächelt«, sagte ich.

»Das ist komisch«, erwiderte er. »Ich bin mir nicht sicher, ob ich Sophie überhaupt schon mal habe lächeln sehen. Was denkst du, was das bedeutet?«

»Ich weiß es nicht.«

»Denkst du, es heißt, dass Rigby heute Morgen keine Schmerzen hat?«

Das war der Moment, wo ich es verstand. Und ich glaube, er hat es genau da auch verstanden. Denn er kam ganz schnell zu uns rüber.

Ich sah zu, wie er Rigby eine Hand auf die Brust legte. Dann an die Seite ihres Halses.

»Sie hat keine Schmerzen mehr«, sagte er.

Er zog den Quilt über sie. Ganz über sie. Selbst über ihren hübschen schwarz-grauen Kopf.

* * *

Wir saßen in der Küche und warteten auf Rachels Ankunft. Wir sprachen nicht viel, während wir warteten.

Ich erinnere mich nur, dass ich irgendwann sagte: »Sie hat es dir erspart, die Entscheidung zu treffen. Weil sie wusste, wie schwer es dir fallen würde. Das war lieb von ihr.«

»So war sie eben.«

»Willst du, dass ich die Einfahrt freiräume, damit Rachel herkommen kann?«

»Gute Idee«, sagte er. »Danke.«

Damit hatte ich wenigstens etwas zu tun.

* * *

»Wir haben gar nicht gefrühstückt«, erklärte er. »Willst du was zu Mittag?«

»Nein. Du?«

»Nein.«

Wir saßen noch eine Weile länger da.

Dann fragte ich: »Wenn Rachel herkommt, sollen wir dann weggehen? Und wenn ja, wie? Das Haus verlassen, aber in der Wohnung bleiben? Oder ganz weg?«

In den letzten eineinhalb Jahren hatte ich ihm bestimmt zehn Mal gesagt, dass er Rachel zu sich auf einen Besuch einladen sollte. Endlich hatte er das dann auch mal getan. Und sie ist gekommen und vier Tage geblieben. Meine Mom, Sophie und ich sind campen gefahren. Auf den Platz, wo wir ganz am Anfang gewesen waren. Aber dieses Mal mit Pauls Zelt und bei gutem Wetter. Wir hatten alles im Voraus arrangiert, damit er mit ihr reden konnte.

Doch das hat er nicht getan. Jedenfalls nicht über die wichtigen Dinge.

Er hat mir nie wirklich erklärt, warum nicht, und es hat nie gepasst, danach zu fragen.

»Ist es okay, wenn ich das noch nicht so richtig weiß?«, fragte er schließlich.

»Sicher.«

»Es wäre nett, wenn du dich bereit machen könntest, zu gehen, wenn Sophie laut wird. Aber, ich weiß nicht. Wenn sie so ist wie jetzt ... Ich weiß nicht, ob es dann was ausmacht.«

»Du musst das nicht jetzt entscheiden.«

»Gut. Denn ich kann nicht richtig nachdenken.«

»Ist sie das?«, fragte ich, weil ich dachte, ich hatte ein Auto in der Auffahrt gehört.

»Ja«, antwortete er. »Das ist sie.«

Aber er bewegte sich nicht.

»Wirst du hingehen und sie begrüßen?«

»Ich weiß nicht«, erwiderte er. Und blieb sitzen. »Sieht nicht so aus.«

»Okay. Dann gehe ich.«

Ich lief vorsichtig die Stufen hinten runter und öffnete das Garagentor, damit sie ihr Auto neben Pauls stellen konnte. Und als sie ihre zwei Koffer aus dem Kofferraum holte, nahm ich einen. Um ihr zu helfen.

»Danke, Angie«, sagte sie. »Wo ist Paul?«

Sie sah so jung aus. Nicht jünger als sonst oder so. Es fiel mir nur wieder auf, genau wie die ersten beiden Male, als ich sie gesehen hatte. Nur dass ich anfangs nicht gewusst hatte, dass sie etwas älter als Paul war. Es war schwer vorstellbar, dass sie siebzig war. Ich konnte das nicht glauben, wenn ich sie anschaute. Sie wirkte wie eine Schauspielerin, die jetzt etwa fünfzig ist, aber immer noch gut aussieht.

»Er ist in der Küche«, erklärte ich.

Ich stellte ihren Koffer ab und schloss das Garagentor hinter uns. Und wir gingen zusammen zur hinteren Treppe. Nebeneinander. Vorsichtig, damit wir nicht ausrutschten.

»Rigby ist letzte Nacht im Schlaf gestorben«, erzählte ich ihr.

»Oje. Wie geht's Paul?«

»Ich weiß nicht. Er weint nicht.«

»Ich bin mir nicht sicher, ob das gut ist.«

»So meinte ich das auch gar nicht. Er macht den Eindruck, als sei er erstarrt.«

Dann ließ ich sie vor mir die Stufen hochgehen, denn sie waren nur dann breit genug für zwei Personen, wenn diese nicht auch noch beide Koffer trugen. Als wir oben am Absatz ankamen, fragte ich: »Kann ich Sie um einen Gefallen bitten?«

»Ja, warum nicht?«

»Er ist nicht für mich. Er ist für Paul.«

»Dann auf jeden Fall.«

»Wenn er so tut, als wäre es okay, dass Sie schnell wieder fahren, weil er keine Hilfe braucht, den Hund hochzuheben, könnten Sie ihm das bitte nicht glauben?«

Sie blickte mir sehr lange ins Gesicht, und ich fühlte mich unbehaglich. Aber ich blieb still. Ich sah zu, wie die kleinen Wölkchen ihres und meines Atems sich zu einer großen Wolke vereinigten. Dann legte sie mir eine Hand an die Wange. Umschloss sie mit ihrer Handfläche. Und ich dachte: So sollte einen eine Mutter berühren. Als wenn die Berührung wirklich für dich wäre, nicht für sie. Aber ich dachte mir, für meine Mutter wäre es zu spät, das zu lernen.

»Ich bleibe ein paar Tage«, sagte sie. »Bis wir uns sicher sind, dass es ihm gut geht.«

»Danke.«

Dann öffnete ich die Hintertür, ließ sie rein und schloss sie hinter uns wieder. Wir durchquerten zusammen das hintere

Schlafzimmer. Es stand noch immer das Bett darin, das Paul für ihren ersten Besuch angeschafft hatte.

»Haben Sie Kinder?«, erkundigte ich mich.

Sie sah mich auf komische Art an, und ich fragte mich, ob das eine unhöfliche Frage gewesen war. Ob es falsch gewesen war, sie zu stellen.

»Ich habe keine Kinder. Nein. Warum fragst du?«

»Ich weiß nicht. Ich habe nur gedacht, dass Sie eine gute Mutter wären.«

Bevor sie antworten konnte, waren wir schon in der Küche, bei Paul, und dann konnten Rachel und ich nicht mehr reden, weil es dann in keiner Weise mehr um uns ging.

* * *

Meine Mutter kam zur üblichen Zeit von der Arbeit nach Hause. So um halb drei. Ich hatte darauf geachtet, auf jeden Fall vor ihr da zu sein, um mit ihr zu reden.

»Was?«, sagte sie. »Rigby. Er ist gestorben, stimmt's?«

»Sie. Sie, Mom. Du hast sie jahrelang gekannt. Warum ist es so schwer zu begreifen, dass Rigby eine Sie war?«

»Tut mir leid. Wo ist Sophie?«

»Genau da, wo sie auch sonst ist. Auf dem Hundebett bei Paul. Und im Moment ist Rigby da auch noch. Aber in etwa einer Stunde schickt ein Laden, der Feuerbestattungen für Hunde macht, zwei große Männer, die sie abholen.«

»Und dann wird Sophie ausflippen.«

»Das vermute ich zumindest. Und Rachel ist da, wenn Sophie also ausflippt, müssen wir sie irgendwo anders hinbringen.«

»Und wo sollen wir hin?«

»Irgendwo. Aber wir können nicht hierher.«

»Ist nicht gerade Campingwetter.«

»Wir könnten in ein Motel gehen. Du hast gesagt, dass wir ziemlich viel Geld gespart haben.«

»Das Geld ist nicht das Problem. Wie können wir in ein Motel gehen, wenn Sophie gerade ausflippt?«

»Ich weiß es nicht, Mom. Ich weiß nicht, was wir tun sollen. Aber wappne dich schon mal. Denn wir werden es sehr bald herausfinden müssen.«

* * *

Meine Mutter schaute aus dem Fenster. Sie lugte um den Vorhang herum, genau wie sie es an dem Tag getan hatte, an dem Paul aus seinem alten Haus ausgezogen war.

Diesmal machte es mich auch wieder nervös.

»Sie sind da«, erklärte sie.

Ich trat ans Fenster und sah hinaus in die Winterlandschaft. Es hatte wieder angefangen zu schneien. Ein grauer Lieferwagen parkte nahe der Hintertreppe, aber ich konnte nicht lesen, was darauf stand, denn er war zu sehr mit Schnee bedeckt und mit diesem dreckigen Eismatsch, den die Reifen hochschleudern, wenn man auf einer schlecht geräumten Straße fährt.

Mir wurde klar, dass ich nicht sehen wollte, was jetzt geschah. Also setzte ich mich aufs Sofa.

Es beunruhigte mich, dass Mom es mir nicht nachtat. Daher sagte ich nach einer Minute: »Komm vom Fenster weg!« Aber es hörte sich so barsch an. Also schob ich noch schnell ein »Bitte« hinterher.

Sie kam und setzte sich neben mich, sah aus wie ein gescholtener junger Hund.

»Tut mir leid«, sagte ich. »Ich bin einfach nervös.«

»Du drückst gar nicht die Daumen.«

»Ich glaube, gedrückte Daumen werden nicht reichen, um uns jetzt zu retten.«

Ich hörte, wie eine Autotür zugeschlagen wurde und der Motor angelassen wurde. Ich lief zum Fenster und beobachtete, wie der Lieferwagen langsam die Einfahrt hinunterfuhr, die Hinterräder nur mühsam griffen und immer wieder durchdrehten.

Dann lief ich ein, zwei Minuten auf und ab.

Bis meine Mom sagte: »Wer macht jetzt wen verrückt?«

»Sorry.«

Ich setzte mich wieder aufs Sofa.

»Sie flippt nicht aus«, erklärte meine Mom.

»Tut sie nicht.«

»Warum, glaubst du, tut sie es nicht?«

»Ich habe keine Ahnung.«

»Ich hätte gedacht, sie würde ausflippen, wenn der Hund stirbt«, sagte sie.

»Sie war glücklich, als es passiert ist.«

»Wie ist das möglich?«

»Willst du meine Theorie hören? Aber es ist wirklich nur eine Theorie. Ich könnte total falschliegen. Aber ich habe beschlossen, zu glauben, dass es bedeutet, dass Rigby da, wo sie jetzt ist, glücklich ist. Selbst wenn ich unrecht habe und es nicht stimmt, werde ich das weiter glauben. Weil es das ist, was ich glauben möchte.«

* * *

Ich wartete fast zwei Stunden. Weil ich wirklich nicht an ihre Tür klopfen wollte. Vielleicht redete er mit ihr, genau jetzt. Sagte ihr, was er empfand. Oder vielleicht weinte er, und sie hielt ihn im Arm. Ich hatte keine Ahnung, was da drinnen vor sich ging. Ich wusste nur, dass ich sie nicht stören wollte.

Aber es gab nun mal dieses Problem: Sie hatten noch immer Sophie bei sich. Und ich hatte keine Ahnung, ob das okay war.

»Ich gehe wohl besser nachsehen, wie die Lage ist«, sagte ich zu meiner Mom.

Ich zog mich warm an und lief den ganzen Weg über die glatte, schneebedeckte Auffahrt, weil ich nicht an die Hintertür klopfen wollte, denn das Zimmer dort war das Gästezimmer, in dem Rachel untergebracht war. Ich rutschte zweimal aus und landete auf dem steilen Teil auf dem Hintern, aber ich ging immer weiter.

Ich kam zu den vorderen Stufen, was leicht war, weil der Baumtunnel dafür gesorgt hatte, dass sie ziemlich frei von Schnee waren.

Ich blieb stehen. Wünschte mir so sehr, ich müsste nicht anklopfen.

Klopfte an.

Rachel machte mir auf.

»Es tut mir so leid, dass ich stören muss«, sagte ich.

»Das ist schon okay.«

»Ich war mir nicht sicher, was mit Sophie ist. Ich wusste nicht, ob ich … Was ist mit Sophie? Was macht sie? Soll ich versuchen, sie mit nach Hause zu nehmen?«

»Ich bin mir nicht sicher. Ich werde mal Paul fragen. Komm rein.«

Ich wartete im Wohnzimmer, tropfte schmelzenden Schnee auf die Matte an der Tür. Im Kaminofen brannte ein helles Feuer, und es war warm. Ich fühlte mich in meiner dicken Jacke, als würde ich gleich ersticken, aber ich dachte mir, dass ich nicht lange hier sein würde.

Dann kam Rachel wieder und erklärte: »Sie liegt nur auf dem Hundebett. Sie macht keinen Ärger. Paul sagt, sie kann bleiben, bis sie zur Schule muss.«

»Es sind Weihnachtsferien. Sie muss erst wieder im Januar zur Schule.«

»Oh. Warte kurz.«

Ich schwitzte ein, zwei Minuten weiter neben dem Feuer. Ich wusste nicht, warum Paul nicht rauskam und selbst mit mir sprach. Wenn ich hätte raten sollen, hätte ich vermutet, dass es ihm weniger unangenehm war, vor ihr zu weinen, als vor mir. Was mir irgendwie richtig vorkam, weil sie schon über fünfzig Jahre Freunde waren und er sie liebte.

Sie kehrte zurück und sagte: »Paul sagt, es ist in Ordnung.«
»Okay.«
»Sie benimmt sich sehr gut.«
»Ich verstehe nicht so richtig, warum, aber umso besser.«
»Sie verhält sich, als wenn der Hund noch hier wäre.«
»Sie tut vermutlich so, als ob.«
»Oder vielleicht ist der Hund tatsächlich noch auf irgendeine Weise hier, die sie spüren kann.«

Ich gab keine Antwort, weil ich das nicht konnte. Weil ich keine Ahnung hatte, was ich davon halten sollte.

»Nun, Sie wissen ja, wo Sie mich finden, wenn es ein Problem gibt.«

Ich drehte mich um, um zu gehen.

»Willst du bei diesem Wetter nicht lieber hintenrum rausgehen?«

»Okay.«

»Warum bist du nicht zur Hintertür gekommen?«
»Weil es Ihr Zimmer ist. Ich wollte Sie nicht stören.«

Sie lächelte, mit nur einem Mundwinkel. Ganz ähnlich, wie Paul das manchmal machte.

»Kein Wunder, dass er dich so mag«, sagte sie.

* * *

Am Morgen wachte ich auf und wollte schon aus dem Bett springen. Aus reiner Gewohnheit. Ich musste Paul helfen,

Rigby rauszubringen. Ich saß schon fast aufrecht, zog die Decke beiseite, als es mir wieder einfiel.

Ich legte mich wieder hin, zog die Decke über mich und versuchte mit der Vorstellung klarzukommen, dass es Rigby nicht mehr gab, nirgendwo auf der Welt. Dass sie vor Kurzem noch da gewesen war, es sie jetzt aber nicht mehr gab. Ich wusste das alles rein verstandesmäßig. Aber tief in mir ergab es überhaupt keinen Sinn.

Als mein Vater starb, ging es mir monatelang so.

Und jetzt kommt das Seltsame. Es war zehn Jahre her, dass mein Vater umgebracht worden war, und mir wurde klar, dass ich in dieser Beziehung noch kein Stück weitergekommen war. Oh, ich hatte mich daran gewöhnt. Es überraschte mich nicht mehr oder so, und ich akzeptierte auch, dass es immer so sein würde. Aber tief in mir machte dieser Übergang von Da-Sein zu Nicht-mehr-da-Sein noch immer überhaupt keinen Sinn.

Ich verstand diese ganze Sache mit dem Sterben einfach nicht. Und ich fragte mich, ob das allen so ging oder nur mir.

* * *

In der zweiten Nacht nachdem Rigby gestorben war, hörten wir ein kleines kratzendes Geräusch auf dem Absatz vor der Tür des Apartments. Ich war im Bett, genau wie meine Mom. Aber ich schlief noch nicht. Ich wusste nicht, wie das bei ihr war.

Bis sie sagte: »Hast du das gehört? Was ist das?«

»Ich weiß nicht. Vielleicht irgendein Tier?«

Ich wartete, aber sie antwortete nichts weiter.

Also fuhr ich fort: »Ich sollte nachsehen gehen.«

»Nein, nicht. Es könnte gefährlich sein.«

»Ich leg die Kette vor und schau mal nach.«

Ich stand auf – mir war ein bisschen kalt nur im Pyjama und barfuß –, legte die Sicherheitskette vor und öffnete die Tür einen kleinen Spaltbreit. Sophie hockte mit klappernden Zähnen auf allen vieren davor. Sie trug die Sachen, die ich ihr am Morgen angezogen hatte, aber keinen Mantel. Sie musste durch die Hundeklappe rausgekrochen sein, und Paul und Rachel wussten vermutlich nicht mal, dass sie weg war.

Ich drückte die Tür zu, entfernte die Kette und zog die Tür dann weit auf, wobei ein Schwall kalter Luft in den Raum drang. Sophie kam herein und ging zu dem kleinen Teppich, auf dem sie immer mit Rigby gelegen hatte.

»Hm«, sagte meine Mom.

Ich hatte irgendwie erwartet, dass sie mehr sagen würde. Aber, ganz ehrlich, ich hatte keine Ahnung, was man mehr dazu sagen sollte.

Ich rieb Sophies kleine Hände zwischen meinen, bis sie warm wurden, zog ihr die Turnschuhe und die pinkfarbenen Socken aus und rieb auch ihre Füße. Dann breitete ich eine Decke über sie und ließ sie schlafen.

* * *

Ein paar Tage später, etwa um zehn Uhr morgens, kam Rachel zu unserer Wohnung, um mir zu sagen, dass sie abreiste, und um sich von mir zu verabschieden. Glücklicherweise war meine Mom gerade bei der Arbeit. Also waren es nur Sophie, die auf dem Teppich lag, und ich.

»Ich hätte länger bleiben können«, erklärte Rachel. »Aber es ist jetzt sechs Tage her, und ich denke, es geht ihm so weit gut. Er braucht nur noch etwas Zeit, um das alles zu verarbeiten. Du weißt schon. Allein. Außerdem ... bin ich mir ziemlich sicher, dass er meine Gesellschaft langsam leid ist.«

»Oh, das wage ich zu bezweifeln«, erwiderte ich.

»Du weißt, wie er ist. Eher ein Einzelgänger.«

»Da bin ich mir nicht so sicher.«

Sie sah mich merkwürdig an. »Du stimmst mir da nicht zu?«

»Ich glaube, er verändert sich. Zumindest ein bisschen. Also … sechs Tage. Das ist ein schöner, langer Besuch. Sie müssen viel Zeit gehabt haben, sich zu unterhalten.«

Ich beobachtete ihr Gesicht. Aber sie hatte keine Ahnung, wovon ich eigentlich sprach. Es war so eine Enttäuschung, dass ich es bis tief in meine Brust spüren konnte. Wie bei einem Schwertschlucker. Ich dachte: Warum kann er es ihr nicht einfach sagen?

Nicht dass ich dachte, es wäre einfach oder so. Aber ich hätte es unterdessen getan, und ich stelle mich bei diesen Dingen wie die letzte Idiotin an. Na ja, also eigentlich bei allen Dingen.

»Wir haben uns unterhalten, ja«, bestätigte sie. »Vor allem über den Hund. Und über alles Mögliche. Nichts Besonderes. Warum? War da was Bestimmtes?«

»Nein. Nicht wirklich. Ich dachte nur … Ich weiß, wie gut befreundet Sie sind. Und wie viel es ihm bedeutet, dass Sie hier sind. Wollen Sie reinkommen? Es ist kalt, und ich wollte nicht unhöflich sein.«

»Nein, ich muss wirklich los«, sagte sie. »Ich sehe nachts nicht mehr so gut, daher will ich vor Einbruch der Dunkelheit zu Hause sein. Aber bevor ich fahre, wollte ich dich wissen lassen, wie viel es *mir* bedeutet, dass *du* hier bist. Ich fühle mich so viel besser dabei, ihn hier zurückzulassen, wenn ich weiß, dass du hier bist, um ihm zu helfen.«

»Wie geht es seinem Rücken?«

»Schon etwas besser.«

Sie trat unruhig von einem Fuß auf den anderen, und ich wusste, sie wollte los.

Also sagte ich schnell, bevor sie sich abwandte: »Sie sollten häufiger herkommen.«

»Das würde ich gerne. Aber ich kann nur so oft kommen, wie Paul mich einlädt.«

»Ich glaube, er würde Sie gerne häufiger einladen. Aber ich denke, er hat das Gefühl, dass er Sie damit vielleicht belästigt ... wenn er Sie fragt. Also wenn Sie es je selbst vorschlagen wollen ...«

Sie sah mir für einen langen Moment ins Gesicht, als wenn sie dort etwas suchte. Ich schaute auf den schneebedeckten Absatz runter, machte mir Sorgen, dass ich zu viel gesagt hatte. Zu viel verraten hatte.

»Vielleicht mach ich das mal«, erwiderte sie. »Vielleicht mach ich das wirklich. Frohes neues Jahr.«

Dann küsste sie mich auf die Stirn und ging die Treppe runter, ganz vorsichtig, um nicht auszurutschen.

Ich sah ihr zu und dachte, dass es kein Wunder war, dass Paul in sie verliebt war. Wenn ich Mitte sechzig oder so wäre, wäre ich vermutlich auch in sie verliebt. Sie war eine dieser Frauen, die es einem fast zu leicht damit machten.

»Frohes neues Jahr«, rief ich ihr hinterher.

* * *

Zuerst ließ ich Paul in Ruhe. Ich war mir nicht ganz sicher, ob er wollte, dass ich das tat. Aber zu dem Zeitpunkt hatten wir schon ein Telefon. Und er wohnte ja nicht gerade weit weg. Also dachte ich mir, er würde es mich schon wissen lassen, wenn er Gesellschaft wollte.

Er rief mich am frühen Abend an, etwa drei, vier Tage nach Rachels Abreise. Fragte mich, ob ich vielleicht ein paar Runden Gin Rommé mit ihm spielen wollte.

»Jederzeit«, sagte ich. »Immer. Ich wollte dich nur nicht nerven.«

»Danke«, erwiderte er. »Jetzt wäre ein guter Zeitpunkt.«

»Ich müsste Sophie mitbringen. Meine Mom ist mit Jenna, ihrer Freundin von der Arbeit, weg.«

»Kein Problem. Die Hintertür ist offen. Kommt einfach rein.«

Also machte ich mich vorsichtig auf den Weg über die rutschige, verschneite Auffahrt zu seiner Hintertreppe. Ich hielt Sophies Hand, damit sie nicht hinfiel. Ich führte sie durch die Hintertür und das hintere Schlafzimmer, und dann zog sie ihre Hand aus meiner und rannte zu Rigbys altem Hundebett und rollte sich darauf zusammen.

Paul erschien in der Tür zum Schlafzimmer, stellte sich neben mich, und wir sahen sie einen Augenblick an.

»Ich bin froh, dass du es nicht in den Müll getan hast«, sagte ich.

»Sophie war eine gute Entschuldigung, aber ich glaube, es hätte mir das Herz gebrochen, wenn ich es hätte wegwerfen müssen.«

»Vielleicht holst du dir irgendwann einen neuen Hund.«

»Vielleicht.« Wir beobachteten sie schweigend für eine Minute. Dann sagte er: »Was denkst du, was Sophie zu einem neuen Hund sagen würde?«

»Ich bin mir ziemlich sicher, dass sie ihn hassen würde. Und dass wir ihn vor ihr beschützen müssten.«

»Oh. Nun ja. Darüber machen wir uns Gedanken, wenn es so weit ist.«

Wir gingen in die Küche und setzten uns an den Tisch. Er stellte ein Glas Eistee neben meinen Teller. Den mochte ich richtig gern. Er machte guten Eistee.

Er mischte die Karten.

»Also«, sagte ich. »Du hast dich einsam gefühlt.«

Er sah vom Mischen hoch, als wenn es viel Konzentration erforderte und ich ihn abgelenkt hätte.

»Habe ich das? Ich dachte, ich hab mich einfach gelangweilt.«

»Du hast dich nie gelangweilt, als Rigby noch da war.«
»Oh. Guter Punkt. Stimmt.«

Er gab, und ich griff rüber und legte meine Hand auf seinen Arm, bevor er seine Karten aufnehmen konnte.

»Warte, sieh deine Karten noch nicht an.«
»Warum nicht?«
»Wie wäre es, wenn wir um Geld spielen?«

Er schaute mir ins Gesicht. In seinen Augen funkelte dieses seltsame Amüsement, das zum Teil Kritik hätte sein können.
»Geld? Seit wann hast du Geld übrig?«

»Hab ich nicht. Ich bekomme nur zehn Dollar Taschengeld die Woche.«

»Warum willst du dann um Geld spielen?«

»Ich weiß nicht. Vielleicht weil ich das noch nie zuvor gemacht habe. Ich möchte mal sehen, wie sich das anfühlt. Ich rede nicht von viel Geld. Vielleicht fünfundzwanzig Cent die Runde oder so?«

Er sah mich immer noch so merkwürdig an. Also blickte ich auf meine Karten runter, die mit der Rückseite nach oben vor mir auf dem Tisch lagen. Als wenn ich etwas zu verbergen hätte, auch wenn ich mir nicht ganz sicher war, ob das stimmte oder nicht. Ich wollte noch nicht, dass wir uns unsere Blätter ansahen, weil es mir fairer vorkam, sich zu entscheiden, bevor man wusste, was man auf der Hand hatte. Sonst wäre es irgendwie keine unbefangene Entscheidung mehr.

»Unter einer Bedingung. Zehn Dollar sind das Limit. Ich will nicht, dass du mehr verlierst als das Taschengeld von einer Woche.«

»Warum denkst du, dass ich verlieren werde?«

Er lächelte kurz, und wir nahmen unsere Karten auf. Ich hatte zwei Damen und eine Kreuzacht und eine Kreuzneun, insofern war das schon mal gar nicht schlecht.

»Ich hatte schon das Gefühl, dass ein kleiner Spieler in dir steckt«, sagte er.

»Vermutlich. Mein Vater war ein Spieler.«

Er sah von seinen Karten hoch. Mir ins Gesicht. Ein bisschen zu plötzlich, fand ich.

»Das hast du mir gar nicht erzählt.«

»Na ja. Das Thema ist einfach nicht aufgekommen, denke ich. Ich meine, wann hätte ich es dir erzählen sollen?«

»Ich hätte gedacht, dass du es mal erwähnt hättest, als wir versucht haben, herauszufinden, wie er gestorben ist.«

»Warum? Was hat das eine mit dem anderen zu tun?«

»Oh. Ach, egal. Vergiss es.«

»Nein, was? Sag es mir.«

Erst tat er es nicht. Aber nach einer Weile dann doch.

»Wenn jemand ziemlich viel und zwanghaft spielt, dann kann das gefährlich sein. Meistens schuldet man dann irgendwann den falschen Leuten sehr viel Geld.«

»Nun. Ja. Vermutlich. Aber ein Kredithai würde einen nicht töten, oder? Wenn er das täte, könnte man ihm das Geld ja nicht mehr zurückzahlen.«

»Außer er wollte ein Exempel statuieren. Oder er ... Nein. Weißt du, was? Vergiss es. Es tut mir leid, dass ich davon angefangen habe. Lass uns einfach nicht mehr darüber reden. Es war dein Vater, und wir wissen es nicht, also warum spekuliere ich überhaupt darüber?«

»Das ist okay. Vielleicht weißt du mehr darüber als ich.«

Er lachte ein lautes, schnaubendes Lachen, aber ich wusste nicht genau, warum.

»Angie«, sagte er. »Sehe ich vielleicht wie ein Experte zum Thema Glücksspiel aus? Ich habe fünfundvierzig Jahre einen Job gemacht, den ich gehasst habe, um eine gute Rente zu bekommen. Ich liebe seit fünfzig Jahren dieselbe Frau, habe ihr das aber noch nie gesagt. Wo siehst du auf dieser Seite des Tisches besondere Risikofreude? Du bist die Spielerin hier, nicht ich.«

Wir spielten einige Zeit schweigend, und dann machte ich Gin und gewann fünfundzwanzig Cent. Er hat mir das Geld sofort gegeben. Hat die Münze aus der Tasche gezogen und über den Tisch zu mir rübergeschoben. Es war aufregend, aber zu dem Zeitpunkt wusste ich, dass es das nicht sein sollte, und fühlte mich schlecht deswegen.

Während wir uns unser nächstes Blatt ansahen, sagte ich: »Sie hat mir erzählt, sie würde vielleicht häufiger auf Besuch herkommen. Richtig?«

Ich merkte, dass er mich ansah, aber ich weigerte mich, von den Karten hochzublicken.

»Ich hab's ihr nicht gesagt«, gestand er.

»Das hab ich mir schon gedacht.«

Ich warf meine schlechteste Karte ab und zog eine neue. Und versuchte, es nicht auszusprechen. Aber ich musste es. Ich musste es sagen. Ich hatte es so lange zurückgehalten.

»Du wirst es ihr ... Du wirst es ihr aber irgendwann sagen, oder? Du wirst es ihr nicht einfach nie erzählen, oder?«

Ich legte meine Karten mit dem Bild nach unten auf den Tisch. Nun war er es, der meinem Blick auswich.

»Wie kannst du das tun? Ich verstehe das wirklich nicht.«

»Wie ich schon gesagt habe: Ich bin kein Spieler. Ich kann mit Risiken nicht umgehen.«

»Was für ein Risiko? Du bist jetzt nicht mit ihr zusammen. Das Schlimmste, was passieren kann, ist, dass du es dann immer noch nicht bist.«

»Das stimmt nicht ganz. Jetzt habe ich eine enge Freundschaft mit ihr. Wir telefonieren beinahe jeden Tag. Wenn ich es ihr sage und sie nicht dasselbe für mich empfindet, fühlt sie sich vielleicht schrecklich, weil sie meine Gefühle verletzt. Oder es könnte zu schwierig für mich sein, danach mit ihr zu reden.

Es könnte einen Keil zwischen uns treiben. So wie es jetzt ist, habe ich zumindest halb das, was ich will. Ich kann das nicht riskieren und nachher vielleicht gar nichts mehr haben.«

»Oder alles.«

»Ich glaube nicht, dass sie dasselbe für mich empfindet. Sie hätte was gesagt.«

»*Du* hast das nicht getan.«

»Oder ich hätte das gemerkt.«

»*Sie* tut das nicht.«

»Hör zu, Angie. Ich weiß, wenn du ich wärst, würdest du es tun.«

»Ja, auf jeden Fall.«

»Aber ich bin nicht du. Okay? Ich bin ich. Also wie wäre es, wenn wir jetzt einfach Karten spielen?«

Wir spielten etwa zwanzig weitere Runden, und ich war zwei Dollar fünfundzwanzig reicher als vorher. Was nicht viel ist, ich weiß. Aber doch ein Gewinn.

Sophie schlief, also warf ich sie mir wie ein Feuerwehrmann über die Schulter.

Paul machte das Außenlicht hinten für mich an, sodass ich den Weg durch Eis und Schnee nach Hause finden konnte.

Ich klopfte an, aber meine Mutter war immer noch weg. Also öffnete ich die Tür mit dem Schlüssel.

Nachdem ich Sophie aufs Bett gelegt hatte, wollte ich mir gerade den Schlüsselbund wieder in die Tasche schieben. Aber zuerst sah ich ihn an. Ich denke, ich wusste vielleicht, warum. Vielleicht habe ich es sogar absichtlich getan.

Ich starrte den Schlüssel zu meiner verschlossenen Kiste eine Minute an. Ich schluckte zu viel und zu heftig.

Dann zog ich die Kiste unter dem Bett hervor und öffnete sie.

Ich nahm »Das Tibetische Totenbuch« heraus und legte es auf meinen Nachttisch. Sophie hatte in letzter Zeit nicht viele

Dinge kaputt gemacht. Und ich hatte im Moment kein Buch, das ich las.

Dann nahm ich den Brief von Nellie raus. Den zweieinhalb Jahre alten Brief, den zu lesen ich immer noch nicht den Mut gehabt hatte.

Ich setzte mich auf die Bettkante und überflog ihn. Mit klopfendem Herzen und zitternden Händen und einem Mund, der so trocken war, dass ich kaum schlucken konnte.

Ich las ihn drei- oder viermal. Und seitdem habe ich ihn so oft gelesen, dass ich ihn beinahe komplett auswendig aufsagen kann. Aber das werde ich nicht. Denn nicht alles ist für jemand anderen als mich wichtig. Und weil es privat ist. Nicht aus irgendeinem speziellen Grund, aber ... nur so generell ist es das irgendwie.

Ich werde aber das Wesentliche erzählen.

Es tat ihr so leid, und sie fühlte sich dumm und schlecht, weil sie mich gedankenlos verletzt und in Verlegenheit gebracht hatte.

Sie wollte, dass ich wusste, auch wenn ich verletzt und verlegen war, was sie verstehen konnte – denn sie erinnerte sich noch daran, wie es war, ein Teenager zu sein, und wie unglaublich kränkend und demütigend alles war –, dass ich es nicht sein sollte, weil ich verdammt noch mal nichts falsch gemacht hatte.

Und, wahrscheinlich am wichtigsten, sie schrieb, dass sie zu mögen, wie ich es getan hatte, für sie eher ein Kompliment war, wie ein Geschenk, keine Unannehmlichkeit.

Ich wünschte, ich hätte das die ganze Zeit gewusst.

* * *

Ich rief Paul an, weil bei ihm noch Licht brannte.

»Ich bin so eine Heuchlerin«, sagte ich.

»Das wage ich zu bezweifeln«, erwiderte er. »Aber erzähl mir, warum du das denkst.«

»Weil ich nicht besser bin als du. Es gab da jemanden, den ich mochte, und ich hab's ihr nicht gesagt. Und als sie es selbst herausgefunden hat, war mir das so peinlich, dass ich weggerannt bin und nie wieder mit ihr gesprochen hab. Sie hat mir einen Brief geschrieben, und ich habe ihn weggesteckt und ihn nicht einmal gelesen. Also ... so viel zu meiner Risikobereitschaft.«

»Nun«, sagte er. »Und jetzt, wo du das rausgefunden hast, wirst du ihn da lesen?«

»Hab ich gerade gemacht.«

»Dann bist du *keine* schreckliche Heuchlerin. Und du bist wirklich besser als ich.«

* * *

Im Rückblick glaube ich, ich hab mir irgendwie eingeredet, dass er meinem Vorbild folgen würde. Dass, wenn ich ein bisschen mutiger sein könnte, er es auch sein würde. Aber sechs Monate und zwei Besuche von Rachel verstrichen. Und er ging das Risiko immer noch nicht ein.

Kapitel 2

Risiko

Es war wieder Juni, und es war vier Uhr nachmittags.
Ich legte eine Nachricht für meine Mom auf den Tisch. Darin stand:

> Du musst mir vertrauen. Ich weiß, dass ich technisch gesehen noch minderjährig bin, und ich weiß, dass Du richtig wütend sein wirst, aber ich bin jetzt fast siebzehn, und ich denke, ich bin alt genug, um Dinge allein zu erledigen. Ich muss mit jemandem reden (tatsächlich sogar mit zwei Leuten), und über das Telefon geht das einfach nicht. Manchmal muss man jemandem ins Gesicht sehen und sagen, was man zu sagen hat. Ich müsste morgen wieder zurück sein (aber es kann auch noch einen Tag länger dauern, also reg Dich nicht auf), und dann kannst Du so sauer auf mich sein, wie Du willst.

Ich dachte darüber nach, ihn zu unterschreiben, beschloss aber, dass das dumm wäre, weil ich die Einzige war, von der diese Nachricht sein konnte.

Ich schlüpfte aus dem Haus und ging im Licht der Taschenlampe in die Stadt. Bis zur Bushaltestelle.

Dann zog ich Nellies Hundertdollarschein aus der Jeanstasche, den, den sie mir für meine Mithilfe bei der Inventur gegeben hatte, und kaufte einen Fahrschein nach Hause.

Wobei das nicht gut ausgedrückt ist, denn es fühlte sich nicht mehr wie zu Hause an. Zu Hause war jetzt hier.

* * *

Ich bekam einen Platz am Fenster. Und ich hatte eine Aussicht auf die Berge, wie ich sie auf dem Weg hierher nicht gehabt hatte. Als wir vor drei Jahren hergefahren waren, hatte es in Strömen geregnet und ich entweder geschlafen oder den Kopf eingezogen.

Der Bus war voll, also konnte ich mich nicht über zwei Sitze ausbreiten, wie ich es eigentlich gehofft hatte. Eine Frau setzte sich neben mich, die mich ein bisschen an Nellie erinnerte. Allerdings weiß ich nicht genau, warum. Sie sah ihr gar nicht ähnlich. Aber sie war etwa im selben Alter und schien auf dieselbe Art schlau zu sein. Ich wusste das, weil wir uns ein bisschen über dies und das unterhielten, ehe sie ihr Buch rausholte und zu lesen begann.

Ich zog »Das Tibetische Totenbuch« hervor, auch wenn ich wusste, dass ich nicht viel davon würde lesen können, weil mir vom Lesen beim Fahren schlecht wird. Ich dachte, ich würde mir eine Seite vornehmen und dann für einige Zeit aus dem Fenster sehen.

Was auch okay war, denn es war nicht gerade das, was man leichte Lektüre nennt.

»Ich hab mal versucht, das zu lesen«, bemerkte die Frau, »aber es war mir zu kompliziert.«

Es überraschte mich, dass sie mich ansprach. Ich hatte das nicht erwartet.

»Ich glaube, für mich ist es auch zu schwierig«, erwiderte ich.

»Wusstest du, dass ›Das Tibetische Totenbuch‹ nur ein informeller Titel für die Übersetzung ist? Eigentlich heißt es korrekt aus dem Tibetischen übersetzt ›Befreiung durch Hören im Zwischenzustand‹.«

»Das wusste ich nicht. Was bedeutet das?«

»Ich habe keine Ahnung. Ich hab dir ja gesagt, es war zu kompliziert für mich. Und ich bin Bibliothekarin. Und du bist … was? Sechzehn oder siebzehn? Also ist es etwas einschüchternd für mich zu sehen, dass du dranbleibst.«

»Die Tatsache, dass ich es lese, heißt nicht, dass ich es auch verstehe. Denn das tue ich nicht. Ich verstehe die Sache mit dem Sterben überhaupt nicht. Darum lese ich es. Ich dachte, vielleicht würde es helfen, es mir zu erklären. Aber bisher tut es das nicht.«

»Ist jemand, den du kennst, gestorben?«

»Ja«, sagte ich.

Aber dann sprach ich nicht weiter. Nach einer Weile wandte sie sich wieder ihrem Buch zu.

»Mein Dad«, sagte ich. Weil ich da wusste, dass ich es nicht musste. Nachdem sie wieder angefangen hatte zu lesen, fühlte ich mich nicht mehr unter Druck gesetzt. »Aber das war schon vor über zehn Jahren. Und einer meiner besten Freunde Ende letzten Jahres.«

»Oje. Das tut mir leid. Jemand in deinem Alter?«

»Nein. Sie war schon alt.«

Tatsächlich war sie viel jünger und viel älter als ich gewesen, zur gleichen Zeit. Was ein Rätsel ist, wie eines dieser Zen-Kōans. Die Antwort ist Hund. Aber das sagte ich ihr nicht.

»Glaubst du an das, was das Buch lehrt?«, wollte sie von mir wissen. Als wenn meine Meinung wichtig wäre. »Dass ein Teil von uns weiterlebt und dass es Wahlmöglichkeiten gibt, wenn wir unseren Körper zurücklassen?«

»Ich will das glauben«, erwiderte ich. »Ich versuche, da eine Entscheidung zu treffen.«

* * *

Ich musste aus der Innenstadt heraus zwei Metrobusse benutzen. Ich musste umsteigen.

Schließlich verließ ich den Bus an dem Park mit dem Springbrunnen. Dem, der der Endpunkt meiner Spaziergänge mit Rigby und Sophie gewesen war, damals, bevor wir alle umgezogen sind. Als Paul mir noch Geld gegeben hat, um mit ihr spazieren zu gehen. Weil wir noch nicht wirklich Freunde waren.

Ich machte mich zu Fuß auf den Weg durch das alte Viertel, Tante Vis Viertel, den Rucksack über der Schulter. Mir war sofort klar, dass mich mein Weg an Nellies Buchhandlung vorbeiführen würde. Was mir vorher gar nicht so bewusst gewesen war. Ich fragte mich, ob ich da absichtlich nicht so richtig drüber nachgedacht hatte. Oh, ich wusste, dass ich den Kopf in den Buchladen stecken und etwas zu Nellie sagen würde. Irgendwann. Sie war Teil des Plans. Vielleicht so dreißig, vierzig Prozent der wichtigen Dinge, die ich auf dieser Fahrt erledigen musste. Nur irgendwie hatte ich es in meinem Kopf nicht als Erstes eingeplant. Mehr so als Nachtrag am Ende des Tages.

Erst wollte ich es da hinten lassen. Schließlich würde ich auf dem Weg zurück zum Bus wieder an ihrem Laden vorbeikommen. Aber dann dachte ich: Was, wenn sie aus dem Fenster schaut und mich vorbeigehen sieht? Ohne dass ich reingucke und etwas sage?

Sie würde denken, dass ich sie hasste.

Da traf mich ein Gedanke so plötzlich und so überwältigend, dass ich innehielt. Buchstäblich. Ich hielt an und stand auf dem Gehweg. Und dachte es einfach nur.

Vielleicht glaubte sie jetzt schon, dass ich sie hasste. Die ganze Zeit hatte sie nur ihre eigene Fantasie gehabt. Ich hatte sie in eine Position gebracht, wo sie mutmaßen musste, wie die Sache stand. Es sich ausdenken. Sie wissen schon. Da, wo die Dinge aus dem Ruder laufen können. In keinem Verhältnis mehr zur Realität stehen.

Wenigstens passierte das in meinem Kopf.

Das war der Moment, in dem mir klar wurde, wie groß die Entschuldigung war, die ich ihr schuldete.

Ich ging weiter, hatte dann aber noch einen Gedanken, der mich wieder innehalten ließ.

Vielleicht gab es die Buchhandlung jetzt, drei Jahre später, gar nicht mehr. Kleine Buchläden machten ständig zu. Vielleicht hatte Nellie ihr Geschäft aufgeben müssen. Dann würde ich meine Entschuldigung nie loswerden können, weil ich sie gar nicht finden würde. Ich kannte ja nicht mal ihren Nachnamen.

Ich lief weiter, wurde immer schneller, weil ich es jetzt ganz schnell herausfinden wollte.

Der Buchladen war noch da.

Ich verlangsamte meine Schritte, ging aber weiter. Kam näher und näher. Ich hatte erwartet, dass mein Herz anfangen würde, wie wild zu klopfen und meine Hände zu zittern, aber das passierte nicht. Ich fühlte mich wie betäubt. Als wenn mein Körper und mein Gehirn aus versteinertem Holz wären. Ich fühlte mich nur schwer und taub.

Als ich zur Tür kam, hielt ich kurz inne. Mit einer Hand auf dem Türgriff. Erstarrte einfach und sah meine Hand an. Schaute einfach hin und fühlte, was ich tat. Ich wusste, es war ein Lebendig-sein-Ding, aber ich fühlte mich einfach nur wie betäubt.

Ich öffnete die Tür und steckte den Kopf rein.

»Hi«, sagte ich. Leise. Nur ein Ausatmen.

»Guten Tag«, erwiderte sie. Neutral und ganz normal. Absolut nichts Besonderes.

Das Herz rutschte mir in die Hose. Und ich fühlte es. Wo war die ganze Taubheit auf einmal hin, wenn ich sie wirklich brauchte? Es war mir nie in den Sinn gekommen, dass *sie* vielleicht *mich* hassen könnte. Sie hatte mich in dem Brief gemocht, und ich war davon ausgegangen, dass das auch so geblieben war.

Beinahe hätte ich mich umgedreht und wäre direkt wieder aus dem Laden herausmarschiert.

Dann hörte ich: »Angie?«

Da wurde mir klar, dass sie gar nicht gewusst hatte, dass ich es war.

»Ja. Ich bin's.«

»O mein Gott. Angie! Ich hab dich gar nicht erkannt! Du bist so erwachsen geworden.«

»Es ist lange her«, sagte ich.

»Gibt es einen Grund, warum nur dein Kopf drin ist?«

»Ja.«

»Hast du Sophie und diesen riesigen Hund dabei?«

»Nein.«

»Was ist dann der Grund?«

»Ich bin ein totaler Feigling.«

Sie lachte. Und es stellte sich heraus, dass ich sie immer noch genauso gerne zum Lachen brachte wie früher.

Ich öffnete die Tür und ging in den Laden. Dann stand ich vor dem Verkaufstresen und trat von einem Fuß auf den anderen. Versuchte, herauszufinden, ob ich mich noch betäubt fühlte oder nicht. Ich hatte dieses Ding in meinem Magen, wie ein kleines elektrisches Summen. Also vermutlich nicht.

»Ich muss ehrlich sein«, sagte sie. »Ich hab gedacht, du bist für immer verschwunden. Ich hätte nie gedacht, dass ich dich je wiedersehen würde oder noch mal von dir höre.«

Ich nickte. Tatsächlich ein bisschen zu energisch. »Einige Zeit sah es auch so aus.«

»Was hat sich geändert?«

»Ich. Denke ich.«

»Ach, echt?«, erwiderte sie.

Mir wurde plötzlich bewusst, wie sehr ich sie vermisst hatte, ohne es überhaupt zu wissen.

»Ich meinte, *was* hat sich bei dir verändert?«, fügte sie hinzu.

»Hmm. Nun. Ich hab miterlebt, wie ein Freund von mir ein Riesenfeigling ist. Und ich dachte, er sollte das nicht sein. Und dann wurde mir klar, dass das auf mich genauso zutraf, mehr, als ich zugeben wollte. Und ich wollte das nicht mehr sein. Und ich hatte außerdem irgendwie das Gefühl, dass ich dir eine dicke Entschuldigung schulde.«

»Willst du wissen, wie du es wiedergutmachen kannst?«

»Ja.«

»Du kannst dich hinsetzen. Das, was du da treibst, macht mich nervös. Du wirkst wie ein Rennpferd in der Startbox. Das zusammen mit unserer Vorgeschichte gibt mir das Gefühl, dass du jede Sekunde wegrennen wirst.«

»Tut mir leid.« Ich setzte mich in ihren großen gepolsterten Sessel. Streifte mir die Schuhe ab und setzte mich mit bestrumpften Füßen in den Schneidersitz. Stellte den Rucksack auf den Teppich. »Besser?«

»Viel besser. Also. Ich hatte mich gefragt, ob du überhaupt noch in der Stadt bist.«

»Bin ich nicht. Wir sind an demselben Tag bei meiner Tante rausgeworfen worden. An dem Tag, als ich dich zum letzten Mal gesehen habe. Wir sind noch am selben Tag aus der Stadt weggezogen.«

»Oh. Aha. Na ja, das erklärt ja 'ne Menge.«

»Nicht wirklich. Ich hätte dich trotzdem anrufen können.«

Sie lachte auf, aber ich hatte keine Ahnung, warum.

»Das ist so typisch Angie. Ich will es dir leicht machen, dich von der Angel lassen, aber du kannst das einfach nicht annehmen. Ich denke, du schuldest mir keine Entschuldigung. Ich denke, es war meine Schuld. Ich hätte das besser handhaben können. Ich hätte dir gleich von Anfang an sagen sollen, wer Cathy ist. Ich hätte gleich sagen sollen, dass wir zusammen sind. Dann hätte es keine Überraschung gegeben, weißt du? Hey, hast du Hunger? Wie wär's mit Pizza?«

Ein Teil von mir wollte nicht bleiben. Oder sich wenigstens nicht darauf festlegen. Aber ich hatte den ganzen Tag noch nichts gegessen und war verdammt hungrig.

»Ich könnte welche vertragen.«

Sie nahm das Telefon und bestellte Pizza. Und ich hatte die Gelegenheit, sie zu betrachten, während sie mich nicht ansah. Es war ein merkwürdiges Gefühl, denn ich konnte es plötzlich gar nicht fassen, wie sehr man Dingen ausweichen kann. Ich konnte mir gar nicht mehr vorstellen, wie ich sie je angesehen hatte und nicht sofort genau gewusst hatte, wie sehr ich ihr näherkommen wollte und warum. Das ist ein verdammt großes Geheimnis, vor allem wenn man es vor sich selbst hat.

Als sie den Hörer wieder hinlegte, sagte sie: »Und …«

Und ich sagte: »Und, bist du noch immer mit Cathy zusammen?«

In dem Moment, wo es mir über die Lippen kam, wurde mir klar, dass es eine dumme Frage war. Denn welchen Unterschied machte es schon? Wenn es nicht Cathy war, war es jemand anderes. Oder würde es sein. Denn Nellie war in den Dreißigern und ich ein Teenager. Es war eine Mauer, die ich nie würde überwinden können, wie ich auch sehr gut wusste.

Also war mir noch nicht mal klar, warum ich überhaupt gefragt hatte.

»Ja und nein«, sagte sie. »Sie ist jetzt eher meine Frau.«

»Ah. Nun, das ist gut. Wenn du glücklich bist.«

Und das war es. Es war gut. Und es tat weh, es zu hören. Beides zur selben Zeit. Ich hatte ihr nur die Hälfte erzählt, aber ich hatte das komische Gefühl, dass sie trotzdem alles wusste.

* * *

»Wow«, sagte ich. »Die ist sogar noch besser als die Pizza, die wir früher immer hatten.«

»Ja, der alte Laden hat zugemacht. Ich finde auch, dass sie besser ist. Teurer, aber besser.«

»Erinnerst du dich noch an die erste Frage, die du mir je gestellt hast?«

»Hm. Lass mich mal nachdenken. Ich hab gefragt, ob du zu Hause geschlagen wirst.«

»Nein. Das war die zweite. Oder dritte.«

»Ich geb auf. Was war es?«

»Du hast mich gefragt, ob ich nach Tibet reisen würde, wenn ich groß bin.«

»Und du hast Nein gesagt. Was mich überrascht hat.«

»Können wir das noch mal neu machen?«

»Sicher.«

»Ich denke, ich werde nach Tibet fahren.«

»Wow. Du bist weitergekommen. Was ist mit deiner Mom und Sophie?«

Ich streckte die Beine aus und starrte für einen Moment auf meine Socken und dachte an meine Mutter, zu Hause, die vermutlich richtig sauer auf mich war. Ich hoffte, sie hatte keinen schweren Tag mit Sophie, die in letzter Zeit wieder Sophie-mäßiger gewesen war.

»Ich denke, vielleicht wohnt Sophie nicht für immer zu Hause. Ich meine, *ich* werde nicht für immer zu Hause leben, also warum sollte sie das tun? Ich denke, ich werde weggehen und einen Job finden und ein Leben und dann nach Tibet reisen. Und ich denke, Sophie wird erwachsen werden und woanders wohnen. Vielleicht in einer betreuten Wohngruppe, wo andere Leute leben, die die gleichen Probleme haben wie sie. Und da können sie ihr beibringen, wie man Dinge allein tut. Alles, was sie lernen kann.«

»Das ist eine ziemlich vernünftige Entscheidung. Wie steht deine Mom dazu?«

»Sie wollte schon vor langer Zeit einen Platz für sie finden. Etwa als wir bei Tante Vi rausgeflogen sind. Sie war völlig überfordert und wollte eigentlich nur aufgeben. Ich war diejenige, die das nicht zugelassen hat. Ich hatte das Gefühl, wenn wir so etwas tun würden, dann sollte es sein, wenn das Timing stimmt. Und weil es für uns alle das Beste ist. Nicht nur weil wir nicht mehr konnten. Verstehst du? Aber jetzt geht es mit Sophie nicht mehr so gut, wie als Rigby noch lebte …«

»Rigby?«

»Der Hund.«

»Richtig. Der Hund.«

»Also gucken wir mal, wie lange wir überhaupt noch warten können. Wir können ohnehin nichts ändern.«

Sie schüttelte den Kopf. Ich wusste nicht, warum.

»Was?«, fragte ich.

»Ich hatte das nur vergessen. Ich hatte vergessen, dass du irgendwie zwanzig Jahre älter bist, als du in Wirklichkeit bist.«

»Es tut mir leid, dass ich hier rausgestürzt bin und nie wieder mit dir reden wollte. Das Seltsame ist: Ich kann noch nicht mal mehr genau sagen, warum. Ich meine, ich weiß, wie es sich angefühlt hat und alles, aber ich weiß nicht, warum es sich *so* schlimm anfühlen musste. Manchmal denke ich, die Art, wie ich damit umgegangen bin, passt nicht ganz zu dem, was passiert ist.«

Wir aßen ein, zwei Minuten schweigend weiter. Ich war froh über die Stille, denn ich fühlte mich innerlich wie wund gekratzt. Ich erinnerte mich, was Paul mir über das Sich-Öffnen gesagt hatte und dass er sich dann fühlte, als seien seine Nerven mit Sandpapier bearbeitet worden. Und sich zurückziehen musste, einfach, um Abstand zu gewinnen.

Ich hatte das Gefühl, ich müsste mich auch ein bisschen ausruhen.

»Sieh es mal so«, sagte Nellie. »Du hast gehört, wie sich zwei Personen über dein Geheimnis unterhalten haben, und es war ein Geheimnis, das du dir noch nicht einmal selbst erzählt hattest, in der Privatheit deines eigenen Kopfes.«

»Wow. Ich glaube, ich verstehe es tatsächlich.«

»Ist mir auch schon passiert. Also wo lebst du jetzt?«

Als wenn sie wüsste, dass ich über etwas Einfacheres reden musste als über das alles.

Ich atmete tief durch, schluckte einen Bissen Pizza runter und erzählte ihr alles darüber, wie es ist, in den Bergen zu leben. Was einige Zeit dauerte. Denn glauben Sie mir, wenn man endlich in den Bergen lebt, gibt es eine Menge darüber zu erzählen.

* * *

Gerade als ich gehen wollte, sagte sie: »Du bist nicht nur deswegen zurückgekommen, oder?«

»Nein. Ich muss noch mit jemand anderem reden.«

Ich fühlte mich müde. Und dabei hatte ich gerade erst angefangen.

Sie gab mir eine von ihren Visitenkarten.

»Du musst nicht ständig schreiben oder anrufen«, sagte sie. »Aber ab und zu wäre es nett, zu wissen, wo du bist. Und wie es dir geht.«

»Ich sag dir was. Ich mach dir einen Vorschlag: Ich schicke dir einen Brief aus Tibet. Ich meine, ich werde mich schon vorher mal melden, aber egal was passiert, ich verspreche, dass ich dir einen Brief aus Tibet schreibe.«

Darauf schüttelten wir uns die Hand.

Ich trat auf den Gehweg und atmete tief durch. Das erste Mal seit langer Zeit. Und ich dachte: O mein Gott. Ich hab's gemacht. Es ist vorbei. Ich hab's hinter mir.

Dann fiel mir wieder ein, dass das hier gar nicht der Hauptgrund gewesen war, warum ich hergekommen war. Es war noch nicht mal das Schwierige. Denn das Ding mit Nellie, wenn ich das nicht hingekriegt hätte, wäre niemand verletzt worden außer mir selbst. Es ist immer einfacher, ein Risiko einzugehen, wenn man nur, was einem selbst gehört, aufs Spiel setzt. Nichts ist schwieriger, als etwas zu riskieren, was jemand anderem gehört.

* * *

Ich sah zu Tante Vis Haus, und dann sah ich zu Rachels Haus. Und zurück zu Tante Vis. Ich versuchte, eine Entscheidung zu treffen.

Es wäre viel einfacher gewesen, einige Zeit bei Tante Vi zu sitzen. Meine mit Sandpapier bearbeiteten Nerven etwas auszuruhen. Aber diese Sache, die ich tun musste, lag schwer auf meinen Schultern, und ich wusste, dass es mir nicht besser gehen würde, bis ich es hinter mich gebracht hatte.

Ich ging den Gehweg entlang zu Rachels Haustür, hob die Hand, um anzuklopfen, und erstarrte. Ein Aufzucken von Panik verkrampfte meinen Magen. Ich dachte, ich müsste mich vielleicht übergeben. Ich dachte: Tu's nicht. Es könnte vollkommen falsch sein. Du brichst hier massiv Vertrauen. Du riskierst deine Freundschaft mit Paul, die Wohnung deiner Familie. Das Glück von zwei Menschen. Nun, fünf. Wenn man Sophie, meine Mom und mich mit einrechnete.

Ich dachte: Wie hab ich mir je einreden können, dass ich das Recht habe, das hier zu tun?

Ich drehte mich um und machte zwei Schritte weg von der Tür und setzte mich auf die unterste Stufe und barg mein Gesicht in den Händen. Rief mir all die Monate des Nachdenkens ins Gedächtnis, die ich da reingesteckt hatte.

Es waren gute Argumente. Ich war hier aus einem Grund.

Es ist nicht so, dass ich nicht gewusst hatte, dass es riskant war. Es lief nur immer wieder darauf hinaus, dass ich es trotzdem tun musste. Wieder und wieder kam ich zu diesem Schluss.

Okay, dachte ich. Ich muss es auf jeden Fall tun. Aber trotzdem stand ich nicht sofort auf.

Bevor ich es konnte, hörte ich Rachels Stimme: »Angie?«

Ich sprang hoch und wirbelte herum, und wir sahen uns direkt ins Gesicht.

»Angie, was machst du hier? Ist was mit …«
»Nein! Es ist kein Notfall. Nichts in der Art.«
»Du bist die Letzte, die ich erwartet hätte, hier zu sehen.«
»Ich weiß. Ich überrasche heute alle möglichen Leute. Auch mich selbst.« Den letzten Satz fügte ich fast tonlos hinzu. Aber ich denke, sie hörte es trotzdem.

»Bist du hier, um deine Tante zu besuchen?«
»Nein. Ich bin hier, um mit Ihnen zu reden.«
»Oh.«

Ich konnte sehen, dass sie verwundert war. Ich denke, sie war zu höflich, um »Warum?« zu fragen. Also sagte sie erst mal gar nichts.

Dann sagte sie: »Nun, auf eine Art ist das gut, denn deine Tante ist nicht zu Hause. Sie ist nicht einmal in der Stadt.«

»Nicht in der Stadt?« Ich glaube, mein Tonfall machte klar, dass ich das kaum glauben konnte.

Ich ging die zwei Schritte zurück zu ihrer Tür, weil ich jetzt etwas hatte, worauf ich mich konzentrieren konnte. Etwas Sichereres.

»Ja, sie ist in den Flitterwochen.«

Ich fühlte, wie meine Augenbrauen sich hoben. Ich sagte nichts, weil die Worte ohnehin nicht verständlich rausgekommen wären.

»Hast du nicht gewusst, dass sie wieder geheiratet hat?«

»Nein. Das wusste ich nicht. Ich bin irgendwie überrascht, aber ich weiß nicht einmal so genau, warum, wenn ich so drüber nachdenke. Sie hat Charlie schon vor langer Zeit verloren. Ich denke, jeder hat das Recht darauf, glücklich zu sein.«

»Du solltest reinkommen.«

Aber ich blieb noch einen Moment unbeweglich stehen. Ich hatte plötzlich dieses schreckliche Bild vor Augen, dass ich in ihr Wohnzimmer komme und ein Mann da sein würde. Es war möglich. Tante Vi hatte jemanden gefunden. Für Rachel wäre es sicher nicht schwierig gewesen.

»Hören Sie«, sagte ich. »Mir ist schon klar, dass das merkwürdig ist. Und irgendwie unhöflich. Sie wussten nicht, dass ich komme, und ich würde es hassen, wenn jemand einfach so bei mir reinschneien würde, ohne vorher anzurufen. Wenn es jetzt gerade gar nicht passt, werde ich einfach wieder gehen. Ich kann später wiederkommen. Oder sogar morgen. Wann immer es Ihnen passt.«

Nur, wie mir klar wurde, war ich bei meinem Plan immer davon ausgegangen, dass ich bei Tante Vi übernachten konnte.

»Es passt mir jetzt. Ich habe gerade gelesen und dich durchs Fenster gesehen.«

Ich folgte ihr ins Wohnzimmer und schaute mich um. Es sah vollkommen anders aus. Femininer, mit geblümten

Vorhängen. Und Farben. Und es war nicht wirklich vollgestellt, aber verglichen mit Pauls Haus war es ziemlich voll. Aber fast alles ist voll verglichen mit Pauls Haus.

»Setz dich«, sagte sie. »Willst du etwas trinken? Milch, Wasser, Eistee?«

»Eistee wäre nett. Danke. Wenn es keine Mühe macht.«

»Gar nicht. Hast du Hunger?«

»Nein. Danke. Ich habe gerade mit meiner Freundin vom Buchladen Pizza gegessen. Aber es ist sehr nett, dass Sie fragen.«

Sie verschwand in der Küche, und ich rutschte unruhig auf dem Sofa hin und her und versuchte die Tatsache zu akzeptieren, dass ich jetzt mittendrin steckte, ob es mir gefiel oder nicht. Jetzt gab es kein Zurück mehr.

Als sie zurückkehrte, gab sie mir ein Glas Eistee und einen Untersetzer.

»Nellie?«, fragte sie.

Damit hatte ich nun überhaupt nicht gerechnet. Ich hatte keine Ahnung, wie sie darauf gekommen war oder warum sie es gesagt hatte oder woher sie es wusste. Ich schwöre, ich dachte, sie sieht mir direkt in den Kopf und liest darin wie in einem offenen Buch.

»Warum haben Sie gerade diesen Namen gesagt?«

»Ich habe mich gefragt, ob sie deine Freundin aus dem Buchladen ist, mit der du Pizza gegessen hast.«

»Oh. Ja. Kennen Sie sie?«

»Ich gehe ständig in den Buchladen. Normalerweise jede Woche.«

»Ah.«

Ich dachte ein wenig darüber nach, und irgendwie machte es schon Sinn. Der Laden war keine Meile von ihrem Haus entfernt. Aber es fühlte sich seltsam an. Als wenn sich das Universum auf neue Art zusammenfände und jeder, mit dem ich irgendeine Verbindung hatte, mit allen anderen verbunden würde, ohne irgendeinen Grund, warum das so sein sollte.

Sie setzte sich mir gegenüber in einen alten Lehnsessel, und ich versuchte, das Chaos in meinem Kopf wieder zu beruhigen. Ich fühlte mich, als wenn ich ihn körperlich festhalten müsste. Als wenn er abfallen könnte oder wegfliegen.

»Ich weiß, dein Besuch muss irgendetwas mit Paul zu tun haben«, sagte sie. »Denn das ist die einzige Verbindung, die wir haben.«

»Ja, das stimmt.«

»Geht es ihm gut?«

»Es geht ihm genauso, wie es ihm ging, als Sie ihn das letzte Mal gesehen haben.«

»Aber du glaubst nicht, dass das ›gut‹ ist?«

»Paul ist in Sie verliebt«, sagte ich. Und dann redete ich einfach weiter. Um den Nachklang dieser riesigen Information abzuschwächen. »Und er kann sich nicht dazu durchringen, es Ihnen zu sagen. Also nein, ich glaube nicht, dass es ihm gut geht. Hören Sie. Er weiß nicht, dass ich hier bin. Er wäre vermutlich entsetzt, wenn er es wüsste. Ich riskiere irgendwie alles, indem ich das hier tue. Aber ich glaube nicht, dass er es jemals machen wird. Es ihnen sagen, meine ich. Und ich kann einfach nicht einsehen, dass es für immer ungesagt bleiben soll. Er ist ganz allein. Er hat nicht einmal mehr Rigby. Und ich sage nicht, dass Sie zwei zusammenkommen sollten, denn was weiß ich schon? Nur Sie beide wissen das. Aber das ist das Ding: Sie *beide*. Es ist eine Sache, die zwei Personen entscheiden müssen. Aber wie können zwei Personen eine gute Entscheidung treffen, wenn nur einer von ihnen weiß, was eigentlich los ist?«

Ich hielt inne. Atmete. Warf Rachel aus dem Augenwinkel einen Blick zu. Sie hatte ihre Tasse Tee und die Untertasse in der Hand, und sie strich mit der Spitze ihres Zeigefingers hin und zurück über den Griff. Und betrachtete die Stelle, die sie berührte. Ich konnte an ihrem Gesicht nichts ablesen. Sie sah einfach nur gedankenverloren aus.

Nach einer Zeit, die sich in etwa wie ein Jahr anfühlte, aber in Wirklichkeit vermutlich nur zehn oder zwanzig Sekunden war, sagte sie: »Wie sicher bist du dir, dass das, was du da behauptest, wahr ist?«

»Absolut sicher. Wir reden darüber.«

»Das hört sich nicht nach Paul an.«

»Ich weiß. Das habe ich auch gedacht. Aber wir tun das tatsächlich. Ich denke, er *muss* endlich mal mit jemandem darüber sprechen. Hat er es wirklich all die Jahre vor Ihnen geheim gehalten? Ich kann mir das gar nicht vorstellen. Ich würde denken, dass er sich mit einer Million kleiner Dinge verraten hätte.«

Sie seufzte. Sie sah nicht von ihrer Tasse hoch.

»Nicht vollkommen geheim. Ich wusste, als ich ihm begegnet bin, was er empfand. Aber so viele Jahre sind vergangen ... Ehrlich? Ich weiß es nicht. Ich dachte, entweder liebt er mich noch, oder er mag mich nicht mehr besonders. Denn er hatte immer diese Art an sich, eine gewisse Distanz zwischen uns zu halten. Nach Dans Tod hatte ich erwartet, dass er etwas sagt. Aber das ist zwei Jahre her. Also hab ich schon vor langer Zeit beschlossen, dass ich mich geirrt haben musste.«

»Das haben Sie aber nicht.«

»Nun, warum hat er nichts gesagt? Du behauptest, du hast mit ihm geredet. Hat er erwähnt, warum?«

»Er hat mir einen Grund genannt. Ich bin mir nicht sicher, ob es der wahre ist. Er hat gesagt, er würde damit die enge Freundschaft, die Sie beide verbindet, riskieren. Er hat gesagt, so besäße er die Hälfte von dem, was er wollte. Aber wenn er Ihnen erzählen würde, was er empfindet, und Sie nicht dasselbe für ihn empfinden, dann wäre es so unangenehm und schrecklich für ihn, und dann würden Sie sich vielleicht schuldig fühlen, weil sie ihn verletzt hätten. Und er hatte die Sorge, dass er Ihre Freundschaft verlieren würde. Doch ich muss erklären, warum ich das hier tue. Ich bin normalerweise überhaupt nicht so. Ich bin niemand, der sich einmischt. Aber ich habe sechs Monate darüber nachgedacht. Und ich dachte ... vielleicht ist das eine Sache, die *er* nicht machen kann, aber *ich* kann es. Denn wenn ich Ihnen erzähle, was er empfindet, und Sie nicht dasselbe empfinden, muss sich nichts ändern. Sie können so tun, als wenn das hier nie passiert wäre. Er würde nicht verletzt, denn er weiß es überhaupt nicht. Es ist ein ganz schönes Risiko, aber es hat für mich Sinn gemacht. Und ich bitte Sie nicht, zu sagen, dass Sie mir da zustimmen. Aber ... macht es für Sie auch irgendwie Sinn? Verstehen Sie, warum ich beschlossen habe, herzukommen?«

Sie sah von ihrer Tasse auf, aber nicht mich an. Sondern aus dem Fenster. Durch ihre lange, gerade Nase unterschied sich ihr Gesicht von denen aller anderen, aber auf gute Weise. Jedenfalls fand ich das.

»Ich denke, dass du dir sehr viel aus Paul machst und das Beste für ihn willst«, erwiderte sie.

»Denken Sie, das war wirklich der Grund? Was er mir gesagt hat? Manchmal denke ich, er hatte nur zu viel Angst, wollte das aber nicht zugeben.«

»Ich denke, es kann mehr als einen Grund geben.«

»Oh. Stimmt.«

Dann fragte ich mich, warum ich darauf nicht selbst gekommen war.

»Aber ich bin immer noch nicht ...«, setzte sie an. Plötzlich hörte sie sich fast wie ich an. Als wenn sie es nicht schaffte, einen Gedanken ganz rauszubringen. »Ich bin einfach ... Ich will nicht, dass du denkst, dass ich dir nicht glaube, Angie, oder dem, was du sagst. Aber ich kann mir einfach nicht vorstellen, dass Paul dir eine so große Sache anvertraut.«

»Hat er nicht. Nicht wirklich. Ich hab das mehr selbst erkannt.«

»Wie hast du das getan, wenn ich es nicht konnte?«

»Weil ich wusste, was passiert, wenn Sie nicht da sind, und Sie nicht. Er hatte dieses Bild von Ihnen im Bücherregal. Das einzige Bild von einer Person im ganzen Haus. Zumindest das einzige, das ich je gesehen habe. Und als sie gekommen sind, um ihm beim Packen zu helfen, hat er es weggeräumt.«

Ich sah in ihren Augen, dass sie nachdachte.

»Und darum hast du gedacht, du hättest mich schon mal getroffen«, stellte sie fest.

»Genau. Und er hat mir diesen Blick zugeworfen. Wie ›Sag bloß nichts‹. Also habe ich nichts gesagt. Aber später, im neuen Haus, war es das Erste, was er ausgepackt hat. Das Bild. Und er hat bemerkt, dass es mir aufgefallen ist. Und er hat was in der Richtung gesagt, dass das das Problem ist, wenn man Leute um sich hat. Sie wissen schon. Sie in sein Leben lässt. Ihnen fallen Sachen auf, und sie wissen dann irgendwann Dinge über einen. Also habe ich ihm etwas über mich erzählt, damit er sich besser fühlt. Und so hat es angefangen, dass wir über so etwas gesprochen haben.«

Ich blickte zu ihr und sah zu, wie sie die Teetasse auf den Tisch stellte. Dann ließ sie den Kopf in die Hände fallen.

Ich wartete eine lange Zeit.

Dann fragte ich: »Geht es Ihnen gut?«

»Ja und nein. Es ist nur … Das hört sich nach Paul an. Was du gerade gesagt hast. Und jetzt glaube ich, dass das, was du gesagt hast, stimmt.«

Ich schluckte ein paarmal und beschloss, dass es hier nicht gerade gut lief. Mein Magen fühlte sich an, als würde er hundert Pfund wiegen.

»Ist das wirklich so furchtbar?«

Sie antwortete sehr lange nicht. So lange, dass ich erwartete, der Einfallwinkel des Lichts würde sich verändern, während ich zusah, wie die Sonne schräg durch eines der vorderen Fenster drang und kleine Staubkörner aufleuchten ließ. Aber ich glaube nicht, dass es passierte. Ich glaube, die Zeit fühlte sich nur so lang an.

»Es tut mir leid, wenn ich Sie verärgert habe«, sagte ich, und ich denke, der Klang meiner Stimme überraschte uns beide. »Ich wusste, es besteht die Chance, dass dies genau die falsche Herangehensweise ist. Aber ich dachte, die Chance, dass es richtig ist, wäre größer. Und stände ziemlich gut. Und es gab einfach keine Möglichkeit, das zu entscheiden, während ich zu Hause saß. Das ist wie die Sache, die Paul mir über das Angeln beigebracht hat. Er hat gesagt, manchmal beißen die Fische eben und manchmal nicht. Ich hab gefragt: ›Wie weiß man das?‹, und er hat geantwortet: ›Man wirft eine Angel mit Köder aus und wartet, ob sie es tun.‹ Er sagte, wenn es die Möglichkeit gäbe, es zu wissen, bevor man das Haus verlässt, würde er es in Flaschen abfüllen und jedem Fischer und Angler auf der ganzen Welt verkaufen.«

Sie lächelte ein ganz kleines bisschen. Ich dachte, dass das vielleicht ein gutes Zeichen war. Aber wenn dem so wäre, dann war es ein sehr kleines gutes Zeichen.

Ich wartete wieder, dass sie etwas sagen würde. Ich dachte schon fast, sie hätte vergessen, wie das geht.

Nach einer langen Zeit sagte sie: »All die Jahre ist er mit niemand anderem zusammengekommen. Ich denke, ich wollte nicht glauben, dass es meine Schuld war.«

»Es war nicht Ihre Schuld. Es war niemandes Schuld.«

»Vielleicht. Aber so fühlt es sich nicht an.«

»Es tut mir leid. Ich glaube, das hier war ein Fehler.«

»Ich weiß nicht. Vielleicht auch nicht. Die Wahrheit war die Wahrheit, schon bevor du sie mir erzählt hast. Und außerdem vermute ich, ein Teil von mir wusste es schon immer.«

»Ich hoffe, Sie sagen ihm nicht, dass ich hier war. Ich kann Sie natürlich nicht daran hindern. Aber ich glaube, es wäre schön für ihn, das nicht zu wissen.«

»Ich werde ihm nichts verraten«, versprach sie. »Sodass es ihm nicht peinlich sein muss. Und er nicht deine Freundschaft verliert. Die ich für eine gute Sache halte.«

»Ich sollte gehen. Ich muss den letzten Bus kriegen. Ich dachte, ich könnte bei Tante Vi bleiben, aber wenn sie nicht da ist ... Der letzte Bus fährt um sechs.«

Sie sah auf die Uhr.

»Ich mach dir das Gästezimmer fertig«, erklärte sie.

»Wie viel Uhr ist es?«

»Fünf vor halb sechs. Selbst wenn ich dich fahre, wir haben Berufsverkehr. Das schaffst du nie.«

»Es tut mir leid, Ihnen Umstände zu machen.«

»Das sind keine Umstände. Also ... wo sind deine Mutter und deine Schwester?«

»Zu Hause.«

»Du bist allein hergekommen?«

»Ja, Ma'am.«

»Du musst mich nicht ›Ma'am‹ nennen. Sag bitte Rachel.«

»Sorry. Das ist eine schlechte Angewohnheit von mir. Ich nenne alle möglichen Leute Ma'am, ob sie das nun wollen oder nicht. Ich glaube, ich bin *zu* höflich.«

»Du hast dir selbst ein Busticket gekauft und bist den ganzen Weg allein hergekommen?«

»Ja ... Rachel.«

»Wie bist du aus der Innenstadt hergekommen?«

»Mit mehr Bussen. Und ich bin auch ein Stück gelaufen.«

»Warum hast du mich nicht einfach angerufen?«

»Ich wollte Ihre Telefonnummer nicht heimlich bei Paul nachsehen. Und ich wollte ihm nicht sagen, dass ich mit Ihnen sprechen würde. Und ich kannte nicht Ihren Nachnamen.«

Sie sah mich seltsam an. Fast amüsiert.

»Du kennst meinen Nachnamen nicht?«

»Nein. Wie auch?«

»Du kennst doch aber Pauls Nachnamen.«

»Sicher. Inverness.«

»Genau wie meiner.«

Ich schwöre, am Anfang habe ich es immer noch nicht verstanden. Dann begriff ich plötzlich. Und ich schlug mir mit der flachen Hand an die Stirn. Sie war mit Pauls Bruder verheiratet gewesen. Oh, Mann ...

»Ich kann es nicht fassen. Das ist so ziemlich das Dämlichste, was ich je getan habe. Aber ehrlich ... selbst wenn ich Ihre Telefonnummer gehabt hätte ... Ich glaube nicht, dass ich so etwas übers Telefon erzählt hätte. Wie könnte ich das? Ich musste in den Bus steigen und den ganzen Weg herfahren und hier vor Ihnen sitzen und es Ihnen direkt mitteilen.«

»Okay«, erwiderte sie. »Ich würde sagen, das Gästezimmer herzurichten ist im Vergleich dazu wirklich Kinderkram.«

* * *

Wir aßen spät zu Abend. Es war fast schon acht. Was okay für mich war, weil ich ja ziemlich spät am Nachmittag noch Pizza gegessen hatte. Sie machte Spaghetti mit Hackfleischsoße, und es schmeckte richtig gut. Sie war eine gute Köchin.

Wir sprachen hauptsächlich über Rigby.

»Ich vermisse diesen Hund so sehr«, sagte ich. »Verraten Sie niemandem, dass ich das gesagt habe. Denn ich weiß, es hört sich komisch an. Aber manchmal denke ich, dass ich sie mehr vermisse, als Paul das tut.«

»Das tust du nicht. Niemand vermisst sie mehr als Paul.«

»Ich verstehe das mit dem Kopf. Aber es fühlt sich anders an.«

»In deinem Inneren vermisst du sie mehr, als Paul nach außen hin zeigt.«

»Oh. Ja, so ergibt es Sinn. Sie war für mich eine wirklich gute Freundin. Ich habe nicht so viele Freunde. Das haben Paul und ich gemeinsam.«

»Du und Paul, ihr habt viele Dinge gemeinsam.«

»Wirklich? Was denn noch?«

»Ihr seid beide sehr schlau. Und sehr vorsichtig mit euren Gefühlen und Gedanken. Und du behältst deinen Schmerz lieber in dir, wo niemand außer dir selbst rankann. Und du erwartest viel. Von dir selbst wie von allen anderen. Vor dir hatte Paul wirklich nur *einen* Freund. Seinen Hund. Stell dir mal vor, wie hart das für ihn gewesen wäre. Wenn er dich nicht gehabt hätte.«

»Er hat Sie.«

Damit war die Unterhaltung erst mal beendet. Es war klar, dass sie dazu nichts sagen würde. Also tat ich es.

»Ich vermute, Sie empfinden nicht dasselbe wie er. Wenn es so wäre, hätten Sie das unterdessen vermutlich zugegeben. Oder wären glücklicher gewesen. Oder irgendwas.«

Eine Pause, die mich davon überzeugte, dass ich mit meiner Annahme recht hatte.

»Es ist nicht so einfach, wie es sich bei dir anhört, Angie. Ich weiß nicht, was ich empfinde. Er war fünfundfünfzig Jahre mein Freund. Ich weiß nicht, was passiert, wenn ich versuche, ihn in einem anderen Licht zu sehen. Es könnte einige Zeit dauern, das herauszufinden.«

»Es tut mir leid. Wirklich. Ich entschuldige mich. Es geht mich nichts an. Was zu diesem Zeitpunkt zu sagen vermutlich komisch ist. Weil ich mich eingemischt habe. Aber das ist es nicht. Ich bin hergekommen, damit Sie es erfahren. Nicht damit ich mitbekomme, wie es ausgeht. Ich werde mich jetzt wieder nicht mehr einmischen. Und ich werde auch nie wieder danach fragen oder es irgendwie erwähnen. Das verspreche ich.«

Ich erwartete, dass sie dazu irgendetwas sagen würde, aber das tat sie nicht.

Wir aßen für eine lange Zeit schweigend weiter.

»Ich fahre dich morgen zum Bus«, sagte sie.

»Es ist sehr nett, dass Sie das anbieten. Danke. Aber es wird sehr früh sein. Ich mag es nicht, dass Sie dann so früh aufstehen müssen.«

»Ich stehe jeden Morgen um vier auf.«

»Wirklich? Warum? Oh. Tut mir leid. Das hörte sich jetzt komisch an. Sie können natürlich aufstehen, wann Sie wollen. Geht mich nichts an.«

»Es ist um die Zeit einfach still. Und es ist meine Lieblingszeit zum Meditieren. Aber um halb fünf bin ich fertig. Also warum lässt du dich nicht von mir fahren?«

»Danke. Das wäre sehr nett.«

* * *

Neben meinem Bett im Gästezimmer stand eine Uhr, und sie tickte. Zuerst dachte ich, dass ich bei dem ganzen Geticke gar nicht würde einschlafen können. Dann wachte ich plötzlich auf, und es war zehn vor elf. Und ich dachte, ich könnte Rachel reden hören.

Ich stand auf und ging im Dunkeln zur Wand zwischen unseren Zimmern. Legte mein Ohr an den Putz. Aber ich konnte die Worte trotzdem nicht verstehen. Es war nur irgendwie ein Summen. Unmöglich genau zu verstehen.

Als Erstes dachte ich: Sie ruft meine Mom an, um mich zu verpetzen. Aber das würde sie nicht so spät abends tun. Natürlich hoffte ich, sie würde es überhaupt nicht tun.

Dann dachte ich: Sie hat Paul angerufen, um mit ihm zu reden.

Oder sie träumt.

Oder sie redet mit sich selbst.

Ein Teil von mir wollte es herausfinden. Vielleicht den Flur hinuntergehen, näher zu ihrem Zimmer. An der Tür lauschen.

Aber das tat ich nicht.

Ich ging zurück ins Bett. Wieder und wieder sagte ich mir: Es geht mich nichts an. Es geht mich nichts an. Es geht mich nichts an.

Ich wusste, ich würde es vermutlich nie erfahren. Aber ich hoffte wirklich, sie redete mit Paul.

Schließlich schlief ich wieder ein, aber nie für lang. Ich glaube nicht, dass ich in dieser Nacht überhaupt mal länger als eine Dreiviertelstunde am Stück schlief.

* * *

»Sie müssen nicht parken und mit reinkommen«, sagte ich. »Ich steig hier einfach aus. Sie haben schon genug getan. Glauben Sie mir.«

Sie fuhr in eine Ladezone und stellte den Schalthebel auf »Parken«. Ließ den Motor laufen.

»Hast du deine Fahrkarte?«

»Hab ich. Ja.«

»Und genug Geld, um etwas zu essen zu kaufen?«

»Nach dem Kauf des Bustickets ist noch ein bisschen Geld über. Ja.«

»Ich denke, es war richtig von dir, herzukommen.«

Ich sah ihr ins Gesicht, aber sie blickte mich nicht an. Sie starrte auf ihre Hände am Steuer. Sie hatte hübsche Hände. Gar nicht wie jemand, der schon älter ist.

»Wirklich?«

»Ich glaube schon. Ich habe das Gefühl, dass etwas seit langer Zeit feststeckte und jetzt von dir irgendwie angestoßen wurde. Ich habe keine Ahnung, wie es nun weitergehen wird, aber ich denke, alles ist besser, als einundfünfzig Jahre an derselben Stelle festzustecken.«

Ich atmete tief ein, ein Atemzug, der sich anfühlte, als hätte er sehr lange darauf gewartet, von mir genommen zu werden. Ich hatte keine Ahnung, was ich sagen sollte. Ich glaube, ihr ging das genauso.

»Ich komme bald zu Besuch«, erklärte sie.

»Gut. Das wäre schön. Danke.«

Ich stieg aus.

Und begann den langen, leicht beängstigenden Weg zurück nach Hause.

Kapitel 3

Geöffnet

Als ich von der Bushaltestelle nach Hause kam, war es schon fast fünf Uhr nachmittags. Ich öffnete die Tür mit meinem Schlüssel. Sophie schlief – oder es sah zumindest so aus – mitten auf dem Teppich. Meine Mutter saß am Küchentisch, mit dem Rücken zu mir.

»Ich bin wieder zu Hause«, rief ich in einem irgendwie singenden Tonfall.

Nichts. Keine Bewegung. Kein Wort.

Ich muss zugeben, dass mir davon ganz kalt wurde. Ich hatte gewusst, dass sie sauer sein würde, aber ich hatte gedacht, dass sie sich aufregen und mich anschreien würde. Dieses absolute Nichts hatte ich nicht erwartet.

Dann sah ich, was sie vor sich auf dem Tisch liegen hatte. Aber ich hoffte, dass ich mich irrte. Denn ich stand immer noch an der Tür, wollte ihr nicht näher kommen.

Ich trat aber doch näher. Und es war genau das, wovon ich gehofft hatte, dass es das nicht sein würde. Die Brieftasche meines Vaters, seine Uhr und der Ehering lagen auf dem Tisch vor meiner tödlich stillen Mom.

»Du bist an meine abgeschlossene Kiste gegangen? Das ist die einzige Privatsphäre, die ich hier habe.«

»Ich glaube nicht, dass das gerade unser größtes Problem ist, Angie.«

»Ich hatte den Schlüssel bei mir. Wie bist du da drangekommen? Hast du das Schloss aufgebrochen?«

Ich hörte, dass sie etwas antwortete, aber ich blieb nicht lange genug, um zu verstehen, was es war. Ich rannte ans andere Ende der Wohnung. Um den Raumteiler herum. Die Metallkiste war auf meinem Bett, der Deckel weit offen. Sophie hätte mein Himalaya-Buch zerreißen können, wenn sie es sich in den Kopf gesetzt hätte. Ich machte eine kurze Bestandsaufnahme, um sicherzugehen, dass alles noch da war. Alles, was nicht vor meiner Mutter auf dem Tisch lag, meine ich.

Es schien tatsächlich nichts zu fehlen. Aber dann dachte ich an Nellies Brief. Und ich konnte nicht atmen, bis mir einfiel, dass ich ihn mitgenommen hatte. Wenigstens dachte ich das. Ich durchsuchte jede Reißverschlusstasche meines Rucksacks, und als ich die Hand um ihn schloss, erlaubte ich mir endlich wieder zu atmen.

Ich klappte den Deckel der Kiste zu und sah mir das Schloss genauer an. Sie hatte es aufgebrochen.

Ich streckte meinen Kopf um den Raumteiler.

»Super«, sagte ich. »Jetzt habe ich keinen einzigen Platz in diesem ganzen Haus, wo ich etwas sicher aufbewahren kann.«

»Ich werde nicht zulassen, dass du mich hier zum Bösewicht machst«, sagte sie. Immer noch tödlich ruhig. »Ich will wissen, wo du warst.«

Ich ließ meinen Rucksack auf den Teppich fallen und schob den Brief in meine Jeanstasche, ging zum Tisch hinüber und setzte mich hin. Plötzlich merkte ich, wie müde ich war.

»Also, das werde ich dir nicht sagen. Weil ich es nicht kann. Weil die Privatsphäre von jemand anderem mit im Spiel ist. Alles, was ich dir sagen kann, ist, dass ich die Möglichkeit hatte, jemandem zu helfen, und das habe ich getan.«

»Aber *wo*? An welchem *Ort*?«

»Ich bin zurück nach Hause gefahren.«

»Das ist ein schlechter Ort für ein Mädchen in deinem Alter.«

»Ich war für lange Zeit ein noch viel jüngeres Mädchen in dieser Stadt, und ich habe es überlebt. Warum hast du das Schloss an meiner Kiste aufgebrochen? Wie sollte mich das zurückbringen?«

»Ich habe nach Hinweisen gesucht, wohin du gegangen sein könntest. Ich hab mir gedacht, du hast irgendein Geheimnis. Ich dachte, du bist mit irgendeinem Jungen ... oder jemandem ... weggerannt ... und vielleicht könnte ich dich finden.«

»Ich habe einen Zettel zurückgelassen, auf dem stand, dass ich heute zurückkommen würde. Wie ist das ›weglaufen‹? Und da ist kein ... Jemand. Ich bin mit niemandem zusammen.«

Sie zeigte mit dem Kinn auf die Dinge auf dem Tisch.

»Warum war das in deiner Kiste?«

»Ich habe eine bessere Frage: Warum sind sie überhaupt im Haus? Du hast mir erzählt, sie wären gestohlen worden.«

»Du versuchst schon wieder, alles mir zuzuschieben. Wie sind sie in deine Kiste gekommen?«

Ich lehnte mich zurück. Verschränkte die Arme vor der Brust. Jetzt wurde ich wütend. Und die Wut machte auch mich extrem kalt und ruhig.

»Ich habe sie da reingetan.«

»Warum?«

»Damit es dir irgendwann auffällt, dass sie weg sind. Und dann hättest du gewusst, dass ich wusste, dass vieles von dem, was du mir über Dad erzählt hast, gelogen war. Und dann hättest du mir erzählen müssen, warum wir die Dinge haben, von denen du behauptet hast, sie wären in jener Nacht gestohlen worden, und was wirklich geschehen ist. Ich habe diese Dinge nicht gestohlen. Du willst sie? Okay. Nimm sie. Sie gehören dir. Aber erzähl mir endlich die Geschichte, die du mir schon vor langer Zeit hättest erzählen sollen.«

»Es war ein Raubüberfall.« Aber ihre eisige Ruhe war etwas Ängstlichem gewichen, und sie war in der Defensive.

»Bei dem nichts gestohlen wurde.«

»Ein versuchter Raubüberfall.«

»Mom. Alles, was du tun musst, ist, seinen Namen in eine Suchmaschine einzugeben, und du findest die Zeitungsartikel.«

Ich hatte erwartet, dass sie etwas sagen würde. Vielleicht nicht viel. Aber irgendwas. »Oh« oder »Scheiße« oder so etwas.

Nichts.

»Hatte es mit dem Spielen zu tun?«

»Ja.«

»Dann hättest du mir das sagen sollen.«

»Du warst sechs.«

»Also hast du mir stattdessen erzählt, dass er einfach nur so unterwegs war. Als wenn man, um ermordet zu werden, einfach nur die Straße runtergehen muss. Man muss nicht einmal eine schlechte Entscheidung treffen, damit es passiert.«

»Nun ... muss man auch nicht.«

»Aber was wird eine Sechsjährige eher ängstigen? Ich hätte lieber gedacht, dass er etwas getan hätte, dass es dazu gekommen ist. Etwas, was ich vermeiden könnte. Statt mich glauben zu lassen, die Welt sei nicht nur extrem brutal, sondern vollkommen willkürlich.«

»Aber das ist sie doch«, warf meine Mom ein.

Ich schob den Stuhl zurück, und bei dem lauten Scharren zuckte sie zusammen. Ich stand auf.

»Das bringt uns nicht weiter.«

Ich ging zurück zu meiner kleinen Schlafecke und nahm die beschädigte Kiste hoch. Ich war schon halb damit zur Tür, als sie versuchte, mich mit Worten aufzuhalten.

»Wage es nicht zu gehen.«

Mein erster Impuls war, weiterzulaufen, aber ich blieb stehen, um sie herauszufordern.

»Oder …?«

»Lass mich dir sagen, wie das hier läuft. Von jetzt an gehst du nicht aus dem Haus, ohne mir zu sagen, wo du hinwillst. Oder du gibst alle Privilegien auf, die du dir über die Jahre erarbeitet hast. Ich bin die Mutter, und du bist das Kind.«

»Wirklich? Seit wann?«

»Pass bloß auf, Angie. Ganz vorsichtig. Du befindest dich immer noch unter meinem Dach.«

Ich stellte die Kiste neben meine Füße.

»Dein Dach? Wie genau kommst du denn darauf? Wie hast du es uns verdient? Das ist nicht *dein* Dach, das ist *Pauls* Dach, und der einzige Grund, warum du hier leben darfst, bin ich. Ich hab uns dieses Dach besorgt. Nun lass mich *dir* sagen, wie das hier läuft. Wenn du je wieder meine Privatsphäre verletzt, werde ich ausziehen. Ich bin zwar offiziell noch minderjährig, aber ich kann trotzdem allein leben. Ich werde arbeiten und mich selbst um mich kümmern und irgendwo wohnen, wo Dinge, die mir gehören, wirklich nur mir gehören.«

Dann nahm ich die Kiste wieder an mich und ging raus. Es war kein besonders eleganter Abgang, weil ich die Kiste auf das Geländer der Veranda stützen musste, um die Tür zu schließen. Aber sie sagte kein Wort und versuchte auch nicht, mich aufzuhalten.

Aber mir war klar, dass sie vermutlich etwas sagen würde, wenn ich wieder zurückkam.

Ich schleppte die Kiste Pauls Hintertreppe hoch und klopfte an.

»Angie?«, rief er durch die Tür.

»Ja, Paul. Ich bin's.«

»Komm rein.«

Ich fand ihn im Wohnzimmer, wo er auf dem Couchtisch eine Patience legte.

»Hey«, sagte ich.

»Wo bist du gewesen? Deine Mutter hat sich Sorgen gemacht.«

»Sie ist aber nicht hergekommen, oder?«

»Nein, sie hat nur angerufen und gefragt, ob ich wüsste, wo du bist. Was irgendwie schon okay war. Was ist das?«

»Oh. Das. Das ist so ziemlich das einzige Private, was ich mein ganzes Leben hatte. Und meine Mom hat das Schloss aufgebrochen, während ich weg war. Ich habe mich gefragt, ob du es reparieren kannst. Du hast vor langer Zeit mal gesagt, dass du eine Werkstatt in der Garage hättest. Du weißt schon. Mit Werkzeug, wo du Dinge machen könntest.«

»Lass mich mal einen Blick drauf werfen.«

Ich stellte sie auf den Teppich, und er schaltete die Lampe auf dem Beistelltisch an. Er lehnte sich vor und besah sich den Schaden.

»Kannst du es reparieren?«

»Nicht wirklich. Theoretisch kann fast alles repariert werden. Aber manchmal braucht man dazu besondere Teile. Siehst du dieses kleine Metallstück hier? Das ist kaputtgegangen, als sie es aufgebrochen hat. Das ist eine alte Kiste, und der Schließmechanismus wurde eigens für sie angefertigt. Also denke ich, du brauchst eine neue Kiste.«

»Ich habe all mein Geld ausgegeben.«

»Auch deinen Geheimvorrat?«

»Was denkst du, wovon ich die letzten zwei Tage auf Reisen bezahlt habe?«

»Ah. Nun. Muss sie aus Metall sein? Oder muss man nur Dinge reintun und abschließen können? Ich habe ein paar Holzkisten in der Garage. In vielen verschiedenen Größen. Teil eines Projekts, das ich nie beendet habe.«

»Aber kann man sie abschließen?«

»Man kann jede Holzkiste verschließen. Man muss nur zum Eisenwarenladen und ein Schließband kaufen. Ich könnte es für dich anbringen. Und du könntest es mit einem kleinen Vorhängeschloss versperren.«

»Das könnte funktionieren.«

»Komm und sieh dir mal an, was ich habe.«

Also gingen wir zusammen die Hintertreppe runter und zur Garage. Er öffnete die Tür in der Nähe des Holzschuppens für uns. Machte das Deckenlicht an.

»Ich muss dringend mal aufräumen«, sagte er. »Damit Rachel ihr Auto hier abstellen kann.«

»Kommt sie zu Besuch?«

»Ja. Sie hat mich angerufen und angedeutet, dass wir uns häufiger sehen sollten.«

»Wann hat sie angerufen?«

»Gestern Nacht. Als du weg warst.«

Ich schluckte den Kloß aus Aufregung und Nervosität runter und sagte nichts.

Er ging zum anderen Ende der Garage, dahin, wo die Werkbank stand, und ich folgte ihm. Er zog ein altes Laken von einem großen Haufen Zeug, das sich als schön aussehende Holzstücke, ein Berg Holzdübel und Holzkisten entpuppte.

»Sieht eine davon groß genug aus?«

»Die hier wäre toll.«

Ich berührte sie. Ließ meine Hand über die Kanten gleiten. Sie war aus schwerem, dunklem Holz mit einem schönen Glanz. Glatt und abgerundet an den Ecken und Kanten. Sie war nicht so hoch wie meine alte Metallkiste, aber genauso breit und fast genauso lang.

»Die wäre perfekt, wenn du sie wirklich hergeben magst.«

»Hier nützt sie niemandem was. Außer vielleicht den Spinnen.«

»Ich geh morgen zum Eisenwarenladen. Ich denke, so viel Geld habe ich noch.«

Aber nur weil Rachel mir Frühstück gemacht und mich zur Busstation gefahren hatte. Natürlich sagte ich das nicht.

»Also«, fuhr er fort. »Totales Staatsgeheimnis? Oder willst du irgendjemandem ganz dringend erzählen, wo du gewesen bist? Solange dieser Jemand nicht deine Mutter ist?«

Ich zeigte nach oben, um ihn daran zu erinnern, dass sie auf der anderen Seite dieser Garagendecke war. Ich wusste nicht, ob sie uns durch den Boden hören konnte, aber ich war nicht in der Stimmung, dieses Risiko einzugehen.

Er staubte die große Holzkiste mit einer Ecke des Lakens ab und gab sie mir, und wir gingen raus.

Als wir weit genug vom Apartment weg waren, sagte ich: »Es hatte mit ... der Situation, von der ich dir erzählt hatte, zu tun. Wo ich ein totaler Angsthase gewesen bin. Seit wir darüber gesprochen haben, ist mir das irgendwie nicht mehr aus dem Kopf gegangen. Ich wollte was ändern.«

Was die Wahrheit war. Es war nur nicht die ganze Wahrheit.

»Also hast du sie gesehen?«, fragte er, während wir die Hintertreppe hochgingen.

»Ja, hab ich.«

»Hattest du wahnsinnige Angst?«

»Am Anfang schon. Aber dann wurde es leichter.«

Er öffnete die Hintertür für mich.

»Und außerdem«, sagte ich, »ich glaube, dass meine Mom es weiß. Weil sie sagte, dass sie dachte, dass ich mit irgendeinem

Jungen durchgebrannt wäre, aber dann hat sie ›Junge‹ zu ›jemand‹ geändert.«

Er verzog das Gesicht. »Oh. Ja. Das hört sich wie Mutter-Sprache für ›Ich hab dich durchschaut‹ an. Wie, denkst du, hat sie es herausgefunden?«

»Nun, sie hat geradezu atemlos darauf gewartet, dass ich mal Interesse an Jungs zeige. Ihr muss aufgefallen sein, wie weit ich hinter dem Zeitplan zurückliege. Ich glaube, es ist nicht besonders schwer zu erraten, weißt du?«

»Ich glaube, unsere Mütter kennen uns. Stell die Kiste einfach ins hintere Schlafzimmer, und da kann sie bleiben, bis du das Schließband und das Schloss hast. Wenn du willst, kannst du die Sachen aus deiner Kiste hineintun, und ich werde sie mit meinem Leben bewachen, bis wir das Schloss am Start haben.«

»Danke. Aber meine Mom hat die Sachen ohnehin schon durchwühlt.«

Er sah mich einen Augenblick an. Ich war mir nicht sicher, was er dachte.

»Hungrig?«, fragte er schließlich.

»Am Verhungern. Ich hatte gehofft, meine Mom würde fragen. Aber stattdessen hatten wir nur diesen fiesen Streit.«

»Komm mit in die Küche. Ich werde uns was kochen. Ich hab auch Hunger.«

Ich folgte ihm nach drinnen. Beobachtete ihn. Mir fiel auf, dass irgendetwas an ihm war, was sich ... anders anfühlte.

»Du wirkst glücklich«, sagte ich und setzte mich an den Tisch.

»Tu ich das? Wie wäre es mit ein paar Shrimps mit Cocktailsauce als Snack? Während ich koche?«

»Das wäre absolut großartig.«

»Okay. Ich muss die Krabben nur kurz unter laufendem Wasser auftauen.«

Während er an der Spüle stand, sagte er: »Glücklich. Ja. Irgendwie schon. Ich hatte nur das Gefühl ... Moment, ich muss anders anfangen. Gestern Abend hat Rachel angerufen. Wie ich schon erzählt habe. Es hat sich anders angefühlt. Ich kann es nicht erklären. Es hat sich angefühlt, als wenn sich etwas verändert hat. Sie hat nicht wirklich etwas anderes gesagt als sonst. Aber da war immer diese ... Ich weiß nicht. Ich will nicht ›Mauer‹ sagen. Das klingt so abgedroschen. Aber da war immer eine Art Mauer, die uns auf Abstand hielt. Und es ist, als wäre sie einfach darüber hinweggestiegen. Oder etwas in der Art. Vielleicht bilde ich mir das auch nur ein.«

»Das glaube ich nicht.«

Er sah mich über die Schulter an. Interessiert. Aber nicht zu sehr.

»Warum sagst du das?«

»Ich weiß nicht. Nur eine Feststellung. Wir alle gehen immer rum und sagen, wir wüssten nicht, wie wir zu Menschen stehen, weil wir nicht wissen, was sie denken. Was stimmt. Aber wir können *fühlen*, wie wir zu ihnen stehen. Aber dann sind wir zurück in unserem Kopf und fangen an, alles zu hinterfragen, und das macht uns wieder ganz verwirrt und durcheinander.«

»Genau so war es bei mir. Ich war fast die ganze Nacht wach und hab mir eingeredet, ich hätte nur gedacht, dass es so wäre, weil ich gerne wollte, dass es so ist.«

»Aber du willst schon seit fünfzig Jahren, dass es so ist, und hattest bis letzte Nacht nie das Gefühl, dass es stimmt.«

Er griff in den Schrank und nahm ein hübsch geschliffenes Glas heraus. Ich weiß nicht, wie man das nennt. Wie eine Mischung aus einer Schüssel und einem Glas. Wie etwas, was man benutzt, um Eis oder ein Parfait darin zu servieren. Wenn man schicker ist als irgendjemand bei uns zu Hause. Er arrangierte etwa zehn dieser Shrimps mit ihren Schwänzen über den Rand und goss rote Cocktailsauce in die Mitte.

»Mir gefällt deine Idee besser«, sagte er und stellte das Glas vor mich. »Also werde ich das so sehen: Ich hatte das Gefühl, dass etwas anders ist, weil es das auch tatsächlich war.«

Ich nahm einen Shrimp am Schwanz und biss ihn fast ganz ab, kaute drei-, viermal und gab ein sehr zufriedenes Seufzen von mir.

»Aber wegen einer Sache fühle ich mich schlecht«, fuhr er fort. »Es erscheint mir nicht fair. Aber wenn sie häufiger herkommt und mich besucht, werde ich dich und deine Familie häufiger wegschicken. Da kommt vielleicht ziemlich viel Campen zusammen.«

»Das ist okay. Einige Dinge sind wichtiger als andere.«

Ich wusste auch, dass wir uns, wenn sich die Dinge zwischen ihnen gut entwickelten, eine neue Wohnung suchen mussten. Vor allem wenn ich recht hatte und Sophie sich zu ihrer alten Vor-Rigby-Art zurückentwickelte. Paul würde den ganzen Lärm nicht haben wollen, während er sich ein nettes Leben mit Rachel aufbaute, und ich machte ihm da keinen Vorwurf.

Außerdem hatte ich das gewusst, bevor ich überhaupt losgefahren war und mit ihr gesprochen hatte. Ich wusste, bevor ich auch nur angefangen hatte, dass ein voller Erfolg Hand in Hand mit unserer Kündigung gehen würde.

Aber manche Dinge sind wichtiger als andere.

* * *

Als ich wieder ins Apartment kam, lagen meine Mom und Sophie auf der ausgezogenen Schlafcouch. Sie schienen zu schlafen.

Ich atmete erleichtert auf, aber vorsichtig. Meiner Mom war es zuzutrauen, mich aus dem Hinterhalt zu erwischen. Das war früher schon passiert.

Aber ich ging in meine Schlafecke und zog mir meinen Pyjama an, und nichts bewegte sich. Also ging ich davon aus, dass sie tatsächlich schliefen.

Ich brauchte lange, weil in meinem Kopf so ein Durcheinander aus Gedanken war, aber schließlich schlief ich auch ein.

* * *

Ich schreckte hoch, als mich etwas am Kopf berührte.

Ich machte ein kleines Geräusch und setzte mich halb auf.

Aber dann hörte ich, wie meine Mom sagte: »Ich bin's, Süße. Ich bin's nur.«

Ich legte mich wieder hin, und sie streichelte mir weiter das Haar. Ich sah ihren Umriss im Mondlicht und fragte mich, wie ich wieder zu ihrer Süßen geworden war. Es war schon lange her, dass ich ihre Süße gewesen war. Und ich war nie weiter davon entfernt gewesen als letzte Nacht, bevor wir ins Bett gegangen waren.

Aber ich sah keinen Grund, diesen Moment zu ruinieren. Also hielt ich den Mund.

Nach einer Weile sagte sie: »Andy weiß mehr als ich. Aber ich erzähle dir das, was ich weiß.«

Andy war der Cousin meines Vaters. Wir hatten ihn nicht mehr gesehen, seit mein Vater getötet worden war. Zumindest ich hatte das nicht. Nicht ein einziges Mal. Etwas in meinem Bauch sagte mir, dass ich mich jetzt verspannen sollte. Denn jetzt käme die Wahrheit. Aber ich tat es nicht. Denn was auch immer kommen würde, könnte unmöglich schlimmer sein, als was schon die ganze Zeit da gewesen war.

Außer …

»Wenn er auf besonders schlimme Weise gestorben ist, erzähl mir keine Details. Ich will das nicht wissen.«

»Ich dachte, du hast gesagt, du hast die Zeitungsartikel gelesen.«

»Nein. Das habe ich so nicht gesagt. Ich hab gesagt, sie sind bei einer Suche aufgetaucht. Ich hab eine Freundin alles lesen lassen und mir die Details erspart.«

»Das erleichtert mich.«

»So schlimm, was?« Dann, bevor sie antworten konnte: »Egal. Ich will es nicht wissen. Erzähl mir nur, was du über das Warum weißt.«

»Er hatte eine Menge Schulden bei einem Kredithai. Ich weiß nicht mal genau, wie viel, weil ich versucht habe, nicht danach zu fragen. Es hat mir Angst gemacht. Und ich war so wütend auf ihn. Ich konnte einfach nicht verstehen, warum er nicht aufhörte. Er hat mich angebetet, und er hat dich angebetet, und ich hatte das Gefühl, wir sollten genug sein, damit er aufhört. Aber dann habe ich nach seinem Tod mit einem Therapeuten geredet, und ich denke, es ist nicht so einfach.«

»Ich wusste nicht, dass du bei einem Therapeuten warst.«

»Ich bin zu einem gegangen und hab auch dich zu einem geschickt.«

»Daran kann ich mich gar nicht erinnern.«

»Du bist nur etwa fünfmal hingegangen. Mehr konnte ich mir nicht leisten.«

»Egal, erzähl weiter.«

Sie seufzte. Als wenn sie gehofft hätte, dass sie das nie müsste.

»Ich denke, wenn er jetzt hier wäre, hätte ich mehr Verständnis. Ich würde es zumindest versuchen. Aber zu der Zeit hatte ich das nicht. Ich war verärgert. Ich will nicht, dass du denkst, dein Dad wäre kein guter Mann gewesen. Denn das war er. Er war kein Mistkerl oder gar ein Loser. Er war ein netter Typ, aber es war wie eine Krankheit bei ihm. Wie auch immer. Ich wollte irgendwann gar nicht mehr so genau wissen, wie tief er drinsteckte. Aber nachdem es passiert war, habe ich mit Andy gesprochen, um ein paar Details herauszubekommen. Und die Polizei hat natürlich auch mit ihm gesprochen. Ich denke, dein Dad hat Andy erzählt, dass er einen Plan hatte, sich das Geld zu beschaffen. Denn wenn er das nicht täte, würden sie ihm beide Knie brechen, und wenn das nicht reichen würde, hatten sie wohl eine Drohung gegen uns ausgesprochen. Du weißt schon. Seine Familie. Also … ich habe keine Ahnung, was genau der Plan war. Aber ich denke, es hatte etwas damit zu tun, jemanden zu hintergehen, mit dem man sich lieber nicht anlegen sollte. Und von dem man sich besser nicht erwischen ließ. Andy sagte, er wüsste auch nicht alle Einzelheiten, aber vielleicht wollte er auch nur nicht alles an die Polizei weitergeben.«

»Aber er wollte, dass die Täter geschnappt werden, oder?«

»Ja, aber … Ich hab da so ein komisches Gefühl, dass, wenn wir die ganze Geschichte erfahren hätten, es auch für Andy nicht so gut ausgesehen hätte. Er hätte ebenfalls in Schwierigkeiten geraten können. Auf jeden Fall habe ich ihn nie wirklich gedrängt, mir alles zu erzählen. Denn … wozu wäre das gut gewesen? Ich musste nicht wissen, wie dumm genau der Plan gewesen war. Dumm genug, ihn das Leben zu kosten. Das ist eigentlich schon alles, was man über die Qualität des Planes wissen musste.«

Wir schweigen einen Moment. Ich sagte nichts, falls noch mehr kommen würde. Sie streichelte mir weiter das Haar. Und es fühlte sich gut an. Gar nicht so sehr körperlich gut. Mehr gut, weil wir beide uns für einen Augenblick auf derselben Seite befanden. Und uns nicht immer nur wie Gegner im Boxring gegenüberstanden.

»Ich wünschte, ich hätte gewusst, dass ihn das Spielen umgebracht hat«, sagte ich. »Damit ich mich selbst davon hätte fernhalten können.«

»Du bist keine Spielerin.«

Ich hätte widersprechen können. Zuerst wollte ich es. Ich wollte ein bisschen wütend werden und sagen: Siehst du? Du kennst mich überhaupt nicht. Aber ich war es so leid, dass wir immer böse aufeinander waren. Es kostete so verdammt viel Energie. Außerdem war es genauso meine Schuld wie ihre, wenn sie mich nicht kannte.

»Ich habe das falsch gehandhabt«, erklärte sie. »Es tut mir leid. Es war eine schreckliche Zeit für mich. Es war vermutlich ein Fehler. Vermutlich war so ziemlich alles, was ich damals gemacht habe, irgendwie falsch. Aber ich hab das Beste getan, was ich damals konnte. Ich hoffe, du kannst das verstehen. Ich hoffe, du kannst meine Entschuldigung annehmen.«

»Das tue ich.«

»Ich kaufe dir eine neue Kiste.«

»Nein, ist schon okay. Paul hat eine große Holzkiste, die ich benutzen kann. Ich muss nur ein Schließband und ein Vorhängeschloss besorgen, und er baut mir das dann an. Es ist eine schöne Kiste.«

»Oh«, sagte sie. »Okay.«

Ich wusste, es hätte ihr besser gefallen, wenn sie dieses Problem für mich gelöst hätte. Sie war es vermutlich langsam leid, dass ich immer zu Paul ging. Aber sie sagte nichts weiter dazu.

Sie hörte auf, mir das Haar zu streicheln. Wir saßen einfach einen Augenblick so da, in dem kleinen Streifen Mondlicht, der durch das hohe Fenster über meinem Bett fiel. Ich dachte, es fühlte sich so an, als wären wir fertig. Aber sie ging nicht weg. Also täuschte ich mich vielleicht auch.

Dann sagte sie: »Du weißt, dass ich dich lieb habe, egal, was passiert, oder? Auch wenn du ganz anders bist als ich. Und egal, was du ... ich meine, egal, wie du wirst, wenn du groß bist. Und wie du ...«

Ich wartete, aber es schien, dass sie nicht mehr so recht weiterwusste.

Nicht um mit ihr zu streiten, sondern mehr, um ihr zu helfen, den Gedanken zu Ende zu bringen, sagte ich: »Können wir es bitte endlich laut aussprechen? ›Angie, ich hab dich lieb, auch wenn du lesbisch bist‹?«

Eine merkwürdige kleine Pause.

»Angie, ich hab dich lieb, auch wenn du lesbisch bist.«

»Danke. Ich hab dich auch lieb.«

Sie küsste mich auf die Schläfe.

Dann ging sie zurück ins Bett.

* * *

Das Innere meines Kopfes fühlte sich schwer an, als ich mich am nächsten Morgen zu ihr an den Frühstückstisch setzte. Ich hatte dumpfe Kopfschmerzen. Ich vermutete, ich hatte in letzter Zeit zu wenig Schlaf bekommen.

Sophie saß auch am Tisch, allein in ihrer seltsamen kleinen Welt, ein Würstchen in einer Hand.

Wenn schon nichts anderes, aßen wir jetzt besser.

»Rührei und Würstchen sind auf dem Herd«, sagte meine Mom. Übertrieben fröhlich.

»Oh«, sagte ich.

Ich bin mir nicht sicher, warum ich mir die Mühe gemacht hatte, mich zu setzen.

»Willst du, dass ich dir was hole?«

»Nein, ich steh schon auf.«

»Du siehst müde aus.«

»Ich bin müde. Ich hab seit Tagen keine Nacht mehr durchgeschlafen.«

»Oh. Das tut mir leid. Oder wenigstens ... mein Anteil daran. Letzte Nacht. Bleib sitzen. Ich bring dir zur Abwechslung mal Frühstück. Kaffee?«

»Gerne.«

Ich sah eine Minute lang Sophie zu, spielte dann für eine weitere mit meiner Gabel.

»Nur um dich vorzuwarnen«, sagte ich. »Ich denke, dass uns bald wieder ein Campingtrip bevorsteht.«

Ich erwartete eine Explosion von Einwänden.

Stattdessen bekam ich ein winziges »Oh-oh«.

»Oh-oh was?«

»Die Königin kommt jetzt häufiger vorbei, was?«

»*Die Königin?* Warum in Gottes Namen nennst du sie so?«

»Ich weiß nicht. Vermutlich weil hier alles zum Stillstand kommt, wenn Ihre Hoheit geruhen, auf Besuch zu kommen.«

Ich war mehr als nur ein bisschen sprachlos.

»Magst du Rachel nicht, oder was? Denn ich mag sie. Sehr sogar.«

Ein Teller mit Ei und Würstchen erschien vor mir. Ein Becher Kaffee folgte. Ich löffelte Zucker hinein, während ich auf ihre Antwort wartete.

Sie setzte sich mit einem leisen Grunzlaut und seufzte dann.

»Ich kenne sie nicht mal«, erwiderte sie.

»Genau. Das ist genau, was ich eben gedacht habe. Also warum kannst du sie plötzlich nicht mehr leiden?«

Sie seufzte wieder.

Ich goss Milch in meinen Kaffee und nahm einen langen Schluck. Er war genau richtig. Schmeckte gut und fühlte sich gut an und war genau das, was ich brauchte. Fast wie eine Droge. Nun, ich denke, das ist es, was es war.

»Es ist nur ... Ich vermute, sie hat Interesse an ihm«, sagte sie. In so weinerlichem Tonfall wie ein Teenager mit Dating-Problemen.

»Es wäre toll, wenn das so wäre.«

»Toll? Wieso wäre das toll? Sophie wird jeden Tag schwieriger und lauter, und jedes Mal, wenn Rachel hier auftaucht, müssen wir verschwinden. Willst du mir einreden, dass wir, wenn sie hier einzieht, nicht ausziehen müssen?«

»Nein. Vermutlich müssten wir das.«

»Also warum ist das toll?«

»Weil er einsam ist.«

»Ich will nicht umziehen! Wir wohnen hier mietfrei!«

Als sie bei »frei« angekommen war, war ihre Stimme schriller geworden. Genug, dass ich mir, wenn ich mehr davon erwartet hätte, mit einer Hand das Ohr auf ihrer Seite zugehalten hätte.

Ich vermute, mir war nicht klar gewesen, dass sie deswegen solche Panik empfand.

Dann fragte ich mich, warum *ich* das nicht auch tat. Unter den gegebenen Umständen.

»Er ist fast sein ganzes Leben allein gewesen. Und jetzt hat er nicht einmal mehr seinen Hund. Er ist fast achtundsechzig. Wenn das hier nicht klappt, was denkst du, wie viele Chancen er noch bekommt? Er verdient es, glücklich zu sein, weißt du?«

»Nun, entschuldige bitte, dass ich mir mehr Gedanken um uns als um ihn mache.«

Aber ehrlich, ich war mir nicht sicher, ob ich das entschuldigen konnte. Wenn man bedachte, was er alles für uns getan hatte.

»Die Idee war, hierzubleiben und Geld anzusparen«, erklärte ich. »Damit wir uns eine andere Wohnung leisten können. Unsere eigene Wohnung. Es wäre schön, ein Schlafzimmer mit einer Tür zu haben, die man schließen kann. Dies sollte immer nur eine Übergangslösung sein. Und du hast gesagt, du hast Geld zur Seite gelegt …«

»Das habe ich auch.«

»Du hast gesagt, du könntest jeden Monat tausend sparen.«

»So viel nicht.«

»Aber wir haben früher jeden Monat fünfzehnhundert gespart.«

»Manchmal kommt was dazwischen, Angie.«

Es war nicht das erste Mal, dass sie das gesagt hatte. Es hatte mir die anderen Male auch nicht gefallen.

»Wie viel haben wir?«

»Ein bisschen weniger als zwölftausend.«

»Was in etwa halb so viel ist, wie ich dachte. Aber wenigstens ist es genug, um eine Anzahlung auf etwas zu leisten. Denke ich.«

»Du vergisst zwei Dinge, Angie. Eines sitzt hier direkt am Tisch mit dir und isst Würstchen. Das andere ist, dass ich nicht kreditwürdig bin. Was ich dir auch schon gesagt habe. Jedes Mal, wenn du von Kaufen statt Mieten anfängst, sag ich dir das. Aber irgendwie schaffst du es immer, das zu vergessen.«

»Ich hab das nicht vergessen.«

»Hast du irgendeinen magischen Trick in der Hinterhand, von dem ich nichts weiß?«

»Vielleicht.«

»Und das wäre …?«

»Das wäre ein Freund, der fünfundvierzig Jahre in der Kreditabteilung einer Bank gearbeitet hat.«

Sie verzog das Gesicht. Nahm einen Schluck Kaffee. Schüttelte den Kopf.

»Ich glaube nicht, dass es hilft, jemanden zu kennen. Ich denke, es geht darum, wie viel man hat.«

»Ich dachte nur, er könnte uns ein paar Tipps geben, wie wir einen Kredit bekommen können.«

»Ich bin mir sicher, das wird er. Er wird sagen: Sei kreditwürdig.«

Ich schüttelte den Kopf und erwiderte nichts. Ich hatte wieder dieses »Das bringt uns nicht weiter«-Gefühl. Mir wurde klar, dass ich dieses Gefühl bei meiner Mom häufig hatte. Vor einem oder zwei Tagen wäre ich vielleicht aufgesprungen und wäre entrüstet vom Tisch weggestürmt. Aber das brachte uns auch nicht weiter.

Außerdem war ich hungrig.

* * *

Rachel kam vier Tage später. Und blieb nur zwei.

An dem Tag, an dem sie abreiste, hatte meine Mom mich auf dem Weg zur Arbeit an der Wohnung abgesetzt. Zum einen, weil der Fahrdienst für Sophie sie immer noch morgens dort abholte und nachmittags wieder dorthin zurückbrachte. Zum anderen, weil ich, wenn ich tagsüber dort war, wissen würde, ob Rachel schon abgereist war oder ob wir noch eine Nacht campen mussten. Und es machte nichts, wenn *ich* da war. Sie konnten mich hier oben nicht hören, und es änderte für sie absolut nichts.

Es war Sophie. Sophie war das unberechenbare Element.

Ich ging nach oben und füllte mir etwas Müsli in eine Schüssel. Bevor ich es aufgegessen hatte, hörte ich, wie Rachels Wagen aus der Garage gefahren wurde. Ich sah aus dem Fenster, hoffte, dass sie zusammen irgendwohin fahren würden.

Es war nur Rachel.

Ich setzte mich wieder an den Tisch und versuchte mir zu überlegen, ob es okay wäre, Paul zu fragen, wie es gelaufen war. Ich schaffte es nicht, mir darüber klar zu werden. Meine Gedanken drehten sich immer nur im Kreis. Ich dachte außerdem, dass sie vielleicht bloß rasch zum Laden gefahren sein könnte oder so und wieder zurückkommen würde.

Das Telefon klingelte. Ich zuckte vor Schreck zusammen.

Beim zweiten Läuten nahm ich ab.

Es war Paul.

»Du bist da«, sagte er. »Gut.«

»Du hörst dich glücklich an.«

»Ich bin glücklich. Warum sollte ich das nicht sein?«

»Ich weiß nicht. Es war nur ein so kurzer Besuch.«

»Aber ein guter. Komm mit mir zum Angeln.«

»Okay. Gibt es was zu erzählen? Ich meine, wirst du mir sagen, was passiert ist? Ich meine, *falls* etwas passiert ist. Ich behaupte nicht, dass es so ist ... Nur dass ... du dich wirklich glücklich anhörst.«

»Sei in zwei Minuten an der Garage«, sagte er.

Das war ich.

Wir packten unsere Sachen zusammen und fuhren zu einem dieser kleinen, kalten Bergseen.

Aber während wir all das machten, erzählte er mir nichts darüber, was passiert war.

* * *

Wir standen bis zur Taille im See – nun, *meiner* Taille –, und das schon einige Zeit, als er sagte: »Es kommt mir irgendwie seltsam vor, davon zu sprechen.«

»Also wirst du mir nicht erzählen, was passiert ist?«

»Das habe ich nicht gesagt. Wahrscheinlich werde ich es tun. Ich komme mir dabei nur seltsam vor.«

»Okay. Was willst du also, dass ich tue? Warten, angeln und den Mund halten? Oder soll ich versuchen, es dir aus der Nase zu ziehen?«

»Das ist eine gute Frage. Ich bin mir nicht sicher.«

Ich blickte ihm ins Gesicht, als er das sagte, und lachte laut los. Dann wollte er wissen, warum ich gelacht hatte, und ich wusste nicht, was ich sagen sollte. Er hat nicht direkt gefragt. Nicht mit Worten. Er hat mir nur diesen Blick zugeworfen, der mir klarmachte, er wollte es wissen. Ich fand es interessant, dass wir so etwas ohne Worte tun konnten.

Hier ist der Grund, warum ich gelacht hatte, wenn ich es zu dem Zeitpunkt in Worte hätte fassen können: Wenn er glücklich und aufgeregt war, was vorher noch nie der Fall gewesen war, jedenfalls soweit ich wusste, war er irgendwie ... süß. Aber das ist nicht etwas, was man einem siebenundsechzig Jahre alten, erwachsenen Mann sagt, selbst wenn man es in Worte fassen könnte, wenn es gerade passiert.

»Wir spielen ›Zwanzig Fragen‹«, erklärte ich. »Paul? Ist etwas passiert?«

»Ja. Nichts Großes. Nun. Doch. Es war etwas Großes. Aber für *dich* vielleicht nicht. *Etwas* ist passiert, aber nicht *alles*. Ergibt das Sinn?«

»Ich habe bisher erst eine Frage gestellt.«

»Sie hat mich geküsst. Ich meine, wir haben uns geküsst. Aber *sie* hat *mich* geküsst. Ich sag nicht, dass ich sie nicht zurückgeküsst habe. Natürlich hab ich das. Aber sie war diejenige, die mich geküsst hat. Sie hat angefangen.«

»Wann?«

»Gestern Nacht.«

»Und dann? Warum ist sie abgereist?«

»Wir beide fanden irgendwie ... Wir haben darüber geredet. Wir wollten es nicht zu schnell angehen. Du weißt schon. Die Dinge überstürzen. Wir haben beschlossen, beide in unsere Ecke zu gehen und zu sehen, wie wir uns mit dem, was passiert ist, fühlen. Ich wette, das hört sich für dich irgendwie armselig an. Und sehr altmodisch. Wenn man sechzehn ist, muss einem das armselig vorkommen.«

»Als Sechzehnjährige, die armseligerweise noch nie geküsst worden ist, darf ich mir da wohl kaum ein Urteil erlauben.«

Er legte mir den linken Arm um die Schultern – er brauchte den rechten für seine Angel –, zog mich nah an sich und gab mir einen Kuss auf die Stirn. Fest genug, um meinen Kopf zurückzubiegen.

Ich lachte erneut laut.

»Danke, aber das zählt immer noch nicht.«

»Natürlich nicht. Das sollte es auch gar nicht. Wenn du denkst, dass es armselig ist, noch nie geküsst worden zu sein, stell dir vor, dass dein erster Kuss von mir käme. Also *das* wäre armselig.«

»Ich wette, dass Rachel das nicht gedacht hat.«

»Das ist etwas ganz anderes. Rachel ist …«

Dann musste er innehalten, weil was angebissen hatte.

Er zog ihn aus dem Wasser, und der Fisch zappelte dort am Ende der Leine, und Paul stand da im See und starrte ihn an. Versuchte nicht, ihn in den Kescher zu bekommen, schaute ihn einfach nur an, wie er da hing, als wenn er nicht erwartet hätte, dass so etwas passieren könnte. Der Fisch musste ziemlich fest an der Angel hängen, denn er konnte seine Chance nicht nutzen.

Schließlich öffnete ich den Fischkorb und hielt ihn direkt unter den Fisch, und Paul senkte ihn vorsichtig hinein und nahm dann den Haken raus.

»Es geht nur um den Fokus«, sagte ich.

Er warf die Angel wieder aus, und ich nahm meine Angelrute zwischen die Knie, damit ich sie nicht fallen ließ. Und dann umarmte ich ihn ungeschickt von der Seite, sodass ihm die Arme an den Körper gepresst wurden und der See kleine Wellen um uns warf.

»Wofür war das denn?«, fragte er, nachdem eine Weile verstrichen war.

»Es ist einfach schön, dass du so glücklich bist.«

»Auch wenn …?«

Er beendete die Frage nicht. Aber das machte nichts, denn ich wusste, was kommen würde.

»Ja. Auch wenn wir uns eine neue Wohnung suchen müssen, wenn es klappt. Es ist trotzdem schön, dich so glücklich zu sehen.«

Wir angelten schweigend einige Minuten weiter.

Dann sagte er: »Das ist ungewöhnlich. Die meisten Menschen denken zuerst an sich. Dazu musst du eine verdammt gute Freundin sein.«

»Nun, freut mich, dass du das glaubst, denn diese verdammt gute Freundin wird dich jetzt um einen verdammt großen Gefallen bitten. Du weißt doch, dass ich in deiner Zeitung immer die Immobilienanzeigen durchschaue? Nun, ich habe etwas gefunden, was ich mir ansehen will. Ich hatte gehofft, dass du mich da rausfährst. Ich weiß, dass ich dir gesagt habe, dass ich keinen Fahrdienst mehr bräuchte, wenn ich erst meinen Führerschein hätte. Aber ich will meine Mom nicht fragen, ob ich ihr Auto leihen kann, denn ich will nicht, dass sie weiß, warum, denn dann wird sie versuchen, es mir auszureden. Weil sie die Idee, etwas zu kaufen, total albern findet. Sie sagt, das wird nie funktionieren. Dass sie nicht kreditwürdig ist.«

»Hat sie die Anzahlung?«

»Sind zwölftausend genug?«

»Könnte sein.«

»Gut. Ich hab sie schon zweimal gebeten, sich Häuser mit mir anzusehen, und sie macht es einfach nicht. Ich glaube, sie empfindet es als erniedrigend, wenn sie ihr eine Menge Fragen über Geld stellen.«

»Das werden sie nicht.«

»Nein?«

»Nicht die Verkäufer. Die Bank, an die ihr euch wendet, um die Finanzierung zu regeln, die wird Fragen stellen. Und die Antworten sollten besser schwarz auf weiß vorliegen. Aber der Verkäufer oder der Immobilienmakler zeigt dir nur das Haus.«

»Oh. Dann weiß ich nicht, warum sie nicht mitgehen will. Ich kann da nicht wirklich allein hin. Selbst wenn ich das Auto bekommen könnte. Denn ich vermute, sie würden es mir nicht mal zeigen. Ich meine, wer zeigt einer Sechzehnjährigen ein Haus? Aber wenn wir nicht erwähnen, dass wir nicht verwandt sind ...«

»Das ist kein so großer Gefallen.«

»Es ist fast zwanzig Meilen außerhalb der Stadt.«

»Ich denke, dass ich das trotzdem machen kann. Wie viel wollen sie denn dafür?«

»Es ist billig.«

»Wie billig?«

»Billig genug, dass ich dir nicht verraten will, wie billig, weil du dann sagen wirst, da muss es einen Haken geben.«

»Nun«, sagte er. »Es gibt nur eine Möglichkeit, das herauszufinden. Geben wir den Fischen noch eine halbe Stunde, und dann fahren wir hin und sehen nach, ob es einen Haken gibt.«

* * *

Wir fuhren diese kleine, kurvige Straße entlang. Weiter und weiter weg von der Stadt. Paul war gedankenverloren, und ich sah mir einfach nur die Landschaft an. Auch wenn es nichts anderes gab als Bäume.

Es gab Schlimmeres als Bäume.

»Warum ist das passiert?«, fragte er. Einfach so aus dem Nichts.

»Warum ist was passiert?«

»Die Sache mit Rachel. Warum ist es fünfzig Jahre lang nicht passiert und dann plötzlich doch?«

Ich schluckte schwer und versuchte zu ergründen, wie er das meinte. Es schien ihm irgendwie wirklich wichtig, und ich konnte nicht herausfinden, ob er nur philosophisch gestimmt war oder ob er tatsächlich dachte, da wäre etwas, dem man nachgehen könnte.

»Nun, achtundvierzig dieser Jahre war sie verheiratet.«

»Siebenundvierzig.«

»Auf die genaue Zahl kommt es nicht an. Siebenundvierzig Jahre war sie verheiratet, und das Jahr davor war sie College-Studentin und du warst noch ein Kind.«

»Aber warum ist es nicht in der Zeit passiert, nachdem Dan gestorben ist, und dann plötzlich jetzt doch? Ich weiß immer noch nicht genau, wie das möglich ist.«

Ich saß für einen Augenblick sehr still auf dem Beifahrersitz und fragte mich, wie sehr ich bereit war zu lügen, um meine Spuren zu verwischen. Nicht sehr viel, glaubte ich. Ich überzeugte mich, dass er nur so vor sich hin redete. Nicht mich fragte, als wenn ich es wissen würde. Aber selbst wenn es nur eine rhetorische Frage war, fühlte ich mich trotzdem schrecklich, weil ich Paul etwas verschwieg. Dann wurde mir klar, dass ich ihm schon sehr lange etwas verschwieg. Und fühlte mich noch schrecklicher. Aber es war eine Entscheidung, die ich getroffen hatte, bevor ich mit Rachel gesprochen hatte. Nun gab es kein Zurück.

»Fällt das nicht unter die Rubrik ›Einem geschenkten Gaul ins Maul schauen‹?«

Er starrte noch eine halbe Minute oder so durch die Windschutzscheibe, mit derselben gerunzelten Stirn, demselben abwesenden Ausdruck in den Augen. Dann verschob sich was in seinem Blick, und alles war verschwunden.

»Ja, ich denke, da hast du recht. Ich hoffe, man sollte keinen Termin machen. Stand in der Anzeige ›Nur mit Termin‹ oder ›Bitte die Bewohner nicht stören‹? Oder etwas in der Art?«

»Ich weiß nicht. Ich guck noch mal nach.«

Ich zog die Anzeige aus meiner Hemdtasche, wo sie sich seit drei Tagen befand und immer umgesteckt wurde, wenn ich mich umzog. Ich faltete sie auseinander und las sie zum ungefähr zehnten Mal von Anfang bis Ende durch.

»Davon steht da nichts.«

»Also, nun sind wir so weit gekommen. Wir können es uns wenigstens aus der Ferne ansehen.«

* * *

An der Einmündung der Zufahrt in die Hauptstraße hing an einem Holzpfosten ein Schild von einer Immobilienmaklerin. Aber man konnte absolut kein Haus sehen. Nur Bäume. Die sahen allerdings nett aus. Zu nett. Es sah wie eine Farm oder Ranch aus, mitten im Nichts und paradiesisch. Was bedeutete, dass wir nicht hierhergehörten.

Ich war mir sicherer als je zuvor: Es musste einen Haken geben.

Paul nahm zwei bunte Handzettel aus einer Plexiglasbox, die am Pfosten befestigt war. Wo ich nie auf die Idee gekommen wäre zu schauen.

»Hier, nimm einen«, sagte er.

Ich blinzelte im hellen Sonnenschein und versuchte zu lesen, was auf dem Blatt stand. Es stellte sich als Information über das Haus heraus. Ich hatte plötzlich ein seltsames Gefühl in der Magengrube. Als wenn ich hier ganz sicher nicht hingehörte und die Maklerin das wüsste und der Handzettel auch und das Schild. Selbst der Pfosten, an dem das Schild hing, wusste, dass ich hier nicht hingehörte.

»Wow«, sagte er. »Das *ist* billig. Nun, dann lass uns mal rausfinden, was der Haken ist.«

Wir gingen langsam die unbefestigte Zufahrt entlang, bis hinter den Bäumen ein Haus auftauchte. Als wir es sahen, blieben wir beide abrupt stehen.

»Oh«, sagte ich. »Da wäre dann wohl der Haken.«

Es sah nicht mal wie ein Ort aus, an dem ein Mensch leben konnte. Das Dach hing durch, die Veranda hing durch. Die Farbe war halb abgeblättert. Einige der Fenster waren zerbrochen. Man konnte hineinsehen und erkennen, dass niemand dort lebte. Schon seit einer langen Zeit hatte hier niemand mehr gelebt.

»So viel zu der Sorge, die Bewohner zu stören«, sagte er.

»Ich denke, wir können dann jetzt gehen. Tut mir leid, dass ich deine Zeit verschwendet habe.«

»Nein, warte. Warte mal einen Moment. Lauf nicht sofort wieder weg.«

Wir standen dort eine weitere Minute und blickten es an.

Dann sagte ich: »Sieht immer noch nicht besser aus.«

»Nun, nein. Das wohl nicht. Die einzige Möglichkeit, wie das erreicht werden kann, ist, wenn jemand viele Hundert Stunden Arbeit hineinsteckt.«

»Willst du damit sagen, ich sollte darüber nachdenken, es zu kaufen?«

»Das weiß ich noch nicht. Ich weiß nicht.«

Er trat auf die Veranda, probierte vorher erst vorsichtig aus, ob sie ihn trug. Ich folgte ihm. Wir sahen durch die Fenster ins Innere. Drinnen gab es nichts außer ein paar losen Dielenbrettern und mindestens einer Tonne Staub.

»Das ist viel Arbeit«, sagte ich.

»Ja, das stimmt. Aber deine Familie hat vorher noch nie ein Haus besessen. Manchmal bekommen junge Familien ihr erstes Haus, indem sie eins nehmen, das niemand anderes will, und daraus mit einer Menge Eigenleistung etwas machen.«

»Ich habe keine Ahnung, was das heißen soll.«

»Sich richtig reinknien.«

»Wie bitte?«

»Arbeit. Harte Arbeit.«

»Oh. Warum hast du das nicht gesagt?«

»Hab ich doch.«

»Oh. Richtig.«

»Du musst einen Sachverständigen hinzuziehen. Sichergehen, dass das Fundament in gutem Zustand ist und die Böden solide. Sichergehen, dass nicht Termiten das meiste weggefressen haben. Wenn die Basis stimmt, ist der Rest mehr oder weniger Kosmetik. Du wirst nur neue Verandadielen brauchen. Und ein neues Dach.«

»Das wird nicht billig sein.«

»Stimmt. Also wirst du Folgendes machen: Du gehst zur Maklerin und sagst: ›Ich habe Interesse an dem Haus, aber ich muss Tausende in eine neue Veranda und ein neues Dach stecken, also müssen Sie mir beim Preis entgegenkommen.‹«

»Und dann antwortet sie: ›Warum, denkst du, ist der Preis schon so niedrig angesetzt?‹«

»Vielleicht. Das kommt darauf an, wie lange es schon auf dem Markt ist. Und ob der Verkäufer es eilig hat.«

»Du denkst wirklich, das könnte funktionieren?«

Er zog einen Streifen Farbe vom Fensterbrett und betrachtete das Holz darunter genauer. »Ich denke, das ist so eine Sache wie die Frage, ob die Fische anbeißen.«

»Alles klar«, sagte ich. »Verstanden.«

»Ich kann dir zeigen, wie du die Fensterscheiben ersetzt. Das und neue Schlösser und ungefähr vierzig Stunden Putzen, und ihr könntet darin leben, so wie es ist, bis der Regen kommt. Aber mach dir nicht zu große Hoffnungen. Nimm nicht einfach an, dass niemand es will, nur weil es hässlich ist. Jemand mit Geld könnte es sich einfach nur wegen des Grundstücks schnappen. Das hier abreißen und in etwa sechs Monaten ein modernes zweistöckiges Farmhaus an der Stelle errichten.« Er sah noch einmal auf den Handzettel. »Oh, es ist nicht groß. Nur ein halber Hektar. Das ist seltsam. Sie müssen das Grundstück mal unterteilt und das meiste des ursprünglichen Landes verkauft haben. Es muss eine Reihe von Feldern und Obstgärten zwischen hier und den Nachbarn geben. Denn da ist kein anderes Wohnhaus, so weit das Auge reicht.« Er legte die Hände um den Mund, legte den Kopf zurück und schrie: »Hallo! Kann mich jemand hören?«

Wir warteten. Aber es schien nicht so, als ob das jemand könnte.

»Das ist ein echter Vorteil«, stellte ich fest.

»Nun, ja. Aber das wusstest du schon, oder? Ist das nicht der Grund, dass du dir das Haus ansehen wolltest? Weil es hier mitten im Nirgendwo ist?«

»Äh … nein. Ich hatte keine Ahnung, wie viele Nachbarn es geben würde. Ich wollte es ansehen, weil es so billig ist.«

»Wenn du willst, halten wir auf dem Rückweg beim Maklerbüro an und besorgen uns ein paar Details.«

»Ja. Danke.«

Ich sah hoch statt auf das furchtbare Haus. Nur um meinen Augen mal eine kleine Pause zu gönnen. Ich dachte, ich könnte in einigen Bäumen Obst hängen sehen, aber ich konnte nicht sagen, was für Obst.

Ich dachte darüber nach, wie es sich anfühlen würde, mit Paul ins Maklerbüro zu gehen statt allein. Ich glaubte, es würde okay sein. Als wenn sie kein Recht hätten, mich auszulachen oder vor die Tür zu setzen. Dann wurde mir klar, dass es nicht war, weil ich noch nicht mal siebzehn war. Es war, weil ich arm war und dachte, dass sie das wissen würden. Das gab mir einen kleinen Einblick, warum sich meine Mutter von so was fernhielt.

Fast als könnte er meine Gedanken lesen, sagte Paul: »Denkst du, du kannst deine Mom dazu bringen, hier herauszufahren und es sich anzusehen?«

»Das wird der schwierige Teil. Sie hat so viele Einwände gegen das Kaufen.«

»Wegen der Finanzierung? Des Kredits?«

»Vermutlich. Ich denke, sie hat immer das Gefühl, sie wäre eine Hochstaplerin, weil sie keine guten, verantwortungsvollen Mutter-Antworten auf Fragen nach Geld hat. Sie versucht unter dem Radar zu fliegen und nirgendwo hinzugehen, wo jemand Fragen stellen könnte.«

»Und eine Bank ist genau so ein Ort. Vielleicht könnte ich sie vorbereiten, so wie Strafverteidiger das mit ihren Zeugen machen.«

»Das hoffe ich. Ich hoffe, es gibt etwas, was du tun kannst, um ihr zu helfen. Denn so wie die Dinge jetzt liegen, sind wir nicht wirklich weitergekommen.«

Tatsächlich waren der einzige Unterschied zwischen unserer jetzigen Situation und der, bevor wir in die Berge gekommen waren, etwa zwölftausend Dollar. Was schon was war. Aber nur wenn sie bereit war, das für ein Haus auszugeben. Sonst wären wir wieder zurück beim Mieten, und sie würde jeden Monat etwas von dem Geld nehmen müssen, denn wir hätten jeden Monat etwas zu wenig.

Es ist erstaunlich, wie lange es dauert, Geld anzusparen, und wie schnell es passiert, dass einem was dazwischenkommt.

* * *

»Es war eine Obstplantage«, erzählte ich meiner Mutter beim Abendessen. »Nur dass jetzt nur noch ein kleiner Teil übrig ist. Sie haben dort Pfirsiche und Walnüsse angebaut. Und Tomaten, aber die Pflanzen sind jetzt alle weg. Nun sind die Bäume alt und produzieren nicht mehr viel Obst, und das Land hat als Farmland keinen Wert mehr. Aber jetzt kommt das Gute. Es ist über eine Meile vom Haus des nächsten Nachbarn entfernt. Und die Maklerin meinte, wenn ich bereit wäre, Bäume hochzuklettern, würde ich vermutlich in einem Jahr mehr Pfirsiche und Walnüsse ernten, als drei Personen überhaupt essen können.«

»Ich kann nicht glauben, dass du mich zwingst, das noch einmal zu sagen«, erwiderte sie.

Sophie fing an, mit der Gabel auf den Tisch zu schlagen und bei jedem Schlag einen kleinen Schrei auszustoßen. Manchmal rhythmisch, manchmal nicht.

Ich hob die Stimme, um über den Lärm gehört zu werden.

»Paul hat gesagt, er könnte dich sogar für den Kreditantrag vorbereiten, so wie Strafverteidiger das mit ihren Zeugen tun.«

Sie warf die Serviette auf den Tisch und funkelte mich auf eine Art an, von der mir im Gesicht ganz heiß wurde.

»Nun, das ist aber ein bisschen was anderes, oder? Denn ein Zeuge muss nur reden. Ich muss Gehaltsabrechnungen und Steuerbescheide vorlegen. Und ich muss mehr haben als nur die Anzahlung und ein Ja von der Bank, das wir nie bekommen werden. Ich muss jeden Monat die Hypothek abzahlen.«

Knall. Kreisch. Knall. Kreisch.

»Du musst ja aber auch die Miete aufbringen.«

»Angie. Du hörst mir nicht zu. Ich verdiene nicht genug Geld, um ein Haus zu kaufen. Das muss ich mir nicht erst von der Bank sagen lassen. Und jetzt wäre ich dir dankbar, wenn du nie wieder davon sprechen würdest.«

»Also wir fangen dann besser mal an zu suchen«, erwiderte ich. »Denn wir werden irgendwohin müssen. Nicht definitiv, aber es scheint sich in die Richtung zu entwickeln. Ich dachte nur, es wäre nett, ein Haus zu haben, in das wir Sophie mitnehmen könnten.«

»Ich informiere mich gerade über einen Heimplatz für sie.«

Für eine Sekunde wollte ich mit ihr streiten. Ich würde sie anschreien und sie beschuldigen, dass ihre Ängste vor Banken ihr wichtiger waren als meine Schwester. Ich machte den Mund auf, aber plötzlich fühlte ich mich zu erschöpft. Es überrollte mich und ließ mich völlig entkräftet zurück. Ich dachte: Wozu eigentlich? Warum streite ich mich überhaupt mit ihr? Ich habe mich jahrelang mit ihr gestritten. Es kostet mich Kraft, und es bringt sowieso nichts.

Gerade als ich glaubte, dass ich das Drama abgewendet hätte, weil ich nachgegeben hatte, fuhr meine Mutter Sophie an.

»Hör auf damit!«, schrie sie. Und ich meine *richtiges* Schreien.

Sophie blieb für eine oder zwei Sekunden vollkommen still, und dann stürzte sie sich in eine volle Schreiattacke. Meine Mom musste sie packen und sie zum Auto tragen, wie sie es immer tat. Sodass sie mit ihr herumfahren konnte, bis sie sich die Stimme weggeschrien hatte oder einschlief.

»*Das* war ein Anfängerfehler«, sagte ich zur Tür, eine Minute nachdem sie zugeknallt worden war.

Kapitel 4

Vertrauen

Es war etwa drei Wochen später, kurz vor meinem siebzehnten Geburtstag, als meine Mom von dem Auto anfing. Es war morgens. Ich lag auf meinem Bett und las, und sie streckte den Kopf um den Raumteiler. Was ich nicht mochte. Ich wollte, dass sie die Spalte wie eine geschlossene Tür behandelte. Das tat sie im Großen und Ganzen auch, aber nur, wenn es ihr passte.

»Ich habe über deinen Geburtstag nachgedacht«, sagte sie.

»Was ist damit?«

»Wie würde es dir gefallen, ein eigenes Auto zu haben?«

Ich legte das Buch zur Seite. Sah sie aus zusammengekniffenen Augen an. Theoretisch wäre das gut. Fast zu gut. Vielleicht war das der Grund, warum es sich irgendwie falsch anfühlte.

»Es würde mir super gefallen, wenn wir es uns leisten könnten. Können wir aber nicht.«

»Wenn du ein billiges Auto für zwei- oder dreitausend finden kannst, kaufe ich es dir zum Geburtstag.«

»Von dem Geld für die Anzahlung.«

Ich sah zu, wie sich ihr Gesicht verfinsterte. Sie musste gewusst haben, dass wir hier ziemlich schnell landen würden. Es schien fast wie eine Falle. Eine Idee von ihr, wie sie das Geld angreifen konnte, ohne dass ich was dagegen haben würde, denn welcher Teenager sagt schon Nein zu einem Auto?

»Nein«, erklärte ich. »Ich will kein Auto, wenn es von unserem Anzahlungsgeld bezahlt wird. Dann fahre ich dich lieber zur Arbeit und leih mir das Auto und kauf ein Haus. Verdammt, ich gehe lieber zu Fuß und nehme überallhin den Bus und kaufe dafür ein Haus.«

»Angie, das Geld ist kein ›Anzahlungsgeld‹. Weil wir nicht vorhaben, ein Haus zu kaufen.«

»Okay, dann will ich es nicht, wenn es von unseren Ersparnissen bezahlt wird.«

Sie atmete tief ein. Für einen Augenblick dachte ich, sie würde mich anschreien. Aber genau da ertönte draußen das Hupen von Sophies Fahrdienst.

»Ich bring sie runter«, sagte sie. »Wenn du mich zur Arbeit fahren willst, zieh dich besser schnell an.«

* * *

Ich setzte meine Mom an der Apotheke ab und fuhr dann zu dem zum Verkauf stehenden Haus raus. Ich war schon einmal allein dort gewesen. Aber da hatte ich nur von der Straße aus geguckt.

Diesmal parkte ich das Auto in der Einfahrt. Und dann, als ich von ihm wegging, sah ich zu ihm zurück, und mir wurde klar, dass ich mich für die alte Schrottkiste schämte und hoffte, dass niemand sie sehen würde. Hoffte, dass die Immobilienmaklerin nicht kam, um das Haus jemand anderem zu zeigen, weil ich nicht die Person sein wollte, die dieses Wrack fuhr. Auch wenn es perfekt zum Zustand des Hauses passte. Ich war mir ziemlich sicher, dass es keinesfalls perfekt zum Zustand der anderen Kunden der Maklerin passen würde.

Ich ging über den halben Hektar. Das Grundstück war von einem Drahtzaun umgeben. Nicht Stacheldraht. Nur vier Drahtstränge, die an hölzernen Pfosten aufgespannt waren. Die Bäume waren in Reihen gepflanzt, und ich ging diese Reihen entlang und dachte über die Zeit nach, als die Plantage noch bewirtschaftet wurde, stellte mir die Stimmen der Obstpflücker vor. Ich fragte mich, wie sie die Früchte aus den oberen Teilen der Bäume bekommen hatten.

Ich suchte mir einen Baum aus, der so aussah, als wäre er nicht zu schwierig zu erklettern. Er hatte tief sitzende Äste. Ich lief los und sprang hoch, griff nach einem. Ich rutschte ab und landete im Dreck. Ich versuchte es ein weiteres Mal und bekam ihn diesmal besser zu fassen und stellte die klebrigen Sohlen meiner Turnschuhe auf den Stamm und zog mich hoch, sodass ich schließlich in der Astgabel saß. Dann stand ich auf. Und sah nach oben. Und stieg vorsichtig höher. Ich konnte einen Pfirsich sehen, aber als ich ihn erreichen konnte, war er hart und ein bisschen grün. Also kletterte ich weiter. Ich kam plötzlich oben aus dem dichtesten Teil des Blattwerks in die Sonne und sah die Berge. Ich hatte sie von diesem Grundstück aus vorher noch nicht gesehen, weil die Bäume immer im Weg waren.

Ich stand für einen Augenblick einfach nur da, hielt mich fest. Blickte in die Ferne. Dachte, dass ich nie aufhören würde, diese Berge zu lieben. Dann fragte ich mich, wie sie auf mich wirken würden, wenn ich gerade von einem Treck auf den Teahouse Trails um Annapurna im Himalaya zurückgekommen wäre. Ich beschloss, dass sie kleiner und zahmer aussehen würden, aber immer noch hübsch.

Ich fand einen Pfirsich, der reif aussah, also lehnte ich mich zu ihm hinüber. Vorsichtig. Ich konnte ihn nicht ganz zu fassen kriegen, also zog ich den Ast näher zu mir heran. Griff nach der

Frucht und zog daran, aber sie ging nicht ab. Ich drehte sie am Stängel und hielt sie plötzlich in der Hand.

Ich stand auf dem Ast, hielt mich mit einer Hand fest, schaute noch ein wenig zu den Bergen und nahm einen großen Bissen vom Pfirsich. Er war saftig und schmeckte nach Sommer.

Ich begann wieder hinabzuklettern.

Als ich zurück zu der Astgabel kam, setzte ich mich hin und hielt den Pfirsich mit den Zähnen fest, sodass ich den Ast mit beiden Händen umgreifen konnte. Dann ließ ich mich hinunterschwingen und zu Boden fallen und landete mit einem dumpfen Geräusch, wobei meine Turnschuhe kleine Staubwolken aufwirbelten. Aber ich biss zu, ohne es zu wollen, und biss ein Stück aus dem Pfirsich heraus, wodurch der Rest zu Boden fiel.

»Mist«, sagte ich laut und mit vollem Mund.

Ich war schon fast so weit, dass ich ihn aufheben und versuchen wollte, ihn irgendwo abzuwaschen. Aber ich hatte zweimal abgebissen, und er war voll mit braunem Dreck.

Ich ließ ihn liegen und ging zurück zum Haus, während ich den einen Bissen, den ich noch im Mund hatte, kaute.

Die Maklerin war mit einem Käufer da. Ein Mann um die fünfzig, der so aussah, als könnte er einfach einen Scheck für das Haus ausstellen, wenn er das wollte.

Ich blieb abrupt stehen, als ich sie sah. Schluckte schnell.

»Kann ich dir irgendwie helfen?«, fragte sie. Ihre Stimme klang kühl.

»Ich bin Angie. Erinnern Sie sich? Ich bin mit Paul Inverness in Ihr Büro gekommen.«

»Oh, ja. Ich erinnere mich jetzt an dich.«

»Ich wollte gerade gehen«, sagte ich.

»Hast du noch mehr Fragen?«

»Ich wollte wissen, ob das Grundstück eingezäunt ist. Weil Paul einen neuen Hund kaufen will, einen Welpen, und er wäre nicht gut genug erzogen, um nicht wegzulaufen. Noch nicht. Also hab ich ihm gesagt, ich würde herfahren und nachsehen und es ihm dann berichten.«

»Er müsste die Einfahrt mit einem Tor sichern«, sagte sie.

»Okay. Das sag ich ihm.«

Dann starrten sie mich einfach nur an, und es gab nicht mehr zu sagen. Und keiner von beiden wirkte begeistert, mich hier zu sehen.

Also erklärte ich: »Ich wollte gerade gehen.« Ein weiteres Mal.

Während ich die Auffahrt entlangging, konnte ich hören, wie die Maklerin sagte: »Es gibt noch andere Interessenten für das Haus. Wie Sie ja sehen.«

Da wusste ich, dass meine Anwesenheit nur Druck auf den anderen Käufer ausüben würde, möglichst schnell ein Angebot abzugeben. Das rumorte ein wenig in meinem Magen, aber ich befahl mir, damit aufzuhören. Wir würden das Haus sowieso nicht kriegen, also hatten wir nicht wirklich etwas verloren.

Aber es fühlte sich trotzdem so an.

* * *

Drei Tage später kam Rachel wieder zu Besuch. Worüber ich irgendwie aufgeregt war, denn ich wollte wirklich wissen, wie es laufen würde.

Wir fuhren nicht campen, weil meine Mom sagte, sie hätte genug davon. Wir gingen in dasselbe Motel, in dem wir auch schon vorher gewesen waren.

In der ersten Nacht, in der wir dort waren, fing Sophie an zu schreien, und meine Mom musste sie fast zwei Stunden lang herumfahren, bis sie einschlief. Als sie zurückkamen, war es nach elf, und ich wusste, es würde schwierig für meine Mom sein, einzuschlafen, bis sie von der ganzen Aufregung wieder runtergekommen war. Und sie musste am Morgen arbeiten. Das passte alles nicht gut zusammen.

Trotzdem nahm ich all meinen Mut zusammen und fing wieder davon an.

Ich sagte: »Kannst du dir vorstellen, wie toll es wäre, an einem Ort zu wohnen, der so weit von allen Nachbarn weg ist, dass niemand sie hören könnte? Wenn sie anfangen würde zu schreien, könnten wir einfach Ohrstöpsel reinmachen und sie sich ausschreien lassen.«

»Kein Ort ist so weit weg von Nachbarn.«

»Dieses Haus, von dem ich will, dass du es dir ansiehst, schon. Es ist über eine Meile vom nächsten Haus entfernt.«

»Du machst Witze.«

»Ich hab dir das schon gesagt.«

»Ich dachte, das wäre nur so eine Redensart. Du weißt schon. ›Eine Meile weg‹. Ich dachte, du meinst einfach ein gutes Stück weit weg.«

»Nein. Es ist tatsächlich *eine Meile*. Was echt weit ist.« Das Timing war genau richtig, ich konnte das fühlen. Ich erwischte sie in einem Moment, in dem sie richtig fertig war. »Es kann doch nicht schaden, es dir wenigstens mal anzusehen.«

»Okay, meinetwegen. Komm morgen Mittag bei der Apotheke vorbei, dann machen wir es während meiner Pause. Du kannst fahren, und ich esse auf dem Weg.«

* * *

Kurz vor der letzten Kurve in der Straße spürte ich einen Druck im Magen. Was, wenn ich diesmal etwas komplett anderes sah? Ein Haufen Baufahrzeuge in der Auffahrt oder dass das »Zu verkaufen«-Schild abgenommen worden war?

Dann sagte ich mir, dass das dumm war. Es waren nur ein paar wenige Tage gewesen.

Ich sah zu meiner Mom hinüber, die auf dem Beifahrersitz saß und ein Sandwich aß. Sie hatte Thunfischsalat in einem Mundwinkel.

»Was?«, fragte sie.

Ich zeigte auf den Winkel meines eigenen Mundes, und sie wischte sich den Salat mit einem sauberen Papiertaschentuch aus der Box zu ihren Füßen ab.

Wir kamen um die letzten Kurve.

Das Schild war noch immer da. Die Auffahrt war noch immer leer. Aber als wir näher kamen, war etwas an dem Schild, was vorher nicht da gewesen war. Ein roter Streifen, einige Zentimeter hoch und vielleicht dreißig Zentimeter lang. Als wir endlich nah genug herankamen, las ich es laut vor.

»Reserviert.«

Ich hielt an, mitten auf der Straße. Was nichts machte, weil niemand sonst darauf fuhr.

»Scheiße«, fügte ich hinzu. Ohne großen Nachdruck.

»Sollte eben nicht sein«, bemerkte meine Mutter.

Ich sagte nichts. Ich hatte genug damit zu tun, erschüttert zu sein. Weil ich wirklich gedacht hatte, dass es hätte sein sollen.

»Nun ja, das sind acht Liter Benzin, die wir nicht zurückkriegen. Fahr los, Kleines.«

Stattdessen bog ich in die Auffahrt ein. Sie dachte vermutlich, ich würde wenden. Bis ich auf »Parken« schaltete und den Motor ausstellte.

»Was machen wir jetzt?«

»Ich will nur einen Pfirsich holen. Ich hab letztes Mal nicht wirklich einen bekommen. Ich hole zwei, und du kannst ihn zum Nachtisch essen.«

»Ist das nicht … unbefugtes Betreten?«

»Ich seh nicht, wem es schaden sollte. Bis der Verkauf durchgeht, lägen die beiden Pfirsiche schon lange faulend auf dem Boden.«

Ich sprang raus, bevor sie noch etwas sagen konnte. Joggte die Auffahrt entlang und um das Haus. Zwischen zwei Baumreihen hindurch. Ich wollte den finden, auf den ich beim letzten Mal geklettert war, aber er war nicht da, wo ich dachte, dass er sein würde, und ich hatte nicht viel Zeit.

Ich wählte einen, der machbar aussah, und nahm Anlauf. Ich sprang hoch, griff nach einem Ast und stellte meinen linken Turnschuh gegen den Stamm.

Er rutschte ab.

Ich kam hart auf meinem Knie in einer Astgabel auf. Ich trug Shorts, und so gab es nichts, was meine Haut schützte. Aber es kam noch schlimmer. Mein Knie schlug nicht nur gegen den Baum, sondern rutschte wieder ab. Also rutschte ich irgendwie den Ast hinunter mit meinem gesamten Gewicht auf meinem Knie. Und plötzlich lag ich im Dreck, und mein Knöchel war schmerzhaft verdreht.

Ich sah mein Knie an. Es fühlte sich komplett taub an. Die Haut war sowohl abgeschürft als auch zurückgeklappt. Außer dem Dreck und der Rinde, die sich hineingegraben hatten, war es merkwürdig weiß. Als wenn die Größe und Bedeutung des Ganzen noch nicht zu ihm durchgedrungen wären. Dann formten sich Dutzende kleiner Tropfen Blut und wurden große Tropfen, flossen zusammen und formten eine Pfütze.

Ich musste die Tränen zurückhalten, was alles nur noch schlimmer machte. Dieser Drang, zu weinen, wenn ich unvermittelt Schmerzen habe, ist wie Weinen, wenn ich wütend bin. Es macht Dinge, die einfach nur schlimm sind, schlimm und peinlich.

Ich kam auf die Füße. Na ja, auf den Fuß. Unterdessen lief mir das Blut über das Schienbein und in meinen Schuh. Ich probierte, mit dem linken Fuß aufzutreten, aber das ging nicht. Ich hinkte zurück zum Auto, brauchte die meiste Energie, um diese heißen Tränen zurückzuhalten.

Meine Mom war auf den Fahrersitz gerutscht. Sie sah mich nicht. Sie blickte in die Ferne. Ich musste auf die Beifahrerseite hüpfen und an die Scheibe klopfen. Aber dadurch konnte sie nicht sehen, was los war, weil ich zu nah am Auto war. Sie zuckte die Achseln, als könnte sie nicht verstehen, warum ich nicht einfach einstieg.

Ich gab es auf, auf irgendwelche Hilfe von ihr zu hoffen, öffnete die Tür, lehnte mich hinein, griff nach der Box mit den Papiertaschentüchern und zog etwa zehn heraus. Ich faltete sie zusammen und presste sie auf mein Knie, um die Blutung zu stoppen.

Dann musste ich einen Weg finden, wie ich mit nur einer Hand, während ich auf einem Bein stand, auf den Sitz kommen konnte. Ich gab es schließlich auf und ließ mich einfach fallen, weigerte mich, »Autsch« zu sagen. Ich nahm mein verletztes Bein mit meiner freien Hand und hob es ins Auto, setzte mich dann richtig hin und schloss die Tür.

»Hast du dir wehgetan?«, erkundigte sich meine Mom.

Ich fragte mich, wo sie die ganze Zeit gewesen war. Wo sie jetzt war. Ich fragte sie nicht.

»Ich hab mir nur das Knie aufgeschürft.«

»Das muss eine ziemliche Schramme sein«, sagte sie und zeigte auf das Blut an meinem Bein.

»Ich hatte nichts, was ich hätte draufdrücken können. Jetzt, wo ich was habe, wird es aufhören.«

Sie startete den Motor und fuhr aus der Auffahrt, ohne noch was zu sagen.

»Bring mich nicht zum Motel«, wies ich sie an. »Bring mich nach Hause. Da haben wir mehr Erste-Hilfe-Material. Und Paul wird alles haben, was uns fehlt.«

»Bist du sicher, dass du okay bist?«

»Bisher ist noch niemand an einem aufgeschrammten Knie gestorben. Zumindest nicht, dass ich wüsste.«

»Zu schade wegen des Pfirsichs. Ich hatte mich schon darauf gefreut.«
»Ja«, sagte ich. »Ich auch.«

* * *

Sie hielt am unteren Ende von Pauls Einfahrt. Schaltete auf »Parken«. Ich saß nur da und starrte sie an. Nach einer bizarr langen Zeit blickte sie zurück.
»Was?«
»Könntest du mich bitte die Auffahrt hochfahren? Ich hab mir den Knöchel verdreht.«
»Das hast du mir nicht gesagt. Du hast nur gesagt, dass du dir das Knie aufgeschrammt hast.«
»Nun, ich sag es dir jetzt. Ich hab mir auch den Knöchel verdreht.«
Sie schaltete in den Rückwärtsgang, fuhr ein Stück zurück und bog in die Auffahrt ein. Fuhr mich direkt bis ans untere Ende der Stufen zur Wohnung.
Rachel stand auf der Treppe. Unserer Treppe.
»Was will die denn hier?«, fragte meine Mutter.
»Ich weiß es nicht. Aber ich finde es raus. Fahr einfach zurück zur Arbeit, okay?«
Ich öffnete die Beifahrertür, noch bevor sie ganz angehalten hatte. Als ich aufsah, stand Rachel direkt vor mir.
»Könnten Sie mir bitte helfen?«, fragte ich. »Ich hab mich irgendwie verletzt.«
»Natürlich.«
Sie nickte meiner Mutter zu – sie waren einander nie vorgestellt worden –, nahm meinen Arm und half mir hoch. Ich stand am Fuß unserer Treppe, vornübergebeugt, damit ich die Taschentücher weiter auf die Wunde pressen konnte, und versuchte, mir nicht anmerken zu lassen, wie wenig ich den

Knöchel belasten konnte. Ich winkte meiner Mom auf eine Art zu, die deutlich machte, dass ich wollte, dass sie wegfuhr. Sie schüttelte den Kopf und setzte rückwärts aus der Auffahrt, obwohl sie genauso gut einfach hätte wenden können.

Ich sah zu Rachel hoch.

»Ich habe dich gesucht«, erklärte sie. »Ich war am Campingplatz.«

»Diesmal sind wir in einem Motel.«

»Ich wollte dir oben eine Nachricht hinterlassen. Was ist passiert?«

»Nur ein dummer Unfall. Ich war einfach ungeschickt und nicht sehr sportlich.«

»Lass dir von mir hochhelfen.«

Ich musste ihr einen Arm auf die Schultern legen. Was schwierig war, denn sie war groß und ich überhaupt nicht. Ich musste in einem seltsamen Winkel hochgreifen. Dann legte sie ihren Arm um meine Taille. Ich konnte nicht länger die Tücher auf mein Knie pressen. Ich musste es einfach bluten lassen.

Während sie mir die Treppe hochhalf, dachte ich über meine Mom nach. Wie sie auf ihrem Hintern im Auto sitzen geblieben war, während ich um das Auto hinkte und eine Möglichkeit fand, einzusteigen. Sicher, sie hatte vermutlich nicht gewusst, was los war. Aber ein Teil von mir hatte das Gefühl, dass sie es hätte wissen sollen. So wie Rachel das getan hätte.

Ich schloss die Tür mit meinem Schlüssel auf, und wir machten einen Bogen um den Teppich und hinterließen eine kleine Blutspur auf dem hübschen Dielenboden, während sie mir ins Badezimmer half.

»Setz dich auf den Badewannenrand«, sagte sie und half mir hinzukommen. »Wasch es so gut wie möglich aus. Ich gehe und hole Pauls Erste-Hilfe-Kasten.«

Und ich dachte: Siehst du? Paul hat einen Erste-Hilfe-Kasten. Genau wie eine Taschenlampe, falls der Strom ausfällt. So ist er eben einfach. Und wir nicht.

* * *

Ich saß auf der Couch und hatte das Knie über die gepolsterte Armlehne gelegt, ein altes Handtuch darunter, um das Blut und das Wasserstoffperoxid aufzufangen. Mein Fuß ruhte auf einem Stapel Kissen auf einem Stuhl, damit er höher als mein Knie war. Rachel hatte den Knöchel mit einer Elastikbandage aus Pauls Erste-Hilfe-Kasten umwickelt und eine Plastiktüte mit Eis darübergelegt.

Sie hatte ihre Lesebrille auf und musterte mein Knie sehr genau, hielt eine Pinzette in der Hand und versuchte, die letzten Rindenstückchen in der Wunde zu finden und zu entfernen.

»Ah!«, sagte ich, als sie sich eins vornahm. Ich versuchte wirklich, nichts zu sagen, jedes Mal. Aber ein kleines Geräusch entschlüpfte mir immer.

»Entschuldige«, sagte sie.

»Sie müssen aufhören, sich ständig zu entschuldigen.«

»Ich wünschte einfach, ich müsste dir nicht wehtun. Aber es wird schwierig, dafür zu sorgen, dass es sich nicht entzündet. Wegen all des Drecks und der Rinde. Ich will nur so viel wie möglich rauskriegen. Pass auf, gleich muss ich noch mal ran.«

Diesmal atmete ich nur scharf aus. Aber es war ganz schön schwierig, es dabei zu belassen. Ich musste den Schmerz unterdrücken, und zwar echt heftig.

Ich konnte nicht aufhören zu zittern. Ich konnte mich nur an ein Mal in meinem Leben erinnern, als ich vor Schmerz gezittert hatte. Ich weiß nicht, warum mancher Schmerz das zur Folge hatte und anderer nicht. Hatte vermutlich was damit zu tun, wie verletzlich ich mich fühlte. Das Peroxid, mit dem sie beim Rauspicken zwischendurch die Wunde ausspülte, sandte Nadeln von Schmerz in Teile meines Körpers, mit denen es unmöglich in Berührung kommen konnte.

Ich sah Rachel an und hatte das Gefühl, dass sie eine gute Mutter gewesen wäre und dass die Dinge besser für mich gelaufen wären, wenn meine Mom mehr Mutter gewesen wäre. Diesmal behielt ich es für mich.

»Warum haben Sie mich gesucht?«, fragte ich. »Was stand auf dem Zettel?«

Etwas Dunkles trat in ihre Augen, wie eine Wolke, die sich zwischen uns schob.

»Oh«, sagte ich. »Es ist etwas Schlimmes.«

»Es tut mir so leid, Angie. Ich hab dir Ärger gemacht. Ich wollte das nicht. Es war ein dummer Fehler.«

»Nun, mit dummen Fehlern kenne ich mich nur zu gut aus.«

Ich fragte mich, warum ich redete, wenn ich eigentlich hören wollte, was sie zu sagen hatte.

»Ich war letzte Nacht müde und schläfrig. Es war kurz vorm Zubettgehen. Ohne nachzudenken, hab ich mich auf was bezogen, was du gesagt hast, als du zu mir gekommen bist, um mit mir zu reden. Nur eine kleine, unschuldige Sache. Darüber, ob die Fische beißen. Und dann wollte er natürlich wissen, wann wir geredet haben und über was und warum er davon nichts wusste.«

Ich fühlte, wie das eklige kribbelnde Gefühl in meinem Magen zu rumoren begann. Aber da drin sah es ohnehin schon übel aus. Diese neue Katastrophe machte auch keinen großen Unterschied mehr.

»Was haben Sie ihm gesagt?«

»So wenig, wie ich nur konnte. Aber nun weiß er, dass du bei mir gewesen bist, um mit mir zu reden. Ich hab ihm nicht viele Details gegeben. Einige Fragen habe ich abgelehnt zu beantworten. Aber ich wollte ihm nicht direkt ins Gesicht lügen.«

»Ich wollte nie, dass Sie ihn anlügen. *Ich* würde das nicht tun, wenn er *mich* fragte.«

»Nun, das wird er. Ich lass dir Watte und Peroxid da. Mach es damit sauber, so lange du es nur aushältst. Dann tu eine Menge von diesem antibiotischen Zeug darauf. Und ich lasse dir noch etwa fünf von diesen Mullauflagen und eine Rolle Pflaster da. Du solltest den Verband ein- oder zweimal am Tag wechseln.«

»Danke.«

»Es tut mir so leid, Angie. Ich habe das Gefühl, dass ich dich enttäuscht habe.«

»Ich kannte das Risiko.« Ich war wieder dort. Da, wo man sich mit dem Bauch nach oben treiben ließ. Alles war verloren. Ich versuchte nicht länger, mich irgendwie zu schützen. Alles war schlimm, und ich akzeptierte das. »Wie wütend ist er?«

»Sogar noch wütender, als ich erwartet hatte. Er vertraut nicht vielen Leuten, darum hat es ihn so schwer getroffen, denke ich. Ich werde weiter versuchen, mit ihm zu reden.«

Sie wischte etwas Blut vom Boden auf, bevor sie aus der Wohnung ging und mich allein zurückließ.

Normalerweise war ich gern allein. Aber dieses Mal war es *zu* allein.

Als wenn es nicht nur das Apartment wäre, in dem ich allein war.

* * *

Es dauerte fast eine Stunde, bis Paul kam. Als ich seine Schritte auf der Treppe hörte, empfand ich ein merkwürdiges Gefühl der Erleichterung. Wie wenn man auf den Scharfrichter wartet.

So eine Sache. Besser, sich dem zu stellen und es hinter sich zu bringen.

Er klopfte an, und ich rief ihm zu, dass offen sei und er reinkommen solle.

Er sah zu mir herunter, wie ich auf der Couch halb saß, halb lag, mit meinem hochgelegten Bein und einem durchtränkten Watteball, aus dem rechts und links Peroxid mein Knie hinunter- und aufs Handtuch lief. Die scharfen Stiche des Schmerzes passten genau zu meinem Gemütszustand. Ich hatte kein Bedürfnis, mich zu verteidigen. Wenn er ein Messer rausgezogen hätte, hätte ich ihn mich vielleicht damit erstechen lassen.

Das tat er jedoch nicht. Er schrie auch nicht. Ich erinnere mich, dass ich mir fast gewünscht hätte, er würde es tun.

»Du bist zu Rachel gefahren und hast mit ihr geredet?« Es war nur halb eine Frage.

Für eine Minute sagte ich nichts.

Dann antwortete ich: »Erinnerst du dich an den ersten Tag, an dem wir uns getroffen haben? Ich bin zu dir hinübermarschiert und habe dich beschuldigt, wegen uns die Polizei gerufen zu haben. Du hast gesagt, wenn du etwas tust, dann weil du denkst, dass es richtig ist, es zu tun. Also würdest du später nicht lügen und sagen, du hättest es nicht getan. Du würdest sagen, du hättest es getan, und auch erklären, warum. Ja, ich bin zurückgefahren und habe mit Rachel gesprochen. Weil du klargemacht hast, dass du das nie tun würdest. Und ich wollte, dass es zwischen euch klappt.«

»Was auch genauso gut hätte schiefgehen können. Du hättest die Dinge komplett kaputtmachen können.«

»Das hab ich offensichtlich ja auch«, erwiderte ich. »Aber meine Argumentation war, wenn *ich* es ihr erzähle, dann könnte sie einfach so tun, als hätte ich nie was gesagt, wenn sie nicht genauso empfände. Und es müsste nicht unbehaglich sein zwischen euch beiden. Und eure Freundschaft könnte weiter bestehen. Ja, ich wusste, dass es riskant war. Ich wusste das von Anfang an. Aber ich habe es getan, weil ich dachte, dass es das Richtige ist, auch wenn ich total verstehe, warum du verärgert bist. Ich wusste, dass ich unsere Freundschaft aufs Spiel setzte.«

Er stand da und starrte mich eine Minute länger an. Ich konnte ihm nicht lange ins Gesicht sehen. Weil ich es nicht erkannte. Er sah immer noch wie Paul aus. Aber es war nicht der Paul, den ich kannte. Es war nicht mein Freund. Der Paul war verschwunden.

»Wie hast du dich verletzt?«, fragte er.

»Das ist nicht wichtig. Es war dumm. Ich hab versucht, einen Baum hochzuklettern. Das Haus ist weg. Sie haben es schon verkauft. Wir haben es verloren. Nicht dass wir es je wirklich hatten, aber …«

»Hör zu.« Seine Stimme war so ausdruckslos, dass es mir Angst machte. Und mir schlecht wurde. »Ich verstehe, dass du das Falsche aus den richtigen Gründen getan hast. Aber du hast mein Vertrauen missbraucht. Das war das größte Geheimnis, das ich je jemandem anvertraut habe, und du bist damit zu genau der Person gegangen, die es nicht erfahren sollte. Ich verstehe, dass du nicht einfach Klatsch weitertragen oder gemein sein wolltest, aber es ist einfach nichts, was ich verzeihen kann.«

Diese letzten Worte verursachten ein dumpfes Pochen in meinem Magen. Ich dachte, ich hätte mich schon komplett aufgegeben und nichts könnte mich noch weiter runterziehen. Weil es nicht weiter runter ging.

Falsch.

Als ich hochsah, war er an der Tür, die Hand am Knauf. Sein Kopf war geneigt. Er sah kleiner aus. Als wenn das, was gerade passierte, ihn kleiner machte.

»Also«, sagte ich. »Dann, denke ich, müssen wir wohl sofort ausziehen.«

Er sah zu mir rüber. Sein Blick wirkte verwirrt und in weite Ferne gerichtet. Als wenn er erst die ganzen Spinnweben aus seinem Kopf entfernen müsste, bevor er mir antworten konnte.

»Als ihr eingezogen seid, habe ich dir gesagt, dass ihr hier bleiben könnt, bis ihr eine neue Wohnung gefunden habt. Ich stehe zu meinem Wort. Aber was unsere Freundschaft betrifft … Meine Freunde sind Menschen, denen ich vertrauen kann.«

Ich wollte nicht gemein sein, aber ich fragte mich, wer das war. Neben Rachel.

Als wenn er meine Gedanken lesen könnte, fuhr er fort: »Nicht dass ich viele Freunde habe. Nun weißt du, warum. Ich werde nicht mit jemandem befreundet sein, dem ich nicht vertrauen kann, selbst wenn das bedeutet, dass ich mit praktisch niemandem befreundet sein kann.«

Mir wurde plötzlich klar, wie sehr er Rigby vermissen musste. Vermutlich der einzige Freund, der je seinen Ansprüchen vollkommen genügt hatte.

»Ich hoffe, das macht die Dinge zwischen dir und Rachel nicht komplizierter. Es sah so aus, als wenn alles gut liefe. Lass das nicht durch das hier ruinieren. Okay? Bitte?«

Er sah mich mit demselben Blick an, den er immer durch Tante Vis Hecke gesandt hatte. »Was du immer noch nicht zu verstehen scheinst, ist, dass die Sache zwischen mir und Rachel nur zwischen mir und Rachel ist.«

»Okay. Verstanden. Sorry.«

Dann ging er.

* * *

Meine Mutter kam kurz nach drei zurück. Öffnete die Tür mit ihrem Schlüssel, stand da und sah auf mich herunter, als wenn ich das, was ich tat – was nicht viel war –, nur täte, um das Leben für sie noch schwieriger zu machen.

»Du hast mir nicht gesagt, dass du dich so schwer verletzt hast.«

»Du schienst irgendwie ganz woanders zu sein.«

»Was soll das heißen?«

»Ich weiß nicht. Es schien einfach so zu sein, dass du mit den Gedanken ganz woanders warst.«

Sie stemmte die Hände in die Hüften, wie sie es immer tat, wenn sie sich verteidigen musste. »Wenn die verborgene Botschaft hier ist, dass ich dir nicht genug Aufmerksamkeit geschenkt habe, als du verletzt warst, kannst du dir vielleicht in Erinnerung rufen, dass ich dich immer frage, ob es dir gut geht, und du dann sagst, du wärst okay. Als wenn du wolltest, dass ich mich da raushalte.«

Ich dachte darüber einen Augenblick nach und sagte dann: »Das stimmt.«

Das war nicht, was sie erwartet hatte. Es brachte die Unterhaltung komplett zum Erliegen.

Nach einem unbehaglichen Moment erklärte sie: »Nun. Dann mal los.«

»Wie ›Dann mal los‹?«

»Sophie wird jeden Moment zu Hause sein, und dann müssen wir zurück ins Motel.«

»Vielleicht auch nicht. Wir sind irgendwie rausgeworfen worden. Also können wir eigentlich auch einfach hierbleiben und still sein. Ich meine nicht rausgeworfen wie in ›Wir müssen sofort weg‹. Aber wir sind nicht mehr eingeladen, hier weiter zu bleiben. Also macht es vielleicht keinen Unterschied.«

»Was zur Hölle ist passiert, Angie?«

»Es ist irgendwie eine lange Geschichte. Und ich hatte einen unglaublich furchtbaren Tag. Kann ich es dir ein anderes Mal erzählen?«

* * *

Rachel rief mich an dem Abend um halb zehn an.

Meine Mom brachte mir das Telefon. Hielt die Hand über die Sprechmuschel und sagte: »Es ist für dich. Es ist die Königin.«

»Ich wünschte, du würdest sie nicht so nennen. Es stört mich wirklich.«

Sie sagte nichts. Gab mir nur den Hörer.

»Rachel?«, fragte ich.

»Ja«, sagte sie. Als wenn es wehtäte. Als wenn dieses eine Wort alles zerstören könnte. »Es tut mir leid, dass ich so spät anrufe. Ich hoffe, ich habe niemanden geweckt.«

Ich sah zu Sophie hinunter, die auf dem Teppich zusammengerollt schlief.

»Niemand schläft außer Sophie. Und die haben Sie nicht geweckt. Warum sind Sie nicht einfach rübergekommen?«

»Ich bin zu Hause. Ich bin nicht unten.«

»O nein.«

»Es ist alles in Ordnung. Paul und ich werden das schon klären. Jedenfalls glaube ich das. Ich denke, wir kennen einander schon zu lange, um das jetzt zwischen uns kommen zu lassen. Ich mache mir Sorgen um Paul und dich.«

Ich sah zu meiner Mom hinüber, die am Küchentisch saß, den Rücken übertrieben gerade. Und offensichtlich zuhörte. Ich hatte keine Chance auf etwas Privatsphäre. Es war es nicht wert, nach draußen zu humpeln. Ich gab es auf und ließ sie zuhören.

»Es gibt kein Paul und mich. Er will nicht mehr, dass wir Freunde sind. Und ich denke, das muss er entscheiden.«

»Oje. Das habe ich befürchtet. Aber vielleicht beruhigt er sich wieder.«

»Das glaube ich nicht. Vielleicht ist er irgendwann wieder höflich zu mir. Aber ich denke, unsere Freundschaft ist zu Ende.«

»Ich werde weiter mit ihm darüber reden. Vielleicht kann ich helfen.«

»Das wäre schön. Aber ich warte hier nicht mit angehaltenem Atem.«

»Und wenn du es noch einmal machen könntest?«

»Was meinen Sie?«

»Herkommen. Und mit mir reden. Was, wenn du es noch einmal machen könntest?«

»Ich würde es wieder tun.«

»Selbst wenn du weißt, dass es dich die Wohnung und die Freundschaft kostet?«

»Ich habe einfach das Gefühl...« Ich hielt inne. Ich wusste, was ich fühlte. Aber nicht genau, wie ich es ausdrücken sollte. Ich versuchte es noch einmal. »Ich habe das Gefühl, dass eine Liebe wie diese ... eine, die auch nach fünfzig Jahren noch dieselbe ist ... Ich finde einfach, die darf nicht verkümmern.«

»Ich werde ihm erzählen, dass du das gesagt hast«, erwiderte sie.

* * *

Als ich auflegte, starrte meine Mom mich an.

»Ich hab jetzt jede Menge Zeit für eine lange Geschichte«, sagte sie.

Ich seufzte. »Ich bin zu Pauls altem Haus gefahren und habe Rachel erzählt, was er für sie empfindet. Er wusste nicht, dass ich das vorhatte. Aber jetzt weiß er, dass ich es getan habe, und ist extrem verärgert.«

Langes Schweigen. Nach einiger Zeit sah ich zu ihr hoch.

»Oh«, sagte ich. »Du siehst auch extrem verärgert aus.«

Ich dachte: Okay, jetzt ist es offiziell. Alle hassen mich. Außer Rachel.

»Du hast das getan ... obwohl du wusstest, dass es einen Riesenärger gäbe, wenn es nicht funktionieren würde, und dann auch dafür sorgen würde, dass wir die Wohnung verlieren?«
Ich nickte.
»Und du hast ihr gerade gesagt, du würdest es wieder tun.«
»Super, dass du nicht gelauscht hast.«
»Ich versteh das nicht, Angie. Ich schwöre, ich verstehe dich einfach überhaupt nicht.«
»Ich weiß, dass du das nicht tust. Glaub mir. Ich weiß es. Aber einige der Sachen an mir, die ich am liebsten mag, sind die, die du nicht verstehst. Ich will dich nicht verletzen. Ich sage das nicht im Zorn. Ich wünschte auch, wir würden besser zusammenpassen. Aber ich werde nicht das Beste an mir ändern, nur weil du es nicht verstehst.«
Ich wartete auf eine Antwort, bekam aber keine.
Nach einer Weile gab ich es auf und hörte auf zu warten.

* * *

Am folgenden Morgen schob ich einen Zettel unter Pauls Haustür durch. Obwohl dazu Laufen und Treppensteigen nötig waren. Ich tat es trotzdem.
Es stand drauf: »Könntest du bitte die Zeitung auf die hintere Veranda legen, wenn du fertig damit bist? Ich will mir die Mietanzeigen ansehen.«
Er antwortete nie auf meine Nachricht. Aber danach lag immer um acht eine Zeitung auf der hinteren Veranda.

* * *

Es war zehn oder elf Tage später. Ich saß mit meiner Mom am Frühstückstisch. Sophie wedelte mit den Händen in der Luft, aber still, und ignorierte ihr Frühstück. Ich las die

Wohnungsanzeigen, wobei ich die Zeitung in einer Hand hielt und mit der anderen mein Müsli aß. Es war erst etwa halb acht. Die Zeitung war heute früher auf Pauls Veranda aufgetaucht.

»Irgendwelche guten Wohnungen?«, fragte meine Mom.

Sie erkundigte sich jeden Morgen danach, außer ich las die Zeitung erst, wenn sie schon weg war. Ich fragte mich, warum sie sich nicht einfach darauf verließ, dass ich es ihr sagen würde, wenn ich etwas fände. Es war eine Art von nervösem Small Talk, die mir unangenehm war.

»Nun, das kommt darauf an«, sagte ich. »Innerhalb unserer Möglichkeiten?«

»Warum sollte ich es hören wollen, wenn es das nicht ist?«

»Dann nein. Keine guten Wohnungen.«

»Du liest ›Zu vermieten‹ und nicht ›Zu verkaufen‹, oder?«

»Ich lese beides.«

»Du verschwendest deine Zeit, Angie. Wir konnten uns nicht mal dieses heruntergekommene Haus leisten, und wir werden nie wieder etwas dermaßen Billiges finden. Nicht hier in der Gegend. Sieh's ein. Wir ziehen zurück in die Stadt. Da kann man billig leben, und da wird Sophie sein, wenn wir sie besuchen wollen.«

Bevor sie noch ihre kleine Rede beendet hatte, fiel mein Blick auf eine Anzeige.

»Hier ist ein Haus, das so billig ist wie das andere. Oh. Warte mal. Es ist dasselbe Haus.«

Ich las all die Details, und es konnte unmöglich Zufall sein. Es war sogar dieselbe Maklerin.

»Vielleicht ist es ein Fehler«, sagte ich. »Vielleicht haben sie die Anzeige aus Versehen noch einmal geschaltet.«

»Oder vielleicht ist aus dem Verkauf doch nichts geworden. Aber ich bin mir nicht sicher, was das für einen Unterschied machen soll, weil wir immer noch nicht kreditwürdig sind. Und jetzt hast du nicht mal mehr einen professionellen Kreditexperten in der Hinterhand.«

»Oh. Stimmt.« Ich nahm drei Löffel von meinem Müsli, biss zu fest zu, sodass meine Backenzähne knirschten. Dann sagte ich: »Komm mit zum Maklerbüro. Wir fahren einfach ein bisschen früher zur Arbeit los. Ich bringe dich hin.«

»Kannst du mit dem Knöchel überhaupt laufen?«

»Ja. Geht schon. Ich kann humpeln.«

»Ich wage zu bezweifeln, dass sie so früh schon aufhaben.«

»Oh. Stimmt. Dann zur Mittagspause. Ich komm und hol dich ab.«

»Was soll das bringen?«

»Ich will nur wissen, was passiert ist. Warum es wieder in der Zeitung steht. Und ich kann da nicht allein hin. Ich denke nicht, dass sie mich besonders ernst nehmen, wenn ich allein hingehe. Ich brauche einen Erwachsenen.«

Sie nippte an ihrem Kaffee, und ich konnte sehen, dass sie nachdachte.

»Ich hab einen Vorschlag für dich«, sagte sie. »Ich fahre heute mit dir zum Maklerbüro, wenn du dir ein Datum setzt, ab dem du aufhörst, hier eine Wohnung finden zu wollen, und zurück in die Stadt ziehst. Sagen wir mal, zwei Wochen.«

Ich hasste das. Weil es ein Spiel mit schlechten Chancen war. Genau die Art, von der ich wusste, dass ich sie meiden sollte. Ich nahm etwas mit wenig Aussicht auf Erfolg und setzte alles darauf.

»Okay«, sagte ich. »Abgemacht.«

* * *

Es war ein kleines Büro, ganz offen, mit vier Schreibtischen. Hinter zwei von ihnen saß jemand. Ein Mann, den ich nicht kannte. Und die Frau, die ich kannte.

Sie sah uns an. Kniff die Augen zusammen. Ich wünschte, sie würde nicht immer so perfekt aussehen. Ich wünschte, sie wäre jemand, der nicht so einschüchternd auf meine Mom wirken würde.

»Ich kenne dich, oder?«, fragte sie und sah mich an.

»Ich hatte ... Wir hatten Interesse an dem Haus, dieses heruntergekommene in der kleinen Obstplantage. Ich war mit Paul Inverness hier. Erinnern Sie sich?«

»Oh, ja«, erwiderte sie und stand auf. Und schüttelte meiner Mom die Hand. Nicht mir. Ich fand das merkwürdig. »Und dies ist deine Mutter?«

»Genau«, erklärte ich. »Das Haus stand heute wieder in der Zeitung.«

»Ja, der Verkauf ist nicht zustande gekommen.«

»Nicht zustande gekommen? Was ist passiert?«

»Ich darf zur Situation eines potenziellen Käufers keine Auskunft geben.«

»Okay. Natürlich. Ich dachte nur ... Ich meine, ich weiß nicht einmal, was das bedeutet. Was bedeutet es, wenn eine Person ein Haus kaufen will und es nicht zustande kommt? Was kann da nicht zustande kommen?«

»Oh. Alles Mögliche.« Sie setzte sich wieder. Als wenn sie schon entschieden hätte, dass dies nicht viel Energie wert war. »Manchmal ändert ein Käufer noch seine Meinung, aber normalerweise geht es um Dollars und Cents. Käufer denken vielleicht manchmal, sie könnten die Anzahlung zusammenbekommen oder dass ihnen ein Kredit bewilligt wird. Aber manchmal ist das zu optimistisch gedacht.«

Ich stand da wie eine Statue. Auch wenn ich wusste, dass ich etwas sagen sollte. Weil ich gerade etwas erfahren hatte, das meine Weltsicht auf den Kopf gestellt hatte. Dieser Käufer, den ich gesehen hatte, der ausgesehen hatte, als wenn er einen Scheck für das Haus hätte ausstellen können. Er war nicht so anders als wir, wie ich gedacht hatte. Hier war ich und dachte, alle anderen hätten alles auf der Reihe und jeder sähe auf uns herab. Und einige von ihnen wirkten nur von außen so. Waren zu optimistisch.

Die Maklerin wurde es müde zu warten.

»Wenn du denkst, dein Großvater ist noch immer interessiert, sag ihm, dass er vorbeikommen soll.«

»Ja«, sagte ich.

Meine Mom und ich traten hinaus in den hellen Sommersonnenschein.

»Und was hat das jetzt gebracht?«, fragte sie, während wir blinzelnd auf dem Gehweg standen.

»Keine Ahnung.« Was stimmte. Was das Haus betraf, hatte ich keine Ahnung. Aber ich hatte etwas anderes bekommen. Etwas, das ich nie erwartet hatte. »Hast du gehört, was sie gesagt hat?«

»Über was?«

Sie machte eine Geste, dass wir gehen und reden sollten. Wir wandten uns in Richtung Auto. Ich ging wegen des Knöchels nur sehr langsam. Ich konnte kaum mit ihr mithalten.

»Darüber, dass Leute zu optimistisch sind.«

»Ja? Und?«

»Makler erleben das ständig. Alle möglichen Leute versuchen Häuser zu kaufen, auch wenn sie nicht genug Geld haben oder nicht kreditwürdig sind.«

»Ich bin mir nicht ganz sicher, auf was du hinauswillst.«

»Ich dachte, es ginge nur uns so. Gib's zu. Du dachtest, jede Person, die in ein Maklerbüro oder eine Bank geht, ist ein solider Käufer. Du dachtest, sie würden uns wie den einzigen Fall behandeln, den sie je erlebt haben, von jemandem, der es sich vielleicht nicht leisten kann.«

Keine Antwort.

Schweigend erreichten wir das Auto, und sie stieg ein und öffnete die Beifahrertür. Ich setzte mich und legte den Gurt an, fragte mich, ob ich weiter darüber reden sollte.

Gerade als sie aus der Parklücke fuhr, sagte sie: »Vielleicht habe ich das gedacht. Ja.« Dann, eine Straße weiter: »Aber ich bin mir nicht ganz sicher, was das ändert.«

Ich antwortete nicht. Weil ich mir auch nicht sicher war. Es änderte etwas in mir. Aber ich war mir nicht sicher, ob es etwas an meinen Immobilienzielen änderte.

Ich fand mich mehr oder weniger damit ab, dass wir unsere neue Weltsicht nehmen und mit ihr aus den Bergen zurück in die Stadt ziehen würden.

* * *

Ich setzte meine Mom bei der Arbeit ab und fuhr dann zurück zur Wohnung. Ich humpelte nach oben, hielt mich am Geländer fest. Nahm die Zeitung vom Tisch. Fand einen Filzstift und malte einen Kreis um die Anzeige. Zeichnete drei Pfeile, die auf sie zeigten. Darunter schrieb ich in großen Druckbuchstaben »WIEDER DA«.

Dann humpelte ich nach unten und langsam hoch zu Pauls Hintertür. Ich ließ die Zeitung auf der hinteren Veranda liegen, schob eine Ecke unter die Tür, damit sie nicht weggeweht wurde.

Eine Stunde später sah ich aus dem Fenster, und sie war weg. Er hatte sie mit reingenommen.

Ich saß die meiste Zeit des Tages auf der Sofakante und hoffte. Bis es Zeit war, meine Mom abzuholen.

Dann saß ich den Rest des Abends auf der Sofakante, versuchte, weniger offensichtlich zu hoffen.

Aber ich hörte nichts von Paul.

* * *

Zwei Tage danach war ich mehr oder weniger noch immer auf der Couchkante, als ich Schritte auf der Treppe hörte. Es war mitten am Nachmittag, noch nicht spät genug, dass meine Mom nach Hause kommen würde. Ich rannte – na ja, humpelte schnell – zur Tür, sodass ich sie öffnen konnte, wenn er anklopfte.

Aber es klopfte niemand an.

Stattdessen sah ich, wie ein Zettel unter der Tür erschien. In einem lavendelfarbenen Umschlag. Ich nahm ihn hoch und setzte mich mit ihm wieder aufs Sofa. Meine Hände zitterten. Ich zerriss den Umschlag bei dem Versuch, ihn zu öffnen.

Es war nicht von Paul. Es war von Rachel.

Alles in mir fiel und sackte in sich zusammen. Ich wusste, dass ich genauso gut wieder auf dem Sofa zusammenfallen und atmen konnte. Denn der plötzliche Sinneswandel bei ihm, auf den ich mich verlassen hatte, würde nicht passieren. Ich hatte gedacht, die Tatsache, dass das Haus wieder zu haben war, würde ihm etwas bedeuten. Aber als ich dort saß, Rachels Brief noch immer ungelesen im Schoß, fühlte ich mich dumm, dass ich das gedacht hatte. Ich war die Einzige, der dieses hässliche, heruntergekommene Haus wichtig gewesen war. Ich weiß auch nicht, warum ich geglaubt hatte, dass jemand anderes meinen Enthusiasmus teilen könnte.

Ich hob den Brief und las ihn.

Es stand nur drin, dass sie zu Besuch da war und wollte, dass ich das wusste. Und dass sie noch einmal versuchen würde, mit Paul zu reden.

Aber ich hatte das Gefühl, dass ich eine ziemlich gute Vorstellung davon hatte, wie das ausgehen würde.

* * *

Am nächsten Tag ging ich am Vormittag in die Stadt.

Das war aus mehreren Gründen eine echt dumme Idee.

Erst einmal war mein Knöchel noch nicht genug verheilt, um so weit zu laufen. Mein Knie war zum Teil verschorft, zum Teil noch entzündet, und es tat jedes Mal weh, wenn ich es beugte. Und außerdem ging es um etwas, was meine Mutter vergebliche Liebesmüh nannte.

Ich hatte es mir in den Kopf gesetzt, das Haus noch ein letztes Mal zu sehen. Um mich zu verabschieden, bevor wir die Stadt verließen. Nur dass darunter vielleicht die Vorstellung lag, ein Gefühl dafür zu bekommen, ob ich je dorthin gehört hatte oder nicht. Als wenn die Antwort sich irgendwie geändert haben könnte.

Leider hatte ich mir nichts davon überlegt, bevor meine Mom zur Arbeit gefahren war. Aber dann, nachdem sie weg war, konnte ich die Idee einfach nicht mehr loswerden.

Ich humpelte bergauf Richtung Stadt, als ein Auto neben mir hielt. Ich sah mit Absicht nicht hin. Denn wenn ein merkwürdiger Kerl einem im Auto folgt, sollte man ihn nicht ermutigen.

»Angie«, hörte ich. Eine Stimme, die definitiv Pauls war.

Er hatte das Fenster auf der Beifahrerseite heruntergelassen, also humpelte ich hinüber und lehnte mich gegen das Auto. Ich wollte reden, aber mein Herz klopfte zu heftig, und ich bekam kaum Luft. Weil ich nicht wusste, ob er da war, um mir wehzutun oder um nett zu mir zu sein, und ich konnte es kaum ertragen, darauf zu warten, es herauszufinden.

»Ich habe dich gesucht«, erklärte er.

»Warum tun die Leute das? All die Leute, die herumfahren und versuchen, mich zu finden. Als wenn ich irgendwie wichtig wäre und gefunden werden müsste.« Ich redete über meine Angst hinweg. Es ergab kaum Sinn. »Letztes Mal war es, um mir schlechte Neuigkeiten zu bringen. Hast du schlechte Neuigkeiten für mich?«

»Nein«, sagte er.

Also öffnete ich die Beifahrertür und stieg ein.

Wir saßen merkwürdig lang in absoluter Stille da.

Dann hörte ich, wie sich etwas auf dem Rücksitz bewegte. Ich drehte mich rasch um, um nachzusehen. Er hatte dort einen Hund. Wenn man ihn so nennen konnte. Er war kaum mehr als ein Welpe, aber schon halb ausgewachsen und absolut riesig. Liegend füllte er die Sitzbank komplett aus, von einer Tür bis zur anderen. Es war definitiv eine Deutsche Dogge. Aber nicht schwarz wie Rigby. Sondern silbergrau wie ein Weimaraner. Er war unglaublich dünn. Schmerzhaft dürr. Man konnte jeden Wirbel seines Rückgrats sehen. Jede seiner Rippen. Als ich ihn anschaute, wandte er den Blick ab. Seine Ohren waren lang und nicht kupiert.

»O mein Gott. Du hast einen neuen Hund.«

»Ja.«

»Wo hast du ihn her? Ihn? Sie?«

»Ihn. Ich bin bis nach Sacramento gefahren, um ihn aus einem Tierheim für Rassehunde abzuholen.«

»Er ist so dünn.«

»Ich weiß. Sie haben versucht, ihn aufzupäppeln, damit er ein bisschen Fleisch auf die Rippen bekommt. Aber er hat Probleme mit dem Essen. Es ist, als wenn er Angst davor hätte. Er hat vor allem Angst. Offenbar ist er misshandelt und vernachlässigt worden. Aber er wird sich erholen.«

»Wie heißt er?«

»Scout. Das war sein Name, als ich ihn bekommen habe. Aber ich denke, ich werde ihn nicht ändern. Weil es ganz anders als Rigby ist. Ich denke, es ist wichtig, ganz klar zu sein, dass der neue Hund völlig anders ist als der, den man verloren hat.«

»Scout.« Ich streckte meine Hand nach ihm aus. Er setzte sich schnell auf, um aus dem Weg zu kommen.

»Gib ihm Zeit.«

»Lässt er sich von dir anfassen?«

»Kaum. Aber es wird besser. Magst du seine Ohren?«

»Ja. Sehr. Sehr hübsche Ohren für einen Hund. Warum hast du mich gesucht? Was wolltest du mir sagen?«

Ich hörte, wie er langsam und tief einatmete. Ich sah, wie seine Hände sich auf dem Lenkrad verkrampften und wieder entspannten. Das Ganze schien sehr viel Zeit in Anspruch zu nehmen. Aber ich wartete einfach nur.

»Heute Morgen ...«, sagte er.

Und hielt inne. Und ich konnte schon jetzt erkennen, dass er diese Rede geübt hatte.

»... bin ich sehr früh aufgewacht. Es war noch dunkel. In den frühen Morgenstunden. Und die Liebe meines Lebens ... die Frau, die ich seit der Highschool liebe ... war neben mir im Bett.«

Er stoppte, fast, als wenn er nicht mehr weitersprechen könnte. Ich wollte etwas darüber rufen, wie wundervoll das war. Ich tat es nicht. Ich schloss fest den Mund. Endlich einmal.

»Ich habe ihr eine lange Zeit beim Schlafen zugesehen. Ich weiß nicht einmal, wie lange. Könnten Stunden gewesen sein. Und derselbe Gedanke kam mir immer wieder. Wieder und wieder und wieder.«

Eine weitere lange Pause. Schmerzlich für mich. Aber ich wartete.

»Ich dachte: Was für eine Sorte Narr ... was für ein *Idiot* ... würde etwas anderes für die Person empfinden, die dafür verantwortlich war ... als Dankbarkeit.«

Plötzlich kamen mir die Tränen. Aus dem Nichts. Ich befahl ihnen zu verschwinden. Ich verbiss sie mir. Aber ein paar entkamen. Ich wischte sie nicht weg.

»Es tut mir so leid, dass ich dich mit dem, was ich getan habe, verletzt habe«, sagte ich.

»Siehst du, du tust es schon wieder. Dieses Angie-Ding, wo jemand versucht, es dir leicht zu machen, und du das nicht zulässt.«

»Oh. Tut mir leid.«

Wir saßen einige Zeit still da. Ich weiß nicht, wie lange. Scout bewegte sich auf dem Rücksitz und ließ ein tiefes, trauriges Seufzen hören.

»Es ist so schön, das mit dir und Rachel«, sagte ich. Wieder Stille. Dann fügte ich hinzu: »O mein Gott. Du hast mir gerade ein weiteres großes Geheimnis erzählt.«

»Ja«, erwiderte er. »Die Ironie ist mir durchaus bewusst.«

»Was hätte ich besser machen können? Was hättest du getan?«

»Ich denke, ich wäre anders vorgegangen. Wenn ich jemanden kennen würde, der nicht das Richtige tut, würde ich es nicht für ihn tun, glaube ich. Ich vermute, ich würde mehr eine Bajonett-im-Rücken-Taktik anwenden, sehen, ob ich ihn dazu bringen könnte, selbst etwas zu unternehmen.«

»Ich habe keine Ahnung, wie das aussehen sollte.«

»Ich zeige dir gleich ganz genau, wie das aussieht.«

Er schaltete auf »Fahren« und lenkte den Wagen in Richtung Stadt.

Ich stellte keine Fragen.

Ich hatte einige. Aber ich stellte sie nicht.

* * *

Er fuhr vor der Apotheke vor und stellte den Motor aus.

»Bevor ich das hier tue …«, sagte er. »Wenn sie ein Haus hätte, würde sie sich zuverlässig um die Zahlung der Raten kümmern?«

»Wenn sie das nicht täte, würde ich es tun. Ich würde mir einen Job suchen und helfen.«

»Das war es, was ich hören wollte.«

Er stieg aus dem Auto und verschwand im Inneren der Apotheke.

Ich sah zu Scout. »Was zur Hölle …?«, fragte ich ihn.

Eine Minute später war Paul wieder da, mit meiner Mutter im Schlepptau. Er öffnete die Beifahrertür.

»Du setzt dich hinten zum Hund«, sagte er zu mir. »Versuch nicht, ihn zu streicheln. Er wird dich nicht beißen, aber es ist besser, ihm keine Angst zu machen.«

Ich stieg aus, belastete möglichst nur meinen heilen Fuß und öffnete die hintere Tür. Scout setzte sich abrupt auf. Ich ließ mich vorsichtig neben ihn auf die Sitzbank gleiten, und er rutschte bis zur Tür auf der gegenüberliegenden Seite und zog seine Pfoten ein, sodass sie mich auf keinen Fall berührten. Behandelte mich, als wäre ich ein Lavastrom, der fast bis dahin reichte, wo er saß. Ich sah ihn an, und er schaute weg.

Als wir dann fuhren, redete Paul mehr oder weniger ununterbrochen. Aber nicht mit mir. Mit meiner Mom.

»Sie schämen sich nicht, dass Sie noch nie einen Kredit hatten. Sie sind stolz darauf, zum ersten Mal eine Immobilie zu kaufen. Sie sind bereit, in die Mittelschicht aufzusteigen. Sie haben vorher nicht gekauft, weil Sie Ihre eigenen Grenzen kannten. Sie fühlten sich noch nicht bereit. Jetzt tun Sie das. Es ist nicht Ihre Schuld, dass Sie nur ein geringes Einkommen haben. Sie könnten Vollzeit arbeiten, aber Ihre Verantwortung für Ihr behindertes Kind ist wichtiger. Darum arbeiten Sie nur auf einer Zwei-Drittel-Stelle und nicht voll. Sie besucht eine öffentliche Förderschule, und das erzeugt keine weiteren Kosten. Ihre ältere Tochter ist ungewöhnlich erwachsen und verantwortungsbewusst, und sie ist jetzt siebzehn. Sie hilft Ihnen. Wenn Sie warten könnten, bis sie achtzehn ist und sie einen

Teilzeitjob annehmen und mithelfen könnte, wäre das vorzuziehen, aber sie ist bereit, jederzeit etwas beizutragen, wenn mehr Geld nötig ist.«

»Okay ...«, sagte meine Mom.

Ich wusste nicht, wie sie eine Pause von der Arbeit bekommen hatte. Ich wusste nicht, wie sehr er sie bearbeitet hatte, mitzukommen. Ich wusste nicht, ob sie aufgeregt oder eingeschüchtert war. Es gab so viel, was ich nicht wusste.

»Lassen Sie mich das Reden übernehmen. Wenn ich den Kreditsachbearbeiter ansehe, führe ich den Dialog. Wenn er Ihnen eine direkte Frage stellt, gebe ich sie an Sie weiter. Das ist das Zeichen für Sie zu sprechen. Seien Sie direkt. Seien Sie höflich. Seien Sie nicht unterwürfig. Banken müssen Kredite vergeben. Damit erwirtschaften sie einen großen Teil ihres Einkommens. Sein Job ist es, Leuten Kredite zu verschaffen.«

»Okay ...«, sagte meine Mom.

Wir fuhren auf den Parkplatz hinter einer der Banken der Stadt. Wir stiegen alle aus. Bis auf Scout. Paul ließ alle vier Fenster ein Stück runter und schloss dann ab.

»Kopf hoch«, sagte er.

»Was?«, fragte meine Mom und sah sich um.

»Nein. Wortwörtlich. Tragt die Köpfe hoch.«

Also hoben wir das Kinn. Und folgten Paul hinein.

Er führte uns direkt zu dem Schreibtisch eines Mannes, der wohl der Kreditsachbearbeiter sein musste. Er war jung. Vielleicht in den Dreißigern. Jünger als meine Mom. Ich hoffte, das würde helfen. Er hatte einen Bart, und auch wenn er einen netten Anzug trug, sah er nicht so superadrett aus. Er war nicht zu einschüchternd.

Paul schüttelte ihm die Hand und stellte uns vor. Ich hörte zu, während sie sprachen, und meine Gedanken wirbelten herum, und ich könnte mich täuschen, aber ich hatte den

Eindruck, dass sie schon früher am Tag miteinander gesprochen hatten.

»Setzen Sie sich«, sagte der Mann. Joseph Greely. Ich wusste das von Pauls Vorstellung und von dem Namensschild auf dem Schreibtisch. »Dann schauen wir mal, was wir tun können. Ich muss Ihnen beiden sagen, wie viel Glück Sie haben, dass Mr Inverness sich für Sie einsetzt. Wir sind hier, um Kredite zu vergeben, und wir tun nichts lieber, als Leuten ihre eigenen Häuser zu verschaffen. Und wir versuchen, so sehr zu helfen, wie wir nur können, gerade bei Erstkäufern. Aber es gibt wirklich kaum etwas Hilfreicheres in Ihrer Situation, als eine ältere Person in gesicherten Verhältnissen und mit tadelloser Kreditwürdigkeit zu haben, die bereit ist, den Vertrag mit zu unterschreiben. Das macht wirklich einen beträchtlichen Unterschied.«

Stille. Absolute und vollkommene Stille. Ich wartete, dass Paul Mr Greely mitteilte, dass er das falsch verstanden hatte. Er tat es nicht.

»Entschuldigen Sie bitte«, fuhr Mr Greely fort. »Sie sehen verwirrt aus. Wussten Sie das nicht?«

Meine Mom machte den Mund auf, um etwas zu sagen, aber nichts kam heraus.

»Wir wissen das«, sagte ich. »Wir wissen, wie viel Glück wir haben, Pauls Unterstützung zu besitzen.«

* * *

Meine Mom ging zu Pauls Auto, als würde sie träumen. Ich ließ mich mit Absicht zurückfallen in der Hoffnung, dass Paul stehen bleiben und mit mir sprechen würde.

Er tat es.

»Wo ist Rachel?«, fragte ich. »Ich kann nicht glauben, dass du sie zu Hause gelassen hast. An eurem ersten Tag ... als ... ich meine ... zusammen.«

»Ich hab ihr gesagt, dass ich mich um etwas Wichtiges kümmern müsste. Hast du damit ein Problem?«

»Schätze nicht.«

Ich war kurz davor, meine Arme um ihn zu werfen, als er sagte: »Werd jetzt bloß nicht sentimental. Wie neulich am See.«

»*Ich?* Du bist derjenige, der damit angefangen hat. Mich so fest auf die Stirn zu küssen, dass es mir fast das Genick gebrochen hat.«

»Das ist überhaupt nicht der Punkt. Bleib bei der Sache. Wir haben noch viel Arbeit vor uns. Als Nächstes fahren wir zum Maklerbüro und geben ein niedriges Angebot ab.«

»Denkst du, sie werden weniger akzeptieren?«

»Wissen wir nicht. Wir wissen nur, das ist der nächste Schritt. Folge einfach meinem Beispiel, Kleines. Ich zeige dir, wie man das macht.«

Kapitel 5

Wohin wir gehören

Ich führte sie am Arm die Auffahrt entlang, drehte mich immer mal wieder um, um sicherzugehen, dass sie nicht schummelte. Jedes Mal, wenn ich hinsah, waren ihre Augen geschlossen.

Das war ein ziemlicher Vertrauensbeweis von meiner Mom.

»Danke fürs Warten«, sagte ich. »Ich weiß, dass es seltsam sein muss, ein Haus zu kaufen, das du noch nie gesehen hast. Und du musst gedacht haben, dass ich echt merkwürdig bin, weil ich das von dir verlangt habe. Aber es war mir wirklich wichtig, dass ich erst alles aufräumen konnte.«

Ich blieb vor dem Haus stehen und zog sie am Arm, um ihr klarzumachen, dass sie nicht weitergehen sollte.

»Du kannst die Augen jetzt aufmachen«, erklärte ich.

Ich beobachtete ihr Gesicht, aber ich wusste nicht, wie ich das, was ich dort sah, interpretieren sollte.

»Oh, Süße«, sagte sie und legte mir den Arm um die Schultern. »Es ist … so hässlich.«

Ich brach in Gelächter aus. Ich konnte mir nicht helfen. Es war die Art, wie sie es sagte. Als wenn sie einen alten, stinkigen Hund ansähe, den sie trotz allem wirklich liebte.

»Du hättest es sehen sollen, bevor ich aufgeräumt habe.«

»Ich hasse es, darüber nachzudenken. All diese Stunden Arbeit ... all diese Wochen ... das war alles Aufräumen?«

»Nein. Nicht alles. Viel. Es gab ein paar zerbrochene Fenster. Paul hat uns Fensterscheiben gegeben, die genau richtig zugeschnitten waren. Als Geschenk zum Einzug. Und neue Schlösser für die Tür. Beides, verschließbare Griffe und Riegel. Er hat sie auch eingebaut. Beim ersten Fenster hat er mir gezeigt, wie man die Scheiben ersetzt, und dann habe ich den Rest ganz allein gemacht. Und er hat uns eine Leiter geschenkt. Wie sich herausgestellt hat, soll man Obst und Nüsse mit langen Teleskopleitern aus den Bäumen holen. Und jemand sollte sie festhalten, oder man muss sie am Baum festbinden. Anlauf nehmen und hochspringen gehört gar nicht dazu. Wer hätte das gedacht?«

»Wir lernen jede Menge neue Sachen, was?«

»O ja. Nun, da du die schlechten Neuigkeiten mit eigenen Augen gesehen hast, wie wäre es da mit ein paar guten?«

»Schieß los.«

»Es gibt drei Schlafzimmer.«

»Das ist ein Scherz.«

»Würde ich darüber Scherze machen? Sie sind klein. Aber es sind drei. Komm mit. Ich zeige dir das Innere. Aber als Erstes ... die beste Neuigkeit von allen. Hör mal.«

Wir standen für eine Minute nebeneinander da. Ihr Arm lag noch immer um meine Schultern. Vögel zwitscherten, Blätter raschelten im Wind. Ganz in der Ferne hörte man eine Art Motor, aber ich konnte nicht sagen, ob es ein lautes Auto oder ein kleines Flugzeug war. Es kam nie nah genug.

»Ich höre nichts«, sagte sie.

»Das sind die guten Neuigkeiten.«

»Wenn wir hier mit Sophie einziehen, wird es nicht so still sein.«

»Aber es wird niemanden stören. Weil es niemand außer uns hören wird.«

Ich wartete einen Moment, bis sie es verstand. Nicht, dass ich nicht versucht hatte, es ihr zu erklären. Aber es war anders, wenn man es selbst hörte.

Sie drückte meine Schultern. »Haus, ich vergebe dir, dass du so hässlich bist«, erklärte sie. »Tatsächlich siehst du minütlich besser aus.«

* * *

»Es ist drinnen nicht schlecht«, sagte sie. »Ist es wirklich nicht. Wenn wir hier erst mal ein paar Möbel haben … Moment. Wir müssen ein paar Möbel besorgen. Wo sollen wir die herbekommen?«

»Wir werden eine Lösung finden. Alle Dielen sind jetzt festgenagelt. Und es zieht nicht. Nicht so sehr, wie man vermuten würde. Und nun, wo wir Strom haben, funktioniert auch die Heizung. Was wir wirklich überraschend fanden.«

»Gas?«

»Wir kriegen hier draußen kein Gas. Es gibt einen Propantank.«

»Oh. Propan.«

Sie ging weg, um sich umzusehen. Erst in die Küche. Dann hörte ich, wie sie sich zu den Schlafzimmern bewegte, zur hinteren Veranda. Ich setzte mich im Schneidersitz auf die Holzdielen in einen Fleck Sonnenlicht, der durch die der Obstplantage zugewandten Fenster hereinfiel.

Nach einigen Minuten kam sie zurück und setzte sich neben mich, legte sich die Arme um die Knie.

»Wann wird Sophie von hier abgeholt statt von der alten Wohnung?«, fragte ich sie.

»Montag.«

»Gut. Dann haben wir das ganze Wochenende, um unsere Sachen herzuschaffen.«

»Ernsthaft, Kleines. *Unsere* Sachen. Dafür brauchen wir kein Wochenende. Drei Fahrten vielleicht.«

Dann saßen wir eine lange Zeit schweigend da. Ich versuchte, ein Gefühl für das Haus zu bekommen. Es sich ganz natürlich anfühlen zu lassen, hier zu sein. Ich glaube, sie tat das Gleiche.

Sie legte mir wieder einen Arm um die Schultern.

»Weißt du«, sagte sie. »Sophie ist immer noch im selben Schulbezirk … und die Busfahrt ist länger … und wenn wir an einem Ort leben, an dem sie schreien kann, bis sie blau wird, ohne dass das Probleme verursacht … könnte ich mich wirklich allein um sie kümmern. Meistens jedenfalls. Du weißt schon. Falls du ans College wolltest.«

»Oder nach Tibet.«

»Oder beides.«

»Genau. College ist wichtig. Das finde ich auch. Oder beides.«

»Moment. Tibet?«

Ich fragte mich, wo sie beim ersten Mal gewesen war.

»Ist irgendwie eine lange Geschichte.«

Sie streichelte mir ein, zwei Sekunden lang das Haar.

»Ich werde Zeit dafür finden«, sagte sie.

FOLIO POLICIER

Caryl Férey

Okavango

Gallimard

© Éditions Gallimard, 2023.

Écrivain, voyageur et scénariste, Caryl Férey s'est imposé comme l'un des meilleurs auteurs de thrillers français en 2008 avec *Zulu*, Grand Prix de littérature policière 2008 et Grand Prix des lectrices de *Elle* policier 2009, avec *Mapuche*, prix Landerneau polar 2012 et Meilleur Polar 2012 du magazine *Lire*, *Condor* et, plus récemment, *Paz*.

*À Lison,
Petit Lion des Grandes Plaines*

Un être humain, c'est une lumière libre qui se fait braise quand elle tombe, et incendie quand elle se relève.

NELSON MANDELA

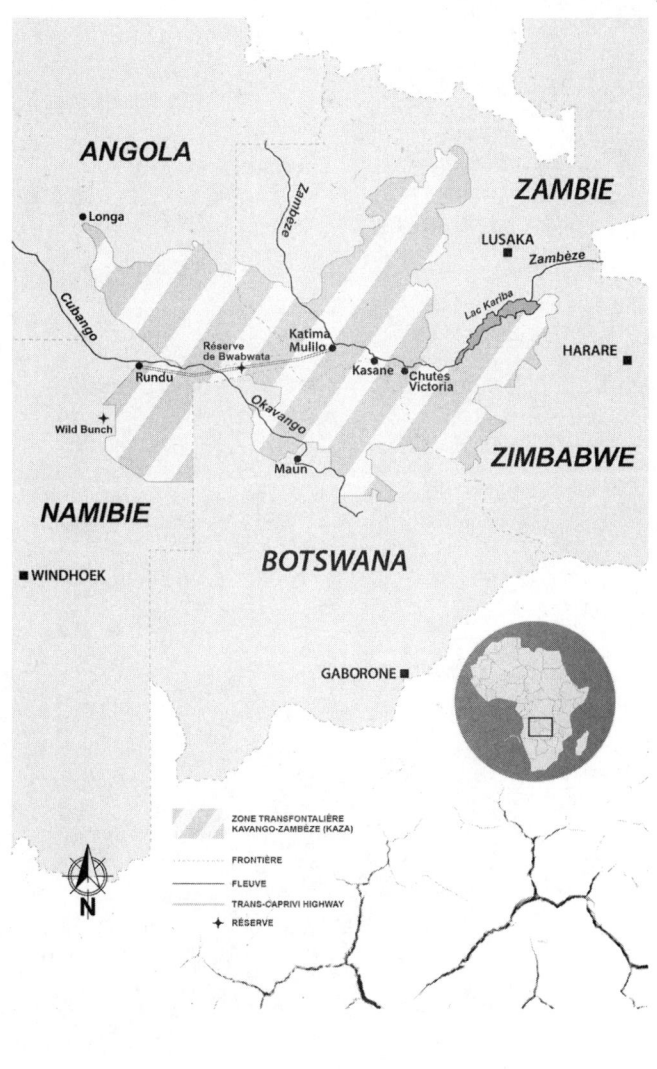

PREMIÈRE PARTIE

Le caméléon

0

D'étranges rumeurs couraient sur Wild Bunch ; elles disaient que des hommes s'y transformaient la nuit, que les empreintes de leurs pas disparaissaient soudain du sol, qu'ils devenaient lions, ou léopards, qu'ils tuaient au hasard ceux qui s'aventuraient sur leur territoire, qu'on retrouvait des cadavres lacérés au-delà des clôtures électrifiées, à demi dévorés... Isra n'était pas rassuré en foulant le sol de la réserve. L'homme qui l'avait embauché comme pisteur s'en moquait, il n'était pas d'ici, trop blanc pour craindre les esprits qui depuis toujours rôdaient autour des bêtes sauvages.

Celui qu'on appelait le Baas avait débarqué dans son village avec sa casquette NYC, ses lunettes de soleil et son pick-up, distribuant des Coca aux désœuvrés que la pandémie avait jetés au chômage, et ils n'avaient pas tardé à sympathiser. Les Ovambos (les « bonnes personnes ») n'étaient pas des gens méfiants. Isra avait aussi accepté la nourriture que le Baas avait apportée les jours suivants, les tee-shirts, puis le téléphone portable, jusqu'à devenir redevable, dépendant. Alors, quand son bienfaiteur lui avait proposé de l'argent pour pister des rhinocéros, Isra avait accepté. Dix mille dollars namibiens – environ 620 euros – pour un simple repérage de nuit : soit dix chèvres, la possibilité de se constituer un petit troupeau. Un autre avenir.

Le Baas assurait qu'il avait un moyen sûr de pénétrer dans la réserve de Wild Bunch, les rhinocéros y étaient nombreux, dont un spécimen à longue corne qui serait sa cible principale. Isra profiterait de l'aube pour localiser les bêtes, un jeu d'enfant pour un pisteur de sa trempe, avant de retrouver le Baas au point de rendez-vous.

Le jeune Ovambo avait suivi le plan, une boule au ventre à l'idée de croiser des hommes à crinière de lion, mais il s'était faufilé sans encombre. Avec la lune pour guide, puis les premières lueurs du jour, Isra avait fini par débusquer deux déjections différentes, qui dataient de quelques heures : la plus grosse, terminée par une petite crête, était celle d'un mâle, la seconde, plus ronde, celle d'une femelle. Isra avait suivi les traces des rhinocéros dans le bush puis ce maudit vent d'est s'était mis à souffler.

Un vent sec et poussiéreux qui surgissait soudain et mordait le paysage. Une des plaies du Kalahari.

Le pisteur ne tarda pas à livrer bataille contre la furie qui étreignait sa gorge, le poussait en rafales désordonnées sur le sol inégal, soulevant des torrents de poussière qui le rendaient presque aveugle. Isra se dirigea à tâtons vers l'abri le plus proche, priant pour ne pas s'égarer comme les juvéniles des troupeaux pris dans les tempêtes de sable. Il avait perdu les traces des rhinocéros et ne sut bientôt plus se repérer dans le chaos. Lever la tête ne servait à rien. La plaine désertique n'offrait nul endroit où se réfugier, que des arbustes fantômes et des épineux qui accrochaient ses vêtements et éraflaient sa peau. Isra aurait pu s'asseoir au pied de l'un d'eux, attendre que le vent d'est se calme en se calfeutrant sous son tee-shirt, mais l'instinct lui disait de continuer à marcher en quête d'un refuge plus sûr. Bousculé par les bourrasques, il progressa sous le ciel chargé d'aiguillons qui giflaient son visage. Les odeurs aussi avaient disparu. Une forme se dessina alors dans la tourmente ; une ombre à plusieurs têtes épousant le relief... Un lodge ?

Isra chercha la salive qu'il n'avait plus – que faisait-il si au sud ? Le vent l'avait déporté vers les seules habitations de la réserve, à quelques centaines de mètres, figées comme lui dans le brouillard aveuglant de l'aube. Un frisson coula alors le long de son échine, presque surréel : le danger était là, tout près, et lui ne voyait rien d'autre que cette tour sombre dressée dans le tourbillon de poussière. Il songea aux hommes-lions, aux métamorphoses fabuleuses, et ses poils se hérissèrent.

Les esprits lui jouaient des tours, le punissaient pour une faute qu'il n'avait pas commise ou le mettaient en alerte. Le jeune pisteur tenta de se rassurer, de se dire que les Ovambos étaient des gens bons, que personne n'avait de raisons de lui en vouloir, mais tout lui criait de prendre ses jambes à son cou. Car un souffle mortel fondait sur lui.

Isra hurla de terreur, trop tard.

1

Les chasses aveugles du XIXᵉ siècle avaient lancé la ruée vers l'Afrique et les premières tueries de masse – douze mille éléphants massacrés pour la seule année 1887. Maharadjahs, émirs, rois et princes fortunés, industriels en manque de sensations fortes, chasseurs de trophées ou d'ivoire, les caravanes partaient dans la brousse et les forêts africaines pour des semaines de traque, des centaines de porteurs et serviteurs embarquant argenterie, vaisselle, toilettes, lits à baldaquin et mobilier divers. Les cours des rois et les premières agences de tourisme se succédaient à la suite de ces gens bien nés qui trouvaient exotique la mise à mort d'animaux alors à peine craintifs, puis l'hécatombe se démocratisa. Récits de peur bleue face à la charge d'un lion, de maladies attrapées là-bas, de nègres qui parfois se rebellaient et créaient des sociétés secrètes, comme ces aimables Mau-Mau devenus la nuit coupeurs de têtes et attaquant les fermes des Blancs à la machette ; l'Afrique était le terrain de chasse de l'Europe et de l'Amérique. Enfin, le gibier devenu rare et fuyant à force de massacres, on avait décidé, au milieu du XXᵉ siècle, de parquer la faune rescapée, créant ainsi les premières réserves animalières.

De l'or à sang chaud pour les mafias du braconnage, qui aujourd'hui en avaient fait le quatrième commerce illégal au monde.

L'Afrique australe n'était pas épargnée par le trafic. Sentant le vent de l'apartheid tourner en leur défaveur, des officiers de l'armée sud-africaine avaient monté des sociétés privées de sécurité, en fait des compagnies de mercenaires répondant à la demande. On échangeait les animaux ou leur ivoire contre du pétrole et des diamants, alimentant les guerres jusqu'en Sierra Leone. Enfin, les paix relatives avaient fini par contraindre les belligérants et ceux qui tiraient les ficelles à changer leur fusil d'épaule. Ancien gradé de l'armée sud-africaine, expert de la guerre en brousse, Rainer Du Plessis avait vite compris que les animaux sauvages, de plus en plus rares, devenaient encore plus précieux.

Le bouillon aux dés de peau d'éléphants commençant à concurrencer la soupe d'ailerons de requins, la chasse aux pachydermes avait repris de plus belle. Du Plessis et ses hommes utilisaient surtout le cyanure, qui tuait plus facilement que les balles ; les exploitants des mines d'or disposaient de stocks à usage local, on pouvait s'arranger avec eux comme avec les villageois qui connaissaient le parcours des éléphants. L'ivoire était exfiltré brut ou transformé sur place – Kenya, Ouganda, Burundi, Zambie, Zimbabwe –, les longues défenses étaient coupées en tronçons, celles des juvéniles ou des petits transformées en bijoux et en babioles par les artisans locaux. Le nombre d'éléphants d'Afrique diminuant au fil du temps, les quatre cent mille survivants risquaient d'autant plus la mort que leur prix augmentait du fait de leur rareté.

Mais le must restait le rhinocéros.

Rainer Du Plessis avait réalisé son plus gros coup en 2013, au Mozambique, quand l'intégralité des trois cents rhinos recensés dans le parc du Limpopo avaient été exterminés par ses soins. L'Afrikaner avait frappé vite et fort, gagnant le surnom de «Scorpion».

L'ancien officier avait embauché ses meilleurs hommes, resserré les liens de ses filières avec les agents corruptibles des pays concernés par la sauvegarde des espèces, où son pragmatisme décomplexé finissait de convaincre les réticents – «Si tu ne prends pas cet argent, un autre le prendra». Le Scorpion possédait plusieurs passeports, prenait parfois le soin de se grimer ou de teindre ses cheveux poivre et sel selon l'identité qu'il choisissait, de faux profils qu'on retrouvait sur internet et autant d'activités dans le commerce et l'import-export qui lui servaient de vitrine légale. Une armada de camions sillonnait l'Afrique subsaharienne, ses bateaux mouillaient dans les ports de Walvis Bay, Durban, Lagos, Mombasa, Lomé, remplissant de marchandises diverses les containers où l'on pouvait tout cacher.

Du Plessis avait étendu son empire en toute discrétion, se montrait peu ou sous son meilleur jour, côtoyait décideurs et VIP impressionnés par son argent et ses largesses caritatives, défiscalisait en arrosant les partis politiques au pouvoir.

M. Zeng connaissait le Scorpion de réputation – la bête noire des rangers, qui n'avaient de lui que des portraits-robots rarement concordants, et aucune identité fiable.

Importateur de produits destinés à la médecine traditionnelle, M. Zeng n'était jamais allé en Afrique et le restaurant où il venait de retrouver l'Afrikaner était réputé chez les amateurs de viande exotique comme lui. Un repas de gourmet, très cher, à la hauteur des services fournis.

— Vous allez voir, assura Du Plessis, c'est tout simplement exquis...

Le Chinois en salivait de l'autre côté de la table, l'embonpoint comme cliché dans son costume de sueur. Le Scorpion avait réservé la meilleure table de Nairobi pour son plus gros client, dans une arrière-salle à la décoration massaï. Rodé aux repas d'affaires, Du Plessis plastronnait, sûr de son effet. Le temps de préparation étant conséquent, M. Zeng aurait un appétit d'ogre quand on apporterait son fameux plat. Le mets était évidemment interdit à la consommation mais un lobbying forcené des restaurateurs de Nairobi et quelques petits arrangements privés avaient assoupli la législation. Les clients se pressaient : notables, politiques, hommes d'affaires, vedettes...

— Les gens veulent ce qu'ils ne peuvent pas avoir, commenta le Sud-Africain, c'est l'essence même du capitalisme.

Affilié au Parti communiste chinois, M. Zeng acquiesça.

— Vous avez un élevage, n'est-ce pas ?

— Dans le Natal, oui, confirma l'Afrikaner. Il a fallu exporter quelques spécimens pour assurer une reproduction viable, mais celle-ci ne sera jamais exponentielle. C'est aussi ce qui fait son charme : ces splendeurs de la nature ne se reproduisent pas comme des porcs !

Emporté par son élan, et devant le sourire crispé de son interlocuteur, Du Plessis comprit qu'il avait commis une bourde – les Chinois étaient de grands consommateurs de cochon, symbole de chance et de prospérité.

— Enfin, vous jugerez par vous-même, dit-il pour noyer le poisson.

La chemise immaculée de M. Zeng commençait à s'auréoler aux aisselles malgré la climatisation.

— Et ma commande ? s'enquit-il.
— On s'en occupe, en ce moment même.

Vingt kilos de cornes de rhinocéros, soit plus d'un million de dollars US de chiffre d'affaires.

— Vous me garantissez la quantité ?
— Avant la fin du mois, comme convenu.
— Par containers ou par avion ?
— Le plus rapide.
— Et le Longue-Corne ?
— Il sera bientôt dans notre ligne de mire.
— Parfait ! sourit M. Zeng.

Du Plessis avait la morphologie bufflonne de ses ascendants boers, le crâne et le teint rougis par le soleil, une courte moustache drue et grisonnante sur un visage rond plutôt commun, le regard assuré de l'entrepreneur à l'automne de sa vie et des mollets énormes plus à l'aise dénudés que sous un pantalon de costard.

Une rumeur enfla dans les allées du restaurant : les serveurs arrivaient avec la cage.

Les murmures accompagnèrent la ribambelle noire endimanchée qui dirigeait le trophée sur roulettes jusqu'à leur table. La mine rebondie, riboulant des yeux avec une satisfaction cette fois-ci non feinte,

M. Zeng jouit à plein du cérémonial : il était le client le plus important de l'établissement, et la bête était réellement impressionnante derrière les barreaux. Un tigre mâle, dont les crocs luisaient comme des sabres.

Rainer Du Plessis vantait les caractéristiques et les légendes qui entouraient l'animal quand son portable vrombit dans sa poche. C'était Joost, son neveu… Il se détourna de la nappe blanche pour prendre la communication.

— Je suis occupé, qu'est-ce qui se passe ?

— On a un problème, répondit Joost : le deuxième pisteur n'est pas revenu. Je l'ai envoyé dans la réserve privée hier, mais lui aussi s'est volatilisé. Aucun corps n'a été découvert, d'après nos infos, ni le sien ni celui du premier pisteur. À mon avis, ils n'en sont jamais sortis.

— Et les rhinos ? Le Longue-Corne ?

— Sans pisteur, autant chercher une aiguille dans une botte de foin… Je ne sais pas ce qui se passe dans cette réserve mais ça ne me plaît pas.

Joost s'occupait du terrain, le Scorpion des transactions avec la clientèle asiatique, et il n'aimait pas les contretemps, encore moins quand son acheteur se trouvait face à lui. M. Zeng souriait d'aise tandis qu'on s'activait autour de la cage, demandait aux serveurs qu'on le prenne en photo devant le grand fauve, aussi drogué qu'il pouvait l'être tout en tenant encore debout.

— Je te rappelle, abrégea Rainer.

Car la machine était prête.

Alerté, le tigre lança un regard de feu aux hommes qui s'agitaient près de lui. Il fallait que la bête soit vivante, fraîcheur oblige, avant d'être préparée par les cuisiniers.

— À vous l'honneur, monsieur Zeng ! l'encouragea Du Plessis, revenu aux affaires.

Le Chinois leva son quintal pour saisir le manche du pic d'acier relié à une boîte au voltage surpuissant : la mise en marche fit reculer le félin. Ce n'est pas son instinct qui le fit feuler et plaquer ses oreilles en arrière – le tigre n'avait jamais vu pareille machinerie –, mais la terreur.

Le visage de M. Zeng se crispa quand il piqua la fourrure du fauve à travers les barreaux – et d'une décharge foudroyante, il l'électrocuta.

2

Le Kalahari – la « grande soif » – recouvrait les trois quarts du Botswana et la zone est de la Namibie, un désert ininterrompu battu par des vents de sable où persistaient de rares eaux de surface. Il fallait puiser dans les sources souterraines, avec des milliers de puits disséminés sur ce territoire qui s'étirait jusqu'aux rives du fleuve Okavango. Son delta, patrimoine mondial de biodiversité, était un lieu unique pour les animaux migrant à sa saison sèche.

N/Kon, comme tous les San, connaissait intimement le désert austral, et son ami John avait de l'argent à investir grâce à l'exploitation de sa mine au cœur du Kalahari namibien. Ensemble, les deux hommes avaient travaillé d'arrache-pied pour bâtir le lodge et les infrastructures de Wild Bunch, clôturer les quatre-vingt-dix mille hectares de la réserve, réunir les bêtes et permettre l'ouverture au tourisme du sanctuaire animalier. Leur gagne-pain depuis que la mine de diamants s'était officiellement tarie.

Les San étaient les ancêtres des hommes modernes, gardiens d'une culture figée depuis plus de trente mille ans. Ceux qu'on appelait vulgairement Bochimans n'avaient pas de chef, de loi, de concept de stock, à la différence de leurs cousins pasteurs, les Khoï – ou Khoi-Khoi. Reconnaissables aux «clics» qui caractérisaient leur langue, les ancêtres khoï et san avaient exécuté des gravures et des peintures rupestres plus anciennes que celles de Lascaux, représentant des chasses au koudou ou à l'antilope, mais aucune scène de guerre ou de violence. Adaptés à leur biotope, sans empreinte écologique, les petits hommes du désert se déplaçaient comme les animaux en fonction des pluies pour se nourrir de fruits, de racines et du gibier qu'ils suivaient à la trace – «ceux qui suivent l'éclair», comme se définissait le peuple san.

Et l'éclair avait mené N/Kon et sa famille élargie à Wild Bunch.

Outre son prénom imprononçable en raison du «clic» qui le fendait en deux (même John, qui avait vécu parmi eux, l'appelait «Nclon»), sa nonchalance et son sourire aux dents manquantes le faisaient passer pour un bon sauvage, respectable et inoffensif aux yeux des Occidentaux. Les clients américains qui séjournaient depuis trois jours à Wild Bunch lui parlaient avec une condescendance tout anglo-saxonne, guère impressionnés par son bob au bleu délavé, son treillis informe et ses godasses au cuir troué – une lionne les avait mâchées, une nuit, lors d'un campement sous tente, où il avait eu l'étourderie de les laisser dehors. John se demandait d'où venait ce sentiment de supériorité à l'égard des autochtones, d'autant que le berceau de l'humanité se situait précisément ici, en Afrique australe. Le trio de touristes avait néanmoins suivi N/Kon dans la savane et découvert sur ses pas l'art du pistage.

Chaque déjection permettait d'identifier l'animal, son genre, parfois son âge, et surtout le moment de son passage. Si elle était fraîche, on marchait en silence et en file indienne pour réduire sa visibilité, N/Kon en tête mimant avec ses mains les animaux qu'il avait en visuel bien avant tout le monde – une torsade au-dessus de la tête pour signaler la présence d'un koudou, des cornes larges pour le gnou, plus pointues pour les springboks.

John fermait la marche ce matin-là, attentif aux mouvements alentour. Ils étaient à pied, sans armes, et si les animaux n'avaient aucune raison de s'attaquer à eux, les accidents étaient toujours possibles. Des blocs de sel étaient disséminés pour les herbivores qui, en les léchant, voyaient leur besoin d'eau diminuer – le potassium fixant l'eau dans leur corps. Un couple de vanneaux défendait bec et ongles leur nid qu'un fauconnet reluquait, braves petites teignes qui n'hésitèrent pas à harceler le rapace jusqu'à ce qu'il déguerpisse. L'adrénaline grimpa d'un cran lorsque N/Kon laissa ses bras ballants devant lui : la trompe d'un éléphant.

Le San fit signe de se taire. Obéissant à ses gestes, les touristes poursuivirent leur approche face au vent, soudain anxieux. John leur avait dit qu'il fallait se méfier des pachydermes malgré leur réputation d'êtres débonnaires. Leur mémoire traversant les âges, tous les éléphants d'Afrique avaient été traumatisés par les chasses et les guerres, notamment en Angola, les poussant à franchir les rivières et à migrer d'un pays à l'autre. Un ami de John, qui vivait en osmose avec son éléphant orphelin depuis sa naissance, avait été attaqué six mois plus tôt par trois mâles alors qu'ils se promenaient ensemble : tous les deux avaient été tués.

Les Américains en panoplie de brousse n'en menaient pas large : le Land Cruiser était loin, trop pour échapper à la charge d'un animal belliqueux.

— Surtout ne bougez pas… Elle a senti notre présence.

John chuchotait dans leur dos, à quelques mètres de l'éléphante débusquée derrière un bosquet d'acacias. Ils avaient fait attention aux brindilles, qui résonnaient pour N/Kon autant que du petit bois, en vain : on voyait aux battements souples de ses oreilles que le pachyderme les avait repérés. Les touristes se recroquevillèrent un peu plus derrière les épineux, comme pour se fondre à la terre. L'éléphant se situait à cinquante mètres, une distance avalée en quelques secondes malgré sa corpulence, mais elle ne chargea pas comme elle l'aurait fait s'ils avaient eu la sottise de se retrouver entre elle et son petit.

John et N/Kon risquèrent un œil par-dessus les acacias ; avec un peu de chance la bête esseulée les avait reconnus. De fait, elle ne tarda pas à se détourner, d'abord légèrement, un simple mouvement de tête, avant de se décaler et de prêter son flanc au regard des hommes. C'était une femelle âgée de taille moyenne : il lui manquait une défense et l'autre avait réduit de moitié, usée sur trop d'écorces. Lina, la matriarche et doyenne de sa harde.

— Vous pouvez vous redresser, dit John. Tranquillement.

Les trois explorateurs osèrent peu de gestes. Ils levèrent la tête avec une lenteur de spationaute et retinrent leur souffle : soulevant un nuage de poussière, d'autres éléphants arrivaient. Lina dressa la trompe en guise de salut, huma l'air que leur marche vers elle aspirait et barrit une fois pour accueillir les siens. Ils n'étaient pas pressés, contrairement aux clients de John, qui avaient traversé le monde en avion pour découvrir l'Afrique sauvage en trois jours. Le propriétaire de la réserve ne les jugeait pas, ils étaient son gagne-pain.

— La famille se retrouve, on dirait.

Lina agitait les oreilles tandis qu'arrivait la troupe, émettant de longs grognements gutturaux. Les éléphants se frottèrent bientôt à elle en signe d'affection, enroulant leurs trompes en de savants messages olfactifs. Lina était leur guide, l'encyclopédie des chemins menant à la moindre mare d'été caniculaire et jusqu'aux rives de l'Okavango, tout là-bas vers le Botswana. La transmission de leur savoir permettait aux éléphants de survivre depuis des millions d'années, tous frères, sœurs ou gardiens des petits, constituant la même famille unie ; la harde ne craignait que les grands mâles en rut qui, au printemps et après quelques raclées infligées à leurs congénères, exigeaient leur saillie avec une tendresse de mirador.

La poussière qu'ils soulevaient retombait lentement, les frottements contre le cuir de la vieille éléphante redoublaient, mais le cérémonial durait beaucoup plus longtemps que d'habitude. John eut un pressentiment, qui changea la structure paisible de son visage.

— Qu'est-ce qui se passe ? murmura Jena, la jeune Américaine.

— Je ne sais pas... encore.

N/Kon ne souriait plus. La matriarche agitait le

bout de sa trompe au milieu du troupeau, soufflant sur la terre pour l'imprégner de son passage, tandis que les autres s'éloignaient. Le regard de John passa du vert au gris. Jena buvait ses mots depuis trois jours comme une délicate sauvagerie, s'imprégnant de son amour pour ses bêtes, et la jeune femme avait compris que quelque chose n'allait pas.

— Qu'est-ce qui se passe ? répéta-t-elle.

— Elle attend les jeunes mâles, on dirait...

Trois d'entre eux venaient de se détacher, bientôt en âge de quitter le groupe. Lina était maintenant seule, résignée, pendant qu'ils l'encerclaient. L'enserraient. Leurs infrasons firent trembler le sol, puis tout se passa très vite : un mâle se rua sur la matriarche et la percuta avec toute la force de sa jeunesse pour la déséquilibrer. Lina bascula sous l'assaut, les autres mâles l'attendaient pour charger ; elle s'empala sur leurs défenses, assez longues et affûtées pour percer ses flancs. L'éléphante poussa un cri d'agonie qui déchira l'air et s'affala lourdement dans la poussière, le ventre perforé.

John sentit la main de Jena crispée sur son avant-bras. Lui aussi retenait son souffle. À pas lents, précis, la harde encercla bientôt la grand-mère qui gisait à terre. Puis, en ordre, ils commencèrent à tourner autour du grand corps ensanglanté, la frôlant de leurs trompes pour un dernier hommage ; enfin, serrés les uns contre les autres, les éléphants se mirent à pleurer.

~

Les San considéraient les éléphants comme leurs égaux. Pouvant nomadiser sur un territoire de dix mille kilomètres carrés, les pachydermes connaissaient par cœur les lieux de leurs ressources, cultivaient leur paysage, comme les petits plans d'eau autour desquels ils gardaient une clairière dégagée pour se prémunir des attaques. N'étant pas épargnés par les insectes suceurs de sang, ils confectionnaient des tapettes à mouches à partir de buissons, coinçaient les bâtons qu'ils n'utilisaient pas derrière l'oreille, comme des artisans avec un crayon. Ils reconnaissaient jusqu'à cent individus au son de leur voix et se déplaçaient selon une hiérarchie bien intégrée par la troupe – si l'on déposait devant la meneuse l'urine fraîche d'un éléphant qu'elle savait derrière elle, cette dernière restait déconcertée – comment un proche pouvait-il se trouver à la fois devant et derrière ?

Des trois touristes séjournant à Wild Bunch, Jena était la plus sensible ; la jeune Américaine était bouleversée par l'attaque de l'éléphante tandis qu'ils regagnaient le Land Cruiser équipé. Il y avait plusieurs hardes dans la réserve, qui se croisaient parfois, mais John n'avait jamais assisté à une mise à mort. Il savait cependant que le clan de Lina serait en deuil plusieurs jours et que des individus de régions éloignées viendraient à leur tour faire leurs adieux, reniflant et touchant le cadavre de la matriarche, témoignant d'un respect qui traversait les âges.

— Pourquoi ils l'ont tuée ? demanda Jena.

— Parce qu'elle était trop vieille pour les suivre. Son agonie aurait été lente avant qu'elle devienne la proie des lions. Ils ont préféré abréger ses souffrances.

— Une sorte d'euthanasie ?

— Si tu veux, mais c'est de l'anthropomorphisme.

Les animaux ne sont ni gentils ni méchants. Pas comme on le conçoit.

— La doyenne a livré ses secrets à sa famille avant de mourir ?

— Oui, celle qui va prendre sa place dans la harde l'a observée et a tout enregistré.

— Une mémoire d'éléphant ! brailla le père de Jena qui, à l'abri du 4 × 4, se remettait à parler fort.

— Ils peuvent se souvenir de l'odeur d'un homme, même après des années, confirma John. Un braconnier qui avait tué les parents d'un éléphanteau a été chargé quinze ans plus tard par la même bête devenue adulte.

— ... Et ?

— On a retrouvé de la bouillie sèche.

— *Oh my God* !

Le Land Cruiser s'ébroua, N/Kon silencieux sur le siège passager. John racontait des tas d'histoires d'animaux aux clients de Wild Bunch, qui ne demandaient que ça.

— Il n'y a pas que les éléphants mâles qui ont de longues défenses : les femelles aussi en avaient avant qu'on se mette à les chasser. Aujourd'hui, presque tous les éléphants ont assisté au meurtre d'un de leurs proches, et l'abattage prématuré d'une matriarche est une catastrophe en chaîne ; leur culture en partie détruite, les survivants sont traumatisés. Les éléphants d'Afrique ne vivront plus jamais comme avant le massacre des « grandes défenses ». Ils se sont adaptés au trafic d'ivoire : leurs défenses ont raccourci.

— Pour se préserver des hommes ? C'est lamentable, souffla Jena, peinée.

— L'homme est un loup pour l'homme, renchérit son père, un cliché qui agaça sa fille.

— Sauf que le loup ne s'attaque pas aux hommes ! tempêta la naturaliste en herbe.

Les touristes américains étaient de nouveau volubiles. Partis à l'aube, fatiguant vite sous le soleil du Kalahari, le trio n'était pas mécontent de rentrer au lodge après cette matinée riche en émotions, où ils se montreraient les mêmes photos prises par centaines, souvenirs qu'ils ne regarderaient plus une fois rentrés chez eux, faute de temps pour les trier. John ne leur avait pas demandé ce qu'ils faisaient dans la vie – Jena suivait probablement des études dans une université prestigieuse dont le coût exorbitant l'obligerait à piétiner ses nobles idéaux en acceptant n'importe quel travail assez lucratif pour rembourser ses dettes, quant à son père, Eddy, John préférait ne pas savoir : ceux qui travaillaient dans le pétrole ou l'industrie étaient souvent les mêmes qui aimaient le luxe de la nature préservée. La mère, elle, disait amen à tout, ou *my God*… Sa misanthropie gagnant du terrain, John accéléra sur la piste qui les ramenait au lodge.

— Merci pour cette balade, John, c'était juste fantastique !

— C'était un plaisir, Jena.

— Tu boiras un verre avec nous pour notre dernier soir ?

— Vous avez du whisky tourbé dans vos valises ? J'ai du mal à en trouver par ici.

— Heu… non.

— Je plaisante. N/Kon nous dégottera ce qu'il faut.

— *Great !*

Le pisteur san s'était remis à sourire, énigmatique sous son bob délavé.

— Et on mange quoi ce soir ? continua Jena, qui avait l'appétit de son âge.

— De la girafe.

— Hein ?!

— Une jeune de quatre ou cinq ans : même les San trouvent les vieilles girafes immangeables.

— Toi, John, tu tues tes animaux ?! s'horrifia Jena.

— Tu préférerais quoi, un bon steak de bœuf ?

— Eh bien, quitte à consommer de la viande, oui ! se décomposa-t-elle. Jamais je ne mangerai un animal sauvage !

— Ils sont pourtant mieux adaptés à leur biotope. Ce n'est pas le cas du bœuf, qui a besoin de prairies et d'herbe pour vivre. Alors on doit raser des hectares entiers de savane, les arbustes et les microorganismes qui la composent, détruire un écosystème qui a évolué pendant des dizaines de millions d'années par interdépendance, chasser tous les animaux qui vivent là, petits et grands, puis pomper l'eau des nappes phréatiques. Le Kalahari est un désert et l'herbe y est rare, comme tu l'as remarqué, expliqua John. Outre les compléments alimentaires qu'on importe pour le nourrir, un bœuf consomme dix fois plus d'eau par kilo de viande que le gibier local, qui vit sa vie en toute liberté en prélevant le nécessaire autour de lui. Ne parlons même pas de l'élevage intensif, où le veau est séparé de sa mère à deux mois et engraissé de force dans un box exigu sans contact avec ses congénères, ce qui fait de sa brève vie d'animal social un calvaire. Avec le gibier, pas de traitements aux antibiotiques, d'hormones ni de perturbateurs endocriniens provoquant cancers, vache folle et autres maladies, pas d'abattoirs à la chaîne où les ruminants meurent épouvantés. Le gibier est tué sur le coup, sans peur et presque sans douleur… Tu sais, une girafe est aussi effrayée que nous à l'idée d'être mangée par un lion, poursuivit-il devant l'air pincé de Jena : si elles avaient le choix entre la mort instantanée provoquée par une balle dans le cœur et une fuite éperdue devant un fauve avant d'étouffer entre ses crocs, les girafes choisiraient comme nous la première solution. Sans compter que le grand gibier est souvent dévoré encore vivant.

— Mais manger des girafes…

— Vos Amérindiens mangeaient les bisons nomades des prairies, non ? Les Inuits chassent toujours le phoque, les peuples d'Amazonie le tapir ou les oiseaux comestibles. L'important est de limiter sa consommation, pour la viande comme pour le reste. Il n'y a que dans les grands parcs nationaux, type Serengeti, que carnivores et herbivores s'autorégulent sans intervention humaine. On est ici en circuit court, en concurrence directe avec les prédateurs. Rien à voir avec l'univers concentrationnaire de KFC ou de McDonald's au Brésil, enfonça John, entre la pédagogie et la haine recuite. Jusqu'aux années 1960, les fermiers d'Afrique tuaient tout ce qui n'était pas du bétail. Plus maintenant. Une girafe, c'est six cents kilos de viande qui vont nourrir la communauté pendant des mois. Il n'y a pas de perte, de viande périmée qu'on jette par quintaux comme chez vous, où tous les ans des centaines de millions d'animaux sont abattus pour rien. Avant de prélever un animal, on doit patrouiller, recenser les espèces, le nombre de spécimens et, selon les saisons, choisir telle ou telle proie. Les années d'abondance, certaines femelles peuvent avoir deux portées, mais si la sécheresse sévit l'année suivante il n'y a plus assez de nourriture pour tout le monde. Seul le surplus des troupeaux est chassé, selon les capacités de la réserve. S'il n'y avait pas de clôtures et si des animaux pouvaient se nourrir ailleurs sans se faire tuer, on ne chasserait pas de gibier. Il se trouve qu'il y a trop de girafes cette année à Wild Bunch… Tu préférerais quoi, qu'elles meurent de faim ?

Jena se sentit idiote devant ce rouleau compresseur.

— Eh bien, non, se défendit-elle, mais elles sont si jolies avec leurs grands cils !

— Comme toi, *young lady*, s'adoucit John. Et je les aime aussi, beaucoup. Mais en prélevant une jeune femelle, on régule les naissances et on laisse une chance aux autres girafes de survivre, répéta-t-il.

Même le père de Jena s'était tu.

— Je préfère être végétarienne, bouda-t-elle.

— Tu as mille fois raison, mais tu as vu des légumes dans le coin ? La Namibie est un désert, presque tous les légumes sont importés par avion ou par camions sur des centaines de kilomètres. Au niveau environnemental, on fait mieux.

— C'est pas drôle.

— C'est la vie.

John ne dit pas que c'était N/Kon qui se chargeait des prélèvements dans la réserve, que lui était incapable de tuer un animal depuis la mort d'Aya. Son équipier san remarqua alors le vol tournoyant dans l'azur. Des vautours, vu leur déplacement en spirales descendantes, qui avaient dû repérer une carcasse ou un animal malade. John aussi les avait vus ; il ralentit imperceptiblement à leur approche. Ce n'était pas l'heure des lions, qu'ils avaient croisés un peu plus tôt endormis et en tas à l'ombre des arbres ; la piste les mena droit au point d'attraction des charognards.

Le Land Cruiser s'arrêta à quelques mètres, le silence s'était imposé dans l'habitacle ; le corps d'un jeune homme gisait dans la poussière, face contre terre.

— Restez à bord, fit John en poussant la portière.

Un acacia offrait une ombre inutile au corps allongé sur le bord de la piste. John s'agenouilla, constata qu'il ne respirait plus. Un autochtone, khoï ou san, qui n'avait guère plus de vingt ans, les yeux encore ouverts, le dos tailladé sous son tee-shirt et des blessures profondes dont le sang commençait à coaguler malgré le travail acharné des fourmis.

Les touristes l'avaient vu. C'était trop tard.

3

Le piège avait fonctionné. Une corde solide d'un mètre de long terminée par un nœud coulant et, à l'autre extrémité, par une lame lourde, épaisse et tranchante. On avait creusé un trou de cinquante centimètres de profondeur et vingt-cinq de diamètre sur le passage qui menait au seul point d'eau du secteur, après quoi on avait placé un plateau de bambou puis le nœud coulant largement ouvert, avant de recouvrir le tout de feuilles et de brindilles. La girafe qui y posait le pied crevait le plateau, les fines pointes de bambou se refermaient vers le bas, empêchant la patte de ressortir, et plus la girafe remuait son membre entravé, plus le nœud coulant se resserrait. Elle donnait fatalement un grand coup de patte pour se dégager et la lame tranchante du glaive venait sectionner ses jarrets.

Saisie par la douleur, cherchant désespérément à se dépêtrer, la girafe s'agitait de plus belle sans comprendre que chaque tentative de s'échapper aggravait ses blessures. Le membre brisé, elle finissait par s'affaisser, se traîner en vain, et mourir en agonisant pendant des heures sous le soleil.

Solanah l'avait repérée dans ses jumelles alors qu'ils patrouillaient dans le parc de Bwabwata, ahanant pour se libérer. Une girafe dont les cris désespérés risquaient d'alerter les lions. Mettant pied à terre, les rangers s'étaient approchés en file indienne, les bras collés au corps pour prendre le moins de place possible dans son champ visuel. Il n'y avait pas de chasseur pour achever l'ongulé, comme c'était souvent le cas avec ce genre de pièges, du moins aucun de visible dans les bosquets voisins. Solanah avait une boule de pitié rageuse dans la gorge – le fusil, vite.

Affolée, la girafe gesticula pour se défaire des crocs qui mordaient sa patte, plus violemment tandis que les petits hommes prenaient place autour d'elle, recevant autant de fois la lame d'acier qui, lui infligeant d'affreuses plaies, sciait ses ligaments et bientôt lui broierait les os.

Solanah épaula son arme.

— Prêts ?

Les trois rangers se tenaient dans l'angle mort de la girafe, parés. Solanah appuya sur la détente ; la fléchette se ficha dans le mou du ventre blanc de la girafe, répandant aussitôt le liquide anesthésiant.

Ils n'avaient que deux minutes devant eux pour contrôler la chute de la géante mais les rangers étaient bien entraînés. L'indolence gagna l'animal, qui déjà ne se débattait plus ; les hommes dressèrent leurs perches de différentes tailles, l'extrémité en forme de fourche, et les calèrent le long de son cou. Les mouvements de la girafe qui cherchait à se dégager leur faisaient perdre prise, le moment de la chute était imminent, décisif. Une mauvaise manœuvre et, en tombant de ses cinq mètres, la malheureuse se briserait les vertèbres ; Solanah levait la tête pour deviner de quel côté la géante s'affalerait, prête à bondir pour tenter de l'accompagner sans se faire écraser sous son poids, priant pour que la girafe étourdie mette d'abord les genoux à terre.

« Allez ma vieille, l'encouragea Solanah, oublie le piège qui te fait mal et pose tranquillement tes longues pattes devant toi. » Car la girafe tanguait dangereusement. Solanah et ses hommes bourdonnaient autour d'elle, tenant les perches à bout de bras pour qu'elles épousent son cou si fragile.

— Attention, elle perd connaissance !

Nerfs tendus, yeux écarquillés vers le ciel, les rangers guettaient la chute quand les longs cils se fermèrent enfin ; ne craignant plus les coups de sabot, Solanah prit le risque de caler ses bras contre le poitrail de l'animal pour l'inciter à s'incliner, accompagna sa première patte antérieure tandis qu'elle se pliait, aida la seconde sans se soucier de l'inclinaison du cou – elle avait confiance en ses hommes, surtout en Seth.

— Encore, encore !

La bête fléchit inexorablement, se tassa sur elle-même dans un ballet baroque, maladroit mais efficace ; elle s'affala, sa tête délicate retenue par Solanah, qui la posa doucement à ses pieds. Du bon boulot, estima l'officier des rangers. Elle le dit à ses gars, qui firent la sourde oreille. Jouer au fier n'était pas le style de la maison et le parc namibien de Bwabwata se trouvait sous leur protection.

Solanah coupa la corde du piège au canif, se pencha sur la blessure. De méchantes plaies striaient le jarret, les tendons étaient à demi sectionnés mais l'os de la patte n'était pas brisé. La girafe pourrait remarcher. Elle serait sans doute la proie des lions avant de pouvoir courir mais au moins elle pourrait se défendre.

Solanah nettoya les plaies à vif, appliqua une crème cicatrisante, injecta un sérum antibactérien, banda le membre endommagé. Seth et les autres revenaient de leur patrouille dans les bosquets voisins.

— Vous avez trouvé quelque chose ?

— Non. Même pas de marques de pneus... Un coup des chasseurs locaux peut-être, avança Seth.

Une activité illégale dans les parcs nationaux. Celui de Bwabwata était libre d'accès, excepté à la frontière sud avec le Botswana, et comportait trois clôtures standards pour des raisons vétérinaires (éviter que les épidémies des troupeaux domestiques ne se répandent) : il était donc facile de s'y introduire...

Les rangers attendirent à l'ombre que l'anesthésiant cesse d'agir, virent bientôt l'animal reprendre vie puis épousseter son cou livré à la poussière. L'effort pour se relever était douloureux mais, s'ébrouant et après plusieurs tentatives infructueuses, la girafe parvint enfin à se dresser sur ses pattes.

Elle n'eut aucun regard pour les humains qui l'avaient sauvée, sûre que d'autres chercheraient encore à la tuer. Solanah la suivit du regard, majesté chaotique, jusqu'à la mare d'eau qui, mieux que le reste, étancherait sa soif après son combat contre la douleur et la mort. Avec un peu de chance, elle vivrait. Elle buvait déjà, escabeau renversé, avant de rejoindre les siens.

Solanah se dirigea la première vers la Land Rover qui cuisait au soleil.

Elle faisait le plus beau métier du monde.

~

Le pelage des girafes, aux arabesques uniques, leur servait de code graphique pour s'identifier. En broutant les feuilles les plus élevées, elles facilitaient la pousse des buissons et entretenaient des couloirs accessibles aux autres animaux. Une cible d'autant plus facile que, de nature peu méfiante, les girafes marquaient un temps d'arrêt avant de s'enfuir. Les grands arbres disparaissant, utilisés comme bois de chauffage ou de construction, les girafes devaient souvent s'agenouiller pour manger les herbes basses, une posture incompatible avec les coups de sabot, seul moyen de défense contre les lions, ou les hommes.

Sabots emmaillés dans des fils de fer ou des pièges métalliques cachés au pied des acacias, blessées par des armes de jet, décimées par les guerres d'Angola et du Mozambique, les girafes étaient toujours braconnées malgré les accords de protection dont elles bénéficiaient. On retrouvait leur chair en bâtonnets de viande séchée, le *biltong*, mêlée à celle des autruches d'élevage, des antilopes et à d'autres viandes de brousse pour écouler les surplus illicites. La queue touffue de la girafe devenait un tape-mouches, sa vésicule une outre, ses os des manches de couteau, ses tendons des cordes de guitare, ses poils des bracelets, sa peau des chapeaux pour touristes. Une rumeur venue d'Afrique de l'Ouest prétendant que leur cerveau et leur moelle guériraient le sida, on les chassait en conséquence.

Solanah était dégoûtée.

Elle venait d'être mutée au quartier général de la

KaZa. La Kavango-Zambezi Transfrontier Conservation Area regroupait trente-six réserves d'une superficie équivalente à celle de la Suède qui couraient sur cinq pays : Namibie, Angola, Botswana, Zambie et Zimbabwe. Un espace de protection des espèces sauvages dont Nelson Mandela avait formulé l'idée au tournant du siècle – créer des parcs de la paix pour transcender les frontières, refermer les cicatrices du passé et éviter de nouveaux antagonismes.

Les rangers de chaque pays étant incités à collaborer avec leurs homologues, Solanah la Botswanaise faisait ainsi équipe depuis deux mois avec Seth Shikongo, son alter ego namibien au QG. Les deux officiers avaient trente rangers sous leurs ordres, dix femmes, le double d'hommes, attachés essentiellement à la prévention du braconnage, à la surveillance et au règlement des conflits avec les petits éleveurs qui vivaient parmi les animaux sauvages.

Le parc de Bwabwata, où la girafe avait été piégée, appartenait à leur secteur et, malgré la présence de villageois dans la réserve, Solanah doutait que l'un d'eux ait pris le risque de chasser illégalement.

Le matériel entassé à l'arrière de la Land Rover, les rangers reprirent la route, tâchant d'évaluer les environs dans le torrent de poussière qu'ils soulevaient.

— On aurait peut-être pu guetter les bracos, avança Seth, ses lunettes relevées sur son visage juvénile. Ils ne doivent pas être loin ; en se cachant dans les bosquets, on avait une chance de les attraper.

— Et de se faire trouer la peau.

— Ces types ne me font pas peur.

— Ils devraient, fit Solanah au volant. En tout cas, on a été chanceux de tomber sur le piège avant eux.

— Et eux de ne pas tomber sur toi.
— Garde ta salive, *slim boy*.

Le surnom qu'elle donnait à son équipier. Seth était moins costaud qu'elle, plus petit, de douze ans plus jeune, aimable et souriant comme pouvaient l'être les Ovambos (l'ethnie principale en Namibie) et d'une retenue exemplaire avec les femmes. Deux mois de coopération avaient eu raison de sa timidité – Solanah aimait bien plaisanter et n'hésitait pas à le mettre en boîte –, ils avaient le même grade mais l'aura de sa collègue l'impressionnait toujours. La lieutenante Betwase avait longtemps travaillé à la brigade anti-braconnage du parc de Chobe. Appartenant au corps de l'armée, les rangers botswanais étaient autorisés à tirer à vue au moindre soupçon de braconnage : Solanah avait probablement déjà abattu un homme, voire plusieurs – lui n'avait jamais porté d'arme à feu…

Les tourbillons de poussière dansaient dans l'habitacle ; Seth songeait à doubler les patrouilles autour des points d'eau de Bwabwata quand un nom s'afficha sur l'écran du portable fixé au tableau de bord. C'était le colonel Betwase, le nouveau chef de la KaZa et le mari de Solanah. La discussion fut brève mais, au ton de sa partenaire, Seth comprit que quelque chose de grave venait d'arriver. Elle raccrocha, contrariée.

— Un homicide vient d'être signalé dans une réserve privée, annonça-t-elle.
— C'est l'affaire de la police, non ?
— Pas s'il s'agit de braconnage, ce qui semble être le cas. On nous attend sur la scène de crime, le temps de déposer l'équipe au QG.

4

Un soleil de feu crachait sur les herbes déjà grillées, sans un souffle d'air alentour. N/Kon guettait à l'ombre de l'acacia, tenant par sa présence les charognards à distance. Un couple de vautours à dos blanc stationnaient à quelques pas, stoïques, comme s'ils avaient tout leur temps. De fait, le corps du jeune autochtone cuisait depuis plus d'une heure en plein soleil – que fichaient les rangers ?

Dans la matinée, N/Kon et John avaient emmené leurs clients dans le bush, puis le safari-photo avait tourné court. John avait ramené au lodge la famille de Jena, refroidie par la vision du mort trouvé en bord de piste, chargeant son intendant de monter la garde jusqu'à l'arrivée de la police.

Les plaies dans le dos laissaient peu de doutes, comme son appartenance ethnique : un Khoï, peuple cousin des San, qui eux aussi parlaient avec des «clics». Un meurtre, au cœur de la réserve, voilà qui compliquerait les choses. N/Kon ne savait pas d'où sortait cet étranger, comment il avait pu passer sous le nez de son fils Nate, si ce génial idiot avait encore mangé trop de glace et s'était endormi devant ses écrans de télésurveillance, si ses années d'études à Rundu en avaient fait un adolescent attardé. Son fils était si étrange que N/Kon se demandait s'il avait plusieurs pères, qui auraient brouillé les pistes. « Si tu ne ramènes pas de viande à ta femme, tu n'es pas un homme », disaient les San du Kalahari : non seulement Nate n'avait jamais chassé de sa vie, mais il était incapable de distinguer un melon *tsamma* d'une citrouille. La technologie et la sédentarisation auraient-elles raison du savoir des ancêtres ? Même l'humour de son fils lui échappait parfois...

L'esprit de N/Kon s'évaporait au soleil, comme l'eau du jeune Khoï qui mordait la poussière près de l'acacia. Il avait l'âge de Nate, et une beauté bien particulière malgré le masque de la mort figé sur son visage. Les vautours s'agitèrent alors – deux petits bonds suivis d'un battement d'ailes –, et les voilà en partance pour l'azur. Un véhicule motorisé approchait, soulevant un nuage de fumée ocre.

~

Le quartier général des rangers de la KaZa se situait au cœur de Caprivi, la langue de terre dans le nord-est de la Namibie, coincée entre l'Angola au nord, le Botswana au sud et la Zambie à l'est.

Longtemps zone de hautes tensions en raison des guerres, la bande de Caprivi abritait aujourd'hui plusieurs réserves de la KaZa et autant de corridors permettant aux animaux de migrer à travers les cinq pays de l'aire de conservation. Une route goudronnée traversait la fameuse bande, la Trans-Caprivi highway, qui filait de Rundu, la ville-carrefour de la région, aux chutes Victoria, en Zambie. L'entrée de Wild Bunch se situait plus au sud, non loin du parc de Bwabwata, où la girafe avait été piégée le matin.

Solanah avait embarqué dans la voiture de patrouille de son équipier, moins gourmande en essence que la vieille Land Rover. Seth gambergeait au volant. Le rôle des rangers n'était pas répressif et, si le boss leur demandait d'enquêter à la place de la police, l'équilibre de leur binôme se verrait chamboulé – Seth n'y connaissait pas grand-chose en humains, encore moins en homicides.

— Je n'ai jamais bossé sur une affaire de meurtre, dit-il.

— Ça te stresse ?

— Un peu, avoua Seth en se rabattant sur la file de gauche.

— Dis-toi que ça ne doit pas être pire que les cadavres d'animaux, répondit Solanah pour le mettre à l'aise. Et puis la police de Rundu nous donnera un coup de main, ne serait-ce que pour identifier la victime. Le boss a eu le capitaine Ekandjo au téléphone, il est OK pour mettre ses services à notre disposition.

— Ah.

— Tu le connais ?

— Le capitaine Ekandjo ? Un colosse, oui, qui a déjà enquêté sur des crimes commis dans la province.

— Mais il n'y connaît rien en braconnage.

— Hum.

Plus d'une heure de route séparait le QG de Wild Bunch ; Seth suivait la Trans-Caprivi highway, surveillant les bordures du bush d'où éléphants, antilopes ou phacochères pouvaient surgir sans crier gare. Le ranger s'était déjà pris un de ces gros cochons, quasi de plein fouet malgré son freinage d'urgence, et le pare-buffles avait plié le moteur.

— On a des infos sur le propriétaire de la réserve? relança Solanah.

— Latham? Oui, c'est un Sud-Africain qui s'est installé dans le nord du Kalahari il y a plus de vingt ans. Misanthrope, voire misogyne, d'après les rumeurs, en tout cas célibataire. Pas de casier, aucun contact ou presque avec l'administration. Il vit à moitié en autarcie avec les San qu'il emploie. Latham est devenu richissime après la découverte d'une mine de diamants, expliqua Seth sans quitter la route des yeux. On dit qu'il a profité de la guerre en Angola qui menaçait le nord du pays pour acheter des terres à bas prix, ce qui lui a permis d'agrandir son domaine. Quatre-vingt-dix mille hectares, soit la plus grande réserve privée de Namibie. Latham passe au mieux pour un célibataire acariâtre qui fait son business sur le dos des animaux, au pire pour un escroc qui a profité de la guerre et des demandes de restitution de terres autochtones pour rouler les San dans la farine. En attendant, il n'y a eu ni procès, ni plainte, ni article de presse, j'ai vérifié.

— *White bashing?*

— Ou jalousie. Tu sais comment sont les gens : si tu es riche, tu as forcément volé quelqu'un.

— Ce n'est pas le cas?

L'air faussement étonné de Solanah le fit rire.

— J'ai déjà eu affaire à lui une fois ou deux, poursuivit Seth. Latham a mis un de ses rhinocéros aux enchères l'année dernière.

— Je croyais que les rhinos, les éléphants, les lions et les léopards appartenaient à l'État namibien? Les prélèvements sont régulés par la KaZa, rappela-t-elle. Comment ce type a pu mettre une tête en vente ?

— La KaZa a été créée en 2011 ; la réserve de Latham est plus ancienne, il avait déjà ses propres rhinos et pouvait donc en faire ce qu'il voulait. Les chasseurs de Big Five se sont précipités, d'autant qu'il s'agissait d'un grand mâle. Au final, c'est un Texan qui a raflé les enchères. Trois cent cinquante mille dollars pour abattre le rhinocéros. Forcément, on a reproché à Latham de protéger les animaux afin de mieux les vendre pour la chasse dite sportive. Un double discours qui lui permet de s'enrichir un peu plus ; les réseaux sociaux se sont déchaînés, en vain.

— Les rangers de la KaZa n'ont pas eu leur mot à dire ?

— Si un rhino a un problème, on débarque en hélico pour le soigner. Les propriétaires des réserves savent qu'ils se mettent hors la loi en cas de manquement à leur devoir, mais le vieux mâle appartenait à Latham, il ne faisait pas partie du programme de conservation mis en place entre l'État et les fermiers.

— Wild Bunch est pourtant accolé au parc de Bwabwata, qui appartient à la KaZa : ils partagent même un corridor de migration.

— Oui, concéda Seth, mais les rhinocéros ne migrent pas… Même si c'est discutable, Latham était dans son droit. Bien sûr, il a remis la corne du rhino aux rangers, ajouta Seth, mais il a gagné une réputation de profiteur.

Quittant la portion de bitume, ils plongèrent vers les étendues désertiques jusqu'à l'entrée de Wild Bunch. Une grille électrique en acier barrait la piste, surmontée d'une caméra de surveillance avec panneau solaire ; sensible aux mouvements, l'œil panoptique s'immobilisa sur la Jeep aux couleurs de la KaZa.

— On dirait bien qu'on est repérés, commenta la ranger.

— Faisons comme si on ne l'avait pas vu, plaisanta Seth.

La grille s'ouvrit pour leur céder le passage avant de se refermer dans leur dos. Clôtures électrifiées, barbelés coupants, pièges photographiques et caméras thermiques probablement reliés à un poste de garde : Solanah comprit mieux pourquoi Wild Bunch était réputée comme la réserve la plus sûre de Namibie. Ils roulèrent un moment au cœur d'une savane presque blanche au soleil de midi. Des graminées appelées *Stipagrostis uniplumis* déployaient leurs plumeaux chics qui se détachaient pour répandre leurs graines comme des parachutes au gré du vent. Le paysage, vierge d'habitations et de présence humaine, magnifiait les antilopes et les zèbres qui, indifférents, regardaient passer le 4 × 4 depuis les herbes hautes. C'était l'heure chaude où se prélassaient les fauves, réfugiés sous les arbres trop rares.

Solanah aperçut enfin un homme assis à l'ombre d'un acacia, et une silhouette humaine à terre qu'il veillait. Seth ralentit et se gara à distance pour ne pas polluer la scène de crime.

— Je te laisse chercher des empreintes, dit sa collègue en poussant la portière de la Jeep.

Le soleil à l'assaut du ciel, N/Kon s'était réfugié sous un bob aux bords mous. Le pisteur sortit de l'ombre qui l'abritait pour venir à la rencontre des rangers. Ils s'exprimèrent en anglais, leur langue commune, même si le San semblait plutôt ânonner entre ses dents manquantes.

— Lieutenante Betwase, détachée à la KaZa, se présenta Solanah. Désolée pour le retard. Vous êtes l'intendant du lodge ?

— Oui.

— Votre patron n'est pas là ?

— Il a ramené nos clients, dit N/Kon avec un accent à couper à la machette.

De taille modeste comme la plupart des San, une peau cuivrée étonnamment lisse, il paraissait sans âge mais une légère claudication trahissait ses soixante ans. Solanah le dévisagea à peine, obnubilée par le cadavre et le sang coagulé qui attirait mouches et fourmis.

— Vous n'avez touché à rien ?

— Non.

Le jeune homme au sol portait un short rouge, un tee-shirt et des chaussures neuves, une veste fatiguée et des *dreads* très courtes tenues par un bandeau jaune et noir, comme beaucoup d'autochtones du Kalahari.

— Vous le connaissez ?

— Non.

— Khoï, on dirait.

— Hum.

Au moins il comprenait les questions... Solanah enfila une paire de gants en plastique et, sans un mot, inspecta le corps. Pas de papiers dans ses poches, pas de téléphone ni d'objets personnels. N/Kon la regardait faire : le jeune Ovambo qui l'accompagnait ne l'inquiétait pas trop mais la ranger semblait particulièrement méticuleuse. Elle déplia son canif, souleva le tee-shirt imbibé de sang pour évaluer les blessures.

Le dos avait été lacéré, des plaies visiblement assez profondes pour perforer un poumon ou atteindre des organes vitaux : de sa bouche avait coulé un filet de sang qui finissait de sécher dans la poussière.

— Vous l'avez trouvé dans cette position ? demanda-t-elle à N/Kon.

— Oui.

— Une idée de ce qui a pu l'amener à Wild Bunch ?

— Non.

Un calao à bec jaune se posa sur une branche de l'acacia voisin, curieux ou affairé.

— Braconnage ? relança Solanah.

Le San haussa les épaules en guise de réponse, le visage impassible sous son bob effiloché. Il lui faisait penser à un vieux singe, de ceux qui vous piquent votre appareil photo... Solanah multipliait les clichés avec son portable, prenant garde où elle mettait les pieds, quand Seth revint de son inspection.

— Alors ?

— Il y a des traces de pas alentour mais elles ont été en partie brouillées.

— Il n'a pas plu.

— Le tueur a dû effacer ses traces avec un branchage avant de monter dans son véhicule, mais j'ai trouvé des marques récentes un peu plus loin, ajouta son équipier, assez nettes. Un 4×4, vu la taille des pneus.

Seth fit défiler des clichés sur l'écran de son smartphone et lui montra celui qu'il venait de prendre. Solanah fit une copie sans plus s'attarder.

— Tu veux bien attendre la légiste ici pendant que je ramène monsieur au lodge ? Elle ne devrait pas tarder.

— J'espère ! dit Seth, faisant allusion au soleil de plomb.

Mais sa blague tomba à plat.

~

« Oui », « non », l'intendant de Wild Bunch répondait aux questions comme on élude, avec un maximum d'efficacité. L'anglais du San semblait limité aux mots basiques pour touristes. Solanah gambergea le reste du trajet – pourquoi Latham avait-il laissé N/Kon gérer une affaire aussi grave s'il pouvait à peine communiquer avec les autorités ?

Après une demi-heure d'une route chaotique égayée par les bonds des impalas, elle découvrit le site de Wild Bunch, oasis dans le désert du Nord-Kalahari. Solanah ne se laissa pas distraire par le luxe de la maison principale : une demi-douzaine de 4 × 4 aux couleurs du lodge étaient stationnés sous un toit de panneaux solaires. Elle inspecta les véhicules, son smartphone en main, et compara la photo des traces suspectes prise par Seth avec les pneus des différentes voitures garées là. La ranger finit par désigner un des Land Cruiser, kaki et noir sous une couche de poussière rouge.

— Les rainures sont similaires à celles relevées près de la scène de crime, dit-elle à N/Kon, qui l'observait depuis la cour.

Solanah désigna les stries sur les pneus.

— C'est un modèle courant, finit-il par répondre.

Elle tiqua – voilà qu'il comprenait l'anglais tout à coup.

— Vous connaissez bien vos voitures, on dirait.

— Oui.
— Et tous les modèles de pneus.
— Oui.
— Qui d'entre vous utilise ce Land Cruiser ?
— Tout le monde, répondit l'intendant sous son treillis trop grand. Ceux qui savent conduire.
— Vous savez qui l'a utilisé la dernière fois ?
— Non.
— Ou qui s'en est servi dernièrement ? réitéra Solanah.
— Non.

Leurs regards se croisèrent, lui sous son bob, elle sous sa casquette de la KaZa, deux mangoustes cherchant le cobra.

— Je vais prévenir John que vous êtes là, dit-il comme on se défile.

Solanah profita que le San s'éclipse vers la maison pour jeter un œil aux équipements du lodge.

Un grand hangar abritait différents types d'engins motorisés et un avion poussiéreux, plus loin se trouvaient deux bungalows séparés de l'habitation principale par une allée d'arbustes aux fleurs vives qui menait à une piscine arborée. Le *staff camp*, où vivaient les San, était loin du standing de la maison de Latham, avec ses baraquements sommaires et ses bouts de jardin rachitiques. À l'arrière, une vaste serre grillagée renfermait des légumes, et plus loin, dans un kraal protégé par des fils barbelés, s'ébattaient des brebis et une cinquantaine d'autruches. Des animaux d'élevage, à en croire leur réaction quand Solanah approcha de l'enclos sécurisé – curieux, les volatiles semblaient picorer le vide en la fixant de leurs yeux pleins de cils. Étrangement, il n'y avait pas de

Rhodesian ridgeback, ce chien géant qui faisait fuir les lions. Ils étaient pourtant les premiers à donner l'alerte quand des fauves rôdaient.

Revenant sur ses pas, Solanah croisa un jardinier san, qui ne répondit pas à son anglais, pas plus que la blanchisseuse revenant des bungalows – le faisaient-ils exprès ? Un nuage de quéléas arrondit le ciel, volée d'étourneaux à bec rouge dont la splendeur passa inaperçue. Solanah remontait vers le lodge quand un koudou surgit de l'allée, une femelle adulte qui, si elle n'avait pas de cornes, était plus haute que la ranger et guère effrayée par sa présence. Pire, la grande antilope semblait avoir provoqué la rencontre, quémandant on ne sait quoi de ses longs yeux noirs, manquant de la bousculer.

— Mélanie ! Laisse la ranger tranquille !

Le koudou fit une brève embardée au son de la voix.

— Tu m'entends ?! Allez Mélanie, fiche le camp ! cria John en frappant dans ses mains pour qu'elle déguerpisse.

Solanah s'était imaginé un quinqua blanc en short rompu à l'âpreté africaine, exhibant ses gros mollets d'Afrikaner comme un décolleté raté, bourru et méfiant avec les femmes, voire teinté de virilisme ; sa démarche était légère pour un homme du bush, ses traits trop jeunes sous sa courte barbe grisonnante et son regard saisissant.

— Lieutenante Betwase, se présenta-t-elle sans ôter sa casquette. Je viens d'arriver à la KaZa. C'est moi qui me charge de l'affaire.

Il serra sa main sous le bruit des sabots qui claquaient sur les dalles.

— John Latham. Excusez Mélanie si elle vous a importunée, c'est moi qui l'ai mal éduquée.
— Ah oui?
— Mélanie n'était pas sevrée quand je l'ai récupérée, il a fallu que je la biberonne, et maintenant elle ne veut plus nous lâcher.
— Elle est imprégnée des hommes.
— La pauvre.

La mâchoire en V sous un regard clair, une tignasse châtain aux favoris blancs, le propriétaire de Wild Bunch faisait sensiblement la même taille qu'elle, avait une peau tannée qui n'arrivait pas à l'endurcir et une veine apparente au creux des coudes.

— Venez, dit-il en l'invitant à le suivre, nous serons mieux à l'ombre pour discuter.
— J'ai vu un Cessna sous le hangar, dit-elle pour faire la conversation. Vous pilotez?
— Oui, quand il n'est pas en réparation. Je l'utilise pour surveiller les migrations, les naissances, voire les fugues...
— Vous comptez les bêtes?
— Les mammifères, pas les moustiques.

Une odeur de jasmin les accompagna sur les dalles.

— Et les autruches dans les enclos, vous faites de l'élevage?
— Les San, oui. Tout est bon dans l'autruche. Pas de cholestérol, des vertus curatives pour les maladies de peau, la leur se vend pour la maroquinerie de luxe, un seul de leur œuf équivaut à ceux de trente-six poules : je peux vous faire l'article pendant des heures.

Un ciel de feu tombait sur eux quand Solanah découvrit l'antre de Latham, une splendide maison en bois ouverte aux quatre vents, juchée sur une butte.

La terrasse, sur pilotis, donnait sur une grande mare où s'abreuvait un trio de springboks, avec un bar en acajou, deux tables avec des corbeilles de fruits protégés des oiseaux qui sautillaient çà et là, l'œil en coin. Plus loin un salon-bibliothèque, des canapés et des fauteuils club autour de tables basses garnies d'autres livres, des sculptures d'animaux futuristes ; un luxe discret, sans peaux de bêtes comme on en voyait souvent dans les lodges, avec une vision à 180° sur le désert du Kalahari.

— L'architecte est sud-africain ?
— Non, de Windhoek.

Une douce quiétude émanait du lieu, gâchée par la circulation de jolis taons noir et blanc particulièrement collants.

— C'est vous qui avez appelé les autorités ? demanda Solanah en s'installant sur un tabouret du bar. Pourquoi les rangers et pas la police s'il s'agit d'un meurtre ?

— Je ne connais que des rangers. Vous voulez boire quelque chose ?

— Non, merci. J'ai parlé avec votre intendant, enchaîna l'enquêtrice. J'imagine que vous non plus vous ne connaissez pas la victime... Un meurtre ne va pas faire une très bonne publicité à votre réserve.

— Il y a des choses plus graves dans le monde, lieutenant.

— Ça n'a pas l'air de vous émouvoir, observa Solanah.

— Vous auriez dû voir la tête des touristes américains qui nous accompagnaient.

John se servit un verre d'eau fraîche.

— Comment le prennent-ils ?
— Ils ont du mal à positiver.

59

— On les comprend.
— Pas toujours, non.
— Vous parlez de qui, des Américains?

Il sourit à demi en guise de réponse.

— Votre intendant n'est pas très causant, poursuivit la ranger en désignant le kraal qu'on apercevait en contrebas de la terrasse : ni les employés que j'ai croisés.

— Ils parlent surtout leur langue, et les San sont peu diserts en général.

— Vous parlez le san?
— Non, on communique en afrikaans.

Le dialecte des anciens colons de l'apartheid, qui restait la langue commune des plus de cinquante ans. Les Ovambos, San, Khoï, Himbas, Damara ou Hereros qui composaient la mosaïque ethnique de la Namibie ne se comprenaient pas.

— John, ce n'est pas un prénom afrikaner.
— Ma mère l'était, pas mon père.
— Vous n'embauchez que des San?
— Oui, puisque c'est leur terre.
— Officiellement ce sont plutôt les vôtres.
— Les leurs quand je serai mort. Les San sont les mieux placés pour préserver cet espace et N/Kon est un vieil ami, expliqua John; il sait administrer le lodge sans moi.

— J'ai pourtant cru comprendre que l'État namibien récupérerait les terres des anciens colons pour les redistribuer.

— Le plus souvent aux proches du pouvoir, oui, confirma Latham en vidant son verre d'eau. Mais ce n'est pas parce qu'on est encarté à la SWAPO qu'on sait gérer une ferme ou une réserve.

La SWAPO (South West Africa People's Organisation) était l'équivalent de l'ANC et régnait depuis l'indépendance.

— Peut-être, concéda la ranger, mais les San ne sont pas vos parents; vos terres devraient revenir à l'État si vous n'avez pas d'enfants.

— Un ministre a vendu les droits de pêche de Walvis Bay aux Chinois pour un iPhone blanc : on peut toujours s'arranger avec les lois et ceux qui les font.

Solanah releva un sourcil, naturellement curieuse.

— Vous êtes en train de me dire que vous avez corrompu quelqu'un au ministère pour que vos terres reviennent aux San?

— Ils vivent en harmonie avec leur biotope depuis trente mille ans, répondit John. Leur peuple ne connaissait pas la guerre avant l'arrivée des Bantous et ils n'ont jamais tué d'éléphants : les San pensent qu'ils ont l'intelligence des humains et les considèrent comme leurs égaux. Un peuple qui pense ainsi me semble digne de confiance, non? Un juste retour des choses, du moins à mon échelle. Mais tout est en règle, assura-t-il.

John dévisagea la femme qui l'asticotait. Un corps impressionnant malgré l'uniforme si peu féminin qui l'enserrait, une expression franche et déterminée sur le visage qui détonnait avec le reflet presque trop sensible de ses prunelles de springbok. Intelligente, c'était sûr.

— Vous êtes venue me parler des San ou du meurtre qui a été commis? demanda-t-il.

— Ces gens vous doivent tout, si je comprends bien, s'entêta Solanah.

— Au moins je ne leur dois rien.

— Que voulez-vous dire ?

— Que la misanthropie offre aussi des libertés. Une sorte de souveraineté sans sujets, comme l'éprouvent sans doute les grands félins. Être un roi sans pouvoir, n'est-ce pas la meilleure façon de n'être possédé par personne ?

Solanah vit les livres qui peuplaient le salon-bibliothèque.

— Vous aimez la philosophie, on dirait.

— Je ne vous prends pas pour une imbécile ou une ignare, lieutenante. Et vous connaissez les animaux aussi bien que moi.

— Mieux que les humains, en tout cas. Pourquoi avoir laissé votre intendant près du cadavre s'il communique aussi bien qu'un bout de bois ?

— Vous n'aviez pas besoin de moi pour constater le meurtre. Et N/Kon était à mes côtés quand on a trouvé le corps.

— Il a répondu à mes questions par onomatopées alors qu'il comprend parfaitement l'anglais ; il s'agit d'un meurtre et vos employés me regardent comme une intruse.

— Vous avez expulsé les San de leur territoire, démantelé leurs huttes et détruit leurs sources d'eau sous prétexte qu'ils ne vivaient plus selon leurs rites : ils ne vont pas vous sauter au cou.

— Je ne travaille pas au bureau des assimilations, s'il faut vous le rappeler.

— Ce n'était pas une attaque personnelle, juste un fait historique.

— Vous semblez parler en leur nom.

— On peut défendre les bêtes sauvages en tant qu'humain, ou un peuple opprimé sans l'être soi-même.

Allez-vous taxer ma compassion de colonialisme déguisé en peau de panthère ?

— Vous êtes trop subtil pour ce qui m'amène.

— J'en doute.

Solanah ne s'attendait pas à ce genre de discussion, ni à ces yeux verts intenses qui la dévisageaient.

— On a relevé des traces de pneus non loin de la scène de crime, avec des rainurages semblables à ceux de l'un de vos Land Cruiser, le kaki et noir : l'un de vos employés l'a utilisé dernièrement ?

— Sans doute. Ça ne veut pas dire que ce Land Cruiser s'est rendu sur la scène de crime. À moins que vous ne soupçonniez quelqu'un parmi nous. C'est le cas ?

— Je mène mon enquête, c'est tout. Le jeune Khoï a pu être victime d'une vendetta, ou avoir une dispute avec l'un de vos employés.

Latham secoua la tête.

— On ne sait rien de la victime, dit-il, à part que cet homme a eu la mauvaise idée de mourir à Wild Bunch. Personne ne connaît son nom ni ne sait ce qu'il faisait dans la réserve au milieu de la nuit, qui a pu l'assassiner et pourquoi.

— Comment savez-vous qu'il a été tué en pleine nuit ?

— Le sang avait coagulé depuis des heures et le corps était intact quand on l'a découvert, répondit John. Les charognards y regardent à deux fois avant de s'attaquer à un humain, même mort.

Une girafe assoiffée se penchait sur la mare, bousculant des cailloux avec ses sabots.

— La piste la plus probable est celle du braconnage,

fit Solanah, raison pour laquelle je suis ici. Des bêtes ont été tuées récemment sur vos terres ?

— Pas à ma connaissance. On doit prélever quelques perdrix dans mon dos, mais je ne retrouve pas mes hommes le corps lacéré par des tueurs professionnels comme ça a dû vous arriver. Vous arrêtez les contrevenants, je me contente de promener des touristes fortunés, d'ôter les pièges quand j'en trouve et d'empêcher le braconnage avec des patrouilles et des caméras.

— La victime n'avait pas d'arme sur elle, ni véhicule ou matériel pour dépecer les bêtes, mais ce Khoï n'est pas venu à pied d'un village voisin : le premier est à trente kilomètres. J'imagine que vos grilles sont fermées la nuit.

— Oui. Et nos clôtures sont électrifiées. Mais il suffit de grimper sur le toit d'une voiture pour s'introduire dans la réserve.

Solanah acquiesça.

— Il n'y a qu'une entrée à Wild Bunch, d'après ce que j'ai vu, au nord de la réserve. L'autre possibilité est d'emprunter le corridor de Bwabwata, plus à l'est. Vous avez visionné les vidéos de vos caméras de surveillance ?

— Celles de l'entrée principale n'ont rien révélé, répondit John, mais il y en a d'autres le long des clôtures et une centaine de pièges photographiques à l'intérieur du parc. Ça va prendre du temps de tout vérifier.

— Et le corridor qui vous relie à la réserve de la KaZa ?

— Truffé de caméras, lui aussi, et le territoire de surveillance est plus restreint : si la victime est passée par le corridor de Bwabwata, à pied ou à bord d'un 4 × 4 équipé, on a des chances de retrouver sa trace.

— Vous me tiendrez au courant.

— Bien sûr.

Deux papillons rouge orangé virevoltèrent entre eux, qui se sondaient toujours.

— Pourquoi avoir appelé votre réserve Wild Bunch? demanda Solanah.

— J'aime bien le cinéma américain des années 1970, quand les réalisateurs avaient la main sur le final cut à la place des producteurs. «La horde sauvage», ça va plutôt bien à mes animaux, non?

— Vous pratiquez la chasse sportive avec vos clients?

— Non, juste l'observation. Les chasseurs ne sont pas les bienvenus chez nous.

— Vous avez pourtant empoché un bon pactole en autorisant l'abattage d'un de vos rhinocéros. Trois cent cinquante mille dollars, d'après ce qu'on m'a dit. Ça ne vous pose pas de problème?

— On dirait un prêche sur les réseaux sociaux, soupira John avec un flegme artificiel. Les propriétaires de réserves qui s'occupent des rhinos que l'État leur cède ne gagnent rien, cela coûte même cher, raison pour laquelle nous sommes si peu nombreux à les prendre en charge. Quant au rhinocéros dont vous parlez, il avait plus de trente-cinq ans : un vieux mâle dominant qui n'avait, au mieux, plus qu'une poignée d'années à vivre. Non seulement ce rhino était infertile, mais il empêchait les jeunes de se reproduire avec les femelles disponibles. En un mot, cet animal nuisait à l'écosystème et condamnait son espèce. J'ai mis sa tête aux enchères, en effet, et un Texan est venu jusqu'ici pour le pister avec moi, et finalement l'abattre. J'ai remis la corne aux rangers, comme le stipule le règlement, et le type est reparti avec les photos de son trophée. Que des tueurs à la cervelle de chenille dépensent tant d'argent pour ce genre de performance laisse songeur quant à l'espèce humaine, mais les dollars de l'Oncle Sam m'ont permis d'acheter des dizaines de colliers GPS. Ces machines valent une petite fortune.

Quatre mille euros pour un engin high-tech. Mais Solanah n'avait pas fini de l'asticoter.

— Vous soutenez l'élevage de rhinocéros, non ? Pour vendre leurs cornes aux marchands asiatiques, c'est ça ?

— Vous avez décidé d'avoir ma peau, lieutenante ?

— Je vous demande juste de me répondre.

— Si l'élevage de rhinos peut éviter le braconnage et assurer leur préservation dans la nature, dit-il, c'est une question dont on peut débattre.

— Mais qui entérine la poursuite de ces pratiques idiotes.

— Le cerveau humain bute malheureusement sur des obstacles insurmontables. Pendant la pandémie, un Nord-Américain a vu ses trois frères mourir du Covid : ça ne l'a pas empêché de clamer que, comme eux, il ne se ferait jamais vacciner, car c'était sa « liberté »... Que voulez-vous que je vous dise. Les gens veulent croire, en Dieu, au spaghetti cosmique ou à la corne de rhinocéros comme suppletif à leur pauvre pénis : c'est plus fort que la raison, la morale ou les sermons. Que ces gens en meurent ne me dérange pas.

Le sujet semblait sensible.

— Les humains ne vous manquent pas, on dirait.

— On dit n'importe quoi, mais c'est vrai.
— Je peux vous demander où vous étiez hier soir ?
— Ici, bien sûr.
— Et vous n'êtes pas sorti du lodge, ni vous ni aucun de vos employés ? John
secoua la tête.
— Je dormais, comme tout le monde. On se lève à l'aube, on se couche tôt.
— Vous étiez seul ?
— Malheureusement.
— Vous dites ça parce que vous n'avez pas d'alibi ?
— Non, parce que ma femme est morte. Enfin, ma compagne… Une San, si ça peut apporter de l'eau à votre moulin.
— Ah… Désolée.
— Il y a longtemps, si ça peut aussi vous rassurer.
Solanah était décontenancée : les yeux de John Latham viraient au bleu-gris à l'ombre de la terrasse, le feu qui y brillait avait laissé la place à une tristesse froide, mais il continuait de cacher quelque chose.
— Je vais vous laisser à vos animaux, dit-elle en descendant du tabouret. Tenez-moi au courant si vos caméras ont filmé quelque chose… Voilà mon numéro.
— Comptez sur moi, dit-il en prenant la page arrachée de son carnet d'enquête.
— En attendant, je vais vous demander de fermer votre réserve jusqu'à nouvel ordre.
— Pourquoi ?
— Parce que le tueur rôde peut-être encore sur vos terres.

~

Les touristes américains étaient sous le choc après la découverte du cadavre. John les avait intégralement remboursés, histoire qu'ils déguerpissent en douceur, mais Jena ne comptait pas en rester là. Ses parents assignés aux paquetages, elle trouva John sur la terrasse du lodge, où l'aventurier arrosait ses plantes.

— On ne mangera pas de girafe ensemble, dit la jeune femme pour amorcer la conversation.

— Ne me dis pas que tu le regrettes.

— Si, je le regrette. Comme je regretterai tous les moments que j'ai passés ici. Je suis prête à tout, même à manger de la girafe.

— Je ne vais pas te dire que ce n'est que partie remise, *young lady* : peu de gens reviennent en Afrique.

Elle adorait qu'il l'appelle *young lady*. La première fois c'était la veille, lorsqu'il lui avait conseillé de ne pas se tenir devant le terrier qu'ils venaient de débusquer, mais au-dessus du trou : « Si un animal vit là et qu'il t'entend, il va fuir droit devant, *young lady*, et si c'est un serpent… » Et puis tous ces zèbres au point d'eau, la tête tournée vers les prédateurs à l'approche, ce lion solitaire débusqué alors qu'il venait de voler la proie des hyènes, qui avait gratté la terre tel un taureau avant de charger la voiture et de s'arrêter à deux mètres (intimidation réussie), Angula, le lionceau orphelin que John avait réussi à faire adopter, aujourd'hui devenu un puissant chef de clan, ces éléphants s'abreuvant en masse et l'arrivée du grand mâle qui avait fait place nette, l'éléphanteau bousculé dans la cohue qui avait échappé au piétinement avec l'aide des femelles, l'émouvante mise à mort de la doyenne de la harde, ce matin même : tous ces moments lui manquaient déjà.

— Je reviendrai, assura Jena du haut de ses dix-neuf ans. Moi aussi je m'occuperai des animaux.

Elle ne portait plus sa tenue de safari mais une robe moulante et un maquillage à la Cléopâtre censé la vieillir ; Jena le regardait avec ses yeux de personnage de manga mais l'homme qui lui avait fait découvrir tant de choses et de sentiments semblait plus préoccupé par ses stupides plantes.

— C'est tout ce que ça te fait ? demanda-t-elle.
— Qu'on ne mange pas de girafe ?
— Non, que je revienne m'occuper des animaux.
— Si ton séjour en Afrique t'a ouvert les yeux sur le monde qui t'entoure, c'est la meilleure chose qui puisse arriver, dit John. La plupart des gens oublient en rentrant chez eux.
— Pas moi.

Les parents finissaient de remplir le coffre de leur véhicule avec l'aide des employés san. C'était l'heure des adieux. Le couple garda une distance tout anglo-saxonne, forte de tapes viriles et de superlatifs sur leur séjour avorté, mais leur fille plongea dans les bras de John pour un *hug* appuyé qui vira à l'*abrazo* avant que des larmes retenues ponctuent son dernier regard à travers la vitre du 4×4 de location… Une gamine formidable, qui verrait peut-être la fin de l'humanité si elle continuait à utiliser trois cents litres d'eau par jour.

John attendit que leur voiture disparaisse dans la brume de chaleur pour se tourner vers N/Kon qui attendait à l'ombre. Roulant une cigarette de mauvais tabac dans un bout de papier journal, son intendant le fixait de son fameux air énigmatique.

— Qu'est-ce que tu as à me regarder comme ça ?

— J'ai vu comment tu posais tes yeux sur la ranger tout à l'heure, insinua le Son, quand tu l'as raccompagnée à sa voiture.

— Je sais encore reconnaître la beauté, vieux brigand.

N/Kon manqua de s'immoler en allumant le papier journal.

— Peut-être. Mais à vivre seul, on devient dangereux pour soi-même, ajouta-t-il dans un nuage de fumée.

— Ta femme vit la moitié du temps chez sa mère, non?

— Elles se font vieilles, que veux-tu. Toi, c'est différent : tu vis les yeux fermés et ton âme rétrécit. Il faut que tu remédies à ça, ou tu vas finir en poussière. Plusieurs jeunes de la communauté sont devenues des femmes et il reste une poignée de célibataires aussi coriaces que toi. Laisse-leur au moins une porte ouverte.

— Pour qu'elles se présentent à moi comme du bétail? Plutôt dormir avec des crotales.

— Toujours excessif.

— Ou lucide. Et plus dans le coup, de toute façon. Tu n'as pas remarqué que je commençais à m'effacer? feignit de s'étonner John. Mon histoire est écrite au crayon à papier, pour qu'elle disparaisse un jour sans qu'on n'en sache rien. Et c'est très bien comme ça.

N/Kon fit la sourde oreille.

— Priti est revenue vivre avec nous, et elle t'a toujours apprécié.

— Ta nièce? Elle est majeure au moins? ironisa John.

Il l'avait adroitement évitée depuis son retour tant ce petit démon était capable de tout.

— Condamner à la solitude une femme en âge d'aimer, tu trouves ça plus noble que de lui donner un peu d'amour? lui reprocha N/Kon.

— Lâche-moi, tu veux. Aya est morte et aucune fantômette ne la fera revenir. C'est trop tard.

Les deux hommes échangèrent un regard lourd de sous-entendus.

— Bon, reprit John, tu as parlé aux autres?

— La plupart, oui; personne ne sait d'où sort ce jeune Khoï, grogna l'intendant, ni ce qu'il fichait dans la réserve.

— Un règlement de comptes avec un gars de chez vous?

Le San fit un rictus qui plissa les rides au coin de ses yeux, les seules sur son visage. John connaissait le langage corporel des premiers natifs : N/Kon répondait de sa famille élargie et ça ne le rassurait pas – vivant en autarcie, ils seraient tous suspectés.

5

Solanah n'avait pas un caractère docile, les choix pour s'émanciper étaient restreints pour une famille d'éleveurs botswanais, mais elle avait su très tôt qu'elle consacrerait sa vie à la protection des animaux sauvages. Ses parents la traitaient de folle (c'étaient les mêmes bêtes qui attaquaient le bétail), mais l'adolescente avait grandi avec leur liberté dans le sang, comme l'essence commune de leur vie sur terre, animaux humains et sauvages sur le même bateau : l'idée que des gens sans scrupules s'en prennent à eux était à ses yeux simplement insupportable.

Enfant déjà, Solanah adorait les contes qu'elle et les gamins du village écoutaient au coin du feu avec les adultes, où les bêtes avaient toute leur place. Elle s'identifiait plus facilement à elles qu'à ses congénères. La Tswana n'avait pas grandi avec des princesses mais avec des sorcières qui n'étaient pas destinées au bûcher, l'amour n'était pas émouvant, romantique ou chevaleresque mais souvent de raison ; les chevaliers n'existaient pas en Afrique, pas même servants, ce qui n'empêchait pas les hommes de disposer des femmes selon des codes écrits par eux. Solanah avait cru aux sornettes qu'on lui racontait sur l'éducation des filles, stigmatisées pour leurs règles, élevées dans la crainte d'être impures, avec un devoir de moralité exemplaire à l'inverse des garçons, comme si ce n'était pas leur problème.

En parlant de sexe, les hommes disaient « gifler » ou « pilonner » une femme, la comparant au réceptacle d'un fruit à écraser, les préliminaires se voyant souvent réservés aux prostituées – des filles des campagnes qui n'avaient d'autres moyens de subsistance, sinon de rester au village, soumises. Les premiers pas amoureux de Solanah s'étaient avérés chaotiques, et si peu gratifiants qu'elle avait préféré mettre le sujet à la marge de ses envies pour se consacrer à la défense de la faune. C'est plus tard, en faisant ses classes à Maun, porte d'entrée des grands parcs nationaux du Botswana, qu'elle avait rencontré Azuel Betwase, son chef instructeur chez les rangers. Qu'est-ce qu'un homme instruit issu d'une famille respectée pouvait lui trouver ? Sa beauté paysanne ?

De dix ans son aîné, moins beau que charismatique, Tswana comme elle (l'ethnie majoritaire du Botswana), l'officier partageait son aversion pour les tueurs d'animaux qui venaient piller le trésor que leur petit État tentait de protéger. Esprit pragmatique, Azuel était carré en tout, sa stature de commandeur dégageait une autorité naturelle et il savait se montrer généreux : il suffisait que Solanah devienne sa femme pour intégrer la brigade anti-braconnage de Chobe, dont il prendrait bientôt la direction. Elle agirait sur le terrain, lui dans les sphères décisionnaires, une machine de guerre contre les trafiquants et leurs complices… Le prestigieux Parc national. Son rêve, Azuel Betwase le lui proposait sur un plateau.

Solanah n'était pas amoureuse mais sa mère lui avait dit qu'elle ne l'était pas non plus en se mariant, qu'une gratitude éternelle valait mille passions que le temps éteignait. Les sentiments d'Azuel étaient sincères, loin des considérations arriérées des hommes qu'elle avait côtoyés jusque-là, et Solanah n'avait, de toute façon, jamais été amoureuse. Elle avait accepté l'offre d'Azuel à deux conditions : pas de mariage avant de devenir officier ni d'enfants. Juste eux et les animaux à défendre.

La Tswana s'était laissé une échappatoire, offrant une porte de sortie honorable à son généreux prétendant, mais, preuve de sa dévotion pour elle, Azuel avait dit oui à tout.

Quinze ans plus tard, Solanah Betwase portait l'uniforme des rangers de la KaZa et arborait ses galons de lieutenant, mais le moteur de leur vie s'était grippé.

Solanah courait à l'heure du déjeuner, tous les jours si elle le pouvait. Combien de kilos avait-elle pris depuis leur drame intime : dix, vingt, plus ? Elle qui aurait dû se délester d'un poids s'était au contraire remplie de manière exponentielle. Elle partait à la pause, comme si elle voulait faire croire aux autres qu'elle ne mangeait pas tant, s'épuisait dans le sable plutôt que de s'élancer sur une piste balisée et revenait avant que le soleil commence à devenir franchement dangereux.

Bien sûr, Solanah savait qu'on ne maigrissait pas en courant, une cuillère de mayonnaise annihilait une heure de running, en sueur et dégoulinante, et puis elle mangeait en cachette, mais courir lui donnait l'illusion qu'elle maigrirait quand même, que ses kilos superflus s'évaporeraient tel un fluide chimique. Elle n'était pas obèse mais c'est ainsi qu'elle se voyait, comme si quelque chose s'était détraqué dans son esprit et que son corps suivait. Finie, l'athlète puissante qui s'alignait sur les temps des hommes lors des entraînements chez les rangers, Solanah s'imaginait comme un animal lourd et endurant, toute de graisse et de bourrelets sens dessus dessous qui débordaient de ses hanches, de son ventre rond sans enfant, de ses seins comme des planètes molles, incaressables sables mouvants où les hommes pouvaient disparaître. Le complexe virait à la punition.

Solanah courait sous le soleil de midi, la tête en feu. Son short était trempé, ses cuisses luisantes de sueur chaude, ses tempes, son tee-shirt inondés. Combien de litres avait-elle laissés dans la poussière ? Aucun uniforme ne lui allait plus, en civil c'était pire, une lutteuse en robe de soirée ridicule, d'ailleurs elle ne mettait jamais de robes, ses rares bijoux étaient une coquetterie de paon crevé. Solanah n'avançait plus qu'en force, avec une inertie de brute. La Tswana délirait sur son poids en avalant les kilomètres, boostée à la dopamine sous le soleil tueur, et ce n'étaient pas les beaux discours de John Latham qui y changeraient quelque chose.

L'homme lui faisait l'effet d'un caméléon, ses yeux changeaient de teinte selon l'ombre et la lumière qui les irriguaient, et il était évident que John Latham ne se serait jamais adressé à un officier de sexe masculin comme il s'était permis de le faire avec elle. Voilà qui l'agaçait prodigieusement, même si cela n'avait rien de nouveau. Il n'y avait bien que Seth qui la respectait et la traitait comme son égale, mais Seth était un gamin, et elle une tonne.

Solanah courait.

Solanah courait dans le sable, au bord de l'apoplexie, et les étoiles dans son cerveau n'avaient rien de réconfortant. Enfin la maison se profila.

~

Les Botswanais préféraient l'humilité à l'ostentation. Pas de grande parade militaire pour le cinquantième anniversaire de l'indépendance – « Notre prudence est connue, pourquoi des commémorations fastueuses ? Le peuple aurait ri de nous ! » s'était défendu le président.

En bon Tswana, Azuel Betwase n'avait pas voulu du luxe auquel il pouvait prétendre, préférant vivre modestement au quartier général où, après quinze années à la direction du parc de Chobe, le ranger émérite avait été choisi pour chapeauter le commandement de la KaZa : une promotion que le mari de Solanah avait imaginée comme un nouveau départ pour tous les deux.

La maison qu'on leur avait attribuée était assez éloignée des bâtiments administratifs, une bâtisse trop grande pour deux qui bénéficiait d'un jardin au calme et d'une pelouse qu'un jet d'eau paresseux arrosait en fin de journée. Le couple ne recevait pas, n'avait pas d'amis, seulement la famille d'Azuel qui venait parfois le visiter entre deux voyages ou réunions à l'étranger. Solanah n'était de toute façon pas une grande cuisinière, médiocre ménagère, sans imagination comme maîtresse de maison, focalisée comme Azuel sur son travail : une guerre de tous les instants contre le trafic d'animaux qui parfois tournait au drame. Les rangers botswanais étant autorisés à tirer à vue sur les braconniers, trois pêcheurs namibiens avaient été tués la semaine passée sur le fleuve Okavango, provoquant un incident diplomatique tel que le chef de la KaZa avait accompagné le président du Botswana aux obsèques.

Rentré tard la veille au soir de son périple, Azuel était encore vêtu de son pyjama, blanc à fines rayures rouges, qui, avec le temps et les plateaux-repas pris sur le pouce ou dans l'avion, commençait à le boudiner. Ça n'entamait pas son appétit ; il avalait son deuxième bol de fruits quand Solanah apparut sur la terrasse, en short et ruisselante de sueur.

— Toujours à courir au soleil, lui reprocha-t-il pour la centième fois. Un jour tu feras une syncope, ou pire.

— Je suis plus costaud que tu le crois.

— Je sais, chérie, dit-il en passant un doigt sur sa cuisse humide.

Solanah eut un léger réflexe de recul.

— Comment se sont passées les obsèques ?

— Une formalité pénible, résuma Azuel tandis que sa femme reluquait son petit déjeuner. Disons qu'on a sauvé les meubles… Café ou thé ?

— Thé.

— Et toi ?

— La victime a été identifiée par la police de Rundu, dit Solanah en s'attablant : Xhase Kai, un Khoï sans casier judiciaire qui allait fêter ses vingt et un ans. Pas de numéro de téléphone ni de compte en banque. Sa dernière adresse connue date de plusieurs années, mais on a appris qu'il était employé au River Lodge, le long de l'Okavango : Seth est parti interroger le gérant.

— Tu aurais pu prendre un équipier plus expérimenté pour cette affaire.

— Seth a le même grade que moi, et je ne suis pas plus calée en matière d'homicides. Tant que la piste du braconnage n'est pas établie, je me sens moins légitime que le capitaine Ekandjo. C'est lui qui devrait mener l'enquête.

— Ekandjo ne connaît pas les braconniers, toi si. C'est pour cette raison qu'on t'a choisie, répéta Azuel. Tu n'as pas confiance en toi ?

— Si.

Elle avala un gâteau trempé dans son thé.

— Et la légiste ? reprit-il.

— Elle confirme que le corps de Xhase n'a pas été déplacé. La mort remontait à plusieurs heures quand Latham l'a découvert. Un objet tranchant et effilé a perforé le poumon et différentes zones voisines : quatre impacts, tous dans le dos, qui ont causé une mort quasi instantanée… Je vais faire un tour au village khoï où Xhase a grandi en espérant récolter des infos, mais une autopsie nous aiderait à faire avancer l'enquête. Tu crois que c'est possible ? Le labo de Rundu est un peu sommaire, l'idéal serait celui de Windhoek, mais personne n'acceptera de financer le transport et l'autopsie d'un Khoï perdu dans le désert.

— Je confirme.

— Alors ?

Azuel sentait l'odeur de sa sueur de l'autre côté de la table de jardin.

— Si le chef de la police appuie la demande, ça devrait pouvoir se faire. Je vais l'appeler.

— Merci.

— Latham, qu'est-ce qu'il pense de ce meurtre ?

— Pas grand-chose, répondit Solanah en piochant dans le bol de fruits. Et son intendant n'est pas très coopératif. Peur de la police sans doute, comme la plupart des San. Latham n'a pas su me répondre quand je lui ai demandé si des animaux avaient été braconnés sur ses terres mais il m'a dit qu'il me tiendrait au courant. Idem pour ses systèmes de surveillance.

Azuel répandit de la marmelade sur son toast avec une délicatesse gourmande.

— Latham n'a pas protesté quand tu lui as annoncé la fermeture de sa réserve ?

— Non.

— Le privilège des riches. Des rumeurs courent sur sa fortune et certaines de ses pratiques, notamment un rhinocéros mis aux enchères qui lui a rapporté un bon paquet d'argent.

— Oui, j'ai entendu ça. Latham donne plutôt l'impression de consacrer sa vie à sa réserve, éluda Solanah. Il dit « mes animaux », comme s'ils lui appartenaient.

— Mégalomane ?

— Je ne sais pas, il est bizarre.

— Dans quel sens ?

— Je ne sais pas, répéta-t-elle, il a un lien fort avec ses employés san. Il leur a même légué Wild Bunch.

Le visage d'Azuel se froissa.

— Aux San ? Latham n'a pas de famille ?

— Sa femme est morte il y a longtemps. Une San

elle aussi. Ça explique pourquoi ses terres leur reviendront à sa mort.

Le chef des rangers ne semblait pas convaincu.

— Ce ne sont que des rumeurs mais, qu'il s'enrichisse ou non sur le dos de ses animaux, ce type n'est pas clair. Ça vaut le coup de fouiller.

Solanah opina avant de filer sous la douche : gentleman attirant ou escroc notoire, John Latham restait un aventurier – et les mâles blancs comptaient parmi les pires prédateurs sur terre.

~

Seth avait trouvé une petite maison en dur à mi-chemin entre le QG des rangers et Rundu, où vivait sa grand-mère. Il passait avec elle le plus clair de son temps libre, plutôt rare et moins important que son amour pour la vieille dame qui l'avait élevé. De toute façon, c'était ça ou regarder la télé, ou partager un barbecue avec ses collègues, tous mariés, supporter leur marmaille déchaînée dans le jardin et les mères que ça amusait ; les ambiances familiales le déprimaient, peut-être parce que ses parents étaient morts trop tôt et qu'il avait été un enfant sage au milieu de la horde écolière. Seth avait grandi entouré de camarades compétiteurs pour qui la tendresse se cantonnait à des éclats de rire vachards et des tourments infligés aux plus petits que soi. Persécuté, il avait dû se battre avec le sourire puisqu'il était pacifique, n'attirant que la sympathie des filles et la suspicion des imbéciles.

Enfin, l'Ovambo aimait son petit pays (moins de trois millions d'habitants) qui avait connu peu de conflits avant la colonisation allemande, puis la sud-africaine avec son régime raciste qui exploitait son peuple, jusqu'à la chute de l'apartheid au début des années 1990. L'indépendance avait été gagnée de haute lutte mais personne n'en voulait aux anciens envahisseurs qui, souvent, étaient restés vivre sur place. Le nouvel État namibien collaborait avec les multinationales pour l'extraction des ressources minières et nouvellement pétrolifères, et la préservation d'une faune exceptionnelle était la vitrine du pays, qui abritait parmi les plus beaux lodges du monde.

Le tourisme employait plus de trente mille personnes. La plupart des établissements appartenaient à des Blancs, les autochtones se cantonnant le plus souvent au service et à la maintenance. Situé dans le parc de Bwabwata, le River Lodge, où avait travaillé Xhase, ne dérogeait pas à la règle.

Quittant la B3, Seth emprunta une piste sablonneuse et, après un détour par les villages témoins – des huttes traditionnelles que les touristes pouvaient visiter pour soutenir l'économie locale –, il gara la Jeep dans le parking fleuri où butinaient des oiseaux multicolores. Deux chiens enjoués l'accueillirent tandis qu'il claquait la portière.

— Salut les gars...

Monté sur pilotis, le River Lodge s'étendait le long de l'Okavango, une poignée de chalets et leurs terrasses au-dessus du cours d'eau, et plus loin un camping ombragé où des tentes de luxe s'étalaient parmi la végétation. Seth évita les criquets « armés » qui, pour moitié écrasés, s'entre-dévoraient avec passion, et se présenta à l'accueil. Prévenue de sa visite, la patronne l'attendait, une Allemande sympathique quoique plus occupée par son jardin bio que par le turn-over de ses employés. Enfin, Petrus, son gérant, saurait peut-être le renseigner.

Seth observa les lieux pendant qu'elle allait le chercher. Une grande terrasse en bois donnait sur la rivière Okavango (que les Namibiens nommaient Kavango), avec un ponton vermoulu où paressaient deux bateaux à coque plate et cinq rangées de sièges où l'on s'installait pour observer les hippos et les sauriens – «Attention aux crocodiles» affichait une pancarte... Une coccinelle orange et noir dansa sur la manche de Seth, tourna sur elle-même pour dévoiler ses dessins avant de s'envoler.

Petrus arriva bientôt, un solide Herero qui, malgré son air avenant, ne s'avéra pas d'une grande aide. À l'entendre, Xhase était un employé saisonnier sans histoires qui promenait les touristes le long de l'Okavango, ou pistait les animaux à Bwabwata dans le cadre des activités proposées par le lodge. La pandémie ayant fait fuir les clients, ils avaient dû se séparer de lui un mois plus tôt en attendant des jours meilleurs – le River Lodge tournait au ralenti, comme il pouvait le voir.

— Xhase logeait dans le *staff camp* quand il travaillait? demanda Seth.

— Oui, comme les autres employés.

— Et il ne vous a rien dit en partant, ce qu'il allait faire, l'endroit où il allait?

— Non, répondit Petrus.

— Un autre employé pourrait me renseigner?

— Je ne sais pas, fit le gérant, ils sont tous partis depuis des semaines maintenant. Mais Xhase s'était lié d'amitié avec Rigan, un jeune Himba qui servait au restaurant ; ils ont quitté le lodge ensemble, leur sac sur le dos.

Le ranger nota le nom sur son carnet d'enquête rempli de dessins d'oreilles de rhinocéros, qu'on marquait pour mieux les identifier.

— Rigan, vous connaissez son nom de famille ?

— Non. C'est le prénom qu'on lui a donné pour que les touristes étrangers s'en souviennent. Du coup, on l'appelait par son surnom. Et puis, les Himbas n'ont pas toujours d'état civil.

— Il a un numéro de téléphone ?

— Pas à ma connaissance, non.

— Vous avez bien une fiche de paie ou des renseignements permettant de l'identifier, grogna le ranger.

— Bah, on paie les saisonniers en liquide... La plupart des jeunes n'ont pas de compte en banque, ils se débrouillent, comme tout le monde.

Les criquets « armés » se glissaient sous leurs pieds, suicidaires ou trop confiants dans la solidité de leur carapace.

— Pas très légal, votre truc, souffla Seth, un peu agacé à l'idée de faire chou blanc. Vous avez au moins une photo de ce Rigan ?

— Oui... Oui, je crois.

Le ranger suivit Petrus jusqu'au lobby. Plusieurs photos étaient accrochées sur un coin de mur, avec les visages des employés souriant au bras des touristes de passage.

— C'est lui, dit-il en le désignant du doigt.

Un jeune Noir aux cheveux courts, les traits presque féminins.

— Rigan a quitté le lodge avec Xhase, répéta le

gérant du River Lodge. C'est tout ce que je peux vous dire.

Un début de piste.

~

Trois mille ans plus tôt, leur bétail décimé par la mouche tsé-tsé, les Bantous avaient déserté le cœur de l'Afrique et migré avec les bêtes survivantes jusqu'aux terres australes. Les Khoï et les San qui vivaient là avaient été chassés vers les montagnes et les régions arides avant que l'expansion des colons blancs et l'avènement d'une démocratie moderne finissent de les circonscrire dans des zones d'implantation permanente du Kalahari central.

Des rails de chemin de fer disparaissaient dans l'herbe, datant de l'époque où Cecil Rhodes rêvait d'intégrer le Bechuanaland à l'Union sud-africaine pour mener son projet pharaonique de relier Le Cap au Caire par le train. Les Khoï avaient revendiqué la restitution de leurs terres ancestrales à la fin des années 1990, obtenu quelques réparations territoriales au prix d'âpres combats juridiques mais, coupés depuis trop longtemps de leurs racines, beaucoup survivaient de bons alimentaires, sûrs que les quelques ânes donnés en solde de tout compte avaient été mangés par les lions.

Déplacés selon les tracés des parcs animaliers, comme s'ils valaient moins que des bêtes, les Khoï étaient de moins en moins nombreux à parler leur langue ; beaucoup ne savaient plus chasser avec des arcs, encore moins sans chiens, ni trouver les melons *tsamma* sous le sable pour traverser la saison sèche, ni confectionner le poison de leurs flèches. Le gibier dont ils dépendaient traditionnellement se faisait désormais tuer par les fermiers dès qu'il s'approchait d'un puits. Les clôtures les empêchant de suivre les pluies, les animaux étaient morts par centaines de milliers le long des barbelés qui délimitaient les terres, de soif et de faim pour la plupart. Ainsi privés de leur source de nourriture, les Khoï s'étaient vus réduits à surveiller le bétail des autres sur une terre qui était autrefois la leur.

Les zones rurales n'avaient pas souvent l'électricité, les rares surfaces arables produisaient à peine de quoi nourrir la population. Quelques milliers de Khoï vivaient encore dans le Kalahari et, suspectés de chasser dans les réserves d'État ou privées, certains avaient été molestés voire torturés par des officiers des parcs nationaux. Le gouvernement avait établi des programmes pour les sédentariser, avec écoles et hôpitaux, mais les Khoï rechignaient, vivant des subsides de l'État comme des citoyens de seconde zone, leurs camps de relogement transformés en bidonvilles.

Solanah avait beau mépriser les préjugés raciaux, elle appréhendait son arrivée au village de Naama, où avait vécu Xhase.

La première impression ne fut pas bonne, avec ces maisons en briques bancales et ces huttes traditionnelles en piteux état, ces bouts de plastique qui flottaient au vent et ces mines sombres qui considéraient les autorités comme des intrus. Solanah gara le 4 × 4 de la KaZa devant un baraquement de tôle ondulée et écarta les chiens qui venaient renifler ses chaussures hautes sous les regards mi-hostiles mi-craintifs. Ils étaient une vingtaine autour d'elle, qui réajustait ses lunettes de soleil sous sa casquette.

— Qui est le chef du village, ou le patriarche ? lança-t-elle à la cantonade.

Un homme sans âge avança bientôt, vêtu d'un *xai*, un pagne en peau, N/Aissi, le guérisseur de la communauté, un visage noble à la peau tannée que la vieillesse tirait vers le bas, traînée de lave marquant notre temps sur terre.

— Qu'est-ce que vous voulez ? dit-il d'une voix neutre.

Les visages convergeaient vers Solanah qui, du haut de son mètre soixante-dix-huit, les dépassait de presque une tête.

— Un jeune Khoï a été tué dans une réserve privée, annonça-t-elle tout de go. Xhase Kai. Vous le reconnaissez ?

La photo du cadavre sur le smartphone serra les rangs autour de N/Aissi, qui opina gravement.

— Oui… C'est Xhase, fit-il, les yeux vite embués. Qu'est-ce qui s'est passé, il a eu un accident ?

— Non. On a trouvé son corps avant-hier, fit Solanah, à Wild Bunch. Un meurtre.

Une jeune fille se fraya un chemin parmi les villageois, la tête couverte d'un foulard. Vêtue d'une tunique en peau de steenbock garnie de perles, l'adolescente avait de grands yeux bruns cerclés de noir où tremblait une lueur de panique.

— Mon frère est mort ?
— Tu es la sœur de Xhase ?
— Oui.
— Je suis désolée…

Oiseau de mauvais augure, Solanah attendit que

la jeune fille encaisse le choc sans tenir compte des murmures et des regards mi-suspicieux, mi-craintifs.

— C'est moi qui dirige l'enquête, l'informa-t-elle enfin. Je peux te parler? Tout ce que tu pourras me dire m'aidera à trouver le coupable. Tu comprends?

L'adolescente fit signe que oui, courageuse.

— Comment tu t'appelles?

— Afandy.

— Tes parents ne sont pas là?

La jeune fille secoua sa tête déjà basse.

— Tu es la seule famille de Xhase au village?

Afandy releva le menton en signe d'approbation. Des larmes de sidération stagnaient dans ses yeux.

— Vous partagez le même logement, toi et ton frère?

— Oui… Enfin, quand il est là, balbutia-t-elle.

— Montre-moi.

Un murmure les accompagna jusqu'à une hutte d'herbes tressées, abri en forme de ruche assez haut pour que Solanah n'ait pas à se pencher. Il y avait quelques affaires de garçon en vrac sur une couche, des boîtes de conserve provenant de l'aide alimentaire, des chaussures et des sandales tout aussi fatiguées. Le coin d'Afandy était mieux rangé, avec des vêtements en peau tannée, des jeans et des tee-shirts soigneusement pliés, des coquilles d'œufs d'autruche et des lanières de cuir stockées près de différents pigments.

— Tu confectionnes des colliers? dit Solanah pour gagner sa confiance.

— Oui, répondit Afandy d'une voix étranglée. Je les vends sur le bord de la route.

— Tu as quel âge?

— Quinze ans.

— On peut les joindre où, tes parents ?
— Je ne sais pas. Où il y a de l'alcool. Et quand ils passent au village, ils sont trop soûls pour penser à quelque chose.
— Et l'école ?
— Ils disent que ça ne sert à rien quand on est une fille, puisque j'appartiendrai à mon mari.

La dot achetait les jeunes femmes des campagnes, dès lors propriétés des hommes, réduites aux tâches ménagères et à l'ignorance.

— C'est mon frère qui m'aide pour l'école, ajouta Afandy en retenant ses larmes. Il a trouvé un travail dans un lodge de Caprivi.
— Le River Lodge ?
— Hum.
— Ton frère savait pister les animaux, j'imagine, poursuivit Solanah de sa voix la plus douce.
— Comme tous les garçons du Kalahari, oui... Le lodge emploie des Khoï ou des San pour faire visiter les parcs ; les touristes trouvent ça plus authentique, il paraît.
— Xhase chassait aussi ?
— On n'a plus le droit.
— Mais il a appris, continua la ranger.
— Quand il était plus jeune, oui, concéda la sœur. Mais nos terres sont vides, il faut aller loin pour trouver du gibier. Et puis, il avait son nouveau travail, répéta-t-elle.

Solanah la laissa déglutir.

— Tu l'as vu quand pour la dernière fois ?
— La semaine dernière, répondit Afandy, quand il est venu au village.
— Quel jour exactement ?

— Mardi.

On avait trouvé son corps deux jours plus tard.

— Xhase est reparti quand ?

— Le lendemain matin. Mercredi.

— Pour retourner travailler au lodge ?

— Oui. Il profitait de ses jours de congé pour venir me voir, une fois par mois environ. Le reste du temps, je me débrouille. L'école est loin, je dois marcher jusqu'à la route pour prendre le bus scolaire, et puis revenir…

— Ton frère t'a parlé des gens qui étaient avec lui au lodge ? Des amis ?

Afandy fit signe que non.

— Rigan, ce nom ne te dit rien ?

— Non.

— Xhase avait une amoureuse ou une copine au village, qu'il voyait quand il rentrait ?

— Non. Non, ici tout le monde se connaît depuis trop longtemps.

L'air entrait par les murs ajourés de la case.

— Xhase t'a parlé de Wild Bunch, une réserve privée ? poursuivit la ranger. C'est là qu'on a trouvé son corps.

— Non… Non, il ne m'a rien dit… C'est horrible.

L'adolescente dissimula son visage entre ses mains. Wild Bunch se situait à plus de cent kilomètres à vol d'oiseau ; même si les Khoï connaissaient le désert comme leur poche, Xhase avait dû emprunter un véhicule pour s'introduire chez Latham, ou quelqu'un l'accompagnait.

— Aucune idée, donc, de qui pourrait en vouloir à ton frère ?

Afandy secoua la tête énergiquement, le visage

toujours caché dans ses mains. Solanah posa sa main sur la frêle épaule.

— Quand tu l'as vu mardi, Xhase était comme d'habitude ? Quelque chose t'a semblé différent dans son comportement ? Un détail qui pourrait me mettre sur une piste ?

La jeune sœur respira profondément, eut un hoquet plein de larmes, tâcha de se reprendre.

— Eh bien si, Xhase était préoccupé. Plus que d'habitude. Je ne sais pas pourquoi.

— Tu ne lui as pas demandé ?

— Si, mais comme il m'a donné l'argent à ce moment-là on n'en a plus parlé.

— De l'argent ?

— Sept mille dollars, renifla-t-elle. Le pauvre avait économisé pendant des mois…

Près de cinq cents dollars US. Beaucoup trop pour un employé au chômage.

— Xhase rêvait de devenir guide pour les touristes, de monter son entreprise d'éco-safari, reprit Afandy, le cœur serré. Je l'aurais rejoint après mes études, c'est pour ça qu'il travaillait dur. Il n'avait que moi au monde, s'étrangla-t-elle. Et si mon frère n'est plus là, c'est moi qui n'ai plus rien au monde.

Il fit soudain chaud dans la hutte – la délicatesse de cette gamine bouleversait Solanah.

Mais Xhase avait menti à sa sœur.

~

À bientôt trente et un ans, Seth se sentait encore comme un début d'homme. L'Ovambo avait peu d'expérience avec les femmes, à croire qu'elles l'impressionnaient plus que les bêtes, il souriait le plus souvent pour cacher sa timidité et une confiance en lui très relative. Il n'était pas grand, ni fort, ni beau, il ne fallait pas croire sa grand-mère. Sa virilité se résumait à pister des animaux sans arme ; sa seule gloire avait été de se faire mordre deux ans plus tôt par une vipère heurtante, dont le venin causait de terribles nécroses nécessitant de multiples greffes – Seth en portait encore les stigmates sur son avant-bras gauche, semblable à celui d'un grand brûlé.

L'arrivée de Solanah avait boosté son quotidien et, au fil des semaines, une amitié franche était née, même si elle n'évoquait jamais sa vie privée. Solanah appelait son mari « le boss », comme tous les rangers, Seth sentait une certaine distance dans leur couple mais elle était son équipière, pas sa confidente.

Ils se retrouvèrent à Rundu à la nuit tombée, après leur périple respectif.

— Tu as fait bonne route ? demanda Solanah.

— Si on aime la poussière.

Xhase et « Rigan » ayant quitté le River Lodge ensemble, les enquêteurs auguraient que les jeunes avaient poursuivi leur route ensemble et tenté leur chance à Rundu, la principale ville du Nord-Est et la deuxième de Namibie – soixante mille habitants. Rigan était un témoin potentiel, le seul à ce jour.

La circulation dans les artères était moins dense à l'heure où les gens rentraient chez eux, le plus souvent à pied, une ribambelle de gamins aux basques de leurs mères. D'autres créatures sortaient avec le soir tombé, se livrant à des activités illicites dans des bars clandestins où l'on fumait de la *dagga* en buvant de l'alcool de contrebande. L'absence de mafias implantées dans le pays et le caractère peu belliqueux des autochtones expliquaient un taux d'homicides deux fois inférieur à celui de l'Europe, mais Rundu restait le carrefour vers l'Angola qui, déstabilisé par une longue et sanglante guerre civile, alimentait les trafics.

Ils firent le tour des bars où les recruteurs au service des braconniers traînaient parfois, montrèrent la photo de Rigan à des mines penchées mais personne ne semblait avoir vu le jeune Himba, ni son ami Xhase. Les rangers tombèrent bientôt sur Kasita, le plus ancien informateur de la région, un repenti que Seth n'avait pas vu depuis un moment. Il l'aborda au comptoir d'un shebeen où crachait une sono déglinguée, Solanah en ombre portée parmi les clients, plus nombreux avec le week-end.

Herero au nez épaté, le corps affaissé comme une termitière après un feu de brousse, Kasita fêtait ses soixante ans avec quelques bières qui n'arrangeraient pas sa solitude au milieu de la mêlée.

— Alors, vieux chacal, fit Seth en posant la main sur son épaule, toujours sur le pont ?

— Tu parles, fit Kasita en reconnaissant le jeune officier, ma femme m'a encore fichu dehors. Comme si je faisais exprès de plus pouvoir arquer.

— Peut-être que tu es trop souvent dehors ?

— C'est toujours mieux qu'à la maison. Depuis que j'ai vendu mes vaches, je sais plus quoi faire de ma peau. Même la nuit je m'ennuie !

Seth émit un rire sonore que Solanah ne lui connaissait pas, signe d'une complicité avec le vieux Herero. Du nez, Kasita désigna sa partenaire.

— C'est qui, elle ?

— La lieutenante Betwase, l'informa Seth, mon

équipière à la KaZa. Je te déconseille de la prendre pour une idiote.

— Enchanté, beauté.

— Tu commences sur les chapeaux de roue, papy, l'avertit Solanah.

— Pardon, pardon ! Qu'est-ce que vous faites par ici, les rangers ?

— Xhase, le Khoï retrouvé mort à Wild Bunch, tu es au courant ?

Kasita haussa ses épaules d'abeille.

— Comme tout le monde.

— Elles disent quoi, les rumeurs ?

— Qu'il vaut mieux pas foutre les pieds à Wild Bunch. C'est pire qu'une banque, son truc.

— La réserve de Latham ?

— Ce type est un paranoïaque de première, abonda Kasita en faisant don de ses postillons. Tu t'approches de chez lui, tu grilles ; tu rentres, tu te fais bouffer !

Ça avait l'air de l'amuser. Pas Solanah, qui se pencha vers lui au milieu du brouhaha.

— Qu'est-ce que tu veux dire par là ?

L'informateur fit un rond humide sur le comptoir avec le fond de son verre.

— Bah, on raconte qu'un gars a été retrouvé déchiqueté près d'une clôture électrifiée, il y a un moment de ça ; un gars qu'sa famille a dû enterrer vite fait avant que les rangers mettent leur nez dans l'histoire et accusent tout le monde de braconner.

— Déchiqueté ?

— Griffé de partout, oui, glapit le Herero, comme si un lion l'avait balancé à coups de patte de l'autre côté du grillage !

— Une légende urbaine, non ? fit Seth.

— En tout cas, personne ose se frotter à Latham et sa clique.

— Les San ? poursuivit Solanah.

— Des petits démons sous leurs airs de pas y toucher ; si ces gars ont pas bougé depuis des millénaires, ils seront encore là après nous !

Les rangers échangèrent un regard – on s'éparpillait.

— Lui, tu le connais ? fit Seth en montrant la photo du jeune Himba. Un gars surnommé Rigan, qui travaillait avec la victime dans un lodge de la région. Ils ont dû revenir en ville il y a un mois.

Kasita empestait le mauvais alcool sous son tee-shirt publicitaire ; il s'inclina sur le smartphone comme au-dessus d'un puits.

— Non, bougonna-t-il bientôt. Non, jamais vu. Ou alors il y a longtemps.

Seth changea de sujet.

— On a trouvé un piège à girafes à Bwabwata ; tu as des infos ?

— Bwabwata ?

— Il y a trois jours. Un piège artisanal. On est intervenus à temps mais il se peut que ce ne soit pas le seul.

Kasita allongea une moue qui se perdit dans sa bière. Sa peau noire luisait sous les quelques lampions encore vaillants.

— Je sais pas si y a un rapport, dit-il enfin, mais y a pas mal d'Angolais qu'ont passé le fleuve ces derniers temps. De jeunes gars qui cherchent du boulot.

— Des pisteurs ? Il y a de nouveaux trafiquants dans le coin ?

— Faut croire.

— Qui ?

— Si je savais, je t'aurais demandé un petit billet.
— Qui t'a parlé de trafiquants?
— La rumeur, répondit Kasita, rien que la rumeur. Ça vous empêche pas de me payer un coup.
— Tu pourrais te renseigner? insista Seth.
— Bah! Qu'est-ce que j'ferais pas pour les rangers…

Seth lui offrit sa bière.

Solanah était déjà dehors.

Ils ne remarquèrent pas l'unijambiste qui observait la scène depuis une table voisine.

6

Les sécheresses se succédant dans les années 1980, Kasita avait vu son bétail mourir, avant de chasser des animaux protégés pour survivre. Comme en Afrique du Sud, la répression anti-braco battait alors son plein en Namibie, sans faire baisser les courbes : un père éleveur arrêté laissait une famille affamée, qui se mettait alors à chasser illégalement, un cercle vicieux qui ne faisait que remplir les prisons de pauvres bougres. Le gouvernement avait décidé de convertir les villageois en rangers, ce qui s'avéra une bonne façon de réduire le braconnage. Outre le prestige de l'uniforme dans les communautés, les hommes du désert étaient doués pour répertorier et protéger la faune sur les territoires qu'ils connaissaient mieux que personne.

Kasita était devenu informateur pour le compte des rangers à sa sortie de prison, signalant les individus suspects, dont on pistait alors le téléphone. Beaucoup se faisaient passer pour des touristes et récupéraient les cornes ou les écailles de pangolin à l'hôtel où ils séjournaient, comme l'Avani Casino de Windhoek : le temps d'arriver sur la scène de crime, les faux touristes étaient déjà repartis en avion avec leur butin. Enfin, les rangers payant chaque info fiable à bon prix, Kasita avait pu se constituer un nouveau troupeau et faire vivre légalement sa famille trente ans durant. Le réchauffement climatique, plus terrible dans le Sud, et une santé précaire l'avaient poussé à prendre une retraite forcée, les enfants étaient partis comme une volée de moineaux, le condamnant à l'oisiveté de la ville où le vice et les shebeens l'appâtaient plus que sa vieille femme.

Les rues de Rundu étaient désertes quand Kasita quitta le bar aux lampions fatigués. Il claudiqua sous les étoiles, zigzagua vers les stations-service à la sortie de la ville, près desquelles il avait élu domicile. Le Herero était un peu ivre, «mais pas tellement plus que d'habitude», comme il disait à Meke, son épouse, probablement couchée à l'heure où les ombres glissaient sous ses pas... Il ne pouvait pas vraiment lui en vouloir de l'avoir mis dehors «jusqu'à nouvel ordre», Meke l'avait prévenu, excédée par ses écarts, comme si le désœuvrement l'amusait. Mal aux genoux, au dos, à la vie qui l'avait éreinté pour pas grand-chose. Kasita aurait aimé retrouver son lit, y plonger dans un sommeil troué de rêves alcoolisés, sa femme-périscope surveillant la ligne de flottaison du navire amiral, au lieu de quoi il marchait vers la tente qu'il avait plantée près de la station Shell où sa déroute le consignait depuis l'ultimatum de Meke. Deux kilomètres encore; à ce rythme, il y serait au lever du jour...

Kasita entendit le bruit de pas désaccordés dans son dos, une présence qui se rapprochait.

— Alors papy, on se promène?

Un unijambiste lui faisait face, plein d'un mauvais

sourire dans la pénombre de la rue. Kasita l'avait croisé au shebeen plus tôt dans la soirée, un trentenaire à la peau grêlée comme ceux qui n'ont pas eu une vie facile, un inconnu dont le vieil homme ne s'était pas méfié. Il aurait dû. Car l'éclopé n'était pas seul.

7

L'Occident désignait comme nature des territoires inertes ou à exploiter massivement, sanctuarisait quelques parcs voués à la récréation, à la performance sportive ou au ressourcement spirituel : jamais il n'était question d'y habiter. En Afrique, les autochtones étaient même sommés de quitter leurs terres au nom de la préservation exclusive d'animaux sauvages, ceux-là mêmes que l'Occident avait majoritairement exterminés. Un nouveau colonialisme vert. Les aides financières liées à la bonne gouvernance des parcs nationaux poussaient les populations locales à migrer, réfugiés écologiques bientôt incapables de s'intégrer sur des terres où ils ne connaissaient personne.

John Latham avait une autre vision du monde, où hommes et animaux cohabiteraient.

Il avait veillé à la présence de super-prédateurs, sans quoi les herbivores auraient détruit en nombre les arbres et les plantes, oiseaux et insectes n'auraient pu assurer le transfert des graines, et la pollinisation diminuant le nombre de champignons et de micro-organismes qui rendaient les terres fertiles – le cycle de la vie, de toutes les vies.

Il fallait débourser une petite fortune pour séjourner à Wild Bunch et profiter de safaris sur les lieux stratégiques – des forages artificiels, alimentés par de petits moulins à vent, attiraient les animaux en bordure de piste, où il était facile de les observer. Plusieurs générations s'étant succédé dans la réserve, certains avaient fini par s'habituer à la présence humaine. Beaucoup ne s'enfuyaient que si l'on s'approchait trop de leur zone de sécurité ou si l'on sortait des voitures de patrouille.

Avec le temps, les espèces les plus rares avaient été introduites, lycaons, pangolins, guépards, panthères (souvent trop malignes pour se faire voir), qui, avec le luxe de se sentir seules à bord du vaisseau vivant, faisaient de Wild Bunch un endroit unique pour les touristes de passage. Ici pas de caravaning ni de voitures cul à cul comme au parc Kruger, mais un écosystème au service des animaux et des hommes.

Érigé sur un des rares reliefs du désert du Kalahari, le lodge était composé de la maison de John, où était servi le dîner, et de deux îlots d'habitation indépendants qui semblaient suspendus au-dessus du point d'eau, où les bêtes assoiffées se réunissaient pour la trêve du soir.

Une serre abritait les légumes près du *staff camp*, avec un système de pompage des puits d'irrigation. L'eau provenait d'une nappe souterraine, une eau pure même s'il fallait la laisser couler une poignée de secondes pour évacuer le sable. L'éolienne, la station d'épuration qui transformait les eaux usagées en eau domestique, la piscine, les espaces privés : Wild Bunch fonctionnait grâce à des panneaux solaires qui permettaient une autonomie quasi totale. Si l'espace de dépeçage à ciel ouvert faisait froid dans le dos, avec ses barres, ses crochets et ses rigoles pour écouler le sang du gibier écorché, les deux tentes de luxe avec salle de bains vintage, toute d'acajou et de robinetterie en cuivre donnant sur la savane et le point d'eau, justifiaient presque son prix prohibitif. Dans cette sorte de bungalow sur pilotis, on s'éveillait en douceur devant le soleil levant, embrassant le désert aux mille nuances selon l'inclinaison du soleil, jusqu'à la *golden hour*, où herbes hautes et animaux en liberté resplendissaient au crépuscule.

Vivre au milieu des grands carnivores nécessitait cependant de l'espace. Les lions pouvant se déplacer de quarante kilomètres par nuit lorsqu'ils chassaient, les clients du lodge avaient l'interdiction de déambuler dehors après le dîner. La plupart des lions étaient suivis par GPS, leur collier relié à une tour d'alerte; certains pouvaient s'approcher, attirés par l'odeur des brebis réfugiées la nuit dans les kraals ou par les herbivores peu farouches qui traînaient matin et soir près des chambres. On entendait leurs rugissements rauques du crépuscule jusqu'au matin, audibles à des kilomètres et qui parfois faisaient trembler les murs, comme s'ils étaient là, tout près... Frissons assurés pour les touristes, stressés et émus à l'idée d'être si sauvagement entourés.

Une surveillance assidue de la réserve s'imposait, aussi John et son équipe l'arpentaient-ils du matin au soir. Les feux naturels causés par les éclairs détruisant chaque année des sections entières de Wild Bunch, N/Kon et les San allumaient des pare-feu durant la saison humide, brûlages précoces et préventifs avant les sécheresses. Tous les jours ou presque, John patrouillait pour voir si des bêtes manquaient, si elles étaient blessées ou changeaient de territoire, au risque de se frotter à d'autres mâles dominants. Il fallait sans cesse calculer le nombre d'animaux qu'ils pouvaient accueillir et les surplus selon les saisons d'abondance ou de canicule, gérer les stocks de viande en conséquence et le volume de végétation qui permettait aux herbivores de survivre, adapter la terre dans un environnement aussi sec que le Kalahari et privilégier les circuits courts. Le prix à payer pour les espaces clôturés des régions arides, aussi vastes fussent-ils.

Huit véhicules se partageaient les patrouilles, ainsi qu'un Cessna, qui commençait à fatiguer. L'arrivée des drones avait facilité la tâche ; ils aidaient à compter les bêtes, évaluer l'état du bush pour intégrer ou non de nouveaux animaux et suivre l'évolution des populations quasiment en temps réel, notamment les naissances des fauves et des grands herbivores, qui avaient le plus d'impact sur la végétation.

Le jeune État namibien avait d'abord vu d'un mauvais œil ce propriétaire privé qui, année après année, raflait les terres aux alentours de sa mine de diamants, mais, aucun braconnage n'étant à déplorer, on avait fini par lui confier des espèces parmi les plus menacées, comme ce couple d'antilopes, des sables (le mâle reproducteur se vendait soixante mille euros), et le plus gros rhinocéros d'Afrique australe, le fameux Longue-Corne – 70 centimètres, la plus longue recensée à ce jour –, fleuron du parc.

Plus gros et placides que les noirs, qui se nourrissaient d'acacias ou de broussailles et chargeaient volontiers les intrus, les rhinocéros blancs, avec leur bouche large et leurs lèvres carrées, broutaient l'herbe paisiblement. Le Kalahari étant trop sec, John leur donnait de la luzerne comme complément alimentaire, toujours au même endroit, ce qui constituait un point pour les observer. Différentes espèces de plantes étaient nécessaires pour obtenir la garde d'un rhinocéros, lesquels causaient beaucoup de dommages, surtout aux petits arbres – il fallait alors recenser la végétation abîmée et poser des barrières autour des arbustes pour qu'ils puissent repousser.

Introduit deux ans plus tôt, le Longue-Corne n'avait pas tardé à prendre sa place de dominant dans la savane ; Dina en chaleur, et une fois les prétendants chassés, le rhinocéros avait fait sa cour en marquant son territoire avec son urine et ses déjections, faisant tourner sa queue à la manière d'un ventilateur pour l'épandre sur une plus grande surface, un cérémonial bucolique où les deux partenaires se pourchassaient et parfois se battaient avant l'accouplement. Enfin, seize mois plus tard, un petit allait bientôt naître, le premier du Longue-Corne. John surveillait la femelle enceinte comme le lait sur le feu grâce aux pièges photo implantés dans le parc.

Wild Bunch était entièrement électrifié, soit des centaines de kilomètres de clôtures recourbées vers l'intérieur pour faire passer l'envie aux grands carnivores d'y grimper, enfoncées par des poteaux à plus d'un mètre cinquante dans le sol – les fauves pouvaient creuser. Des caméras solaires surveillaient les deux grilles d'entrée, reliées au poste de télésurveillance, un territoire hermétique sauf au nord-est, où un corridor permettait aux animaux de migrer vers Bwabwata. Là aussi, John et les San avaient installé des pièges photographiques.

Initié à l'informatique lors de ses années d'internat, Nate, le fils de N/Kon, avait conçu le système de télésurveillance de la réserve, un petit génie selon John, en charge des drones et qui, un jour, piloterait un vrai avion. En attendant, personne ne comprenait comment le jeune Khoï avait pu échapper à leurs radars. John et les San avaient arpenté les kilomètres de clôtures électrifiées sans détecter de percée dans leur défense et les caméras de l'entrée principale ne donnaient rien. L'intrus était forcément entré par le corridor de Bwabwata, à pied ou à bord d'un 4×4 équipé, seul véhicule capable de se glisser dans le labyrinthe d'épineux et d'éviter les ensablements.

— Si le Khoï était passé par le corridor de la KaZa, je l'aurais forcément détecté, grogna Nate, qu'ils venaient de rejoindre dans la salle de contrôle. Sans parler du tueur.

— Et les pièges photo autour de la scène de crime ? relança John.

— Ça n'a rien donné. Mais il en reste des dizaines à relever dans la réserve, qui ont pu flasher les intrus. J'en ai pour des heures et des heures ; il me faudrait de l'aide pour tout vérifier. Quelqu'un de compétent, précisa le geek, pas un vieux qui pige rien.

— Les jeunes n'ont plus de respect, dit son père, qui se sentait visé.

— C'est pas ma faute si vous confondez un ordinateur avec une girouette.

— Et ta cousine Priti ? proposa N/Kon. Elle aussi a fait des études, elle pourrait te remplacer au visionnage.

— Priti est une cinglée, assura Nate.

— Mais elle comprend vite. Cinglée ou pas, elle

nous fera gagner du temps, et vous ne serez pas trop de deux s'il faut se relayer la nuit.

— John a raison. Priti s'ennuie depuis son retour, elle sera ravie de nous aider pour le visionnage des caméras, la surveillance nocturne et le reste, pas vrai?

— Bon, soupira Nate. Bon, vous l'aurez voulu…

Priti et lui avaient un problème, non identifié par N/Kon, mais les jeunes se débrouilleraient. Les deux hommes quittèrent bientôt l'antre de Nate, dans l'expectative : comment avait-on pu s'introduire à Wild Bunch et en ressortir comme si de rien n'était?

— Un tunnel peut-être, hasarda N/Kon en roulant son tabac dans du papier journal.

— Par lequel le tueur serait reparti après le meurtre? Ça me semble peu probable. À mon avis, ceux qui sont passés entre nos filets ont eu de la chance, ou des renseignements de première main.

N/Kon acquiesça. Il fallait des pisteurs expérimentés pour braconner, de préférence fins connaisseurs du territoire où ils s'aventuraient, et les San de Wild Bunch savaient ce qui les attendait s'ils se risquaient à trahir la communauté… Tous sauf un.

— Tu penses à quelque chose? devina John.

— Wia.

Une ombre douloureuse passa sur eux, aussi vieille que le bonheur.

~

Les San l'appelaient «l'homme mort». Ils avaient recueilli John et l'avaient traité comme leur égal mais quelque chose s'était détraqué chez lui. Les petits hommes du Kalahari ne connaissaient rien à cette mécanique blanche, trop d'éclats éparpillés, mais tout le monde avait compris que l'ami de N/Kon devait disparaître. Les zones de combat n'étaient pas loin, deux cents kilomètres à peine, on se perdait facilement dans le désert et qui viendrait le chercher là, parmi ces arriérés de Bochimans ?

N/Kon lui avait appris à faire du feu en mélangeant du crottin de zèbre et de l'herbe sèche avant de poser une branche inflammable cassée qu'on frottait avec un bâton, à dénicher des *tsamma*, à fabriquer du poison pour la chasse en récoltant l'*Euphorbia virosa* des arbustes, à repérer les brindilles sans feuilles qui pointaient sur la terre craquelée, à user de son bâton à fouir pour déterrer les tubercules gorgés d'eau. Les plantes sauvages, qui évoluaient parallèlement aux hommes depuis la nuit des temps, recelaient des substances qui soulageaient, soignaient, réjouissaient et les faisaient vivre, des plantes ni cultivées ni sélectionnées par l'homme que la nature prodiguait gratuitement. John avait compris pourquoi tout était sacré pour les San : l'écosystème était un tissage intime entre les êtres et le vivant.

La communauté de N/Kon n'avait plus le droit de chasser sur les terres des dominateurs, mais les San pouvaient mimer la traque avec leurs arcs : une chasse imaginaire où les bêtes, surprises par les pisteurs, semblaient *attendre* les flèches de leurs armes vides et déguerpissaient au moment d'être frappées. Magique. John pouvait entendre le souffle de leurs traits fictifs traversant un espace dont on les avait bannis avant de « toucher » la cible. Qu'elle s'enfuie était un moindre mal... Les San étaient-ils condamnés à *mimer* leur vie ?

John avait fait le mort parmi eux et il n'avait pas eu à se forcer. Coupé du reste du monde, il avait désappris ce qu'il était, ce qui croyait-il le constituait. C'est plus tard, devenu conservateur d'un musée animal bien vivant, que John avait fait la jonction entre son enfance tronquée et son existence d'adulte : recoller les morceaux d'une vie en miettes induisait d'abord de les ramasser.

Les animaux comme remède… Après bientôt trente années passées à leurs côtés, John s'était connecté à eux plus qu'aux hommes. Il pouvait sentir le sang dans leur gorge, leur cœur battre, relié à eux par un contrat silencieux qui ne devait rien à l'anthropomorphisme ou au romantisme. Les livres de sa bibliothèque étayaient ce qu'il voyait tous les jours : la seule différence importante entre les espèces était le degré supérieur de l'esprit de coopération humain. Beaucoup de vertébrés possédaient une vie affective comparable, ressentaient le chagrin, la peur, l'amour, la joie ou le désarroi, ils se soignaient avec des plantes, d'autres veillaient à la non-transmission des maladies, certains se droguaient, comme ces ours revenant tous les jours à un dépôt de kérosène, ces abeilles alcoolisées qui se voyaient interdites de vol par leurs congénères ou ces dauphins qui se passaient des poissons-globes hautement toxiques comme un joint aquatique. Les oiseaux chantaient, et même jouaient quand ils avaient séduit une femelle, sans autre but que de s'amuser, comme les bonobos jouaient à colin-maillard avec des feuilles de bananier, pour rire. Mais contrairement aux humains, qui respectaient peu le réflexe de fuite, aucun animal ne se faisait exploiter, pervertir, humilier, insulter, torturer, aucun animal n'aimait avoir peur, faire de ses semblables des prisonniers, ou des esclaves.

John en vomissait des mygales. Car détruire l'écosystème qui les faisait vivre ne suffisait pas. La guerre de l'humain contre l'animalité s'était répandue sur tous les continents : pièges, lances, poisons, fusils, armes automatiques et engins de guerre, les champs de bataille étaient jonchés de cadavres de rangers morts en mission et de braconniers anonymes manipulés par des trafiquants intouchables. John avait étudié le sujet. Les «prélèvements» d'animaux sauvages se déroulaient surtout ici, en Afrique, avant que le produit (vivant ou mort) soit expédié vers une clientèle majoritairement asiatique, qui s'arrachait ces trésors. On les retrouvait dans des sacs de cacao ou des chargements de bois, regroupés dans les ports sous de fausses appellations, «plastique à recycler», «bœuf congelé», «pétales de rose», mélangés à d'autres viandes ou poissons «légaux»; le butin voyageait par containers, bateaux de pêche ou simples mules qui rivalisaient d'ingéniosité pour passer entre les mailles des filets, les contrevenants s'en sortant généralement avec une amende dérisoire. Un trafic mondial dont seuls dix pour cent des mouvements étaient saisis. Les combines allaient du scanner débranché par des douaniers corrompus avant l'embarquement du passeur à la complicité des agences ministérielles, chefs de police, intermédiaires bureaucrates, rangers ou villageois locaux. On spéculait sur les espèces les plus menacées et, quand l'imminence d'une extinction provoquait l'envolée des cours de la Bourse faunique, on s'acharnait.

Ivoire, cornes, peaux, écailles de pangolin, dents,

griffes, testicules, tout se vendait sur les marchés parallèles, alimentés par des tueurs professionnels ayant combattu dans différents conflits et qui n'avaient pas peur des brigades anti-braconnage. Ces groupes armés provoquaient la dislocation des communautés locales et l'instabilité politique et finançaient le terrorisme – Boko Haram et Al-Qaida participaient au trafic –, précipitant l'extinction en cours. Une extinction exponentielle, comme l'avaient subie les peuplades qui considéraient la terre comme leur mère nourricière, privées de l'imaginaire qui fondait leur entité, exactement comme les animaux dans un zoo. Voilà l'avenir que l'homme moderne réservait aux bêtes sauvages : une prison. Un cachot avec des barreaux de fer dans la tête, qui leur feraient perdre jusqu'à l'idée même de liberté.

La haine parfois le submergeait. Il avait créé Wild Bunch comme un camp de rescapés et, à cinquante-quatre ans, John estimait n'avoir plus rien à offrir à ses semblables. L'amour n'était qu'un mirage, une simple dispersion de l'âme, l'idée de fonder une famille ne l'avait jamais intéressé, encore moins aujourd'hui, alors qu'il avait passé l'âge de perpétuer l'espèce, il n'avait jamais voulu d'une femme blanche à ses côtés, sûr qu'elle demanderait des comptes à la moralité et au chagrin qui l'avait tué il y a longtemps. John s'imaginait avoir vu assez de gens sur terre, fidèles à eux-mêmes, vils ou magnifiques, veules ou volontaires, toujours désespérants. Il préférait rester avec ses animaux : au moins eux se dévoraient pour une bonne raison.

Quant à la seule femme qui avait partagé sa vie, Aya, elle était morte trop tôt et il n'avait pas même une photo d'elle... Que cette tombe, sans même une plaque, où on avait déposé le corps de la jeune San à même la terre. Un rite animiste qui, en nourrissant les vers et les insectes, participait à la régénérescence de toutes les vies.

John ne s'était pas rendu sur la sépulture depuis des mois. Le retour de Wia dans cette histoire ranimait le souvenir d'Aya, sans doute, ou le pressentiment d'heures sombres à venir ; il s'accroupit devant le carré de terre où les restes de sa compagne s'étaient dispersés et déposa un bouquet de petites fleurs d'oranger.

— À bientôt...

~

N/Kon sortait rarement de Wild Bunch, sauf pour l'intendance et pour aller chercher quelques pièces de mécanique qu'on ne pouvait livrer sur place. L'ami de John gambergeait au volant : depuis combien d'années n'avait-il pas vu son frère ? La dernière fois, à sa sortie de prison, Wia réparait des pneus le long de la B8, une échoppe minable à l'image de sa déchéance.

Un drame humain en soi, comme si Wia avait poussé de travers et n'en finissait plus de perdre ses racines. Le décès précoce de leurs parents n'était pas une excuse (la communauté avait su rester soudée jusqu'à l'arrivée de John), ni l'apartheid, qui empêchait la population namibienne de se développer – Khoï et San vivaient la ségrégation depuis l'invasion millénaire des Bantous. La culpabilité après la mort tragique de leur petite sœur avait contribué à précipiter Wia dans l'abîme, où il se complaisait depuis, à moins qu'un miracle ait eu lieu, mais N/Kon n'y croyait pas : on ne remplit pas une mer de sable.

Il fit signe à Nate qui, grâce à la caméra solaire de la grille nord, surveillait les entrées et sorties de la réserve ; la clôture électrique s'ouvrit pour laisser passer le Land Cruiser et N/Kon adressa un salut aveugle à son fils avant de suivre la piste qui menait au bitume. Partant de la lointaine capitale, au centre du pays, la B8 traversait les déserts de sable et de rocaille du Kalahari jusqu'à Rundu. Une nationale recouverte de goudron qui n'empêchait pas les accidents ni les pneus de crever – il suffisait de voir les débris de caoutchouc qui jonchaient l'asphalte.

Exclu de Wild Bunch pour ses négligences, Wia (« Mangouste jaune ») avait vagabondé des années avant de se fixer dans un de ces hameaux sans nom qui s'accumulaient en bord de route, à une poignée de kilomètres de Nkamagoro, dernière agglomération avant Rundu. Les ombres s'étendaient encore sur le désert orangé qui se réchauffait au soleil du matin. Les vaches erraient, stoïques au milieu du chemin. N/Kon appréhendait de retrouver son frère, plus encore avec les soupçons qui pesaient sur lui, sans compter qu'après tout ce temps il avait pu prendre la poudre d'escampette, ou même mourir sans que personne n'en sache rien... Le San se gara bientôt sur le bas-côté, décrypta l'écriteau « *tires repair* » criblé de poussière qui tenait encore au cabanon en briques. Le repaire de Wia, si ses souvenirs étaient bons.

Le Land Cruiser hoqueta à quelques mètres du cabanon, sur un coin de terre sèche où les capsules rivalisaient avec les éternels bouts de plastique et les canettes écrasées. Deux gamins pieds nus surveillaient la dizaine de brebis qui constituaient leur troupeau, à l'ombre d'un arbre où ils regardaient passer les voitures. N/Kon leur retourna leur bonjour. Une vieille guimbarde prenait la poussière derrière l'atelier de réparation, fait de briques et d'un toit branlant, alimenté par un groupe électrogène capricieux. On entendait des bruits à l'intérieur ; N/Kon se pencha vers le réduit, aperçut deux yeux qui l'observaient et attendit qu'ils sortent à l'air libre. Ceux de son frère, sans doute déjà vitreux puisqu'il s'affubla de lunettes de soleil.

— Tiens, tiens, qu'est-ce que tu fais là ?
— Bonjour Wia, ça va ?

Trois années n'avaient pas arrangé sa mine défaite par la bière et le mauvais vin ni la profonde cicatrice qui marquait toujours sa joue. Le tee-shirt qu'il portait ne valait rien, ni le short, ni le reste. Wia empestait et tanguait au soleil matinal, ses cheveux crépus lavés au jus de poussière.

— Ça marche, les affaires ? tenta N/Kon.
— Bien sûr : tu n'as pas vu le palace où je vis ?

Ses lunettes noires accentuaient son look de *gangsta* en fin de carrière.

— Toujours le même, on dirait.
— C'est ça, ouais. Me dis pas que tu passes par hasard, continua le cadet avec un sourire raté.
— Non, non...

Wia faisait pitié avec ses dents poussées comme lui de travers, sa détresse agressive et ses pieds crasseux.

— Alors ? le pressa-t-il. Qu'est-ce qui me vaut cette visite ?
— J'ai quelques questions à te poser. À propos d'un homme qui s'est introduit dans Wild Bunch dans

la nuit de mercredi, expliqua-t-il : un jeune Khoï. On l'a retrouvé mort le jeudi matin.

— Ah ouais.

— Un assassinat, précisa l'aîné. Les rangers ont embarqué le corps mais il avait des blessures causées par une arme blanche : couteau, lance, flèche…

Wia gratta sa cicatrice.

— T'attends quoi de moi, là ?

— Le Khoï est entré illégalement, sans doute pour braconner ou pister des animaux. Ça ne te dit rien ?

— Pourquoi, ça devrait ?

— Tu connais Wild Bunch mieux que personne : si quelqu'un cherche un moyen de s'y introduire de nuit, tu peux lui fournir les meilleures infos.

Le souffle d'un camion fit trembler l'air autour des frères.

— C'est pour ça que t'as fait la route ? grimaça Wia derrière ses lunettes. Pour m'accuser ?

— La police est sur l'affaire. Si tu es lié au meurtre, même de loin, on préférerait que ça se passe en famille.

— En famille ? singea l'autre. C'est John qui t'envoie ?

— Ça ne change rien.

— C'est marrant, j'aurais cru le contraire.

— Si tu es au courant de quelque chose, je te conseille de me le dire, répéta N/Kon.

— Pourquoi j'aurais aidé quelqu'un à s'introduire dans la réserve ?

— Pour de l'argent. Te venger. Ou peut-être qu'on t'a tiré les vers du nez quand tu étais ivre et que tu t'en souviens à peine. Par simple malveillance ou par ennui, les choix sont nombreux.

Wia gardait sa hargne.

— Vous me dégoûtez, John, toi, les autres... J'en ai rien à foutre de ce qui peut arriver à cette réserve. À vous aussi. Je suis transparent, j'existe plus, ça te va ?

— Tu braconnes pour te nourrir ? Tu étais un bon pisteur, continua N/Kon.

— Je piste plus rien, grogna l'alcoolique, même pas les vaches. Foutez-moi la paix.

N/Kon scrutait le visage de son frère, secoué de tics perceptibles, signe chez lui de grande nervosité.

— Comment te croire ?

— Ma parole, ça suffit pas ? Tu comptes me coller les flics au cul ?

— Pas si tu me prouves que tu n'y es pour rien.

— Ah ouais, comment ?

D'un mouvement brusque, N/Kon lui arracha ses lunettes noires, qui l'empêchaient de le sonder.

— Hey ! glapit Wia, trop lent pour l'arrêter.

S'il ne vit qu'une morne plaine dans sa pupille droite cernée d'un rouge saumâtre, la gauche était presque translucide.

— Qu'est-ce qui est arrivé à ton œil ?

— Qu'est-ce que ça peut te faire ?

— Réponds-moi.

Wia souffla, excédé.

— Un cobra du Cap... Je réparais une bagnole ; j'ai soulevé le capot sans savoir qu'un de ces putains de serpents s'était caché dans le moteur. Il m'a craché son venin à la gueule.

— Je croyais que les mangoustes étaient plus rapides que les cobras ?

— Très drôle.

N/Kon regardait son frère dans les yeux mais les stigmates laissés par le serpent brouillaient les pistes.

— Tu as un alibi pour la nuit du meurtre ? demanda-t-il. Mercredi soir dernier, ça te rappelle encore quelque chose ?

Les deux hommes se dévisagèrent sous le cri des camions, suspicions fratricides. Wia se tourna bientôt vers le cabanon qui servait d'atelier et, au risque de perdre l'équilibre, fit les trois pas qui le séparaient de la porte entrouverte.

— Hey, la pétasse, sors de là !

N/Kon aperçut des cadavres de Tassenberg à l'entrée du réduit, la piquette locale qui vous trouait l'estomac, et une pauvre créature qui avait dû être jeune, les lèvres piquées d'un violet douteux.

— Dis à mon frérot où on était mercredi soir ! lui lança le réparateur de pneus.

— Eh ben...

— Il y a deux jours. Réfléchis deux secondes, idiote ! T'es là depuis combien de temps ?

— Je sais plus, dit la fille aux cheveux emmêlés. Une semaine.

— On a bougé de ce trou ?

— Bah, non, pour quoi faire ?

— Et t'as dormi où ?

— Ici, pardi.

— Et moi, tu m'as vu partir, ou parler à des étrangers ?

— Bah... non.

Wia se tourna vers son aîné, immobile devant l'atelier qui ne réparait plus rien.

— T'es content ?

Non, N/Kon était triste.

8

La nièce de N/Kon avait toujours été une exception dans la communauté san. Ou alors elle avait pris au pied de la lettre ce qui définissait son peuple, «ceux qui suivent l'éclair». Priti faisait tout trop vite : décalée en permanence comme si elle avait grandi plus rapidement que les autres, on la retrouvait à l'étape suivante, de préférence là où on ne l'attendait pas, portée par une imagination et des mots qui débordaient parfois son cerveau électrique. Priti ne réfléchissait pas longtemps, répondait spontanément à ses interlocuteurs, jeunes ou vieux, garçons et filles, et apprenait vite : le monde animal, végétal, le désert, l'envers du décor humain où elle cherchait compulsivement sa place. Une femme pressée qui, petite déjà, attirait la curiosité avec ses réflexions à l'emporte-pièce.

John n'avait rien fait pour freiner l'élan du trublion, lui qui payait les études des jeunes les plus motivés, quitte à ce qu'ils restent à la ville. Dans tous les cas, ils avaient besoin de forces vives pour pérenniser leur sanctuaire.

Les enfants de Wild Bunch allaient à l'école de

la communauté, tenue par Hikka, l'institutrice san du *staff camp*, certains poursuivaient le secondaire à Rundu, mais la plupart revenaient vers l'âge de seize ans – Wild Bunch avait pour eux des airs de grandes vacances – et préféraient vivre auprès des leurs, la nature pour décor.

Priti n'avait pas connu son père, que sa mère avait rencontré trop tôt et qui n'avait pas laissé de trace. Priti s'en était inventé d'autres, le plus souvent piochés dans les livres de la bibliothèque de l'école que John alimentait pour leur ouvrir l'esprit – Darwin, Yeats, Wilde, Mandela, Coetzee, Nietzsche, Lorenz, jusqu'aux dernières parutions d'éthologues et de spécialistes de la crise climatique en cours. Après un premier cycle à Rundu, Priti avait fini ses études en internat à la NUST (Namibia University of Science and Technology) de Windhoek et découvert un autre monde. Les codes sociaux de la capitale différant à peu près sur tout, Priti en avait profité pour mener des expériences inconcevables – voir des vidéos pornos, rouler à moto en se collant à un garçon, faire l'amour de peur qu'on l'épouse trop vite, parler des heures de problèmes comme trouver un métier, gagner de l'argent pour ne pas finir à la rue ou dans le lit d'un mauvais mari, bâtir une maison... La modernité aurait eu raison d'une autre, mais la jeune San n'était pas comme les autres.

Ses études vécues comme un complément à sa propre culture, Priti n'avait jamais douté de son retour à Wild Bunch. Elle venait de naître lorsque John avait rejoint sa communauté et, d'aussi loin qu'elle s'en souvenait, à mille lieues de constituer un père de substitution, l'Afrikaner lui faisait l'effet du miel au

fond de la gorge. L'attrait de l'étranger sans doute
– John était si différent des San, avec ses idées folles
et sa démarche gentiment chaloupée. Priti avait peu
connu sa compagne, Aya, décédée tragiquement alors
qu'elle était gamine, et, si la San s'était amourachée
de quelques garçons, force était de constater que ses
longues années d'exil à la ville n'avaient rien changé à
son goût pour le miel. Un fantasme longue durée dont
Priti ne savait que faire – ses retrouvailles avec John
s'étaient résumées à un aimable bonjour et quelques
mots de bienvenue qui la laissaient sur sa faim.

La maisonnette qu'on lui avait attribuée était
sommaire, à l'image du *staff camp*, comme si l'âme
nomade des San les empêchait de réellement s'installer quelque part : une pièce de dix mètres carrés en
briques avec une couchette, un lavabo, une étagère,
deux malles pour ses vêtements et autres affaires personnelles. La cuisine était à l'extérieur, de simples
pierres pour le feu et des casseroles, commune aux
trois chambres contiguës, dont celle de N/Kon. Priti
avait tenté d'embellir un peu l'endroit – un miroir, une
tablette pour ses crèmes et produits de maquillage,
un coup de peinture blanche sur les murs, quelques
affiches ou objets de décoration cache-misère, la poignée de livres rapportée de Windhoek. La San savait
s'en contenter. Elle avait vingt-six ans, le cœur offert
aux balles de l'amour qui un jour la foudroierait, et
Priti brûlait que les choses arrivent. Tout, maintenant,
vite, avant qu'elle meure comme une idiote.

Elle en avait parlé à Hikka, sa jeune tante devenue
l'institutrice des enfants de Wild Bunch. Les deux
femmes n'avaient que sept ans de différence, Hikka
avait été comme une grande sœur quand elle était

petite mais, si les filles étaient heureuses de se retrouver, la tante était plus terre à terre.

— Tu te trompes complètement sur John, dit-elle. Il n'a rien à offrir à quelqu'un comme toi.

— Ça me remonte le moral, ce que tu me dis, apprécia Priti. On peut savoir pourquoi?

— Parce que tu es jeune, et lui se sent trop vieux pour tout recommencer.

— C'est l'intérêt de la vie, non? Si on n'avait pas le droit de tout recommencer, on passerait notre temps à avoir peur de se tromper et on resterait là, comme des cons.

— Tu as la vie devant toi, persista sa conseillère, et John a l'âge d'être ton père; s'il t'évite depuis ton retour, c'est pour que tu ne t'imagines pas n'importe quoi.

— Il te l'a dit?

— John ne se confie qu'à N/Kon. Mais il t'aime beaucoup, tout le monde le sait; c'est pour ça qu'il est un peu distant. Pour te protéger de ton imagination un peu trop débordante, assura Hikka.

— On ne fait que ça depuis que je suis petite, «me protéger de mon imagination un peu trop débordante», grogna l'intéressée, il serait temps de changer de disque. S'il fallait se contenter de la réalité pour être heureuse, la vie serait vite barbante.

Hikka soupira, amicale.

— Tu es amoureuse de l'amour, Priti, pas de John.
— Arrête de faire ta prof.
— Avoue.
— Jamais.

Priti tournait en rond, petit fauve en cage, puis son oncle N/Kon arriva devant sa chambrette avec sa cigarette en papier journal, son bob moche et sa requête qui allait tout changer.

— Tu me proposes de travailler avec Nate ? résuma Priti.

— De le seconder au visionnage des clichés pris par les pièges photo, confirma le fumeur invétéré. Des intrus ont pénétré dans la réserve : il va falloir la surveiller nuit et jour.

— Pourquoi John ne me le demande pas directement ?

— Parce que je suis ton oncle.

— C'est pas pareil, objecta la San, transparente.

— Que quoi ?

— Oui, bon, c'est d'accord.

— Ah… Très bien.

— Avec Nate, on sera obligés de se parler ?

N/Kon hocha la tête d'un air entendu.

— Vous pourrez vous faire des signes si vous préférez.

Priti lui adressa un sourire carnassier qui n'allait pas du tout à son physique ; elle aimait bien son vieil oncle, qui savait mieux que quiconque lire entre ses lignes.

— Je commence quand ? demanda-t-elle.

— Maintenant si tu veux.

— Je veux.

~

Pommettes hautes, yeux bruns d'antilope trahissant une sensibilité à fleur de peau, carrure d'homme et démarche de lionne en quête de territoire : John avait tout de suite été intrigué par la ranger tswana chargée de l'enquête. L'aider à percer le mystère lié au meurtre comportait des risques, N/Kon l'avait prévenu, mais John n'avait pas le choix.

Les pistes du nord-est menaient au corridor de Bwabwata. Des buffles et leurs petits s'épanchaient dans la boue, milice à cornes rôdant alentour pour prévenir l'attaque des lions – un groupe vivait près du point d'eau, dernier spot avant le couloir animalier. Les bovidés ne firent pas attention à John tant qu'il ne s'approcha pas trop. La piste cabossée filait tout droit vers la réserve de la KaZa. Une ouverture d'environ cinq cents mètres dans les grillages permettait aux animaux de migrer vers l'Okavango. John observa les traces à la frontière. Elles n'étaient pas fraîches, sauf celles des herbivores, que leurs déjections identifiaient. Il roula à allure réduite, repéra une première caméra tandis qu'il pénétrait dans le corridor, se connecta au talkie-walkie qui le reliait au centre de surveillance.

— Nate, tu me reçois ?

Un premier crachotement et une voix lui répondit, inattendue.

— Oui, John, je te reçois !

Une voix féminine.

— Qui parle ?

— Priti. Nate est en pause déjeuner.

— Je lui avais demandé de surveiller les caméras du corridor, grogna John en stoppant le 4 × 4.

— Je t'ai en visuel, pas la peine de s'énerver, rétorqua-t-elle dans le talkie. Les caméras fonctionnent normalement, si c'est ça que tu veux entendre. Du moins celle que j'ai sous le nez. T'inquiète, mon oncle m'a tenue au courant du problème. Tu aurais pu m'en parler directement si tu voulais que j'aide Nate au visionnage, enchaîna-t-elle comme on fait la conversation. N/Kon ne t'a pas dit que je me suis installée à côté de chez lui ? Je n'ai pas encore mis de cœur sur la porte mais j'habite là.

Priti avait toujours l'air aussi bizarre. Elle faisait la paire avec son cousin.

— Rien à signaler ?
— RAS.
— Bon, je continue. Restez en contact, toi ou Nate.
— Oui mon commandant !

John enclencha la première et poursuivit l'inspection du corridor, plus touffu à mesure que les pistes des animaux s'enfonçaient entre les bosquets d'épineux. Des branches cassées indiquaient la présence récente d'éléphants, grands destructeurs de végétation ; John roula encore un kilomètre dans le parc de Bwabwata, toujours au pas, sans repérer aucune trace de pneus. Le bush était de plus en plus dense, on imaginait mal un véhicule slalomer entre les acacias, les trous et les ravines, à moins d'aller très lentement et de risquer l'ensablement ou l'enlisement en cas de pluie subite. Dans tous les cas, il fallait un 4 × 4 équipé… John croisa une autruche esseulée qui s'enfuit à sa vue comme si elle avait cent guépards aux trousses, quelques jolis springboks assoupis à l'ombre des arbres, mais ce fut tout. Il allait rebrousser chemin quand la voix de Priti cracha dans le talkie pendu au tableau de bord.

— John, tu me reçois ? John ?
— Oui ?
— Il y a un problème avec la femelle du Longue-Corne, qui doit mettre bas. Je l'ai en visuel sur une caméra de la zone 3 : elle n'a pas l'air bien.

— Dina ? Qu'est-ce qui se passe ?

— Je sais pas, elle se couche, se relève, tourne en rond en crachant du feu par les naseaux, expliqua Priti. J'ai l'impression que l'accouchement a commencé mais qu'elle ne se sent pas bien. En tout cas, il y a un marabout qui la guette, et tu connais ces sales bestioles.

Plus grand oiseau d'Afrique, volontiers charognard, l'échassier était doté d'un bec si puissant qu'il pouvait percer la paroi abdominale des antilopes ou des buffles tués par les fauves. Retors, les marabouts attaquaient aussi les nouveau-nés les plus fragiles, profitant de la faiblesse de la mère pour se jeter sur le bébé sitôt expulsé – John avait vu un bébé girafe, encore incapable de se dresser sur ses pattes, se faire massacrer par l'un de ces volatiles.

— OK, donne-moi les coordonnées.

Cibles privilégiées des braconniers, les cornes des rhinocéros leur servaient de poignards en cas d'attaque de lions ou de hyènes. Ils l'utilisaient aussi pour s'exercer à un simulacre de combat et pour établir la hiérarchie entre mâles, pour intimider les buffles, fouiller les mares pour se nourrir, masser les femelles avant la mise bas et pousser les petits en cas d'urgence. Le décornage préventif dénaturait les rhinos – la repousse n'excédait pas quatre à sept centimètres par an –, les rendant invalides, aussi John n'avait-il pas eu le cœur de les couper.

Ses congénères ne s'activant qu'à l'arrivée du crépuscule, Dina avait profité du jour pour se cacher dans les bosquets, où elle pourrait mettre son petit au monde sans attirer les prédateurs ou d'autres mâles agressifs. La boue protégeant les méga-herbivores des insectes et du soleil, plusieurs mares avaient été creusées à Wild Bunch, où ils venaient se rafraîchir. Grâce à une caméra située près de l'une d'elles, John avait fini par retrouver Dina parmi les arbustes, un carré d'acacias qui camouflait en partie sa masse.

Juché sur le toit du Land Cruiser, John la suivait avec ses jumelles. Comme l'avait pressenti Priti, la femelle du Longue-Corne s'apprêtait à mettre bas – des sécrétions coulaient de sa vulve ouverte. Le géniteur n'était pas visible, sans doute plus préoccupé à défendre son harem des autres mâles qu'à seconder sa partenaire biologique. Le danger pourtant était là : énorme, chauve, disgracieux avec son bec massif, sa poche jugulaire rouge, ses pattes sales et sa collerette ébouriffée, un marabout se tenait debout à une dizaine de mètres, la tête rentrée dans les épaules mais attentif aux mouvements de la mère – il avait tout son temps.

L'échassier aimait la brousse, les températures élevées qui créaient les courants thermiques où il planait en cercles comme ses cousins vautours, rôdant près des décharges des villages et des carcasses de grands mammifères. Sa tête et son cou nus lui permettaient d'enfoncer son long bec dans les cadavres sans souiller ses plumes, et c'était bien sa seule délicatesse. Se nourrissant de tout ce qui passait à leur portée, les marabouts pillaient aussi les nids d'autres oiseaux, quéléas, flamants, dévorant leurs œufs ou leurs petits.

John observait la scène à distance, moins inquiet pour les deux jeunes éléphantes croisées tout à l'heure près du point d'eau que préoccupé par ce maudit charognard et par l'attitude de Dina : après avoir longuement tourné sur elle-même, la femelle venait une nouvelle fois de s'allonger, disparaissant de son champ de vision. John hésita. Intervenir lors d'une naissance n'était pas conseillé dans la brousse mais, si Dina n'arrivait pas à accoucher debout, c'est qu'elle était en difficulté, et l'oiseau l'avait bien compris. Il faudrait trente minutes au bébé rhino pour se dresser sur ses pattes, une dizaine à la mère si l'accouchement l'avait affaiblie – le marabout aurait tout le temps de percer le ventre du bébé et de le dévorer vivant...

John mit pied à terre et avança contre le vent, sans déceler d'autres mouvements que celui de l'oiseau qui, le voyant approcher du bosquet, fit deux pas de côté. L'accouchement était en cours puisque Dina ne l'avait pas chargé... John se glissa lentement jusqu'aux acacias. Retenir son souffle, son poids à chaque pas, soûlé d'adrénaline se faire léger nuage : la femelle à peau blanche était là, sur le flanc, une patte du bébé était dehors mais, aux chuintements rauques qu'elle ne pouvait s'empêcher de laisser échapper, John comprit que la mère agonisait, incapable d'expulser le reste du petit.

Dina avait dû sentir sa présence mais elle ne bougeait pas, au supplice. Le marabout aussi s'était approché, sournois. John fit claquer le fouet qu'il tenait à la hanche, deux fois, avant que l'échassier consente à refluer en battant des ailes, visiblement mécontent. Le temps pressait : John se posta dans le dos du rhinocéros, s'agenouilla en surveillant l'inclinaison de ses oreilles et, sans réfléchir aux lois de la nature, tira sur la patte sortie de la matrice. Dina émit une sorte de barrissement, les oreilles agitées tandis que les spasmes se succédaient. « Vas-y, ma vieille », il l'encourageait mais le petit refusait de sortir et la femelle montrait des signes de faiblesse. La manœuvre était périlleuse mais John prit appui sur le fessier de l'animal – un coup de sabot lui briserait la jambe – et, les pieds calés, il tira vers lui de toutes ses forces. La membrane qui recouvrait le bébé rendait la prise glissante mais, au prix d'un effort commun définitivement trop long, la tête du petit parvint à jaillir. Le reste du corps fut expulsé en un amas assez répugnant et son flot de liquide amniotique inonda John, qui recula trop tard. Il se redressa dans le même mouvement, sans toucher au placenta, le cœur battant : le bébé rhino de quarante-cinq kilos gisait là, aussi gluant qu'on pouvait l'être mais vivant.

La mère était trop faible encore pour réagir, les bras et les vêtements de John déjà souillés ; il ouvrit la membrane à mains nues pour permettre au petit de respirer. Il était bien incapable de se dresser sur ses pattes, comme sa mère, qui semblait terrassée par l'effort. John recula aussi doucement qu'il était apparu, la chemise nauséabonde, et pesta bientôt dans sa barbe : le marabout était revenu devant le bosquet d'épineux, attendant son heure.

L'homme n'eut pas à le chasser puisque des craquements secs résonnèrent non loin, qui firent aussitôt déguerpir l'oiseau de malheur : des bris de branches, brutaux et répétés, qui ne trompaient pas – éléphant.

John dressa la tête et découvrit le mâle en approche, une bête gigantesque avec du liquide suintant de ses glandes temporales : du musth. Une production d'hormones qui, à son comble, entraînait les pachydermes à affirmer leur domination jusqu'à en perdre la raison. Rendus fous par la testostérone, les mâles en rut chargeaient les lions, parfois sur de longues distances, attaquaient les vieux dominants qui fuyaient sans demander leur reste, leurs congénères et tout ce qui passait à portée de leur furie, loin de la sagesse présumée de l'espèce.

Et l'odeur du placenta avait attiré le désaxé.

Le géant venait vers eux, détruisant tout sur son passage, et John sentit arriver le drame. Le bébé rhino ne parvenait même pas à se hisser sur ses genoux, Dina était trop faible pour le protéger et, aux barrissements du forcené, il était clair que le grand mâle semblait prêt à piétiner ce qui bougerait sous ses pas. Une question de secondes avant qu'il ne tombe sur le lieu de l'accouchement. John courut à découvert jusqu'à la voiture, décidé à détourner la fièvre sexuelle de l'éléphant qui, de fait, le prit pour cible ; il chargea au moment où John se jetait sur le volant.

Deux tonnes et demie de tôle industrielle contre sept de chair et de fureur : le Land Cruiser faisait un piètre refuge, que l'animal pouvait renverser comme une bûche avant de s'acharner sur l'ennemi expiatoire d'une colère sans objet. Le moteur répondant au quart de tour, John poussa la première, les barrissements à ses trousses. Le mâle fonçait vers lui en faisant trembler le sol, le musth pour guide, une fusée lancée à plus de cinquante kilomètres/heure qui gagnait du terrain. John enclencha la seconde, arracha des branches d'épineux sans se soucier des soubresauts et des hurlements du moteur, rebondit sur le sol inégal de la savane, des frissons inconnus dans le dos. L'éléphant le rattrapait inexorablement, il pouvait le voir agiter les oreilles dans le rétroviseur qui bringuebalait, barrissant un courroux qu'il ne maîtrisait plus. Vingt, quinze, puis dix mètres les séparaient, mais John garda son sang-froid : comme il l'espérait, les deux éléphantes croisées plus tôt se tenaient toujours près du point d'eau. Elles avaient commencé à s'éloigner, effrayées par le raffut et la frénésie du grand mâle, sans savoir que John le menait à elles.

Le possédé talonnait le tas de ferraille puant qui tentait de lui échapper quand il détecta la présence des deux femelles près de la mare. Stoppant brusquement sa charge, l'éléphant détourna son attention et, changeant de direction à grand renfort de poussière et de cris, se lança à la poursuite des jeunes éléphantes qui avaient pris la fuite. Elles disparurent les premières derrière les épineux, pourchassées par les barrissements du dément, qui poursuivit sa course folle avant de s'évanouir à son tour...

La savane était étrangement calme après le chaos du musth.

Quand John revint sur ses pas, le Longue-Corne montait la garde en bordure des acacias où avait accouché la femelle, ses naseaux frémissants tournés vers le Land Cruiser.

— Il est bien le temps de la ramener, toi...

9

La majorité des Ovambos croyaient en un esprit supérieur, Kalunga, qui prenait la forme d'un homme invisible bienveillant, expliquant peut-être pourquoi les Ovambos étaient devenus une des ethnies les plus christianisées d'Afrique. La référence à Kalunga était toujours présente dans les bibles écrites en dialecte ovambo, et la grand-mère de Seth ne ratait jamais les sermons du dimanche à l'église.

C'est elle, Wilmine, qui l'avait élevé, une femme à la beauté jamais fanée malgré la mort prématurée de son mari. Le premier drame de leur famille. Militant indépendantiste et cadre de la SWAPO, son courageux mari avait été raflé par les services de sécurité sud-africains, plus féroces à mesure que la libération du pays semblait inéluctable. On l'avait retrouvé mort dans un fossé, torturé, quelques semaines seulement avant la fin du régime raciste de la Namibie, au début des années 1990. Mais on ne balayait pas un demi-siècle de ségrégation facilement. Les anciens homelands, où les Noirs étaient parqués sur des terres infertiles, manquaient toujours d'infrastructures et continuaient d'abriter les populations pauvres fuyant la misère des campagnes, en particulier au Nord, centre de tri historique de la main-d'œuvre qui travaillait dans les «zones de police» blanches. La région de Caprivi, qui avait servi de base arrière à l'armée sud-africaine engagée contre les combattants de la SWAPO, avait été dotée de routes et d'hôpitaux, mais les inégalités sanitaires restaient criantes, les maladies infectieuses n'épargnant personne avant que le sida aggrave la situation. La Namibie était un des pays les plus touchés au monde, voyant son espérance de vie chuter à quarante-trois ans au milieu des années 2000 : c'est ce qui avait tué les parents de Seth, emportés par la maladie alors que leur enfant n'avait pas dix ans.

Sans soutien financier ni moyens de subsistance, maintenue en état de subordination car née du mauvais sexe, Wilmine avait fait son possible pour élever l'orphelin, travaillant comme femme de ménage dans les différentes stations-service de Rundu, carrefour routier du Nord-Est. Seuls au monde, Seth et sa grand-mère n'en étaient que plus complices.

La vieille femme vivait toujours dans la même bicoque, un baraquement en dur mal chauffé coincé entre un coiffeur et une échoppe alimentaire réduite à vendre des cigarettes, des gâteaux et des boîtes de conserve ; elle dormait dans la chambrette où, jadis, Seth bûchait ses cours au rythme des klaxons environnants et passait aujourd'hui le plus clair de son temps sur le pas de sa porte à discuter avec les marchands de brochettes. Une femme populaire dans le quartier.

Son petit-fils lui rendait visite aussi souvent que possible, faisait ses courses au besoin, ne manquant jamais de lui apporter quelques bâtons de *biltong*, de la viande séchée dont la gourmande raffolait.

Wilmine faisait partie du décor et, s'il était aussi chaotique que la circulation de Rundu, la grand-mère s'en accommodait.

Seth la trouva ce matin-là à sa place, assise sur une chaise en plastique d'enfant, que les sacripants du quartier jouaient à lui déplacer dès qu'elle avait le dos tourné.

— Tu as encore fait des folies! s'esclaffa-t-elle en voyant son petit-fils, les bras chargés de victuailles.

— Du pain à l'ail, je sais que tu aimes ça presque autant que le *biltong*, fit Seth en l'embrassant.

— C'est surtout le beurre persillé que j'adore!

— Pas très bon pour ton cholestérol.

— Oh, au point où j'en suis!

Les gamins riaient autour d'elle, ourdissant on ne sait quel complot.

— Du balai, les morveux, les menaça Seth pour la forme.

— Bah, laisse-les me faire tourner en bourrique, ça m'occupe.

— Je leur casse la gueule si tu veux.

Wilmine semblait en pleine forme, même si son siège en plastique menaçait de plier sous son poids; Seth déposa les courses sur la table bancale de la cuisine, attrapa le seau pour la vaisselle et le renversa pour s'asseoir à ses côtés, au soleil tiède du matin qui réchauffait l'antique carcasse de la brave femme.

— Comment vas-tu, mon grand fils?

— Trop bien.

— On ne va jamais trop bien, mon petit, crois-moi!

Elle le faisait rire.

— Et toi, mamie, comment tu te portes?

— Comme une vieille de soixante-quinze ans qui a mal partout sauf à la tête. C'est le plus important.
— Tu n'as pas soixante-quinze ans, nota Seth.
— Mais je pourrais : comme on dit, on a l'âge de ses artères ! Et merci pour les courses, fit-elle comme si elle venait de s'en souvenir. Je te dois combien ?
— Le tarif habituel.
Un bisou sur le front.
— Bon, fit bientôt la grand-mère, c'est pas le tout mais quand est-ce que tu nous trouves une gentille petite ?
Wilmine était aussi friande de ragots, avec une préférence pour les potins matrimoniaux.
— Je ne connais que des girafes, répondit Seth pour attiser sa curiosité.
— Tu parles des animaux ? Parce que les femmes-girafes, ça existe.
— Il paraît.
— Alors ?
— Arrête de me regarder comme ça, on dirait un hibou. Non, je n'ai rencontré personne.
— Ah, il y a bien une fille qui te plaît ? Un beau garçon comme toi ! Un seigneur, voilà ce que tu es !
— Un seigneur en espadrilles, oui. Ce n'est pas avec ma paie de ranger que je vais attirer les foules.
— Peu importe l'argent, on n'en a jamais eu, dit la vieille dame. C'est du gâchis de rester seul. Je serais tellement heureuse d'avoir un arrière-petit-enfant !
— Le chantage affectif ne marche pas sur moi, ma petite mamie.
— On se demande ce qui marche sur toi.
— Oh, tout le monde me marche dessus, philosopha le pacifiste.

— Je ne parlais pas de ça, nigaud ! Tu es toujours tout seul, s'entêta la vieille dame, à ton âge ce n'est pas normal. Travaille moins et prends le temps de trouver une jeune femme à ton goût : ça court les rues, les jolies filles, il faut juste les attraper, hi hi !

— Oui, eh bien quand j'en aurai attrapé une, je te l'amènerai dans un paquet-cadeau, que ça fasse plus classe. Avec de la chantilly si tu veux.

— Hi hi hi !

Wilmine riait tout le temps, c'était sa force et son charme, très largement partagés dans la rue et ses environs, où la solidarité n'était pas un vain mot. La bienveillance des voisins rassurait Seth, qui voyait sa grand-mère vieillir et chaque nouvelle année devenir moins souple que la précédente. Ils partagèrent une décoction d'herbes en commentant les allées et venues au milieu du brouhaha, «oui mamie, la fille en robe bleue mériterait un baiser», échangèrent des points de vue sur tout et rien. La vie. Enfin Seth dut prendre congé.

— Je repasserai dimanche.

— Je t'attends, je t'attends !

Seth quitta sa grand-mère après d'ultimes bisous sur sa joue lisse.

— Va, mon grand, va ! Et amuse-toi : ce n'est pas quand tu seras mort que tu y penseras !

Une femme simple qui aurait aimé voir au moins un petit enfant dans ses jupes après tant de malheurs. Une joie que Seth désespérait de lui donner un jour… Il quitta la rue poussiéreuse de Rundu et fila au QG, où Solanah l'attendait.

~

Le parc national de Mudumu, qui abritait le poste des rangers, était plat, sans clôtures et plutôt facile à surveiller, contrairement à son voisin Bwabwata, où ils avaient sauvé la girafe trois jours plus tôt. D'autres pièges avaient-ils été posés ? Par qui ? Seth et Solanah étaient sceptiques. Pour braconner, il fallait des complicités parmi les autochtones, des pisteurs qui livreraient l'animal convoité à son bourreau, or les autorités namibiennes tâchaient d'associer les populations qui vivaient dans les réserves à la sauvegarde des animaux sauvages – fermiers, rangers, ONG, gouvernement et communautés, tout le monde travaillait de concert. Les villageois touchaient de l'argent pour préserver la faune et profitaient du tourisme : ils n'étaient pas censés braconner leur propre gagne-pain. Ceux qui brisaient le pacte avec les autorités trahissaient aussi leurs amis, leurs familles, leurs enfants. Une bande venue de l'extérieur avait-elle embauché Xhase ?

Seth salua ses collègues et croisa le colonel Betwase dans le hall, en costume et une mallette à la main, visiblement pressé.

— Merci pour l'autopsie, boss, dit-il pour le saluer.

— Tâchez de faire du bon boulot, réponditil sobrement.

— Comptez sur nous.

Personne ne s'attarda ; le colonel Betwase partait pour une réunion importante et Seth était en retard.

Le bureau qu'il partageait avec Solanah était couvert de cartes, celle de la KaZa avec ses trente-six réserves, mais aussi celles des régions frontalières namibiennes, qui incluaient Wild Bunch. Différents symboles indiquaient les migrations des éléphants, les précipitations selon les saisons, les clôtures et les rivières délimitant les parcs ainsi que les différents postes des rangers disséminés sur tous les territoires. Un placard renfermait les armes, qu'ils utilisaient à titre exceptionnel. Seth trouva son équipière penchée sur l'ordinateur de bord.

— Salut *slim boy*.

— Salut lieutenante.

— Des travaux sur la route ? demanda-t-elle en souriant.

— Non, c'est ma grand-mère qui ne voulait pas me laisser partir. Désolé pour le retard.

— Les grands-mères ont la priorité sur tout, l'excusa Solanah.

Surtout quand elle était sa seule famille. Enfin ils firent le point sur l'enquête, qui n'avançait guère. Seth avait comparé la photo du dénommé Rigan avec celles des repris de justice présents dans les fichiers de la police mais, après des heures de recherches fastidieuses, aucune ne correspondait à l'acolyte de Xhase au River Lodge. Pourquoi ce dernier avait-il caché à sa sœur qu'il ne travaillait plus là-bas : pour ne pas l'inquiéter sur son avenir ? Rigan l'avait-il accompagné à Wild Bunch la nuit du meurtre ? Solanah avait reçu un appel de John Latham ce matin, indiquant qu'il n'avait pas trouvé de traces humaines dans le corridor de Bwabwata, ni de marques de braconnage.

— Xhase n'est pas venu à pied jusqu'à Wild Bunch, dit-elle tandis qu'il se ventilait avec une feuille de papier. Il avait forcément un véhicule. Celui du tueur, ou d'un complice qui se sera enfui après avoir assisté au meurtre.

— Le fameux Rigan ?
— Peut-être. Dans tous les cas, la piste du braconnage reste la plus plausible. Sinon d'où sortent les dollars donnés à sa sœur deux jours avant sa mort ? Xhase avait perdu son job, il aurait dû être fauché, et, s'il comptait chasser illégalement pour se nourrir, il n'aurait pas parcouru tant de kilomètres alors que d'autres réserves étaient plus proches, notamment Bwabwata, qu'il connaissait bien pour y avoir été pisteur.

— Il a pu avoir peur d'éveiller les soupçons et a préféré tenter sa chance plus au sud, chez Latham, avant de tomber sur un os. Et puis si Xhase braconnait, comme on le soupçonne, c'est peut-être lui qui a posé le piège à girafes, et qui se sera fait piéger à son tour à Wild Bunch.

— Par qui ?
— Pas par Rigan.

Solanah rumina en signe d'approbation.

— Latham m'a dit qu'il restait beaucoup de caméras de surveillance et de pièges photo à vérifier à l'intérieur du parc, commenta-t-elle. Ce serait bien le diable si aucun n'a repéré la présence de Xhase et du tueur la nuit du meurtre.

— À moins que Latham ait vu quelque chose qu'il n'aurait pas dû voir, avança Seth.

— Tu penses à quoi ?
— À rien, c'est toi le cerveau.
— La preuve que non.

L'Ovambo hocha la tête.

— En tout cas, si Xhase rêvait de monter son entreprise d'éco-safari, ce n'était pas en braconnant qu'il allait développer son réseau.

Le climatiseur trônait dans un coin du bureau, à l'arrêt. Les rangers reçurent alors un appel de la police de Rundu. Un de leurs informateurs avait été retrouvé mort à la sortie de la ville : le vieux Kasita.

~

L'odeur de gasoil de la station-service parvenait jusqu'au terrain vague voisin, où l'infortuné Kasita avait planté sa tente. Une voiture de police stationnait près de l'arbre rabougri qui lui servait de refuge. La Jeep des rangers se gara sur un coin de terre sèche. Le capitaine Ekandjo les attendait à l'ombre, donnant des ordres aux deux hommes qui s'activaient autour du campement.

Prince Ekandjo, le chef de la police de Rundu, avait la quarantaine, un torse et des bras épais que sa chemisette peinait à contenir, un visage à la Will Smith sans le sourire sponsorisé et une énergie bienvenue dans ce milieu. Solanah lui avait seulement parlé au téléphone mais Ekandjo ressemblait au personnage charismatique qu'elle s'était imaginé.

— Ravi de vous voir en chair et en os, lieutenante, dit-il en lui coupant l'herbe sous le pied. Ça va Seth ? C'est un employé de la station qui a trouvé le cadavre ce matin, enchaîna le policier désignant la tente et l'arbre qui l'abritait, à quelques mètres. Vous voulez voir ?

Solanah passa la première.

Une termitière avait vécu en symbiose avec l'acacia, lequel avait donné de l'ombre à la colonie en échange de sa contribution à l'humidité de ses racines, mais les termites avaient pris leurs ailes des mois plus tôt ; les branches devenues éparses constituaient aujourd'hui un maigre pare-soleil à la tente de Kasita. Solanah dézippa le tipi *made in China* et se pencha vers l'intérieur. Le cadavre du vieux Herero reposait sur le dos, la bouche encore entrouverte, un matelas de fortune comme linceul.

— Il est mort depuis combien de temps ?

— La nuit dernière, d'après le médecin venu constater le décès, répondit Ekandjo. Aucune blessure apparente, hormis une rougeur au cou. Une piqûre d'insecte, visiblement.

La Tswana se tenait accroupie devant la tente, aussi dubitative que l'écureuil qui, dressé sur ses pattes, observait le remue-ménage sur son arbre.

— Vous avez interrogé les autres employés de la station-service ?

— Oui. Kasita s'est installé ici la semaine dernière, quand sa femme l'a mis dehors. Il venait prendre son café le matin avec les pompistes. Comme personne ne sait à qui appartient le terrain et que ça n'empêchait pas les automobilistes de faire le plein, on l'a laissé tranquille, expliqua Ekandjo dans un anglais soigné. Un des employés s'est inquiété quand il n'a pas vu Kasita au petit déjeuner.

Une paire de vieilles tennis reposait à l'entrée de la tente. Pour le reste, Kasita portait les mêmes vêtements que la veille, au shebeen.

— Quelqu'un l'a vu rentrer hier soir ?

— Non, la station est fermée la nuit.

— Kasita était à moitié ivre la dernière fois qu'on l'a vu : une chance que la mort soit liée à l'alcool, à des médicaments ou à une drogue qui auraient fait mauvais ménage ?

— Je n'ai rien trouvé dans la tente, dit le policier. Il faudrait faire des analyses.

Solanah fixa les scratchs à la toile et, à quatre pattes, se glissa à l'intérieur. Le vieil homme semblait dormir, un mince filet d'écume collé à ses lèvres. Il y avait des affaires entassées dans un coin de la tente, un réchaud et du matériel de cuisine. Un lieu de repli provisoire pour un mari ivrogne. Solanah alluma sa torche pour inspecter la rougeur sur le cou de la victime : une piqûre. Ou la morsure d'un insecte plutôt que d'un serpent.

— Seth ? lança-t-elle à l'aveugle. Viens voir, s'il te plaît.

Le jeune officier s'accroupit à son tour, se pencha vers le faisceau lumineux dirigé sur la rougeur cutanée dans le cou du cadavre.

— Il y a des petits points sombres, commenta-t-il bientôt. Une morsure d'insecte.

— Scorpion ?

— Non, les marques seraient plus grosses... Oh, putain ! lâcha le ranger.

— Quoi ?

— Là...

Solanah dirigea la torche vers le point qu'il désignait, sur la pente de la tente, juste au-dessus d'eux : prise dans le faisceau, une araignée dégringola aussitôt de la toile synthétique. Une bête de petite taille, qui s'enfouit entre le matelas et la toile, effrayée.

— Une araignée des sables, souffla Seth. Très dangereuse... Ne reste pas là.

Solanah sortit à reculons, vite imitée par son équipier, qui referma les pans de la tente.

— Une araignée des sables, tu es sûr ?

— *Hexophthalma hahni* : elle a six yeux, sa couleur et son aspect, dit Seth. Je connais bien ces bêtes. Elles vivent dans le désert et les lieux sablonneux, où elles s'enterrent pour tendre des embuscades à leurs proies. Son venin est mortel, même pour les hommes, et surtout il n'existe pas d'anti-venin.

— Pourquoi? tiqua Solanah.

— Tu demanderas à l'OMS. Mais elle mord rarement les humains : c'est une araignée timide.

— Heureusement, railla le colosse en bras de chemise, j'ai passé dix minutes sous cette foutue tente avec le médecin! Timide ou pas, elle s'est quand même glissée dans la tente de votre informateur.

— Ou on l'y a glissée, dit Solanah.

— Maquiller un meurtre, oui, pourquoi pas, fit Seth à son tour. Kasita nous a parlé de nouvelles têtes apparues dans la région, peut-être liées à une mafia angolaise qui aura passé la frontière ; on a pu vouloir le faire taire avant qu'il ne découvre quelque chose.

— Je vais lancer des recherches, opina Ekandjo.

Seth expulsa prudemment l'araignée de la tente afin qu'on puisse sortir le corps. La mort de Kasita lui restait en travers de la gorge, un brave bougre qui tentait de s'en sortir et malgré tout son meilleur informateur.

Solanah ruminait sous sa casquette, le cerveau en ébullition au soleil de midi.

— Qu'est-ce qu'on fait? résuma Seth.

— Un tour à Bwabwata. Pour vérifier si ce piège à girafes était un acte isolé ou lié au meurtre. Celui de Xhase et peut-être de Kasita… Capitaine, vous vous chargez de prévenir sa famille?

— Merci du cadeau.

— Dieu vous le rendra, sourit la ranger, convaincante.

~

Ceinturé par les rivières Okavango et Kwando, Bwabwata était le seul parc de la bande de Caprivi à abriter des êtres humains, plus de cinq mille autochtones impliqués dans la gestion de la réserve.

Solanah conduisait la Jeep sur la Trans-Caprivi highway, concentrée sur la route bordée par une forêt de conifères. Malgré les zones de brûlis le long de l'asphalte, éléphants et antilopes pouvaient surgir à tout moment sous leurs roues. Avec ses stations-essence, ses marchés, ses administrations et ses services, Rundu aspirait la population du Nord-Est namibien mais, une fois qu'on sortait des villages qui prolongeaient la ville, les humains se faisaient plus rares.

Solanah les observait, traînant leur peine sur le bord de la route, et elle se sentait privilégiée : tous ces enfants et leurs bidons d'eau sur des machines à roulettes, ces gens qui attendaient à l'ombre d'un arbre une voiture pour les transporter, un taxi collectif, ou qui regardaient juste les voitures passer comme s'ils n'avaient rien d'autre à faire, ces maisons de tôle ondulée absorbant la chaleur et le froid, ces enclos à moitié vides, ces jeunes gardiens de troupeaux avec leur baguette pour seule compagne, ceux qui montaient leur âne ou qui le guidaient à pied, leur charge de bois de chauffage sur l'échine, tous ces condamnés aux mêmes lendemains sans autre espoir que de rencontrer une fille ou un garçon et de faire des enfants qui subiraient le même destin... Solanah avait mal pour eux.

La Namibie avait un des pires coefficients de Gini au monde – le niveau d'inégalité à l'intérieur d'une même population ; grâce à Azuel, Solanah vivait dans une maison en dur, paisible et confortable, avec une télé à écran plat et tout le matériel dont on pouvait rêver, et elle avait la chance d'exercer dans l'unité d'élite dont elle rêvait.

— Au fait, tu ne m'as jamais dit pourquoi tu es devenu ranger, demanda Solanah, par association d'idées.

Seth envoyait un message sur son téléphone.

— Ah oui ?

— Non. C'est par vocation ou pour prendre l'air ?

Il oublia son portable – il avait beau expliquer à sa grand-mère comment ça marchait, la vieille femme appuyait sur les icônes avec une impatience qui lui faisait perdre la boule.

— J'ai grandi en ville, dit-il bientôt, à Rundu, où il n'y avait que des voitures dans les rues et des coups de klaxon pour nous casser les oreilles. La nature était à portée de main mais je ne la connaissais pas. Et puis, j'ai toujours eu un peu de mal à m'intégrer... J'imagine qu'on préfère toujours ce qu'on n'a pas. Aventure, préservation, justice, esprit de groupe : le métier de ranger cochait toutes mes cases.

— Les miennes aussi. C'est pour ça qu'on forme une bonne équipe.

L'Ovambo se sentit flatté.

Les hameaux se succédaient le long de la route – tout juste des regroupements de quelques huttes autour d'un kraal bancal, maigre protection contre les fauves. Cohabiter avec les animaux sauvages n'était pas sans danger ; huit personnes avaient été tuées cette année (quatre par des crocodiles, deux par des éléphants, deux autres par des hippos), la dernière victime il y a dix jours, lorsqu'un pachyderme avait chargé un villageois à huit cents mètres de chez lui, ne lui laissant aucune chance. Les éleveurs de Bwabwata bénéficiaient d'une prime pour la bonne conservation de la faune : s'il existait des francs-tireurs qui s'aventuraient à chasser illégalement avec de vieilles pétoires, les autochtones ne seraient pas longs à les dénoncer.

Les premiers chefs de village qu'ils interrogèrent déclarèrent n'être au courant de rien, ni de pièges à girafes ni de la présence de Xhase ou Rigan dans les environs, encore moins d'une bande organisée venant d'Angola pour braconner et assassiner des informateurs. Seth et Solanah roulèrent jusqu'à la communauté de Pem, un éleveur-pisteur acariâtre qui, de fait, reçut les rangers avec des yeux enflammés. Pem pesta contre l'État, il fallait deux ans pour être remboursé de la moitié du prix quand une chèvre était tuée, c'était la troisième que le léopard lui prenait ce mois-ci et sa famille serait morte de faim avant d'avoir touché la moindre compensation sonnante et trébuchante. Les rangers eurent beau expliquer qu'ils appartenaient à la KaZa, que la politique de préservation faunique de l'État namibien n'était pas de leur ressort, l'éleveur ovambo peinait à en démordre. Enfin, Pem partageant le pistage des rhinocéros du parc et la surveillance du cheptel familial avec ses fils, il finit par répondre à leur requête. Il ne savait rien du meurtre de Xhase ni des pièges à girafes, mais un rhinocéros noir manquait à l'appel.

— Achille, dit-il, un jeune mâle que sa mère a repoussé pour accueillir un nouveau bébé. On l'a pas vu rôder dans les environs depuis un moment.

— Vous ne l'avez pas signalé? fit Solanah avec une pointe de réprobation.

— Les ados sont fugueurs. On les retrouve souvent à l'autre bout de la réserve, à faire semblant de se battre.

— Vous ne l'avez pas vu depuis combien de temps?

— Au moins deux jours.

Seth et Solanah échangèrent un regard – ça valait quand même le coup de vérifier.

~

Chaque rhinocéros était répertorié sur un cahier de brousse, avec son nom, une photo et un dessin de ses oreilles. Leur communication étant essentiellement olfactive, les rhinos vivaient rarement en troupeaux. Le mâle dominant patrouillait sans cesse sur son territoire et les autres se cachaient dans les coins de la réserve pour échapper au maître des lieux qui engageait le combat en les voyant. Le jeune Achille avait pu déguerpir de peur de l'affronter, tenter sa chance ailleurs.

Les rhinocéros noirs étaient moins sociaux que les blancs, qui pouvaient vivre en petits groupes. Les rangers les dispatchaient dans les différentes réserves du pays, mélangeant les bêtes pour rafraîchir leur patrimoine génétique, et n'hésitaient pas, en cas de surnombre, à les transporter en hélicoptère. Une opération délicate dont Seth était devenu une sorte de spécialiste.

Avec ses six mille kilomètres carrés, Bwabwata ne pouvait accueillir plus d'une soixante de rhinos, sans quoi les mâles s'affrontaient et très souvent se tuaient. Malgré les combats, il y avait toujours plus de mâles que de femelles, qui préféraient se cacher dans le bush le plus dense avec leurs petits. Ces derniers restaient deux ans et demi avec leur mère, qu'ils suivaient comme leur ombre, la rendant particulièrement agressive même avec les membres de son espèce.

Suivant les indications de Pem, Solanah et Seth arrivèrent sur zone. Ils abandonnèrent la Jeep le long d'un chemin de terre rouge avant de marcher entre les conifères en quête d'une piste fraîche. Ils n'avaient pas d'armes, que leurs yeux et leurs sens aiguisés. Une outarde kori détala, un oiseau de dix-huit kilos, parmi les plus gros à voler, plus facile à repérer quand il y avait de l'ombre qu'au zénith, quand le soleil écrasait tout. Le vent qui soufflait dans leur dos leur était défavorable, les obligeant à redoubler de vigilance. Ils se penchèrent bientôt sur une déjection caractéristique : rhino…

Les rangers, désormais silencieux, commençaient à suer sous leur casquette. Solanah marchait devant, l'œil aux aguets sous sa visière, tâchant de détecter une forme grise entre les branches des arbustes. Les déjections dataient de deux ou trois heures mais elles provenaient d'une femelle. Il y en avait d'autres, plus anciennes, celles d'un mâle : le juvénile éjecté par sa mère ?

Les springboks somnolaient à l'ombre des acacias. Seth et Solanah croisèrent un groupe de zèbres à l'approche d'un point d'eau, deux espèces, dont l'une avait le ventre et les chaussettes zébrés, veillant l'une sur l'autre. Ils progressaient à pas comptés pour remuer le moins d'herbes sèches possible – les rhinos compensaient leur vue médiocre par une ouïe fine – quand Seth chuchota dans son dos.

— So...

La Tswana se retourna, vit le visage de son équipier, qui s'agenouilla pour inspecter le sol. Il y avait une trace de pas qui, écrasant une crotte d'impala, marquait le sentier. Une empreinte humaine, à en croire la forme de la semelle... Ils avancèrent jusqu'aux arbustes voisins, sentirent d'abord une odeur âcre et découvrirent un nuage de mouches agglutinées sur les plaies d'une masse qui gisait à terre. Le cadavre d'un jeune rhinocéros mutilé. Le museau avait été découpé à la machette pour en extraire la corne, laissant une blessure affreuse. Achille, d'après le signalement de ses oreilles.

La patte de l'animal était encore prise dans un piège, une plaque d'acier avec un trou en étoile au centre, assez tranchant pour qu'une fois la patte prisonnière il ne soit plus possible de la sortir sans l'amputer. Mais les rhinocéros ne rongeaient pas leurs os, pas plus qu'ils n'échappaient aux fils de fer des pièges qui, s'ils avaient le malheur d'y passer leur cou, finissaient de les étrangler tandis qu'ils se débattaient. La vision des chairs à vif grouillantes de vers et l'odeur de sang coagulé malmenèrent leurs sens.

Ils estimèrent la mort à un jour, peut-être deux. Le ventre d'Achille avait été vidé par les chacals et les hyènes, les braconniers avaient déguerpi avec leur butin et eux arrivaient trop tard.

— Il y a des traces, dit Seth en désignant le sol. Humaines, on dirait, même si c'est assez confus.

Solanah s'agenouilla pour les photographier. Les empreintes n'étaient pas nettes mais semblaient plus proches de bottes ou de chaussures de brousse que de sandales, comme celles que portait Xhase la nuit du meurtre. À comparer avec l'empreinte sur la déjection d'impala croisée tout à l'heure. Ils prirent d'autres clichés de la scène de crime, le cœur lourd devant l'état de la carcasse. Tapi au pied d'un arbre, un raphicère aux oreilles de fennec déguerpit tandis qu'ils contournaient le cadavre d'Achille – la plus petite antilope d'Afrique, la seule à recouvrir ses besoins, petit être délicat et prudent. Seth crut que l'animal avait fui à l'amorce de leurs mouvements, mais il se trompait : un rhinocéros déboulait du bush, un adulte qui bousculait les branches et fonçait droit sur eux.

Une femelle. Furieuse. Le vent les avait trahis. Le rhino était à cinquante mètres et chargeait, ses sabots faisant trembler le sol, et ils étaient sa cible. Un arbre ou les épineux : c'étaient les seuls lieux de repli en cas d'attaque.

Seth bondit aussitôt vers le conifère le plus proche, un acacia assez solide pour l'accueillir, s'abîma les doigts en empoignant les branches et se hissa aussi haut qu'il le pouvait. Agrippé comme un singe, bras et jambes suspendus, il entendit le souffle de la tueuse passer sous lui, à moins d'un mètre. Puis la femelle s'arrêta brusquement, comme si sa cible avait disparu, la retrouva dans les hauteurs de l'acacia, hamac humain, et se mit à chuinter de colère. Impossible de deviner ce qui traversait l'esprit de la bête, la violence de la charge suffisait ; Seth retint son souffle, accroché au mât de fortune qui lui déchirait les doigts, et aperçut son équipière au milieu des herbes, blême.

Seth était hors d'atteinte du rhino mais Solanah s'estimait trop lourde pour l'imiter : jamais elle ne pourrait grimper dans les arbustes du bush. L'instinct du ranger l'avait poussé vers l'arbre le plus haut, le plus épais, aucun autre ne ferait l'affaire dans ce coin de savane. La femelle rhino s'acharna un moment sur le tronc de l'acacia où le ranger s'accrochait et finit par renoncer ; elle fit volte-face en décollant la terre sèche et chargea Solanah.

— Bouge ! Bouge ! Vite !

Seth criait car sa partenaire semblait tétanisée.

La plupart des attaques de rhinocéros n'étaient que des intimidations mais la furie ne semblait pas vouloir s'arrêter : c'était une question de secondes avant que la bête la percute de sa corne et la piétine à mort. Poussée par la peur, Solanah se rua vers un bosquet, parcourut une dizaine de mètres tandis que les sabots se rapprochaient dans son dos, comprit qu'il était trop tard pour chercher à fuir : dans quelques secondes, elle serait tuée. Alors, le diable aux trousses, elle se jeta dans les épineux.

Acacia mellifera, selon le nom savant, ou « griffes de lion recourbées ». La ranger s'était précipitée les bras en avant pour protéger son visage et le cri qu'elle poussa venait de l'enfance. Un hurlement qui glaça le sang de Seth.

Le rhinocéros stoppa sa charge à moins d'un mètre de l'arbuste, remua le sol rouge, soufflant d'impatience et de frustration, les naseaux dilatés ; malgré sa carapace, la femelle hésitait à affronter les épines de la terreur végétale, seule la menace des lions pouvait les contraindre à le faire.

La poussière soulevée par son courroux inonda le fourré où Solanah ne bougeait plus d'un pouce, engluée dans son supplice. Seth était trop loin pour entendre ses gémissements – elle s'était enfoncée d'au moins un mètre dans l'*Acacia mellifera* – mais son cœur saignait avec elle. Il n'allait pas la laisser là, entre les « griffes de lion » et ce monstre colérique qui hésitait encore : allait-il préférer se blesser pour détruire l'intruse ou renoncer ? Seth ne lui laissa pas le choix : il descendit de l'arbre qui l'abritait et, agitant les bras, se mit à crier en direction du ruminant. Troublée, la femelle se détourna des épineux. Cent mètres les séparaient. Constatant qu'elle l'avait en visuel, Seth prit le risque de courir.

La voiture était à environ un kilomètre, il ne pourrait jamais l'atteindre sur un terrain découvert avec un tel monstre à ses trousses, mais le bush était dense et les rhinos voyaient mal : il se dit qu'il avait une chance. Seth déguerpit aussi vite que ses jambes le lui permettaient, se retourna une fraction de seconde et aperçut la femelle qui, enfin, réagit. Cent cinquante mètres d'avance avant qu'elle ne se lance à sa poursuite. Le ranger slaloma entre les conifères, bondit par-dessus les branchages pour échapper à sa poursuivante, accéléra dans la légère descente, manqua d'accrocher sa chemisette à d'autres épines, entendit les piétinements et le souffle meurtrier qui se rapprochaient inexorablement. Un bosquet épais le camoufla un instant : vent de face, le rhino perdit quelques brèves secondes sa trace avant que sa course éperdue ne trahisse Seth. C'est cette poignée de secondes qui le sauva : la tueuse sur les talons, il atteignit la Jeep juste avant de se faire embrocher.

Il roula sur le capot pour atteindre la portière opposée, retomba sur ses pieds et grimpa à bord pendant que le rhino percutait la carrosserie. Le choc secoua le 4×4, Seth avait les poumons brûlants après son sprint effréné mais il était vivant.

La femelle s'échina contre le véhicule, corne en avant, plia la tôle dans de grands mouvements saccadés. Seth reprenait son souffle, les yeux exorbités devant cette fièvre vengeresse, se tenant au volant comme si cela pouvait changer quelque chose. Enfin, se défouler sur la voiture sembla calmer la femelle. Un regard énigmatique vers son adversaire, trop pleutre pour l'affronter, et le rhino repartit bientôt en trottant vers le bush.

Seth attendit que l'animal disparaisse pour mettre le contact, le visage trempé de sueur. La poussière collait à son cou, ses mains étaient en sang, mais ce n'était rien comparé au sort de sa partenaire, toujours piégée dans l'acacia.

Chaque épine s'était immiscée dans sa chair, recourbée sous la peau, si profondément que la ranger ne pouvait plus bouger sans hurler. Seth ne percevait que les sanglots silencieux de Solanah, là, derrière les serres végétales qui l'emprisonnaient.

10

Oreille-Noire avait le goût du sang, qui irriguait ses veines et son instinct de tueur. Il avait survécu à ses premiers jours sur terre, quand leur mère s'était isolée pour mettre au monde la portée; le grand buffle avait reniflé leur présence dans les buissons où elle les tenait cachés et il avait piétiné à mort un de ses frères.

Oreille-Noire avait survécu à sa sœur qui, voulant jouer pendant que le clan partait chasser, avait été foudroyée par un mamba noir. Il avait survécu aux jeunes lions qui attaquaient leur chef pour conquérir territoire et femelles, passant leurs petits par les crocs pour les rendre à nouveau fertiles. Plus tard, Oreille-Noire avait survécu aux ruades des zèbres quand il cherchait à les crocheter et qu'une ultime rebuffade pouvait lui briser les os, aux coups de cornes des gnous quand il plongeait sur leur jugulaire, aux sabots des girafes lorsqu'il plantait ses griffes pour les immobiliser, aux embuscades mal préparées, aux blessures et aux hyènes qui les harcelaient, aux éléphants qui ne manquaient jamais une occasion de les charger, aux traversées des fleuves à crocodiles.

Le chef du clan avait fini par les chasser, lui et

son dernier frère, à l'âge de trois ans, avant qu'ils ne deviennent des rivaux. Les bannis avaient survécu aux mois d'errance sur des territoires inconnus, le ventre creux car trop lents et facilement repérables avec leurs crinières, puis les frères avaient pactisé avec d'autres jeunes gueules cassées remplies de feu et de testostérone, constitué un groupe hiérarchisé de bandits à coups de griffes. Oreille-Noire avait survécu à ses premiers combats contre les mâles territoriaux, des tueurs de hyènes et de léopards qui ne savaient pas reculer. Il avait survécu à son frère qui, les yeux crevés après l'un de ces affrontements sanglants, avait perdu ses forces puis l'appétit, avant de s'allonger au milieu des herbes pour ne plus se relever.

Oreille-Noire avait survécu à l'attaque des lionnes alors qu'il avait enfin pris le contrôle d'un clan, liguées pour l'empêcher de tuer leurs petits. Enfin, devenu maître du territoire et ennemi de tous, il avait survécu aux mâchoires des hyènes en meutes qui se disputaient leurs proies, repoussé les présomptueux qui revendiquaient son harem, et puis l'étranger à crinière sombre était arrivé. Le museau labouré témoignant de ses batailles, plus jeune et stimulé par la férocité de la solitude, le prétendant était furieux comme dix, fendant l'air au rasoir.

Oreille-Noire n'avait dû son salut qu'à sa fuite, marquant le début de sa déchéance. Les années passant, il ne se nourrissait plus que des proies des autres ou d'animaux morts de maladie, évitait les lycaons qui, le voyant esseulé et affaibli, n'hésitaient pas à mordre cruellement. Oreille-Noire survivait à la faim qui désormais le tiraillait, errait sans repères sur un terrain où l'ennemi était partout, lorsqu'une odeur irrésistible émoustilla sa truffe.

Et le cœur du vieux guerrier se mit à battre plus fort : un zèbre. Là, droit devant, un fumet que le vent portait comme une promesse.

Quelques oiseaux paresseux déguerpirent à son approche, l'œil rivé sur la chair en décomposition : il se fichait des milliers de mouches agglutinées dans les chairs noirâtres, des vers au festin qui luisaient au soleil, des menaces potentielles qui pouvaient rôder autour de lui. Oreille-Noire arracha une côte de la carcasse ouverte, découvrit un flanc presque intact, gronda de satisfaction et y jeta sa gueule avide.

Le lion avait survécu à tout. Sûr que ces kilos de viande faisandée le sauveraient de la famine, il ignorait qu'il venait de signer son arrêt de mort.

~

John Latham ruminait sous le hangar, les mains noires de cambouis. Le Cessna n'était plus tout jeune, des années de vol avaient fragilisé la machine, et le moindre problème mécanique obligerait John à un atterrissage forcé au milieu des zèbres et des gnous. Il finirait un jour dans le décor, comme les premiers aviateurs à braver le ciel. Bon débarras, pensait-il à ses heures sombres. Elles arrivaient de plus en plus souvent. Peut-être était-ce dû au retour de Wia dans les conversations. Un cas désespéré, avait résumé N/Kon après leur entrevue. Son frère assurait n'être au courant de rien, une pauvre fille confirmait qu'ils passaient leur temps à boire dans son gourbi, y compris à l'heure du crime : un alibi d'ivrognes.

L'esprit parasité, John tâcha de se concentrer. L'avion était en panne depuis des semaines, ça avait été toute une affaire pour se procurer la pièce défectueuse, qu'il venait enfin de recevoir. Il bricolait à l'ombre du hangar quand une voix l'interpella sous la tôle ondulée.

— Salut John !

Il oublia un instant le carburateur. Priti avait bien grandi depuis son exil à Windhoek et portait bien son nom. La jeune San avait revêtu une robe écrue qui soulignait son corps de petite liane sinueuse et elle naviguait pieds nus entre les traces d'huile de vidange.

— On s'est parlé par talkie hier pour la femelle du Longue-Corne, dit-elle en approchant. Tu aurais pu me remercier de t'avoir alerté pour le marabout : si ça se trouve, sans moi, le bébé rhino aurait été mangé tout cru.

— C'est vrai. Merci.

— Tu vois quand tu veux.

Elle et John s'étaient toujours bien entendus, il n'y avait pas de raison que cela cesse maintenant qu'elle était devenue une femme.

— Des nouvelles des pièges photo ? lança-t-il, le nez dans le moteur.

— Toujours rien. On continue de chercher. Mais c'est long et plutôt barbant comme job. Je n'ai pas fait cinq ans de sciences de l'environnement pour user mes super jolis yeux sur des écrans avec un geek qui bouffe des glaces.

— On pare au plus pressé, fit John sans cesser de ferrailler. On verra ce qu'on peut te trouver quand cette histoire de meurtre sera résolue.

— Ça peut prendre des siècles.

— Pas tant.
— Mais un peu de siècles quand même.
— Les San vivent ici depuis trente mille ans, rappela John, le regard en coin, tu devrais tenir le choc.
— C'est pas ma faute si je vais trop vite, je suis comme ça depuis que je suis petite, se défendit Priti.
— C'est vrai.
— Tu te souviens du jour où j'avais fugué, à cinq ou six ans ? Vous m'aviez retrouvée au guidon de ce coucou, dit-elle en tapotant la carlingue poussiéreuse du Cessna, jouant avec les manettes, prête à partir à l'aventure !
— Oui, je me souviens... Je t'avais donné une fessée, non ?
— N'importe quoi. J'étais déjà impatiente comme une trotteuse, tu veux dire.
— Les gens pressés habitent à la ville, dit John sans cesser de bricoler. Pourquoi tu n'es pas restée ?
— Parce que mes racines sont ici, à Wild Bunch. Vous me manquiez : toi, ma famille, ceux dont j'ai oublié le nom, même mon cousin infoutu de surveiller un écran me manquait de temps en temps, c'est dire. J'ai envie de me rendre utile, surtout que je sais faire un tas de trucs. Je pourrais réaménager le vieux puits, poursuivit-elle, tirer des tuyaux dans tous les sens, faire jaillir de l'eau où tu n'imaginais même pas que c'était possible...
— Tu te rends déjà utile, dit-il pour couper court.
— Merci, merci.
Priti se dandinait devant le moteur crasseux.
— Comment tu me trouves ? relança-t-elle avec un naturel bien à elle.
Le brun de ses yeux était moins intense à l'ombre

du hangar mais leur vivacité était la même qu'en plein jour. Elle lui faisait penser à un suricate.

— Tu me fais penser à un suricate, dit John.

— C'est un compliment ou bof ?

— C'est plutôt sympa, un suricate.

— Je n'ai pas envie d'être *sympa*, rétorqua Priti en l'imitant. Oublie aussi de me comparer à une autruche : elles ne s'entendent pas avec les suricates *sympas*.

Il n'aurait jamais dû lui dire ça. Maintenant la diablesse souriait, aux anges. Son père réac lui avait bien dit de se méfier des femmes…

— Je te vois souvent seul le soir, boire un verre sur la terrasse de ta maison, continua-t-elle. Je n'ai jamais goûté d'alcool.

— C'est plein de sucre, assura John. Ça rend accro même les animaux.

— Je veux bien être un animal alors… Pour goûter, je veux dire.

Priti avait du culot à revendre, rien de nouveau, et son minois envoyait des soleils tous azimuts.

— Tu es amusante, c'est déjà ça.

— Désolée de te le dire, mais jouer au poisson froid ne te va pas, John Latham.

— Le chaud et le froid, c'est tout moi. Autant mettre le soleil au frigo. Maintenant excuse-moi, je dois me concentrer sur ce moteur.

John était tombé amoureux de sa tante Kimberley quand il était enfant, une longue tige aux cheveux d'or venue passer les fêtes à la ferme, le temps de lui retourner le cœur sans qu'il puisse rien y faire. Elle aussi devait être morte, depuis le temps. Mais Priti n'était plus une enfant.

— En fait, ce n'est pas pour te regarder bricoler que je viens te voir. Mon oncle préféré est d'accord pour fêter mon retour à Wild Bunch en même temps que mon anniversaire : j'ai vingt-sept ans demain, l'informa-t-elle.

— Déjà ?

— Ça va faire vingt-sept ans demain que j'attends, la moitié de ton âge au cas où tu aurais oublié ta table de multiplication. Et tous les prétextes sont bons pour faire la fête, tu devrais le savoir depuis le temps que tu vis avec nous, qui sommes si san. J'ai recensé les troupeaux pour savoir quelle bête on pouvait prélever en vue du banquet, enchaîna-t-elle ; bon, c'est pas ce qu'il y a de meilleur, mais les gnous sont en surnombre d'après ce que j'ai vu, à se demander ce que fichent les lions. Tu serais d'accord pour chasser avec N/Kon ?

— Si ton oncle a besoin de moi, oui.

— Et pour fêter mon retour ? Je te rappelle que je fais partie de l'équipe maintenant, ton clan de lions, ta garde rapprochée : la surveillance, ça me connaît, demande au marabout. Sans mon regard de suricate, l'autre imbécile aurait percé la panse du bébé rhino à coups de bec.

— Possible.

— Alors, tu viendras ?

John releva la tête du moteur.

— Si tu te tiens tranquille d'ici là, fit-il. Tu crois que tu en es capable ?

— Non.

~

D'ordinaire les San chassaient à l'arc, leur carquois rempli de flèches à la pointe taillée dans un fémur d'autruche qu'ils imprégnaient de poison à base de larves de coléoptères écrasées et mélangées à de la salive, ou encore de mopane, cet arbuste dont le liquide blanc sécrété par les feuilles contenait un poison lent ; on pouvait retrouver sa proie seulement le lendemain, ce qui obligeait le chasseur à suivre l'animal pour s'assurer de l'endroit où il mourrait. N/Kon préférait le fusil : une flèche était toujours plus douloureuse qu'une balle dans le cœur.

Une brise sèche courait sur la savane. Réfugié sous son bob bleu passé, l'arme huilée en bandoulière, N/Kon traçait le chemin à travers les herbes hautes. John n'ayant plus tiré sur un animal depuis vingt ans, c'est lui qui se chargeait des prélèvements, une ou deux fois par trimestre. Le jour se levait, plus paisible que John, qui fermait la marche en ruminant ses idées noires – Wia. Ils avaient croisé un couple d'élands tout à l'heure, des zèbres nerveux mais toujours pas de gnou isolé.

— Tu viendras à la fête ce soir ? demanda N/Kon, se faufilant entre les herbes.

— Vous me fatiguez avec vos fêtes.

— Tu venais avant.

— Avant oui, maintenant je suis un animal triste qui plombe les soirées au coin du feu. Même les papillons de nuit ne viennent plus me voir sur la terrasse, ça donne une idée. J'ai accepté de t'accompagner à la chasse, pas de gesticuler autour d'un feu.

N/Kon hocha la tête, émit un « clic » incompréhensible.

— Tous les jeunes ne reviendront pas vivre à Wild Bunch, argumenta-t-il.
— Ta nièce n'a pas besoin de moi pour danser avec ses coquilles d'œuf.
— Qu'est-ce que tu en sais?
— J'ai un sens pour ces choses, vieil homme. Maintenant taisons-nous, abrégea John. Et ouvrons l'œil...

N/Kon bougonna puis, de nouveau concentré sur la chasse, le San se transforma.

L'univers où évoluait son peuple depuis des millénaires n'était pas silencieux mais saturé de signes que la plupart des humains ne savaient plus ni reconnaître, ni lire, ni entendre. À l'instar des bêtes, pour qui la piste était plus odorante que visuelle, les San passaient au pistage spéculatif lorsque la proie avait disparu de leur champ de vision; ils se déplaçaient alors progressivement jusque dans la tête de la proie, une empathie héritée de leurs ancêtres et affûtée par l'évolution humaine. Animaux visuels sans odorat voués à trouver des choses absentes, il leur avait fallu éveiller l'œil qui voit l'invisible, l'œil de l'esprit, développant des aptitudes intellectuelles décisives, comme la puissance de l'imagination. Les sensations personnelles renseignaient sur l'état de la proie mais aussi sur le sien : en ces terres arides, ne pas y être attentif pouvait conduire à l'hyperthermie.

Voilà des mois que John et N/Kon n'avaient pas chassé, préservant les espèces lors des périodes de reproduction et des premiers allaitements. Partis à l'aube, les deux hommes arpentaient la brousse depuis des heures, prenant soin de ne pas couper la route des fauves. Les lions avaient à l'arrière des oreilles de grands cercles blancs qui indiquaient leur humeur :

fâchés, ils plaquaient leurs oreilles, et si les cercles blancs clignotaient il valait mieux ne pas s'en approcher – un signal qui leur permettait d'éviter bien des combats... Enfin, N/Kon décela la trace fraîche d'un gnou. Un animal esseulé visiblement.

Ils suivirent la piste à travers le bush, une heure, puis deux. Les gnous étaient endurants, seuls les lycaons pouvaient leur coller au train pendant des kilomètres jusqu'à ce que l'épuisement les terrasse et en fasse des proies résignées. Nez faible, yeux cloués au sol, course lente, les premiers hommes et les San utilisaient la même technique que les lycaons : la chasse d'endurance. La perte progressive de leur fourrure avait fait des humains des singes sans poils ; la peau nue permettant d'évacuer la chaleur plus efficacement, ils gardaient leurs forces et leur vivacité après des heures de poursuite, alors que l'animal traqué se voyait accablé par sa chaleur corporelle. Si les effets de l'évolution étaient toujours présents dans nos corps, ils devaient l'être aussi dans nos esprits...

N/Kon et John pistaient leur proie sans la voir mais son image était nette, comme les empreintes sur le sol : sa foulée se raccourcissait, le gnou déplaçait plus de sable et les distances entre les endroits où il se reposait devenaient plus courtes.

— Il commence à se fatiguer, commenta le chasseur.

Le soleil grimpa, troublant la plaine de mirages. John et N/Kon croisèrent un serpentaire, rapace plus distingué que les vautours avec sa crête ébouriffée et ses longues pattes broyeuses de mulots. Les deux hommes marchèrent encore puis ils la virent enfin : la femelle gnou était seule à environ trois cents mètres, occupée à brouter, relevant la tête de temps à autre... Les herbes hautes avaient la couleur de la paille ; ils avancèrent face au vent.

L'animal ébrouait sa crinière pour repousser les mouches carnassières, écumant de fatigue. N/Kon dressa son arme sur son trépied, ajusta la lunette et le prit dans sa mire. L'air de la savane sembla se suspendre un instant, comme le souffle de John à ses côtés. Le San remercia l'animal qui nourrirait la communauté pour plusieurs semaines et, fixant le point rouge en plein milieu du poitrail, il pressa la détente. Un tir de sniper, qui éparpilla les oiseaux : foudroyé par la balle de gros calibre, le gnou s'affala de tout son poids.

Le bleu du ciel se ternit au passage d'un rare nuage. Les deux hommes marchèrent en silence jusqu'à la dépouille, s'agenouillèrent et constatèrent la mort instantanée de la jeune femelle, encore chaude d'une vie qui la fuyait. Le dépeçage prenant un temps qu'ils n'avaient guère (selon les usages san, ils auraient dû confectionner un sac à dos avec la peau du gnou pour transporter sa viande), John envoya un message par talkie-walkie au lodge afin qu'un pick-up vienne embarquer la dépouille.

C'est en coupant le contact radio qu'il aperçut deux vautours un peu plus loin, qui s'étrillaient autour d'une carcasse, les ailes battant l'air brûlant.

— Je vais voir...

John craignait pour le bébé rhinocéros né deux jours plus tôt à quelques kilomètres de là ; il marcha jusqu'aux charognards, n'eut pas besoin de son fouet pour les éloigner puisque son approche suffit à les faire fuir, et il découvrit le cadavre d'un lion à terre. Il ne restait pas grand-chose du fauve, éventré et vidé de ses entrailles, mais sa taille et la crinière foisonnante épargnée par les vautours indiquaient qu'il s'agissait d'un vieux mâle. Oreille-Noire. John eut un pincement au cœur devant le roi nu qui gisait dans les herbes : les crocs de l'ancien chef de clan avaient été grossièrement arrachés de la mâchoire, ses pattes amputées à la hache pour en récupérer les griffes.

— Bracos, souffla N/Kon dans son dos.

Personne d'autre n'avait cette sauvagerie. Il n'y avait pas d'empreintes sur le sol, ou elles avaient été effacées par le ballet des charognards qui avaient commencé à nettoyer la dépouille. John inspecta les restes du fauve, de la pointe du poignard fouilla l'amas de chair noire et d'os grouillant de vers sans constater la présence de projectile. Dans tous les cas, Oreille-Noire était mort il y a peu, et eux n'avaient rien vu.

— Je vais faire un tour dans les environs, fit John en se redressant.

N/Kon retourna sur ses pas en attendant l'arrivée du pick-up tandis que son ami s'éloignait. L'odeur de brousse imprégnait ses sens ; John marcha quelques minutes, fit un nouveau panoramique avec ses jumelles et repéra bientôt une forme sombre qui se détachait parmi les herbes couleur de paille. Il avança à découvert, dérangea un groupe de mangoustes et réalisa que la silhouette en question était celle d'une hyène tachetée. Elle se tenait immobile près d'une carcasse de zèbre et, chose étrange, elle ne bougea pas à l'approche de l'humain, qu'elle avait repéré bien avant lui.

L'odeur de pourriture l'avait attirée mais, au lieu de s'éloigner ou de prendre la fuite, la hyène observait John de ses yeux ronds, presque doux. Il stoppa son pas à une trentaine de mètres. Chez les hyènes tachetées, les mâles étaient chassés du clan dès la puberté ; même une femelle au statut le plus bas surpassait le plus dominant de ses congénères, qui erraient en périphérie des groupes. C'est à l'un de ces êtres solitaires que John avait affaire, ce qui lui éviterait de voir le clan entier l'encercler. La pauvre bête semblait en piteux état ; elle tremblait sur ses pattes sans cesser de le fixer, visiblement incapable de déguerpir ou d'attaquer pour l'intimider.

— Qu'est-ce qui t'arrive, ma vieille ? murmura John.

La hyène tenta quelques pas malhabiles en s'écartant du zèbre mort, comme prête à partager ou à lui laisser son butin. L'odeur était de plus en plus insupportable – le zèbre avait été dévoré il y a plusieurs jours, sa tête à terre était encore présentable, à l'inverse de la carcasse noircie par le soleil et infestée de mouches qui exhalait ses vapeurs rances. La hyène l'observait toujours, fébrile, presque résignée. Seule la maladie pouvait la contraindre à adopter ce comportement face à un homme. John n'avait jamais vécu ce type de face-à-face, mais la bave blanche qui écumait de sa gueule et la proximité du cadavre du vieux lion lui firent imaginer un autre scénario : la hyène était en train de mourir.

Comme Oreille-Noire, elle avait dû manger la chair du zèbre à terre, que les braconniers avaient empoisonné. Une victime collatérale qui perdait devant lui ses dernières forces. John eut un regard de fureur et de compassion mêlées. Il ne pouvait rien pour cette jolie hyène, tremblant de toutes ses pattes en attendant la fin, il pouvait juste haïr un peu plus ceux qui volaient sa vie.

11

Azuel Betwase n'avait pas grandi dans la brousse, où les traditions se perpétuaient : son père avait été le premier procureur de Seretse Khama, l'homme qui avait sauvé le Botswana du désastre après l'indépendance. L'État de droit hérité du protectorat britannique avait été préservé, mais le vieux système des *Kgotla* (assemblées démocratiques où les chefs tribaux pouvaient être déposés) donnait un statut inférieur aux femmes botswanaises. Élevé par sa mère comme un jeune dieu conquérant, sûr de sa force et de ses origines, colonel à quarante ans, Azuel Betwase avait vu en Solanah un trophée, un pur-sang féminin à apprivoiser, il était tombé amoureux d'une image sensuelle dont le prestige rejaillirait sur lui.

Le ranger avait attendu qu'elle devienne officier avant de l'épouser se contentant d'une relation platonique où ils avaient appris à s'apprécier. Azuel avait accepté de sacrifier sa propre descendance pour s'attacher la main de Solanah, se disant qu'elle avait à peine trente ans, la nature et l'instinct maternel se chargeraient bien de la faire changer d'avis ; d'ici là, elle serait sa guerrière, lui le général qui la guiderait sur les champs de bataille du braconnage, il suffisait qu'ils s'unissent devant leur dieu protecteur. Le mariage avait eu lieu, sans faste, comme un accord où chacun trouvait son compte. Mais lorsqu'ils s'étaient retrouvés au lit pour leur nuit de noces, Azuel avait perdu ses moyens devant ce corps massif, charnu.

Ce soir-là et les suivants, ce qui le prit totalement de court. S'il ne se considérait pas comme un étalon, Azuel n'avait jamais eu de problèmes particuliers avec les femmes de passage. L'absence de sentiments ou d'enjeux lui facilitait-elle la tâche ? Azuel avait désiré le corps de Solanah mille fois durant ses mois de formation, se promettant de la satisfaire quand le moment serait venu ; en réalité, son physique l'impressionnait tant qu'il avait peur de n'être pas à la hauteur. Il aurait fallu que sa femme soit plus entreprenante, plus flatteuse, qu'elle lui donne confiance, quitte à simuler, sans quoi Azuel tremblait devant la masse à combler, comme si l'antre du sexe de sa femme-déesse pouvait l'engloutir. Trop cérébral, trop mou, il bandait mal ou pas assez à force d'y réfléchir, et plus il doutait, moins le sang l'irriguait. Un cercle vicieux que le temps n'avait pas arrangé.

Solanah avait beau lui dire que ce n'était pas grave, qu'elle pouvait se passer de pénétration, que la raideur lui reviendrait un jour où il n'y penserait pas, Azuel en faisait une affaire personnelle : « Un homme qui ne satisfait pas sa femme n'est pas un homme. » Dans la force de l'âge, le Tswana refusait l'idée d'une médication pour l'aider à surmonter un drame à ses yeux honteux, jusqu'alors inimaginable, et quand il parvenait à éjaculer Solanah l'aidait souvent avec sa main.

Azuel en souffrait. Il se trouvait piteux, virilement désincarné, et plus il aimait sa femme jugée insatiable, plus il avait l'angoisse de la perdre. Par sa faute. Sa faillite était un déshonneur, d'autant plus intime que Solanah semblait s'accommoder de son sexe en demi-teinte, les préservatifs qu'elle lui imposait lors de leurs rares rapports finissant de lui faire perdre ses moyens – jusqu'à sa grossesse inopinée…

Près de six mois avaient passé depuis la fin des hostilités. Azuel avait vu sa nomination à la KaZa comme un espoir, un signe des dieux qui les envoyaient en Namibie pour tout recommencer de zéro, en deuil d'eux-mêmes, de leur lien saccagé, comme si en changeant de géographie ils pouvaient oublier et renverser le cours de l'histoire, mais il sentait bien que l'empreinte de l'enfant mort était toujours là, comme un fer sur une plaie béante.

Sous ses airs de quinqua rompu au pouvoir, Azuel Betwase désespérait. Il croyait quoi, que c'était avec un bouquet de fleurs à l'hôpital qu'il sauverait leur amour ?

~

Dégager Solanah des « griffes de lion » avait pris du temps. Seth avait dû cisailler les branches de l'*Acacia mellifera*, retirer une à une la pointe des épines recourbées dans ses chairs, surveillant ses arrières au cas où la femelle rhino reviendrait à la charge. Enfin, Solanah était ressortie du buisson en sang, l'uniforme déchiré, chancelante de douleur mais vivante.

Seth l'avait aussitôt conduite à l'hôpital de Rundu où on lui avait prodigué les premiers soins. Des dizaines d'entailles, étroites mais profondes, avaient percé sa belle peau noire, heureusement sans trop de conséquences pour le visage de Solanah ; sa casquette l'avait en partie protégée, comme ses bras lorsqu'elle s'était jetée dans le mur de ronces. Ses membres antérieurs étaient les plus abîmés, bandés de part en part à cause des multiples coupures, mais elle serait bientôt sur pied, bourrée d'antiseptiques.

En attendant, Seth avait rendu son rapport après le meurtre du jeune rhino. Le boss avait envoyé plusieurs équipes à Bwabwata pour évaluer l'étendue du braconnage et les nouvelles n'étaient pas bonnes : Achille n'était pas la seule victime puisque deux autres rhinocéros avaient été amputés de leur kératine. Le colonel Betwase s'était résolu à ordonner un décornage préventif dans le parc de Bwabwata et celui de Mudumu, son voisin, craignant une attaque en règle. Les rhinos n'aimaient pas être endormis mais le chef des rangers préférait savoir leurs cornes dans les coffres de la KaZa et leur éviter d'être la proie des braconniers. Les patrouilles avaient été doublées dans les réserves, avec des pisteurs et des informateurs sur le coup après la mort suspecte de Kasita.

Le médecin situant le décès du Herero entre minuit et trois heures du matin, Seth était passé au shebeen où ils avaient vu leur informateur pour la dernière fois, mais le barman interrogé n'avait pas été d'un grand secours ; Kasita était parti à la fermeture, seul, et le serveur ne se souvenait d'aucun client susceptible de lui avoir parlé. Seule nouvelle encourageante, les services de police de Rundu avaient retrouvé la trace de Xhase dans un foyer de travailleurs, où le jeune Khoï résidait depuis un mois. Seth avait prévu d'inspecter les registres après sa visite à l'hôpital, où Solanah finissait de se remettre.

Il pensait à leurs mésaventures à Bwabwata, quand elle était restée pétrifiée devant le rhino en furie; étonnante réaction pour une ranger de sa trempe, et qui aurait pu lui coûter cher. Seth n'avait évidemment rien mentionné dans le rapport remis au boss. C'était la première fois qu'il la voyait défaillir.

L'odeur de Javel citronnée du hall d'hôpital n'allait pas du tout avec la chaleur du dehors; Seth grimpa au deuxième étage et trouva son équipière alitée, en blouse blanche, couverte de pansements et d'éraflures badigeonnées.

— Tu es allé chez le barbier? l'accueillit Solanah.

— Oui, pour changer.

Le jeune lieutenant s'était taillé la barbe, et les rouflaquettes sur ses joues rejoignaient presque la moustache qu'il avait gardée, lui donnant l'air d'un *soulman* des années 1970.

— Ça te va bien, *slim boy*.

— *Lion style*, assura Seth.

— Il faudra que tu te tailles aussi les canines pour avoir l'air méchant.

— J'aurais plutôt l'air d'une chauve-souris.

— Allons, ce n'est pas parce que tu n'es pas grand que tu es petit!

Du haut de son mètre soixante-sept, Seth prit ça pour un compliment.

— Bon, comment tu te sens?

— Pas trop mal. Grâce à toi. Tu t'es laissé courser par le rhino pour éviter qu'il me charge; c'était un coup à y laisser la peau.

— Bah, tu aurais fait la même chose.

— Non, car moi je n'aurais pas pu grimper à l'arbre comme tu l'as fait, rétorqua Solanah, ni courir si vite et avec autant d'adresse. Je crois bien que tu m'as sauvé la vie : le rhinocéros m'aurait tuée si tu n'étais pas intervenu.

Seth lui sourit comme le font les gens qui ont du mal à recevoir un compliment – n'en parlons plus. Il s'assit sur la chaise près du lit, vit le bouquet de fleurs que son mari lui avait apporté.

— Je réfléchissais aussi à l'attaque, reprit Solanah, et je crois savoir ce qui a rendu la femelle rhino si furieuse : même si elle l'avait rejeté quelques semaines plus tôt, Achille restait son petit. La mère a dû voir le cadavre du juvénile et nous prendre pour les tueurs.

— Possible, oui.

Seth était retourné sur la scène de crime pour relever les empreintes, en particulier celles de la semelle incrustée dans les fèces d'impala détectées près du corps d'Achille.

— Tu as pu comparer avec les chaussures de Xhase?

— La légiste s'en occupe, répondit Seth. Le rapport d'autopsie de Xhase ne devrait pas tarder non plus.

— OK. Et Kasita?

— Je suis allé au bar mais ça n'a rien donné. Même chose avec les autres informateurs que j'ai interrogés ; personne ne sait rien de sa mort ni d'une éventuelle bande venue d'Angola. La piste est froide. Et rien ne prouve que Kasita ait été assassiné.

— Avoue que c'est troublant.

— Le boss veut des preuves, et l'interrogatoire de l'araignée n'a rien donné.

Elle rit doucement.

— Tu as mon uniforme? s'enquit l'éclopée.

— Oui, oui, il est là, fit Seth en désignant le sac déposé à l'entrée de la chambre.

L'appel de la légiste les interrompit ; elle les invita à descendre dans son antre, au sous-sol de l'hôpital.

~

Pula, le nom de la monnaie du Botswana voisin, signifiait « pluie ». On l'utilisait à la fin d'un discours pour invoquer la bénédiction, la prospérité et la chance dans une région où l'eau était rare et précieuse. Mpule, « qui vient avec la pluie », était aussi le prénom de Miss Univers 1999. L'analogie avec Mpule Kiabilua s'arrêtait là.

La seule médecin légiste de la province du Kavango n'était pas mariée, ce qui était particulièrement mal vu pour une femme de cinquante-deux ans sans enfants. On disait qu'elle était lesbienne, qu'elle n'aimait pas les hommes, ce qui pour les mauvaises langues revenait au même, mais Mpule semblait s'en moquer comme de sa première dissection. Solanah enviait sa liberté. Les moyens de l'institut médico-légal de Rundu étaient dérisoires comparés à ce qu'on pouvait voir dans les séries télé nord-américaines, mais Mpule Kiabilua avait un flair qui compensait en partie le manque de matériel, les labos et les équipements vétustes.

Seth et Solanah la retrouvèrent dans le bureau en foutoir où s'entassaient dossiers et comptes-rendus, penchée sur un écran d'ordinateur. La légiste leur jeta un regard par-dessus ses lunettes imitation écaille.

— Salut les rangers, fit-elle sans se lever.
— Salut doc.

— Dis donc, tu t'es bien arrangée! dit-elle en s'adressant à la Tswana.

— Chirurgie esthétique.

— Ça te va bien, les pansements. La démarche de zombi aussi.

— Je me trouvais trop souple, ironisa Solanah.

Mpule était coquette, colorée, ses vêtements et son maquillage rappelant le plumage des oiseaux, comme des reflets de sa vie.

— Hey donc, Seth, toi aussi tu t'es transformé! nota-t-elle tandis qu'il s'installait sur la chaise voisine. Très réussie, cette moustache à rallonge : on dirait un petit chat.

— *Lion style*, m'a vendu le barbier.

— Il te manque encore la crinière... Bon, trêve de plaisanterie, passons à notre affaire, dit la légiste en se tournant vers son écran. Commençons par la fin : les empreintes trouvées près du rhinocéros tué à Bwabwata. Je les ai comparées avec les semelles de Xhase, mais ça ne colle pas : il s'agit de chaussures de marche à crampons, type rangers. Une grande taille. Un homme, ou une géante. Passons maintenant à votre informateur, Kasita. Je n'ai constaté aucune blessure, hormis la rougeur au cou; c'est bien une araignée des sables qui l'a mordu. Son venin a des effets hémolytiques et nécrotiques provoquant une rupture des vaisseaux sanguins et une destruction des tissus, mortel en ce qui concerne votre homme.

— Le vieux Herero était en mauvaise santé, à moitié alcoolique.

— J'ai vu ça, oui, confirma Mpule en relevant ses longs yeux bruns; mais ça ne change pas grand-chose, sans secours, il aurait de toute façon succombé au venin.

— Un meurtre maquillé ?

— À vous de voir, rétorqua Mpule. Passons à l'autopsie de Xhase... Quatre coups au niveau des omoplates portés à pleine puissance ont provoqué une mort quasi instantanée, expliqua-t-elle en manipulant la souris de son ordinateur. Vu la vitesse de l'impact et le poids moyen d'une arme, la profondeur des blessures et les dégâts causés sur les os, je pencherais pour une lance, ou un javelot. La puissance de la perforation est trop grande pour un couteau, précisa-t-elle. La pointe a presque traversé le corps : il faut une force herculéenne, ou un système amplificateur comme celui d'un lancer. Et un homme pour la manier, qui devait se situer près de la victime quand il a porté l'attaque... Les analyses toxicologiques n'ont relevé ni drogue ni alcool, poursuivit la légiste. Xhase n'avait rien mangé depuis deux jours, sauf une petite quantité de viande retrouvée dans son estomac. De la viande de brousse, que j'ai d'abord comparée avec les échantillons en stock dans le labo, sans résultat. Et pour cause. Vous ne devinerez jamais ce que c'est...

— Quoi ? fit Solanah.

— Du lion.

Les rangers ne s'attendaient pas à ça ; la viande de brousse permettait à l'économie informelle de survivre, son attrait poussait parfois certains à braconner des antilopes ou des koudous sur des terres préservées, mais les grands fauves ne comptaient pas parmi les proies des villageois. Trop protégés. Trop dangereux.

Solanah songea alors à son entretien avec la jeune sœur de Xhase, à la tension inhabituelle qui animait son frère quand Afandy l'avait vu pour la dernière fois.

— Tu penses à quoi ? devina Seth.

— À N/Aissi, le guérisseur du village khoï. Xhase est allé le voir deux jours avant sa mort.

Le jeune pisteur avait donné de l'argent à sa sœur, mais il était surtout venu voir le vieux chaman.

~

36° à l'ombre et pas un souffle d'air. On était loin des records estivaux mais les hommes rasaient les murs à midi. Seth était sceptique en sortant de l'hôpital. Il y avait peu d'araignées des sables dans la région, et les collectionneurs préféraient les mygales ou les tarentules, qui faisaient plus peur même si elles étaient moins dangereuses. Si le meurtre de Kasita avait été maquillé, ça induisait que le tueur possédait ce genre d'insecte. Et de la viande de lion ?

L'artère principale de Rundu était animée à l'heure du marché ; une fois Solanah partie sur la piste du Kalahari, Seth passa au foyer de travailleurs où Xhase avait séjourné. Le tenancier sommeillait à moitié derrière son comptoir, un grand échalas que l'écusson du ranger tira de sa léthargie. L'établissement était désert – ses clients avaient embauché à l'aube, des saisonniers venus d'autres provinces pour la plupart, qui restaient à Rundu le temps de leur contrat. Mis à contribution, l'employé sortit un lourd registre de son bureau, ouvrit ses ailes sur le comptoir. Seth jeta un œil aux arrivées et aux départs, nota bien la présence de Xhase Kai, arrivé un mois plus tôt, mais aussi celle d'un certain Virinao, qui avait intégré le foyer de travailleurs le même jour. Même dortoir, constata-t-il. Et le même Virinao avait vidé les lieux le 6, soit le lendemain du meurtre à Wild Bunch.

— Ce jeune-là ? fit Seth en brandissant la photo de Rigan prise au River Lodge.

Le gérant du foyer plissa les yeux sur son smartphone.

— Oui, confirma-t-il. Oui, je crois bien que c'est le même gars. Un Himba.

— Virinao, c'est un surnom ?

— Sans doute.

— Pas de nom de famille ?

— On dirait pas, non.

— Il a laissé une adresse ou un moyen de le contacter ?

— Pourquoi il aurait fait ça ?

— Parce que son copain Xhase, qui partageait son dortoir, a été assassiné la veille de son départ, le pressa un peu Seth.

— Ah.

— Tu n'étais pas au courant ?

— Non.

— Mais tu comprends que je cherche des indices, l'encouragea-t-il. Tu as remarqué quelque chose quand Virinao est parti d'ici ? Des gens qui l'attendaient, n'importe quoi qui pourrait me mettre sur une piste ?

— Bah… non. Les gars qui dorment ici sont pas des pipelettes.

— Mais certains se font tuer. Xhase et Virinao sont restés ici plus d'un mois : tu les voyais souvent ensemble ?

— Bah, oui, plus ou moins…

— Avec parfois d'autres personnes ? insista Seth.
— Je crois pas, non.
— Il y a des travailleurs angolais dans ce foyer ?
— Des Angolais ? Bah, non, pas trop en ce moment. Avec cette histoire de pandémie, les gens ont tendance à rester chez eux.

L'employé faisait le minimum et, vu la lourdeur de ses paupières, il ne semblait pas vraiment capable d'autre chose. Un paresseux qui n'avait pas l'excuse d'un métabolisme différent.

Seth passa le reste de l'après-midi au commissariat de Rundu sans obtenir de résultats. Virinao, alias Rigan, n'était pas connu des services de police, à peine de l'administration ; Himba venu d'un village perdu près de la frontière angolaise, on avait dû lui inventer une date de naissance quand, bénéficiant de bourses, il avait intégré l'internat de Rundu pour ses études. Pas de nouvelles depuis l'obtention de son diplôme, quatre ans plus tôt, ni adresse ni rien pour le localiser.

Xhase était déjà mort quand son ami avait quitté le foyer. Virinao était-il au courant du meurtre ? Avait-il fui ?

~

Les ancêtres san avaient laissé des messages pour les générations futures, des peintures rupestres parmi les plus anciennes au monde ; malgré les massacres commis par les Bantous, puis le génocide causé par les Allemands, les expulsions et les errances, les Khoï étaient restés sur leurs terres originelles. Ils n'en bougeraient pas avant que les esprits leur disent de partir.

N/Aissi guettait un signe, en vain. Retrouver les pouvoirs de guérison après des années de dépossession, d'alcoolisme et de survie dans un monde étranger était ardu pour les chamans. Il fallait une danse pour les remèdes (ou ça ne marchait pas), une autre pour faire revenir la pluie, et un endroit propice pour ça, une connexion mystique pour demander aux lions où ils étaient avant de dire aux chasseurs quels endroits éviter. N/Aissi connaissait les plantes, les rites liés aux guérisons et aux transes qui menaient au dédoublement du monde, quand les esprits rappelés manifestaient leur puissance et leur courroux, mais le pouvoir de son peuple s'était dispersé. N/Aissi pouvait encore soigner quelques maladies ou malaises bénins, mais il n'avait pas le pouvoir de déplacer son esprit dans le corps des animaux, d'être à la fois le lion qui chasse et le gnou qui suit son chemin. Il n'était qu'un vieillard qui tentait de survivre avec ses croyances et les subsides de l'État, tentant de soulager les maux des plus jeunes.

La carapace de tortue était remplie d'une pâte noire que N/Aissi avait étalée sur ses mains avant de l'étaler sur la peau de l'adolescente. Le *nxole* aidait les guérisseurs à voir ce qui n'allait pas chez le malade. La patiente du jour souffrait de maux de ventre, considérés comme une pathologie propre à son âge. N/Aissi lui donna des plantes médicinales, des racines de *ledang* qui apaiseraient ses douleurs menstruelles et maintiendraient l'utérus en bonne santé, puis il la laissa filer.

N/Aissi était le gardien des savoirs khoï, mais qui allait prendre sa suite ? Ils n'étaient plus qu'une trentaine au village, la sédentarisation les rendait lents, feignants, guettant les rares touristes qui s'aventuraient jusque chez eux, trouvant là un moyen pratique de gagner un peu d'argent en se faisant photographier. Quelques gogos en quête d'authenticité se laissaient entraîner dans les environs par les plus malins qui, redevenus chasseurs traditionnels, revêtaient leurs peaux de bêtes et empoignaient leur arc pour une chasse aux papillons qui se soldaient par la découverte d'une plante invisible dans le sable, des bons à rien déguisés qui transmettraient leurs gènes d'alcooliques à défaut de la culture des ancêtres.

Le vieux guérisseur soupira sur sa couche, fatigué par l'état de concentration intense exigé par la consultation et l'anxiété qui le rongeait depuis l'annonce du meurtre. Il songeait à ce pauvre Xhase, à sa jeune sœur qui, désormais seule et sans ressources, partirait sans doute tenter sa chance en ville et n'en reviendrait pas. Échapperait-elle à la prostitution ? Aux garçons ?

Hasard ou signe des esprits, N/Aissi commençait à s'endormir lorsqu'un véhicule se gara devant sa hutte.

~

Solanah gambergeait après les révélations de la légiste. Les abattages d'animaux sauvages étaient strictement réglementés en Namibie, la chasse dite sportive se monnayait – des dizaines de milliers de dollars le trophée, réinjectés dans le système de protection de la faune – et la viande était donnée aux villageois voisins. Un business légal qui attisait certaines imaginations. Jusqu'à récemment, l'Afrique du Sud autorisait l'exportation des squelettes de lions d'élevage : deux cents enclos abritaient entre six et huit mille fauves, dont plusieurs centaines étaient tués chaque année, le plus souvent d'une balle à bout portant par des clients venus du monde entier, heureux d'étaler ensuite les peaux et les crinières dans leurs villas ou leurs yachts. Quant aux os de lion, à raison de soixante-dix tonnes par an, les analystes de la Bourse faunique faisaient grimper les prix, jusqu'à trois mille cinq cents dollars le kilo ; crânes, griffes et crocs étaient récoltés par les éclaireurs des filières asiatiques qui, installés en Afrique, voyaient là un dérivatif au tigre, devenu rare et donc hors de prix.

Seuls les cœurs et les reins des lions étaient vendus aux guérisseurs locaux pour une somme dérisoire comparée aux profits réalisés par ailleurs.

Jusqu'où N/Aissi était-il impliqué ? Était-il même coupable ?

Solanah traversa le nord du Kalahari à bord de la Jeep, bifurqua vers l'est sur une piste poussiéreuse avant de retrouver le village khoï. Afandy n'était pas là, à l'école sans doute, mais ce n'était pas la sœur de Xhase que la ranger venait voir.

Solanah entra dans la hutte odorante du vieux guérisseur sans s'annoncer. Surpris de l'intrusion, N/Aissi se dressa sur sa couche, pressentant la tempête ; la lieutenante Betwase paraissait plus déroutante dans un espace réduit, avec toutes ces égratignures et ce grand corps serré dans son uniforme. Il y avait surtout du feu dans cette femme aux allures d'éléphant, ses bras étaient bandés sous sa chemise et sa voix n'avait rien d'avenant.

— J'ai de mauvaises nouvelles qui te concernent, N/Aissi, commença-t-elle. Xhase a jeûné pendant deux jours avant qu'on le retrouve mort, il n'a avalé qu'une petite quantité de viande de brousse quelques heures plus tôt. Tu sais laquelle ?

L'homme-médecine s'enferma la ranger dans un silence confus.

— Du lion, dit-elle en le fixant. Curieux, n'est-ce pas ?

Comme N/Aissi ne réagissait pas, Solanah enfonça le clou.

— Xhase a appris à pister et chasser le gibier enfant, et il n'y a qu'un guérisseur dans le village : toi, N/Aissi. Xhase est venu te voir quand il a rendu visite à sa sœur, l'autre jour, et il t'a demandé de l'aide. Un remède de ta composition, à base de viande de lion : un *muti*, c'est comme ça que ça s'appelle ?

L'homme inclina la tête dans la pénombre de la hutte.

— Pourquoi tu n'as rien dit quand je suis venue au village après le meurtre ? s'agaça Solanah.

— J'avais peur que le *muti* l'ait tué, avoua N/Aissi.

Elle dévisagea un peu plus l'homme-médecine.

— Explique-toi si tu ne veux pas finir en prison.

Une ombre passa sur le visage du Khoï.

— Les Bakokos qui ont vécu dans la région ont la réputation de changer de forme la nuit, dit-il d'une voix peu assurée. Leurs guérisseurs sont les plus puissants de tous ; ils se transforment en lions, ou parfois en léopards, et emportent ceux qui errent sur la terre des ancêtres. Nous les craignons depuis toujours. C'est pour ça qu'on confectionne du *muti* : pour s'en protéger.

— Des hommes-lions ?

N/Aissi acquiesça.

— Ils rôdent la nuit aux abords des réserves. Et

Xhase en avait peur. On a retrouvé des restes humains éparpillés devant les grillages, comme si on les avait jetés par-dessus, expliqua-t-il à mi-voix, avec des morsures à la gorge. Des traces de crocs.

Solanah grimaça – l'informateur de Seth colportait les mêmes ragots.

— Tu as vu ces corps ?

— Moi non, mais Xhase si.

— Où ça ?

— Il ne m'a pas dit.

— Des racontars, grogna la ranger.

— Peut-être, hasarda N/Aissi. Mais Xhase y croyait.

La ranger fuyait les superstitions.

— Si Xhase avait besoin d'un remède contre les lions, c'est qu'il partait à la chasse, supputa-t-elle. À Wild Bunch ? Ailleurs aussi ?

— Je ne lui ai pas demandé, souffla le guérisseur. Les Khoï ne chassent plus les lions de nos jours, ils n'ont plus d'armes ni de chiens pour les débusquer. Et quand ils traquent les mêmes proies que les fauves, je demande aux lions où ils sont pour que les chasseurs les évitent.

— C'est ce que tu as fait pour Xhase.

— Oui. Et je lui ai donné le *muti* qui le protégerait avant de pénétrer sur le territoire des lions.

— Xhase n'a pas été tué par des lions, rétorqua Solanah, mais à coups de sagaie dans le dos.

Sourd à ses mots, N/Aissi secoua lentement la tête.

— On ne peut rien faire contre eux, dit-il. Ils se transforment la nuit, frappent et disparaissent. Les hommes-lions, s'obstina le vieux guérisseur, c'est eux qui ont tué Xhase.

12

N/Kon et John avaient siphonné de l'essence dans le pick-up venu chercher le gnou abattu puis mis le feu aux carcasses du zèbre et d'Oreille-Noire pour empêcher d'autres animaux de goûter au poison. Ceux qui avaient dévoré le vieux lion étaient déjà contaminés, et la question restait la même : comment des intrus avaient-ils pu échapper à leur vigilance ? Le mystère mettait John à cran – tout ce déploiement de moyens technologiques pour rien – et le système de surveillance de Nate sur la sellette.

— Ça valait le coup de faire des études d'ingénierie informatique, commenta Priti, qui savait sa fête déjà à moitié gâchée.

— Il y a un problème quelque part, rumina le geek devant ses écrans.

— C'est ça. Dis plutôt que tu es bigleux.

— C'est toujours mieux que casse-couilles, rétorqua Nate sans même la regarder.

— Ta mère t'a trop gâté. Heureusement qu'elle s'est barrée.

— Ma mère ne s'est pas barrée, elle est partie dans

sa communauté d'origine pour l'accouchement de sa sœur.

— Tu crois qu'elle reviendra? s'enquit Priti d'un air ingénu.

— C'est malin. Au fait, la tienne est toujours blanchisseuse?

— Oui, je lui ai dit cent fois de ne pas laver tes slips, que c'était irrécupérable, mais ma maman a une bonne âme, elle préfère tenter l'impossible plutôt que de te renvoyer tes vieux calbutes par la poste.

— J'en mettrai un ce soir, pour ta fête. Enfin, si quelqu'un a encore envie de fêter ton anniversaire.

— Heu... Je ne te l'ai pas dit pour ne pas te blesser, susurra sa cousine sur le ton de la confidence, mais tu n'es vraiment pas obligé de venir. On est déjà trop nombreux et tu ne connaîtras personne.

— J'aime pas le gnou de toute façon, déclara Nate. Je préfère encore surveiller des écrans vides.

— Dommage, se moqua-t-elle sans vergogne. Quand tu danses, on dirait que tu t'énerves tout seul, comme un âne après sa carotte; au moins tu aurais fait rire les enfants.

Le fils de N/Kon sourit, ce qui lui arrivait rarement.

— Tu ne m'as pas beaucoup manqué pendant sept ans, mentit-il.

— Tu imagines bien que toi non plus : il a même fallu qu'on me rappelle ton prénom.

— Tes parents avaient bu quand ils t'ont appelée Priti?

— Du nectar de fleurs, oui, assura la cousine : c'est ce qui me donne cette odeur envoûtante. Tu veux sentir?

— Je préfère mes pieds, merci.

— Ces choses noirâtres qui dépassent de tes sandales en plastoc ?

— C'est parce que je les ai mis à l'envers.

— On dirait des mains de sorcière.

Ils jouaient sans limites.

En attendant, il était bientôt six heures du soir et le visionnage des clichés pris par les pièges photo ne donnait toujours rien. Priti s'étira dans un soupir.

— Bon, je vais me préparer, annonça-t-elle en quittant son poste.

— Courage, cousine.

On allumait le feu lorsque la jeune San sortit du hangar. Le crépuscule tombait doucement sur le désert orangé, splendeur quotidienne qui la ravissait. Priti songea à sa tenue du soir, au maquillage inspiré des animaux qui mettrait le mieux en valeur sa féminité – l'eye-liner donnait l'intensité du regard de la panthère, le mascara, en accentuant la longueur et l'épaisseur des cils, imitait celui de l'antilope ; ce serait bien le diable si John ne la remarquait pas. Priti allait retrouver le miroir de sa maisonnette quand elle aperçut un petit nuage de poussière qui se détachait au bout de la piste : un véhicule approchait… : Ranger.

Elle fut d'abord impressionnée par le gabarit de l'enquêtrice qui claquait la portière de la Jeep ; Priti était ridiculement menue face à la Tswana, moins irradiante croyait-elle, mais l'air chaud sur leur peau était le même.

— John est là ? Je vois son avion dans le hangar, fit Solanah en désignant le coucou poussiéreux qui pointait son nez.

— Oui.

— Tu sais où je peux le trouver ?

— Là-bas, fit Priti en tendant son doigt vers l'enclos du guépard.
— Il y a un guépard?
— Un gros.

~

Solanah avait visité les installations du lodge l'autre jour, le kraal et l'élevage d'autruches où la femelle koudou se réfugiait à la nuit tombée, mais elle n'avait pas poussé vers l'est et les vestiges de la mine, aujourd'hui ceinturée par un épais grillage. Elle parcourut à pied les trois cents mètres qui l'en séparaient. Un guépard se prélassait dans l'enclos, de tout son long, goûtant aux caresses de John, agenouillé à ses côtés. Belle bête.

Même si elle savait qu'un animal sauvage élevé très jeune par des humains pouvait tisser avec eux des liens forts et durables, le spectacle de leur confiance réciproque était touchant. Solanah s'approcha doucement, de peur de les troubler, sûre que le guépard l'avait sentie depuis longtemps. Le fauve cependant ne broncha pas, occupé par les mains de l'homme qui le caressait. Elle l'entendait ronronner.

— Il est toujours comme ça? lança la Tswana de l'autre côté du grillage.

John leva la tête de sa fourrure tachetée.

— Elle n'aime que moi.
— Ah! C'est une femelle…
— Magnifique, non? répondit-il sans cesser de la cajoler.

Le guépard posa la tête sur le sol, crevé. John remarqua les mains et les bras de Solanah bandés sous son uniforme, les marques de griffures jusque sur sa joue.

— Qu'est-ce qui vous est arrivé ?
— Une charge de rhino.
— Les épineux ?
— *Acacia mellifera*.
— Aïe.
— Oui.

John salua le guépard d'une caresse sur son poitrail, redressa son mètre quatre-vingts et marcha jusqu'à la grille où Solanah admirait le fauve.

— Vous recueillez beaucoup d'animaux, on dirait.
— Des blessés ou des orphelins, oui, quand il y a une chance de les sauver. On les garde en cage le temps qu'ils se remettent. Vous n'avez pas vu dans l'enclos des autruches ? On a aussi un zèbre, en plus de Mélanie. Ces petits chevaux sont indomptables mais tout le monde s'entend bien.

Solanah était plus intéressée par le félin aux yeux d'or sous le feu du crépuscule.

— Elle s'appelle comment ?
— Ruby. On l'a recueillie quand elle était bébé. Elle a trois ans... Je suis un peu son papa chiant mais elle m'aime bien.

La ranger sourit malgré ce qui l'amenait. La moindre blessure aux pattes signant leur arrêt de mort, les guépards abandonnaient leur proie si d'autres prédateurs voulaient la leur voler : un animal fragile, le préféré de Solanah.

— Ruby doit s'ennuyer dans cet enclos.
— Oh ! Je l'entraîne à chasser, fit John. Il y a des techniques pour ça, mais il faut les affamer un peu

avant, qu'ils ressentent l'envie de courir après une proie, ajouta-t-il en refermant la clôture derrière lui.

Solanah observa le site : un hectare de liberté et une verrue en chantier au milieu.

— C'est l'entrée de l'ancienne mine ? fit-elle en désignant l'amas de poutres, madriers et autres caillasses au centre de la parcelle.

— Oui.

— Pourquoi vous avez construit l'enclos autour ?

— La mine est condamnée à cause des effondrements. Ce qui en reste menace de s'écrouler.

— Votre fortune vient de là, du filon ?

— Hum, hum.

John approcha d'elle, le regard caché derrière ses lunettes sombres.

— Personne n'avait prospecté sur ces terres ? relança la ranger.

— Il faut croire que non. Mais on a travaillé des années pour extraire le diamant.

— Avec vos amis san, embauchés pour l'occasion.

— C'est ça.

Ils s'engagèrent sur le chemin de terre ocre qui les ramenait au lodge.

— À qui avez-vous vendu vos diamants ? À l'État ?

— Non, à un courtier de Johannesburg qui place l'argent dans des paradis fiscaux créés pour les riches qui refusent de partager ce qu'ils ont volé aux autres.

Elle stoppa le pas.

— Vous êtes sérieux ?

— Souvent, mais là non.

John lui adressa un léger rictus, du genre « c'est fini votre cirque ? ».

— Je pose des questions, se défendit Solanah.

— Je vous invente des réponses… J'imagine que ce n'est pas pour me parler de cette mine que vous êtes venue jusqu'ici?

— En effet. On a identifié la victime, commença-t-elle. Xhase Kai, un jeune Khoï qui travaillait comme pisteur dans un lodge de Caprivi, le River Lodge : vous connaissez?

— De nom.

— Xhase se démenait pour payer des études à sa sœur, dit la ranger en cheminant à ses côtés. Sauf que la pandémie l'a mis au chômage il y a plusieurs semaines et que Xhase ne l'a pas dit à sa sœur quand il l'a vue deux jours avant sa mort. Mais il lui a donné une assez grosse somme d'argent. Un revenu probablement illégal qui confirmerait la piste du braconnage. Un de nos informateurs a été retrouvé mort hier matin. Une morsure d'araignée des sables qui lui a été fatale.

— On en trouve surtout dans le Sud, observa John.

— C'est aussi ce que pense Seth. On n'a aucune preuve que les deux affaires soient liées, mais trois rhinocéros ont été tués et décornés dans le parc de Bwabwata, à peu près au moment où Xhase s'introduisait chez vous. Une lance, ou un javelot, a causé sa mort, poursuivit Solanah, un piège sans doute, tendu par un tueur embusqué ou par la personne qui l'accompagnait cette nuit-là à Wild Bunch.

— Hum.

— De votre côté, vous avez du nouveau?

— J'ai patrouillé dans le corridor de Bwabwata mais je n'ai trouvé aucune trace humaine ni marque de pneus, répondit John. Et les caméras ont l'air de fonctionner normalement.

Ils atteignaient le lodge vide sous le soleil couchant. Même le koudou avait déguerpi.

— Où sont passés vos employés ?

— Ils préparent une petite fête pour ce soir.

Solanah suivit John jusqu'à un patio ombragé, à l'opposé de la terrasse, avec un autre bar, plus petit et de couleur acajou, et des ouvertures aux voiles légères qui donnaient sur le désert.

— Vous voulez boire quelque chose ?

— J'ai ma gourde, merci.

Solanah choisit un fauteuil d'osier tandis qu'il se servait un verre d'eau au bar. Une table en céramique aux couleurs locales, un mélange d'objets de décoration vintage et d'artisanat, tout était agencé à son goût. Il revint vers elle sans jamais que leurs regards se croisent plus d'une seconde.

— Plusieurs choses m'intriguent, reprit Solanah en fixant son attention. D'après l'autopsie, Xhase n'avait rien mangé depuis deux jours quand on l'a tué, sauf un peu de viande de brousse ; une mixture d'organes de lion et de plantes aux vertus médicinales, selon les guérisseurs khoï. Ils s'en servent pour effrayer l'ennemi et protéger les chasseurs des attaques nocturnes. Ceux qui consomment ce *muti* intégreraient la force du lion et augmenteraient leurs chances de lui échapper.

— Ça n'a pas très bien marché, puisque Xhase est mort, nota John. Vous croyez à ces sornettes ?

— Ce qui compte, c'est que Xhase y croyait, comme N/Aissi, le guérisseur qui lui a fourni ce *muti*. Ils habitaient le même village.

Quelques rides se dessinèrent sur le visage de John.

— La vente de viande de lion est illégale, d'où il la sort ?

— N/Aissi m'a parlé du marché parallèle de Rundu, où les guérisseurs de la région troquent tout et n'importe quoi en fonction des remèdes qu'ils élaborent. Une médecine parallèle à base de plantes et d'animaux divers qui alimente les trafics, comme vous le savez. Xhase venait braconner sur vos terres, avec un *muti* pour se protéger.

— Des lions ?

— Des attaques de lions, oui, ou des hommes qui en prennent l'apparence. On dit que les chamans de certaines tribus ont des pouvoirs surnaturels, qu'ils se transforment en lions ou en panthères la nuit, que leurs traces de pas disparaissent subitement dans le sable, qu'ils se volatilisent soudain ou deviennent invisibles, semant la terreur et tuant quiconque pénètre sur leur territoire. Xhase était mort de peur à l'idée de s'y frotter, c'est pour ça qu'il est revenu demander de l'aide au guérisseur du village.

— Vous voulez dire que des hommes-lions rôdent sur mes terres ?

— La rumeur dit qu'on a retrouvé des corps lacérés autour de votre réserve, à l'extérieur des grillages, comme s'ils avaient été attaqués en tentant de s'y introduire.

— Les fauves se trouvent à l'intérieur de la réserve de Wild Bunch, pas à l'extérieur.

— Vous n'êtes pas au courant de ces rumeurs ?

— Je ne sors pour ainsi dire jamais de chez moi : vous comprenez mieux pourquoi.

— Racontars ou non, Xhase avait la peur au ventre

en venant braconner chez vous, et quelqu'un l'a tué à coups de lance.

— Un homme-lion, fit John avec ironie.

— Ou un de vos amis san.

— Qui aurait laissé griller ce pauvre gosse au soleil sous les yeux des touristes ? Il n'y a qu'une seule piste pour rejoindre la zone des éléphants, assura-t-il, le tueur savait que nous tomberions sur le cadavre : aucun San n'a intérêt à semer le chaos à Wild Bunch, ils sont chez eux.

— Des fantômes rôdent pourtant. Et ils assassinent.

— Je n'y crois pas, lieutenante, pas plus qu'aux hommes-lions qui disparaissent la nuit en semant la mort. Mais je sais d'autres choses. Chez les animistes, comme les Khoï, le chaman comprend les non-humains, dont les animaux, et négocie avec eux. Il passe d'une espèce à l'autre en changeant de perspective sur le cosmos, comme si le monde était composé d'une multiplicité de points de vue. Le sens de la métamorphose fait partie du voyage, comme le mythe des hommes-lions. Il ne s'agit pas d'enfiler une apparence physique animale sur un esprit humain mais d'activer en soi les pouvoirs d'un corps différent. Xhase était un pisteur khoï : c'est compréhensible qu'il ait cru aux rumeurs d'hommes-lions dévorant les hommes la nuit.

Solanah ne se laissa pas impressionner par son érudition.

— Vous semblez en savoir long sur ces croyances, dont vous prétendez par ailleurs vous moquer, rétorqua-t-elle. Vous pourriez profiter de ces connaissances et des peurs qu'elles engendrent pour prendre l'aspect d'un tueur nocturne.

— Et j'aurais tué ce gamin ?

— Un braconnier. Il faisait nuit. Et le laisser au bord de la piste serait un moyen de noyer le poisson ; les touristes témoigneraient pour vous.

— Évidemment, je les promenais... Vous avez l'esprit tordu quand vous voulez.

— Je vérifie. Rien de personnel.

— On ne dirait pas.

Solanah remarqua seulement la sagaie qui trônait au mur du salon-bibliothèque. Une lance san.

— Vous croyez que c'est avec ça que j'ai tué Xhase ? fit John en suivant le mouvement de ses yeux.

— Je ne crois rien.

Un insecte bicolore bourdonna autour d'une bougie éteinte, comme s'il cherchait un message dans la cire de ses sœurs.

— Vous n'avez pas de chiens pour garder le lodge, reprit la ranger. Des fauves sont pourtant susceptibles de rôder près des habitations.

— Les aboiements empêcheraient mes clients de dormir. Ceux qui séjournent à Wild Bunch payent une petite fortune pour entendre des lions rugir la nuit, pas des chiens aboyer.

— Sans chiens pour donner l'alerte, n'importe qui peut entrer et sortir de la zone du lodge incognito.

— Pour aller trucider des gens, comme ce jeune Khoï, en empruntant un de nos véhicules garés dans la cour ? poursuivit John sans cacher son irritation. Nous sommes peut-être restés sauvages à force de vivre en autarcie, mais nous ne sommes pas ce genre de brutes.

L'ambiance se tendait.

— Je n'ai jamais dit que vous étiez une brute, se radoucit légèrement Solanah. Je crois même que vous êtes beaucoup plus sensible que vous ne le laissez croire sous vos faux airs de bushman misanthrope répondant aux questions par d'autres questions.

— Ma cote remonte, ironisa John.

— Je n'en suis pas sûre. J'ai regardé nos statistiques et noté qu'aucun braconnage n'avait été signalé sur vos terres depuis des années.

— Vous avez le don pour les douches froides.

— Alors ?

— Il nous arrive de découvrir des pièges, mais je ne porte jamais plainte car je préfère me débrouiller seul sans demander l'aide de l'État. Les rangers ont assez à faire avec la sécurité des parcs nationaux et les trafics aux frontières, et je ne veux rien devoir à personne. Aider à la préservation de la faune me suffit, avant que l'humanité n'achève l'extermination en cours et ne s'autodétruise.

Il avait de nouveau ses yeux de cinglé, brûlant d'une lueur un peu trop passionnée.

— Le sujet a l'air de vous tenir à cœur, remarqua Solanah.

— À vous aussi, puisque nous partageons les mêmes buts. Maintenant à moi de parler, continua John froidement. J'ai trouvé une carcasse de zèbre empoisonnée ce matin, et le cadavre d'un lion un peu plus loin, un vieux mâle amputé de ses crocs et de ses griffes qui a dû dévorer le cadavre infecté.

— C'est maintenant que vous le dites ?

— Si j'avais commencé par ça, vous auriez pensé

que je cherchais à vous couper l'herbe sous le pied, non ?

John anticipait ses réactions, comme s'il devinait ses angles d'attaque.

— Où est la carcasse ? demanda la ranger.

— Je l'ai brûlée, évidemment.

— On aurait fait des analyses pour étayer votre plainte, croiser les pistes si des braconniers empoisonnent aussi des bêtes, lui reprocha-t-elle. Xhase a pu empoisonner le zèbre avant d'être tué ; c'était l'occasion d'établir un lien entre toutes ces affaires. Vous êtes à deux doigts de m'agacer, John Latham.

— Je ne compte pas porter plainte, répéta-t-il comme une excuse. Je vous l'ai dit, on préfère se débrouiller seuls.

— Vous étiez censés collaborer avec les rangers, rappela Solanah.

— Je n'ai pas pensé qu'il y avait un lien avec le meurtre du Khoï.

— Je crois que vous mentez.

— Alors disons que j'attendais que vous reveniez à Wild Bunch pour me soupçonner de meurtre, renvoya John.

À ce petit jeu, il semblait le plus fort.

— Convainquez-moi du contraire, l'encouragea Solanah. Vous avez visionné les bandes des caméras thermiques disséminées dans la réserve ?

— Deux personnes se tuent les yeux dessus mais il y en a plus d'une centaine ; toutes n'ont pas encore été vérifiées. Aucun résultat pour le moment, je vous l'aurais dit.

— Oui, comme vous m'avez parlé de la carcasse du zèbre empoisonné.

Ils se regardèrent en chiens de faïence.

— Quelqu'un de mon équipe viendra vous aider au visionnage des vidéos, trancha Solanah en se levant. Comme on dit chez nous, « les dents blanches tuent le sourire ».

On omet l'essentiel à cause de ce qui crève les yeux.

— J'ai le choix ? demanda John avant qu'elle prenne congé.

— Non.

La ranger avait les yeux miel, feu et soleil, chauds comme le sable à l'heure où même les ombres se cachent.

— Vous vous trompez sur notre compte, fit John en la raccompagnant. Je suis de votre côté. Plus que vous ne le croyez.

— Je l'espère, conclut-elle. Je l'espère sincèrement, ou il vous en cuira.

Un infime sourire se dessina sur ses lèvres, qui finit d'éteindre le crépuscule.

~

La nuit tombait sur le désert alentour lorsque Solanah quitta la maison de John. Étrange discussion, à l'image du personnage. Suspect ou allié, son numéro d'équilibriste au sujet des hommes-lions avait fait long feu. John Latham n'allait de toute façon pas avouer être impliqué dans le meurtre, ni qu'il protégeait l'un de ses employés. Mais en plaçant un pion à l'intérieur de Wild Bunch, les rangers avaient une chance de percer le mystère...

La fête battait son plein, non loin du kraal et de l'enclos à autruches ; un grand feu s'employait à déjouer les ombres où s'agitaient les silhouettes san. Solanah passa au large de la réunion autochtone, marcha jusqu'à la petite forteresse de bois qui réunissait le *staff camp*, désert à cette heure. Elle songeait à s'entretenir avec N/Kon quand elle vit l'intendant sortir de son logement, une besace à l'épaule. Solanah se cacha derrière un baraquement tandis que le San rejoignait les siens, hésita quelques secondes puis attendit qu'il fût loin pour s'approcher.

De petits sièges étaient disposés autour d'un cercle de pierres, qui servait de foyer pour la cuisine. N/Kon vivait dans une hutte traditionnelle, avec un jardinet de choux et de potimarrons à l'arrière, une bicoque sans confort ni objets manufacturés. Solanah alluma sa lampe-torche pour inspecter les lieux, fouilla sommairement parmi le fatras posé là, entre les ustensiles de cuisine et les outils : elle cherchait une lance, un indice quelconque pour étayer ses soupçons, elle ouvrit des tiroirs à moitié vides, découvrit des papiers d'identité et un curieux écusson. Un insigne militaire, celui de l'unité d'élite Omega, du 32e bataillon de l'armée sud-africaine... Appartenait-il à N/Kon ? À qui d'autre ?

~

Quelqu'un poignarde notre nostalgie /
Quelqu'un tue notre innocence /
Dans l'ombre de son sourire /
Toutes nos histoires brûlent /
Je me sens comme le bush /
Une flèche brisée dans une piscine de sang /

Un vieux Bauhaus passait sur la platine, commandée comme les vinyles sur internet. John avait doublé les doses de whisky depuis la mort d'Aya. Il s'en autorisait deux d'ordinaire, hors d'âge de préférence, venus par caisses d'Afrique du Sud (son seul caprice), de quoi le pousser dans son lit après une journée à courir la brousse sans qu'il ne sombre dans l'alcoolisme postcolonial. Il en était à son quatrième et le crépuscule avait fondu depuis longtemps. John fixait le mur de la bibliothèque, comme si un oiseau s'y était posé et risquait au moindre geste de s'envoler, et ne savait plus que penser. Se faisait-il des idées sur cette femme ? Solanah voulait-elle juste leur coller le meurtre du Khoï sur le dos ? Un ranger allait venir mettre son nez dans leur système de surveillance, le jeune Seth sans doute, puisqu'ils faisaient équipe. Il faudrait l'avoir à l'œil…

Le disque s'acheva dans un long silence, sans lui donner de réponses. On entendait les chants monter depuis le kraal. On avait saupoudré d'herbes les quartiers de viande de gnou, dont les effluves emportés par le vent du soir montaient jusqu'au lodge. Les papillons de nuit confondaient l'ampoule avec la lune qui les dirigeait, s'enivraient mortellement de sa chaleur. La mélancolie le gagnant, John se tourna vers le point d'eau sous les étoiles, un spectacle dont il ne se lassait pas. Les animaux comme remède… Il les regarda s'abreuver, en paix à cette heure, chaque groupe défilant selon une chorégraphie prudente, mais il ne les voyait plus vraiment.

Une heure passa. Il faisait nuit noire maintenant, la lune accrochée aux nuages comme des cheveux aux ronces, et plus aucun son ne montait du kraal. La fête était finie chez les San, même les papillons ne grillaient plus en se cognant à l'ampoule de la terrasse. Il aperçut N/Kon qui refermait les portes du *staff camp* avant d'aller ouvrir l'enclos de l'ancienne mine... John se resservit un verre à l'ombre de la lune, un goût de tourbe et de sang dans la bouche.

C'était l'heure du guépard.

~

Priti avait revêtu sa plus belle tunique pour la fête, une robe traditionnelle en peau finement tannée, et ses colliers de coquilles d'œufs d'autruche, mais John n'était pas venu. Maintenant le festin était achevé et de l'eau de feu stagnait dans ses yeux, tournés vers la terrasse du lodge. John ne la voyait pas, elle se tenait cachée derrière la vieille Land Rover garée sur le parking, et Priti ne savait plus ce qui l'emportait de la déception ou du reproche. Elle s'était imaginé que John s'amuserait de sa vivacité, de son humeur égale en excès et peut-être de son désir maladroit (elle n'avait couché qu'avec trois garçons, comme elle mal dégrossis), mais la San s'était fait des idées. Sa tante Hikka l'avait prévenue, mais elle ne l'avait pas écoutée. Elle n'était qu'une fille à la langue trop pendue, vainquant sa timidité ancestrale par des mots jetés à l'emporte-pièce pour se bricoler un moral ; elle se voulait championne, meilleure en n'importe quoi pour trouver sa place depuis son retour dans la communauté : la réalité la rattrapait par la peau du cou et la jetait là, à l'ombre de la terrasse où le prince noir s'enivrait.

John n'était qu'un fantasme, un homme tourmenté

qui n'aimait que ses animaux, un rêve d'adolescente, et il était temps qu'elle devienne une femme plutôt que de gémir sous un balcon... Priti se trouva pathétique.

Une ombre apparut alors dans la nuit, celle de son oncle, qui revenait de l'ancienne mine.

— Rentre, dit-il à sa nièce, ça vaut mieux.

13

L'Europe avait dépecé l'Afrique en taillant dedans à la règle, se partageant les parts de gâteau devenues colonies. Les tribus hereros qui en Namibie s'étaient soulevées contre l'occupant allemand avaient été massacrées par les soldats du général Von Trotha, les survivants parqués dans des camps de concentration où, affamés, les trois quarts avaient péri, constituant le premier génocide du XXe siècle. Les Hereros n'étaient plus que quinze mille quand le pays était passé sous protectorat sud-africain, à la fin de la Première Guerre mondiale. Le reste de l'Europe ne considérait guère mieux les autres ethnies locales : une femme hottentote y avait été exhibée comme la Vénus noire, un phénomène de foire affligé d'un «tablier» (des organes génitaux protubérants qui affolèrent Église et scientifiques) censé évoquer le chaînon manquant entre l'homme et le singe. Le régime de l'apartheid s'était implanté naturellement dans l'ancienne colonie allemande, durcissant le ton à mesure qu'on le contestait.

La stratégie de l'Afrique du Sud raciste consistait à s'entourer d'une zone tampon d'États noirs indépendants mais modérés pour maintenir une suprématie blanche dans la région. Ça n'avait pas fonctionné en Rhodésie mais il restait l'Angola, où la guerre civile faisait rage depuis le départ des Portugais au début des années 1970. Dans un contexte de guerre froide, l'Afrique du Sud soutenait l'UNITA angolaise, alliée des Américains, quand les soldats cubains, épaulés par l'URSS, soutenaient le MPLA marxiste local.

L'armée sud-africaine se battait en Angola pour repousser le communisme mais aussi pour chasser l'armée clandestine namibienne de la SWAPO qui, comme l'ANC de Mandela, réclamait la fin de l'apartheid et voulait l'indépendance de la Namibie. Le 32e bataillon d'infanterie, dont l'unité d'élite Omega, avait opéré en Angola dans les années 1980 : la guerre de la frontière sud-africaine comme on l'appelait encore.

N/Kon avait-il combattu dans cette unité, comme le laissait croire l'écusson trouvé chez lui ? Y avait-il appris à tuer ? John Latham, qui dépeignait son intendant comme un vieil homme pacifiste, était-il au courant ? Solanah avait fait des recherches en rentrant de Wild Bunch la veille au soir et les doutes s'étaient amoncelés. Elle pouvait interroger N/Kon au sujet de cet écusson mais l'intéressé était peu causant et possiblement menteur, comme son ami John.

Déjà, gamine, Solanah n'aimait pas parler le matin ; retrouvant Azuel au petit déjeuner, elle fit une exception pour informer son mari des dernières avancées de l'enquête.

— Oui, c'est une piste à creuser, abonda-t-il. Cet écusson militaire n'est pas là par hasard, et les San ne sont pas connus pour s'encombrer de quoi que ce soit. N/Kon communique avec Latham en afrikaans, d'après ce que tu m'as dit : il a pu l'apprendre à l'armée, comme le maniement des armes, et garder l'écusson en souvenir.

— Impossible de le savoir sans accès aux archives namibiennes, fit Solanah, une idée derrière la tête. Tu pourrais m'avoir une autorisation pour enquêter au nom de la KaZa ?

— Sans problème. Dès aujourd'hui si tu veux.

Le ranger se servit du café dans la Thermos.

— Il y a quand même quelque chose qui ne colle pas, continua Solanah. La carcasse du zèbre empoisonné. Si des braconniers sévissent dans la région, Wild Bunch fait partie des dommages collatéraux.

— Tu n'as pas vu la carcasse en question : se faire passer pour une victime est une manière de repousser les soupçons. Et tu sens depuis le début que Latham cache quelque chose.

— Oui, dit la ranger les yeux dans le vague.

Un oiseau chantait dans le jardin ; il se posa sur l'herbe rare qui bordait la terrasse, bondit trois fois et repartit à tire-d'aile, comme poursuivi par son propre fantôme.

— Et toi, demanda Solanah, tu en es où ?

— Je pars au Zimbabwe tout à l'heure : plusieurs indices font craindre que d'autres réserves de la KaZa soient touchées. On a une réunion d'urgence.

— Tu reviens quand ?

— Ça dépend des retours de mes collègues étrangers ; un ou deux jours, je pense. Le temps pour toi d'aller à Windhoek. On se tient au courant.

Solanah acquiesça. Ils faisaient de nouveau équipe.

~

Il fallait une demi-journée pour rejoindre la capitale par la route, mais seulement deux heures de vol depuis l'aérodrome de Rundu. Son autorisation en poche, Solanah partit par la rotation du matin, un simple sac à l'épaule au cas où elle devrait passer la nuit sur place.

La faim la démangeait bien qu'elle ait déjà déjeuné et elle ne résista pas aux amuse-gueule hypercaloriques que les hôtesses lui proposaient. Elle quitta l'appareil en se maudissant d'avoir grignoté ces saloperies, traversa l'aéroport et prit un des taxis qui attendaient à la sortie.

L'air qui entrait par les vitres ouvertes lui fit du bien ; le chauffeur, disert et joyeux, passa le barrage de police en leur adressant de grands signes de main avant de s'élancer sur l'autoroute de Windhoek, poumon économique du pays, où elle n'avait jamais mis les pieds.

Les Ovambos adoraient écrire leur nom sur les plaques minéralogiques de leur voiture – Jordon, Prince, Petrus, Denzel, Justice… Solanah observait les rues, curieuse de découvrir la capitale namibienne. Les quartiers sécurisés des faubourgs rappelaient les complexes électrifiés d'Afrique du Sud, bien que la criminalité n'ait rien à voir et qu'aucune mafia n'ait pignon sur rue. Windhoek était la ville africaine comptant le plus de voitures par résident, d'après le chauffeur de taxi, mais le trafic était à l'image de la capitale endormie. Le manque de transports publics pénalisait surtout les habitants des townships qui grossissaient alentour et, les rares bus n'ayant pas d'horaires précis, on se regroupait près des taxis collectifs qui attendaient de faire le plein pour partir.

Des collines arides encerclaient la ville, les rues étaient bordées de palmiers sous lesquels les rares passants prenaient leur temps, d'écoles ceinturées de barbelés où les enfants en uniforme se rendaient en riant. Un aspect paisible comparé aux régions subsahariennes minées par le pillage généralisé, même si l'hégémonie de la SWAPO, restée comme l'ANC trop longtemps au pouvoir, finissait de corrompre les meilleures intentions. Alors que la majorité de la population vivait sous le seuil de pauvreté, le parti qui avait combattu l'apartheid se faisait construire un palais d'un luxe indécent au cœur de la ville, en face de l'hôpital public qui, lui, manquait de tout.

Solanah remonta Independance Avenue, vaguement écœurée par ses congénères. Quelques vendeurs d'artisanat, himba ou nama, tentaient de fourguer couvertures et sculptures aux touristes, pauvres hères badigeonnés de rouge semblant venus d'une autre planète. Et ce n'était pas complètement faux...

Le taxi dépassa les rares hôtels de standing, les restaurants du petit parc à la sortie du zoo, grimpa la colline où s'érigeait le musée de l'Indépendance et son couple de bronze brisant ses chaînes, une tour fière et presque neuve offerte par la Corée du Nord.

— C'est de l'humour? releva Solanah.

Comme le chauffeur de taxi voyait où elle voulait en venir, la Tswana lui laissa un bon pourboire. Le bâtiment qui abritait les archives de l'armée ne payait pas de mine avec ses briques rouges et ses plantons rêvassant sous leur casque trop grand. Solanah s'étira sur le trottoir baigné de soleil, échangea deux mots avec les soldats. Passé un premier filtre d'employés peu suspicieux, un hall lustré menait à l'accueil, où une militaire tout aussi amène la dirigea vers les salles du sous-sol.

Après avoir vérifié les informations consignées sur ses papiers, le préposé aux archives mena la ranger vers les registres des troupes, classés par année le long d'étagères lourdes de paperasses. Elle entama les recherches.

L'indépendance gagnée en 1990, les soldats qui avaient combattu durant la guerre de la frontière sud-africaine au milieu des années 1980 étaient en majorité blancs et considérés comme défenseurs de l'apartheid. Étant donné l'âge de N/Kon – la soixantaine –, il avait dû faire son service militaire à l'époque du conflit. Remontant le temps, Solanah se tua les yeux sur des contenus rébarbatifs, des têtes rigides devant l'objectif de l'administration. Sections, bataillons, les visages d'anciens jeunes soldats défilèrent dans l'air moite des archives jusqu'à ce que la figure d'un homme lui saute au visage : plus de trente ans étaient passés mais ces traits, si particuliers, étaient ceux de N/Kon.

L'intendant de Wild Bunch s'était engagé en 1987, d'après la fiche du dossier. Le 32e était un bataillon infiltré en Angola pour des missions périlleuses, dont l'unité d'élite Omega, principalement constituée d'autochtones malgré les lois ségrégationnistes... Solanah éplucha les rapports, les comptes-rendus des batailles livrées par l'armée sud-africaine, observa des dizaines de visages sur les photos, parfois des clichés de terrain où l'on posait, accroupi dans la brousse avec l'arme aux pieds ou accoudé à un camion de troupes, et les battements de son cœur s'accélérèrent : ce soldat derrière N/Kon, le dominant d'une tête, la cigarette à la bouche avec un air mi-défiant, mi-amusé... John... John Latham.

Même posture un brin décalée, presque dandy malgré ses cheveux en brosse, ses traits étaient juvéniles mais ses yeux ne trompaient pas : lui aussi avait participé à cette guerre.

~

Il faisait de plus en plus chaud dans la salle des archives, qui n'était pas climatisée. Solanah cherchait des infos sur son smartphone quand elle reçut l'appel d'Azuel. Il sortait d'une première réunion avec les huiles de la KaZa et les informateurs de tous les pays étaient désormais sur le qui-vive : des rumeurs commençaient à remonter, laissant craindre en effet que Bwabwata ne soit pas le seul parc touché. Azuel attendait les informations complémentaires des rangers sur le terrain, mais le haut commandement était en état d'alerte, ce qui l'obligeait à rester au Zimbabwe jusqu'à nouvel ordre.

— Et toi, les archives de l'armée, ça donne quoi ?

— N/Kon appartenait bien au 32e bataillon de l'armée sud-africaine, confirma Solanah. Et je crois bien que John Latham était avec lui.

— Comment ça, tu « crois bien » ?

— Deux photos ressemblent à Latham malgré les trente-cinq années passées, dans le même bataillon, sauf que la fiche du dossier mentionne un certain

Yan Malan, incorporé dans l'unité en mars 1987 au grade de caporal.

— Ça ne peut être que lui, glapit Azuel.

— Pas sûr, non.

— Pourquoi ?

— Parce que le caporal Malan est mort en mission en décembre 1988, en Angola.

Il y eut un blanc au téléphone. Le chef des rangers sentait le coup fourré.

— J'ai creusé la piste, poursuivit Solanah. Six Malan sont répertoriés dans l'annuaire téléphonique ; j'ai appelé cinq d'entre eux mais à leur connaissance aucun Yan n'a été tué durant la guerre de la frontière. La dernière famille n'a qu'une ligne fixe, visiblement, mais ils ne répondent pas. J'ai une adresse dans le Kunene, un lieu-dit du nom de Werelsend. C'est loin mais ça vaut le coup de vérifier.

— Il faut tirer ça au clair, l'encouragea son mari. La coïncidence du 32e bataillon est trop grosse. Si Latham a combattu avec N/Kon et qu'il a changé de nom, c'est qu'il a quelque chose à cacher. Dans tous les cas, ton intuition était la bonne : bravo chérie !

Azuel ne la félicitait plus depuis longtemps. Sur le coup, Solanah se demanda si elle n'avait pas fait une connerie.

~

L'ancienne ferme des Malan se situait loin dans les territoires du Nord-Ouest, trop pour engloutir la route d'une seule traite : il fallait plus de six heures pour atteindre Werelsend, d'après son smartphone, et l'après-midi était déjà bien entamé. Solanah loua un

4 × 4 équipé à l'agence de Bismarck Street, proche des archives, et décida de rouler jusqu'à la nuit tombée. Les routes étaient dangereuses à l'heure où les animaux sortaient mais elle ferait une étape à mi-chemin.

Des townships s'étendaient à la sortie de Windhoek, des baraquements de tôle ondulée qui grimpaient vers les collines pelées où les réfugiés politiques du Congo s'éternisaient, quelques usines de transformation d'aliments et autres marchés de vente en gros. De pauvres gens vendaient des cosses d'acacia sur le bas-côté, complément alimentaire pour le bétail ou bois de chauffage. Solanah quitta la capitale par la B1, le seul tronçon d'autoroute à deux voies qui filait vers le nord, cherchant une logique à ce qui pour l'instant n'en avait pas. Beaucoup de gardiens de parcs animaliers étaient d'anciens militaires, souvent sud-africains, et le jeune État namibien était peu regardant sur le pedigree des forces vives participant à l'essor de la nation. Yan Malan avait pu passer entre les gouttes, mais pourquoi changer d'identité ? Solanah se demandait ce qu'elle poursuivait au juste, et l'effet hypnotique de la route grandissait à mesure qu'elle s'enfonçait dans le désert rouge.

Un ciel blanc poussiéreux avalait l'horizon ; des babouins montaient la garde sur les rails de sécurité, sur les collines sèches s'accrochaient des arbustes et de petites fleurs blanches – acacia toujours. Solanah roulait parmi les radars et les pneus éclatés, entre les clôtures simples qui délimitaient l'espace pour le bétail et les doubles barrières pour le gibier et les rhinocéros. Elle coupa par la B2 à Okahandja, ne croisa bientôt plus que de rares autos ou camions remplis de minerais lancés à toute blinde malgré les limitations de vitesse et les phacochères. Le vent soulevait la poussière, teintant le paysage orangé. Elle se ravitailla à Karibib, dernière agglomération avant le Kunene, remplit les jerricans et reprit la route, seule face au vide. La sensation était douce, celle de se sentir libre loin de chez soi.

Le soleil s'inclinait sur l'étendue de rocailles. Ici commençaient les territoires des Himbas et des Damaras, les hommes rouges du désert, un des rares endroits au monde où humains et animaux vivaient ensemble, en totale liberté et non dans des réserves. Trois heures déjà qu'elle roulait, l'image de Yan et John comme un kaléidoscope.

La nuit tombant vite derrière les montagnes, Solanah s'arrêta au camp de Spitzkoppe, où on louait des emplacements pour les voyageurs de passage. Elle se dégourdit les jambes, réajusta son short ; une guérite tenue par un gardien aimable faisait office d'entrée, avec plus loin des douches. La tente qu'on lui attribua se trouvait à deux cents mètres, au pied de monts escarpés où rôdaient de rares léopards et leurs proies – des damans des rochers peu farouches, semblables à des marmottes, qui n'avaient aucune chance face à des fauves aussi vifs.

Le site de Spitzkoppe impressionnait par sa délicate sauvagerie, avec cet encaissement donnant sur le désert aux couleurs changeantes. Ses affaires installées, Solanah se lava de la poussière avalée sur la route et, en sortant des sanitaires, constata que le soleil allait s'échapper derrière les rochers. La langueur l'accompagna jusqu'à sa tente, où des pierres étaient disposées en foyer. Des feux de camp apparaissaient à l'heure de dîner. Il était bientôt huit heures et elle aussi avait faim. Solanah profita des dernières lueurs pour grimper sur la colline de granit, la roche spirituelle des Damaras, et contempler l'espace. L'Afrique qu'elle aimait.

La nuit tombait lorsque la Tswana rejoignit le campement. Ses mains blessées ne lui faisaient plus mal, elle n'avait pas remis ses bandages après la douche, augurant de jours meilleurs. Un feu crépitait sur le chemin qui la ramenait à la tente ; elle arrivait à sa hauteur quand une voix l'interpella.

— Bonsoir !

— Bonsoir...

— J'ai vu que vous étiez ranger quand vous êtes passée tout à l'heure, enchaîna l'homme dans la pénombre. Je peux vous inviter à dîner ? J'ai une belle tranche d'oryx que je ne finirai pas seul.

Solanah hésita ; elle n'avait rien prévu, que les biscuits salés qui la feraient grossir, et on lui offrait le steak réputé comme le meilleur sur le marché en circuit court. La voix était avenante, mais elle restait une femme. Un instinct la freina, qu'elle finit par chasser ; les Namibiens étaient en général doux et attentionnés, s'adressant des signes amicaux quand ils se croisaient sur les routes et les pistes, trop peu nombreux sans doute sur le même territoire pour manquer de s'aider à l'occasion. Intelligence, bienveillance ou marque d'un peuple pacifique. Elle accepta l'invitation.

— J'ai une chaise en rab, dit l'hôte en dépliant un fauteuil aux armatures d'aluminium.

Un Land Cruiser était garé près d'une tente de brousse posée à même le sol, avec tout le matériel de bivouac dont on pouvait rêver.

— Vous êtes équipé, nota Solanah en prenant place devant le feu.

— Il vaut mieux dans cette région. Vous connaissez, j'imagine ?

— Non, c'est la première fois que je viens par ici.

— Une splendeur, assura le campeur.

Les flammes dévoilèrent son visage, qui s'éclaira dans la nuit. Une puissance tranquille se dégageait de cet homme.

— Vous voulez boire un verre ? demanda-t-il.

— Non, merci.

— Même pas une bière ?

— Non, merci.

— Tant pis pour vous ! rit-il en décapsulant une Lite locale.

Le ventre de Solanah papillonnait. À quarante-deux ans, la Tswana était censée en imposer, pas se liquéfier parce qu'un bel inconnu lui adressait la parole.

— Je vois que vous travaillez pour la KaZa, relança-t-il en désignant l'écusson sur sa manche. Magnifique initiative.

— Et vous ?

— Je suis vétérinaire. Chercheur aussi, à mes heures... Pardon, je ne me suis pas présenté : Éric. Je suis dans la région pour mon travail.

— Lieutenante Betwase.

Deux mètres les séparaient, un gouffre ridicule éclairé par les braises. Éric était encore plus beau de près, la mâchoire taillée dans la roche noire alentour, les lèvres pulpeuses d'un mauve virant indigo.

— Vous aussi, vous êtes de passage ?

— On est tous de passage, non ? dit-il.

— Philosophe?
— Juste de passage. Qu'est-ce qu'une ranger de la KaZa fait par ici?
— Parler de notre travail revient à le perdre, répondit Solanah, c'est dans notre contrat.
— Alors n'en parlons pas! s'esclaffa Éric avec simplicité. Je suis indiscret, excusez-moi; je ne vois pas grand monde, parfois personne pendant des semaines…
— Vous êtes chercheur en quoi?
— Je m'occupe des maladies liées à la défaunation. Elle va de pair avec la déforestation, comme vous le savez. Les ragoûts de trompe sont fréquents sur les chantiers des entreprises, et la viande de brousse vendue au bord des routes propage les virus comme Ebola sans que personne y trouve à redire. La pandémie mondiale ne m'a, malheureusement, pas tellement surpris. Au Laos, c'est la forêt primaire qui régresse : les Chinois construisent des gares et des trains sans précautions sanitaires, les ouvriers qui y travaillent attrapent des maladies parasitaires ou virales qu'ils transmettent en Asie ou ailleurs. La nouvelle route de la soie, que les mêmes Chinois sont en train d'achever, deviendra sans doute la prochaine voie de propagation de maladies graves : plus de dix mille kilomètres reliant l'Extrême-Orient à l'Europe, ça fait beaucoup d'inconnues.

Les braises en s'étiolant dévoilaient des formes oniriques.

— Vous voyagez souvent, on dirait, observa Solanah, captivée par les flammes.
— J'ai cette chance, si on peut appeler ça comme ça.
— Pourquoi?

— Parce que c'est assez déprimant ! rétorqua Éric. Les activités humaines remettent en circulation des organismes vivants neutralisés dans la terre depuis des millénaires, voire des centaines de millénaires : vous imaginez l'impact d'une maladie capable de tuer des dinosaures ? L'incursion des humains, avec les braconniers qui suivent la piste des bûcherons dans les forêts primaires, ne peut pas être sans conséquences. Quantité de virus dits émergents sont des zoonoses, des maladies ou des infections qui passent de l'animal à l'homme. C'est le cas d'Ebola, des hantavirus, du SRAS, de la fièvre du Nil occidental, probablement du sida… On compte environ deux cents zoonoses, dont beaucoup sont bactériennes, poursuivit le chercheur. L'interface homme-nature est de plus en plus prégnante avec la globalisation des échanges ; en détruisant les habitats, on précipite notre chute à tous.

— Et il n'y a pas de raison que ça s'arrête, grommela Solanah.

— Oui… Inculture de nos dirigeants obsédés par leur propre sort, manque de courage pour remettre en question le monde qui est le leur, son organisation, ses buts communs, et puis la force des lobbys, le chantage à l'emploi, les intérêts privés contre le bien public : la liste n'est pas exhaustive ! sourit le scientifique comme s'il y avait matière à rire. Enfin, il faut bien continuer à se battre…

Solanah acquiesça.

— Et vous ? relança Éric.

— Moi quoi ?

— Vous êtes heureuse malgré les mauvaises nouvelles qui s'abattent sur le monde ?

— Avec nos métiers, on n'a pas le droit de désespérer. Ce serait la fin de tout. Enfin, de moi, corrigea-t-elle.

Il faisait plus froid avec le soir tombé ; voyant qu'elle grelottait, Éric plaça des braises sous leurs sièges pour les réchauffer et prolonger la conversation. L'homme se livrant bientôt sans détour, contant avec humour ses déboires amoureux, Solanah se laissa aller.

— Pour toi, ce n'est pas parce qu'une histoire d'amour est finie qu'elle est ratée ?

— Heureusement, quel enfer ce serait ! répondit-il. Si on considère ses amours comme des échecs, tous les moments merveilleux n'ont aucune chance de rester vifs comme des petits soleils ; tu ne crois pas ?

— Sans doute. Je ne sais pas.

Un bref silence s'attarda autour des braises qui finissaient de se consumer. Dix heures déjà. Il n'était pas recommandé de marcher seul dans la nuit quand les fauves partaient en chasse ; la tente de Solanah n'était pas loin, mais les cent mètres comptaient double dans le noir abyssal qui suivait la contemplation prolongée des flammes. Leurs regards se croisèrent ; Solanah était troublée, ça faisait même un bon moment qu'elle se sentait bombardée. Désir, abandon, besoin de liberté, de folie, Éric n'avait qu'à lire dans ses pensées. La tentation était là, imprévue, excitante. Trop.

Éric attendait son verdict, un sourire tranquille sur les lèvres.

— Il est temps que je rentre, dit Solanah.

~

Les collines du Kunene se profilaient dans le matin, allongeant les ombres rares sur le bord de la route. L'air était sec, chargé de poussière qui s'incrustait jusque dans l'habitacle. Solanah roulait sur le dernier tronçon bitumé, songeant encore à la soirée de la veille au coin du feu. D'un côté, elle n'aimait pas ce qui l'avait retenue de coucher avec ce si parfait inconnu – en quoi le plaisir serait-il coupable ? –, de l'autre, malgré le malaise qui s'était immiscé dans leur couple, Azuel restait son mari, l'homme à qui elle avait juré fidélité et qui avait tout accepté pour obtenir sa main.

Le sexe n'avait jamais été au centre de leur relation, mais tout s'était détraqué six mois plus tôt quand, à quarante ans passés, ce qui n'était pas du tout prévu avait fini par arriver : Solanah était tombée enceinte. Une catastrophe pour la ranger. À moins d'avoir été violée, l'avortement était interdit au Botswana : si on apprenait qu'elle avait interrompu volontairement sa grossesse, Solanah se mettrait hors la loi et perdrait son travail.

Il n'était pas question pour elle de garder le fœtus. Quinze années de mariage n'avaient rien changé à son désir de liberté. Solanah avait fait part du problème à son époux, sans se douter qu'il réagirait de cette manière ni aussi violemment. Sourd à ses dénégations, Azuel était persuadé qu'elle avait un amant, ce n'était pas possible qu'en baisant si peu et avec des capotes il ait pu l'engrosser, le bâtard qu'on lui avait collé dans le ventre ne pouvait être que celui d'un autre, de plusieurs peut-être, enrageait-il, hors de lui. Une crise de jalousie si terrible qu'ils n'avaient plus fait chambre commune ni ne s'étaient adressé la parole pendant trois jours. Solanah était coincée : ou elle avortait clandestinement avec ou sans l'aval de son mari, ou elle gardait l'enfant et abandonnait le terrain. Ce qui la faisait vibrer.

Les idées les plus folles lui avaient traversé l'esprit à mesure que l'angoisse avait grandi : devait-elle dire à Azuel que l'enfant n'était effectivement pas le sien pour le pousser à consentir à l'avortement ?

Enfin, son mari était venu lui parler un matin, de nouveau calme et pondéré, loin du taureau colérique affronté trois jours plus tôt, pour lui dire qu'il acceptait de prendre le risque avec elle. Azuel connaissait un médecin à Gaborone qui pratiquait les IVG dans son cabinet ; il l'accompagnerait à la capitale.

Preuve ultime de son amour pour elle ? Persistait-il à croire que ce bébé n'était pas le sien ? Le fœtus n'ayant que quatre semaines, l'opération s'était déroulée en catimini chez cet ami médecin, sans complications, et avec une gratitude infinie de la part de Solanah : lui aussi risquait son poste si cela s'apprenait.

Leur mutation en Namibie était tombée à point nommé, comme une invitation à se reconstruire après l'épreuve que leur couple venait de traverser, mais quelque chose s'était cassé, comme s'ils s'en voulaient inconsciemment pour cette tache indélébile ; il suffisait de voir les kilos qu'elle avait pris ces derniers mois, comme si elle portait toujours le bébé, ou qu'il continuait de grandir dans son ventre coupable…

Solanah divaguait au volant de son 4×4, plongée dans ses pensées, lorsque la trajectoire du véhicule obliqua dangereusement. Un coup de volant la fit ralentir puis se garer en urgence sur la bande de terre qui longeait l'asphalte.

— *Shit*, dit-elle en claquant la portière.

Le pneu droit était crevé, du mauvais côté de la route, heureusement peu passante. La ranger trouva les outils dans le coffre, plaça le cric et commença à soulever la masse. Un bruit de moteur ânonnait au loin, trop distant pour qu'elle s'en soucie. Solanah déboulonna la roue puis se releva pour laisser passer le camion qui arrivait dans son dos ; un coup de klaxon tonitruant ponctua son passage, au large du 4×4 immobilisé sur la bande d'arrêt d'urgence, accompagné d'effluves de gasoil et de poussière.

Le danger était que deux véhicules se croisent à sa hauteur, mais un simple écart permettait de l'éviter en mordant sur la voie d'en face. Solanah redressa le pneu accidenté pour qu'il refroidisse sous la brise, attendit que le caoutchouc soit manipulable pour loger le pneu troué à la place de la roue de secours puis s'attela à le remplacer. Une poignée de springboks l'observaient depuis l'étendue désertique, curieux mais gardant leurs distances. La ranger alignait les écrous dans leur orbite quand une nouvelle voiture arriva dans son dos, à grande vitesse d'après le son du moteur. Solanah jeta un œil par-dessus son épaule, empoigna la manivelle à ses pieds – personne ne venait en sens inverse – mais un pressentiment la saisit. Elle tourna d'instinct la tête : la voiture n'avait pas dévié sa trajectoire. Cent mètres encore et elle serait sur elle. Trois secondes de doute, d'incompréhension et de panique : la Ford bleue qui fonçait sur le bitume avait toute la place de passer au large mais elle n'en fit rien. Solanah eut juste le temps de se coller à la portière quand le bolide la frôla, soulevant un vent de peur et d'enfer, avant de poursuivre sa route.

— Putain de connard ! éructa-t-elle, le cœur encore battant.

Les springboks avaient déguerpi et ses jambes tremblaient. Elle n'avait pas vu le visage du conducteur mais seul un homme pouvait se comporter ainsi. Solanah acheva la réparation en maudissant le chauffard, nettoya ses mains avec l'eau d'un des bidons et reprit la route en souhaitant retrouver la Ford bleue plantée dans le décor.

~

Les zones dites commerciales, aux mains de quatre mille fermiers blancs, couvraient près de la moitié du territoire et étaient consacrées à l'élevage bovin et surtout ovin. La réforme agraire souhaitée par les petits paysans, promesse électorale majeure de la SWAPO, n'avait jamais vraiment été appliquée. Les fermiers blancs réalisaient 80 % de la production agricole tout en offrant du travail à quarante mille ouvriers noirs. L'échec de la réforme agraire au Zimbabwe, où les animaux étaient morts de faim après l'expulsion des propriétaires blancs, n'incitait pas à suivre un chemin aussi radical. Solanah ne savait pas à qui appartenait l'ancienne ferme de la famille Malan, mais son GPS indiquait qu'elle n'était plus très loin. Werelsend, la « fin du monde ».

Une piste de sable rouge traversait le désert, longeait les montagnes découpées comme si un artiste avait allongé des vagues au fil de son imagination. Il n'y avait plus de clôtures mais de rares gardiens de troupeaux faméliques, parfois un village damara où des gamins trop mignons lui adressaient des signes.

Solanah eut un pincement au cœur devant leur dénuement mais ils avaient l'air plutôt heureux... La piste se perdant, elle roula au creux d'une rivière éphémère où les déjections des éléphants se mêlaient à celles des rhinocéros. Plus loin dans le lit asséché, deux lions dormaient de tout leur long à l'ombre d'un acacia, après une dure nuit passée à surveiller leur territoire.

Les lions du désert étaient peu nombreux et souvent victimes des villageois à qui ils volaient le bétail faute de proies sauvages. La cohabitation n'était pas sans heurts : léopards, lions et éléphants détruisaient barrières et enclos, les fauves se servaient au hasard des kraals mal défendus sans savoir qu'ils risquaient la mort en représailles, quand les chacals n'amenaient pas la rage – les éleveurs les tuaient avant qu'ils ne s'en prennent aux animaux domestiques, à leurs brebis ou aux quelques poulets qui picoraient dans leur cour commune.

D'ordinaire, les fermes se regroupaient sur des territoires restreints, chacun surveillant les clôtures de ses voisins pour mieux l'alerter d'une tentative de braconnage ou de la présence d'un fauve, mais les hommes étaient à peine quelques milliers à oser vivre dans ce désert de rocaille, plus grand que le Portugal, la Hongrie ou Cuba. Solanah suait abondamment malgré la climatisation de la voiture quand un villageois lui indiqua la direction de Werelsend, de l'autre côté de la montagne.

~

La Namibie s'appelait encore Sud-Ouest africain, sous protectorat sud-africain, quand Gunther et

Kendall Malan s'étaient installés à Werelsend, un lieu-dit perdu du Damaraland (l'actuel Kunene) où les colons afrikaners avaient tenté leur chance dans les années 1960. La ferme qu'ils bâtirent copiait les maisons hollandaises du Cap blanchies à la chaux, avec un toit de tôle et des frontons incurvés. De gros chiens hargneux montaient la garde à l'ombre des tamariniers et des eucalyptus irrigués malgré l'aridité du désert.

Les Malan portaient le souvenir des Boers traumatisés par les camps de concentration où les Anglais avaient laissé leurs ancêtres mourir de faim par dizaines de milliers. Kendall avait de grandes robes à fleurs et la même coupe de cheveux années 1950 que sur ses photos de mariage, Gunther un short beige et des chaussettes à mi-mollets, qu'il avait épais comme des bûches. Gunther employait les populations indigènes sous tutelle qui, de sécheresse en sécheresse, s'échinaient à élever le bétail sous le soleil dur. Yan était leur fils unique, leur joie et leur fierté. Le bush avait fait de lui un garçon athlétique, endurant et inventif, évoluant la moitié du temps au grand air au contact des employés de la ferme.

Les Noirs qui gardaient le bétail vivaient encore dans des huttes, de pauvres bougres illettrés qui quémandaient du travail aux *baas* de la région via un «*pass*» humiliant qui les rendait corvéables à merci. Selon Gunther, on ne pouvait aimer ces sauvages paresseux et craintifs, incapables de penser au lendemain, des êtres au présent qui ne faisaient que passer dans l'histoire de l'humanité. Yan était blanc, son père le lui avait assez dit, et il ferait de lui un homme.

Gunther lui avait appris à tirer au fusil, à dépecer

le gibier, à pister et à conduire sur les chemins les plus cabossés, à regrouper le bétail et à lire la Bible, renforçant son appartenance à la terre qui les faisait vivre. Yan était trop jeune pour bien comprendre la politique dont son père l'abreuvait. Pionnier dans l'âme, biberonné au séparatisme, Gunther était un supporter acharné du président Reagan, l'ancien cow-boy d'Hollywood qui avait juré d'en finir avec les Rouges, et ne cachait pas son aversion pour toute idée de vivre-ensemble. Foutaises socialisantes à ses yeux qui n'avaient vu que poussière et feignants le long des pistes devenues routes à la sueur de leur front.

Et la guerre était arrivée, qui leur avait arraché leur seul enfant.

Un drame dont la famille ne s'était jamais remise. Trente ans plus tard, la ferme de Werelsend tombait en ruine, la chaux avait pris la couleur du sable alentour, le Damaraland était devenu le Kunene mais Gunther et Kendall n'avaient pas bougé : pour aller où, en Afrique du Sud, où ils ne connaissaient personne ?

Solanah trouva un couple âgé qui, après un moment de méfiance, finit par accueillir la ranger à l'intérieur de la maison.

Des napperons surannés garnissaient commodes et guéridons, les canapés aux accoudoirs râpés rivalisaient avec les chaises de paille élimée et les photos du fils défunt comme des trophées macabres sur la cheminée. Solanah à l'écoute, les Malan ne tardèrent pas à raconter leur histoire. Le Damaraland n'était pas l'endroit rêvé, la terre donnait peu, mais leur fils Yan y était né ; il avait grandi sur ces terres sauvages jusqu'à sa conscription et cette maudite guerre.

— Je n'avais plus l'âge d'y aller, maugréa Gunther, sinon j'aurais pris sa place.

— Les conscrits étaient envoyés au front ?

— La plupart restaient planqués à l'arrière, s'occupant de la logistique ou du transport des troupes, mais Yan n'était pas un couard.

— C'est-à-dire ?

— Mon fils était un homme du bush, comme moi, assura le patriarche vieillissant, et la menace à l'époque était réelle : les communistes étaient à nos portes, si vous connaissez l'histoire de la région, soutenus et armés par les Russes. Yan a fait son devoir.

— La guerre en Angola.

— Oui. La SWAPO indépendantiste s'en servait de base arrière pour mener sa guérilla contre notre armée.

— Votre fils est donc mort en décembre 1988 : tué au combat, c'est cela ?

Gunther grogna en guise d'assentiment, maîtrisant mal ses grandes mains calleuses.

— Vous avez appris la nouvelle par l'armée ? reprit Solanah.

— Oui. Puis on a reçu sa plaque d'identification, et les restes de son corps, que nous avons inhumés.

— Les restes ?

— Yan était mort depuis plusieurs jours quand ils ont retrouvé son cadavre, dit Gunther d'une voix rauque. Notre seul enfant.

Le silence fraîchit soudain, comme si l'ombre du mort planait sur le salon.

— Il n'y a pas eu d'autopsie, j'imagine, avança la Tswana.

— Une autopsie ? Pour un soldat mort au combat ? s'étonna le père.

— Vous avez identifié votre fils ? Je veux dire, vous l'avez reconnu ?

Le vieux couple se ratatina sur le canapé fatigué ; si la mère baissa ses beaux yeux bleus, le cœur encore gros de cauchemars, son mari fit face.

— Vous avez déjà vu un corps dévoré par les charognards, lieutenante ? C'est un amas de chair noire et d'os qui tient dans un cercueil d'enfant : voilà ce qu'il restait de Yan. Alors pour vous répondre, non, je ne l'ai pas reconnu : pas du tout. Le jeune homme plein de vie qu'était notre fils n'avait rien à voir avec ce que nous avons enterré.

Gunther ne mentait pas. Impossible.

— Vous avez des photos de Yan enfant ?

— Bien sûr.

— Je peux les voir ?

Ils n'osèrent pas refuser, pris de court ou prolongeant le recueillement. Gardienne des albums photos, Kendall ouvrit une commode désuète et sortit le précieux reliquaire, qu'elle déposa sur ses frêles genoux avec précaution. Solanah s'assit aux côtés de la vieille dame et se pencha sur le drame de leur vie. On y voyait Yan dans la même ferme familiale, enfant, puis adolescent, jeune homme aux cheveux courts, châtain clair sous le soleil plombé, en compagnie de quelques Noirs et *Coloured* aux visages graves... John, ou son jumeau.

— Yan avait des amis à la ferme ?

— Des amis ? Non. Les ouvriers venaient des quatre coins du pays, ils restaient le temps du contrat et repartaient chez eux.

— Dans leur homeland ou sur les terres non cultivables qu'on leur avait laissées.

— Je leur offrais du travail, c'était comme ça à l'époque, se renfrogna l'Afrikaner.

— Cet homme vous dit quelque chose ?

Solanah tendit la photo du bushman incorporé au 32e bataillon. Le couple secoua la tête devant le visage juvénile de N/Kon.

— C'est lui qu'on soupçonne de braconnage, mentit l'enquêtrice. Un ancien compagnon de votre fils.

Gunther et Kendall Malan firent une moue circonspecte.

— Un ancien ouvrier agricole, peut-être... C'est vieux, s'excusa le père, et ils se ressemblent tous. Dans ma mémoire, je veux dire, se rattrapa-t-il.

Rodée au racisme ordinaire, Solanah acquiesça. Si Yan et John étaient le même homme, pourquoi infliger une telle peine à ses parents ? Aucun fils digne de ce nom ne se ferait passer pour mort auprès de ceux qui l'ont élevé, nourri, aimé...

~

Une clôture vétérinaire traversait le pays de la côte ouest jusqu'au Botswana pour éviter la propagation de la fièvre aphteuse qui touchait les animaux à sabots. Solanah venait de la passer lorsqu'elle fit un arrêt à l'unique station-service de la région, aussi chargée de poussière rouge que son 4×4 de location. Elle avait prévenu Azuel qu'elle ne rentrerait pas avant le lendemain, le temps de rejoindre la lointaine Windhoek et de sauter dans le premier avion.

De jeunes autochtones guettaient les rares voyageurs

à l'ombre d'un arbre rabougri; la ranger fit le plein d'eau et d'essence, confia sa roue endommagée au mécano du coin – une demi-heure et le trou dans le pneu serait réparé. Les jeunes aux tee-shirts décolorés par le soleil cherchèrent à lui refourguer des pierres brillantes qu'on trouvait dans les environs, réclamèrent une cigarette qu'elle n'avait pas, prétextèrent qu'ils avaient faim, tâchant de cacher la canette qu'ils tenaient à la main.

— Lâche-moi, tu veux?

Solanah se dirigea vers la boutique de souvenirs locaux (les mêmes pierres scintillaient derrière la vitrine), où l'on pouvait se restaurer. Étrange endroit, avec son vivarium et ses bocaux de formol où de malheureux serpents infusaient, surplombant un comptoir grillagé – on y vendait aussi de l'alcool et des cigarettes. Trois tables en plastique étaient disposées devant un frigo vitré garni de boissons fraîches et de sandwiches. Solanah choisissait une baguette de pain à l'ail quand un couple entra dans le cabinet de curiosités. La fille n'avait pas vingt ans, une Damara, vu son teint, vêtue d'une petite robe fort courte. L'homme qui l'accompagnait arborait des tatouages sur ses bras dénudés, une casquette à visière retournée, un jean au fessier tombant qui lui donnait la démarche étudiée d'un canard et l'air satisfait du quadra qui a réussi dans la vie en soulevant des haltères.

Un *sugar daddy*, devina Solanah, alourdi de bijoux et fier de sa prise – la pauvre fille semblait suivre à reculons le vieux héros du désert, cédant à ses caprices moyennant de quoi manger et s'habiller. Le type commanda à boire au comptoir, bruyant comme si on ne l'avait pas remarqué, impressionnant l'adolescent derrière le grillage avec son langage de gangster.

Par la vitre, Solanah aperçut le véhicule garé dans la cour : une Ford bleue.

Le conducteur rapporta deux sodas, du nez fit signe à la gamine de s'asseoir.

— Qu'est-ce qu'on dit ?

— Merci, répondit-elle en rangeant ses cuisses sous la table en plastique.

Solanah posa le pain enrobé d'aluminium sur le comptoir, croisa le regard du jeune employé, peu rassuré par la présence du sicario d'opérette.

— C'est à eux, la voiture bleue dehors ? glissa la Tswana à l'adolescent qui, depuis son comptoir grillagé, avait vue sur la cour.

— Oui... Ils viennent de se garer.

Sa colère matinale monta d'un cran. La fille se tenait penaude à la table, se laissait maltraiter verbalement par son compagnon – son retard de règles, qu'il commentait à voix haute, ne semblait pas l'enchanter –, quand une masse noire se posta dans son dos.

— Tu aimes faire peur aux gens, hein ?

L'homme interrompit son discours mais il n'eut pas le temps de se retourner : une clé de bras le précipita tête la première. Il grogna, la joue pressée contre la table, tandis que la canette de soda roulait à terre, puis tenta de se dégager : la ranger qui l'immobilisait resserra son étreinte.

— Putain, arrête ! glapit-il. Tu vas me casser l'épaule !

La fille était trop stupéfaite pour réagir, le gamin derrière le bar ne ferait rien.

— Ouvre le vivarium, ordonna Solanah.

— Quoi ?
— *Ouvre le vivarium.*

La fille vit l'écusson sur sa chemise – police, armée, ennuis –, se leva en tremblant et, suivant le regard noir de la ranger, se dirigea vers la cage de verre qui trônait près de la vitrine. Là, elle hésita : des scorpions gambadaient sur le sable aménagé de leur réduit, au moins une dizaine d'insectes de différentes espèces qui lui faisaient froid dans le dos. Le type jura de plus belle.

— Dépêche-toi ou je lui brise l'épaule.

La jeune Damara retenait son souffle ; elle souleva le grand couvercle de verre, le maintenant en équilibre au-dessus des bestioles, recula tandis que les pieds de la table couinaient.

— Hey ! Hey !

L'homme aux tatouages glapit alors que la poigne le forçait à s'incliner au-dessus du vivarium. Il jura par tous ses saints, appela sa mère puis hurla de terreur quand Solanah le plongea tête en avant vers les scorpions. Les cris durèrent, la fille en devint statue d'effroi, Solanah serrait les dents pour maintenir sa prise pendant que l'intrus se débattait en vain. Les scorpions le piquaient au visage, le type semblait vouloir s'enfouir dans le carré de sable et souffla comme un buffle en expulsant de petits grains contre la vitre, puis Solanah lâcha soudain sa prise. L'homme jaillit aussitôt de la cage de verre, tenant son visage déjà boursouflé en la regardant d'un air effaré ; on l'avait pris au piège et la putain qu'il entretenait n'avait pas bougé le petit doigt.

— Trouve-toi un autre mec, lui conseilla Solanah.

Le tatoué déglutit. La peur l'avait paralysé. La Tswana marcha jusqu'au comptoir, où l'employé ouvrait des yeux de lémurien, et récupéra sa baguette au beurre d'ail.

— Comment vous saviez qu'ils ne sont pas venimeux ? souffla-t-il.

— Je ne le savais pas.

Cette affaire lui donnait les crocs.

14

Priti émergeait après sa fête ratée, le drap repoussé à ses pieds comme un chien encombrant. Elle avait la tête lourde, sa belle robe ornée de coquilles d'œufs d'autruche jetée à la face de la petite armoire où elle rangeait ses vêtements pendant au coin d'une porte par on ne sait quel miracle. Priti se couchait trop vite aussi. Se demandait ce qu'elle ferait de sa vie une fois qu'elle aurait quitté ce lit. Se revoyait sous le balcon de John la nuit dernière, après l'extinction du feu : pathétique, oui, c'était le mot, se répétait-elle, tu parles d'un retour en fanfare, autant faire cuire des Chamallows sur des brochettes à la con plutôt que ce pauvre gnou qui n'avait rien deman...

On frappa à sa porte, coupant court à ses divagations.

— Oui, ça va, une seconde ! cria-t-elle.

Le temps d'enfiler un tee-shirt et la jeune femme bondit sur ses pieds. Ce n'était pas son cousin geek qui lui demandait de le relayer à la télésurveillance, mais John, habillé pour la brousse. C'était la première fois qu'il venait chez elle – c'était hier soir qu'il fallait venir, mon vieux, songea-t-elle très fort.

— Je te dérange ?
— Heu, non.
— Je peux te parler ?
— Heu, oui… Oui.

Elle en perdait sa faconde, le nord et le sud, mit ça sur le compte du réveil abrupt. John entra dans la bicoque, où il faisait plus sombre, et ne s'assit pas.

— Je viens d'avoir les rangers au téléphone, annonça-t-il doucement. L'un d'eux va venir vous seconder pour les caméras et les pièges photo qu'il reste à inspecter.

— Pourquoi, on n'est pas capables de le faire tout seuls ? se froissa Priti.

— À croire qu'ils n'ont pas confiance.

— C'est la grande ranger qui vient regarder par-dessus nos épaules, celle qui est venue chez toi hier soir ?

— Non, un jeune lieutenant, Shikongo, répondit John. Tu es d'accord pour t'en occuper ?

— Bien sûr : qu'est-ce qu'il faut que je fasse ?

— Tu le surveilles, c'est tout.

— C'est tout ?

— Oui. Essaie de savoir où en est leur enquête, s'ils ont des soupçons et sur qui.

— Une mission d'espionnage, si je comprends bien, fit Priti en plissant les yeux.

— De contre-espionnage, oui.

Elle acquiesça dans son tee-shirt de basket qui lui tombait aux genoux. Elle voyait soudain John sous un autre jour, sorte d'aîné de la famille qui viendrait partager un secret, ou demander de l'aide. Il n'était plus flamboyant, mystérieux ou sensuel, c'était juste un homme à sa porte. Ou alors elle avait grandi pendant la nuit et son esprit s'était libéré, à toute vitesse.

— Tu peux compter sur moi, John Latham. Les suricates sont les meilleurs pour espionner, c'est connu.
— Discret, hein ?
— Le ranger ne devinera rien de moi, assura-t-elle, même pas mon âge, ni ma couleur préférée, ni l'emplacement de mon terrier : rien !

Priti était déjà dans son rôle d'espionne venue du désert, les lèvres rouge sang sous la voilette et le micro enregistreur sur *play* dans sa cervelle à l'imagination fertile. John lui sourit, comme un papa admire sa fille.

Un amour vrai, détaché, indéfectible : celui qui lui manquait depuis toujours.

~

Le vieux bimoteur ronronnait comme à ses premiers jours. John était parti en patrouille, encore échaudé par l'intrusion des braconniers sur leurs terres, mais voler lui faisait du bien.

Les éléphantes prêtes à accoucher pouvaient parcourir des dizaines de kilomètres pour manger la plante qui soulageait leur douleur ; le Cessna survola une harde, assez haut pour ne pas irriter leurs sensibles oreilles, un spectacle magnifique qui s'étendait jusqu'au parc de Bwabwata, au nord-est, que les éléphants traversaient à la saison sèche jusqu'au delta de l'Okavango. Dans certaines réserves privées, un hélicoptère rabattait les animaux destinés à la vente ou à un transfert, avec un système de bâches et de piquets disposés en entonnoir qui menait directement les bêtes fuyant le vacarme des retors à l'arrière d'un camion – trop de stress selon John, qui préférait prendre de la hauteur pour ne pas effrayer son petit monde.

Les zèbres et les gnous s'alertaient mutuellement à l'approche des fauves; John repéra une meute de lycaons trottant en file indienne dans un ballet bien orchestré avant de se disperser en trois groupes et de déployer leur stratégie d'attaque. Ces petits êtres dangereux le fascinaient et l'amusaient – il fallait voir la tête de fou et les bonds prodigieux du jeune mâle recueilli l'année dernière, blessé : maintenu dans un enclos le temps de sa convalescence, le bougre avait gratté la terre sous la clôture pour pouvoir s'échapper quand bon lui semblait, venant narguer les autres animaux enfermés, et courait après la voiture de John quand il venait le nourrir, se précipitant dans son enclos par le petit tunnel pour recevoir ses quartiers de viande congelée...

Survolant le bush, John trouva Dina, la femelle rhinocéros, et son petit qui se colla aux flancs de sa mère. Ils semblaient en bonne santé malgré l'accouchement difficile et le bruit du moteur finit par les faire détaler, comme le Longue-Corne qui, plus loin, patrouillait sur son territoire. Le pilote nota leur position sur la carte embarquée, prit quelques photos et poursuivit son inspection. Opérant un long arc de cercle entre les rares nuages, John chercha des traces d'intrusion dans Wild Bunch mais les clôtures électrifiées étaient en bon état et aucun cadavre d'animal ne gisait près de la mare aux lions. Quant à la zone du corridor de Bwabwata, le sol était trop aride pour trahir la trajectoire fantôme d'un véhicule.

La jauge du carburant bientôt dans le rouge, John décida de rentrer.

Les antilopes se dispersèrent à l'approche de l'appareil, qui plongea vers les bâtiments du lodge. L'avion rebondit sur la piste de terre qui servait de tarmac, vrombit jusqu'au hangar où le matériel et les réserves de vivres s'entassaient. John emporta les cartes HD avant de quitter le cockpit et vit la Jeep de la KaZa garée dans la cour.

~

Seth avait rendu visite à sa grand-mère pour voir si elle avait besoin de quelque chose mais la commère assurait qu'elle était parfaitement heureuse avec son siège en plastique et les petites canailles qui le lui volaient trois fois par jour. Le ranger se demandait s'il n'y avait pas une corrélation entre le fait qu'il soit célibataire à trente ans et le fait que la seule femme de sa vie en avait près de quatre-vingts. Il abandonna ce raisonnement bancal en atteignant le lodge de Wild Bunch.

Une personne de la sécurité viendrait l'accueillir, lui avait assuré Latham ce matin au téléphone. Seth avait imaginé qu'il s'agirait de Nate, le fils de l'intendant qui avait conçu le système de télésurveillance, pas une femme vêtue d'une simple robe de coton orange marchant pieds nus, frimousse autochtone guère impressionnée par son uniforme. Pommettes hautes, cils longs, deux petites étoiles dorées brillaient sur ses incisives tandis qu'elle avançait vers lui.

— C'est vous, notre espion ?

Ses yeux brun clair lançaient des grenades.

— Lieutenant Shikongo, se présenta-t-il. Mais vous pouvez m'appeler Seth.

— Priti, répondit-elle en serrant sa main. Mais vous pouvez m'appeler comme vous voulez.

Le ranger eut un rictus amusé qu'elle perçut parfaitement. Ce flic de la savane paraissait inoffensif avec ses rouflaquettes reliées à ses moustaches, ses cheveux ras qui mettaient en avant sa bonne tête d'Ovambo et son regard franc, sympathique : raison de plus pour se méfier de lui, songea-t-elle, en mission.

— Et pour répondre à votre question, je ne viens pas vous espionner, précisa Seth, mais contrôler avec vous les pièges photographiques qui pourraient faire avancer l'enquête. Votre patron n'est pas là ?

— John n'est le patron de personne, pas même le mien. Et non, il est parti en exploration dans les airs avec son vieux coucou à hélice.

La jeune San était un peu plus petite que lui, un gabarit frêle mais un visage de sable éclatant qui n'en finissait plus d'irradier au soleil.

— Un lion a été empoisonné avant-hier, m'a-t-on dit, et votre système de surveillance n'a de nouveau rien détecté : Wild Bunch est pourtant connue comme l'une des réserves les plus sûres du pays.

— Celui qui a mis en place ce système est un mioche, expliqua Priti. Je le connais depuis le temps que c'est mon cousin.

— Un mioche ? grimaça Seth.

— Nate. Le chef de la vidéosurveillance. John le trouve très doué parce qu'il fait joujou avec ses planeurs, mais il n'y a pas de quoi se relever la nuit, ironisa la cousine. Si son réseau de caméras marchait, on ne retrouverait pas des Khoï assassinés au milieu de la réserve, ni des lions empoisonnés par des carcasses de zèbres, vous ne croyez pas ?

Du haut de son mètre soixante, Priti le regardait comme un suricate.

— Vous allez me montrer ça, fit Seth en l'invitant sobrement à le guider vers la salle de contrôle.

Ils traversèrent le hangar et son odeur d'huile de vidange avant de passer une porte en fer-blanc qu'un buffle aurait peiné à enfoncer. Dans la pièce aux murs aveugles, un adolescent au visage lunaire fixait des écrans, un casque sur la tête. C'est à peine s'il salua le ranger, qui découvrait leur antre. Il n'y avait pas que des caméras thermiques disséminées par dizaines aux quatre coins de Wild Bunch, et qui permettaient de recenser les individus, mais toute une technologie de pointe en matière de surveillance : un univers panoptique comme celui d'une prison à ciel ouvert.

— C'est votre tour de contrôle ?

— On peut dire ça comme ça.

Les écrans embrassaient différentes zones de la savane, mais aussi les clôtures et la grille principale à l'entrée du parc.

— Difficile de passer inaperçu, commenta Seth.

— Oui. On a vérifié les caméras thermiques sans trouver de dysfonctionnement, même chose pour les pièges photo cachés un peu partout. Il en reste quelques dizaines à analyser : si ça vous amuse de m'aider, ce n'est pas de refus... Vous y connaissez quelque chose en systèmes informatiques ?

— Un peu.

Seth inspectait les écrans.

— Il y a des drones, non ?

— Oui, mais ils n'ont pas assez d'autonomie pour couvrir les quatre-vingt-dix mille hectares ; il arrive qu'on perde leur signal. Et puis, John est un peu *old school* : il préfère son avion.

Le ranger acquiesça, l'esprit accaparé par les images animées.

— Tu veux un café ? demanda Priti, déjà familière.
— Avec plaisir, merci.

Un couple d'oryx apparut sur un écran, d'autres animaux... Les caméras étaient placées dans des endroits stratégiques – points d'eau, sentiers qui y menaient –, permettant de recouper les trajectoires des troupeaux... Priti lui tendit une tasse de café, qu'il porta à ses lèvres.

— Du jus de chaussette, constata Seth.
— Je ne sais pas, je ne mets pas de chaussettes. J'ai fait des études de sciences de l'environnement, enchaîna la San comme si cela avait un rapport, à Rundu pour le premier cycle, puis à Windhoek. Spécialité hydrométrie, si ça te dit quelque chose, rapport à l'eau. Je pensais m'occuper des puits, mais avec ce qui arrive je perds mon temps devant ces fichues caméras.

— Tu ferais une meilleure carrière à la KaZa, ou à Etosha.
— L'argent est un piège quand on n'en a jamais eu.
— Quand on en a aussi, je pense.
— Au moins ici personne n'a rien et tout le monde a tout.

Seth hocha la tête.

— C'est un peu l'anarchie, à t'entendre.
— Si tu veux dire par là qu'on vit en semi-autarcie en inventant nos lois sans devoir rien à personne, j'ai envie de te dire que tu entends bien... Dis-moi, Seth, tu es là parce que vous nous croyez incapables de

sécuriser la réserve ou tu nous soupçonnes de braconner des Khoï la nuit venue ?

Le ranger la dévisagea sous la lumière artificielle du bunker, se demandant ce qui traversait au juste la tête de cette créature.

— Un corridor de migration vous relie à un parc de la KaZa, dit-il, nous sommes tous responsables de ce qu'il s'y passe : c'est normal qu'on collabore.

— Alors la KaZa nous envoie son meilleur ranger, déduisit Priti. Faire le ménage sur les scènes de crime serait plutôt un métier réservé aux femmes, mais même celui-là on nous l'a piqué.

— Je jure que je n'y suis pour rien.

— On dit ça parce que c'est pratique.

— Solanah Betwase, mon équipière, c'est elle la meilleure, assura Seth pour couper court aux batailles de genre.

— Eh bien, je préfère avoir affaire à toi : tu fais moins peur.

— Peur ?

— Elle ne t'impressionne pas peut-être, avec ses gros seins et son air de Madame-je-sais-tout-mais-je-le-dirai-à-personne ?

Seth ne sut quoi répondre. Un bruit se fit alors entendre au-dehors, le ronronnement d'un moteur. C'était John, qui revenait de sa patrouille aérienne. Il y eut un mouvement sur leur droite. C'était Nate qui, posant son casque, se tourna vers sa cousine.

— Tu crois que tu pourrais te concentrer plus de dix secondes sur le drone pendant que je vais récupérer les cartes HD ?

— Ne l'écoute pas, Seth, je suis une boussole à moi

toute seule. Va donc récupérer tes cartes Pokémon, lança la jeune femme à l'intéressé.

Seth attendit que le chef de la surveillance vide les lieux pour se tourner vers Priti.

— C'est quoi, votre problème, à tous les deux ?

— Oh rien ! On s'amuse… Petits déjà, on jouait à pas se saquer. Ce n'est pas du tout dans les mœurs des San, c'est pour ça que ça nous amuse. On dit que notre peuple n'a pas bougé depuis des millénaires mais c'est faux, regarde !

Elle pilotait le drone, concentrée sur sa tablette, lui ne savait pas si Priti avait douze ans ou trente.

Dehors John avait coupé les moteurs de l'avion.

— Qu'est-ce que tu as à me regarder comme ça ? demanda Priti, aux manettes du drone.

— Oh ! Rien, rien…

— Tu aurais pu me dire que j'étais une super pilote, le rabroua-t-elle avec un détachement suspect. Maintenant c'est trop tard, je ne te croirai plus.

— Hum, je pense surtout que tu vas beaucoup plus vite que tout le monde.

— Tu as tapé dans le mille, ranger. La vitesse, c'est mon dada. « Ceux qui suivent l'éclair », au cas où tu aurais entendu parler des San du désert.

Ils échangèrent un sourire en coin, leur premier d'adultes.

— Tiens, revoilà l'autre débile…

De retour dans la salle de contrôle, Nate brancha la carte HD que John venait de rapporter sur l'ordinateur libre et, sans un mot, commença à visionner les photos aériennes. Cette histoire d'intrusion commençait à lui taper sur le système, comme si on l'avait pris en faute. Priti et Seth inspectèrent les clichés des pièges photographiques les plus éloignés des mares, centres névralgiques de la réserve, une heure durant, toujours sans résultat. Il n'en restait plus qu'une poignée.

— Je n'avais pas remarqué ces cicatrices, observa bientôt Priti en désignant le bras du ranger. D'où elles sortent ?

— Une vipère heurtante m'a mordu, il y a quelques années. Son venin n'est pas mortel mais il provoque des nécroses terribles et franchement douloureuses.

— Tu as eu des greffes ?

— Aux mollets, oui, plusieurs.

— Déjà qu'ils ne sont pas bien gros, souligna l'effrontée.

— Tu ne m'as jamais vu en short, se rebella Seth sans grande conviction.

— J'ai hâte… Non, je blague.

Une heure passa encore sans qu'ils décèlent la moindre présence humaine sur les dernières photos, ni la nuit du meurtre de Xhase, ni ces derniers jours.

— Quelqu'un a pourtant déposé une carcasse empoisonnée dernièrement, soupira Seth.

— Et tué le Khoï.

— Tu es sûre qu'il ne peut pas y avoir une brebis galeuse parmi vous ?

— Notre communauté est comme un clan de hyènes, ça ne risque pas : un pour tous, tous pour tous.

— Alors comment expliquer que des intrus passent inaperçus ? rétorqua Seth, qui tâchait de se concentrer sur l'enquête.

— C'est aussi la question qu'on se pose depuis des jours, monsieur le ranger. Pourquoi on vous mentirait ?

— Je ne sais pas. Tu connais John Latham depuis longtemps ?

— Tu n'étais pas né.

— Ha, râla Seth, tu n'es pas si vieille.

— J'ai beaucoup d'expérience, dit Priti sans rire. Dans à peu près tous les domaines, il suffit que je m'y mette.

— Au moins quelqu'un qui ne doute de rien, fit l'Ovambo, qui n'avait pas le quart de son aplomb.

— Détrompe-toi, je doute comme je respire... Parfois, hein, précisa-t-elle, pas tout le temps.

La jeune préposée à la télésurveillance continuait de dire n'importe quoi. Ou elle le baladait.

— On parle de nous, reprit Priti, mais vous en êtes où de l'enquête ? Le Khoï assassiné, vous avez une piste ?

— Plutôt froide, concéda Seth.

— C'est-à-dire ?

— Xhase vivait dans un foyer à Rundu ; il avait perdu son job dans un lodge du coin des semaines plus tôt mais il a donné pas mal d'argent à sa petite sœur deux jours avant d'être tué.

— Alors vous pensez qu'il braconnait.

— Oui.

— Fais voir.

— Quoi ?

— Tu as bien une photo de Xhase ?

Le ranger montra la copie stockée dans son smartphone. Priti fronça les sourcils, deux flèches obliques.

— Non... Non, je ne l'ai jamais croisé. Je m'en souviendrais.

— Tu as quitté Rundu il y a des années, pas très surprenant.

— J'ai aussi une mémoire d'éléphanteau… Attends, c'est qui lui? l'arrêta-t-elle tandis que Seth faisait défiler les photos.

— Qui?

— Reviens en arrière.

Il fit défiler les photos avec son doigt.

— Lui! s'exclama Priti en pointant l'écran du smartphone.

— Virinao, un ami de Xhase. On le soupçonne d'être témoin ou complice.

— On était ensemble au lycée, dit-elle avec naturel.

— Lui, tu es sûre?

— Ça va, je ne suis pas bigleuse : c'était le seul Himba de la classe. Son prénom veut dire «celui qui ne peut pas changer les choses» : Virinao. Je ne t'ai pas menti quand je te parlais d'éléphanteau. On se croisait souvent pendant mes années d'internat, quand je faisais la fête en souvenir du bon vieux temps.

— À Rundu?

— Oui. Virinao est un peu plus jeune que moi. Il n'a pas fait d'études après le lycée, faute de bourse, mais je me souviens que retourner dans son désert pour se badigeonner de terre rouge n'était pas dans ses plans. Il travaillait dans les lodges pendant les saisons touristiques et revenait en ville le reste du temps, où il traînait avec les gars du coin… Ne fais pas cette tête, souffla Priti, Rundu est un village et on en a vite fait le tour.

Seth bénissait le hasard qui l'avait mis sur une piste.

— Tu l'as vu quand pour la dernière fois? demanda-t-il.

— Je ne sais pas, au moins trois ans.

— Tu as un moyen de le retrouver? De la famille, des amis?

Elle secoua la tête.

— Tu as écumé les bars de Rundu? hasarda Priti. Virinao aimait danser, ce serait bien le genre à y traîner.

— On a fait un tour avec Solanah, sans succès.

— Comme si des apprentis braconniers allaient parler à des flics de la savane, railla la San.

— Tu as une meilleure idée?

— Moi, évidemment! fit-elle comme s'il était le dernier des demeurés. Tu vois une meilleure idée que moi, peut-être?

— Non.

— Non quoi?

— Non, pas question.

— Je te répète que j'ai passé mes deux premières années d'études à faire la fête avec les garçons et les rares filles délurées du coin. Virinao faisait partie de ces jeunes. Même si du temps est passé, je devrais trouver une ou deux infos que les rangers n'obtiendraient pas même sous la torture.

— Bien sûr, les bracos adorent les gardiens de Wild Bunch, ironisa Seth, ils vont se précipiter.

— Personne en ville ne sait que je travaille pour la réserve, ni même que je suis revenue dans la région, rétorqua Priti. Tout le monde me croit à Windhoek, à vendre mes charmes aux vieux touristes tout rougeauds qui mangent de la saucisse en se rappelant le temps des colonies : ça ne coûte rien d'essayer. Et Rundu est minuscule comparé au monde entier, si Virinao est toujours là, je retrouverai sa trace vite fait.

Seth souffla, franchement perplexe.

— Un de nos informateurs a été assassiné après notre dernière visite. C'est trop dangereux de te mêler à ça. Et puis, il faut que j'en parle à Solanah.

— Vous avez le même grade, non ? Alors laisse tomber, on y va.

— Quoi, à Rundu ? Maintenant ?

— Écoute : si Virinao est mêlé au meurtre du Khoï, il doit être en danger.

— Tu le seras aussi si on apprend que tu le cherches.

— Tu n'auras qu'à surveiller mes arrières avec ton gros pistolet.

— Nous ne sommes pas armés.

— Si on attend le déluge, il sera trop tard. Tu préfères qu'on retrouve Virinao dans un fossé, comme ton informateur dans sa tente ? Il est six heures, enchaîna Priti en quittant sa chaise et le visionnage. Je me fais canon et tu me suis jusqu'au centre-ville. Le reste, je m'en occupe.

— Je m'en voudrais s'il t'arrivait malheur, avoua Seth.

— Moi aussi.

Il n'était pas sûr de savoir ce qu'elle voulait dire par là mais le tourbillon filait déjà vers le *staff camp*.

~

Les shebeens passaient la musique à la mode, le kwaito, sorte de hip-hop local emmené par des groupes comme The Dogg ou Gazza. Connectée par textos avec Seth, qui restait à l'extérieur des bâtiments, Priti fit le tour des quelques bars de Rundu, sans résultat, avant d'arriver devant le dernier ouvert tard le soir, le Luanda. L'ancienne étudiante connaissait l'établissement de réputation – un débit de boissons où l'alcool coulait à flots.

Le heavy metal était un phénomène de société au Botswana, dont la scène metal comptait parmi les plus importantes d'Afrique ; quant à la Namibie, elle avait des mœurs plus calmes. Priti n'avait jamais entendu pareil vacarme électrifié, avec ses guitares au galop poursuivant on ne sait quel cheval décapité et ses histoires de sorcières cachées dans le placard. Elle s'était habillée pour la ville, jean serré, chemisier blanc, petite veste beige et chaussures fermées (heureusement, vu les giclées de bière qui s'échappaient des gobelets en plastique), et se tint un moment dans l'entrée du bar, sonda la salle pour repérer une cible potentielle. Des clients s'agitaient le long du comptoir, commandaient en criant par-dessus les diatribes stridentes du chanteur, d'autres se bousculaient en recevant les tournées de bière que deux costauds brandissaient, finissant d'en mettre partout. Enfin elle reconnut Taiwo, un ancien élève du lycée qu'elle croisait à l'époque. Moins fringant, un bandeau rouge au front à la mode *gangsta rap*, il venait de commander une bière au comptoir et ne semblait pas avoir beaucoup évolué depuis qu'il martyrisait les plus petits en leur assenant des coups de poing dans l'épaule – une pratique masculine qui, aujourd'hui encore, lui donnait envie de commander des soutiens-gorge.

Priti slaloma entre les flaques mousseuses, grimpa les trois marches qui menaient à l'estrade ; une vingtaine de tables étaient disséminées sous une lumière plus sombre, à portée du chaos sonore, mais on pouvait à peu près s'entendre.

Dents proéminentes, déjà imbibé d'alcool, riant

fort pour marquer son importance, Taiwo avait pris dix ans depuis leur dernière rencontre. Il saluait des connaissances quand Priti l'aborda de son air le plus enjoué.

— Salut Taiwo, tu me reconnais ?!

Le jeune homme se retourna, un instant interloqué. Ou le souvenir était trop vieux, ou il était devenu aveugle.

— Priti, on était à l'école ensemble !

— Ah, oui !

Il se souvenait maintenant. Le sourire qu'il lui adressa ne valait pas tripette, dégoulinant d'une toute nouvelle concupiscence – sa copine de lycée resplendissait au milieu du tintamarre.

— Ça fait longtemps ! s'exclama-t-elle. Je ne savais pas que tu traînais ici !

— Ben, ouais, c'est sympa. Et toi, qu'est-ce que tu fais là ?

— J'ai entendu du bruit, je suis entrée. Il a un problème, le chanteur ? renchérit-elle en prenant le bruit à partie. À brailler comme ça, il a forcément mal quelque part.

Taiwo rit en tenant son gobelet – ou c'était du premier degré et cette fille était un bébé, ou du second et il avait une touche.

— On peut parler dans un endroit moins bruyant ? demanda-t-elle, le coupant dans ses pensées.

— Sûr !

Ils trouvèrent un coin de banquette un peu à l'écart où, occupés à une partie de dés, d'autres jeunes mâles leur tournaient le dos. Ils échangèrent quelques banalités, Taiwo redoublait de sourires peu ragoûtants, ses yeux globuleux reluquant le maigre décolleté de Priti ;

elle évoqua leurs vieux copains de virées en demandant des nouvelles, glissa le nom de Virinao, le plus jeune de la bande, pour voir s'il mordait à l'hameçon, mais Taiwo se renfrogna.

— Il était sympa, l'encouragea Priti, on le croisait dans les soirées et il savait danser ! Tu l'as vu ces temps-ci ?

— Non. Qu'est-ce que tu lui veux ?

— Oh rien, juste le revoir. Virinao traînait avec un copain, Xhase. Un Khoï, précisa-t-elle.

Taiwo fit une moue mais il n'était pas meilleur acteur ; Priti sentit même une franche hostilité à son égard.

— Qu'est-ce qu'il y a ? fit-elle, ingénue. J'ai dit une bêtise ?

— Non, non.

Le visage du jeune homme avait changé – ou il savait que Xhase était mort et il ne disait rien, ou il n'était pas au courant et son comportement n'avait rien de naturel. Priti enfonça le clou.

— On pourrait se faire une soirée tous ensemble, qu'est-ce que tu en dis ? En souvenir du bon vieux temps.

— P't-être, oui... S'cuse, faut que j'aille refaire le niveau, dit-il en empoignant son verre vide. Salut !

Coupant court à la conversation, Taiwo se fraya un passage dans la foule. Priti le suivit du regard, mais il ne s'arrêta pas au comptoir pour remplir son verre ; il se dirigea vers une porte à l'autre bout de la salle, où des filles légèrement vêtues faisaient le pied de grue. Priti bouscula la faune avinée pour lui emboîter le pas, évita plusieurs giclées de bière, arriva enfin à hauteur de la porte mais un grand type aux yeux obtus bloquait l'accès du lieu où Taiwo venait de s'engouffrer. Les filles aussi avaient disparu.

— On peut entrer? demanda-t-elle.

— C'est un salon VIP, expliqua le portier.

— Sérieux?

— Oui, c'est comme ça. C'est privé.

— Et les filles qui viennent d'entrer?

— Elles font leur boulot, moi le mien. La salle est réservée, je te dis.

— C'est quoi, insista Priti en se dandinant, un bar à entraîneuses? Je suis une copine de Taiwo, le gars qui vient de passer avec les filles. Je veux juste le rejoindre.

— J'ai dit non, il faut te le dire sur quel ton?

Seth attendait à cent mètres du bar, dans la Jeep garée à l'ombre d'une ruelle. Il avait fini par avoir Solanah au téléphone; elle rentrait du Kunene avec de nouvelles infos sur Latham et N/Kon, qu'elle soupçonnait tous les deux d'avoir participé à la guerre de la frontière. Devait-il en parler à Priti? La voilà qui revenait justement vers la voiture, sémillante dans son chemisier blanc et sa petite veste beige.

Elle s'engouffra dans l'habitacle.

— Alors? demanda-t-il.

— Je n'ai pas vu Virinao mais je pense qu'il est toujours dans les environs. Je suis tombée sur Taiwo, un débile que je croisais à l'époque; on a commencé à discuter de nos vieux copains et, quand je lui ai parlé de Virinao, son visage s'est brusquement fermé. Il s'est éclipsé en me baratinant, comme si je lui parlais d'un fantôme. Il a filé jusqu'à une porte à l'arrière du bar mais un cerbère m'a bloqué le passage. Un salon privé, paraît-il, avec des filles en tenues légères. Vu la dégaine de Taiwo, j'ai du mal à le prendre pour un VIP.

Le ranger hésita. Il ne se voyait pas retourner dans le bar pour interroger le dénommé Taiwo, le type serait sur son terrain et l'enverrait balader, comme le portier de cette salle privatisée.

— J'en parlerai à Solanah et au capitaine Ekandjo, fit Seth.

— En attendant, on a encore une chance de mettre la main sur Virinao, relança Priti. Demain, c'est l'enterrement de Xhase ; si le Himba est toujours à Rundu, il voudra honorer la mémoire de son ami.

— Comment tu sais que c'est son inhumation demain ?

— Tu me l'as dit.

Seth grommela sur le siège de la Jeep tandis qu'elle jetait un œil à son portable.

— Bon, on va chez toi ?

— Chez moi ? répéta-t-il, pris au dépourvu.

— Il est presque minuit, j'ai plus d'une heure de route pour rentrer à Wild Bunch et l'enterrement a lieu ici demain matin. Tu habites dans le coin, non ? Le plus simple, c'est que je dorme chez toi : tu as bien un canapé ou un endroit autre que ton lit où je pourrai m'écrouler ?

— Eh bien, oui, oui...

— Je te préviens, je ronfle comme une casserole.

C'était faux, mais John lui avait dit de ne pas lâcher le ranger d'une semelle.

15

Ruby aimait s'allonger aux pieds de John, l'invitant à ôter les résidus de brindilles pris dans sa robe tachetée. Les poils du guépard étaient rêches, loin des peluches malgré les larmes noires tombant de son visage de chat triste qu'on brûlait de consoler.

Petit, déjà, John recueillait toutes sortes d'animaux blessés, orphelins, perdus ou abandonnés, comme cette genette (une sorte de chat sauvage) qui avait séjourné deux mois dans sa chambre, au grand dam de ses parents, et qu'il avait fini par relâcher dans le désert des Damaras avec des sanglots de joie. John avait grandi avec ces étendues d'herbe jaune paille, ces collines rouges ou ocre qui s'étiraient comme des paquebots à la traîne, avec le son des oiseaux qu'il reconnaissait, le rugissement des lions, le vol suspendu des springboks et des jeunes impalas qui, s'ils s'entraînaient à échapper aux guépards, semblaient *tellement* s'amuser...

Ruby avait aujourd'hui trois ans, l'âge auquel sa mère lui aurait appris à chasser et à se débrouiller seule dans la savane, mais l'orpheline avait dû composer avec son père de substitution. John lui avait appris à détester la poudre des armes à feu et à s'en venger. Ruby avait souffert pour ça, John n'en était pas fier, mais le fauve ne semblait pas lui en tenir rigueur. Il était devenu son maître car sa mission ne lui laissait pas d'autre choix, et Ruby s'était faite à la présence de N/Kon, qui lui ouvrait la grille de son enclos à l'heure où John et les San se couchaient. Ruby était la gardienne de la mine et de la nuit. De sa voix grave et rassurante, John lui disait qu'il l'aimait, qu'elle était belle et douce; Ruby était sa complice, une arme téléguidée par une cruauté cent pour cent humaine, mais il était trop tard pour reculer, seuls ses sentiments pour elle étaient purs.

— Te voilà toute propre, dit-il en caressant sa fourrure.

Difficile d'imaginer l'attachement du fauve, crainte, dépendance et câlineries juvéniles faisaient mauvais ménage mais, lorsque Ruby se frottait à ses jambes quand il pénétrait dans l'enclos, John voulait croire qu'un respect mutuel était né, voire une amitié intéressée.

Il goûta au crépuscule doré sur le chemin du lodge, pensa au nouveau drone qu'ils venaient d'acheter pour contrer les intrusions illégales, au binôme de Nate et Priti qui prenait forme à la télésurveillance, au lieutenant Shikongo venu s'immiscer dans leurs affaires – la nièce de N/Kon prenait son rôle à cœur, le tenant informé des évolutions de l'enquête... Sans touristes pour animer les tables, le lodge tournait au ralenti, bar et cuisine fermés. John prit une douche, abandonna ses habits de brousse et s'habilla légèrement avant de prendre un verre sur la terrasse. Petit rituel qu'il partageait avec Aya, même si elle ne buvait pas d'alcool, avant que le destin le laisse seul devant le point d'eau… John se servit au bar, noya un glaçon et aperçut une silhouette connue dans la cour.

Son cœur se mit à battre plus vite.

~

Une sauterelle tomba aux pieds de Solanah, raide morte. Elle non plus ne comprenait rien aux saisons.

De retour de Windhoek par le premier vol, la ranger avait filé à Wild Bunch sans prendre le temps de passer au QG ni d'appeler Azuel qui rentrait de sa réunion au Zimbabwe. Le crépuscule tombait lorsque l'enquêtrice grimpa les marches de la maison. John Latham semblait l'attendre, accoudé à la rambarde de la terrasse, un verre à la main. Il était vêtu d'une simple chemise blanche et d'un pantalon de kimono noir enfilé après la douche du soir (ses cheveux étaient encore humides), et ses pieds nus sur le tek finissaient de lui donner une aura différente à ses yeux. Solanah se sentit étriquée dans son uniforme, mais ça n'était pas nouveau.

— Je vous offre un verre ? dit-il pour l'accueillir.
— Merci, je ne bois pas pendant le service.
— Vous devriez.
— C'est de l'humour ?
— La dernière fois que vous êtes venue, vous me soupçonniez de me transformer la nuit en homme-lion, j'essaie de détendre un peu l'atmosphère.

Elle haussa les épaules.

— Un jus à base de raisin rouge, ça rentre dans le cadre de votre service ? s'enquit John.
— Ce que vous avez.

Solanah croisa son regard, chercha Yan Malan dans les traits de John, mais il filait vers le mixeur posé sur le bar. Il rapporta bientôt un verre de liquide rouge vif.

— Tenez.

Sa main trembla légèrement en lui tendant la boisson. Solanah but la moitié du jus d'un trait, se demandant ce qui le rendait si nerveux.

— Alors, commença-t-elle, quelles sont les nouvelles ?

— J'ai survolé Wild Bunch sans trouver d'autres carcasses empoisonnées, répondit John en reprenant son verre d'alcool. Pas trop de dégâts non plus chez les potentielles victimes collatérales, hormis une pauvre hyène. Ce sont des chiens courageux... Et vous ?

— On a procédé au décornage des rhinos de Bwabwata et Mudumu, mais on craint une opération d'envergure. Mon boss est parti plaider notre cause à la KaZa.

— Le colonel Betwase, ce n'est pas lui le patron ?

— Il préside un comité directeur composé de représentants des pays concernés, mais les décisions sont concertées, récita Solanah. J'en saurai plus ce soir.

Ils échangèrent un regard de connivence furtif.

— Je viens surtout au sujet de votre intendant, N/Kon, reprit Solanah. Vous savez qu'il a servi dans un bataillon de l'armée sud-africaine pendant la guerre ?

— Oui, il m'a raconté ça, répondit John sans ciller.

— Il a combattu en Angola à la fin des années 1980, pendant l'apartheid, poursuivit-elle : la guerre de la frontière. N/Kon a reçu une formation de tireur d'élite dans le 32e bataillon... Je vous conseille de me dire ce que vous savez sur cette affaire. Si vos systèmes de surveillance n'ont rien détecté, c'est que l'ennemi vient de l'intérieur.

— C'est pour le vérifier que vous avez envoyé Seth ?
— Oui.

John soupira devant son acharnement.

— Je vais vous raconter une histoire, dit-il : la nôtre... N/Kon et les siens vivaient en nomades sur les terres que je m'apprêtais à acheter dans les années 1990, et puis j'ai découvert le filon de la mine. J'avais besoin d'hommes pour extraire le diamant contenu dans les roches, il y avait une trentaine de San dans les environs, à qui j'ai proposé un arrangement : leur travail à la mine contre une parcelle où bâtir leur kraal s'ils voulaient se convertir à l'élevage, un lieu pour exister et le partage des richesses produites. La réserve animalière est venue après, quand on a décidé de tout réinvestir en achetant les terres alentour et les bêtes qui pouvaient vivre dans ce cocon. Le corridor de la KaZa a vu le jour des années plus tard, et je m'y suis naturellement rattaché pour permettre aux animaux de migrer sur de plus grands territoires. Les San possèdent la moitié de Wild Bunch, ils auront le reste à ma mort, comme je vous l'ai dit, et je crois que nous avons plutôt bien réussi à respecter le vivre-ensemble de nos espèces respectives... Je savais que N/Kon était un ancien soldat de l'armée sud-africaine, qu'il s'est battu contre les guérilleros de la SWAPO en Angola ; comme vous le savez, les indépendantistes ont finalement accédé au pouvoir en Namibie. Pour eux, N/Kon est un traître à la patrie, qui a combattu ses propres frères. Il a accepté ma proposition de travailler à la mine et de se sédentariser par crainte des représailles, et aussi parce que c'est un homme bon mais pauvre. N/Kon a intégré la mauvaise armée parce que sa famille avait faim. Je ne juge pas les gens pour ça. Voilà pourquoi je ne vous en ai pas parlé. Personne ne sait rien de son passé de renégat et ça n'a rien à voir avec le meurtre.

Son histoire tenait debout mais Solanah ne s'en contenta pas.

— Et vous, John : vous vous battiez pour quoi ?

— C'est-à-dire ?

— Je dois vous appeler John Latham ou Yan Malan ?

Le Sud-Africain grimaça, plutôt bien.

— C'est sous ce nom que vous combattiez à l'époque, n'est-ce pas ? Ne niez pas, j'ai trouvé des photos dans les archives qui vous identifient comme soldat d'élite dans le même bataillon que votre ami N/Kon : c'est là-bas que vous l'avez rencontré, en Angola ?

Leurs regards se croisèrent.

— Je serais curieux de voir ces photos de troufions, dit-il.

La ranger saisit le smartphone dans sa poche de chemise. Il y avait deux copies numériques de clichés anciens, visiblement tirés des archives de l'armée.

— Ressemblant, oui, convint John en se penchant sur l'écran : mais ce beau jeune homme ce n'est pas moi.

Assurance ou sang-froid, Solanah n'aimait pas qu'on la prenne pour une idiote.

— J'ai rencontré les parents de Yan Malan dans un coin perdu du Kunene, où ils coulent leur retraite, assena-t-elle. Un couple de fermiers brisés par la mort de leur fils, qu'ils croient mort au combat à la veille de l'indépendance. Vos parents, John.

— Mes parents sont des Sud-Africains plutôt barbants que je ne vois plus depuis mon arrivée ici, rétorqua-t-il, c'est-à-dire une éternité.

Solanah le toisa mais John ne lui laissa pas le loisir d'attaquer.

— Écoutez, dit-il en perdant toute distance : je ne suis pas l'homme que vous croyez. Je pourrais vous dire qu'on a tous un sosie sur terre, que si j'avais gardé des photos de moi jeune vous auriez vu que je ne ressemblais pas à ce soldat, que je courais après les filles de toutes les couleurs malgré l'apartheid en Afrique du Sud, que j'ai fui mon pays d'origine pour partir à l'aventure. La chance m'a souri, à peu près au moment où vos gouvernements comprenaient que le seul joyau éternel étaient cette faune sauvage... Leur liberté est la mienne, Solanah ; la nôtre, il me semble. Cohabiter avec les autres espèces est la seule issue possible, et les San le savent puisqu'ils vivent ici depuis des millénaires. Wild Bunch est ma mémoire sur terre. Vous et moi poursuivons le même combat. Tous les enfants du monde rêvent d'animaux sauvages, de grimper sur un cheval ou sur un fauve pour courir après le vent, tous les enfants dessinent des animaux, tous les enfants ou presque jouent avec des figurines ou des peluches d'animaux qu'ils aiment comme leurs petits avant de devenir adultes et d'oublier ce sentiment d'osmose. Beaucoup d'humains perdent le fil du rêve qui les liait à eux, par manque d'imagination, d'empathie ou de compassion, par paresse intellectuelle ou morale, parce qu'ils prennent ce vieil attachement pour des enfantillages et qu'ils ont mordu à la fable du commerce et de l'argent coûte que coûte, parce que les animaux font partie pour eux d'un monde ancien, invisible, comme des jouets qu'on ne touche plus. Sauf qu'un monde sans animaux sauvages n'est pas un monde. La beauté gratuite qu'on éprouve à leur contact... Oui, je veux bien mourir pour ça.

Solanah avala sa salive – c'était exactement ce qu'elle pensait. Et il l'avait appelée par son prénom. Encore une de ses ruses.

— Ni moi ni les San n'avons assassiné ce gosse, dit John en la dévisageant. Et mon passé n'a pas d'importance, pas plus que celui de N/Kon. Pourquoi en aurait-il ?

— Les soldats ont appris à tuer, insinua-t-elle.

— Pas moi. Vous cherchiez quoi au juste en venant ici ?

— La vérité sur ces meurtres.

— La vérité est multiple.

— Pas pour la justice.

— Certes, mais nous sommes plusieurs dans une même personne. Prenons Dieu, par exemple, enchaîna-t-il : une part de moi y pense comme à une fable pour enfants, une autre se doute que je ferai peut-être appel à lui au moment de mourir, une autre encore se dit que les humains ont besoin d'espérer. On est plusieurs dans le même corps.

Il cherchait à l'embrouiller.

— Vous voulez dire qu'une part de vous est pacifique, l'autre criminelle ? rétorqua Solanah. Si vous êtes coupable de quelque chose, je vous arrêterai, comme les autres.

— Je ne suis pas tout à fait comme les autres, lieutenante. Vous non plus puisque vous risquez votre vie face aux braconniers. Je vous répète que vous vous trompez d'ennemi.

La discussion empruntait une pente dangereuse. Solanah plongea dans son regard bleu-vert teinté d'émeraude. Beaucoup trop de monde là-dedans.

— Pourquoi vous vous cachez ?

Un bruit strident hurla alors entre chien et loup.

Une alarme.

Elle provenait de la tour solaire, qui envoyait le signal en cas d'approche. John se déplaça jusqu'à l'ordinateur qui ronronnait dans un coin de la bibliothèque.

— Qu'est-ce qui se passe ?

— Une attaque de lion.

Il vérifia le monitoring. C'était Trust, un jeune mâle de la réserve qui portait un collier GPS.

— Il est à moins de quatre cents mètres, annonça John.

Plusieurs véhicules étaient garés sous l'auvent qui servait de garage ; John traversa la cour pieds nus et bondit à bord du Land Cruiser, le temps pour Solanah de sauter sur le siège passager. Une brève marche arrière les propulsa en terrain découvert.

— Dans un des coffres derrière vous, il y a du matériel pyrotechnique, s'empressa-t-il : passez-le-moi !

Les phares balayaient la nuit américaine. Solanah se glissa avec difficulté à l'arrière du 4 × 4, perdit sa casquette dans la manœuvre, parvint jusqu'aux coffres. Le premier renfermait des fusils de gros calibre et des munitions, le second des bâtons de feux d'artifice qu'elle empoigna. Le Land Cruiser était secoué par les herbes du bush ; Solanah regagnait sa place quand John freina, si brusquement que sa tête percuta le pare-brise. Elle rebondit sur le siège, groggy, les mains serrant encore le matériel tiré du coffre.

— Désolé, murmura-t-il tandis que la poussière nocturne envahissait leur champ de vision. Ça va ?

— Hum.

— Il est là…

John désignait les arbustes à une dizaine de mètres du kraal. Les yeux du fauve apparurent dans l'obscurité, deux éclairs blancs translucides qui les fixaient. Le temps se figea. Le moteur au ralenti, les cris du troupeau leur parvenaient depuis la clôture en acier surmontée de fils barbelés, des autruches et des brebis folles de terreur. Mélanie aussi tournait en rond, morte de peur malgré sa taille.

Trust était un mâle de trois ans à la crinière sombre, superbe de puissance et que les phares ne suffisaient pas à effrayer. Le fauve reconnaissait l'odeur d'huile de vidange et d'essence qui émanait de la boîte de fer, mais celle, alléchante, qui émanait du kraal le rendait dangereux. Trust hésitait, cherchait un passage dans la clôture quand ils l'avaient surpris. John n'attendit pas de croiser son regard de tueur pour plonger la main dans le vide-poches, puis il prit le matériel des mains de Solanah ; il sauta hors de l'habitacle, fit face au lion qui le menaçait, essuya un rugissement rauque et déclencha la première salve.

Une gerbe colorée illumina le ciel, puis une seconde, dans un tonnerre cosmique dont les éclats allaient évanescents, figures magiques dessinées sur le fond noir étoilé. Le lion recula devant le feu d'artifice, sur la défensive. Les pétards que John lui lança finirent de le faire reculer. Trust émit un grognement de mécontentement et, effrayé par la pyrotechnie, déguerpit dans la nuit du bush.

Il n'y eut pas de silence après l'attaque avortée. Même en fuite, le lion n'en finissait plus d'affoler les brebis regroupées au centre du kraal, qui tremblaient comme des feuilles. Les arabesques blanches, rouges et bleues retombèrent comme des étoiles mortes du ciel; elles disparurent dans un dernier scintillement qui se nicha dans les yeux de John.

Une vision de Solanah, encore dans les brumes après le choc contre le pare-brise. Il revint vers elle, pieds nus dans la poussière, les mains pleines de poudre.

— Tu ne veux pas qu'on discute un peu?

~

Le territoire des lions variait selon leur nombre et la quantité de gibier, allant de vingt kilomètres carrés pour un clan restreint à cinq cents pour une trentaine d'individus. Les proies du Kalahari s'avérant souvent petites, rares et vagabondes, les fauves vivaient en groupes lâches et épars. À l'inverse, dans le delta de l'Okavango voisin, les carnivores devaient s'unir pour chasser les grands ruminants. Il y vivait plus d'herbivores qu'il n'en fallait pour les prédateurs de Wild Bunch qui, ainsi, risquaient moins de s'en prendre au cheptel des San.

Inclure des lions dans une réserve nécessitait la pose de colliers pour surveiller les mouvements des mâles et des femelles alpha, qui menaient la chasse et partageaient l'éducation des lionceaux avec leurs sœurs et affiliées. Le collier le moins sophistiqué (et le moins cher) fonctionnait avec une antenne télémétrique pointée à la vitre du véhicule de patrouille, qui se mettait à biper à l'approche de l'animal. Un autre type de collier (*Early warning system*) était relié aux tours d'alerte des fermes et configuré pour déclencher une première alarme à cinq kilomètres (une première lumière avertissait le fauve) avant de sonner à l'approche de la tour – ce qui venait d'arriver avec Trust. Les colliers GPS étaient configurés en amont pour relever les coordonnées des fauves à heure fixe – plus on demandait de relevés, plus on utilisait de batterie, si bien que le collier n'avait que quatre ans d'autonomie. Enfin, il existait des colliers GPS reliés à un satellite, qui envoyaient les relevés par mail presque en temps réel et une alerte si un lion ne bougeait plus depuis quarante-huit heures. Ces colliers high-tech coûtant jusqu'à quatre mille dollars US l'unité, John les réservait au chef du clan des lions et à la femelle alpha.

Trust avait été éjecté du groupe un an plus tôt mais son caractère belliqueux avait justifié qu'on lui laissât un mouchard. Or, même si les lions pouvaient parcourir de longues distances, il n'y avait a priori aucune femelle présente aux alentours du lodge, cibles des jeunes fauves que la testostérone guidait mieux que leur flair. Qu'est-ce qui avait pu attirer Trust vers l'enclos? Un combat perdu contre Angula qui l'aurait affaibli au point qu'il se rabatte sur des bêtes sans défense, comme les vieux lions qui s'attaquaient aux vaches et se faisaient tuer par les fermiers?

— Angula? releva Solanah.

— Le chef du clan. «Bébé du matin» dans la langue ovambo.

Elle haussa un sourcil comme un fil courbé d'onyx.

— Pas très redoutable pour un nom de lion.

— Oh! C'est juste que je l'ai trouvé un matin, expliqua John. Je ne sais pas où étaient ses frères et sœurs, probablement morts avec leur mère. Le lionceau avait trois mois, il n'était pas encore sevré et je n'ai pas eu le cœur de le laisser aux hyènes, ou mourir de faim. Je lui ai fait une piqûre de compléments alimentaires avec des vitamines et donné le biberon en me couvrant des pieds à la tête pour qu'il n'assimile pas la nourriture à mon odeur. En deux jours, j'ai eu le temps de m'attacher au petit lion mais il fallait trouver un moyen de le relâcher, et vite. On peut dire qu'on a eu de la chance. Une lionne du clan principal venait de perdre ses petits et le mâle dominant de l'époque était déjà installé. Et le miracle s'est produit ; j'ai relâché Angula sur le territoire des lionnes et, comme je l'espérais, la femelle orpheline de ses petits a accepté de l'adopter. Le bébé du matin a intégré le groupe avant d'en devenir le chef. Il a sept ans aujourd'hui, l'âge d'or pour les lions. Trust est un beau mâle, conclut John, mais il n'a pas une chance contre Angula.

— Ça n'explique pas pourquoi il a attaqué le kraal alors que la savane regorge de proies.

— Oui. Et je vois mal le lien avec l'intrusion des braconniers.

— Peut-être qu'il n'y en a pas, avança Solanah.

Ils restèrent un moment dans l'expectative. La tension était retombée après l'alerte de tout à l'heure, la lune s'éclipsait derrière les nuages, revenait en trombe pour épauler les lumières du lodge et se refléter dans la mare en contrebas de la terrasse. Ils n'avaient plus évoqué les sujets qui fâchent, les chants des oiseaux nocturnes montaient, plus bas des impalas s'abreuvaient, les oreilles comme des girouettes, goûtant comme eux au silence du désert.

— Je peux te poser une question ?

— Hum.

— Tu faisais quoi en Afrique du Sud avant de t'installer en Namibie ?

John préférait le bruit des grillons qui les berçait.

— Tu es bien né là-bas ? insista Solanah.

— Oui, dit-il, à Jobourg... Bah, je militais à la fac, comme tout le monde.

— Contre l'apartheid ?

— La chute du mur de Berlin nous donnait des ailes et la fin du régime n'était qu'une question de temps. L'histoire nous a donné raison.

— Alors, pourquoi t'exiler ?

— Ma famille a de l'argent. On ne s'aimait pas. Ils m'en ont donné pour que je parte. Je préfère ne pas en parler.

— C'est comme ça que tu as acheté la mine, les terres ?

— Hum.

— Pourquoi la Namibie ?

— Il fait trop froid aux Pays-Bas.

— Sérieusement.

— N/Kon et sa famille élargie... Ce sont eux qui m'ont ouvert les yeux sur la vacuité de l'homme moderne. Ils vivaient en nomades aux alentours de la mine quand je leur ai proposé de travailler ensemble, comme je te l'ai dit. Wild Bunch sera mon legs d'homme blanc au peuple san ; un lot de consolation, ajouta John avec cynisme.

— Et tu as choisi ta femme parmi eux.

— Ma compagne, oui.

Son silence dura quelques secondes, Solanah en profita pour continuer.

— Ça te dérange d'évoquer le sujet ?
— Non, non... C'est juste une histoire triste.
— Je me doute. C'était qui ?
— Aya, un petit être joyeux et sauvage qu'il a fallu apprivoiser, résuma John. Elle est morte il y a longtemps maintenant.

Ses traits étaient plus doux à la lueur des astres, la tension pourtant palpable.

— Aya avait deux grands frères, commença John comme elle l'invitait à poursuivre : N/Kon et Wia, le cadet, qui m'ont suivi pour travailler à la mine et bâtir ce qui deviendrait Wild Bunch. Wia a toujours été de la mauvaise graine, mais il faisait partie de la famille. Il buvait en cachette, on a mis du temps avant de s'en rendre compte. Enfin, le filon rapportant gros, on a commencé à racheter les terres des Blancs qui avaient peur de se faire expulser sans compensation après l'indépendance. Le gouvernement de l'époque avait autre chose à faire que de lorgner les activités d'une communauté perdue à l'est d'un pays à construire sur les ruines de l'apartheid. Wia et N/Kon faisaient donc partie de la famille, et leur sœur Aya est devenue ma compagne. Les années passant, nous avons bâti les clôtures autour de la réserve, acheté des animaux et recueilli les orphelins, les malades qu'on pouvait soigner. Parmi eux, il y avait Sun, un jeune léopard. Une bête superbe, un mâle, qu'on a placé dans un enclos, avec un sas pour le nourrir. Aya et Wia se partageaient la tâche, comme ils s'occupaient des autres animaux orphelins. Le but est de les relâcher dans la nature mais notre léopard avait eu la queue dévorée par des mangoustes quand il était petit.

— Des mangoustes?

— Pendant qu'il dormait, oui... Les mangoustes ont bonne presse sous prétexte qu'elles attaquent les serpents, mais il ne faut pas s'y fier.

— Les garces. J'imagine que Sun ne pouvait plus chasser.

— Non, sans gouvernail, les léopards ont peu de chances d'attraper leurs proies et de grimper aux arbres. Bref, Aya s'occupait de le nourrir, son frère du nettoyage et de l'entretien de l'enclos pendant que Sun mangeait dans le sas. Et un jour, il l'a mal fermé... Tu sais que si tu nourris un fauve au même endroit, il finit par assimiler l'humain à ce qu'il mange, comme si l'homme et la nourriture ne faisaient plus qu'un. Le léopard a tué Aya, dit John d'une manière abrupte. Il lui a brisé le cou sous les yeux de son frère ; Wia a donné l'alerte, il a même été méchamment griffé au visage en cherchant à sauver sa sœur, mais c'était trop tard.

Solanah comprenait mieux la lueur noire qui traversait ses yeux.

— N/Kon m'avait prévenu dix fois que son frère n'était pas fiable, poursuivit John, qu'on ne pouvait pas lui faire confiance, mais je ne l'ai pas écouté. Parce que je croyais à la rédemption, à une deuxième chance dans la vie, sauf qu'on lui en avait déjà donné des dizaines et que rien n'avait changé ; c'est ce que voulait me dire N/Kon, mais je me suis entêté, comme un imbécile. Et mon entêtement a coûté la vie à Aya... Il fallait abattre Sun, dit-il pour achever son récit ; après avoir tué son premier humain, le léopard risquait d'en tuer d'autres. Wia était trop ivre pour tenir un fusil, c'est moi qui m'en suis chargé. C'est la dernière fois de ma vie que j'ai abattu un animal. Wia culpabilisait, bien sûr, alors il s'est mis à boire encore plus, à ne plus travailler, à boire encore, puis à voler. Ça a duré des années avant que j'accepte de le bannir. Mais c'était trop tard.

— Et toi, tu culpabilises toujours ?

John releva la tête.

— J'en ai l'air ?

— Plutôt, oui.

Son histoire la touchait mais quelque chose d'essentiel lui échappait. La tension retomba soudain sur la terrasse, comme si ce sombre récit devait conclure la soirée. La cire des photophores avait fondu sur la table et les animaux avaient déserté le point d'eau. Bientôt minuit, indiquait sa montre – il était temps de rentrer. John raccompagna la ranger jusqu'à la Jeep garée dans la cour, sans plus dire un mot. Il avait déjà trop parlé. Tissé les liens d'une toile qui pouvait les perdre.

Solanah attendit d'être au volant pour croiser une dernière fois son regard. Attente, tendresse, tourment, il y avait toujours beaucoup trop de monde dans ces yeux pourtant si clairs.

— Ne me trahis pas, dit-elle comme un avertissement.

16

Seth habitait à mi-chemin entre Rundu et le QG de la KaZa, une petite maison de bois à la peinture blanche craquelée, meublée avec les moyens du bord – palettes bricolées en guise de mobilier, une touche bois et acier qui n'allait pas si mal à sa cabane améliorée. Priti s'était jetée sur le canapé du coin salon sitôt débarquée chez lui après la tournée des shebeens, souhaitant bonne nuit au ranger avant de le laisser gamberger dans sa chambre.

Quand il se réveilla, grognon, le soleil était levé et des effluves de café flottaient dans la pièce de vie.

Priti revint de l'extérieur comme dans un ballet synchronisé, se frottant les dents avec des feuilles ramassées on ne sait où.

— C'est toi qui as fait la déco ? lança-t-elle en guise de bonjour.

— Heu, oui.

— Bien joué. J'imagine que tu n'y connais rien ?

— En déco ? Bah, non.

— Tu vois quand tu fais des efforts.

La San jeta la feuille-dentifrice dans la poubelle de la cuisine. Seth grommela – levée plus tôt, son invitée avait plusieurs coups d'avance, et lui n'était pas très efficace le matin. Elle se rinça la bouche au robinet de la cuisine.

— Tu as réfléchi à un plan pour l'enterrement de Xhase? Virinao se méfiera s'il te voit.

— Je me tiendrai à distance, en civil. Enfin, s'il est présent, ajouta le ranger, le nez dans son café.

— Xhase était son ami, peut-être plus : il sera à ses obsèques.

— Hum. J'ai aussi pensé à ma grand-mère cette nuit, pendant que tu ronflais, l'informa Seth. Elle habite à Rundu et passe le plus clair de son temps assise devant sa maison. Une vraie commère. Si Virinao est un des rares Himbas à traîner avec les jeunes du coin, elle pourrait l'avoir remarqué. On passera la voir avant l'inhumation, c'est sur la route.

Priti jouait avec les boutons de sa veste d'uniforme posée sur le dossier de la chaise, bien lâches à son goût.

— Il va falloir que tu nous recouses ça, ou tu vas te retrouver tout nu, constata-t-elle. Comment s'appelle mère-grand?

— Wilmine.

— D'accord. C'est la mère de ta mère ou celle de ton père?

— Celle de ma mère, répondit Seth. Mes parents sont morts quand j'étais petit. C'est elle qui m'a élevé. Pas très haut, comme tu le vois, ajouta-t-il, mais toute seule.

Un orphelin, comme les animaux que papa-John recueillait. Comme elle qui n'avait pas connu son géniteur et avait dû s'en inventer d'autres dans les livres de la bibliothèque. Priti se dit que, pour une fois, elle avait perdu l'occasion de la boucler, mais aussi que ce petit ranger ovambo l'avait touchée au cœur avec son humilité et son *lion style*. Comme il en fallait plus pour la mettre sur le flanc, Priti se lava la cervelle dans le lavabo de la salle de bains et reprit son costume d'espionne.

— On se dit tout à partir de maintenant, d'accord ?
Seth hocha la tête.
— D'accord.

~

La rue où vivait la vieille dame était peu animée à neuf heures du matin. Wilmine se tenait néanmoins à son poste favori près du salon de coiffure, assise sur un siège en plastique fluorescent adossé au mur extérieur de sa maisonnette. Son visage s'illumina à l'approche de son petit-fils ; elle se dressa en faisant grincer ses articulations, ajusta sa longue robe blanche et adressa un sourire merveilleux à la jeune femme qui accompagnait son presque rejeton.

— Regardez un peu qui voilà ! commenta la vieille Ovambo à qui pouvait l'entendre.

Seth l'embrassa.

— Mamie, je te présente Priti.
— Hi hi !
— Depuis le temps que Seth me parle de vous, dit la jeune femme. Ça fait combien de jours qu'on se connaît ? fit-elle en se tournant vers l'intéressé. Un ?
— Maximum, répondit Seth.
— C'est déjà bien, s'enthousiasma la grand-mère, très bien même ! Seth t'a dit qu'il était le plus jeune lieutenant de la KaZa ?

— Un surdoué, commenta Priti.

— Tu es une jeune San, non ? renchérit la curieuse. Ceux qui suivent l'éclair !

— Parfaitement.

— Y a de l'électricité dans l'air alors ! s'amusa Wilmine.

— Et des petites étincelles magnétiques qui explosent aux quatre coins du cosmos, argumenta Priti en mimant la scène de ses doigts.

— Oh oh ! J'ai connu ça aussi avec ton grand-père, dit la vieille dame en s'adressant à Seth. Profitez-en tant que vous êtes jeunes !

— Mamie…

— Je peux quand même raconter ma vie à cette demoiselle san, non ? Quelle beauté ! On dirait… hum.

— Un suricate, l'aida Priti.

— Exactement !

— Je suis forte en surveillance de terrier.

— Hi hi ! C'est important d'avoir une maison commune où réunir ses petits, abonda la grand-mère. On voit bien qu'on peut compter sur toi, Priti. Filles ou garçons, personnellement, ça m'est égal.

— Moi aussi, tant qu'ils sont sympas et qu'ils ne poussent pas de travers.

— Oh, ne t'inquiète pas pour ça, Seth est quelqu'un de très droit !

Les deux femmes eurent un regard de connivence vers le jeune ranger, qui se laissait facilement déborder.

— J'ai laissé tomber le tricot il y a longtemps, renchérit Wilmine avant qu'il n'ait pu ouvrir la bouche, mais deux aiguilles, une bonne pelote, et je m'y remets. Seth, ça fait combien de temps que je ne t'ai pas tricoté de layette ?

— J'ai hâte de le voir dedans, avoua Priti.

— Hi hi !

— Très bien, abrégea Seth, comprenant que le petit jeu pouvait durer des heures. Ce n'est pas une visite de courtoisie qu'on te fait, mamie. On a besoin de renseignements au sujet d'un témoin qu'on cherche : Virinao, un jeune Himba qui traîne dans les rues de Rundu... Ce visage te dit quelque chose ?

Il lui montra le portrait récupéré au River Lodge. Perdant un instant son sourire complice, Wilmine fronça les sourcils, ce qui la vieillit brièvement, avant d'opiner.

— Oui... Oui, j'ai déjà vu ce garçon. Il est souvent avec un copain, toujours le même.

Seth manipula son téléphone.

— Avec lui ?

La vieille dame se pencha sur la photo de Xhase.

— On dirait bien, oui. Des inséparables, avec leur bandeau dans les cheveux.

— Celui-là, Virinao, tu l'as recroisé dernièrement ?

— Hum... Je dirais la semaine dernière. Au marché du samedi, oui, se souvint Wilmine, il y avait plein de monde. Mais il était seul et n'avait plus de bandeau, comme si on allait moins le remarquer avec une casquette : ce garçon marche sur un fil, difficile de le rater !

— Sur un fil ?

— Avec grâce, si tu veux.

Ils échangèrent un regard entendu – Virinao était toujours dans les environs.

— Tu ne l'aurais pas vu traîner avec un jeune Noir, Taiwo ?

— Avec des dents de travers, un look de gangster pas frais et un regard de poisson sur l'étalage, précisa Priti.

Wilmine secoua son chignon.

— Non... Non, je m'en souviendrais.

— C'est pas grave, merci.

Il était bientôt dix heures, nota Priti en dégainant son portable.

— Je ne voudrais pas te presser, Seth, mais on n'est pas en avance.

— Cette petite a raison : allez tous les deux où bon vous semble. Mais revenez me voir ! ajouta la vieille dame, hilare.

— Heureusement que je t'aime, toi, souffla Seth en embrassant sa grand-mère.

— Moi aussi, heureusement ! se crut obligée d'ajouter Priti.

Le ranger lui fit un signe en direction de la voiture qui attendait le long du trottoir.

— Elle est marrante, ta grand-mère, commenta la San sur le trottoir. On dirait une vieille pomme tombée du nid.

— Grimpe.

~

Le cimetière de Rundu se situait au nord du centre-ville, près de l'université où Priti avait commencé son cursus et entouré de grillages qui l'isolaient de la rue.

Ils n'étaient pas nombreux autour de Xhase. Les soupçons de braconnage ne plaidaient pas pour des obsèques nationales et ses anciens collègues du River Lodge n'avaient pas pu se déplacer. Ses parents avaient fini par se manifester, puant l'alcool de la veille et le remords; Afandy comptait plus sur ses deux tantes et un cousin qui, possédant une voiture, les avaient amenés là.

La petite sœur de Xhase avait revêtu des habits traditionnels, ses colliers blancs en coquilles d'œufs d'autruche enroulés autour du buste en fines bandoulières, et les parents ivrognes des tee-shirts dont les marques ne parlaient plus à personne, des shorts élimés sur leurs jambes amaigries et des sandales en caoutchouc qu'ils avaient dû bricoler eux-mêmes. Ils se mirent à pleurnicher à la vue de leur fille sagement postée devant la dépouille de son frère, cherchèrent un réconfort tardif et bon marché, ne rencontrèrent que des bras ballants. Effarée devant l'odeur qu'ils dégageaient, Afandy était surtout intriguée par la San qui se tenait à l'écart.

Les employés municipaux recouvrirent bientôt le corps de terre sèche. Ça dura un certain temps. Les parents geignaient toujours en tanguant au-dessus du trou, se réfugiaient dans les bras de l'autre en s'apitoyant, les tantes et le cousin restaient dignes. Enfin, le rituel s'éternisant, Afandy se dirigea vers la jeune étrangère.

— Bonjour. Tu es une amie de Xhase?

— Oui, en quelque sorte. Je m'appelle Priti. Dis-moi, le type qui nous épie là-bas, tu le connais?

Une silhouette se tenait à demi cachée derrière les arbustes du cimetière, que la San venait tout juste de débusquer. Afandy la dévisagea de loin et l'ombre, comme si elle se sentait découverte, se terra aussitôt derrière la végétation.

— On dirait qu'il attend la fin de la cérémonie, observa Priti.

— Oui...

La pauvre retenait trop de larmes.

— Je vais aller voir. Ne fais pas attention à moi.

Priti se dirigea à l'opposé des buissons – qui d'autre que Virinao pouvait s'y cacher ? Elle bifurqua derrière une baraque de tôle ondulée, se demanda où était fourré Seth, fit un arc de cercle avant de revenir vers l'entrée principale. Elle se tenait maintenant dans le dos de l'espion. Short, sandales, tee-shirt et casquette sur la tête, le jeune homme avait sensiblement son âge, une allure qui rappelait son ancien camarade de collège, mais ils ne s'étaient pas vus depuis des années et il lui tournait le dos. Priti n'eut d'autre choix que d'avancer à découvert.

Le jeune homme sentit sa présence et marqua un temps d'arrêt, comme s'il hésitait à s'enfuir.

— Virinao ? s'écria-t-elle. Ne pars pas, c'est moi, Priti !

Peine perdue. Le Himba déguerpit comme une bombe ; il atteignit la haie voisine en quelques foulées, escalada le grillage avec une facilité déconcertante, sourd aux appels de Priti qui tentait de le retenir, avant de basculer de l'autre côté.

Quand Seth accourut à son tour, c'était trop tard.

— Tu parles d'un guépard, commenta Priti.

— Je pensais qu'il allait s'enfuir par l'entrée principale, pas qu'il escaladerait le grillage.

— Virinao se cachait pour assister aux funérailles : ce n'était pas pour partir sous les acclamations.

— Mais s'il a fui comme ça, c'est qu'il a quelque chose à se reprocher, ou qu'il a peur.

Priti hocha exagérément la tête.

— Le fin limier que voilà.

On commençait à les regarder dans le cimetière, comme s'ils dérangeaient les morts. Seth eut un rictus, entre désapprobation et déconfiture à l'idée d'avoir laissé filer le témoin. Priti avait raison, il s'y était pris comme un manche.

~

Les Himbas utilisaient le mopane, dont les feuilles aux vertus antidiabétiques n'avaient pas besoin de pluie pour verdir, comme bois de chauffage (les braises durent très longtemps) et dans les rites initiatiques : il servait de bûche pour arracher d'un coup sec les quatre dents du bas des adolescents, un acte opéré par l'homme-médecine, qui cautérisait les gencives à la pierre chaude. Ce n'était pas sans conséquences pour les jeunes Himbas, moqués à l'école par les autres ethnies en raison de leur prononciation défectueuse. Virinao n'avait pas besoin de ça pour se sentir différent.

L'homosexualité n'était pas reconnue dans les régions australes et le combat était rude pour les mouvements LGBT d'Afrique. Premier de la classe mais stigmatisé pour ses sentiments naturels, Virinao avait fui l'opprobre et la case familiale pour l'internat de Rundu, où les boursiers des régions reculées pouvaient poursuivre leurs études. Des années bénies pour le jeune Himba, qui n'avait pas démérité jusqu'au lycée. Après quoi, faute d'argent, Virinao avait vu les

portes de l'université se refermer devant lui. Virinao :
« celui qui ne peut pas changer les choses ».

Livré à lui-même, il avait vécu d'expédients et de petits boulots qui ne rapportaient rien avant de trouver un job de serveur au River Lodge, où il avait rencontré Xhase. Un amour qui n'était pas réciproque, mais ils s'entendaient comme des frères. Virinao rêvait du jeune Khoï, Xhase de monter une boîte d'écotourisme, avec lui s'il était d'accord – les pourboires au lodge étaient généreux et le Himba avait un diplôme qui rassurerait les prêteurs. Et puis tout s'était détraqué avec la pandémie, quand ils avaient dû retourner à Rundu avec leurs sacs et quelques billets en poche. Xhase se mortifiait pour sa petite sœur, qu'il aidait à étudier, voyait ses projets d'écotourisme s'envoler. Un gars rencontré un soir avait fini par leur proposer un travail, illégal mais a priori si lucratif que les deux jeunes avaient accepté... L'imbécile, se maudissait encore Virinao. Il s'était cru plus malin, appâté par les promesses de dollars de One, l'unijambiste qui racolait dans les bars.

Virinao et Xhase ne voulaient pas croire aux rumeurs qui couraient, des racontars d'alcooliques selon lesquels des hommes-lions sévissaient la nuit dans les réserves. Et puis les pisteurs avaient commencé à disparaître, Erastus, Isra, volatilisés ; Xhase avait pris peur, il s'était même protégé avec un *muti* du guérisseur de son village, mais ça n'avait servi à rien puisque le pauvre avait fini dans la poussière, le dos lacéré... Virinao s'était trompé, terriblement. Il aurait suivi son ami khoï n'importe où, il suffisait de croire en leur bonne étoile, mais le ciel s'était tapissé de morts. Effaré, le jeune homme avait quitté le foyer en apprenant le meurtre de Xhase et, depuis, il se cachait dans une caravane, la peur au ventre.

Le Himba avait changé de look (vêtements, cheveux, lunettes noires en plastique), il ne sortait que pour de rares courses au marché, où la foule le dissimulait mieux que sa casquette, mais il restait dans l'expectative : devait-il parler à One? Lui dire qu'il se débinait? Qu'il chiait dans son froc et refusait d'effectuer la mission pour laquelle on l'avait payé? Comme un idiot, Virinao avait dépensé la moitié de l'avance, et l'autre moitié ne tiendrait pas longtemps. Il y avait encore la possibilité de s'enfuir, de quitter la ville et la région, mais pour aller où, dans son village perdu dans le désert rouge? Pour y faire quoi? L'espoir d'une vie réduit à néant, il déprimait dans sa caravane. Il ne pouvait pas rester comme ça, à attendre que One ou le Baas frappent à sa porte pour lui rafraîchir la mémoire.

Virinao avait finalement décidé de se rendre aux obsèques de Xhase mais rien ne s'était déroulé comme prévu : il avait déguerpi en escaladant le grillage et s'était fondu dans la petite foule de la ruelle adjacente. Son cœur battait encore à cent à l'heure. La sueur coulait le long de ses tempes tandis qu'il marchait, un œil par-dessus l'épaule pour surveiller ses arrières. Virinao ralentit le pas, comme si cela pouvait l'aider à réfléchir. Priti l'observait au cimetière, forcément. Était-elle une taupe de l'organisation, comme l'homme qui guettait près des grilles? Réfugié sous sa casquette et derrière ses lunettes, le Himba se mêla aux piétons, rasant les murs – il fallait quitter la ville, vite. Une voix l'interpella.

— Alors Miss Univers, on se promène?

La portière arrière d'un SUV venait de s'ouvrir sur One, avec sa face luisante, qui lui fit signe de grimper à bord. Virinao vit alors le revolver sous le pan de sa veste, le canon pointé sur son ventre, et ses jambes se mirent à flageoler.

~

One était trop jeune à l'époque pour comprendre ce qui lui arrivait mais la haine était intacte. Les Portugais dilapidant la moitié de leur budget national pour une guerre coloniale qui ne motivait personne, un plan de paix avait été établi entre les différents mouvements de libération de l'Angola, qui s'étaient empressés de se torcher avec. Les milices du MPLA ratissaient les rues de Luanda et exécutaient tout contre-révolutionnaire ou présumé, déchaînant l'inimitié entre frères, parents ou voisins, traités de bourgeois, de capitalistes ou de chiens d'impérialistes, des gens tous plus démunis les uns que les autres mais sommés d'obéir aux discours marxistes des libérateurs assassins. One n'avait pas d'autre choix : tuer ou se faire tuer.

Le MPLA marxiste recevait l'appui des Cubains et de mercenaires, enrôlant de force drogués, délinquants ou sans-travail des quartiers déshérités, jeunes ignorants dès lors encadrés et endoctrinés, soldats du peuple qui allaient faire plus de morts que quinze ans de guerre coloniale. Une guerre du pétrole et du diamant menée par des chefs aux discours venimeux appris à La Havane, Moscou ou Pékin, justifiant les découpes à la machette, les appels à dénonciation, le carnage : sept cent mille civils angolais tués ou mutilés, deux millions de réfugiés, un pays de famine où l'espérance de vie plafonnait à quarante ans.

Enfant-soldat, One avait à peine douze ans lorsque son pied avait sauté sur une mine antipersonnel, pré-épitaphe de ce qu'il avait toujours considéré comme une vie de merde : il n'était qu'un animal blessé de plus à fuir la guerre et dont tout le monde se fichait. Survivant à l'amputation, One avait d'abord rejoint les milliers de réfugiés Mbukushus installés dans les environs d'Etosha avant de gagner Rundu, la ville-frontière de la bande de Caprivi. La prothèse de la Croix-Rouge le rendait plus mobile que la paire de béquilles récupérée sur la route de l'exil, mais qui voulait d'un unijambiste ? One vivait d'expédients, vendant ou volant ce qu'il trouvait, baisait de la même manière ou quand il était en fonds, partageait la misère d'autres désœuvrés jusqu'à sa rencontre avec celui qu'on appelait le Baas.

L'Afrikaner faisait copain-copain avec les jeunes des villages alentour, lui faisait de la retape pour son compte dans les bars de Rundu. Les rebuts et les travailleurs fauchés comme Xhase ou Virinao le prenaient pour l'un des leurs sous prétexte qu'il leur offrait une bière, des gars que le Baas embauchait à la journée ou à la semaine, selon ce qu'on leur demandait. Les billets qui bourraient les poches de One faisaient des envieux, des légendes auxquelles il était facile de croire. On se méfiait moins d'un unijambiste et on avait tort. Une enfance massacrée, des parents morts sur le chemin de l'exil, enrôlé de force puis amputé, One était devenu un animal à sang froid. Son rire même avait de quoi inquiéter, tout de dents invalides et la langue fourchue, un foutu baratineur à la peau grêlée qui distribuait des couleuvres aux naïfs.

Et Virinao parlait trop.

— Je vous promets que j'ai rien dit, à personne ! jura-t-il.

— Il ment, railla One. Cet empaffé ne donnait plus de nouvelles depuis la mort du Khoï : il a même quitté le foyer en catastrophe et coupé son téléphone !

— T'es vraiment une pourriture de dire ça ! protesta Virinao.

— Tu croyais quoi, qu'en faisant l'autruche on te retrouverait pas ?

— J'avais peur des hommes-lions, expliqua le Himba : c'est pour ça que je restais terré chez moi.

— Du baratin, ouais ! Une fille te cherchait dans les bars : Priti, ça te dit quelque chose ? C'est elle qui t'a abordé au cimetière ? Mens pas, on était là ! menaça One.

— Une copine de collège, plaida l'accusé. Je ne sais pas ce qu'elle me voulait. Je le jure.

— Tu t'enfuis en voyant des copines de collège, toi ?!

Le Baas les écoutait se disputer. De son vrai nom Joost Du Plessis, un colosse aux avant-bras tatoués qui avait embarqué le fugitif à l'arrière d'un SUV aux plaques trafiquées. Virinao se tenait maintenant dans le coin d'un hangar qui puait la ménagerie, tremblant de peur sur une chaise bancale où ils l'avaient attaché. Des dizaines d'animaux en cage attendaient d'être expédiés, dont une magnifique tarentule qui, posée à ses côtés dans son bocal de verre, faisait se dresser ses poils.

— Réponds-moi, fit Joost avec autorité. Pourquoi la fille te cherche ?

— J'en sais rien, glapit Virinao devant le visage tout en mâchoire du Baas.

— Un type l'accompagnait, un ranger en civil.

— Hein ?

— Ne joue pas à l'imbécile avec moi.

— Je ne sais pas... C'est la vérité.

— Tu avais rendez-vous avec la fille et tu as pris peur en voyant le type qui traînait avec elle dans le cimetière ?

— Non, non.

— Tu voulais passer à l'ennemi, avoue.

Le jeune Himba secoua énergiquement la tête.

— Non. Non, j'avais peur, c'est tout.

— De quoi ?

Virinao suait abondamment sur sa chaise, cherchant désespérément une issue dans le hangar bouclé à double tour. Deux autres hommes se tenaient sous les charpentes, des Blancs costauds à têtes d'Afrikaners qui attendaient les ordres du Baas.

— Tu as parlé de nous à quelqu'un ?

— Non. Non...

— À la fille ?

— Non. Non, je vous le jure !

L'odeur animale était insupportable. Joost rumina devant le visage blême du prisonnier. Le Baas était le chef d'équipe sur le terrain, grassement payé si on savait se contenter d'une villa à Zanzibar et de quelques filles ; l'opération allait démarrer et ce traîne-savates de Virinao était un caillou dans sa chaussure. À moins qu'il ne puisse leur servir... Joost appela son oncle, qu'il considérait comme son père. Rainer Du Plessis, le cerveau de l'organisation.

~

John gambergeait depuis l'attaque du kraal. Les mauvaises années, certains fauves affamés rôdaient près des enclos et n'avaient parfois plus la force de chasser. Or, Trust ne semblait pas blessé. Que faisait-il si loin de ses semblables ?

Un clan de onze lionnes et cinq petits ou juvéniles vivaient à l'ouest de la réserve, la zone la plus éloignée du lodge, sous la protection d'Angula, son « bébé du matin ». À l'instar de Trust, une demi-douzaine de jeunes mâles solitaires erraient dans l'espoir de créer leur propre territoire, évitant le chef de clan tant qu'il serait assez fort pour les repousser.

John observait le monitoring à l'ombre de la terrasse et restait dubitatif. S'il arrivait aux lions de dormir seize heures par jour, Trust était immobile depuis l'aube. Les fauves pouvaient rester longtemps près d'une charogne, même avariée (il fallait une semaine pour engloutir une girafe), digérant leur orgie de viande et ne se déplaçant que pour suivre l'ombre sous les arbres, mais si Trust avait attaqué l'enclos des San, c'est qu'il avait faim.

John vérifia les mouvements des autres lions et grogna. Trust n'était pas le seul : à part Angula, les six fauves munis de colliers GPS étaient figés sur l'écran, dont Alice, la femelle alpha. Trop pour une conjonction de hasards. John abandonna son déjeuner, prévint N/Kon, s'équipa et fila vers la cour où étaient garés les 4 × 4 de patrouille.

Il croisa Priti, qui rentrait de sa nuit buissonnière dans sa tenue de ville. Au rapport, la jeune San lui conta ses aventures avec le lieutenant Shikongo à Rundu, mais la mine grave de John ne tarda pas à l'inquiéter.

— Qu'est-ce qui se passe ?

— On a un problème avec les lions, dit-il. Plusieurs colliers GPS sont immobiles depuis trop longtemps.

— Tu veux que je vienne avec toi ?

— Non. Occupe-toi plutôt des caméras qui balaient la zone des fauves ; préviens Nate et gardez le contact radio.

N/Kon arrivait, avec son vieux treillis et son bob.

Les deux hommes roulèrent à tombeau ouvert sur la piste de sable rouge. Le point de géolocalisation de Trust se situait à une poignée de kilomètres, au-delà de la frontière délimitant le territoire d'Angula et des lionnes. N/Kon conduisait, John brandissant l'antenne pour pister Trust. Il repensait à Oreille-Noire, à la carcasse de zèbre qui l'avait tué. L'antenne bipa à l'approche du point GPS relevé plus tôt ; un bosquet de kusikus se dressa bientôt au milieu du bush, des épineux endémiques aux longues pointes blanches et affûtées. Le lion solitaire était là, tout proche. Roulant au pas, ils l'aperçurent enfin, étendu en plein soleil.

Il était peu recommandé de réveiller un lion pendant la sieste, mais Trust reposait au milieu des herbes, inerte, un filet de bave blanche aux crocs qui finissait de couler sur le sol. Le jeune lion portait encore son collier et ne respirait plus. John s'accroupit devant la dépouille assaillie de mouches sans noter de blessure apparente. Le cadavre était encore chaud, la bête énorme et magnifique malgré les balafres qui striaient sa gueule. John récupéra le collier, la mort dans l'âme, et demanda l'aide de N/Kon pour le hisser à l'arrière du pick-up.

Deux cents kilos de muscles qui firent gémir leurs vertèbres le temps qu'ils parviennent à leurs fins.

— Tu comptes faire des analyses ? fit le San en crachant ses poumons.

— Je crains qu'un poison l'ait tué, comme Oreille-Noire.

— On a brûlé la carcasse du zèbre hier matin. Si Trust y a goûté, c'est peut-être ce qui l'a affaibli.

— Hum, je vois mal un jeune lion partager sa proie avec un vieux rival. Sans compter que, s'il s'était servi sur la carcasse du zèbre, Trust n'aurait eu aucune raison de s'en prendre aux enclos... On va jeter un œil au territoire d'Angula, histoire d'en avoir le cœur net.

Les hommes reprirent la piste, surveillant le vol des rapaces sur la savane – il fallait deux jours pour que l'odeur d'une carcasse attire les charognards, mais les vautours avaient l'avantage du visuel. La mare la plus proche se situait à trois kilomètres, un point d'eau artificiel qu'un petit moulin alimentait en puisant dans une nappe souterraine. La source des lions, que les herbivores utilisaient aussi, désertée au zénith. Ils mirent pied à terre et se penchèrent sur l'étendue d'eau, alertés par la couleur verdâtre des sédiments et les deux mangoustes qui gisaient non loin.

— Strychnine...

Le San émit un claquement de langue que John ne comprit pas. Un juron sans doute. Les braconniers avaient empoisonné la mare où Trust avait bu. Affaibli, le jeune lion avait alors attaqué les brebis et les autruches du kraal, des proies qui nécessitaient peu d'énergie, et il était parti mourir dans la brousse, le ventre creux. Il ne serait pas le seul : tous les animaux qui s'étaient abreuvés à la mare risquaient de mourir. Et ceux qui dévoreraient leurs cadavres seraient salement malades, devenant à leur tour la proie des prédateurs.

— Vide cette saloperie pendant que je retrouve les autres, fit John.

Le soleil grimpait et l'opération serait fastidieuse. N/Kon arrêta le système de pompage souterrain du moulin tandis que John partait à pied dans le bush, lourdement équipé. Le San activa la pompe de réserve qui, bientôt, recracha l'eau contaminée sur la terre rouge craquelée. Elle l'absorba aussitôt, nourrissant ses failles du poison dilué qui s'étendit comme une tache brune sur un corps malade. N/Kon suait sang et eau, enfin la mare commençait à se reconstituer. Un rugissement traversa alors l'air saturé de la savane, reconnaissable entre mille – lion…

John portait son fusil à l'épaule lorsqu'il se déplaçait à pied sur le territoire d'Angula. Si l'orphelin de jadis pouvait se souvenir de son odeur, les chasseuses et les autres lions qui revendiquaient son territoire risquaient de le charger – intimidation ou non, il tirerait en l'air pour les effrayer. La vision du léopard abattu de sang-froid le hantait encore, comme une punition pour avoir laissé Aya se faire tuer… John marcha un kilomètre à travers la brousse, l'antenne signalant l'emplacement des colliers ; un bip retentit, l'une des lionnes était proche. Il avança encore, se dirigea aux cris des oiseaux et trouva Alice, la femelle alpha, et deux de ses sœurs, mortes. Une meute de vautours s'arrachaient les organes des trois fauves fraîchement éventrés, indifférents à la présence humaine. John fit claquer son fouet pour éloigner les charognards, qui bondirent à quelques mètres en le houspillant. Comme Alice, les deux lionnes que les vautours avaient commencé à dévorer n'avaient plus de griffes ni de crocs... John récupéra le collier encore accroché au cou de la femelle, fuyant du regard ses entrailles béantes, quand un formidable grondement parvint à ses oreilles.

L'appel d'un lion. Angula. Des rugissements terribles et répétés, et d'autres cris aigus qu'il reconnut en frémissant.

Hyènes.

John les repéra dans ses jumelles, à environ six cents mètres entre les bosquets d'acacias. Tenaces comme des serres sur une proie, elles harcelaient le grand fauve, formidable de puissance mais isolé. Incapable de s'échapper, tapi sur le sol où les morsures de la meute le maintenaient, Angula montrait les crocs pour effrayer ses ennemis, balayant l'air de ses pattes énormes, souvent mortelles, dans une tentative désespérée de les éloigner. Car le poison de la mare l'avait diminué. Plus robuste que les lionnes, Angula vivait encore, hurlant pour appeler les siens à l'aide sans savoir que tous étaient déjà morts. Une fin atroce le guettait. Car les hyènes n'avaient pas attendu qu'il agonise pour s'attaquer à lui, le chef de clan honni. Elles l'avaient encerclé pour le mettre en pièces mais le mâle était encore vigoureux. Ses coups de griffes éborgnaient les plus téméraires, sa lourde crinière protégeait sa trachée et les organes vitaux de son poitrail.

Malgré leurs terribles mâchoires, aucune des hyènes ne prendrait le risque de se jeter à sa gorge, protégée par son épaisse crinière; elles attaqueraient le lion par l'arrière sans cesser de le harceler, elles arracheraient d'abord ses parties génitales, puis son anus et ce qui venait avec pour s'ouvrir une brèche dans son corps, d'autres déchireraient son ventre pour happer les parties les plus riches et s'enfuir avec les organes sanguinolents; le supplice d'Angula durerait plusieurs minutes, que chaque coup de griffes désespéré prolongerait d'autant.

Le vent d'est qui soufflait sur la savane rapportait ses cris, affreux; John épaula son fusil, la meute de hyènes en ligne de mire autour du lion martyrisé qui se défendait comme un beau diable. Il n'avait plus tué d'animal depuis la mort d'Aya, mais Angula se faisait dévorer vivant, sous ses yeux. John logea le point rouge sur son poitrail, revit dans un flash le petit lionceau qu'il avait recueilli un matin, sa bouille et ses yeux bleus translucides quand il tétait avidement son biberon, sa joie d'homme quand les lionnes avaient accepté de l'adopter : des caillots de glace dans le sang, il pressa la détente.

17

Solanah n'avait toujours pas d'idée du rôle précis qu'il jouait dans l'histoire, juste des interrogations sur John, qui l'attirait. L'engluait. L'embrouillait. Lui faisait perdre les pédales. Elle revoyait ses pieds nus dans la poussière après qu'il eut effrayé le lion, son regard électrique qui la transperçait sous les feux d'artifice, son histoire de léopard qui aurait tué sa femme, leur dernier échange quand il l'avait raccompagnée à la voiture... Sous ses airs de gentleman-farmer protecteur d'animaux, Latham pouvait être un mythomane, un caméléon qui se transformait à volonté selon ce que son interlocuteur avait envie d'entendre.

Solanah n'avait pas vu son mari depuis son retour du Zimbabwe, la veille. Elle était rentrée tard de Wild Bunch et il dormait déjà profondément, et quand elle s'était réveillée Azuel n'était plus dans le lit. Solanah le trouva sur la terrasse de la maison, penché sur un rapport et des œufs brouillés que reluquait un couple de choucadors superbes au plumage iridescent.

— Je ne t'ai pas entendue rentrer hier soir, fit-il en relevant la tête de son assiette.

— Oui, tu dormais.

— Tu es quand même rentrée après minuit.

— Le vol avait du retard et j'ai dû traverser tout le Kalahari : je ne peux pas aller plus vite que les pistes.

Azuel la regardait comme s'il l'avait prise en faute, ce qui lui rappela de mauvais souvenirs.

— Tu as vu Latham ?

— Oui.

— Comment il a réagi ?

— Il nie avoir participé à la guerre de la frontière.

— Il ment. J'ai cherché des infos sur son passé, sa famille, c'est le grand vide. John Latham n'apparaît nulle part en Namibie jusqu'à l'achat de ses premières terres dans le nord du Kalahari en 1994, soit six ans après la fin de la guerre de la frontière et la mort officielle de Yan Malan. Le temps sans doute de se faire oublier et de se procurer de nouveaux papiers.

— Il est sud-africain, non ?

— Une couverture, probablement. Si ses papiers sont en règle, c'est que Latham a eu des appuis à l'époque, ou assez d'argent pour s'en procurer des faux. La Namibie venait à peine d'accéder à l'indépendance : beaucoup de fonctionnaires étaient des Sud-Africains racistes susceptibles d'aider un compatriote, quelques poignées de dollars suffisaient à obtenir des papiers. Si Latham et N/Kon ont servi dans une unité d'élite pendant la guerre en Angola, ils savent traquer l'ennemi dans la brousse. Des braconniers comme Xhase et peut-être Virinao.

Solanah rumina : son mari avait mené une enquête sur John dans son dos.

— Tu n'as pas l'air convaincue, releva Azuel.

— Je n'imagine pas Latham assassiner un jeune

Khoï à coups de lance ni glisser une araignée tueuse dans la tente d'un de nos informateurs.

— Et si tu te trompais ?

La ranger haussa les épaules.

— Peut-être, mais il y a autre chose, je le sens.

— Il te plaît ? lâcha alors Azuel.

— Quoi ?

— John Latham, répéta-t-il en fixant son visage, il te plaît ?

Solanah souffla, l'atmosphère soudain irrespirable.

— Tu ne vas pas recommencer.

— Parce que c'est moi qui commence peut-être ? Moi qui rentre après minuit ?

— Arrête.

Azuel jaugea sa femme, le sourire jaune.

— Je te trouve bien différente tout à coup. C'est ton voyage dans le Kunene ou Latham qui te fait cet effet ?

— Arrête !

— Il n'y a pas que les femmes qui ont de l'intuition, tu sais, et je vois bien que tes yeux sont ailleurs.

— Arrête, merde !

Ils se regardèrent en chiens de faïence.

— On parle de l'enquête ou tu préfères me faire une scène ? reprit Solanah, le cœur tremblant. Si tu continues, je pars, le prévint-elle. Sur-le-champ.

— Pour aller où ?

— Enquêter, évidemment.

Était-ce le chant des oiseaux, la réponse de Solanah qui l'apaisa : Azuel finit par opiner, lui laissant le loisir de reprendre ce qui n'aurait dû être qu'une discussion.

— Bon, comment s'est passée la réunion à la KaZa ? reprit Solanah d'une voix qui se voulait conciliante.

Azuel désigna le dossier posé sur la table.

— Il s'agit bien d'une attaque d'envergure, avec des braconniers qui frappent à plusieurs endroits de manière quasi simultanée. D'après les infos de terrain qu'on a recoupées, des dizaines de crimes ont eu lieu dans nos réserves, comme à Bwabwata. Des rhinos, des éléphants, des fauves aussi, amputés ou capturés. Ce ne sont encore que des soupçons mais plusieurs réseaux concordants et des rumeurs venues de nos indicateurs laisseraient penser que le Scorpion serait à la manœuvre.

Le pire trafiquant, le chef d'un réseau tentaculaire que tous les rangers rêvaient d'épingler à leur tableau de chasse. Le visage de Solanah changea du tout au tout.

— C'est maintenant que tu me le dis?! Qu'est-ce qui indique que le Scorpion est dans le coup? s'empressa-t-elle de demander. On a une piste pour l'identifier?

— Pas encore, non. Juste des individus suspectés de travailler pour lui qui auraient été vus dans la région à des dates qui concordent avec les attaques perpétrées dans les réserves. En tout cas ça mérite qu'on prenne ces témoignages au sérieux.

Les yeux de Solanah flambaient. Elle reçut alors l'appel du capitaine Ekandjo.

~

La police de Rundu avait fini par dégotter une adresse et le numéro de téléphone de Virinao. Impossible à borner (la batterie avait dû être ôtée, ou l'appareil détruit), mais il suffisait que le Himba rallume son portable pour obtenir sa géolocalisation. Quant à l'adresse, il s'agissait d'un terrain privé à la sortie de la ville où il louait une caravane depuis peu. Le loyer payé à la semaine et en liquide, le propriétaire n'avait pas cru bon de signaler sa présence dans son camping.

Solanah avait retrouvé Seth, penaud après le fiasco du cimetière, mais ils avaient encore une chance de mettre la main sur Virinao. Si la piste était la bonne, le Himba pouvait les mener aux hommes du Scorpion. Un trafiquant dangereux qui, affilié aux mafias du braconnage, devait bénéficier d'une logistique de guerre.

— On ne l'arrêtera pas tous les deux, commenta Seth, guère rassuré à l'idée de se frotter à ce genre de tueurs.

— Ekandjo et ses hommes nous épauleront en cas de besoin. Ne t'en fais pas, on ne prendra aucun risque.

Rundu bourdonnait au cœur de l'après-midi, avec ses shebeens, ses vendeurs à la sauvette installés sur le parking des supermarchés, ses stations-service et ses taxis klaxonnant, ses banques, ses échoppes de réparation de pneus, ses ralentisseurs et ses piétons indisciplinés. Les rangers quittèrent le centre-ville en direction du nord, ralentirent sur la piste défoncée qui longeait le cimetière où Xhase avait été inhumé le matin même.

Le fleuve Okavango s'étendait à quelques kilomètres, marquant la frontière avec l'Angola ; le camping apparut, sur la route d'un lodge près du cours d'eau. Le mobil-home où logeait Virinao était monté sur parpaings, à demi caché par une rangée d'arbustes rabougris qui délimitait le terrain. Pas de véhicule en vue, ni de vélos, ni de présence humaine.

Le propriétaire du camping aux abonnés absents, les rangers se dirigèrent jusqu'à la porte crasseuse du mobil-home. Les rideaux étaient tirés, les fenêtres closes malgré la chaleur de l'après-midi ; Seth poussa la porte, qui n'était pas fermée. Une odeur de renfermé flottait dans le réduit, causée sans doute par l'amas de fringues tire-bouchonnées dans le coin d'un lit défait, aussi vide que l'habitation.

Solanah inspecta le frigo, trouva quelques denrées périssables. Il y avait aussi un chargeur de téléphone sur la tablette.

— Virinao ne serait pas parti sans s'il avait voulu quitter la ville, commenta-t-elle.

— S'il n'est pas revenu ici après le cimetière, c'est qu'il doit se méfier.

— Ou que quelqu'un est venu le chercher avant nous.

— Oui… Il devrait être dans notre bureau à l'heure qu'il est, s'excusa encore Seth.

— Pas la peine de se flageller, ce n'est pas moi qui aurais sauté par-dessus le grillage et couru dans les rues pour attraper ton lapin par la peau du cou. Il va bien finir par ressurgir.

Seth se tenait accroupi devant la tablette en inox, tentant de deviner le nombre d'empreintes qu'elle pouvait révéler, quand la sonnerie de son smartphone l'invita à se redresser. Il prit la communication, écouta la voix qui le renseignait et raccrocha bientôt, blême.

— C'est ma grand-mère, dit-il. Elle a un problème.

— File, *slim boy*, je m'occupe de tout.

Wilmine fermait les volets de sa bicoque pour sa sieste d'après repas et n'apparaissait pas avant quatre heures, quand le soleil commençait à baisser. Les riverains avaient fini par s'inquiéter quand ils n'avaient pas vu la présence familière de la vieille dame sur le pas de sa porte. Le fauteuil pour enfants n'était pas là non plus, laissant les garnements de la rue sans occupation. Les voisins avaient frappé à la porte et, entendant la voix de Wilmine à l'intérieur de la maison, ils l'avaient trouvée encore en robe de chambre sur son lit, hagarde.

Alerté, Seth arriva aussi vite qu'il le put. La maisonnette n'était heureusement qu'à une poignée de kilomètres du camping ; il débarqua au milieu de la petite cohue qui s'était formée et força le passage jusqu'à sa grand-mère. Wilmine se tenait toujours assise sur ses draps, en chemise de nuit et baignant dans l'urine, visiblement éberluée par ce qui lui arrivait.

Seth saisit sa main ridée sans masquer son inquiétude.

— Mamie, qu'est-ce qui se passe ? Hein, qu'est-ce qui est arrivé ?

— Je crois que j'ai fait pipi dans ma culotte ! s'exclama-t-elle.

La vieille dame était à la fois étonnée et ailleurs.

— Mamie, réponds-moi : on est quel jour aujourd'hui ?

— Hein ?

— On est quel jour ? répéta Seth.

— Quel jour ?

— Tu as quel âge ? Mamie, réponds-moi simplement.

— J'ai fait pipi...

Ces incohérences, ce visage d'enfant perdu... Elle faisait un AVC.

~

L'après-midi s'étirait sur la terre sèche du camping et l'enquête de voisinage menée près de la rivière n'avait rien donné. Fraîchement débarquée de l'institut médico-légal, Mpule relevait les empreintes dans l'habitation du suspect. Solanah la regardait faire, d'humeur sombre après l'appel de Seth, qui venait d'arriver à l'hôpital.

— Tu te fais du souci pour lui, hein.

— Sa grand-mère est sa seule famille. Et un AVC, à son âge...

— Les grands-mères ne sont malheureusement pas éternelles, philosopha la légiste. La mienne est restée gravée dans mon cœur de pierre.

— La mienne aussi.

Une vieille paysanne tswana, dure au mal et joyeuse, qui avait toujours eu un faible pour la plus indépendante de ses petites-filles. Mais il n'y avait pas que la grand-mère de Seth qui lui causait du souci ; Azuel avait mené ses propres recherches sur John Latham, il s'en méfiait, à raison si on en croyait le passé trouble du duo qu'il formait avec N/Kon, ou par jalousie – Solanah détestait l'air que son mari avait pris en lui demandant si Latham lui plaisait –, le chef des rangers était capable de reprendre l'affaire, de traiter directement avec Ekandjo et la police de Rundu, la renvoyant à son rang subalterne, surtout si le Scorpion était dans le coup...

— Tu vois quelque chose ?

Mpule époussetait les poignées et la tablette en inox du réduit, ses petits pinceaux et du talc pour outils, s'aidant à l'occasion de sa loupe pour inspecter les traces.

— Difficile d'en avoir la certitude mais j'ai l'impression qu'il s'agit des mêmes empreintes digitales, dit-elle : certaines sont nettes.

— Celles de Virinao sans doute.

— Probable.

— Ça ne nous arrange pas, marmonna l'enquêtrice.

— Tu croyais quoi, que le Scorpion allait laisser ses empreintes dans cette caravane miteuse ? Ces trafiquants sont des cons cosmiques mais pas au point de se compromettre comme des amateurs.

— Le Scorpion a besoin de petites mains chargées des sales besognes. Seth m'a parlé d'un bar de Rundu : le Luanda. Tu connais ?

— Un repaire de jeunes, fit Mpule. Très peu pour moi.

— Il y a une cour intérieure, paraît-il, une sorte de coin privé.

Le portable de Solanah vrombit alors dans sa poche. Ce n'était pas Seth mais l'agent des télécoms chargé du bornage. Et la Tswana tomba des nues : le portable de Virinao venait de se rallumer.

— Vous l'avez eu au téléphone ?

— Non, on tombe sur la messagerie, mais on a pu le localiser, répondit le flic. Dans une réserve, visiblement, à une soixantaine de kilomètres au sud de Rundu.

Wild Bunch.

~

Cent mille lions vivaient en Afrique dans les années 1960, moins de trente mille aujourd'hui. Un génocide à mesure que les humains empiétaient sur leurs territoires, obligeant les fauves à s'entre-tuer pour continuer d'exister. Pour le reste, les méthodes d'assassinat allaient de l'AK-47 au cyanure ou à l'arsenic injectés dans une carcasse d'herbivore, de l'électrocution (15 000 volts dérivés d'une ligne électrique plongée dans une mare) aux pesticides déversés dans les points d'eau, comme c'était le cas à Wild Bunch.

Le vent d'est s'était levé avec le soir, les tourbillons de poussière rendant vaine et inutile la poursuite des recherches : le clan d'Angula avait été décimé. John rejoignit le lodge à la nuit tombée, déprimé. N/Kon ne disait rien non plus. Combien d'autres animaux avaient bu dans cette mare ? Combien, affaiblis ou au bord de l'agonie, se feraient mettre en pièces ? Les braconniers continuaient d'agir impunément, opéraient de nuit et se servaient parmi leurs victimes comme dans les rayons d'un supermarché sordide.

— Quelque chose ne fonctionne pas dans notre système de surveillance, grommela N/Kon comme pour le dédouaner. Il y a une dizaine de caméras sur le territoire des lions, Nate et Priti auraient dû repérer les intrus.

On tournait en rond. Restait le drone qu'ils venaient d'acheter.

John retrouva les jeunes San dans la salle de contrôle, assailli de mauvais pressentiments. Leur système de surveillance n'étant plus fiable, Nate avait envoyé leur nouveau drone en reconnaissance pour repérer les animaux infectés par les pesticides. John se pencha sur le monitoring. C'est Priti qui pilotait.

— Ça donne quoi ?

— Elle se débrouille pas trop mal pour une débutante, estima son cousin.

— Mieux que toi si je continue de progresser à ce rythme effrayant, assura-t-elle, aux manettes de la machine.

— Regarde où tu vas, la sermonna Nate, ou tu vas le crasher.

— Je vole trop bien, c'est impossible.

La nièce de N/Kon était bien la seule à garder le moral.

— J'ai repéré quelques cas suspects, poursuivit-elle, concentrée, mais la nuit tombe, et avec ce vent...

De fait, le drone était de plus en plus difficile à piloter.

— Vous feriez peut-être mieux de le rapatrier avant que la tempête ne l'emporte, avança John.

— C'est un drone de l'armée russe, non homologué mais censé résister à un ouragan, le rassura le geek. Je l'ai trouvé sur le darknet.

— Bravo.

— C'est là qu'il commande ses slips ! lança la jeune femme dans leur dos.

— Merci pour cette information, Priti.

Les bourrasques tambourinaient au-dehors. John et Nate cherchaient la trace des lions parmi les pièges photo du territoire d'Angula quand un grognement les alerta. Quelque chose intriguait la jeune femme aux commandes, encore indéfini.

— Qu'est-ce qui se passe ?

Priti désigna un point mouvant sur l'écran du drone.

— Il y a quelque chose, là...

~

Virinao n'avait pas compris tout ce qui se tramait, juste saisi l'essentiel : lui et Xhase s'étaient laissé embobiner par l'unijambiste et le Baas les avait piégés. Le jeune Himba s'était morfondu dans le hangar qui puait l'animal effrayé – des singes avaient déféqué de peur dans leur cage, deux perroquets rentraient la tête comme si on allait leur tordre le cou –, puis on lui avait collé une cagoule sur la tête avant de le faire monter à l'arrière d'un véhicule, destination inconnue.

Virinao suait sous l'étoffe, encaissait les soubresauts de la route, interminable de stress et de questions sans réponse. Les hommes communiquaient en afrikaans, une langue qu'il ne comprenait pas. Une heure avait passé, peut-être plus, puis la voiture avait ralenti. La peur n'avait pas faibli. Allaient-ils lui loger une balle dans la tête avant de le jeter dans un fossé ? Sa cagoule retirée, on le poussa hors du SUV, et la peur lui noua le ventre. Le soir tombait sur la savane vide, à perte de vue.

— Je vous en prie, murmura-t-il, laissez-moi…

Virinao tremblait parmi les herbes hautes que le vent faisait plier.

— Bien sûr, petit, bien sûr.

Le Baas eut un geste rassurant vers le jeune Himba, dont les larmes d'effroi refusaient de couler ; il colla même son portable dans la poche de son short. Virinao le saisit par réflexe, constata que l'appareil était hors service tandis que le Baas passait dans son dos, puis il sentit une pointe s'enfoncer dans son rein. Virinao gémit en s'inclinant, frappé de stupeur, sans voir l'arme effilée qui s'était immiscée sous sa peau. La douleur était vive mais aucun organe vital ne semblait touché. Le jeune homme se redressa, les yeux pleins d'une peur muette.

— Tu n'as qu'à marcher droit devant toi, lui lança le Baas, énigmatique. Avec un peu de chance, tu trouveras la sortie.

Et ils partirent comme ça, le laissant seul dans le bush à la nuit tombée...

Un cauchemar de petit garçon qu'il n'était plus. Le 4 × 4 disparut bientôt. Virinao fit quelques pas en tâchant de garder son sang-froid. Il avait encore une chance de s'en tirer. Ses yeux commençaient à s'habituer à la pénombre qui tombait, son rein l'élançait mais il pouvait marcher, droit devant lui comme on lui avait dit. Le vent s'était levé, venant de l'est, lourd de sable et de poussière qui obscurcissaient un peu plus le ciel. Le Himba avait peur de tomber sur des hyènes, ou pire – il ne voulait pas finir dévoré par des bêtes –, mais le Baas lui avait laissé un sursis. Il devait se trouver dans une réserve, probablement celle où on avait découvert le corps de Xhase, Wild Bunch. Les tueurs comptaient le blesser à mort pour qu'il s'écroule en cherchant une issue, mais son agresseur avait agi trop vite et la blessure n'était pas si profonde : oui, se disait-il, il avait encore une chance... Virinao frissonnait dans le vent qui soufflait plus fort. Il y avait bien une piste quelque part qui menait chez le propriétaire terrien ou à un village qui pourrait le sauver. Restait à échapper aux fauves. Ils chassaient la nuit, et le voyaient quand lui ne les voyait pas. Avaient-ils déjà senti son odeur ? Un léopard pouvait le prendre pour un grand singe. Les lycaons ne craignaient personne. Pour se rassurer, Virinao se dit qu'il se trompait, que tous les animaux avaient peur des hommes, comme les hommes avaient peur de leurs prédateurs. Ils ne l'attaqueraient pas tant qu'il leur ficherait la paix, il avait pour lui la station debout et des millions de carnages dans les yeux.

Virinao s'exhortait à ne pas fondre en sanglots sous la lune, qui le guidait entre les épineux. Un pas, puis un autre, encore. Il épiait la nuit, en quête d'une lumière au loin, une forme qui ressemblerait à une habitation, il marchait aussi vite que sa blessure le lui permettait malgré son souffle court et la piqûre dans ses reins. Le vent de sable ne faiblissait pas, au contraire. Il crut entendre des bruits, des froissements sous les bosquets, voir des formes dans les buissons, et mille animaux qui détalaient sous ses pas. Les meuglements sur sa droite faisaient penser à des grands ruminants. Éviter de s'en approcher. Surtout ne pas penser aux hommes-lions, aux histoires de corps humains déchiquetés. Une lumière humaine le sauverait, une apparition, il tomberait sur la piste, vingt minutes au moins qu'il marchait vers la Croix du Sud, son salut, il le voulait tellement. Ses reins commençaient à le faire souffrir. Son corps à se tétaniser. Ses jambes, ses maudites jambes le ralentissaient. Virinao voulait aller plus loin, encore plus loin dans les ténèbres qui l'avalaient, il avait de la volonté et l'énergie du désespoir, mais son corps refusait de lui obéir. Son regard aussi se mit à divaguer.

Le Himba s'immobilisa au cœur de la savane, épié de toute part, et un sentiment d'abandon le saisit. Il tâta son dos blessé, se rappela le téléphone que le Baas lui avait rendu hors d'usage, puis il songea au coup qu'on lui avait porté avant de l'abandonner à son sort. Un sentiment de panique lui mordit le cœur. Voilà pourquoi il se sentait faiblir. Pourquoi les tueurs l'avaient laissé partir seul dans la brousse : la pointe enfoncée dans son rein était imbibée de poison.

~

Tout se bousculait dans l'esprit de Solanah. Prévenir John de la présence de Virinao sur ses terres demandait de lui faire une confiance aveugle : si lui et N/Kon étaient impliqués, comme le soupçonnait Azuel, elle pouvait les mener à leur cible, l'ami de Xhase qui en savait trop. «Ne me trahis pas», avait-elle dit à John en quittant le lodge la veille, comme si son instinct savait qu'il lui mentait. Les psychopathes étaient aussi des charmeurs qui endormaient leurs proies. Elle voulait en avoir le cœur net. Régler cette affaire seule puisque Seth était au chevet de sa grand-mère ; le QG était loin de Wild Bunch, attendre des renforts lui ferait perdre une heure précieuse, quant à la police de Rundu, le capitaine Ekandjo insisterait pour entrer légalement dans la réserve par l'entrée principale, où les San auraient le temps de réagir et de brouiller les pistes, comme ils le faisaient depuis le début. Si elle voulait retrouver Virinao vivant, elle devait s'y introduire au nez et à la barbe de John. Le parc de Bwabwata, c'était la seule solution, le chemin que le tueur de Xhase avait emprunté la nuit du meurtre.

Solanah entra les coordonnées du portable dans le GPS de la Jeep, roula à fond de train jusqu'à la réserve de la KaZa et prit la piste qui s'enfonçait dans le parc : elle menait droit au corridor de migration.

Des caméras de surveillance la flasheraient peut-être au passage mais la ranger serait la première à tomber sur Virinao – la meilleure chance qu'il survive.

Les phares de la Jeep balayaient le soir tombant, bondissaient sous les secousses ; Solanah croisa un grand koudou, qui s'enfuit à vastes enjambées à son approche, fit déguerpir quelques gnous qui courbaient l'échine dans le bush. Il n'y eut bientôt plus de piste, que des traces d'animaux qui s'enfonçaient dans le crépuscule. « Wild Bunch, défense d'entrer », annonça un panneau. Elle poursuivit sa route, un œil sur le GPS : il indiquait une position au nord-est, à une poignée de kilomètres. La ranger fila vers sa cible, manœuvra dans le sable pour contourner les bosquets qui surgissaient sous ses phares. Le vent d'est se levait. Solanah s'accrocha au volant, soulevant une poussière rouge dans son dos, vite engloutie par la nuit qui tomba d'un coup. Un vieil éléphant la regarda passer sans broncher, ou alors dormait-il, elle était déjà loin, surveillant toujours le point GPS.

Solanah ne sentit pas la différence de température : elle approchait du signal émis par le portable de Virinao. Elle s'arrêta enfin, au milieu de nulle part. Aucune trace humaine visible depuis le pare-brise, le téléphone du Himba était pourtant dans cette zone, tout proche. Solanah saisit la lampe-torche posée sur le siège passager et poussa la portière. L'air frais et humide lui sauta aussitôt au visage ; la Tswana marcha à pas comptés parmi les herbes sèches, le faisceau lumineux perçant l'obscurité, puis elle distingua une forme à terre à une dizaine de mètres, une silhouette humaine, immobile. Solanah se porta au chevet du jeune homme qu'elle venait de reconnaître, un short poussiéreux et une petite veste sur le dos.

— Virinao, tu m'entends?

Son œil ne réagit pas à la lumière de la torche mais le corps était encore chaud. Solanah trouva son pouls, posa ses doigts sur sa gorge et constata que le cœur ne battait presque plus. Pas de blessures visibles, d'arme du crime, de lance qui l'aurait tailladé. Comment était-il arrivé là à pied? L'avait-on séquestré avant de le jeter aux charognards ou était-il parvenu à s'échapper? Solanah scruta de nouveau la brousse, ne reçut que du silence. Elle accrocha la torche à sa ceinture et prit le corps inanimé dans ses bras. L'hôpital de Rundu était loin, les secours mettraient des heures à faire l'aller-retour et chaque minute comptait. Virinao n'était pas lourd, heureusement; la ranger achemina le poids mort jusqu'à la Jeep et le déposa sur la banquette arrière. En roulant à toute vitesse jusqu'à l'hôpital de Rundu, elle espérait avoir une chance de le sauver.

— Accroche-toi, petit, souffla-t-elle en prenant le volant.

Solanah n'écoutait pas les signes du ciel comme le faisaient les peuples khoï et san : la lune était de biais, incurvée, un présage de pluie, confirmé par le chant d'oiseaux qui l'annonçait.

Les orages étaient explosifs et foudroyants avec le réchauffement climatique, dans cette partie du monde plus qu'ailleurs; une pluie «mâle», comme l'appelaient les San. Elle s'abattit comme une plaie d'Égypte sur la Jeep qui tentait de regagner la piste. Une tempête d'une violence si soudaine que Solanah ne distingua bientôt plus rien derrière le pare-brise.

Pester contre les intempéries n'y changeait rien ; elle naviguait maintenant sur un *pan*, une étendue de boue grise séchée et très dure qui, fouettée par la pluie torrentielle, devint aussi glissante que du savon. Le volant parfois ne répondait plus. Solanah avait déjà ralenti mais, en s'arrêtant pour laisser passer l'orage, elle risquait de s'embourber. Les essuie-glaces battaient et les bourrasques de pluie emportaient tout. Les phares éclairaient à peine et le déluge ne faiblissait pas.

Les pneus se mirent à patiner malgré les roues motrices, à l'avant puis à l'arrière ; la Jeep se déportait en tous sens, bateau à la dérive. Solanah ne pilotait plus rien, se contentant de maintenir une vitesse minimale sur l'océan de boue mouvante qui la faisait dériver. Le jeune sur la banquette ne tiendrait pas longtemps, il semblait dormir, et les éléments s'acharnaient. Un signe des dieux en colère ? Les mains crispées, Solanah tentait de discerner quelque chose dans le spectacle dantesque offert à ses yeux : il n'y avait plus de piste nulle part, que cette boue battue par la nature déchaînée. Et puis soudain tout bascula. Un élan irrépressible : le 4×4 chassa brusquement et partit en toupie.

Solanah braqua pour retenir le véhicule, d'un brusque coup de volant contre-braqua mais le monde lui échappait. Déportée par le torrent de boue et la pluie diluvienne, la voiture plongea dans une ravine. Le choc fut amorti par la fange mais ce fut presque pire. Poussée par l'orage, la coulée de boue noire qui se déversait au creux du ravin emportait tout, bois mort, arbustes, imprudents. Ce n'était plus un ruissellement le long de terres érodées mais une lave gluante et tueuse : la Jeep fut emportée par la puissance du flux.

Solanah avait été projetée mais la ceinture de sécurité l'avait protégée. Pas longtemps : une vitre avait en partie cédé dans l'accident et un liquide glauque s'engouffrait maintenant à toute vitesse dans l'habitacle. Alerte rouge : bientôt la boue les submergerait, eux et la voiture, et les prendrait au piège. Impossible de s'échapper par la vitre, trop inclinée vers le sol pour qu'elle ait la place de passer. La ranger se retourna vivement, vit que Virinao avait glissé sur les sièges, toujours inanimé, et comprit qu'il était perdu. Impossible de s'échapper tous les deux : Solanah avait beau être costaud, elle n'aurait jamais la force de le sortir du guêpier avec la boue qui emplissait dangereusement leur cercueil de tôle – et par quelle issue ?! Les lumières du tableau de bord avaient quelque chose d'incongru, de faussement rassurant au moment de s'échapper. Solanah actionna la poignée mais ne parvint pas à ouvrir la portière. Elle était coincée sous la pression de la boue qui continuait d'affluer par la vitre, inondant la banquette où Virinao avait disparu. Dans moins d'une minute, elle l'étoufferait.

Solanah attrapa l'extincteur sous son siège et frappa de toutes ses forces contre le pare-brise. Les premiers impacts fissurèrent le verre, qui n'explosa pas à cause de la pression extérieure. À la cinquième tentative, un mélange de terre liquide, de caillasse et d'éclats de verre se rua sur elle : prenant appui avec ses pieds sur le dossier du siège, Solanah se jeta tête baissée dans la mêlée. C'était froid, collant et très vite asphyxiant. La ranger ne savait pas si elle s'enfonçait ou si elle se débattait pour remonter à la surface, la fange l'aveuglait tandis qu'elle agitait désespérément les bras, cherchant à sortir de cette affreuse mélasse. Elle reçut un choc au genou, continua de brasser la boue en serrant les dents, commença à paniquer tant l'air lui manquait, et ses yeux grands fermés éprouvèrent une sensation nouvelle tandis qu'elle tentait désespérément de s'extirper : l'air libre.

Solanah ôta la glu infâme qui obstruait ses yeux, l'eau de l'averse pour alliée. Elle happa l'air chargé de pluie sans voir le tronc qui, pris dans le flux des ravines englouties, fonçait sur elle. La Tswana reçut un violent coup à la tête. Son esprit chancela au milieu du chaos et des coulées de boue qui emportaient la voiture. Elle sentit ses forces l'abandonner, le grand froid l'envahir ; elle allait mourir seule dans ce cloaque et aucune image ne défilait dans sa tête, juste cette horrible sensation de vide, quand un mouvement brusque la tracta hors du bourbier.

Un visage apparut sous l'orage avant qu'elle perde connaissance.

DEUXIÈME PARTIE

Le Scorpion

1

Formé aux consoles de jeux avant de savoir écrire correctement son nom, petit génie informatique avant la majorité et hacker compulsif depuis l'adolescence, Taho Tseng avait mené des cyberattaques pour l'espionnage industriel de firmes chinoises avant d'être contacté par les intermédiaires de triades asiatiques ayant pignon sur rue à Hong Kong et ses Bourses aux trafics d'animaux sauvages. Après douze ans de navigation statique dans les bunkers de trafiquants en col blanc, Taho avait éprouvé le besoin de sentir l'air sur son visage vieilli avant l'heure. Il avait gagné assez d'argent pour bénéficier d'une retraite correcte jusqu'à la fin de ses jours mais, à trente-cinq ans, le pirate n'avait rien vu du monde. Des femmes tarifées, des plateaux-repas avalés seul sous les néons ou des regards absents de collègues – le néant.

On lui avait présenté le Scorpion comme un aventurier au long cours dont les activités africaines promettaient dépaysement, action, adrénaline, exotisme. Tout ce qui lui manquait.

Rebaptisé le Chinois puisque les sobriquets étaient d'usage dans l'organisation, Taho avait vite appris le métier de trafiquant. Le Scorpion avait les moyens de mener à bien ses projets et frappait où bon lui semblait. Pour élargir le marché, le Chinois répandait sur les réseaux (les mâles asiatiques n'avaient pas le monopole du complexe lié à leur sexe) des rumeurs sur les vertus curatives (contre le sida, le cancer) ou aphrodisiaques de produits issus d'animaux sauvages vendus d'autant plus cher qu'ils étaient rares. Une manne sur le dos des gogos qui avaient la bêtise d'y croire.

Le Chinois espionnait les rangers et leurs chefs, les officiers de police lancés à leurs trousses, des douaniers soupçonneux, tous ceux qui se croyaient protégés par leur fonction sans se douter que leur smartphone, même éteint, avait des oreilles. Prince du routage informatique, le hacker avait attaqué des forteresses autrement plus coriaces qu'un réseau de caméras de surveillance et de simples numéros privés : via Pegasus, les smartphones des rangers de Caprivi n'avaient plus de secrets pour lui – le chef de la KaZa, sa femme qui menait l'enquête, son équipier. Il suffisait qu'ils le portent sur eux ou qu'ils se trouvent à moins de deux mètres pour que les conversations soient écoutées. Le Chinois notait tout.

Le hangar d'où il menait ses attaques ne payait pas de mine, avec ses camions poussiéreux, ses palettes où les cagettes de bouteilles vides s'accumulaient dans une cour grillagée et ses bureaux administratifs. Delite, une société d'import-export au bilan truqué par des gens payés pour ça, dont l'absence de voisinage facilitait les activités illicites. Pour honorer la commande de M. Zeng, le client amateur de viande de tigre, le Scorpion avait jeté son dévolu sur la plus grande aire de protection d'animaux du monde, la KaZa, qui renfermait les meilleurs trophées de « Big Five » (lions, éléphants, rhinocéros, léopards, buffles). Quant à la réserve de Wild Bunch, le couloir de migration accolé à Bwabwata menait tout droit au fameux Longue-Corne, que M. Zeng comptait s'approprier.

L'accouplement des rhinocéros pouvant durer plus d'une demi-heure, beaucoup d'Asiatiques attribuaient des effets thérapeutiques et aphrodisiaques à leur corne broyée en poudre, principalement de la kératine, une substance banale qu'on trouvait dans les ongles, les cheveux ou les sabots. Le kilo de poudre de corne de rhinocéros s'était d'abord vendu autour de cinquante mille dollars US, un commerce plus rentable que celui de l'or, des diamants ou même de la drogue. Les rhinocéros n'étaient plus que quelques milliers en liberté et, depuis que le bruit avait couru que leur corne soignait aussi le cancer, on était passé de sept braconnages en 2007 à mille en 2013, faisant grimper à cent dix mille dollars US le kilo de kératine.

Le décornage dénaturant les bêtes, John Latham n'avait pas eu le cœur de les leur couper.

Grave erreur.

Abandonnant le Himba au nord-est de Wild Bunch, Joost Du Plessis et son armada avaient roulé vers le territoire du Longue-Corne avant que la « pluie mâle » leur tombe brutalement dessus. Ils avaient dû s'arrêter en catastrophe au milieu de la savane, et ruminaient depuis près de deux heures à l'abri des 4 × 4 équipés dans l'attente que ce maudit vent d'est se calme. La nuit était noire, le bush inquiétant, mais le torrent dégringolé du ciel s'était tu.

Enfin, la voix du Chinois cracha dans le talkie-walkie.

— La tempête est en train de passer, annonça-t-il. Vous pouvez reprendre la route.

— Le chemin du retour? s'enquit Joost.

— Bwabwata sera le plus court.

— OK. On file sur zone.

2

Quand Solanah Betwase ouvrit les yeux, des rideaux de lin blanc flottaient dans la brise. L'air de la nuit parvenait jusqu'à elle, allongée sur le lit d'une chambre qu'elle ne connaissait pas sous la lumière tamisée. Les vêtements de coton qu'elle portait n'étaient pas les siens non plus. Il lui fallut plusieurs secondes pour recoller les morceaux cassés de sa nuit, sa tête tournait comme un manège et une douleur à la jambe l'élançait. Elle se redressa sur l'oreiller en gémissant, remonta le pantalon de pyjama et vit que son genou avait doublé de volume.

Les strates affluèrent avec le vent nocturne.

La pluie diluvienne.

L'accident.

La boue qui s'immisçait dans la voiture.

Le corps du jeune Himba à l'arrière, qu'elle n'avait pu sauver.

Les impacts de l'extincteur contre le pare-brise qui avait fini par céder.

La mélasse qui l'engluait.

Le flux, le choc tandis qu'elle se débattait, l'air dans ses poumons et le coup à la tête.

John…

Avait-elle rêvé ?

Rêvait-elle encore, dans un autre monde ?

Elle s'ébroua, vaseuse, reprit lentement pied. Une veilleuse éclairait la table de nuit, vintage, comme le décor 1900 de la chambre, simple, sobre, pleine d'histoires. On l'avait douchée avant de la poser sur le lit ; le pyjama qu'elle portait sentait la lavande, comme s'il n'était pas sorti du tiroir depuis des lustres, ce qui collait assez bien avec cette pièce un peu hors du temps. On y sentait la présence d'un homme. Il y avait peu d'objets mais ils étaient tous chargés d'une beauté autochtone – colliers de perles massaï, boucliers zoulous, parures et flèches khoï –, des livres sur une étagère fatiguée et une moustiquaire repliée au-dessus d'elle. Solanah porta la main à son crâne, ravivant la douleur. Le choc avait dû provoquer sa perte de connaissance… Elle observa les lieux, qui lui devinrent bientôt familiers, comme lorsqu'on investit une chambre d'hôtel ou une maison qui nous plaît. Les rideaux voletaient à cette heure, la nuit fraîche avant les chaleurs de la journée. Son esprit restait gourd, son corps une enclume, le coton du pyjama était cependant réconfortant sur sa peau. Elle était chez John Latham bien sûr, dans sa propre chambre – elle venait de voir une paire de bottes près du fauteuil et le vieux Colt à sa ceinture pendu dans un coin. L'homme qui lui avait sauvé la vie, puisqu'elle était bien là, en chair et en os.

Il l'avait déshabillée alors qu'elle était inconsciente, puis douchée, avant de lui enfiler ce pyjama d'homme. Quelqu'un avait dû l'aider, songea-t-elle : on ne la manipulait pas comme ça. L'idée qu'il ait pu la voir nue à son insu ne la dérangea pas longtemps; un appel d'air attira les voilages, puis John apparut.

— Tu te réveilles, dit-il doucement.

— Je crois… Il est quelle heure?

— Bientôt minuit.

L'accident avait dû survenir vers huit heures du soir. John s'assit sur le fauteuil que le lit regardait de trois quarts, à bonne distance.

— Tu te sens comment?

— Je ne sais pas trop.

— Ton genou a subi un gros choc, mais rien de cassé, l'informa-t-il. Tu devrais pouvoir marcher d'ici un jour ou deux. Tu as surtout pris un sérieux coup à la tête alors que tu t'extirpais du bourbier. Et tu t'es évanouie. Tu te souviens de ce qui s'est passé?

— Oui… Enfin, pas tout. L'orage… J'ai eu un accident.

— C'est un peu un miracle que tu t'en sois sortie.

— Grâce à toi.

— N/Kon était avec moi.

Solanah croisa son regard, étonnamment calme.

— Comment tu as su que j'avais des ennuis? réalisa-t-elle. Personne ne savait que j'étais à Wild Bunch.

— Dis-moi d'abord ce que tu fichais dans la réserve.

Manquant de certitudes sur son compte, Solanah expliqua ses mésaventures, sa course vaine pour sauver Virinao, embarqué à l'arrière de sa voiture, quand l'orage lui était tombé dessus.

— Pourquoi tu ne m'as pas prévenu? s'assombrit John. J'étais le premier à pouvoir partir à sa recherche.

— C'est mon enquête.

— C'est aussi ma réserve. J'aurais pu t'aider si tu l'avais voulu, répéta-t-il.

Solanah changea de sujet.

— Tu as prévenu les autorités ?

— Pas encore.

— On ne peut pas laisser Virinao sans sépulture.

— Ça ne change rien à son sort.

La ranger opina – son cerveau aussi avait doublé de volume.

— Tu as une commotion, reprit John comme s'il lisait dans son esprit. Il faudrait voir avec une radio ou un scanner, mais a priori quelques jours de repos complet suffiront.

— Tu es médecin ?

— Les San ont le leur : Xho, précisa John comme si cela lui donnait son diplôme. Il a passé du *saun* sur toi pendant que tu divaguais, une herbe réduite en poudre qui sert aux chamans à sortir de leur transe. À entrer dans le corps des malades aussi, visiblement.

— Une commotion, c'est son diagnostic ?

— Je le crois.

Solanah restait une Tswana, plus encline à la modernité qu'aux élucubrations des premiers natifs.

— Maintenant dis-moi comment tu as fait pour me retrouver.

— Un drone. C'est comme ça qu'on a détecté ta présence, peu avant ton accident.

— Montre-moi.

— Tu ferais bien de te reposer, on verra ça demain.

— John… Montre-moi ces caméras. Je veux juste repérer le lieu de l'accident et envoyer les coordonnées à une équipe.

— En pleine nuit ?

— Oui.

Son regard luisant de fatigue était encore plein d'orage.

— C'est dans le hangar, dit John. Je ne peux pas te porter jusque là-bas.

— Tu m'as bien portée jusqu'ici, non?

— N/Kon et sa nièce m'ont aidé. C'est elle et sa sœur qui t'ont douchée et habillée, précisa-t-il.

Sa pudeur l'honorait, mais ça ne changeait rien; Solanah tendit les bras pour forcer les siens.

— Aide-moi simplement...

Elle ne pesait rien contre son épaule, contrairement à ce qu'elle disait : bon an mal an, John la soutint dans l'escalier de bois, passa le patio en prenant garde à sa jambe blessée, sortit à l'air libre et se dirigea vers le hangar sans la lâcher d'un pouce.

— Ça va, je ne suis pas trop lourde?

— C'est la deuxième fois que tu me poses la question : je vais commencer à croire que tu me prends pour une mauviette.

— Ça non.

Elle sentait un mélange d'épices et de lavande.

— Ton genou tient le coup?

— Ton homme-médecine a vu juste, on dirait, autrement je ne pourrais pas bouger sans hurler.

— Ce n'est quand même pas très malin de quitter le lit.

— J'ai la tête dure.

— J'ai vu ça, oui.

John alluma la lumière à l'entrée du hangar, qu'ils traversèrent à leur rythme parmi les odeurs de graisse et de cambouis. Des sueurs froides coulaient sur les tempes de Solanah lorsqu'elle pénétra dans la salle de contrôle, qui contrastait avec les caisses de matériel poussiéreux endormies sous les tôles. Deux jeunes San se tenaient aux commandes des écrans : Nate, que John présenta comme le fils de N/Kon, et Priti, sa nièce – elle reconnut la petite San au minois effronté qui collaborait avec Seth. Les écrans qu'ils surveillaient embrassaient différentes zones de la savane, ainsi que les clôtures et les grilles d'entrée de Wild Bunch, du matériel sophistiqué dont peu de parcs nationaux bénéficiaient, même Chobe.

— Votre système anti-braconnage, commenta Solanah.

— Pour éviter de finir comme Dian Fossey, insinua John.

La primatologue américaine tuée à la machette par des villageois des montagnes qui survivaient du braconnage de gorilles ; Solanah se laissa déposer sur un des sièges vacants et se pencha sur la tablette que Nate manipulait.

— C'est le drone ?

— Oui. Nate est un as en pilotage.

— En attendant, c'est moi qui vous ai repérée, nota Priti.

— Bravo… Sans vous, je ne serais pas là.

— Seth vous estime beaucoup ; je pouvais faire ça pour lui.

Solanah opina, contrariée.

— Le pauvre, oui…

— Pourquoi « le pauvre » ? se renfrogna Priti.

— Sa grand-mère a fait un AVC. Hier en fin d'après-midi, précisa la ranger devant ses yeux ronds. Seth l'a amenée à l'hôpital.

— Mais… je l'ai vue hier matin, elle allait très bien !

Priti était troublée par la nouvelle. Solanah observa

le système de télésurveillance, à la pointe de la technologie comme Seth l'avait laissé entendre. Il faisait nuit mais les caméras thermiques localisaient les animaux endormis ou en chasse, et surtout filmaient le corridor de migration.

— Quand les caméras signalent un problème, on envoie un drone sur les lieux ou on intervient physiquement, expliqua John. C'est comme ça qu'on a remarqué ta présence.

La ranger tiqua.

— Je suis entrée à Wild Bunch par le corridor de Bwabwata, dit-elle, truffé de caméras et de pièges thermiques reliés aux ordinateurs, d'après ce que je vois : ils auraient dû me repérer.

— C'est le drone qui t'a localisée, pas les caméras.

— Ça veut dire qu'on les a sabotées. Forcément.

John grogna dans sa barbe – voilà des jours qu'on les manipulait.

— Tu as entendu parler du Scorpion ? relança Solanah. Le pire trafiquant d'Afrique. On le soupçonne d'être l'auteur d'attaques dans les réserves de la KaZa ; la tienne aussi puisque le corridor vous relie.

— Le Scorpion aurait tué votre informateur ?

— Lui ou ses hommes, oui. Et probablement Virinao. En tout cas, si ce type est dans le coup, on peut être sûrs qu'il a toute une logistique derrière lui et les moyens de passer inaperçu. Même à Wild Bunch.

Assise sur la chaise, Solanah faisait un effort pour ne pas perdre le fil mais sa tête tournait. Trop. John sortit de ses pensées et la dévisagea – elle était livide.

— Je vais te remonter dans la chambre, dit-il. Maintenant. Tu es toute pâle.

Les sons s'envolaient à petites brasses coulées dans son cerveau fragilisé.

— Oui... Je ne me sens pas très bien, concéda Solanah.

— Je n'aurais jamais dû t'écouter.

— Ça va aller... C'est juste un vertige.

Priti les coupa.

— John, regarde...

Une caméra thermique captait la présence de la femelle rhinocéros et de son petit, collés l'un contre l'autre, sur l'écran infrarouge, dormant debout ou d'un œil.

— Tu ne remarques rien? renchérit-elle. Ils ne bougent pas. Je veux dire pas d'un pouce. Ni l'arbre, là... Et cet insecte de nuit : il est à l'arrêt.

Le cœur de John se serra devant l'image qui passait à l'écran. Priti avait raison : la caméra ne filmait plus.

Un hacking.

— Envoie le drone sur zone, s'empressa-t-il. Et donne-moi les coordonnées GPS.

~

Joost Du Plessis menait l'expédition à bord du véhicule de tête, voyageant seul et à vide. Les armes étaient dans le second 4×4, que Bee Five, le tireur d'élite, conduisait. One se tenait à ses côtés, sur le siège, épiant les mouvements dans la nuit. Le Baas les avait choisis pour leur absence de scrupules et d'états d'âme, n'étant liés à aucun village ni aucune famille de la région. Menu fretin rompu à tous les trafics, deux hommes bringuebalaient sur la banquette arrière : Skarr, angolais comme One, un trentenaire musculeux qui se prenait pour un lion, bon pisteur et aimant regarder les gens de haut, comme s'il valait plus qu'une pelletée de terre sur le corps, et Doigts de fée, un Xhosa sud-africain qui savait arracher les défenses et découper les cornes mieux que personne.

One l'unijambiste était moins rassuré qu'il voulait bien le laisser paraître en mâchant son chewing-gum sur le siège avant. Gagner tant de dollars dissipait la peur d'être arrêté et jeté en prison, mais pas celle des esprits nocturnes qui rôdaient à Wild Bunch. One n'avait pas pu se procurer de *muti* chez le guérisseur, aussi s'était-il chargé au *brown-brown*, un mélange de cocaïne et de poudre à canon qu'on donnait aux enfants-soldats avant les combats. Le temps d'avant, quand il avait encore ses deux jambes. Les instructions du Baas étaient claires : aller vite et profiter de la diversion pour faire le plein de cornes, mais cette foutue tempête avait retardé l'attaque. Enfin, ils étaient de nouveau opérationnels.

La cible se situait dans le secteur est, d'après le Chinois, qui avait piraté les caméras et les pièges photographiques de Wild Bunch. De fait, après plusieurs arrêts en pleine savane pour scruter l'horizon dans ses jumelles infrarouges, le Baas finit par débusquer les rhinocéros. Le mâle à grande corne d'abord, réservé à M. Zeng, puis la femelle et son petit, qui ne dormait que d'un œil à l'abri d'un bosquet.

Le talkie-walkie cracha dans l'habitacle.

— On se déploie, annonça le leader.

La tactique d'approche était la même, face au vent, en quart de cercle – les rhinos étaient bigleux mais leur ouïe fine. Le fusil en bandoulière et prenant garde à leurs pas entre les épineux, le talkie-walkie coupé, les tueurs progressèrent lentement vers les bêtes, qui pour l'instant ne bougeaient pas. Tout juste si on ne les entendait pas ronfler, songea One, défoncé. Les bêtes, vivantes, valaient une petite fortune, mais seules les cornes les intéressaient ; Joost fit un signe sous la demi-lune, qui stoppa net leur avancée. Plus personne ne bougea, sauf Bee Five, un des plus fameux chasseurs du continent, que le Scorpion embauchait pour les grandes occasions : il posa le trépied de la Winchester dans les herbes, cala le fusil contre son épaule et s'agenouilla, l'œil rivé sur le viseur.

La première cible était à plus de trois cents mètres. Plus loin dans les fourrés, la femelle veillait son bébé endormi. Bee Five se concentra sur le mâle, le plus dangereux. Le chasseur respira lentement pour faire baisser son rythme cardiaque, logea le point rouge sur la masse immobile.

Le Longue-Corne était maintenant dans sa ligne de mire, l'œil soudain bien ouvert, comme s'il avait senti le danger.

~

Le sabotage des caméras avait provoqué un branle-bas de combat à Wild Bunch. L'orage avait dressé des dépressions qui rendraient périlleux le vol en rase-mottes, et John n'était pas assez inconscient pour s'y risquer face à des hommes armés de fusils automatiques.

Les San se chargeant de rapatrier Solanah dans la maison, John et N/Kon s'étaient rués vers le 4×4 le plus rapide. Les braconniers avaient profité du déluge, de la diversion créée par Virinao et de la neutralisation des caméras pour s'introduire sur leurs terres en vue d'abattre les rhinocéros. John craignait d'arriver trop tard. Leur seule chance était que Dina sente la présence des tueurs et détale avec son petit, ou que le mâle dominant les charge, au risque de se faire tuer lui aussi.

John filait sur la piste glissante sans se soucier du danger. Le Longue-Corne n'était pas sa propriété mais celle de l'État namibien, un joyau que la «réserve la plus sûre du pays» se devait de protéger; au-delà du camouflet, la perte d'un tel animal assurerait la pire publicité au pays. N/Kon, à ses côtés, ne disait rien. Les rhinocéros évitaient le territoire des lions, ce qui expliquait pourquoi John ne s'était pas méfié : la mare empoisonnée avait-elle servi de leurre pour que les défenseurs de Wild Bunch concentrent leur surveillance sur des fauves?

Les armes étaient vérifiées, huilées, chargées : un fusil de calibre .338 Lapua Magnum capable d'atteindre une cible à deux kilomètres, un M16 de l'armée sud-africaine dont John avait l'habitude et son vieux Colt qu'il portait à la ceinture. Il conduisait pied au plancher, le Land Cruiser faisait des embardées, le bas de caisse frappait les branchages arrachés plus tôt par le coup de vent, secoué par les bosses et les nids-de-poule, mais il ne faiblissait pas. La piste s'enfonçait dans le bush traversé par les phares. Les animaux s'enfuyaient à leur approche, chassés par les bruits de moteur rugissant dans la nuit. Les minutes passaient, trop longues.

— On n'est plus très loin, annonça N/Kon, penché sur le GPS du drone qui survolait la zone.

Deux kilomètres encore. Rien en vue, que la nuit et

les millions d'étoiles qui l'illuminaient. John ralentit bientôt. N/Kon scrutait l'obscurité derrière le pare-brise, sans détecter de petites lumières rouges qui trahiraient la présence d'un ou plusieurs véhicules. Les braconniers étaient peut-être encore sur place, tous feux éteints, armés jusqu'aux dents et les guettant, mais John connaissait sa réserve, les sentiers empruntés par les animaux qui se cachaient la nuit dans les bosquets; il coupa les phares tandis que son ami empoignait son fusil à l'arrière, roula à vitesse réduite jusqu'au point GPS. N/Kon épiait les mouvements alentour mais la nuit était comme lui silencieuse, immobile… John distingua alors une forme à terre, massive.

Le vent frais les cueillit lorsqu'ils mirent pied à terre. Une odeur de brousse après la pluie s'évaporait depuis les herbes hautes, plus blanches sous les astres. Les deux hommes approchèrent prudemment, guidés par la lune intermittente qui faisait d'eux des cibles sous les rares nuages. Le San fit le geste de s'arrêter. Il y avait des traces de pneus sur le sol meuble, que d'autres pluies effaceraient. Au moins deux véhicules, dont les marques étaient encore fraîches. John serra les dents. Le Longue-Corne gisait à terre, foudroyé par une balle de gros calibre que les tueurs avaient retirée post mortem, au couteau. Sa corne avait été coupée à ras du museau et on l'avait énucléé. L'œuvre d'un autochtone sûrement, qui avait pris soin d'arracher les yeux de l'animal «pour se rendre invisible»…

Ils trouvèrent les autres victimes un peu plus loin, entre deux bosquets de kusikus. Dina reposait sur le flanc, elle aussi abattue d'une balle en plein cœur, privée de sa corne et deux trous noirs à la place des yeux. John avait le cœur à vif : resté auprès de sa mère, le petit rhinocéros était mort après l'attaque – sa tête affaissée entre ses pattes indiquait qu'il n'avait pas été projeté sur le côté par l'impact d'une balle, mais tué à bout portant.

Son museau était intact – sa corne n'avait pas eu le temps de pousser –, mais comme Dina, deux orbites noires suintaient de ses yeux crevés.

~

Le jour se levait quand Solanah entendit un bruit de moteur. Elle avait dormi par à-coups, empêtrée dans des rêves de pluie battant contre le pare-brise, l'esprit défaillant dans des draps trempés de sueur. Une commotion plus sévère que prévu, que les poudres des chamans san ne guériraient pas facilement. L'effort consenti pour atteindre le hangar au bras de John l'avait renvoyée dans les limbes – il lui avait pourtant dit... Elle se dressa, les pieds nus mal assurés sur le parquet de la chambre, repoussa les rideaux qui voletaient dans la brise. La lumière du jour pointait au loin, le point d'eau déserté par les grands mammifères appartenait aux oiseaux et une voiture approchait : le 4 × 4 de John, parti plus tôt à la rescousse des rhinocéros.

N/Kon déposa le Sud-Africain devant le lodge avant de poursuivre sa route vers l'ancienne mine et les territoires plus à l'est, où les lions s'étaient abreuvés à la mare empoisonnée. Solanah attendit sur le rebord du lit, la tête lourde. Elle voulut prévenir Azuel de son accident, il devait se faire un sang d'encre, puis oublia ; John grimpait l'escalier à pas de velours pour ne pas la réveiller. C'est elle qui se manifesta, dans la semi-pénombre de la chambre.

— Tu les as retrouvés ?

— Non, dit-il en approchant. Enfin...

John était blême.

— Qu'est-ce qui s'est passé ? s'inquiéta Solanah.

— Les rhinocéros sont morts. Le Longue-Corne, la mère, son bébé... On les a découverts près du bosquet où le drone les avait repérés, trop tard.

John avait failli à sa mission, et elle commençait à le connaître.

— Et les braconniers ?

— Ils ont pris la fuite, dit-il d'une voix blanche. Avec les cornes.

Le visage de John faisait presque peur. Le cœur de Solanah se serra – on aurait dit qu'il allait pleurer.

3

Rainer Du Plessis avait créé Executive Outcomes à la chute de l'apartheid, une société de sécurité privée qui louait les services de mercenaires dans différents conflits en Afrique. Son neveu Joost se montrant vigoureux et plus porté sur l'aventure et l'argent que sur les droits de l'homme, Rainer l'avait pris dans son groupe armé jusqu'à en faire son fidèle second. L'ancien commandant avait appris à Joost l'art de la guerre, les techniques d'embuscade et de déploiement sur une cible, comment tuer un homme à mains nues, au couteau. Enfin, las des guerres africaines, les belligérants se montrant moins gourmands ou se faisant vieux, Rainer Du Plessis s'était recyclé dans le trafic d'animaux.

L'organisation du Scorpion, horizontale, allait de la chasse illégale à l'emballage dans les hangars de sociétés de transport bidon, aux colis camouflés à l'arrière de camions, le plus souvent entre les cabines et les palettes de bière ou de Coca. Les convois partaient pour l'Afrique du Sud, la Zambie ou le Mozambique, où des employés corrompus assuraient les vols vers Hong Kong, plaque tournante du trafic vers la Chine.

Un business florissant malgré les lois de préservation de plus en plus sévères. Mais les opérations sur le terrain restaient son ADN.

Le Scorpion avait engagé les meilleurs à chaque poste : Doigts de fée le Zambien se chargeait des ablations, One l'unijambiste des colis et du recrutement des pisteurs dans les bars ou les villages, le Chinois du piratage informatique, Bee Five de l'abattage des bêtes, Otto du pilotage (un as capable de poser son Piper au milieu de la brousse), l'Afrikaner Peter des faux papiers et de la logistique. Il y avait aussi ses deux gardes du corps, des anciens mercenaires sud-africains qui avaient œuvré pour lui : une équipe dirigée sur le terrain par son neveu Joost, alias le Baas.

Ses hommes usaient de sobriquets faisant d'eux des fantômes sur les bases de données des brigades de répression, ne restaient jamais longtemps dans le même pays, où ils pouvaient malgré tout se faire prendre, et s'en sortaient généralement avec de simples amendes. Des pions tombaient parfois au champ d'honneur, tués par les rangers quand ils se mettaient à jouer aux cow-boys, mais le Scorpion restait maître de l'échiquier. Jusqu'à l'opération namibienne, dont M. Zeng était l'un des principaux commanditaires : vingt kilos de corne de rhinocéros et celle du plus gros spécimen en liberté – le fameux Longue-Corne.

Joost avait envoyé des pisteurs autochtones en repérage dans les territoires de la KaZa, seulement, à la différence des autres réserves où ils avaient posé leurs pièges, aucun n'était revenu de Wild Bunch.

Joost avait mené sa petite enquête, sans résultat, sinon des rumeurs locales parlant d'hommes-lions qui sévissaient là-bas. Des foutaises pour le Scorpion.

Soupçonnant plutôt les San de Latham d'être dans le coup, Rainer Du Plessis avait décidé de sacrifier un pisteur local, Xhase, pour leur faire porter le chapeau auprès de la police. Si Latham avait une milice privée et entraînée, le liquider pouvait se montrer périlleux, d'autant qu'il avait l'avantage du terrain.

Le Chinois avait heureusement pris la main sur leur réseau de surveillance informatique, des caméras jusqu'aux pièges photo disséminés le long du corridor de Bwabwata. Latham et sa clique ne devaient rien comprendre, et les rangers soupçonneraient le propriétaire terrien de jouer un double jeu. Semer la confusion pour mieux se gaver avant de s'évanouir dans la nature. Le Longue-Corne était leur dernier trophée, comme une apothéose après leur attaque fulgurante.

Rainer avait prévu des vacances avec son neveu après « l'opération KaZa », dans un pays où personne ne les connaissait. L'occasion d'imaginer un nouveau coup d'éclat, la saison prochaine ou quand ils auraient des fourmis dans les jambes. Les deux hommes avaient l'aventure dans le sang, mille savanes ou forêts à piller. Les dollars affluaient, plus que le Scorpion n'en pourrait jamais dépenser, mais accumuler devenait une drogue, sa soif de pouvoir insatiable. Usant d'identités différentes, se faisant représenter par des avocats ou des intermédiaires, Rainer Du Plessis avait une villa sur la plage de Clifton à Cape Town, une autre à Zanzibar, des parts dans des hôtels à Singapour, Dubai, Nairobi, Pékin, où il allait parfois rencontrer des clients comme M. Zeng.

L'Afrikaner ne s'était jamais encombré d'une femme. Même à l'époque de l'armée, quand la plupart de ses collègues aimaient trimballer leur ménagère de caserne en affectation miteuse, Rainer avait préféré vivre entre mâles en préparant sa reconversion. Piéger des hommes ou des animaux, après tout quelle différence, et, à soixante-douze ans, ce n'était pas ces hystériques de #MeToo, inaudibles en Afrique, qui le feraient changer de paradigme. L'amitié lui suffisait. Joost était son homme de confiance, un lien viril qui n'avait pas besoin de mots ; avec le temps, son neveu était devenu le fils qu'il n'avait jamais eu, un motif de fierté narcissique et noble à ses yeux…

Bientôt quatre heures du matin : le Scorpion attendait le retour de Joost et de son équipe, incapable de dormir. Ils avaient fait le plein d'animaux en cage – on entendait les cris des oiseaux dans le hangar –, mais il manquait encore le Longue-Corne et sa femelle. Le Scorpion songea à son client chinois, aux kilos de kératine déjà récoltés et transformés en poudre par Doigts de fée, à la tête de Bouddha joufflu que ferait son commanditaire devant la longue corne, livrée en l'état pour sa plus grande gloire. M. Zeng n'avait pas dit s'il comptait en faire un usage personnel ou la revendre aux enchères des bites molles : Du Plessis s'en moquait.

Le jour n'allait pas tarder à poindre quand un bruit de moteur se fit entendre. Le Scorpion quitta le bureau du hacker où il suivait l'opération. Le 4×4 de Bee Five se gara entre les palettes de bières vides à l'arrière du hangar, One et les autres à bord, mais il manquait encore le second véhicule, celui de Joost. Le chasseur de Big Five expliqua avoir abattu le Longue-Corne en premier, puis la femelle : une prise royale que Joost avait cachée sous le châssis de son véhicule au cas, peu probable, où les rangers chercheraient à l'intercepter. Tout s'était déroulé selon leur plan, l'équipe sur le terrain avait fait du bon boulot, mais son neveu tardait à regagner la base.

Les hommes partirent se reposer, laissant leur chef à ses doutes.

Rainer Du Plessis attendit jusqu'au lever du soleil, mais Joost ne revint pas.

4

Seth avait débarqué à l'hôpital de Rundu, trop stressé pour réfléchir à ce qui arrivait. Il avait rempli les papiers pour l'admission et trouvé Wilmine sur un brancard à l'étage, encore vêtue de sa robe de chambre : depuis combien d'heures son cerveau avait-il subi l'attaque ? La vieille femme souriait en le voyant penché au-dessus d'elle mais Wilmine n'était plus là du tout.

— Mamie ? s'inquiéta Seth en prenant sa main. Mamie tu m'entends ?

— Je crois que j'ai fait pipi dans ma culotte ! répétait-elle comme une gamine prise en faute.

— Mamie…

— Hi hi !

Seth frémit au milieu des odeurs de Javel qui en cachaient d'autres. L'hôpital public n'avait pas les financements du privé, les donations de l'Unicef le tenaient à flot mais les moyens restaient modestes ; malgré le personnel dévoué et les bonnes volontés, et à moins d'être assez riche, il valait mieux ne pas tomber malade en Namibie.

Seth attrapa le bras du médecin en blouse qui dirigeait le service.

— Je suis son petit-fils, dit-il en désignant la femme sur le brancard ; vous savez ce qui se passe ? Elle a fait un AVC, c'est ça ?

— Oui, c'est moi qui vais l'opérer.

— Quand ?

— Dès que le bloc se libère.

— C'est-à-dire ?

— J'ai un enfant entre la vie et la mort qui vient de se faire renverser par une voiture, rétorqua le médecin pressé. Vous comprenez qu'il est prioritaire.

Le chirurgien était jeune, ovambo comme lui, ce qui les rapprocha.

— Oui, oui, répondit Seth sans forcer sa nature. Vous savez quand même si c'est grave ?

— Je crains que le sang ait inondé le cerveau, et vu son âge... Reste à savoir quel hémisphère est touché, et si l'on peut stopper l'hémorragie à temps. Maintenant excusez-moi mais je dois vous laisser. On fera le maximum, c'est tout ce que je peux vous dire.

Et il se mêla à la cohue disciplinée du couloir d'hôpital. Seth imagina un instant sa grand-mère, déprimée car consciente de son état mais hors du temps, et des gouttes d'angoisse coulèrent dans son cou. Il retourna au chevet de Wilmine, serra sa main tandis qu'elle comptait les rêves au plafond, chuchota des mots doux pour la rassurer mais la pauvre femme perdait le contact.

— Reste avec nous, mamie, l'adjura-t-il. Le médecin va t'opérer bientôt...

Les minutes comptaient triple dans l'air surchargé du couloir d'admission ; Seth continua de lui parler pour la tenir éveillée mais Wilmine réagissait de moins en moins.

Une heure de pure anxiété passa, où Seth s'imaginait déjà sans l'être aimé, pensait à tout ce qu'il faudrait changer pour vivre son absence et à tout ce qui le rapprochait de la mort, la chose la plus atroce qui soit pour lui qui aimait tellement la vie. Un cafard monstre l'envahit. Enfin, un infirmier saisit le lit amovible où reposait la personne qui le reliait au monde et, laissant le petit-fils pantelant, il dirigea la malade vers le bloc opératoire.

Un vieux en blouse poussait ses pieds dans le couloir, que Seth ne vit pas. Tristesse. Peur de perdre son autre mère; une heure encore s'étira. L'Ovambo attendait le verdict, statufié sur son siège, la salle d'opération en ligne de mire, se demandant s'il valait mieux que sa grand-mère survive, et dans quelles conditions…

— Vous voulez un verre d'eau? demanda une infirmière.

— Non. Non, merci, mademoiselle.

Tous ces gens vêtus de blanc redoublaient de bienveillance mais le temps ralentissait en le laissant sur le bord de la route. L'image de Priti apparut, comme on se donne du courage – Dieu que cette petite personne lui plaisait. Elle avait fait la connaissance de sa grand-mère le jour même : s'il y avait un message dans le drame qui se jouait, il aurait bien voulu qu'on lui explique.

La nuit était tombée depuis longtemps quand le nom du boss apparut sur l'écran de son portable. Seth décrocha à la cinquième sonnerie, le temps de revenir sur terre – il ne l'appelait jamais le soir.

Le colonel Betwase était tendu lui aussi.

— Tu sais où est Solanah ?

— Heu… non.

— Tu n'es pas avec elle ?

— Non. Non, ma grand-mère a un problème de santé, expliqua le ranger, je suis avec elle, à l'hôpital… Pourquoi ?

— Solanah n'est pas rentrée, dit son mari, je la cherche et son téléphone est éteint. Tu sais où elle est ?

— Eh bien… La dernière fois que je l'ai vue, en fin d'après-midi, elle attendait la légiste dans un camping de Rundu où loge l'ami de Xhase. Je n'ai pas eu de nouvelles depuis.

Un silence flotta sur les ondes. Seth ne sut qu'ajouter – ils s'étaient quittés dans la précipitation.

— Je peux appeler Mpule, proposa-t-il.

— Non, rétorqua son patron, manifestement à cran. Non, je m'en occupe...

Et il raccrocha.

Bizarre. Seth tenta de joindre Solanah pour vérifier les dires du boss, sans surprise tomba sur sa messagerie...

Il veilla sa grand-mère toute la nuit, le cœur comme un pavé dans une mare d'angoisse, et finit par s'assoupir sur la chaise près du lit. Il se réveilla quelques heures plus tard sans avoir l'impression d'avoir dormi, la bouche pleine de vase aseptisée, et le verdict tomba.

L'opération s'était déroulée du mieux possible, selon les dires du chef de service, mais comme il le craignait le sang avait inondé les deux hémisphères, provoquant un œdème qu'il avait fallu résorber. Wilmine avait été plongée dans un coma artificiel et nul ne pouvait dire si elle en sortirait, ni dans quel état.

Ou l'hémisphère droit était touché et elle perdrait la notion du temps, mélangerait les époques, les vivants et les morts dans une conscience dégradée, ou l'altération de l'hémisphère gauche la plongerait dans une terrible dépression, consciente de son état de larve : dans tous les cas, ses membres ne répondraient plus aux injonctions de son cerveau, réduits à une amputation virtuelle.

— Je ne vous garantis pas qu'elle remarche un jour, fit le médecin désolé, ni qu'elle puisse sortir de son lit.

Les poumons de Seth pesaient dix kilos. Le désespoir mangeait ses mains serrées qui n'y pouvaient rien – on ne se fait pas au passé décomposé – et la culpabilité, sa vilaine sœur, pointait ses faucilles : Wilmine avait été prise en charge trop tard, il aurait dû dire aux voisins d'appeler les secours aussitôt plutôt que de venir chez elle pour constater son état de déliquescence. Ils avaient perdu un temps précieux, par négligence, parce qu'il avait pris à chaud la mauvaise décision.

Wilmine semblait paisible malgré ses tuyaux. Il y avait un autre malade derrière le rideau de la chambre de réveil, un autre drame silencieux attendant son dénouement.

— Vous feriez mieux de rentrer chez vous, lui recommanda l'infirmière de jour qui arrivait pour les premiers soins. Après l'opération qu'elle a subie, votre mamie ne se réveillera de toute façon pas avant quarante-huit heures.

On le lui avait dit la veille mais Seth n'avait pas pu la laisser. Il obtempéra enfin, remercia l'infirmière et quitta la chambre comme un automate, l'esprit défait. Rentrer chez lui. Prendre un petit déjeuner. Une vie normale. Appeler Solanah, après une douche qui lui remettrait un peu les idées en place. Seth traîna sa peine dans le couloir d'hôpital, fatigué par cette nuit de stress de haute intensité. Il était le dernier de sa lignée. Sans Wilmine, il serait la solitude incarnée, un petit garçon projeté dans le mur des jours sans elle ; des images vibrantes, un peu effrayantes, tout se mélangeait, comme s'il était plusieurs personnes à la fois ou qu'il ne croyait pas ce qui arrivait. La fatalité. Puis il reconnut la silhouette féminine au bout du couloir qui semblait chercher quelque chose : lui.

Elle le vit à son tour et, parcourant au pas de charge les mètres de revêtement plastique qui les séparaient, la jeune San se jeta dans ses bras.

Priti, Priti, se répétait Seth en la serrant de toutes ses forces, tu arrives là.

~

Le chef de la KaZa ne savait que penser de l'absence prolongée de sa femme. Personne ne l'avait vue depuis le camping de Rundu, la veille : si elle n'avait rien dit aux rangers ni aux hommes d'Ekandjo, quelque chose l'avait retenue ailleurs, qui n'avait peut-être rien à voir avec l'enquête. Ou alors il lui était arrivé malheur, et lui la suspectait au moment où elle avait justement besoin de lui, de son aide ou de celle de la police. Trop d'émotions contradictoires semaient la confusion dans son esprit.

Azuel s'était couché bien après minuit, la porte de sa chambre ouverte pour entendre ses pas dans le couloir, mais il se leva à l'aube et trouva la maison vide.

Solanah n'était pas rentrée de la nuit. Avait-elle

suivi seule la piste de Virinao, au risque de tomber entre les mains des trafiquants ? Son téléphone était toujours coupé, son silence plus stressant encore, et de sombres pensées remontaient de la fange où sa jalousie l'enfermait. Azuel angoissait. Se faisait des idées. Ruminait ses rancœurs et ses doutes. Ils s'étaient disputés la veille, après qu'elle était rentrée tard de Wild Bunch. Solanah avait nié que Latham lui plaisait, comme elle avait nié avoir eu un amant qui l'avait engrossée, mais il n'y a pas de fumée sans feu. La garce pouvait de nouveau le tromper. Lui rappeler par la cruauté que ce n'était pas avec son drapeau en berne qu'il allait la faire jouir. Azuel perdrait la face, sa force, son statut, ce qui lui restait de virilité et, si la façade de leur couple était criblée de balles, le ranger ne voulait pas d'autre forteresse : c'était Solanah ou rien. La honte du cocu, la haine de soi, de l'autre...

Bientôt huit heures du matin et toujours pas de nouvelles. En désespoir de cause, Azuel s'apprêtait à sommer les rangers de lancer des recherches quand il reçut l'appel d'un numéro privé. Il décrocha aussitôt.

— Azuel, c'est moi.

— Solanah ! Bon Dieu, tu es où ?! Qu'est-ce qui est arrivé ?

Accroché à ses mots comme s'ils valaient de l'or, Azuel l'écouta conter l'accident qui avait failli lui coûter la vie, son sauvetage rocambolesque et sa présence au lodge de Latham, qui l'avait tirée de là.

Le soulagement de savoir sa femme vivante ne dura pas.

— Tu es avec lui ?

— Chez lui, oui.

— Mpule et Seth sont au courant ?

— Pas encore, non.

— Je vais venir te chercher, s'exclama Azuel. Il faut que tu passes des radios.

— Un médecin est venu, fit Solanah, j'ai juste une commotion et le genou qui a doublé de volume. C'est l'affaire de vingt-quatre heures.

— «Juste» une commotion?

— Laisse tomber je te dis, un peu de repos et je serai d'attaque.

— Tu n'es pas sérieuse, j'espère? Et pourquoi tu es partie sans hommes? Pourquoi tu n'as pas prévenu Ekandjo?

— Je pouvais me débrouiller seule.

— La preuve! gronda l'officier. Tu vas rentrer te soigner et me raconter tout ça, immédiatement. Ce n'est pas son mari qui te parle mais ton chef.

— Le corps de Virinao est toujours à l'arrière de ma voiture, on ne peut pas le laisser pourrir dans la boue.

— C'est moi qui décide. Je vais envoyer des secours pour ramener la dépouille. En attendant, tu rentres.

— On ne sait pas où le torrent de boue a emporté la Jeep, s'entêta sa femme; on part à sa recherche en avion, ça ira plus vite. J'enverrai les coordonnées GPS dès qu'on l'aura localisée.

— En avion, toi et Latham? Comme c'est romantique! railla Azuel. Je croyais que tu étais blessée?

— Écoute, plusieurs rhinos ont été assassinés à Wild Bunch la nuit dernière, dont le Longue-Corne, et une mare empoisonnée a tué des lions et un nombre encore non déterminé d'animaux. Les actions paraissent coordonnées, ce qui ressemble aux pratiques du

Scorpion. Plus je réunis d'indices, plus on a de chances d'arrêter ce salopard.

— Je vais envoyer Seth ou d'autres rangers régler l'affaire ; toi, tu rentres.

— C'est mon enquête. À moins que tu me la retires, insinua Solanah. Mais pour ça, il faut une raison valable.

— Je suis ton supérieur et tu dois m'obéir, répéta-t-il avec autorité.

— Pas cette fois-ci, Azuel.

— Je t'ordonne de rentrer, c'est compris ?... Solanah, tu entends ce que je te dis ?

Mais elle avait déjà raccroché.

~

L'orage de la nuit passée avait laissé des traces dans la savane ; les hautes herbes étaient striées de lignes brunes, des cicatrices à la hache dans cette terre craquelée. Vu d'avion, le spectacle était encore plus impressionnant.

Solanah ne songeait plus au 32e bataillon sud-africain pendant la guerre de la frontière, à la ressemblance trop frappante avec Yan Malan, à la colère d'Azuel. John pilotait le Cessna, attentif, suivant les méandres des rivières de boue qui avaient zébré ses terres. Il se penchait parfois, désignait les sites où des animaux avaient pu être entraînés dans une glu mortelle. Solanah acquiesçait sur le siège passager, reliée à lui par un casque tandis qu'il distillait les informations à Nate, dans la salle de contrôle. Son cerveau marchait au ralenti, il lui faudrait des béquilles pour marcher, mais le plus important était de ramener la dépouille de Virinao. Mpule se tenait prête à se rendre sur le lieu de l'accident avec les secours, une autre équipe retrouverait N/Kon sur la scène de crime – le Longue-Corne appartenant à la KaZa, les rangers constateraient l'assassinat avant de noircir la paperasse administrative. Ça lui laissait les mains libres.

Bien sûr c'était folie d'accompagner John, mais Solanah avait une dette envers le jeune Himba qu'elle n'avait pu sauver, sa discussion ce matin avec Azuel l'avait passablement énervée et elle se surprenait à n'éprouver qu'indifférence pour sa jalousie : les vrais enjeux étaient ailleurs, ici, à Wild Bunch... La Tswana gambergeait à bord du cockpit exigu, envoûtée par le spectacle de la nature sauvage sous ses pieds. Et elle commençait à mieux comprendre la quête de John.

— C'est par là que tu as eu l'accident, lança-t-il, désignant du doigt la coulée de boue qui stagnait dans les ravines.

Solanah se pencha vers les lieux de sa débâcle, qui lui semblait étrangement lointaine. La chasse aux rhinocéros et la fuite des braconniers avaient cassé le temps, déjà fragmenté par ses bouts de sommeil comateux. Ils survolaient les plaines, les troupeaux de zèbres et de gnous protégés par leur nombre, aussi des éléphants.

— Il y a quelque chose à dix heures, dit John.

Cela ressemblait à un toit renversé émergeant de la boue, un véhicule visiblement. L'avion passa au plus près des ravines en relâchant les gaz : c'était bien la Jeep des rangers. Le cercueil de fer où gisait le corps de Virinao. Impossible de se poser à proximité du *pan*, trop glissant, et des flaques de boue encore visibles. John donna les références de la localisation à Nate, qui se chargerait d'avertir Seth et l'institut médico-légal de Rundu.

Solanah repensa aux insinuations d'Azuel au téléphone, à sa jalousie qui pourrissait leur couple. John avait-il eu vent de leur dispute ? Son regard sur elle était paisible, d'une bienveillance un peu distante, sans insistance mais tendre, comme s'il savait ce qui allait arriver.

— Un problème ? s'enquit-il.

Un sérieux problème, oui...

Opérant un vaste arc de cercle, le Cessna se dirigea vers l'endroit où les braconniers avaient abattu le Longue-Corne la nuit passée. Ils repérèrent bientôt les trois cadavres, taches grises sur le sol, encore épargnés par les charognards. Et pour cause : après un survol de la zone, ils virent qu'un clan entier de hyènes gisait, éparpillé, non loin de la mare empoisonnée. Seize victimes collatérales que John dénombra sans cesser de grogner : les hyènes chassaient aussi en meute des animaux bien plus gros et, contrairement à la légende, se faisaient le plus souvent voler leur repas par les lions, qui captaient bien leurs cris de communication. Solanah les aimait aussi, ces sortes de gros chiens renversés par l'arrière, éboueuses émérites et croqueuses d'os qui aimaient jouer. Elle prit des photos pour le constat auprès des rangers, d'autant que les hyènes n'étaient pas les seules : des dizaines de petits herbivores se tenaient couchés au gré de la végétation, ceux qui s'étaient abreuvés à la mare avant que N/Kon la vide – antilopes, steenboks, springboks... De plus gros animaux mourraient bientôt, koudous, girafes, oryx, peut-être même des éléphants... L'hécatombe leur faisait mal au cœur.

Reprenant de la hauteur, ils volèrent vers le parc de Bwabwata et repérèrent des traces fraîches dans le sol détrempé, celles d'un ou plusieurs véhicules qui filaient vers le nord-est.

— Ils ont dû passer comme moi par le corridor, observa Solanah.

On distinguait un sentier animalier à travers la savane, que les braconniers semblaient avoir emprunté. L'avion suivit la piste qui continuait de se démarquer après la pluie et une tache blanche se détacha plus loin. Se rapprochant, ils virent un 4×4 à la robe criblée de boue garé sur le bord de la route. John opéra un rase-mottes pour se faire une idée, chassant oiseaux et rongeurs. Personne à l'intérieur du véhicule visiblement. Une panne ?

— Tu pourrais te poser ?

— Oui, mais ça va secouer.

— Ne t'en fais pas pour moi.

— Je te préfère quand même en entier.

Solanah reçut le message et s'accrocha. Le terrain était inégal mais John bon pilote ; il parvint à se poser après une succession de bonds douloureux pour elle, se rapprocha à petite vitesse du 4×4, coupa bientôt le moteur et aida Solanah à s'extraire du cockpit.

— Pas trop secouée ? fit-il tandis qu'ils mettaient pied à terre.

— Non. Donne-moi quand même ton bras.

Elle boita en s'appuyant sur lui, son genou au supplice, et le contact de leurs corps la déstabilisa un instant – pourquoi ce plaisir électrique, un simple pied de nez à Azuel ? La Land Rover était garée de guingois sur le bas-côté, le pneu avant crevé. Ça expliquait la sortie de route, mais difficile de croire que le conducteur ait continué à pied. Lâchant le bras de John, Solanah fit le tour du véhicule à pas comptés, constata que le pneu n'était pas simplement crevé, il avait été pulvérisé. Le 4×4 devait rouler à vive allure quand un objet coupant rencontré sur la piste l'avait obligé à un freinage d'urgence. John remonta la course folle de la Land Rover en quête d'indices pendant que Solanah ouvrait le coffre. La roue de secours était à sa place. Si le conducteur n'avait pas changé le pneu, c'est qu'un autre véhicule l'avait embarqué. Sauf qu'on ne voyait pas de traces sur le sol ramolli par la pluie.

John revint de son inspection.

— Il y a des marques de freinage mais pas d'objet coupant en vue, dit-il. Éjecté peut-être.

— Hum. Pas très malin de laisser une voiture derrière soi.

— La précipitation sans doute. Ou une voiture volée.

— Les rainures des pneus sont les mêmes que celles relevées après le meurtre de Xhase, nota Solanah.

Le vent chaud coulait sur eux, ravivant l'odeur de brousse. La ranger ouvrit la portière et vit des traces de sang sur le siège et le volant.

— Le conducteur était blessé.

— Le rhino ? avança John. Généralement, ils ne font pas de quartier quand ils chargent.

— Oui, bizarre. Si les bracos ont entaillé le museau du Longue-Corne à la hache, ils ont pu s'en mettre jusqu'aux coudes ; ça expliquerait le sang sur le volant, mais le siège ?

Solanah se pencha sur le cercle de cuir barbouillé

de rouge : il y avait une empreinte digitale, visible à l'œil nu.

~

La chaleur de midi poussait les animaux à l'ombre lorsqu'ils rentrèrent au lodge. Solanah serra les dents de l'atterrissage jusqu'au canapé du salon-bibliothèque, où John et N/Kon finirent par la déposer. Son genou commençait à la faire sérieusement souffrir, chaque mouvement l'élançait et les vertiges pointaient après sa matinée passée sous le soleil du Kalahari. John la déchaussa pour qu'elle allonge ses jambes, cala quelques coussins sous sa tête puis déposa une carafe d'eau et un verre sur la table basse à ses côtés.

— Tu as la mine bien fatiguée, observa-t-il. Ça va aller ?

— Si je cesse de gigoter dans tous les sens, oui, merci.

— Tu as faim ?

— Non.

— Besoin de quelque chose ?

— Mon téléphone, s'il est rechargé.

— Je vais demander à Eden, c'est elle qui a récupéré tes affaires. Rien d'autre ? s'enquit-il comme s'il avait le diable aux trousses.

— Non. Pourquoi, tu vas où comme ça ?

— Ramasser les cadavres d'animaux avant qu'ils ne contaminent les autres, répondit John. Les San m'aideront. On en a pour la journée, je pense. Toi, repose-toi.

— Je crois que je ne suis bonne qu'à ça.

Solanah avait la tension dans les chaussettes. Il dut le sentir.

— Tu veux que j'appelle un médecin ?

— Je croyais que ton chaman m'avait soignée avec ses poudres ?

— Tu n'y crois pas tellement, avoue.

— On ne peut rien vous cacher, John Latham.

Ils échangèrent un demi-sourire.

— À plus tard.

— Oui, à plus tard.

La brise rafraîchissait le salon ouvert sur la terrasse où passaient des libellules ; Solanah se cala contre ses oreillers, soupira d'aise malgré la douleur lancinante, ferma un moment ses paupières lourdes, les rouvrit au son des pas qui approchaient. Elle n'avait jamais vu Eden, la sœur de Priti : même modèle d'avion furtif, minois et yeux de miel, mais un air absent flottait sur son visage, comme si une part d'elle se démenait ailleurs.

— Bonjour ! fit la Tswana.

Eden posa le smartphone sur la table basse sans un mot ni un regard, comme elle aurait laissé des miettes à des oiseaux, et repartit … Étrange femme. Solanah empoigna son téléphone, constata qu'il fonctionnait malgré le séjour de son uniforme dans la boue. Elle attendit qu'il se rallume pour voir les appels manqués, une demi-douzaine, tous provenant d'Azuel. Pas de messages sur le répondeur mais un texto laconique – « Rappelle-moi. »

Solanah était un peu tendue en composant le numéro ; le chef de la KaZa répondit à la première sonnerie.

— Tu as essayé de m'appeler? Désolée, mon téléphone était HS.

— L'important c'est que tu rappelles. On a reçu les coordonnées GPS de ta Jeep, annonça Azuel, les pompiers sont en route pour récupérer le corps de Virinao. C'est quoi, cette Land Rover accidentée près du corridor de Bwabwata?

Sa voix était claire, ce qui la rassura.

— Le véhicule utilisé par les braconniers après le meurtre du Longue-Corne, répondit Solanah depuis son nid de coussins. Le ou les conducteurs ont pris la fuite mais j'ai trouvé du sang et des empreintes digitales sur le volant. Seth est en lien avec Ekandjo et Mpule pour rapatrier Virinao et relever les indices dans la Land Rover. C'est notre meilleure piste depuis le début de l'enquête. Cette empreinte va nous donner l'identité du tueur et peut-être nous aider à remonter jusqu'au Scorpion.

— N'y compte pas trop.

— Comment ça?

— Tu reviens quand?

Le ton du ranger était moins conciliant.

— Bientôt, dit Solanah. Dès que je suis sur pied. Pour le moment je suis allongée sur un canapé avec un genou amoché qui m'empêche de marcher.

— Comme c'est pratique, railla Azuel. Tu es chez Latham, bien sûr.

Ce n'était pas une question.

— Azuel, tu ne vas pas recommencer…

— En effet, la coupa-t-il. Tu crois que tu peux n'en faire qu'à ta tête, décider à ma place, mais tu te trompes. Les choses sont simples, Solanah : ou tu rentres immédiatement, ou tu es virée. Tu quittes les rangers, pour toujours.

Une bouffée de chaleur empourpra le visage de la Tswana.

— Ah oui ? Et pour quelle raison, s'il te plaît ?
— Délit d'avortement.

Azuel l'avait cueillie à froid. Elle tenta de rester calme.

— Je ne comprends pas, où tu veux en venir ?
— J'ai gardé les papiers du médecin de Gaborone qui a pratiqué l'IVG, lâcha son mari. Les preuves que tu as sciemment enfreint la loi.
— Mais... tu étais d'accord !
— Je prétendrai que je n'étais pas au courant, rétorqua-t-il, que le meurtre de notre enfant s'est déroulé dans mon dos, que je suis tombé par hasard sur ces papiers que tu cachais. Tu imagines bien que si ton délit éclatait au grand jour, tu perdrais aussitôt ton travail chez les rangers, et ça te fermerait les portes de tous les services de l'État, au Botswana comme en Namibie, l'enfonça-t-il. Que ce gosse ait été un bâtard n'est plus la question. L'avortement est illégal ; tu risques la prison, ma belle. Et ne compte pas sur le soutien du médecin de Gaborone, c'est un ami de la famille.

Solanah en eut le souffle coupé ; Azuel ne l'avait pas aidée à avorter par bonté d'âme, par empathie ou pour respecter leur accord de mariage mais parce qu'il ne voulait pas d'un enfant qu'il pensait illégitime. Et il l'avait piégée en gardant des papiers compromettants.

Le silence était presque irréel dans le combiné.

— Tu ne dis rien ?

— Si, dit Solanah. Pourquoi tu fais des choses comme ça ?

— Pour que tu ne me quittes pas.

Il fallut plusieurs secondes pour que ses mots s'imprègnent.

— C'est comme ça que tu aimes ? renvoya-t-elle. Comme ça que tu respectes ta femme, en lui faisant du chantage ?

— Reviens à la maison et personne n'entendra parler de ton avortement.

— Pour combien de temps ? Jusqu'à la prochaine fois où tu m'accuseras de te tromper ?

— C'est toi qui quittes le foyer familial, pas moi. Toi qui as fauté et qui t'es retrouvée enceinte, pas moi !

Les larmes lui montaient aux yeux. Azuel la tenait dans ses crocs, prêt à mordre dans ce qu'elle avait de plus sensible, mais Solanah garda son masque de fer.

— Va te faire soigner.

5

Azuel perdait la boule. L'équipier de sa femme, chargé de chapeauter les équipes de rangers dépêchées sur le terrain, et tous les employés du QG étaient au courant de l'accident de Solanah à Wild Bunch. Qu'importent les rhinocéros abattus, le corps de Virinao que les pompiers avaient extirpé du bourbier, sa femme restait chez Latham, cette fois-ci volontairement. Azuel fulminait. Impossible d'aller chercher Solanah chez ce salopard et de la ramener par la peau du cou : à l'humiliation il ajouterait le ridicule.

Leur mutation en Namibie n'était que de la poudre aux yeux, comme son espoir qu'ils reprendraient tout à zéro. Le corps des femmes était insatiable, on le lui avait assez dit ; en venant ici, ils n'avaient fait que déplacer le problème. Solanah déciderait-elle de le quitter malgré la menace de tout perdre ? Le méprisait-elle au point de tout abandonner ?

Il eut un flash et la honte, soudain, le submergea : comment un homme comme lui avait-il pu s'abaisser à faire chanter sa propre femme ? Son travail de ranger était toute sa vie, c'était même le ciment de leur couple puisque Solanah avait assorti à leur mariage une clause de non-prolifération de l'espèce. Mais lui avait été assez fou pour accepter son deal, croyant qu'elle changerait d'avis avec le temps et que l'horloge biologique jouait pour lui. Bon Dieu, il avait tout sacrifié pour elle, jusqu'à la fierté d'avoir des enfants qui lui ressemblent, et voilà comment sa femme le récompensait! Son ressentiment n'avait pas de bornes, tout se télescopait. Azuel en voulut à sa mère de ne pas l'avoir fait naître autonome, de l'avoir arraché au lien originel et contraint à craindre à jamais la solitude, condamné à ce vide et à la terreur de l'abandon. Que ses sentiments pour Solanah soient purs n'était pas la question : sans elle, Azuel tombait dans une faille, le trou noir de «tout est fini». Les petits déjeuners où il lisait le journal sans une attention pour elle mais où sa présence le rassurait, les midis quand elle revenait dégoulinante de sueur après avoir couru des kilomètres dans le sable, le soir quand ils se couchaient côte à côte et, une fois la lumière éteinte, son souffle quand elle s'endormait, non, Azuel Betwase ne pouvait se résoudre à perdre sa base, la garantie de continuer à être ce qu'il avait toujours été, repoussant jusqu'à la mort le spectre de la solitude qui le hantait.

Azuel enrageait.

Azuel souffrait.

Sauf qu'il ne pouvait plus reculer ; Solanah ne lui pardonnerait jamais d'avoir gardé les preuves de l'avortement pour s'en servir contre elle. Une fuite en avant, voilà où sa folie les avait menés. Sa faiblesse. La situation était intenable : il ne pouvait pas rester ainsi, les bras croisés, à attendre l'inéluctable trahison de Solanah avec cet enfoiré de Latham. L'ultimatum de son retour à la maison sans effet, voire contre-productif, le Tswana devait réagir, trouver un chemin de traverse pour que sa femme lui revienne. Une reconquête à la hauteur de leur désaccord, mais comment procéder? Par où commencer? La meilleure défense était l'attaque, et le meilleur moyen de lui prouver sa bonne foi, c'était encore d'éliminer l'adversaire. De le jeter plus bas que terre.

Azuel n'attendit pas que Solanah le trompe pour étendre les recherches sur John Latham – tous azimuts.

~

— Toc toc, je peux entrer? fit Priti alors qu'il n'y avait pas de porte.

Depuis le canapé du salon-bibliothèque, son portable encore à la main, Solanah fixait la jeune San comme si elle allait la mordre.

— Quelque chose qui ne va pas?

— Non, rien.

Priti fit la moue – pas difficile de voir qu'elle mentait.

— Ma mère a tout lavé et repassé, dit-elle en posant l'uniforme de ranger sur la table basse. C'était pas du luxe.

— Merci...

— Si tu as faim, il y a de quoi déjeuner sur la table, ajouta Priti en se tournant vers la terrasse ombragée; mais ne tarde pas, les mouches se sont donné le mot.

Au moins une San qui n'avait pas peur des rangers.

— Le genou, ça va mieux?

— Je fais la tortue.

— Pas très glamour, la tortue, estima la San en

connaisseuse. John te conseille la piscine, pour la rééducation. Il paraît qu'il n'y a pas mieux, d'autant que l'eau est recyclée et non traitée : tu peux boire la tasse si tu aimes ça. Un prétexte de John pour te garder un peu à Wild Bunch, à mon avis. Je sautais sur ses genoux quand j'étais petite, il m'a déjà fait le coup.

Solanah plissa les yeux.

— Il y a aussi des béquilles, si tu en as besoin pour marcher jusqu'à la piscine. Quand John a quelque chose dans la tête, c'est un vrai bulldozer.

La ranger acquiesça, encore sous le choc de la discussion avec son mari, se demandant qui était le vrai bulldozer.

— Tu as vu Seth ? demanda-t-elle.

— À l'hôpital, oui, ce matin.

Priti avait attendu l'aube et le retour de John et N/Kon pour se précipiter au chevet de la grand-mère et elle avait trouvé Seth hagard, errant dans un couloir impersonnel qui deviendrait le lieu de leur première étreinte.

— Wilmine ne sortira pas du coma artificiel avant demain, enchaîna la jeune femme. Seth est sur le qui-vive. Moi aussi, tellement on forme une équipe soudée.

— Toi et Seth ?

— À la vie, à la mort. Je te laisse deviner qui est qui, ajouta Priti dans son style heureusement inimitable. Je le retrouve ce soir : on a peut-être une piste, Taiwo, un gars que je connais et qui s'est défilé quand je lui ai parlé de Virinao ; à deux, on a plus de chances de lui tirer les vers de terre du nez.

— La police de Rundu peut vous aider.

— Oui, Seth a demandé des infos au capitaine

Kilimandjaro... Bon, c'est pas le tout mais il faut que je dorme un peu si je veux être belle ce soir. Tu ferais bien de faire pareil. Dormir, je veux dire. Tu es suffisamment belle comme ça, ajouta la jeune femme avec naturel.

— Un peu grosse aussi, relativisa la ranger.

— Si tu as des kilos en trop, je prends... Non ? Bon alors j'y vais.

Solanah n'eut pas le temps de réagir, Priti filait déjà on ne sait où. Elle formait une drôle de paire avec sa sœur Eden... En tout cas, Solanah était ravie pour Seth. Le vent chaud coulait jusqu'au canapé, comme un appel au calme ; la Tswana voulut plonger au plus profond d'un sommeil de plomb qui la verrait ressurgir fraîche et de nouveau prête à en découdre, mais il s'avéra vite impossible de dormir ou même de lâcher prise après le dernier coup de fil d'Azuel. Ce n'était plus de la jalousie spontanée mais un acte prémédité. Son chantage gâchait tout. Salissait tout. Comment pouvait-il imaginer qu'elle reviendrait à la maison, chienne docile à la queue basse, préférant perdre sa dignité en se pliant à sa volonté plutôt que son job de ranger ?

Un gonolek s'aventura sur la terrasse du lodge, un oiseau à gorge rouge et noire à la parure magnifique qui, l'œil en biais, reluquait les miettes éparpillées sur la table voisine. Solanah reposa ses paupières, le temps de s'imprégner des bruits alentour. Des images défilèrent dans son esprit nauséeux, des visages de San penchés sur elle, des carcasses d'animaux et des mouches bourdonnantes, des crânes de rhinocéros empilés, la pluie sur le pare-brise, la boue, la grand-mère de Seth, comme un flash, puis John dans le Cessna... Le reste se perdit dans l'absurde.

Quand Solanah rouvrit les yeux, près de deux heures s'étaient écoulées. Ça n'allait pas beaucoup mieux mais elle trouva la force de se lever. Sans béquilles, elle boitait bas mais, sa tension redevenue normale, elle marcha vers le jardin et la piscine qu'on devinait entre les arbres. John lui avait prêté un short noir et une chemise de brousse, faciles à ôter ; cahin-caha, elle partit rafraîchir son corps fatigué – les idées suivraient peut-être.

Quelques écureuils fouisseurs, abrités sous leur queue dressée, grattaient le sol avec énergie et à son approche filèrent vite dans leur terrier.

— Du calme, les petits gars, tempéra Solanah en se traînant vers la piscine.

Eden s'affairait, penchée sur une plate-bande colorée, semblant marmonner dans sa langue ou s'entretenir avec un personnage imaginaire. La ranger approcha sans attirer son attention, comme si elle n'existait pas ou comptait moins que la discussion en cours – visiblement, Eden s'adressait aux fleurs. Solanah passa comme un fantôme, s'allongea sur l'un des fauteuils inclinés près de la piscine et, à l'abri d'un acacia, elle se laissa bercer par le son du vent dans les arbres...

~

Les San de Wild Bunch utilisaient des tracteurs tirant une remorque pleine de pneus pour égaliser les pistes et éteindre les feux de brousse, tournant autour de l'incendie pour le circonscrire ; ils s'en servirent pour regrouper les cadavres infectés des grands herbivores, éléphants, koudous, girafes… Un crève-cœur quand on les avait vus grandir.

Les bulldozers des rangers avaient creusé une fosse commune où les carcasses étaient jetées pêle-mêle ; John et N/Kon observaient le ballet sordide, ces pattes et ces cornes enchevêtrées, ces gueules ouvertes et ces yeux vides. Sans un souffle de vent, l'odeur commençait à devenir pestilentielle au bord de la fosse, qui finissait de se remplir. Guidés par les cris des vautours, les deux hommes avaient retrouvé les restes des membres du clan d'Angula, à demi dévorés. Tous les fauves avaient été amputés de leurs pattes et de leurs crocs, jusqu'aux lionceaux dont les cadavres couverts de mouches étaient au-delà du répugnant.

On recouvrit le charnier de chaux vive.

John eut une pensée pour Solanah, qu'il avait laissée à la maison. Une manière de se détourner du spectacle qui s'offrait à eux, peut-être. N/Kon ne s'y trompait pas, qui roulait une de ces affreuses cigarettes dans du papier journal.

— La ranger va rester longtemps au lodge ?
— Je ne sais pas. Peut-être.
— Elle a remonté la piste du bataillon ; elle ne s'arrêtera pas là.

N/Kon alluma son joint au tabac, manqua de s'étouffer.

— J'ai nié ses accusations en bloc, dit John. Je pense qu'elle m'a cru.
— Mais elle se méfie, toussa l'autre, les larmes aux yeux. Ça pourrait tout compromettre. Et les Tswana sont bagarreurs si on les cherche. Tu ne réussiras pas à la berner longtemps.

— Elle n'est pas obligée de tout savoir.
— Elle le saura. Si elle vient vivre chez nous, elle le saura.

John grogna – ce vieux renard avait tout deviné.

— Elle te plaît, non ?
— Je ne sais pas.
— Ton visage a changé depuis le soir où vous êtes restés discuter sur la terrasse : pas la peine de mentir, ça se voit à des kilomètres. S'enticher d'une ranger... Tu le fais exprès ?
— Solanah n'est pas comme les autres, je le sens.
— Et moi je sens les emmerdes arriver, à toute vitesse. Elle ne va pas nous lâcher maintenant qu'elle a un os à ronger, assura le San. Tu joues avec le feu, John. Tu joues avec le feu, et on peut tous se brûler.

John eut un sourire un peu triste qui se perdit dans la fumée âcre.

N/Kon était son seul ami : ça ne le rassura pas.

~

Les oiseaux en rase-mottes venaient s'abreuver à la piscine, acrobates. Un couple de touracos concolores à houppe gris clair et queue anthracite se bécotait sur une branche près de merles métalliques à la parure allant du bleu pétrole au turquoise selon la lumière qui les mettait en joue. Animaux curieux aux yeux orange, la queue en éventail, les touracos volaient entre la sculpture déstructurée d'un guépard en acier, les plantes grasses et les cactus géants disposés autour du point d'eau. Solanah venait de dormir une heure sur le transat et c'était comme si elle redécouvrait les lieux. Aucun squelette d'animal comme on en croisait dans les autres lodges mais des petites tables près de la piscine, avec de l'eau fraîche dans un coffre isotherme et même du gin-tonic pour les vieux Anglais.

Une rafale de vent fit fuir les écureuils, le groupe de mangoustes dont le terrier n'était pas loin et le lapin blanc aux oreilles noires qui bondit entre les troncs. La Tswana observa les courses des oiseaux appuyés sur le vent, planant, plongeant puis virevoltant à une vitesse vertigineuse, aux antipodes de son état physique. La torpeur avait saisi son corps, comme si un trop-plein d'énergie l'avait vidée.

Un texto laconique de Seth («Empreinte relevée. Je te rappelle dès que j'ai du nouveau.») la tint un moment en suspens, puis le vent d'est retomba, charriant ses nuées de poussière. Un grand koudou apparut alors, reniflant les odeurs du jardin. Une femelle.

— Mélanie! Mélanie, ne mange pas mes fleurs! s'écria Eden en chassant l'animal à l'aide d'une longue trique de cuir tressé.

C'était la première fois que Solanah entendait le son de sa voix; elle sourit à la jeune San qui, continuant de l'ignorer, suivit les pas pressés du koudou qu'elle faisait fuir. Du bonheur de se sentir transparente. La ranger se leva, boita jusqu'à la piscine et prit garde de ne pas glisser. L'eau était fraîche; elle s'y coula lentement, puis le froid engourdit son corps et son genou brûlant. Ayant pied sur les trois quarts de la longueur, Solanah entama des allers-retours pour une rééducation en douceur, comme l'avaient suggéré Priti et John. Elle ne sentit bientôt plus la douleur qui irradiait son articulation, se mit à flotter en vidant son cerveau dans le ciel. Le vent soufflait toujours, balayant les feuilles à la surface. C'était rare qu'elle s'occupe d'elle. Qu'on s'occupe d'elle. Étaient-ce leur solidarité depuis son accident, les petites attentions auxquelles elle avait droit : Solanah n'éprouvait aucune gêne à être là, chez eux, soignant son genou blessé dans l'eau turquoise au milieu des petits rongeurs et des oiseaux.

Le chant d'un drongo brillant retentit dans une branche voisine, volatile escroc qui imitait le cri d'alerte des suricates pour chaparder ce qu'ils avaient trouvé à manger pendant qu'ils filaient se cacher. Solanah sortit de la piscine après une longue infusion glacée qui la revigora. L'après-midi tirait à sa fin quand elle reçut enfin l'appel de Seth.

Aidé par l'équipe d'Ekandjo, il avait entré les empreintes digitales relevées sur le volant du 4×4 dans les fichiers anthropométriques de la police et le résultat venait de tomber : néant. Le conducteur de la Land Rover n'était donc pas un ressortissant namibien, ni une petite main locale recrutée comme pisteur, comme Xhase ou Virinao ; Seth penchait plutôt pour un Angolais (la frontière était à côté) ou un trafiquant étranger, peut-être un gros poisson.

— Un homme du Scorpion?

— Ça étaierait la piste de la KaZa. Le 4×4 était muni de fausses plaques mais les empreintes de l'homme qui le conduisait sont forcément répertoriées. J'ai demandé au boss d'étendre les recherches et de contacter la police des cinq pays collaborant au programme, plus l'Afrique du Sud, qui sert souvent de base arrière aux trafiquants. En comparant les empreintes digitales avec celles qu'ils ont en stock, on a de bonnes chances d'identifier le suspect.

— Le boss a répondu à ta demande?

— Pourquoi il ne l'aurait pas fait ? C'est notre enquête, et celle de la police : tout le monde est sur le pont.

— Oui... Oui, bien sûr.

Elle ne savait pas sur quel pied danser mais, malgré les menaces proférées au téléphone, Azuel continuait de collaborer comme s'il ne s'était rien passé. Les rangers raccrochèrent bientôt, se donnant rendez-vous le lendemain matin, quand elle irait mieux.

Le vent d'est chevauchait les surfaces. Lasse, Solanah se laissa divaguer au crépuscule. Un soleil rose fuchsia dévala le ciel, si chargé de poussière que l'œil humain pouvait le fixer en face, puis il disparut avant même de basculer de l'autre côté de la Terre, fantôme d'astre abandonnant des pastels fantastiques...

Un bruit de moteur la ramena sur terre.

Land Cruiser.

~

Un consortium pétrolier avait commencé le forage et la construction d'oléoducs pour exploiter des réserves du continent, qui dépassaient les cent milliards de barils, avec l'assentiment des États accueillant les concessions. De nombreux territoires protégés étaient menacés par les dommages collatéraux, dont certaines réserves de la KaZa, ainsi que des peintures rupestres du Botswana, sur le site archéologique de Tsodilo Hills. Même le delta de l'Okavango était pillé depuis des mois par une multinationale pétrolière, les protestations des riverains, les pétitions citoyennes et le soutien d'artistes demeurant lettre morte.

— On envisage même de déplacer les parcs nationaux

selon le tracé des lieux de forages, et bien sûr les populations qui vivent là, sans leur demander leur avis, gronda Solanah, très au courant du projet. J'aimerais voir la tête des Occidentaux si des experts africains venaient leur dicter quoi faire sur leurs propres territoires, quelle espèce protéger et quelle population expulser en conséquence : tu nous imagines, virant la population entière de l'Arkansas pour la sauvegarde d'un oiseau rare ? Quand un ours ou un loup est réintroduit en Europe, il faut tout de suite le tuer, tandis qu'en Afrique c'est aux populations de dégager !

La colère lui allait bien.

— Tu as repris du poil de la bête, on dirait, commenta John.

— Il n'en faut pas beaucoup pour m'énerver.

— Alors reste tranquille et laisse-moi débarrasser, dit-il en se levant.

Le repas achevé – purée de patates douces, chou sauté, fruits –, la discussion avait dérivé sur des sujets qui les passionnaient. Handicapée par sa blessure, méfiante tout en le laissant manœuvrer, Solanah avait fini par se dérider. Les mots, jamais prétentieux, de John pour parler de la vie, des animaux dont il avait la garde, ses attentions délicates, la douceur du soir qui montait sur la terrasse, les bruits sauvages autour d'eux, leurs échanges étaient devenus simples, presque familiers.

Un silence s'installa, le premier depuis le début du dîner. Les oiseaux partis d'un coup d'aile, les grenouilles avaient pris le pouvoir sur le point d'eau. Après moult précautions, renversant quelques cailloux de ses sabots, une girafe écarta ses compas pour s'abreuver, escabeau renversé, un trio d'impalas pour sentinelles. Solanah aussi pouvait sentir l'odeur des bêtes, leur soif, cet amour désintéressé qu'elle éprouvait depuis son enfance.

— C'est rare de ressentir cette harmonie, murmura-t-elle, de peur de déranger la géante. Ce moment de liberté. Tout semble décalé...

— Oui.

— Dommage que ça ne dure pas.

John ne contesta pas. Il ne savait pas s'il survivrait à cette histoire, si Solanah sentait aussi cette électricité, si la ranger avait enterré la hache de guerre ou si elle cherchait toujours à le prendre en traître. La Voie lactée s'époumonait dans le vide cosmique qui les surplombait.

Selon les San, la Croix du Sud représentait une tête de girafe et Orion trois zèbres manqués par le tir d'un chasseur – l'étoile au-dessous était la flèche.

— Je ne la vois pas, dit Solanah qui pourtant faisait des efforts.

— C'est parce qu'elle s'est plantée là.

John désignait l'espace au milieu de la table qui les séparait.

— La flèche d'Orion ?

— À équidistance entre nous, oui, pour voir lequel de nous deux sera le plus rapide pour l'empoigner. Sauf qu'on ne sait pas qui chasse qui.

Il la fixait de ses yeux d'un vert intense, intrusifs.

— Je croyais que tu étais misanthrope ? tenta la ranger.

— Ce n'est pas parce que je n'aime pas les hommes que je n'aime pas les femmes.

— C'est une blague ou vous cherchez à me séduire, John Latham ?

— C'est une blague.

Ses mains à la lueur chaude des bougies, sa voix et son léger accent afrikaans, son humour délicat quand ils ne parlaient pas de braconnage… Voilà longtemps qu'ils se dévoraient des yeux, retardant l'inexorable : la Tswana avait les mains moites, le cœur tambourinant, comme si sa vie se jouait là, dans cet élan.

Revoir la lumière.

Pulvériser le bout du tunnel.

Ouvrir le monde en deux.

Il était à peine neuf heures et les yeux de John luisaient de fatigue après sa nuit blanche et noire. Solanah glissa sa main sur la table jusqu'à la flèche d'Orion imaginaire plantée entre eux, attendit que John la saisisse. Alors elle tira sa main vers elle, lentement, et embrassa le bout de ses doigts. Ils crépitaient sous le jeu de ses lèvres, leurs mains désormais unies sans intention de se quitter.

C'était déjà trop. Solanah releva la tête avec un sourire d'adolescente qui avait envie de mordre.

— Il est l'heure d'aller te coucher, John Latham.

~

Les springboks agitaient leurs queues en houppette au point d'eau, zèbres et girafes comme compagnons de guet sous les étoiles. L'aube pointait son nez bleu par la terrasse du salon-bibliothèque et, allongée sur le canapé, Solanah n'arrivait plus à dormir.

Elle ne connaissait pas les lits adultères, le premier geste vers un partenaire inconnu, les vannes qui se libéraient sans vomir un flot de culpabilisation. Maintenant Solanah était pleine d'étoiles en feu et les pensées se bousculaient au plafond. La jalousie d'Azuel la précipitait dans les bras d'un autre, exactement comme il le redoutait. Ou alors son chantage était du bluff : son mari n'avait pas gardé les papiers de l'avortement, il avait simplement imaginé ce stratagème pour la tenir prisonnière de ses névroses, de sa peur qu'elle le quitte. Azuel n'avait jamais parlé de son enfance ou d'épisodes malheureux qui l'auraient traumatisé, et Solanah ne voulait pas croire que son problème d'érection puisse être la seule cause de sa trahison – le genre masculin ne pouvait pas être si buté...

La nuit était feutrée à cette heure ; incapable de dormir, Solanah repoussa le plaid que John lui avait donné. Ses pas malhabiles craquèrent sur le parquet de la terrasse le temps qu'elle enfile son short et la chemise qui reposait sur le canapé. Les grenouilles avaient cessé leurs chants d'amour près de la mare, abandonnant le silence au grincement de l'éolienne. Son genou lui faisait toujours mal mais marcher aidait à réfléchir. Elle sentait que quelque chose allait arriver, bientôt, comme un parfum en approche dans l'atmosphère. Solanah ne savait pas si c'était une bonne ou une mauvaise nouvelle, si elle allait retrouver ses restes éparpillés aux quatre coins de Wild Bunch jusqu'aux rives de l'Okavango, si John l'aimait. Elle se méfiait des hommes-caméléons. De son regard sur elle, qui brillait pourtant. Qui croire ?

Quittant le lodge, Solanah marcha au hasard des astres qui pointaient dans le ciel améthyste, le point d'eau où s'abreuvaient les bêtes désormais loin dans son dos. L'air du dehors était encore frais, presque vivifiant. Elle aperçut l'enclos qui abritait l'ancienne mine. Le sable était satiné sous ses pieds nus, son corps électrique ; Solanah avançait sans le savoir face au vent quand une forme effrayante jaillit dans la pénombre, si brusquement que ses poils se dressèrent.

Le guépard s'était jeté sur elle avant qu'elle ait pu étouffer un cri et, stoppé par le grillage, le fauve semblait devenu fou. Rien à voir avec l'animal semi-apprivoisé que John caressait dans l'enclos : Ruby lui avait foncé dessus comme une enragée et montrait les crocs en chuintant.

— Vous l'énervez, lâcha une voix dans son dos.

Solanah se retourna et découvrit N/Kon. Le San l'avait-il suivie depuis tout ce temps ?

— C'est dangereux de s'éloigner du lodge la nuit, dit-il. Vous devriez rentrer.

~

John avait dormi sept heures d'une traite et émergeait maintenant, encore troublé par la soirée de la veille, par le regard si féminin qu'elle lui avait adressé en embrassant le bout de ses doigts, ses perspectives : était-il possible qu'elle l'aime, envers et contre tout ? Il imagina Solanah tout en courbes dans le canapé du salon-bibliothèque, désirable bien sûr...

« Ne me trahis pas », l'avait-elle prévenu. Et John lui avait menti après l'attaque du Longue-Corne.

Lui et N/Kon n'avaient pas regagné le lodge après la découverte des cadavres de rhinocéros : ils avaient prévenu Nate et Priti, qui avaient lancé le drone sur les lieux du massacre et la piste supposément prise par les braconniers, le corridor de la KaZa, où Solanah était passée inaperçue quelques heures plus tôt.

De fait, l'espion volant n'avait pas tardé à détecter la présence de deux véhicules en fuite : sur leurs talons, John et N/Kon s'étaient lancés à leur poursuite, pied au plancher. Les tueurs n'avaient qu'une poignée de minutes d'avance, cinq miles tout au plus d'après le drone, et ils ne connaissaient pas bien l'enchevêtrement de pistes à demi effacées par l'orage, John si.

Selon les procédés usuels, les deux véhicules pilotés par les braconniers avaient pris des routes différentes, l'un embarquant les haches nettoyées, l'autre le butin soigneusement caché en cas de contrôle. Impossible de les rattraper tous les deux, il fallait choisir une cible au hasard et tenter de l'arrêter. Avec Nate en copilote depuis les airs, John et N/Kon avaient filé plein est pour couper la route à celui qu'ils avaient le plus de chances d'intercepter, un bon calcul puisque après une course effrénée ils finirent par apercevoir deux phares dans la nuit. Ils venaient dans leur direction, un ou deux miles à travers la savane.

John avait garé le Land Cruiser derrière un acacia pendant que N/Kon disposait son trépied. Sniper de l'unité Omega, le San était d'une précision chirurgicale avec son fusil, et John un serpent à sang froid sur le terrain. Les deux hommes agirent sans un mot, concentrés sur le petit sommet de piste où le véhicule intrus déboulerait d'une seconde à l'autre. N/Kon prêt, la lunette à visée nocturne pointée sur la cible encore imaginaire, John courut en parallèle de la piste tandis que le bruit d'un moteur à plein régime s'amplifiait. Le 4×4 déboucha à deux cents mètres, sans voir le Land Cruiser tous feux éteints camouflé par les épineux ni le tireur embusqué : la balle de gros calibre fit exploser le pneu avant. La Land Rover partit en travers dans un crissement terrible, manqua son tête-à-queue et s'immobilisa en urgence.

Joost Du Plessis comprit vite qu'on lui avait tendu un piège ; il précipita sa main vers le pistolet caché sous le siège et vit le canon d'un vieux Colt qui le braquait à travers la vitre entrouverte.

— Un geste de plus et tu es mort, siffla John. Tes mains sur le volant, doucement…

Latham se tenait face à lui, tendu, le doigt sur la queue de détente.

— Allez ! insista-t-il, les yeux durs.

Joost hésita : sa paume avait déjà empoigné la crosse du Glock. Le type était seul avec son revolver, rapide c'était sûr, mais il fallait être un tueur professionnel pour abattre un homme de sang-froid. Contrairement aux idées reçues, même sur un champ de bataille, les hommes détestaient tuer leurs semblables, un soldat sur cinq tirait pour tuer, les autres visaient au-dessus de leur cible, ou pas du tout : seuls les psychopathes aiment ça, les mercenaires ou ceux qu'on paye pour assassiner, et Latham n'était pas de cette race.

— Ça va, ça va ! glapit Joost, levant la paume gauche au-dessus du volant en signe de reddition.

Une seconde ou deux de distraction qui lui permirent de redresser sa main munie du Glock. Joost pressa la détente dans le même mouvement et sentit une terrible déflagration lui exploser en pleine face, un feu traverser son visage, et puis plus rien. Un trou noir, comme la balle du Colt fichée dans sa boîte crânienne.

John ne s'attarda pas sur la vision du mort ; il prit un chiffon qui traînait à l'arrière, se pencha vers l'habitacle pour ouvrir le capot tandis que N/Kon accourait, clopin-clopant. Le butin des braconniers était le plus souvent fixé par des filins d'acier sous le capot, ou sous un châssis spécialement aménagé que les bergers malinois des brigades canines avaient du mal à déceler : les cornes des rhinocéros fraîchement assassinés étaient bien là, à côté du carburateur.

Les cigales s'époumonaient dans la nuit, peu en phase avec ce qu'ils venaient de vivre. Il y avait du sang sur le siège de la Land Rover, l'homme au visage emporté par le choc hydrostatique était maintenant affalé. Blanc, la quarantaine épaisse sous sa tenue de brousse, une montre de marque au poignet.

— On va laisser la voiture ici, dit John. Vérifie que ta balle n'est pas restée dans le pneu.

Il récupéra la douille qui dormait dans la poussière, se pencha sur le cadavre et constata que le projectile n'était pas ressorti du crâne – on pouvait remonter jusqu'à son revolver. Il fouilla brièvement ses vêtements ; aucun papier sur lui, évidemment, juste un talkie-walkie accroché au tableau de bord. S'armant de chiffons, John posa les mains du trafiquant sur le volant poisseux de sang. Puis il tira la vermine hors de l'habitacle.

6

L'Afrique avait laissé partir les Amériques au large des océans il y a cent millions d'années, puis des vents puissants avaient soufflé, éparpillant les sables du Sahara jusqu'à l'Afrique australe, où le Kalahari s'était formé. Une éruption volcanique avait engendré d'énormes poussées sous ses sables, libérant des matériaux gazeux qui avaient explosé à la surface : c'est dans cette roche très particulière, la kimberlite, que l'on finirait par découvrir le diamant.

L'extraction, la taille et le polissage constituaient la principale source de revenus de la Namibie. Comme au Botswana, une entreprise d'économie mixte était détenue à parts égales par l'État et De Beers, numéro un du secteur. Les mines de diamants se situaient essentiellement en mer et le long des côtes, faisant du nord du Kalahari une exception.

D'après le cadastre, John Latham avait acheté ses premières terres en 1994, qu'il avait étendues au fur et à mesure que sa mine l'enrichissait. Un sacré coup de chance de tomber sur ce filon, prospecté par d'autres mais jamais découvert avant lui. La mine de Wild Bunch était aujourd'hui vide, le filon épuisé. Latham disait vivre de l'écotourisme, en semi-autarcie, mais tout cela semblait opaque. Et personne ne s'était beaucoup penché sur le personnage, John Latham, alias Yan Malan, si Solanah avait vu juste.

Azuel harcela les fonctionnaires namibiens pour avoir accès aux documents qui l'intéressaient et retracer l'itinéraire de l'apprenti mineur. À en croire les registres qu'il réussit à se procurer, Latham avait exploité le filon huit mois durant avant que celui-ci ne s'épuise subitement. La société minière fondée à l'occasion avait extrait des milliers de carats à l'état brut en l'espace de ces quelques mois, engrangeant plus de trois millions de dollars de bénéfices dans la seule année 1994.

C'était encore l'époque des «diamants de sang», qui alimentaient les guerres en Afrique de l'Ouest mais aussi en Angola. Il avait fallu attendre 2003 pour qu'un régime international de certification des diamants bruts soit établi afin de contrôler le commerce mondial. Latham avait-il trempé dans ces exactions?

Malgré les demandes du chef de la KaZa, il s'avéra impossible de remonter les flux de capitaux issus de ces diamants. On disait que Latham creusait un puits avec ses ouvriers autochtones sur le terrain qu'il venait d'acquérir quand il était tombé sur le filon, pris dans la roche et la rivière souterraine. Latham n'avait pas fait appel à des spécialistes de l'extraction comme De Beers, préférant exploiter le site avec ses ouvriers san, devenus mineurs de fond sans formation spécifique. Aucun autre Namibien n'avait travaillé pour la société éphémère de Latham, qui avait réinjecté ses bénéfices dans l'achat des terres alentour pour constituer l'actuelle réserve de Wild Bunch. Latham en avait fait un lieu de tourisme haut de gamme qui lui donnait un statut social et une occupation, le chiffre d'affaires couvrant la logistique d'une réserve animalière privée. Plus surprenant, Latham gardait l'usufruit de Wild Bunch mais la propriété était au nom de son intendant, N/Kon, et des San de sa famille élargie. Une petite fortune qui lui faisait prendre beaucoup de risques. Personne n'était à l'abri d'un accident, et les premiers natifs étaient faciles à rouler.

Azuel voulut recenser les mineurs san qui avaient extrait les diamants mais, là encore, tout restait opaque : pas de fiches de salaire, d'adresses ou de prélèvements sociaux répertoriés, comme si ses employés étaient des esclaves, des fantômes... Il y avait des failles, mais par où s'engouffrer ?

Un de ses hameçons mordit bientôt : Wia, c'était le nom qu'un fonctionnaire de police lui donna au téléphone. Le frère de N/Kon, un repris de justice qui avait travaillé à la mine.

Il reçut sa fiche dans la foulée.

Wia était un ancien mineur de ce qui ne s'appelait pas encore Wild Bunch, né (probablement) en 1965 dans le Kalahari namibien. Il avait travaillé huit mois au gisement de diamants de Latham, le temps qu'avait duré l'exploitation, puis à la réserve animalière, avant de vider les lieux quelques années plus tard et de sombrer dans l'alcoolisme et la délinquance.

Une première affaire remontait aux années 2000, quand le dénommé Wia avait été pris en flagrant délit de vol de voiture à Rundu. Trois mois de prison plus tard, il s'était exilé dans les déserts de bord de route, ne revenant en ville que pour de menus larcins. Vols, deal de marijuana, conduite en état d'ivresse, récidives, Wia avait passé moins de temps en liberté qu'en prison, comme s'il s'y sentait mieux, avant de visiblement s'assagir – plus de délits répertoriés depuis trois ans.

Réparateur de pneus, pouvait-on lire sur sa fiche de police, avec une vague adresse le long de la B3, à deux heures de route du poste des rangers ; Azuel partit dans la foulée, de nouveau habité.

Les camions vrombissaient sur la Trans-Caprivi highway, où des vaches paresseuses vaquaient parfois sans se soucier du danger. Passé Rundu, une succession de hameaux et de villages s'étalaient jusqu'à se perdre dans le désert du Kalahari. Azuel avait roulé à plus de cent, vitres ouvertes, sûr que son instinct le menait sur la bonne piste. Il finit par ralentir à hauteur du seul réparateur de pneus du secteur et stoppa sur le bas-côté.

Un homme répondant au signalement de Wia se tenait devant son échoppe, assis sur un fauteuil en plastique flexible, fumant sous un bob à la marque effacée par le soleil – de la *dagga* probablement, puisqu'il s'empressa d'écraser son mégot dans le sable à l'approche de la voiture de la KaZa.

Azuel Betwase avait mis sa tenue la plus officielle, un uniforme mentionnant son grade de colonel pour impressionner les pauvres types de son genre, le cerveau enfumé par des années de disette intellectuelle. Wia n'impressionnait personne avec ses pauvres habits, ses lunettes noires et la profonde cicatrice qui balafrait son visage. Les présentations furent brèves. La nervosité du San était palpable, comme si on n'allait pas tarder à le soupçonner d'avoir détourné la planète de son orbite.

— Tu sais ce qui s'est passé à Wild Bunch? fit Azuel comme s'il attendait une réponse positive.

— Non, quoi?

— Deux meurtres, à une semaine d'intervalle : il ne se passe jamais rien par ici, ne me dis pas que tu n'es pas au courant.

— J'y suis pour rien, plaida le bon à rien. Je ne sais même pas qui est mort.

— Tu es donc au courant. Des rhinocéros aussi ont été tués, et parmi eux le Longue-Corne dont Latham et ton frère avaient la garde. Des braconniers ont fait le coup dans la nuit d'hier.

— Et alors?

Azuel le désigna du nez.

— D'où elle sort, cette cicatrice?

— Une chute, grogna l'autre après un moment, il y a longtemps.

— Ne me prends pas pour un imbécile : ce sont des marques de griffes. Tu as déjà braconné, Wia?

— Non.

— Je ne te crois pas. Qui t'a fait ces balafres sur le visage?! fit le ranger en haussant le ton.

— Un léopard qu'on avait recueilli à Wild Bunch, concéda le San. Mais j'ai jamais braconné, jamais!

— Écoute-moi au lieu de brailler, siffla Azuel sur le seuil du taudis. Tu as travaillé pour John Latham il y a longtemps. À la mine, c'est ça?

— Oui.

— Huit mois, avant que le filon s'épuise. Et après?

— Bah…

— Pourquoi tu as quitté Wild Bunch? Tu étais avec

les tiens là-bas, alors pourquoi tu es parti, hein ? Tu as été viré ?

— Il y a eu une histoire de vol, baragouina Wia. On m'a accusé.

— Tu t'es mis les tiens à dos ?

— Hum.

— Et tu as commencé à boire, et continué à voler...

Wia opinait toujours, en équilibre sur sa chaise pliante.

— Pourquoi Latham n'a embauché que des San ? enchaîna Azuel.

— On vient tous d'ici, du Kalahari.

— Mais toi, comment tu as connu Latham ?

— Il était ami avec mon frère, N/Kon, c'est lui qui nous a menés à lui.

— Tu as vécu des années avec eux, tu sais forcément ce qui les lie.

Wia haussa les épaules.

— Ils ont fait la guerre ensemble, lâcha Azuel, en Angola. Le 32ᵉ bataillon de l'armée sud-africaine, ton frère et Latham ont servi ensemble là-bas, c'est bien ça ?

Le ranger semblait si sûr de lui que Wia n'osa mentir.

— Je crois.

Non, c'était sûr.

— Latham cache cette partie de son passé à l'administration et à la justice, tu sais pourquoi ?

Le San secoua la tête.

— Alors pourquoi il se cache ? C'est en rapport avec la guerre ? La mine ?

Sentant qu'il avait touché un point sensible, Azuel insista.

— Écoute Wia, tu n'as aucune raison de protéger Latham, qu'on soupçonne de meurtre, à moins que tu ne sois son complice. Dis-moi ce que tu sais si tu ne veux pas que je t'embarque pour entrave à la justice, menaça le ranger pour l'impressionner.

L'autre secoua vigoureusement la tête mais il restait muet.

— Alors?! Latham vous a embauchés parce que vous connaissiez tous son passé de soldat? Lui et N/Kon ont vécu ou commis des atrocités en Angola? Réponds!

— Non…

— Non quoi?!

— Non, grogna Wia, on creusait la mine mais il n'y avait rien à trouver.

Azuel resta interloqué.

— Tu veux dire qu'il n'y avait pas de diamants?

— Non… Non, la mine a jamais donné, répéta-t-il. John, N/Kon, tout le monde savait qu'elle était vide.

— Les papiers de la concession étaient faux?

— Je sais pas. Juste qu'on creusait pour rien. Mais que l'argent rentrait quand même, pour acheter les terres autour…

Azuel eut un sourire aigre. C'était ça, le pot aux roses : la mine n'avait jamais produit la moindre richesse mais Latham avait besoin des certificats de vente et d'exploitation pour justifier les rentrées d'argent. L'imposteur avait donc bâti sa fortune avant d'acheter des terres : de l'argent sale, forcément, avec une mine de diamants qui servait de blanchisseuse.

~

Priti et Seth se retrouvèrent au commissariat de Rundu, un bâtiment en briques au cœur de la ville, moins agitée à mesure que le soir tombait. La jeune femme portait un haut blanc décolleté, un jean et des tennis vert pomme fluo difficiles à rater, lui des vêtements civils. Ils ne s'étaient pas vus depuis l'hôpital : s'enlacer leur fit un bien fou.

— J'avais oublié que tu sentais si bon, fit Seth.

— On s'est quittés il y a à peine huit heures, tu pourrais faire un effort au niveau de la reniflette.

— Je suis déjà à fond, Priti.

— C'est tout ce qui compte.

Ils s'étaient eus au téléphone un peu plus tôt ; Priti désigna le bâtiment de police.

— Tu le connais, Kilimandjaro ?

— Ekandjo.

— Je sais, ouais. Alors ?

— C'est le meilleur flic de la ville.

— Nous voilà sauvés.

— Pas sûr.

Le policier les attendait dans son bureau, vêtu de son uniforme qui craquait aux entournures, un ventilateur éteint en guise de décoration. Ses hommes avaient cherché la trace du dénommé Taiwo dans les fichiers de la police, sans résultat. Le traîne-savates qui s'était défilé quand Priti l'avait interrogé au sujet de Virinao devait appartenir à la liste des jeunes désœuvrés qui traînaient dans les rues de Rundu, seule agglomération de la région susceptible de leur offrir un travail. Quant au Luanda, rien n'interdisait aux bars de privatiser un espace, voire la salle entière.

— Sans mandat, je n'ai aucun moyen de forcer les portes de l'établissement, expliqua Ekandjo. Un de mes gars est passé interroger les employés au sujet de Taiwo mais ça n'a rien donné. Le gérant du bar n'a rien à se reprocher, aucune plainte, pas même pour tapage nocturne.

— Je vois quand même mal un asticot comme Taiwo avoir ses entrées dans un espace VIP, s'enhardit Priti sur la chaise bancale.

— Le monde est plein de surprises, mademoiselle.

— Et de pauvres types prêts à tout pour gagner de l'argent.

— Sans doute, mais même si vous soupçonnez Taiwo de participer au trafic, ou d'être une petite main comme Xhase et Virinao, en l'état je ne peux rien faire. Désolé, conclut le colosse.

La piste était froide, hypothétique, seulement motivée par l'intuition de Priti ; Seth se tourna vers elle, un peu dépité, mais sa voisine avait une idée derrière la tête. Ils quittèrent le commissariat à la nuit tombée.

— Tu as vu ? Le flic a les doigts plus gros que tes cuisses !

— Oui, bon, ça va.

— Mais il n'a pas ton *lion style*, le rassura-t-elle. J'adore tes rouflaquettes à moustaches ! Elles sont douces en plus, il paraît.

— Ah oui ? fit-il benoîtement.

— Parfaitement. Je peux vérifier ?

Joignant le geste à la parole, Priti embrassa Seth à pleine bouche, pas longtemps mais pour la première fois, de quoi le laisser pantois sur le trottoir. Seth goûta sa salive, sûr que cette petite San aux yeux vifs n'en finissait plus de lui bousculer le cœur. Il pria les dieux ovambos qu'elle ne joue pas avec lui.

— Qu'est-ce qu'il y a ? demanda-t-elle.

— Rien.

— Bon, alors maintenant passons aux choses sérieuses, enchaîna Priti. Le Luanda. La police ne peut pas nous aider mais on a quand même une piste, un suspect et un mystérieux espace VIP. Ça vaut le coup d'aller fouiner comme des suricates.

— On en a déjà parlé, Priti : qu'est-ce qu'on peut faire, à part poser des questions à des gens qui ne voudront pas nous répondre ? Je suis ranger, pas flic, même si on tombe sur Taiwo, il m'enverra balader.

— Tu as peur de ce minable ?

— Ce n'est pas la question, grogna Seth.

— Écoute, le meilleur moyen d'en savoir plus sur ce type et ce qu'il trafiquait avec Virinao, c'est de s'introduire dans la salle privée du bar. Tu es d'accord avec ça ? Oui. Eh bien ça tombe à pic, parce que j'ai un plan. Ferme les yeux, ordonna Priti.

— Quoi ?

— Ferme les yeux, je te dis. Et ne triche pas !

Seth s'exécuta, s'attendant à tout sauf à ça.

— Ta-da ! fit-elle pour qu'il ouvre les paupières.

Priti avait ôté son pantalon, en pleine rue, et avait tiré sur ce qu'il avait pris pour un haut blanc, en réalité une robe qu'elle avait tire-bouchonnée dans son jean. Elle était courte, en haut des cuisses, que Priti avait finement dessinées.

— Tu comptes faire quoi habillée comme ça ?

— Eh bien : l'escort-girl ! s'exclama-t-elle comme une évidence. J'en ai vu entrer dans le salon privé l'autre soir au Luanda, la plupart moins bien foutues que moi : je n'aurai qu'à m'y glisser pendant que tu fais diversion.

— Ah oui, comment ?

— Fais marcher ta cervelle de ranger. Tu as cinq minutes, le temps que je me fasse une beauté dans le rétroviseur.

La diablesse avait apporté sa trousse de maquillage, qui l'attendait dans le vide-poches du 4 × 4 emprunté plus tôt à Wild Bunch. Elle en ressortit bientôt pimpante, le mascara accentuant son côté antilope, avec du rouge à lèvres et du fard à paupières aussi flashy que ses tennis vert pomme.

— Tu me trouves comment ?
— On dirait un toucan.
— Passe devant, champion.

De rares lampadaires éclairaient la rue. Priti poussa la première les portes du Luanda, bientôt suivie par Seth. L'ambiance était moins frénétique que l'autre soir, le metal avait fait place à du rock daté, ce qui n'encourageait pas les filles à se presser au comptoir – un trio peinturluré pour l'occasion guettait à une table à l'écart, que Priti avait dans sa ligne de mire. Une trentaine de jeunes conversaient autour d'une bière ou d'un Coca – aucune tête connue. On se retourna vers la jeune San, toutes jambes dehors, qui s'assit à une table libre. Installé au comptoir, Seth commanda une bière en observant le morne ballet des entrées et des sorties. Le même gorille filtrait l'accès au fameux espace privé, l'œil glauque sous ses paupières boursouflées ; il ne reconnut pas Priti, trop occupé à garder le territoire de la porte-sésame. Une fille sortit bientôt de la salle privée, Nora, une jeune femme à la chevelure extravagante portant une jupe courte et des talons. Elle rejoignit le trio qui visiblement l'attendait, échangea quelques mots qui déclenchèrent rires et enthousiasme parmi la gent féminine. Après quoi elles se dirigèrent en gloussant vers le portier. Il vit venir les filles, mais pas Seth ; le cerbère cédait le passage aux nouvelles invitées quand le ranger lui tapa sur l'épaule, le forçant à se retourner.

— Hey, Gordon, qu'est-ce que tu fais là ?!

Le portier ne s'appelait pas Gordon et n'avait jamais vu cet Ovambo dans le bar de nuit : il lui envoyait pourtant des œillades amicales.

— Tu ne me reconnais pas ? Sam ! Sammy !

— Non, grogna l'autre devant son sourire innocent. Non, et j'ai du boulot.

Les filles se glissaient dans son dos.

— On s'est vus à Windhoek, insista Seth, chez Gerber, il y a deux ou trois ans ! Un Sud-Africain, tu ne te souviens pas ?

— Non.

— Non ?

— Dégage, je te dis !

L'avorton commençait à lui courir : il claqua la porte, laissant le comédien dans l'expectative.

Priti avait profité de la brève confusion pour se mêler au groupe de filles qui, trop excitées, ne firent pas attention à elle. La San fut un peu déçue par le décor : le coin VIP n'était qu'une arrière-cour surmontée d'une bâche, avec un bar extérieur, un *braai* et des ustensiles pour cuire la viande, des tables et des chaises en plastique cernées de plantes rachitiques. Priti sonda la petite foule qui conversait là, un verre à la main, souriant comme une imbécile pour qu'on ne remarque pas son intrusion. Taiwo ne comptait pas parmi les jeunes en short et tee-shirt qui parlaient fort mais, assis à l'écart, un visage lui sauta aux yeux. Un homme plus âgé se tenait à une table, immobile, un San à la joue méchamment balafrée. Il fixait les autres derrière ses lunettes noires, une expression mauvaise sur ses traits figés, comme si le monde avait un sale goût. Le cœur de Priti battit plus vite : ce ne pouvait être que Wia, son oncle.

Priti était petite mais elle se souvenait du terrible épisode qui avait coûté la vie à Aya. Le léopard, le coup de griffes quand il avait cherché à la sauver, la bête abattue dans la foulée, la mise en terre d'Aya, son oncle qui empestait l'alcool et qui lui faisait peur, son bannissement… Que fichait-il ici ?

Wia ne semblait pas la reconnaître, les années avaient fait de sa nièce une femme, et aucune San ne se transformait ainsi pour plaire aux bad boys de Rundu. Priti hésita un instant, elle ne pouvait pas rester comme une potiche en attendant qu'on la découvre : elle se dirigea vers son oncle et s'assit à ses côtés.

— Salut.

Wia ne répondit pas mais son regard en plastique noir se concentra sur une cible enfin précise. Il puait la vinasse, comme dans ses souvenirs de petite fille, ses traits étaient creusés, les commissures de ses lèvres formaient un U renversé.

— On se connaît ?

— Pas encore : je m'appelle Eva, dit-elle en lui serrant la main.

Il n'eut pas vraiment le choix, trop lent pour repousser la jeune femme.

— Eva, comme Adam et Eva, enchaîna-t-elle, aussi avenante qu'elle pouvait l'être face à son oncle terrible. Et toi ?

— Tu es san ?

— Khoï, oui. Je suis une copine de Taiwo, un gars qui traîne par ici.

Wia ne broncha pas. Difficile de deviner ses pensées derrière ses lunettes noires.

— Tu le connais ?

— Qu'est-ce que tu veux ?

— M'amuser, comme tout le monde, répondit Priti sans se forcer.

— Va donc vendre tes charmes à un autre, la rembarra Wia. J'ai pas besoin d'une grognasse dans les pattes.

— Je ne suis pas ce que tu crois.

— Je crois rien. Va-t'en, OK ?

Wia semblait sur les nerfs ou incapable de patience, le mélange d'alcool et d'herbe sans doute, qui le faisait paraître plus vieux que N/Kon : le San but sa bière au goulot, la toisa derrière ses lunettes noires.

— T'as entendu ce que je t'ai dit ?

— C'est pas drôle.

— Bouge ton cul !

Priti eut un rictus, décontenancée par l'agressivité de cet oncle oublié qui ne pouvait pas être là par hasard. Les regards commençaient à converger vers elle, qui se sentit prise au piège : elle ne savait plus comment sourire, dans son rôle d'escort-girl, puis la porte s'ouvrit à l'autre bout de la courette. Un homme à la peau noire et grêlée apparut, portant une prothèse au genou, un modèle sophistiqué qui n'allait pas avec son allure peu soignée. Il dut faire un signe puisque la moitié des clients abandonnèrent leur verre avant de se lever, poussés par un même élan. Wia fut le dernier à leur emboîter le pas, sans un regard pour sa nièce.

Priti attendit qu'ils vident les lieux pour se pencher vers Nora, la meneuse de revue, sous le feu des rires de ses protégées.

— Dis-moi, tu sais qui est le bel éclopé qui vient de passer ?

— Quoi ?

— Le grand gars avec sa prothèse : tu le connais ?

Ses faux cils papillonnaient dans l'air du soir.

— On l'appelle One, répondit Nora. Ne me dis pas que tu le trouves à ton goût ?!

— One, parce qu'il n'a qu'une jambe ?

— J'y avais pas pensé, rigola-t-elle.

— Tu connais son vrai nom ?

— Non, c'est un étranger.

— Angolais ?

Nora haussa ses épaules dénudées.

— Il a un accent, mais d'où il vient... Il te plaît, sérieux ?

— Oui, assura Priti. Terriblement.

~

Les grillons s'excitaient dans les buissons qui bordaient la maisonnette de Seth ; Priti passa la porte-fenêtre du salon laissée ouverte malgré la fraîcheur de la nuit, marcha pieds nus sur le carré d'herbe sèche, la lune pour guide dans le ciel pourpre. Seth la suivit bientôt, plutôt tendu après leur soirée au Luanda : un grand type portant une prothèse était bien entré dans le bar, avant d'en ressortir deux minutes plus tard, une demi-douzaine d'hommes à ses basques. Seth n'avait pas reconnu Wia dans la bande mais il était clair que One et sa clique fomentaient un mauvais coup.

Priti et lui étaient rentrés vers minuit, fatigués par cette journée sans fin. Ni l'un ni l'autre n'avait faim, le sandwich qu'ils avaient pris ce matin en sortant de l'hôpital leur restait sur l'estomac, Seth avait appelé l'infirmière de garde pour prendre des nouvelles de Wilmine – état stationnaire –, mais il se faisait un sang d'encre. Dans ce malheur, il n'y avait bien que Priti qui lui donnait envie de survivre à sa grand-mère ; il observa son visage délicat sous les astres, plein de gratitude.

— Qu'est-ce que tu as à me regarder comme ça ? dit-elle. C'est encore cette histoire de suricate ?

— Heu, non.

— Il y a quand même un truc bizarre : le téléphone de Virinao qui se rallume à Wild Bunch.

— Oui, concéda Seth à sa fée aux pieds nus. On dirait que les tueurs ont sciemment rallumé le portable pour qu'on le localise pendant qu'ils assassinaient le Longue-Corne et sa famille à l'autre bout de la réserve.

— Et faire peser les soupçons sur John et notre communauté.

— Au fait, rebondit Seth, tu ne devais pas relayer Nate à la télésurveillance ?

— Je me suis arrangée avec ma sœur pour qu'elle prenne ma place cette nuit.

— Tu as une sœur ?

— Eden, elle a deux ans de plus que moi. Elle s'occupe du jardin du lodge. Un peu toquée dans son genre. Je crois qu'elle a le syndrome d'Asperger.

— Sérieusement ?

— Je ne l'ai jamais vue pleurer, à peine rire, expliqua Priti. Elle préfère parler aux fleurs, ou observer les oiseaux, enfin, tout ce qui ne concerne pas les humains. Elle ferait un sacré couple avec Nate. Eden n'y connaît rien à la télésurveillance, à mon avis ça lui passe dessus comme de l'eau, mais après l'attaque des rhinos et le 4 × 4 abandonné près du corridor, ça m'étonnerait que les tueurs reviennent braconner sur nos terres : le Longue-Corne, c'est lui qu'ils venaient chercher.

Seth rumina dans sa barbe élaborée.

— C'est bien le diable si l'empreinte sur le volant ne figure pas dans les fichiers de la KaZa ni ceux de la police.

— À moins que ces connards viennent de l'étranger.

— Hum.

— Tu aimes bien quand je dis des gros mots ?

Il sourit sous les astres.

— Tu m'amuses, Priti.

— Ah ça, tu ne vas pas t'ennuyer avec moi, admit la San.

— Oui, c'est sûr... À vrai dire, je ne savais même pas qu'une personne comme toi pouvait exister, lâcha Seth. C'est inespéré, surtout avec ce qui arrive. En tout cas, merci d'être là. Je suis sincère.

— Et trop mignon : on dirait un petit guépard, avec du duvet sur la tête.

— C'est un compliment ?

— Les guépards sont les seuls fauves qui ronronnent, je ne sais pas ce qu'il te faut.

— Toi… Toi, si tu es d'accord.

— Je suis prête à tout, Seth, c'est même à ça qu'on me reconnaît.

— Ah oui ?

— Oui. Oui oui oui oui oui oui. Et ta grand-mère sera rassurée quand elle saura que je veille sur son trésor, ajouta Priti en se pressant contre lui. Ne t'en fais pas pour elle, je suis complètement là.

Seth était à fleur de peau depuis l'hospitalisation, toute cette tendresse féminine lui serrait la gorge.

— Ne pleure pas.
— C'est trop tard.

Priti essuya ses larmes d'une caresse ou deux, le temps de le bercer contre sa joue. C'était bon, émotionnellement épuisant. Bâillant de concert, ils prirent une douche rapide avant de se glisser dans le lit de la chambre qui faisait face à la minuscule salle d'eau. Priti garda sa petite culotte, lui n'osait se lover contre elle de peur de perdre les pédales au contact de sa peau dorée.

— Je peux t'embrasser avant de dormir?
— Oui, répondit la jeune femme, tournée vers lui sur l'oreiller. Et bientôt beaucoup plus que ça, mais pas maintenant ; là, je suis crevée.
— Bien sûr, souffla Seth, on n'est pas pressés.
— Parle pour toi.

Elle était marrante. Son suricate. Ils s'embrassèrent, ne voulaient plus se quitter, puis ils éteignirent la lampe de chevet, plongeant la chambre dans le noir. Le silence les enveloppa, leurs mains serrées pour trouver le sommeil et chasser les images de mort.

Elle chuchota dans l'obscurité.

— Seth?
— Oui?
— C'est le coup de foudre, on dirait...

~

Le réveil sonna à sept heures, beaucoup trop tôt pour eux qui avaient si peu dormi depuis deux jours. Priti tirant le drap sur sa tête en signe de non-collaboration, Seth se leva le premier et se dirigea vers la petite salle d'eau adjacente. L'eau sur son visage finit de le réveiller. Il jeta un regard à ses mollets, effectivement pas bien épais. Quand il regagna la chambre, vêtu d'un simple boxer, Priti venait de quitter le lit et errait dans le petit couloir qui menait à la cuisine. Elle se retourna en l'entendant venir dans son dos, se cala dans ses bras en guise de bonjour.

— J'aurais bien dormi une nuit de plus, marmonna-t-elle.

— Moi aussi.

Seth caressa son visage – Dieu qu'elle était jolie –, voulut lui dire un mot gentil mais la jeune femme partait déjà vers la cuisine. Il fit deux pas à sa suite et la retint brusquement par le bras.

— Attends.

— Quoi?

Seth huma l'air du couloir, repoussa Priti vers la chambre et osa deux pas de plus en direction de la cuisine. Une odeur bizarre émanait, forte, là, dans la pièce où Priti s'apprêtait à préparer le petit déjeuner. Elle lut l'inquiétude sur son visage.

— Qu'est-ce qui se passe?

Seth fit volte-face, ferma la porte de la chambre derrière eux et farfouilla dans un coffre au pied du lit, où il réunissait ses affaires de ranger.

— Ne bouge pas, dit-il en se redressant.

Il tenait un tube de PVC dans une main, dans l'autre une tige munie d'un crochet.

— Il y a un serpent dans la cuisine, dit-il, laconique.

Ses mots laissèrent Priti sans voix. Seth referma la porte de la chambre, avança vers la cuisine à pas feutrés. Rien près de l'évier qui faisait l'angle de la pièce de vie, ni sur sa droite, dans le coin bureau où il avait installé son ordinateur. L'odeur lui montait pourtant aux narines. Enfin il le vit, réfugié contre le frigo : un mamba noir adulte, un spécimen mortel qui, bien que recroquevillé, devait mesurer plus de deux mètres. Le serpent aussi l'avait vu, ou plutôt senti.

Seth avait la gorge sèche en posant le tube de PVC. Le mamba était plus rapide, capable de grimper aux cimes des arbres grâce à son corps fin et sinueux, la tête petite mais la bouche comme une lame. Le reptile le fixait de ses yeux noirs, ouvrit la gueule au premier geste d'approche : l'homme n'était plus qu'à deux mètres, une distance que le mamba noir pouvait parcourir en une fraction de seconde, mais la peur le figeait au pied du frigo. Sur la défensive, prêt à la contre-attaque, il vit le crochet que brandissait Seth se planter dans son corps, se détendit au même instant et frappa dans le vide. Le crochet l'avait saisi à quelques centimètres du cou et le maintenait à terre. Le mamba se tortilla, la tête prisonnière du piège. Le ranger approcha prudemment le tube de PVC de sa gueule, parvint à l'y enfourner, puis il poussa le reptile en s'aidant du crochet et le laissa se glisser à l'intérieur.

Les serpents ne savent pas reculer. Le cylindre mesurait moins d'un mètre cinquante mais l'animal s'y confina, résigné. Seth refermait le bouchon de plastique quand Priti apparut sur la pointe des pieds, livide.

— Un mamba noir, annonça-t-il en désignant le tube qui l'enfermait.

Priti ouvrit des yeux ronds : elle ne savait plus si la porte de la chambre était ouverte ou fermée.

— Comment tu as su qu'il était dans la cuisine?

— Il puait la peur et le stress.

Seth posa délicatement le tube sur le bar de la cuisine.

— Depuis la morsure de la vipère heurtante, j'ai appris à capturer les serpents. J'ai déjà trouvé un cobra dans le jardin.

Là où ils s'étreignaient la veille au soir.

— Mais ne t'en fais pas, ajouta-t-il en lisant dans ses pensées, je l'ai relâché dans la nature, loin d'ici.

Ça n'expliquait pas comment un serpent mortel avait pu pénétrer dans la maison. Priti ouvrit la porte d'entrée, constata qu'elle n'était pas fermée à clé. Le visage de Seth s'assombrit à son tour. Il était sûr de l'avoir fermée en allant se coucher.

7

Un soleil encore tiède grimpait sur la terrasse du lodge lorsque Solanah retrouva John pour le petit déjeuner. Tout était prêt, thé, café, crêpes, fruits. Elle avait eu un mal de chien à enfiler son uniforme mais la douche lui avait fait du bien.

— Bien dormi ? demanda-t-il en la servant.
— Par bribes.

Un thé à la main, Solanah raconta l'épisode de l'enclos mais John ne parut pas surpris outre mesure, ni par la présence de N/Kon dans les parages (avec les prédateurs qui rôdaient près du kraal, les San se relayaient la nuit pour surveiller leur cheptel), ni par la réaction du guépard quand la ranger s'était approchée du grillage.

— Ruby a grandi avec nous, dit-il, mais pas avec toi. Elle a pu te considérer comme un danger potentiel au milieu des ténèbres.

— Les guépards n'attaquent que les enfants, qu'ils prennent pour des singes, tu le sais mieux que moi.

— Ruby ne mange pas de singes, rétorqua John. Je pense même qu'elle n'en a jamais vu de sa vie.

— Elle allait quand même me sauter à la gorge, observa Solanah.

— De l'intimidation. Ruby n'a pas encore appris à chasser. Je suis en retard sur le protocole, je sais, mais je vais m'en occuper quand les choses seront redevenues plus calmes.

Un bruit de moteur se fit entendre dans la cour. Solanah jeta un œil à sa montre, qui avait survécu à l'accident.

— Ça doit être Seth.

Les choses se précipitaient. Elle reposa son mug sur la table du petit déjeuner.

— On se revoit quand ? demanda John.

Son regard était à la fois sensible et distant.

— Quand ? Eh bien, la question serait plutôt de savoir si on se reverra.

— Oui.

Ils se dévisagèrent un instant.

— Il faut que je règle cette affaire, fit Solanah. Ce n'est pas parce que je te dois la vie que je vais te donner la mienne.

— J'ai l'impression que tu parles à un autre.

— C'est aussi l'impression que j'ai parfois avec toi.

Une mince couche de glace s'était figée entre eux. Le moteur s'était arrêté dans la cour.

— Je t'appelle quand j'ai du nouveau, dit-elle.

Seth attendait près de la Jeep, avec sa chemisette entrouverte et son *lion style,* aux côtés de Priti. Il sourit pour accueillir sa partenaire, qui boitait bas mais n'avait pas de béquilles.

— Désolée de t'avoir sorti du lit, lui lança Solanah.

— On s'est réveillés il y a longtemps. En fanfare,

pourrait-on dire, ajouta Seth en prenant la San à partie. Un mamba noir nous attendait dans la cuisine.
— Quoi ?
— Ce matin, oui. On ne sait pas comment il s'est introduit dans la maison mais je suis à peu près sûr d'avoir fermé la porte à clé en me couchant. Il est peut-être passé par la baie vitrée, quand on a fait un tour dans le jardin, mais ça n'a duré qu'une poignée de minutes et on l'aurait repéré... Un serpent mortel, ça rappelle quelque chose, non ?
— L'araignée des sables, devina sa partenaire.
— Hum.
— La serrure de ta maison a été forcée ?
— Je n'ai rien vu mais c'est un modèle bas de gamme, n'importe quel cambrioleur un peu chevronné peut entrer chez moi. Ou y glisser un serpent capable de tuer.

Ils échangèrent un regard qui n'allait pas au soleil du matin.

— Et la vidéosurveillance ? poursuivit Solanah. Vous avez trouvé un moyen de remonter à l'origine du piratage ?
— Non, répondit Priti. Mon cousin geek construit des pare-feu mais on reste en vigilance drone, au cas où les braconniers chercheraient de nouveau à s'introduire dans la réserve. Mais on n'y croit pas trop après l'attaque des rhinos.

La ranger acquiesça – le Longue-Corne était sans doute l'ultime trophée des tueurs. Elle salua Priti qui, après un baiser à Seth, fila vers la maison de John, et traîna son corps blessé jusqu'au siège du 4 × 4, qui fila bientôt sur la piste de sable orangée.

— Comment va ta grand-mère ?

— Je vais la voir à six heures, en salle de réveil. Enfin, si tout va bien. Et toi, tu te sens mieux ?

— Assez pour reprendre l'enquête. Quelles sont les nouvelles ?

— Mpule nous attend à l'institut médico-légal, l'informa Seth. À l'entendre, elle a travaillé toute la nuit. Je suis aussi allé au Luanda hier soir. Taiwo n'était pas là-bas, ni dans l'arrière-cour privatisée, mais Priti a vu son oncle, Wia.

Solanah s'accrochait à la poignée de la Jeep pour amortir les secousses dans son genou.

— Qu'est-ce qu'il faisait en ville ? grimaça-t-elle.

— Il ne l'a pas dit, il n'a même pas reconnu sa nièce. Ils ne se sont pas vus depuis des lustres. Mais Wia a déguerpi avec la moitié des types présents dans l'arrière-cour quand un autre homme est venu les chercher ; un grand Noir qui portait une prothèse au-dessous du genou. Un modèle hydraulique, comme on en trouve en Occident, qui permet de marcher normalement : rien à voir avec les prothèses locales, ou même celles fournies aux réfugiés de guerre par le HCR. Priti a réussi à dégotter son surnom, One. La trentaine, la peau grêlée, venu de l'étranger visiblement. J'ai donné son signalement au capitaine Ekandjo.

— Bien joué, *slim boy*.

— J'ai tenu le boss au courant, bien sûr.

Le sourire de Solanah s'effaça à l'évocation d'Azuel... Ils s'expliqueraient ce soir, quand elle rentrerait à la maison.

~

Les traits de la légiste étaient las, sa coiffure négligée : Mpule n'avait pas dormi de la nuit mais n'en voulait à personne en particulier – pour elle non plus, cette affaire n'était pas banale.

Elle accueillit les rangers au sous-sol de l'hôpital, dans le bureau bordélique où les bocaux de formol rivalisaient avec les odeurs d'antiseptiques.

— J'ai analysé le sang trouvé sur le volant et le siège du 4 × 4 accidenté, commença la légiste en survolant son rapport. Il s'agit du même sang, non pas animal mais humain : O +, le plus courant. Celui du conducteur probablement, qui a dû abandonner le véhicule en catastrophe et en mauvais état. L'empreinte digitale sur le volant est nette : je l'ai envoyée à Ekandjo et son équipe pour identification.

— Ça n'a rien donné, dit Seth, le suspect n'est pas namibien, mais on espère retrouver sa trace dans les fichiers de police sud-africains ou ceux des pays collaborant avec la KaZa.

— À la bonne heure.

— Et Virinao ?

Mpule changea d'onglet.

— J'ai examiné le corps sans relever de blessures susceptibles d'avoir provoqué la mort, antérieures à l'accident, dit-elle. Le bain de boue l'a, en quelque sorte, protégé. En revanche, il y a une profonde incision au niveau d'un rein, provoquée par une pointe effilée, ou une flèche.

— Une lance, comme celle qui a tué Xhase ?

— L'incision est moins profonde, même s'il s'agit de la même catégorie d'armes. C'est un agent pathogène étranger qui a tué Virinao : un poison qui lui a permis de marcher quelque temps dans la réserve, avant qu'il s'écroule.

Solanah imagina un instant le jeune Himba, seul dans la nuit et blessé au milieu des fauves.

— Un poison mélangé à de la viande de brousse, ou rien à voir ?

— Non, il imbibait la pointe qu'on lui a enfoncée dans le rein. Un poison confectionné à base de larves de coléoptères écrasées, mélangées à de la salive, d'après l'analyse toxicologique que je viens de recevoir. Un poison lent utilisé par les chasseurs khoï et san, qui tue la proie mais la laisse fuir un moment, le temps qu'elle meure. Vu la dose injectée, Virinao n'en avait pas pour plus d'une heure à vivre.

Solanah rumina : une lance, des pointes effilées imbibées de poison, la piste autochtone semblait trop évidente. Elle appela N/Aissi dans la foulée, le guérisseur du village khoï où vivaient Xhase et sa sœur : N/Aissi jura qu'il ne confectionnait que des *muti*, mais il connaissait un marché à Rundu où on pouvait trouver ce type de produit, où les autochtones vendaient des remèdes.

La Tswana raccrocha, à demi satisfaite.

— Il ouvre à quelle heure, ce marché ? demanda-t-elle à Seth.

— Midi, le temps de prendre un café.

Les rues de Rundu étaient animées à l'heure du déjeuner. Après une pause à l'une des stations-service du centre-ville, les rangers se garèrent en bordure du marché et se mêlèrent à la foule, sous un soleil voilé qui n'affectait personne. Des mamas aux bras encombrés de paniers déambulaient, d'autres portaient des charges sur leur tête, des gamins aux basques ou accrochés dans leur dos. Les guérisseurs déployaient leurs étals un peu à l'écart, vendant des remèdes de leur cru qui soignaient presque autant que les médicaments occidentaux, de toute façon trop chers.

Seth et Solanah posèrent des questions, inspectèrent des contenus douteux, interrogèrent leurs fabricants. Une vieille Herero visiblement au fait des décoctions de ses confrères les envoya bientôt chez Hoe, le seul Khoï sur la place à utiliser des larves.

Le petit homme tenait un stand branlant au milieu des crânes de gazelles et des peaux étalées au soleil, entre bonbonnes et mixtures. Des *muti* y trônaient également. Hoe jaugea les rangers de ses yeux en meurtrières, refluant un peu plus derrière son comptoir fissuré.

— Virinao, tu connais ? Un jeune Himba qui traînait en ville.

Le guérisseur se pencha vers la photo numérique que Solanah lui présentait, secoua la tête, négatif.

— Virinao a été retrouvé mort, empoisonné par une mixture à base de salive et de larves de coléoptères, expliqua-t-elle, un poison lent, comme ceux utilisés par les chasseurs khoï. Quelqu'un t'en a acheté dernièrement ?

Seth sentait les petites fioles disposées sur l'étal.

— Non...

— Tu es le seul guérisseur khoï de la région, bluffa Solanah. Tu veux qu'on prenne ton ADN pour vérifier ? Un peu de ta salive sur une languette : c'est une question de jours pour qu'on la compare à celle de l'échantillon qui nous intéresse. Si on constate que tu nous as menti, tu iras croupir en prison pour entrave à la justice. Fais-nous gagner du temps et n'aggrave pas ton cas.

— Complice de meurtres, ajouta Seth en jouant au dur, c'est des années à l'ombre qui t'attendent.

— Peut-être que tu ne savais pas ce qui allait arriver, sauf que deux personnes sont mortes, enfonça son équipière. Maintenant réponds. C'est toi qui as composé ce poison : à qui l'as-tu vendu ?

Le Khoï pâlissait sous ses rides fines.

— À un San, dit-il enfin. Je ne connais pas son nom... Il voulait chasser à l'arc, à l'ancienne. Enfin, c'est ce qu'il m'a dit.

— Et tu l'as cru ?

— Pas tellement, concéda Hoe, mais c'est pas mon affaire.

— C'est illégal de vendre des poisons, tu sais ça ? Qu'est-ce qui te fait croire qu'il n'allait pas chasser ?

Le guérisseur haussa les épaules derrière son comptoir d'herboriste.

— Je connais des San qui chassent encore à l'arc, dit-il, ils n'ont pas cette allure. Le gars puait l'alcool.

— Il était seul ?

— Hum hum.

— Il n'y avait personne avec lui au marché ? relaya Solanah. Un Blanc peut-être ?

Le guérisseur prit le temps de réfléchir.

— Non... Non, personne.

— Décris-le-nous.

— On sait jamais l'âge des San, soupira-t-il. Dans les cinquante ou soixante ans. Je me souviens que ses habits étaient sales, mais ses baskets étaient neuves et il portait des lunettes de soleil. Il avait aussi une cicatrice là, fit Hoe en balafrant sa joue.

— C'était quand ? demanda Seth.
— Il y a... trois ou quatre jours.

~

Azuel était rentré au poste des rangers, sur les dents après son escapade chez le frère de N/Kon. Le témoignage d'un vieux San à la dérive ne vaudrait pas grand-chose devant un tribunal, il lui fallait un délit plus conséquent pour inquiéter Latham et prouver que sa mine n'avait jamais rien donné, mais Azuel Betwase était un homme plein de ressources.

Il chercha sur le net parmi les associations de défense des droits de l'homme, de victimes des conflits, les enquêtes de journalistes d'investigation sur la guerre de la frontière, compara, recoupa les infos disponibles, oublia de manger, s'usa les yeux, rumina sa rage en voyant que Solanah ne rentrait pas, bouillonnant de jalousie et de colère, et un nom finit par remonter : Magnus Hobe. Un ancien sergent du 32e bataillon sud-africain, qui avait opéré sur le terrain à la même époque... En tant que coordinateur de la KaZa, Azuel accéda sans mal aux archives militaires namibiennes, qu'il consulta sur l'intranet de l'armée.

On y apprenait que Magnus Hobe avait participé à la bataille de Cuito Cuanavale, un an avant la mort présumée du caporal Malan. Après quoi, Magnus Hobe avait travaillé pour Executive Outcomes à la chute de l'apartheid, une société privée de sécurité qui avait embauché des mercenaires dans son unité d'élite. On retrouvait ces hommes en Angola, mais aussi en Sierra Leone, au Soudan, au Darfour... L'âge de la retraite venu, l'ancien sergent du 32ᵉ s'était installé dans le Kalahari namibien, près de Grootfontein.

Azuel obtint ses coordonnées le lendemain matin.

Les vétérans de l'armée sud-africaine qui avaient combattu lors de la guerre de la frontière n'osaient témoigner que depuis peu – le gouvernement de Pretoria avait fait tomber une chape de plomb sur ce conflit perdu qui avait précipité la chute de l'apartheid, allant jusqu'à expulser les militaires les plus impliqués des instances dirigeantes. Magnus Hobe s'était fait aux coups bas des politiciens : aujourd'hui reconverti dans le business de la nature, l'ancien soldat s'occupait d'une ferme écologique pour touristes qui recueillait des animaux abandonnés, avec des volontaires venus du monde entier travaillant comme bénévoles pour nourrir les animaux et nettoyer les enclos.

— Un job tranquille, assura le retraité, joint au téléphone dans la matinée. Pourquoi vous me parlez de cette guerre? C'est vieux tout ça.

— Pour une affaire délicate, fit Azuel sur un ton militaire. J'aimerais autant que nous nous entretenions de vive voix.

— Bah, comme vous voudrez, colonel...

Azuel n'avait dormi qu'une poignée d'heures; la tête pleine de fantômes, il partit pour Grootfontein.

~

Le Botswana était resté neutre durant le conflit, refusant que les factions rivales investissent le pays comme base arrière. La guerre de la frontière n'était guère enseignée à l'école, seulement à l'université dans le cadre des grandes libérations décoloniales africaines; personne n'avait envie de se mettre à dos le géant sud-africain qui, avec Nelson Mandela, avait fait amende honorable et constituait le principal partenaire économique de la région.

Azuel arriva chez l'ancien soldat après trois heures de course contre le vent. La ferme de Magnus Hobe avait des allures de ranch du Far West, avec ses crânes de koudous blanchis par le soleil érigés à la barrière, ses corrals garnis d'herbivores et son bar ouvert sur une terrasse où de vieux canapés somnolaient à l'ombre d'un toit de paille.

Des dizaines de mangoustes l'accueillirent sur le carré de pelouse où un vieux Noir tirait un tuyau au bord d'une petite piscine pas très propre. Plusieurs sculptures d'animaux en fer décoraient le site, hommage aux bêtes enfermées dans les enclos. Des touristes séjournaient ici pour côtoyer les animaux incapables de retourner à l'état sauvage, qu'on nourrissait en balançant des quartiers de viande congelés par-dessus les grillages – lions, léopards, caracals, lycaons, les carnassiers avaient la cote. Un Ovambo à casquette vint à la rencontre du chef des rangers, lui proposa un soda que celui-ci refusa avant de le mener au propriétaire des lieux.

Les deux hommes avaient eu une brève discussion au téléphone, presque fraternelle lorsque Azuel avait indiqué son grade de militaire : le colonel des rangers ne s'attendait pas à trouver Magnus Hobe alité, une bonbonne d'oxygène reliée à ses narines pour suppléer ses poumons infectés.

— Vous ne m'avez pas dit au téléphone que vous étiez malade.

— Bah! Ce virus à la con ou du gaz moutarde,

pour ce que ça change, ironisa le septuagénaire, les bras encore vigoureux sur les draps blancs.

— Je suis désolé, fit le Tswana en gardant ses distances.

— Vous fatiguez pas, colonel, j'en ai plus assez devant moi pour jouer les tourterelles.

Azuel se tourna vers la fenêtre, ouverte sur le Kalahari et les springboks qui furetaient dans le sable.

— En tout cas, vous avez une belle propriété. Et des œuvres d'art, ajouta-t-il en désignant le rhino en fer qui chargeait dans le vide.

— Ma femme aime bien bricoler… Alors colonel, qu'est-ce qui vous amène au juste ?

Magnus Hobe avait le teint cireux, des taches brunes sur sa peau de parchemin, le souffle court, mais le regard bleu de l'ancien soldat restait alerte.

— Un fantôme surgi du passé, expliqua Azuel en prenant place à son chevet. Yan Malan, ce nom vous rappelle quelque chose ? Un fils de colons sud-africains du Damaraland, comme on appelait le Kunene à l'époque. Malan était caporal dans le 32e bataillon où vous avez servi pendant la guerre de la frontière.

L'homme alité eut une moue évasive.

— Malan aurait été tué au combat en Angola à la fin des années 1980, poursuivit Azuel. Vous avez participé à la bataille de Cuito Cuanavale, d'après vos états de service : Malan aurait été tué dans le secteur quelques jours plus tard. On a retrouvé les restes de son corps, dévoré par les charognards. C'est sa plaque qui l'a identifié.

— Le nom me dit quelque chose, concéda l'ancien sous-officier, mais Malan est un patronyme assez commun en Afrique du Sud. Qu'est-ce que vous lui voulez à ce type, s'il est mort?

— Des crimes de guerre ont eu lieu en Angola? biaisa Azuel.

— En Angola? Évidemment! s'exclama Hobe. Des dizaines, de chaque côté! C'est pas à un soldat qu'il faut poser cette question mais à ceux qui ont commandé les massacres.

— Contre des civils?

— Contre tout ce qui entravait les opérations : civils, milices, francs-tireurs, animaux... On appelle ça la guerre, colonel. Et le Botswana a été sacrément futé de ne pas s'en mêler!

Tous ces mots l'étouffèrent un peu. Azuel attendit qu'il se remette.

— Vous n'avez pas répondu à ma question, reprit Hobe, qu'est-ce que vous lui voulez, à ce caporal?

— Je crois qu'il est toujours vivant. Qu'il vit en Namibie sous une fausse identité depuis sa prétendue mort en Angola : s'il se cache, c'est qu'il a commis des actes répréhensibles, voire des crimes de guerre... Malan n'était pas seul à l'époque. Vous vous souvenez de San qui combattaient dans vos rangs?

Le vieux soldat ne fouilla pas longtemps dans les méandres de sa mémoire.

— Oui, il y avait des basanés de ce genre dans l'unité Omega. De sacrés guerriers : ils tuaient comme s'ils chassaient. Certains avaient même des arcs!

— Un dénommé N/Kon a fait partie du 32e à la fin de la guerre de la frontière. Un proche de Malan.

Le visage de Magnus Hobe s'illumina un instant.

— Oui, on lui donnait un surnom, Clic. À cause de sa façon de parler en claquant sa langue. Je me souviens de ce Bochiman, oui. Un vrai œil de lynx, qu'on a fini par coller comme sniper.

Le chef de la KaZa ouvrit les dossiers de son smartphone.

— Ces deux hommes ?

Azuel jouait son va-tout avec la copie numérique de la photo d'archive rapportée par Solanah : on y voyait plusieurs hommes du 32ᵉ bataillon sur le terrain, posant fièrement près de leur Casspir.

— Celui-ci est N/Kon, indiqua-t-il en zoomant sur son visage. L'homme à ses côtés, le caporal Yan Malan.

Magnus Hobe saisit le portable pour mieux voir l'écran, agrandit et rétrécit l'image plusieurs fois tandis qu'un mince sourire se dessinait sur son visage.

— Oui, je me souviens de ce type : il a été réquisitionné comme chauffeur pour le compte des huiles de l'armée. Lui et son copain san étaient les meilleurs éclaireurs du bataillon, et Malan savait conduire sur n'importe quelle piste. Il s'occupait aussi du transit pour les pontes de la SADF.

— Le transit ?

— Tout se vend et tout s'achète dans un pays en guerre, me dites pas que vous n'êtes pas au courant, ironisa Hobe. Les trafics financent la guerre et engraissent les gros bonnets.

— L'armée sud-africaine ?

— Elle comme les autres belligérants, plaida l'ex-militaire. Diamants, ivoire, tout se monnayait. Et l'UNITA de Savimbi, nos alliés à l'époque, n'était pas la dernière à se servir, encore plus après le retrait de notre armée.

— Vous pouvez développer ?

— Les défenses d'éléphants s'arrachaient à prix d'or, expliqua l'ancien soldat. Et le type dont vous me parlez, Malan, il conduisait les camions du trafic. Ça représentait parfois des millions de dollars. Putains d'enfoirés, jura Hobe. Ça m'étonnerait pas que les services de sécurité lui aient donné une nouvelle identité : tous complices !

Azuel retint son souffle devant les révélations du vétéran de guerre. L'argent de l'ivoire. Des tonnes de défenses d'éléphants, voilà d'où le renégat avait tiré sa fortune : John Latham était complice des massacres d'animaux sauvages pendant la guerre. Un trafiquant d'ivoire.

8

Rainer Du Plessis rongeait son frein. D'après Bee Five, qui avait abattu le Longue-Corne, les deux véhicules roulaient sur des routes différentes, comme ils le faisaient d'habitude, mais Joost, parti seul avec le butin, n'avait lancé aucune alerte par le talkie qui les reliait. La piste était glissante après l'orage tombé en début de soirée, Joost avait pu avoir un accident, ou se faire pincer par les rangers (Betwase, le chef de la KaZa, était un coriace), mais le Scorpion n'y croyait pas : son neveu avait été tué, comme les autres pisteurs qui s'étaient aventurés à Wild Bunch avant lui.

En plus de son presque fils et bras droit dans l'organisation, le Scorpion perdait quatre kilos de kératine et la fameuse longue corne promise à M. Zeng.

Latham était devenu l'ennemi.

Du Plessis mit le Chinois sur la piste de ce salopard – s'ils savaient tout des systèmes de surveillance de Wild Bunch, ils avaient peu d'informations récentes concernant son propriétaire – et ordonna qu'on transfère les cages la nuit suivante. Il chargea One de rameuter les troupes stationnées à Rundu pendant que le bateau accostait non loin du hangar qui leur servait de QG, sur la rive de l'Okavango. Depuis la mise en garde de Taiwo, l'ordre avait été donné de ne plus utiliser son portable au cas où les rangers les fileraient. One revint vers minuit avec les Namibiens embauchés pour l'opération, qui feraient office de porteurs pendant le déménagement (vu la quantité de cages, ils auraient besoin de deux nuits pour vider les lieux), mais l'unijambiste était revenu avec d'autres nouvelles : la petite San de Wild Bunch et le ranger qui lui collait aux basques étaient sur leur piste. Il les avait vus le soir même au bar où il avait embarqué les autres.

Ça corroborait les écoutes.

Le Scorpion gambergeait sur le meilleur moyen de se débarrasser d'eux quand le Chinois l'appela sur son talkie.

— J'ai trouvé des infos sur Latham, annonça-t-il.

Le hacker avait installé son matériel informatique dans un des bureaux du hangar. Rainer Du Plessis se pencha sur l'ordinateur principal.

— Sur l'Instagram d'une Américaine, expliqua le Chinois.

Latham ne sortait pour ainsi dire jamais de Wild Bunch, il n'y avait presque pas de photos de lui sur le net, seulement deux articles de journaux datant de 1998 où on voyait Latham, barbe fournie et cheveux longs, officialisant l'ouverture de sa réserve privée. Son visage n'avait jamais rien dit à Rainer, les clichés en noir et blanc étaient de mauvaise qualité et près de vingt-cinq ans avaient passé mais, quand le Chinois lui montra les images qu'il venait de trouver sur l'Instagram d'une touriste de passage dix jours plus tôt, Rainer tiqua : Latham n'avait plus de barbe, ses cheveux étaient plus courts et les photos, visiblement prises à la dérobée, le montraient sans chapeau ni lunettes de soleil, découvrant son visage.

— Qu'est-ce qu'il y a?

— J'ai déjà vu cet homme, rumina le Sud-Africain.

— Un de vos mercenaires?

— Non... Non, c'est plus ancien.

L'armée, forcément. Latham devait être alors beaucoup plus jeune. Et si le patronyme ne lui rappelait rien, c'est qu'il en portait un autre... Un nom jaillit soudain de sa mémoire : Malan.

Le Scorpion blêmit devant la photo : le caporal Malan.... Une bouffée de haine remonta dans son cœur et s'y figea.

~

À dix-neuf ans, on se croit invincible : le goût de l'aventure et un bon lavage de cerveau avaient fini de convaincre Yan que la guerre en Angola était juste. La SWAPO y avait installé ses bases arrière et son père Gunther haïssait les communistes : si l'Angola tombait, la guérilla indépendantiste menacerait directement le Damaraland voisin, où ils avaient leur ferme.

La conscription durait deux ans, avec ensuite quatre mois de service à effectuer tous les cinq ans. Yan n'avait pas vocation à devenir soldat d'élite mais il connaissait tout de la brousse. «Te battre fera de toi un homme», prédisait Gunther, trop vieux pour suivre son fils. Kendall approuvait, morte de peur mais vaillante comme tous les Afrikaners dont les aïeux avaient survécu au Grand Trek.

Yan était parti faire ses classes dans un camp

d'Afrique du Sud, six mois de formation intensive avant d'intégrer l'unité de bushmen Omega du 32ᵉ d'infanterie – reconnaissance, intelligence et missions sur le terrain –, où il avait rencontré N/Kon. Le San ne savait pas pourquoi on se battait, mais sa communauté mourait de faim : il combattait dans les rangs de l'oppresseur pour une solde qui sauvait sa famille de la misère.

La guerre forgeait les liens et brisait les âmes, mais leurs frères d'armes n'allaient pas jusqu'à fraterniser avec un semi-nègre, qu'ils surnommaient Clic. Quant au caporal Malan, il connaissait mieux la brousse que la majorité des tueurs blancs et N/Kon était le meilleur éclaireur du 32ᵉ, capable de détecter la moindre trace cubaine alors qu'eux passaient comme des tanks sur la piste. On les surnommait «les suricates» car les deux hommes semblaient passer par des terriers invisibles avant de surgir au dernier moment – ils trompaient même leurs propres sentinelles. «Du bon travail», approuvait le commandant Du Plessis, leur chef sur le terrain. D'autant que Malan n'ensablait aucun véhicule, à la différence de ses Boers, meilleurs guerriers que pilotes dans le bush.

Leur baptême du feu avait eu lieu à la confluence des rivières Lomba et Cunzumbia, une attaque à la grenade qui avait mis le feu à la végétation du bush. Le début d'une série d'attaques, de contre-attaques et d'embuscades où les Cubains courageux tombaient comme des mouches au milieu des animaux effrayés. Les tanks avançaient dans la brousse, s'enfouissaient dans le sable comme des Indiens pour surprendre les fantassins, les canons pilonnaient les forces ennemies et ce qu'il y avait autour ; des unités s'infiltraient, faisaient sauter des ponts, minaient les terrains pour éviter les tentatives de franchissement, creusaient des tranchées pour immobiliser les blindés. Yan, comme les autres, pliait l'échine sous le commandement de Rainer Du Plessis, premier pour monter à l'assaut des Rouges. Un homme intrépide qui attirait le respect, prêt à tout pour tenir ses objectifs. Pas de lettres aux parents ou à la petite amie, les fronts étaient mobiles, mouvants, la pression était maximale pour les unités au sol déployées au gré des ordres, le sommeil rare. Yan avait découvert un pays martyrisé par quinze années de guerre civile et une population hagarde qu'on prenait comme chair à canon.

Et Yan s'était senti trahi. Son père lui avait caché l'ampleur de l'exploitation de la population noire qui travaillait dans les fermes ou les mines, les contrats de travail iniques établis par les colons qui soustrayaient de leurs maigres payes nourriture et logement minable, les renvoyant chez eux des mois plus tard les reins rompus de coups avec seulement de quoi nourrir les chiens, l'éducation qu'on leur refusait, leurs droits réduits à se taire et à travailler comme des esclaves gâtés. En réalité, Gunther l'avait envoyé se battre contre les militants de la SWAPO qui ne faisaient que réclamer justice, comme tous les pays colonisés rêvant de liberté. Cette guerre de la frontière, ces dizaines de milliers de morts, ces jeunes Angolais enrôlés de force qu'on obligeait à tuer leurs voisins, ces millions de déplacés… toute cette horreur n'avait plus de sens.

Les soldats devenaient cinglés, des deux côtés, perdaient le sens de la réalité : l'un des leurs avait tué une panthère dans les fourrés et avait demandé le sel de leur cantine pour sécher la peau du fauve qu'il venait d'écorcher. Enfin, après des semaines d'offensives et de contre-offensives, le 32ᵉ de Du Plessis, englué à Cuito Cuanavale, fut sommé de se retirer d'Angola. Ses hommes harcelés ou tués d'une balle dans le dos comme de vulgaires fuyards, le commandant avait décidé de brutalement contre-attaquer. Du Plessis avait lancé ses forces dans un raid meurtrier à travers le bush mais une surprise les attendait : des éléphants. Des centaines d'éléphants...

Les pachydermes, très sensibles aux bruits des armes de guerre, fuyaient les combats mais ils n'évitaient pas les balles perdues et les tirs de barrage qui les décimaient. Effrayées, les hardes perdues sur le champ de bataille avaient suivi les matriarches encore vivantes et s'étaient réfugiées dans cette zone boisée épargnée par les combats. La contre-attaque du 32ᵉ bataillon avait vite semé une panique rouge ; amaigris, barrissant de terreur, les éléphants s'enfuirent droit devant eux, poussés par les hommes de Du Plessis, sans savoir qu'un champ de mines et des barrières électrifiées couraient sous leurs pas.

Les grands mâles de tête furent les premiers à exploser, pattes arrachées, chairs brûlées roussies, hurlant de douleur et de fureur et s'écroulant sur eux-mêmes, les suivants peinaient à les éviter et ceux qui y parvenaient sautaient à leur tour sur les mines enfouies là. Un carnage de sang et de peaux à vif qui tapissa bientôt le sol et l'espace menant au barrage mortel. Les éléphants qui piétinaient les animaux blessés avaient une chance d'éviter les mines mais pas les dix mille volts qui les attendaient plus loin : les bêtes affolées s'électrocutèrent par dizaines avant de comprendre qu'il fallait rebrousser chemin et se jetèrent malgré eux sur les détonateurs encore actifs, grossissant les masses agonisantes qui s'amoncelaient sur le champ de morts.

Pris dans une bataille contre un ennemi invisible, les rescapés firent volte-face pour charger les hommes qui les avaient précipités dans le piège infernal. Des animaux blessés, donc encore plus dangereux : Du Plessis ordonna de les abattre à l'arme automatique. Les éléphants encore debout se jetèrent sous les balles du 32e bataillon sans jamais reculer et moururent tous, un à un. Des éléphanteaux tournaient en rond en cherchant leur mère, restaient à ses côtés sans comprendre qu'elle ne pouvait plus se relever, d'autres agonisaient contre ses flancs ouverts, magma de chairs répandues dans la rivière rouge sang. Un carnage épouvantable qui cessa enfin, dans un silence affligeant.

Trois cent quinze éléphants gisaient là, cul par-dessus tête, dans des positions grotesques.

Du Plessis avait ordonné d'achever les bêtes blessées avant de les amputer.

Trois cent quinze éléphants. Certaines défenses avaient été endommagées par les mines, mais la plupart étaient intactes. Restait à les arracher au crâne sans les abîmer ; une seule solution, la machette, avant de finir le travail au couteau... Tous les hommes du 32e bataillon avaient dû s'y mettre, jusqu'aux officiers.

Il y a une différence entre dépecer une bête qu'on vient de tuer pour se nourrir et découper à la machette des éléphants mis en pièces par des mines. Yan et N/Kon avaient participé à la boucherie. Du sang jusqu'aux coudes, taillant dans le vif, toute la nuit ils avaient amputé les pachydermes, qu'ils laissaient sans tête, avec cet affreux vide à la place de leur figure si particulière, parachevant leur dénaturation. Les San ne tuaient pas les éléphants, qu'ils considéraient comme égaux aux hommes, Yan avait grandi avec eux, avec ce respect pour ces animaux sociaux si majestueux. Mais ils n'avaient pas eu le choix, pas avec Du Plessis au commandement.

À l'aube, abruti de sang, Yan titubait, sous le choc. Une vision d'horreur qui avait pulvérisé sa conscience...

Mais l'histoire ne pouvait pas s'arrêter là.

N/Kon et sa communauté avaient fini par le recueillir, Yan s'était reconstruit sous le nom de John avec le projet de Wild Bunch, mais il y avait toujours une brebis galeuse, quelque part, à pourrir dans la mémoire des hommes.

John conduisait le Land Cruiser, la mine sombre.

— Qu'est-ce qu'on fait si Wia est armé ? demanda N/Kon à ses côtés.

— Il ne doit plus être chez lui. Et s'il y est on lui fait cracher le morceau.

Priti au rapport après sa soirée au Luanda, les deux hommes n'avaient pas attendu l'appel des rangers au marché de Rundu pour se lancer sur la piste du renégat. L'implication de Wia dans les meurtres expliquait bien des choses, le San connaissait Wild Bunch comme sa poche, pisteur ou petite main au service des trafiquants, par rancœur ou pour échapper à sa misère alcoolique, Mangouste jaune était capable de tout.

Le hameau perdu le long de la B3 n'avait pas bougé depuis la venue de N/Kon une semaine plus tôt. Les mêmes gardiens de troupeaux prenaient l'ombre sous l'arbre en bord de route, le soleil cuisait comme les prémices de ce qui attendait l'humanité. John s'arrêta à hauteur de l'atelier de réparation de pneus, qui semblait fermé – Wia avait posé l'écriteau «closed» sur la porte en bois fissuré du réduit. Sa vieille guimbarde n'était pas là non plus.

Ils mirent pied à terre, constatèrent que l'atelier était bel et bien vide. Ils marchèrent vers sa hutte située à deux pas, essuyèrent les hurlements d'un camion passant à grande vitesse sur le bitume écrasé de soleil. L'antre de Wia était misérable, avec seulement quelques vêtements et objets personnels fourrés dans des cartons, des ustensiles de cuisine, des cadavres de bouteilles. Ils fouillèrent la hutte mais il n'y avait aucune cache où Wia aurait pu stocker son matériel.

Restait la fille alcoolisée que N/Kon avait croisée lors de sa visite.

Ils la trouvèrent devant la hutte, ramenant un bidon d'eau du hameau voisin. Son allure était négligée, sa coiffure aussi brouillonne que le fond de ses yeux, mais Myriam reconnut le frère de son compagnon de beuverie.

— Je sais pas où il est, répondit-elle bientôt. Il est parti hier en fin de journée, j'sais pas où, ni pourquoi.
— Il y avait quelqu'un avec lui?
— Non, personne.
— Wia est parti avec sa voiture?
— Oui.
— Il ne t'a pas dit où il allait?
— Non.
— À Rundu?

— Pt'être. On se cause pas trop quand on boit pas, expliqua Myriam.

Cette ivrogne puait le mensonge, il suffisait de voir la lueur qui tremblait dans ses yeux craintifs : John empoigna le col de son tee-shirt crasseux, qui se déchira tandis qu'il lui serrait la gorge.

— Ton copain Wia est complice d'assassinat, feula-t-il entre ses dents. Toi aussi tu le seras si tu continues à mentir. Combien il t'a donné pour être son alibi si on l'interrogeait ?

— Q... quoi ?

— Tu n'as pas passé tes nuits avec lui dans sa hutte : il t'a payée pour que tu baratines le monde. Maintenant dis-moi ce que tu sais avant que je te jette sous les roues d'un camion.

Il avait l'air sérieux.

— Wia a été absent combien de nuits récemment ? Combien ?!

— Une... une nuit, balbutia la fille, sur la pointe des pieds.

— Laquelle ?

— Celle où il a plu.

La nuit où les braconniers avaient tué le Longue-Corne et sa famille.

— Il allait pister à Wild Bunch ?

— Il m'a pas dit... Juste qu'il revenait à l'aube. C'est ce qu'il a fait.

— Et tu n'as pas posé de questions ?

— Non. Il disait que c'est pas mes affaires.

— Mais tu as surpris des conversations, insista John sans lâcher son col.

— Non... Non.

— Il t'a parlé du marché de Rundu ?

— Non.

— Il a acheté du poison à un guérisseur?

— Je sais pas, je vous jure! gémit Myriam. Je devais juste dire qu'on était ensemble si quelqu'un venait nous interroger!

John grogna devant la face avinée de la fille. Wia se doutait que lui ou N/Kon le suspecteraient après le meurtre commis à Wild Bunch.

— Wia t'a remis des affaires ou des objets à lui? Du matériel que les rangers ne devaient pas trouver chez lui?

— Eh ben...

— C'est chez toi?!

— Oui, oui!

John la lâcha comme un sac dans la poussière, où Myriam retrouva tant bien que mal son équilibre. Enfin, craintive, elle leur fit signe de la suivre dans sa hutte.

— Je sais pas à quoi ça sert, dit-elle, mais il m'a donné ça...

Un tube de PVC, comme les spécialistes des serpents en utilisaient pour les capturer et les tenir prisonniers. John agita le cylindre, constata qu'il n'était pas vide, l'ouvrit sans se méfier : il y avait de petites fioles vides à l'intérieur, trois autres pleines d'un liquide jaunâtre. Poison sans doute, ou venin. John renifla le tube de PVC, sentit l'odeur encore prégnante d'un reptile. Il songea au mamba noir que Priti et Seth avaient trouvé ce matin dans la maison, à leurs soupçons.

— Qu'est-ce que tu en penses? demanda-t-il à N/Kon.

— Wia a menti quand il m'a raconté son histoire de cobra niché dans le moteur. Il braconne des serpents;

c'est comme ça qu'il s'est fait cracher au visage... Le mamba noir, c'est un coup à lui. Ou Wia a obéi à des ordres.

John acquiesça.

Sans le savoir, Mangouste jaune avait failli tuer sa propre nièce.

~

Seth et Solanah s'étaient séparés devant le marché de Rundu : elle étendait les recherches avec le concours d'Ekandjo et Seth restait sur le terrain, en quête de témoignages.

Il interrogea les marchands ambulants de la rue principale, les vendeurs de brochettes et les dizaines de pompistes que comptait la ville-frontière. L'après-midi s'éternisait, puis Seth finit par apprendre qu'un unijambiste venait parfois faire le plein, conduisant une camionnette à boîte automatique qui, vu l'engin, avait peu de chances de lui appartenir. Le véhicule transportait des bouteilles de soda et de bière dans des cagettes, d'après le témoignage du pompiste, sans doute pour le compte d'une entreprise locale.

Seth vérifia sur son smartphone : il y avait deux entreprises de transport à la sortie de Rundu, Delite et Rupard and Bro.

Il demanda des compléments d'info à la police locale, qui rappela une demi-heure plus tard, alors que Seth arrivait devant l'hôpital : les gérants des deux sociétés étaient inconnus des services de police. Il verrait ça plus tard : Priti l'attendait devant l'entrée du bâtiment, vêtue d'un jean et de sa petite veste beige.

— Ça fait longtemps que tu es là ?

— Cinq minutes à peine, dit-elle. J'ai coupé à travers bois pour arriver la première.

— Tu as vu des bois quelque part ?

— J'ai tout coupé, je t'ai dit.

Le couple poussa la porte vitrée de l'hôpital, Seth tremblant à l'idée de ce qu'il allait trouver.

— Tu peux m'attendre dans le hall, si tu préfères, la ménagea-t-il, ça ne va pas être très gai.

— C'est ça, ouais. Allez, avance…

L'Ovambo appréhendait de se retrouver confronté au diagnostic du médecin et de devoir choisir entre la vie et la mort de sa grand-mère, mais comme tout le monde il fit face. Les nouvelles étaient mitigées : sortie du coma ce midi, Wilmine avait retrouvé l'usage de la parole et un peu de mobilité du côté droit, mais elle était incapable de soulever un verre, de se nourrir, d'agiter les orteils. L'hémisphère gauche était le plus touché, celui de la conscience immédiate. Ne se situant plus dans le temps, la vieille femme échapperait peut-être à la dépression qui frappait les malades conscients de leur état, mais pas à une paralysie quasi totale de ses membres ni aux fuites récurrentes de son cerveau. Une amélioration progressive était possible, d'après le médecin du service, avec une rééducation spécifique aux victimes d'AVC, mais le manque de matériel et de gens formés n'incitait pas à l'optimisme.

Il était trop tôt pour réfléchir aux conséquences et à tout ce que cela impliquait ; Seth et Priti entrèrent dans la salle de réveil.

Statue de peau sous le drap blanc, le front déformé par l'opération au cours de laquelle on avait stoppé l'hémorragie en amputant une partie de son crâne,

Wilmine sourit en voyant le couple débarquer dans la pièce. Il y avait un autre malade derrière le rideau.

— Bonjour mamie, fit Seth en se portant à son chevet. Comment tu te sens ?

— Fatiguée... Fatiguée.

— C'est normal après une opération. Tu te souviens de Priti ?

Wilmine scanna la jeune femme de ses yeux bruns rétrécis.

— Eh bien, non... Ce n'est pas ta sœur quand même ?

— Je n'ai pas de sœur, mamie.

— Ah, oui, bien sûr...

Le débit de la vieille dame était lent, son regard terrible avec ce front réduit et ces cheveux rasés, comme si elle avait été scalpée.

— Tu as eu un accident vasculaire, mamie. Le médecin t'a expliqué ? On t'a trouvée dans ta chambre.

— Oui, oui... Une chance que je m'en sois sortie.

— Heureusement que les voisins étaient là.

— Ah oui, approuva Wilmine sans bouger d'un centimètre, on peut compter sur eux. Au fait, comment vont les petits diables ?

— Ceux qui déplacent ta chaise dès que tu as le dos tourné ? demanda Seth, encouragé par la mémoire qui lui revenait.

— Ils feraient quand même mieux d'aller à l'école, comme toi. Ça va bien là-bas, hein ? Toujours premier de la classe !

— Je suis ranger, mamie.

— Passe d'abord ton diplôme, mon petit.

Seth adressa un rictus à Priti, qui gardait un silence ennuyé.

— Il faut que tu te reposes, dit-il en caressant sa main inerte sur le drap, que tu te soignes ; tu vas retrouver tes capacités petit à petit, le docteur me l'a dit. Il faut que tu te battes.

— Oh ! Ne t'en fais pas, souffla-t-elle doucement, c'est une seconde chance que Dieu me donne, puisque je suis vivante.

— Bien sûr.

La vieille Ovambo leva les yeux vers l'horloge murale face au lit, qui indiquait la date du jour.

— On est le 5 novembre ? s'étonna-t-elle. Il faut que je souhaite son anniversaire à ton père !

Seth sourit à sa grand-mère mais il ne songeait qu'à fuir ce cauchemar ; fuir l'ombre de femme figée sur le lit.

~

Une veuve du paradis nichait dans l'arbre voisin de la maison, un oiseau que sa longue traîne empêchait de se stabiliser lorsqu'il volait, capricieux gouvernail qui avait le don de captiver les femelles. Seth tremblait encore lorsqu'il ouvrit la porte d'entrée. Priti l'avait suivi en voiture depuis l'hôpital, compatissante – de Wilmine, il ne restait qu'une enveloppe, et son esprit décacheté parti à tous les vents.

— Je suis désolé de t'infliger tout ça, s'excusa-t-il encore.

— Tu ne m'infliges rien. Je suis une San qui suit l'éclair, et c'est toi mon éclair.

— Tu es adorable, souffla-t-il en déposant ses affaires sur le canapé râpé.

Le ranger se débarrassa de son uniforme, revint de la chambre vêtu d'un jean et d'un simple tee-shirt.
— Tu veux un thé?
— Tu n'as pas d'alcool? J'en ai jamais bu, avoua Priti en balayant du regard son coin cuisine.
— Je croyais que tu passais ton temps à faire la fête à Rundu?
— Je n'ai jamais eu besoin d'alcool pour ça.
— En tout cas, je ne sais pas si c'est le bon jour pour commencer.
— Je crois que si.

Seth aimait les subtilités de sa rhétorique, même s'il n'en saisissait pas toujours le sens. Priti mit de la musique en sourdine sur sa mini enceinte Bluetooth pendant qu'il fouillait dans son frigo.
— Je n'ai que de la bière... Ah si, il me reste aussi un fond de vodka.
— C'est bon ça?
— C'est russe.

Le rappeur Sunny Boy et son rythme kwaito sans danger donnèrent une note plus gaie à l'atmosphère de la maison. Ils remplirent deux petits verres d'alcool translucide, trinquèrent à des jours meilleurs et burent d'un trait.
— Waouh.
— Tu aimes?
— Comme un coup de pied dans le derrière, parfois ça fait du bien.
— C'est vrai, concéda Seth, peu habitué à boire.
— On finit la bouteille? Il ne reste presque rien.
— Tu ne veux pas attendre cinq minutes que ça te fasse de l'effet?
— Tu me fais de l'effet depuis le moment où je t'ai

vu sortir de ta voiture avec ton *lion style*, rétorqua la San, assise sur le canapé, la première fois que tu es venu à Wild Bunch. Ça n'a même pas pris cinq minutes.

— Le prestige de l'uniforme, ironisa Seth.

— Ha ha! Non, c'est ton air de petit garçon gentil : on voit bien que tu ne vaux pas une pintade au milieu des lions.

— C'est touchant ce que tu dis.

Elle tapota sa cuisse.

— Le prends pas mal, je préfère ça plutôt qu'un gorille qui se gratte les parties en riant à ses propres blagues.

— Je suis à moitié imberbe, plaida Seth. L'autre moitié serait plutôt du genre ouistiti.

— Les ouistitis attaquent en bande, tu savais ça? Le genre à te faire passer un sale quart d'heure.

Ils finirent le fond de vodka.

La nuit tombait, ils n'étaient pas ivres, juste un peu gris, et leurs regards devenaient plus tendres. Seth était timide de nature et affecté par le sort de sa grand-mère, aussi Priti se botta-t-elle les fesses pour prendre les choses en main. Elle respira un grand coup, encouragée par l'éclat mâle de ses pupilles qui luisaient pour elle.

— On dirait bien que c'est l'heure de passer à l'étape suivante. Tu es prêt?

— À tout, oui, fit Seth en l'imitant.

Elle se leva la première, avisa la chambrette.

— Je connais le chemin. Laisse-moi deux minutes, le temps que je devienne mystérieuse.

Seth n'y trouva rien à redire. Cela faisait deux heures que leurs corps électriques s'évitaient sur le canapé et il redoutait un peu le moment de se toucher, nus. S'il s'y prenait comme un manche? La dernière fois qu'il avait fait l'amour, il n'était pas encore lieutenant, ça faisait donc plus d'un an, une fille damara pas très dégourdie non plus – et les autres fois lui paraissaient si lointaines. Quand il touchait le corps d'une femme Seth avait toujours l'impression que c'était la première fois. C'était doux mais intimidant.

Deux minutes devenues six, l'Ovambo se décida à quitter le canapé.

Il faisait sombre dans la chambre, une bougie dégottée on ne sait où brûlait sur l'unique commode, laissant deviner une forme recroquevillée dans le lit.

— Je commençais à croire que tu m'avais oubliée, fit une voix sous les draps.

Il sourit en douce, profita de ce qu'elle se cache pour ôter sa chemise, puis le reste. La lueur pudique de la bougie l'aida à s'asseoir sur le rebord du lit; Seth frotta ses pieds l'un contre l'autre pour en ôter d'éventuelles scories, comme il le faisait avant de se coucher, se glissa dans le lit où le monticule féminin n'avait pas bougé d'un pouce.

— Je grésille, l'informa Priti.

Seth la découvrit au milieu du lit, petite bête tapie dans l'ombre, tournée vers lui comme si elle savait de quel côté il arriverait; il se lova contre la jeune femme, qui s'étendit aussitôt de tout son long. L'Amérique pouvait couler.

Seth s'envola au premier contact, cet animal vivant et chaud entre ses doigts, ses caresses en retour qui semblaient vouloir repérer chaque partie de son corps, Priti ne pouvait pas mieux tomber dans ses bras. Ils se grimpèrent plus sérieusement dessus, se pressèrent en grillant des étapes au risque de se précipiter, se précipitèrent quand même, sacrément trop agrippés pour reculer ; Priti l'évaluait dans ses os et l'exploratrice semblait contente de ses découvertes. Seth était fait de branches, de troncs biscornus et adroits, de feuilles riches en vitamines, elle goûta un peu de tout en s'attardant sur les parties sensibles, la semi-obscurité excusait tout, chaque minute comptait pour dix, les meilleures. Priti écarta les jambes pour l'attirer dans sa maison de soie puis le guida en retenant son souffle. Seth la pénétra lentement et Priti le prit bien, très bien, elle l'encourageait même, en douceur ou en profondeur c'était très bien, continue à courir dans mon ventre, songeait-elle les yeux fermés, Seth s'acharnait sur ce bonheur léger, continue petit diable, continue.

Leur premier bonheur.

Ils se blottirent enfin, rassasiés, maintenant apprivoisés pour de bon, se contentant du silence et de leurs souffles mêlés. Étrange comme le temps pouvait se contracter. La bougie avait fondu de moitié sur la commode, les reflets dansaient sur leurs visages. Seth se sentait apaisé après sa course sexuelle en territoire inconnu, Priti aux anges après leur échappée vers les cieux. Les draps remontés jusqu'au cou, elle lui glissa à l'oreille.

— La prochaine fois, tu me secoueras sur la commode ?

Il rit. Puis il y eut un bruit de moteur dehors, qui se rapprochait.

Les phares d'un véhicule traversèrent les rideaux et s'immobilisèrent devant la maison.

9

Solanah avait passé l'après-midi dans le bureau du capitaine Ekandjo. Au fil des recherches et des recoupements, ils finirent par retrouver la trace de One, alias Manuel Neto, un ancien enfant-soldat angolais qui trempait dans divers trafics.

L'unijambiste avait écopé de trois années de détention pour recel et vente illégale de bijoux en ivoire, une peine effectuée à la prison de Rundu, dont il était sorti en 2019. Wia, le frère de N/Kon, avait purgé sa peine à la même époque, dans la même maison d'arrêt. Les deux hommes avaient dû s'y côtoyer, nouer des liens entre délinquants incurables puis poursuivre ensemble les trafics, notamment d'animaux sauvages. Wia s'était spécialisé dans le braconnage de serpents et d'araignées rares, One comme rabatteur dans les bars et les villages, en quête de pisteurs comme Xhase et Virinao, prêts à tout pour s'en sortir.

Le puzzle commençait à prendre forme. D'autant qu'elle avait eu John au téléphone après sa visite chez Wia : le frère de N/Kon avait déguerpi mais, son implication désormais avérée, un avis de recherche était lancé. Leur complicité grandissait, et pas seulement autour de l'enquête. Solanah n'avait pas oublié leur soirée de la veille, les baisers qu'elle avait eu l'impudence d'abandonner au bout de ses doigts – était-elle devenue folle ? Allait-elle sciemment au-devant d'une catastrophe, défiant Azuel ? Quel prix était-elle prête à payer pour s'en libérer ?

John lui plaisait, énormément, chaque heure un peu plus depuis qu'ils s'étaient quittés au lodge, c'en devenait puéril, troublant, exaltant, dangereux à tout point de vue. L'avait-il ensorcelée avec ses histoires d'animaux, son regard vert intense qui scintillait à la lueur des bougies ? Rien ne méritait qu'elle abandonne son travail, Solanah voulait s'en convaincre, ce n'était qu'un caprice de quadra trop émotive qui manquait d'attentions, mais les papillons valdinguaient en elle.

Tout la ramenait à John. À leur amour né dans l'adversité, grandissant d'heure en heure comme si elle n'y pouvait rien, et auquel elle rêvait de succomber. Avec lui elle se sentait libre. Légère.

Le texto d'Azuel tomba sur son smartphone comme une bombe.

« Rejoins-moi au bureau : j'ai trouvé la piste du Scorpion. »

~

Solanah se présenta dans le bureau du boss en fin de journée, boitant bas mais presque fraîche après deux jours de fugue. Étrangement, Azuel ne l'avait jamais trouvée aussi belle, avec son grand corps moins pataud que musclé, l'air un peu masculin de son visage et la puissance femelle qu'elle dégageait, comme au premier jour.

— Tu as fini par revenir.
— Évidemment.

Il portait une chemise blanche et une cravate malgré la chaleur qu'un ventilateur trop bruyant brassait en vain.

— C'est moi ou le Scorpion qui motive ton retour ? dit-il en préambule.

— On en parlera plus tard, si tu veux bien, répondit Solanah d'un ton neutre. Tu as remonté la piste des trafiquants ?

Azuel opina derrière son bureau, dans son rôle de chef de la KaZa – celui qu'elle préférait.

— On a retrouvé les empreintes du conducteur du 4×4 dans les fichiers de la police sud-africaine, annonça-t-il. Un homme du Scorpion. Toutes les pistes concordent. Mais avant cela, j'ai pu interroger un ancien du 32e bataillon qui a fait la guerre de la frontière, Magnus Hobe : il m'a confirmé que le caporal Yan Malan et John Latham sont bien la même personne. Hobe m'a aussi parlé de son rôle dans le trafic d'ivoire qui a eu lieu à l'époque.

— Quel trafic ? fit Solanah, prise au dépourvu.

— La guerre en Angola ; le 32e bataillon a combattu là-bas, comme tu le sais, et tout était bon pour financer le conflit. Diamants, pétrole, ivoire... Les Sud-Africains n'étaient pas les derniers à profiter du trafic, et leur allié angolais Savimbi avait la main sur les routes de la région. Le caporal Malan était dans le coup, comme chauffeur au service des huiles des services de sécurité de l'apartheid, chargé du transfert du butin. C'est comme ça que Malan s'est enrichi, avant de changer d'identité. Sauf qu'il lui fallait une couverture pour justifier sa fortune et se faire oublier de ses anciens amis et des tribunaux qui pouvaient le poursuivre. Alors il a trouvé la mine, cette histoire de terres miraculeuses achetées après la guerre.

Azuel lui laissa le temps de digérer l'énormité de ses révélations.

— La mine de diamants n'a jamais rien donné, poursuivit le chef des rangers. J'ai interrogé un ancien employé san qui y travaillait avec Latham et sa clique : elle était vide. Un filon de poudre aux yeux. La mine servait juste à blanchir l'argent de l'ivoire détourné pendant la guerre : les défenses de centaines d'éléphants qui finançaient les troupes de l'apartheid sur le terrain. Latham est un profiteur de guerre, un tueur d'éléphants, voilà la vérité... Tu t'es sacrément fourré le doigt dans l'œil, Solanah.

La Tswana baissait imperceptiblement la tête, sonnée.

— Qui me dit que ces témoignages sont vrais ? se rebiffa-t-elle.

— Magnus Hobe est malade et va bientôt mourir. Il ne sait même pas que Latham est soupçonné de meurtres. Il a parlé parce qu'il n'avait rien à perdre ni à cacher. Quant à l'ancien «faux mineur», ajouta-t-il en accrochant l'air de ses doigts, c'est le frère de N/Kon, l'intendant de Wild Bunch.

— Qui a trahi les siens. On le soupçonne même de s'être procuré le poison qui a tué Virinao.

— Wia a trahi les siens en révélant la vérité sur Latham, corrigea Azuel. Faux et usage de faux, actes de corruption pour obtenir les papiers de la mine, fausse identité, trafic d'ivoire, butin de guerre, blanchiment d'argent, je ne sais pas ce qu'il te faut !

Un silence glacé passa dans le bureau du ranger.

Corruption. Argent sale. Trafic d'animaux sauvages. Tout ce qu'ils détestaient.

Solanah encaissa le coup. Une méchante balle dans le foie.

— Tu es de quel côté, Solanah?

— Celui de la justice, répliqua-t-elle, tu le sais.

— Eh bien tu t'es fourvoyée, résuma Azuel : en tant que ranger et en tant que femme.

Solanah rapetissait sur la moquette du bureau. C'était le moment de la cueillir.

— Mais l'erreur est humaine, se radoucit-il. Je peux encore oublier ta fugue chez ce bandit si tu fais amende honorable. Je peux te donner l'identité du conducteur du 4×4 pour qu'on poursuive l'enquête ensemble jusqu'à ce qu'on coince le Scorpion et sa bande : toi sur le terrain, moi aux commandes, comme avant. Je te demande juste de me faire la promesse solennelle que plus jamais tu ne me tromperas, sous peine cette fois-ci d'être définitivement renvoyée des rangers. Je passe l'éponge, par amour pour toi, résuma-t-il, mais c'est la dernière fois.

Solanah bouillonnait de rage : c'est John qui l'avait trompée… John qui l'avait trahie. Le caméléon.

— Donne-moi un revolver, dit-elle.

— Quoi?

— Tu es le chef de la KaZa, dit Solanah en lui jetant un regard froid. Donne-moi une arme.

~

Les réserves animalières étaient devenues des lieux stratégiques pour les guérillas d'Afrique australe dans les années 1970 et 1980 : vastes, faiblement peuplées, composées de terrains souvent difficilement praticables et proches des pays voisins, ces zones s'avéraient idéales tant pour l'infiltration des guérilleros basés dans les pays limitrophes que pour le trafic d'ivoire, qui finançait l'achat d'armes.

Plus de cent mille éléphants furent ainsi tués, dont une majorité durant la guerre en Angola.

Le transport des défenses s'effectuait par camions exemptés des procédures douanières. Alliée de l'Afrique du Sud, l'UNITA de Savimbi n'était pas seule à profiter du trafic. Des officiers du renseignement militaire sud-africain, des membres de l'establishment jusqu'au président de l'apartheid chassaient l'éléphant en Angola pour le plaisir de rapporter quelques défenses à la maison. Les ennemis sur le terrain faisaient des affaires entre deux batailles, alimentant une corruption généralisée qui finançait la guerre et remplissait leurs poches; même le chef de l'expédition cubaine en Angola, le général Ochoa Sánchez, accueilli en héros à son retour au pays, avait fini par être convaincu de corruption et exécuté par Fidel Castro. Les États occidentaux connaissaient le trafic, le WWF fermait les yeux.

Commandant du 32e bataillon, Rainer Du Plessis participait à la curée; les éléphants électrocutés ou déchiquetés par les mines en se retirant du champ de bataille étaient une prise exceptionnelle. Trois cent quinze bêtes à raison de deux défenses allant de quinze à vingt-cinq kilos l'unité, à cent cinquante dollars le kilo d'ivoire, cela représentait environ six mille dollars US par éléphant, soit un butin total avoisinant les deux millions. Une fortune.

Du Plessis avait fait charger les six cents défenses d'éléphants dans un camion de transport de troupes, plus de deux tonnes d'ivoire bâchées à la hâte. Le convoi secret filerait vers l'Afrique du Sud plutôt que vers la Namibie, où les troupes avaient ordre de se retirer pendant que le 32e retiendrait l'ennemi angolais. Du Plessis et ses supérieurs du renseignement militaire avaient leurs réseaux au pays, le chargement était attendu le soir même à la frontière. Le lieutenant Kurtz, un de ses hommes de confiance, accompagnerait son meilleur chauffeur dans l'unité, le caporal Malan, qui avait montré assez de courage au feu pour riposter efficacement en cas d'escarmouche avec un groupe ennemi et qui surtout savait éviter les pièges des pistes africaines.

Yan avait à peine eu le temps de nettoyer le sang des éléphants coagulé sur sa peau; il avait quitté N/Kon et ses camarades en quatrième vitesse, son paquetage sur le siège près de Kurtz et son M16 américain. Deux cents kilomètres de brousse les séparaient du poste-frontière sud-africain où ils étaient attendus.

Lancé sur des pistes impossibles, Yan conduisait de main de maître. Il combattait depuis des mois sous les ordres directs du lieutenant Kurtz, un officier dur et dépourvu de peur, comme leur commandant, qu'il valait mieux avoir dans son camp. Yan se taisait depuis la boucherie qui avait suivi la mise à mort des éléphants, les petits baignant dans le sang de leur mère, les matriarches aux pattes déchiquetées. Yan avait vu des horreurs, des corps empalés, décomposés dans la boue ou laissés au fleuve, mais la guerre c'était autre chose, un ennemi qu'on ne connaît pas, qu'on ne voit pas, presque dématérialisé tant on pense surtout à se sauver, à tirer pour se défendre; Yan Malan avait mangé le pain noir de la peur, les intestins noués, il avait obéi pour défendre ce que les Afrikaners estimaient être leurs terres, défendre sa famille et leur ferme en Namibie. Yan avait tendu des embuscades avec N/Kon, tué quand il n'avait pas le choix, n'éprouvant ni horreur ni dégoût, cloisonnant son cerveau pour y survivre, mais ces animaux amputés, leurs cris d'agonie l'avaient frappé plus profondément qu'une balle. Une blessure invisible, jamais refermée.

La nuit commençait à tomber et Yan n'en finissait plus de se consumer. D'autant qu'au fil de la route un doute s'immisçait : que Du Plessis ait choisi Kurtz pour mener le chargement illicite ne le surprenait pas, mais pourquoi l'avoir choisi lui comme escorte ? Il y avait des chauffeurs plus dévoués dans le 32e, des durs à cuire qui auraient suivi Du Plessis en enfer : Yan n'était qu'un éclaireur, un caporal qui traînait avec les autochtones de l'unité d'élite Omega. Et puis Yan saurait où et à qui l'ivoire serait remis. Il ferait partie des complices, ou des hommes qui en savaient trop, et Du Plessis n'avait pas parlé de prime ni d'une quelconque récompense pour mener l'ivoire à bon port : il lui avait donné un ordre. Juste cet ordre de conduire le camion jusqu'au poste-frontière. Non, non, songeait-il au volant, le lieutenant Kurtz n'allait pas le laisser filer avec ce secret. Le trafic impliquait le chef du 32e bataillon mais aussi des haut gradés, des membres de l'état-major ou des services de renseignement : il n'était qu'un pion qui risquait une balle perdue, un accident...

Encore vingt kilomètres avant le poste-frontière isolé. Le camion crapahutait sur une piste défoncée que plus personne n'avait empruntée depuis longtemps, perdue dans la brousse angolaise, un no man's land aux yeux des belligérants – personne n'avait intérêt à approcher trop près de l'Afrique du Sud, qui enverrait ses troupes en cas de menace sur son territoire. Eux roulaient, les phares fouillant les ténèbres, découvrant parfois les yeux phosphorescents des lions, des hyènes… « On va faire une pause, avait alors dit Kurtz, il faut que je pisse. »

La nuit était noire quand le véhicule avait stoppé au milieu de la savane. Yan vit le fusil-mitrailleur entre les jambes du lieutenant qui, l'empoignant, se tourna vers lui. Kurtz avait ordre de liquider le chauffeur avant le poste-frontière, de rapporter sa plaque avec une histoire triste pour la famille. « Descends », avait-il ordonné pour ne pas avoir à nettoyer le sang qui giclerait dans l'habitacle.

Il faisait sombre au milieu du bush et le lieutenant Kurtz ne se méfiait pas : il reçut l'impact en plein cœur. Son corps rebondit contre la portière puis sa tête s'affala dans une odeur de poudre qui les maintenait pétrifiés : Kurtz avec une expression de surprise à jamais figée sur son visage, Yan la main encore serrée sur la crosse du pistolet glissé sous sa veste militaire.

Légitime défense, se répétait-il pour ne pas flancher. Car il s'était fourré dans un sacré pétrin. Du Plessis ne goberait jamais son baratin, lui et ses supérieurs lui feraient cracher le morceau, à la gégène s'il le fallait. La torture. Le déshonneur sur sa famille. La mort, puisqu'il était au courant du trafic.

Le jeune Afrikaner gambergeait dans le noir de la cabine, des crotales dans le sang, trempé de sueurs froides et de rage, et comprit qu'il avait encore une chance de s'en tirer. Il commença par pousser le cadavre du lieutenant par la portière du camion, puis il le déshabilla, échangea leurs plaques d'identité et tira le corps ensanglanté quelques mètres dans l'obscurité de la brousse. Les hyènes rôdaient, les lions, les vautours, qui à leur suite nettoieraient les os. Et si l'on trouvait ses restes, la plaque militaire de Yan Malan les identifierait. Du Plessis croirait que Kurtz l'avait liquidé, comme on le lui avait ordonné, puis qu'il s'était enfui avec les défenses. Et il chercherait l'officier félon, en vain.

Yan avait fait demi-tour avec le camion, roulé une dizaine de kilomètres avant de brûler l'uniforme et les affaires du lieutenant Kurtz. Il connaissait les positions de l'UNITA, leurs alliés angolais qui continueraient à se battre contre les soldats loyalistes. Il s'était enfoncé dans la nuit africaine, l'ivoire des éléphants à l'arrière du camion, et le caporal Malan n'était jamais réapparu...

Minuit sonnait quelque part, inutile. John apercevait les contours du kraal, fermé pour la nuit, les lueurs de la lune sur le point d'eau au-delà de la terrasse, et Solanah ne donnait plus de nouvelles.

Il l'attendait depuis le crépuscule sans trop vouloir se l'avouer et commençait à s'inquiéter. Se doutait-elle qu'il l'avait mise sur une fausse piste avec le 4×4 ? Que lui et N/Kon avaient organisé la mise en scène de l'empreinte sur le volant ? John commençait à douter de sa folie. Avait-il été assez explicite ? Convaincant ? Totalement inconscient ?

Il but un second verre d'alcool, le regard vague sur la mare désertée, et se sentit coupable, comme après le massacre des éléphants, puis la mort d'Aya. Les images du passé repassaient comme un mauvais film, un destin écrit qui puait la fatalité. La mort lui collait aux basques. Il avait fallu vingt ans et l'arrivée de Solanah pour qu'il se décide à quitter sa bulle de sang, qu'il prenne le risque de tout foutre en l'air, comme le mettait en garde le vieux San, et il avait pu se fourvoyer, sur elle, sur lui. La mort toujours, la mort partout à ses trousses. John se perdait en conjectures, puis il crut entendre un bruit au loin, qui semblait contourner le lodge.

Il se dressa vers la rambarde et reconnut le ronflement d'un moteur à petit régime. Il ne vit pas de phares dans l'obscurité mais la rumeur se déplaçait vers l'est.

La mine.

~

Solanah conduisait à fond de train sur la piste défoncée, mâchoires serrées, comme ses mains sur le volant. « Ne me trahis pas », l'avait-elle prévenu. Et John l'avait menée en bateau. Depuis le premier jour. Il jouait les écolos misanthropes pour qu'on ne vienne pas fouiller dans ses affaires, son passé d'ancien tueur de l'apartheid effacé pour qu'il puisse réapparaître sous une autre identité, celle d'un gentleman-farmer tombé sur un filon miraculeux.

Azuel était jaloux à en perdre la raison mais professionnel jusqu'au bout des ongles. On ne blanchit que des sommes mal acquises : l'argent de l'ivoire avait dû être placé par différents courtiers sud-africains, qui lessivaient tout et n'importe quoi dans les paradis fiscaux, ces gars-là étaient des receleurs en col blanc qui émargeaient à 10 % ou 30 % ; il fallait l'appui de juges et des années d'enquête pour remonter la piste de ces fraudes, dévoiler les sources, un système protégé par le capitalisme financier aujourd'hui au pouvoir. Azuel et Solanah se battaient sur le terrain car ils ne pouvaient rien contre ces pratiques, et John Latham ne valait pas mieux que les braconniers qu'il prétendait traquer. Au fond, il était comme eux : un profiteur de guerre.

L'ancienne mine au cœur de la réserve ne renfermait pas de diamants mais des défenses d'éléphant ; la meilleure planque qui soit, d'où l'ancien du 32e avait écoulé peu à peu l'ivoire sanglant de la guerre en Angola.

La colère l'emportait sur l'humiliation.

Solanah avait quitté le bureau du chef de la KaZa sans le nom du pilote du 4 × 4, un affidé du Scorpion, mais avec une autorisation de port d'arme signée du boss. Azuel se doutait-il que sa femme allait régler ses comptes avec Latham ? Il avait demandé ce qu'elle comptait faire d'un revolver mais Solanah avait esquivé, lui promettant qu'elle le tiendrait au courant, que rien d'irréversible n'arriverait, ni à lui ni à elle, qu'il fallait lui faire confiance. Azuel l'avait crue.

Maintenant la nuit était tombée sur la piste de Bwabwata qui menait à Wild Bunch et Solanah roulait, la rage au ventre.

Une impression de déjà-vu l'accompagnait à travers l'étendue de sable et de végétation. Les soubresauts de la Jeep élançaient son genou blessé, ralentissant sa progression ; elle passa la frontière du corridor sans savoir si les caméras de surveillance la repéreraient.

Les silhouettes d'une harde assoupie se détachèrent sous la lune, les lueurs translucides de regards animaux apparaissaient parfois dans les phares avant de disparaître à son approche. Le tableau de bord affichait minuit lorsqu'elle distingua les lumières du lodge, au sommet de la butte.

John devait dormir comme un fakir sur la lame à cette heure ; Solanah coupa les phares, contourna le site à allure réduite et roula au pas à travers le veld en opérant un large arc de cercle. Une demi-lune la guida vers la mine, à l'est de la maison. La ranger se tenait penchée sur le volant pour mieux reconnaître le terrain quand un choc contre la portière la fit soudain sursauter : des crocs jaillirent des ténèbres, ceux d'un guépard aux yeux de feu. Ruby. La gardienne de la mine, comme elle le soupçonnait, qui feulait en courant le long de la portière.

Solanah stoppa la Jeep près de l'enclos puis se pencha vers la banquette arrière. Elle empoigna le fusil emprunté au poste des rangers, y logea la fléchette anesthésiante qu'elle avait préparée et se dressa par le toit ouvrant. Le guépard se tenait immobile devant la grille ouverte, menaçant. N/Kon était de mèche, qui tous les soirs libérait le prédateur – voilà pourquoi il lui avait conseillé de rentrer au lodge la nuit dernière. Sans doute le nourrissait-il à l'aube pour lui signaler, par un rituel, son retour au bercail. En attendant, le fauve faisait les cent pas derrière le grillage ; Solanah appuya sur la détente et toucha l'arrière-train de Ruby, qui recula sous l'impact. Le guépard chuinta, visiblement mécontent, mais il cessa de s'agiter.

On devinait les lumières du lodge au loin. Solanah attendit que la piqûre fasse son effet, épiant les ténèbres comme si John ou les guetteurs san allaient surgir. La ranger n'ayant pas lésiné sur la dose, Ruby s'allongea sur le sable, droguée pour un moment. De fait, le guépard ne broncha pas lorsqu'elle poussa la portière. L'air était tiède, le sol meuble sous les astres. Solanah passa la porte grillagée et marcha vers l'entrée de la mine avec ses madriers à demi écroulés. Allumant sa lampe-torche, elle découvrit les autres renforts de bois, encore intacts : il y avait une ouverture sécurisée qui permettait de descendre au cœur du sanctuaire.

Solanah regarda où elle mettait les pieds, rencontra peu d'obstacles ; un goulet creusé dans la roche, après un léger coude, menait à une salle principale. Elle balaya le sol de sa lampe et resta stupéfaite devant les os qui blanchissaient là... Ce n'étaient pas des défenses d'éléphant que John avait cachées dans la mine, mais des squelettes. Des squelettes humains.

Il y en avait des dizaines, jetés pêle-mêle, certains là depuis longtemps à en juger par l'état de décomposition. La vision du charnier accentua l'odeur. Solanah fit un premier pas sur le sol inégal, la gorge sèche, avança comme un automate parmi les corps qui gisaient dans la grotte. L'un des cadavres était encore frais, un homme blanc d'une quarantaine d'années en tenue de brousse, abattu d'une balle dans la tête. Petit calibre vu l'impact. Ses mains étaient souillées de sang séché... Le conducteur du 4 × 4, devina Solanah, qui avait tenu son rôle dans la mise en scène.

Un frisson passa dans l'antre de Wild Bunch. John n'était pas un aventurier que la providence avait recyclé dans la préservation des animaux mais un tueur : un chasseur d'hommes dont il jetait les restes au fond de sa mine.

Le sang de la Tswana se glaçait quand un bruit trahit une présence dans le goulet.

John, bien sûr... Il apparut sous les voûtes souterraines, une lanterne à la main, qui les éclaira lui et la pièce. Le spectacle n'en devint que plus impressionnant, champ d'os et de crânes affreux, cimetière d'un esprit désaxé. Solanah recula à l'idée d'avoir pu songer à donner son corps à ce monstre, mais la voix de John était calme.

— Comment tu as su?

Le salaud était presque beau à la lueur chamarrée de la roche, sans arme.

— Wia t'a vendu à Azuel. Ta prétendue mine de diamants, répondit-elle sans le quitter des yeux. Azuel a aussi retrouvé un ancien du 32e bataillon sud-africain, un témoin du trafic d'ivoire pendant la guerre de la frontière. Il vous a reconnus, toi et N/Kon.

Solanah désigna les restes du cadavre à demi dévoré à ses pieds.

— C'est qui, ce type? enchaîna-t-elle. Le conducteur du 4 × 4? Tu m'as menée par le bout du nez!

— Un de ceux qui ont abattu les rhinocéros l'autre nuit, oui, confirma John. J'ai retrouvé les cornes cachées sous le moteur.

— Ça te donne une excuse?

— C'était lui ou moi.

— Ah oui? fit-elle en désignant le charnier. Les autres aussi, c'était eux ou toi? Tous tes gadgets de surveillance, les caméras, les drones, c'est pour localiser et tuer les braconniers ou toute personne qui y ressemble et s'introduit sur tes terres?

— L'ennemi, oui.

— Xhase, lui aussi, était un ennemi?

— Il a été manipulé, comme Virinao, tu le sais.
— Et les hommes-lions ?
— Un mythe pour effrayer les chasseurs locaux trop aventureux.
— Qui disparaissent, comme les braconniers que tu exécutes avant de les cacher dans la mine, assena la ranger. Tu rapportes leurs cadavres pour que ton fauve prenne goût à l'homme ? C'est pour ça que vous le lâchez la nuit, pour qu'il attaque ceux qui auraient l'idée de s'en prendre à toi ?
— Non…

Solanah lui jeta un regard meurtrier.

— Tu m'as menti. Depuis le début. Tu es un tueur.
— Au Botswana aussi, vous tirez à vue sur les braconniers ; je fais la même chose à Wild Bunch.
— Notre combat est légal, encadré par l'armée.
— Qu'est-ce que ça change au final ? Tueurs assermentés ou non, nous poursuivons le même but.
— On ne se fait pas justice soi-même, ou alors on revient au Far West, aux lynchages et aux exécutions sommaires, voilà ce que ça change ! glapit-elle. L'État de droit est l'unique façon d'avancer ensemble, de faire reculer la barbarie. C'est aussi simple qu'efficace.
— Mais ce sont eux les barbares, se défendit John. Et les humains sont trop nombreux, de plus en plus, plus que la terre ne peut le supporter, alors que le nombre d'animaux libres diminue à la même vitesse. Ce n'est plus qu'une question de temps avant qu'ils disparaissent à jamais.
— On ne chasse pas les hommes comme du gibier.
— Pourquoi ces salopards ne deviendraient-ils pas des proies ? Les bêtes ne peuvent pas se défendre contre des hommes armés.

— C'est mon rôle de les protéger, celui de milliers d'autres rangers à travers le monde.

— Avec vos vieilles pétoires, tu parles que les mafias y regardent à deux fois ! railla John d'un air mauvais. Tu crois que ton équipier fait peur à quelqu'un ? Le pauvre ne pèserait pas lourd face à des tueurs aguerris. C'est ces types que j'élimine, sans scrupules, car eux n'en ont aucun.

Solanah secoua la tête, touchée au cœur, au milieu des squelettes.

— La haine du genre humain, fit-elle entre ses dents, voilà ce que l'anti-braconnage a fait de toi. Un criminel... Tu ne vaux pas mieux qu'eux, John Latham.

— Non, Solanah, tu te trompes.

— Donne-moi une seule raison de te croire.

— Tu le sais aussi bien que moi : dès qu'un animal est menacé, sa cote à la Bourse du braconnage grimpe en flèche, et moins il en reste, plus on s'acharne. Rien n'est fait pour sauver les survivants du génocide, respecter leur habitat ou simplement garantir leur liberté. De grands mots, des traités accouchant d'accords que personne ne respecte, des ricanements paternalistes à vomir quand des enfants manifestent pour leur survie, notre espèce est si inconséquente que je n'en attends plus rien. Quand ils réagiront, bien sûr, il sera trop tard, on fonce déjà dans le mur, c'est juste une question de violence de l'impact, mais personne ne freine le bolide de la catastrophe écologique. Au moins, en éliminant ces fumiers, j'aurai fait ma part pour la sauvegarde de la planète, enchaîna John. C'est peu, ridicule, vain, ce qui me met en rage, mais ça me fait tenir debout. Car on ne peut pas arrêter les hommes sur le chemin du génocide en cours ; il y aura toujours un pauvre type qui acceptera de l'argent pour sauver sa famille, un autre qui n'aura pas d'empathie ou qui jouira du profit comme s'il se branlait dessus, des organisations criminelles pour fournir des armes et de la logistique à des tueurs sans états d'âme, un courtier à Hong Kong, un douanier ou un flic à corrompre, un pauvre type assez crétin pour croire qu'un testicule de tigre le fera bander au double, un riche fier de manger devant sa cour la chair d'une bête en voie de disparition, ah ! quel privilège, quelle puissance !

Les yeux de John prenaient feu.

— Je leur souhaite la mort, dit-il : à tous ! Le temps est compté avant que les animaux sauvages soient tous assassinés, ou capturés et mis en prison, avant de pourrir dans nos mémoires. Alors oui, les San sont mes informateurs, et N/Kon mon bras armé. Le message que j'envoie aux braconniers est clair.

Son regard possédé attendait une réponse, un blanc-seing, n'importe quoi d'elle.

— Je défends leur territoire, dit-il en se radoucissant à peine. Le tien si tu veux. Il me manquait un bout de vie, je m'en suis rendu compte le soir de l'attaque du lion. C'est comme si je te sentais dans mon sang, Solanah, comme les bêtes, tu es le même amour, la même colère. Rejoins-moi à Wild Bunch.

Sa voix venait l'enlacer, ses yeux la prendre dans leurs flammes vertes. Le bras armé de l'amour. John Latham était passé de l'autre côté du Styx.

— Tu es fou, dit-elle avant de quitter les lieux.

10

Priti et Seth venaient de faire l'amour quand le moteur d'une voiture avait rompu le silence. Les phares s'éteignant bientôt, le lieutenant se posta à la fenêtre, attendit une poignée de secondes pour voir qui arrivait en pleine nuit et se détendit à peine
— Solanah...

Il enfila un jean en vitesse, prévint Priti de son arrivée impromptue avant d'ouvrir à son équipière, qui se tenait sur le pas de la porte. Pas besoin d'être très observateur pour voir qu'elle avait pleuré.

— Qu'est-ce qui se passe?
— C'est John, dit-elle en entrant.

Ses mots défilèrent. Le trafic d'ivoire pendant la guerre, la découverte des ossements accumulés dans la mine de Wild Bunch : les visages de Seth et Priti étaient aussi blêmes que celui de Solanah, que sa voix étranglée trahissait.

— Tu étais au courant? lâcha-t-elle à l'attention de la jeune femme.

— Non... Non, on ne raconte pas ce genre de choses aux enfants de Wild Bunch.

— Ça ferait de toi une complice de meurtres, la prévint la ranger.

— Complice de quoi ? Si John combat les braconniers venus tuer sur ses terres, c'est de la légitime défense.

— Il ne les combat pas, il les abat de sang-froid. Avec ton oncle N/Kon.

Priti était un peu prise de court mais elle ne resta pas longtemps ébranlée.

— Et… c'est si grave que ça ? se risqua-t-elle.

— Il s'agit de crimes.

— De crimes contre l'humanité, oui : celle qui viole et qui tue.

— L'humanité n'est pas divisée entre les bons et les mauvais, se rembrunit Solanah, c'est pour ça que la loi est la même pour tous.

— Comme si elle était appliquée ! s'exclama Priti.

— C'est ce pour quoi Seth et moi nous battons. La justice, au cas où tu l'aurais oublié. Et si ce mot te chauffe les oreilles, dis-toi que je l'ai ancré bien profondément dans les tripes.

— John aussi a des trucs bouillants dans les tripes.

— La mort, oui.

Seth coupa court à la dispute.

— Et le boss, il t'a donné le nom du conducteur du 4×4 ?

— Non, pas encore.

Les yeux bruns de Solanah envoyaient des étincelles mortelles.

— Je ne comprends pas, dit son équipier. Les empreintes du suspect figurent forcément dans les fichiers de la police : le boss est sur la piste du Scorpion, non ?

— Je crains qu'il veuille tirer la couverture à lui. Nous mettre sur la touche et récolter les lauriers.

Seth eut une expression de surprise; Solanah en profita pour changer de sujet.

— Tu as trouvé quelque chose sur l'unijambiste?

— Oui, dit-il. D'après les témoignages, One a été vu plusieurs fois avec un camion transportant des cagettes de bière. J'ai vérifié : il y a deux entreprises de transport à la sortie de la ville, Delite et Rupard and Bro, qui a fermé à cause de la pandémie. Reste Delite. Je comptais y faire un tour demain matin, avec un agent de police.

— On n'en aura pas besoin, fit Solanah.

Elle tira le revolver qu'elle tenait sous sa veste et le posa sur la table. Seth regarda l'arme comme si le canon fumait.

— Au cas où One serait dangereux, dit-elle.

Ça ne le rassura pas, mais les nouvelles de l'unijambiste avaient au moins calmé les ardeurs féminines. Demain serait un autre jour. Enfin, la nuit étant sérieusement entamée, ils décidèrent de se reposer une poignée d'heures avant d'aller visiter l'entreprise suspecte. Solanah dormit sur le canapé, Seth dans les bras de Priti, qui frémissait encore après sa prise de bec avec la ranger.

Pas de rêves cette nuit-là, pas de spectre élégant hantant ses caves, juste un sommeil haché qui lui laissa un goût de fer. Levée la première, Solanah prépara le petit déjeuner, regarda le couple sortir de la chambre, Priti se frotter le bout du nez pendant que Seth filait sous la douche après avoir caressé sa main. Ils étaient beaux tous les deux, songea la ranger, et cela raviva la boule qui lui serrait le ventre depuis son altercation avec John.

Un thé brûlant à la main, la jeune San se posta près d'elle et finit par demander :

— Pour John, qu'est-ce que tu comptes faire ?

— Je ne sais pas.

— J'ai réfléchi cette nuit : John est la victime dans ton affaire, pas le coupable.

— Bien sûr, il a juste tué un braconnier qui nous aurait menés au pire trafiquant d'Afrique, rétorqua Solanah avec une ironie mauvaise.

Priti soupira.

— Peut-être qu'il n'a pas eu le choix.

— L'homme en question a été tué d'une balle dans la tête, un crime commis de sang-froid, j'en mettrais ma main à couper.

— Si John a vidé son chargeur dans la gueule de ce sale type, c'est qu'il avait une bonne raison.

— Tu es têtue, toi.

— Toi aussi, lieutenante.

~

Les rangers ne parlèrent pas beaucoup dans la Jeep qui les menait à Rundu. Seth conduisait, ses pensées tournées vers Priti repartie à Wild Bunch, Solanah rongeait son frein sur le siège du 4 × 4. Elle n'avait pas rappelé Azuel malgré ses promesses, ni tenu la police au courant de ses découvertes dans la mine.

Des élèves en uniforme gris et blanc se rendaient à l'école, leur cartable sur le dos. Joignant les faubourgs de la ville, ils s'engluèrent dans la circulation déjà dense et, au rythme des ralentisseurs, s'échappèrent vers le nord. Quittant la portion d'asphalte, ils roulèrent sur la piste qui longeait l'Okavango et atteignirent l'entreprise de transport susceptible d'employer l'unijambiste qu'ils recherchaient.

C'était un grand hangar aux portes fermées avec une cour jonchée de palettes, une guérite et un parking de livraison à l'arrière du bâtiment, invisible depuis la route. L'enseigne «Delite» avait déteint au soleil. Il n'y avait aucun voisinage alentour, que des champs incultes et le fleuve qui coulait un peu plus loin, marquant la frontière avec l'Angola.

Seth gara la Jeep dans la cour tandis qu'un homme sortait de la guérite, le gardien visiblement, un Noir d'un mètre quatre-vingt-dix à l'accent étranger, revolver et talkie-walkie à la ceinture.

— Vous cherchez quelque chose?

— Oui, Manuel Neto, surnommé One, l'informa Solanah. Il travaille ici d'après nos infos.

L'agent de sécurité secoua la tête.

— Connais pas.

— Un unijambiste.

— Y a plus personne ici.

De fait, l'endroit semblait désert.

— Où est le patron?

— Je le connais pas.

— Le gérant?

— Non plus. J'ai été chargé par une boîte d'intérim de garder le site, c'est tout.

— Avec une arme à la ceinture?

Le grand type haussa les épaules. Solanah se tourna vers le bâtiment.

— Qu'est-ce qu'il y a dans ces hangars?

— J'en sais rien, grommela-t-il.

— Quelque chose de précieux si on craint le vol.
— J'en sais rien, je vous dis.
Elle désigna le talkie-walkie à sa ceinture.
— Avec qui es-tu en contact ?
— Ben... Avec mon chef !
— Pourquoi un talkie ? Le portable ne suffit pas ?
Le géant ne sut quoi dire. Seth, qui avait contourné l'entrepôt, réapparut alors dans la cour.
— À qui sont les voitures garées derrière le bâtiment ? lança-t-il. Les deux pick-up ?
L'agent de sécurité eut un instant d'hésitation, trop long : Solanah dégaina son revolver.
— Les mains en l'air, ordonna-t-elle. Fais ce que je te dis.
Le gardien commença à protester mais elle l'avait dans sa ligne de mire.
— Plus haut les bras !
Solanah empoigna l'arme à sa ceinture, la tendit à Seth.
— Tu saurais t'en servir ?
— Je peux faire semblant, répondit son équipier.
— Il y a peut-être du monde à l'intérieur du hangar, l'avertit-elle. En cas de grabuge, eux ne feront pas semblant.
Deux pick-up. Un agent de sécurité relié par talkie-walkie.
— Ce serait plus prudent d'alerter Ekandjo, fit Seth.
— Tiens ce type en joue, ce ne sera pas long. S'il tente quoi que ce soit, tu lui tires dessus.
— Hey !
— Toi, ta gueule, siffla-t-elle au gardien. Ça va aller ?

— Oui.
— Je vais jeter un œil au hangar.

Solanah fila à l'arrière du bâtiment, entre les monceaux de palettes et de casiers à bière vides, constata que les lourdes portes du hangar étaient fermées. Rebroussant chemin, elle se dirigea vers les bureaux de l'entreprise, eux aussi bouclés, passa un œil par une des vitres ; elle ne vit personne mais il y avait un talkie-walkie posé sur une table... Solanah brisa la vitre d'un coup de crosse et, prenant garde aux éclats coupants, ouvrit la fenêtre. Son genou grinça quand elle dut l'enjamber.

La pièce était vide mais, en passant le doigt sur la table, Solanah constata qu'il n'y avait pas de poussière. Le talkie était en état de marche, les lieux visiblement occupés il y a peu. Solanah visita le bureau voisin, désert, puis les deux pièces aveugles qui menaient aux toilettes. Une rangée de lavabos, trois box aux portes closes. Le revolver à la main, elle poussa du pied la première porte, puis la deuxième. Personne non plus dans le troisième box, mais il puait encore la merde humaine. Moins d'une heure, estima-t-elle. One se cachait-il dans le bâtiment ? Les avait-il vus arriver dans la cour avant de prendre la poudre d'escampette ? Solanah quitta les sanitaires, de plus en plus stressée. Un sas où s'entassaient des casiers de bouteilles donnait sur la plus grande salle du hangar : du pied, la ranger poussa la double porte battante, se colla contre le mur, et une tempête de feu s'abattit sur elle.

Les éclats de bois bondirent sur son visage à couvert, trouant la porte de balles de gros calibre. Au moins trois tireurs différents, qui ne faiblissaient pas. Solanah recula le long du mur, chercha une issue. Si elle fuyait par le couloir, les tueurs l'auraient en ligne de mire et lui transperceraient le dos. Rester dans le no man's land du sas de stockage la laissait à leur merci, à moins que Seth fasse diversion, sans parler de ce foutu genou qui la handicapait. Elle respira un grand coup pour évacuer le stress, mit son esprit en position de combat et évalua l'agencement des lieux : un bâtiment de plain-pied, à sa gauche des bureaux qu'elle ne pouvait atteindre, à sa droite un hangar fermé où les tueurs avaient dû se replier, alertés par l'arrivée de la Jeep aux couleurs de la KaZa. Les détonations s'étaient tues, abandonnant une odeur de bois brûlé. Solanah n'allait pas se jeter sur eux pour une attaque-suicide ni se faire tirer comme un lapin en tentant de rebrousser chemin.

— Jette ton arme! lança une voix d'homme. Tu entends ?! Fais-la glisser sur le sol, bien en évidence à hauteur de la porte!

Trois tas de cagettes vides étaient calés contre le mur au fond du sas, aussi hauts qu'elle et posés les uns sur les autres. Solanah tira le monticule jusqu'à l'angle du mur où elle se terrait, entendit tonner une nouvelle injonction depuis le hangar et poussa la pile de cagettes à découvert. Elles ne lui offriraient aucune protection contre les balles mais, en se déversant sur le sol, créeraient un bref instant de confusion : Solanah profita des deux secondes qu'elle avait devant elle pour se ruer vers le couloir en faisant feu. Le bras brandi dans son dos, tirant au hasard vers l'entrepôt, elle vida son chargeur, courbée, se ruant vers la sortie sans plus sentir la douleur dans son genou. Des balles sifflèrent à ses oreilles, l'une d'elles érafla la manche de son uniforme, mais la peur la projeta jusqu'aux bureaux, saine et sauve. Solanah se réfugia contre le mur du couloir, le souffle court, et tomba nez à nez avec Seth.

— Je suis désolé, murmura-t-il, livide.

Le canon d'un Glock était planté derrière son crâne.

— Baisse ton arme ou je lui fais sauter la tête ! siffla Du Plessis dans le dos de son équipier. Obéis, tout de suite ! répéta l'Afrikaner, le doigt sur la queue de détente.

La Tswana eut un rictus de dégoût – elle n'avait plus de balles.

~

Le commandant du 32e bataillon avait toujours cru que le lieutenant Kurtz l'avait doublé en Angola. Malgré ses recherches et celles de ses complices à l'état-major, l'officier félon était parvenu à disparaître dans la nature avec la cargaison d'ivoire sans laisser de trace, et le corps du soldat qui l'accompagnait cette nuit-là ne pouvait être que celui du caporal Malan, mort au champ d'honneur comme il était convenu – on avait retrouvé sa plaque et les restes de son squelette quelques kilomètres avant le poste-frontière.

Comment en douter ? Le lieutenant Kurtz n'en était pas à son premier voyage illicite en Afrique du Sud, il connaissait les intermédiaires parmi les militaires haut gradés et les moyens de les doubler. Qui aurait pu croire que le petit caporal les avait blousés sur toute la ligne ?

Le diable avait abandonné la dépouille de Kurtz aux charognards en échangeant leurs plaques avant de s'envoler avec la cargaison. Malan n'était pas allé en Afrique du Sud, le haut commandement l'aurait su et aurait récupéré le butin, non, il était resté en Angola, et Rainer Du Plessis devinait à qui le caporal Malan avait vendu l'ivoire : ce vieux renard de Savimbi, qui avait poursuivi la guerre après le retrait de l'Afrique du Sud.

Plus de trente ans s'étaient écoulés mais l'ancien commandant n'avait pas oublié cet épisode malheureux. On lui avait collé un blâme inventé de toutes pièces pour sa bévue (le détournement de l'ivoire par les services de sécurité sud-africains n'avait évidemment rien d'officiel) et promis une place dans une caserne-placard au fond du KwaZulu une fois la paix revenue. Déshonoré, avili, Rainer Du Plessis avait préféré quitter sa famille de toujours, l'armée, et trafiquer pour son propre compte.

Malan, alias John Latham : depuis que le Chinois lui avait montré les photos du propriétaire de Wild Bunch, la bouffée de haine n'en finissait plus de tourmenter le cœur du vieux guerrier. Du Plessis avait déjà torturé des gens, des presque gosses parfois, qu'on envoyait au feu à dix-neuf ans et qu'ils brûlaient à l'électricité. Les aléas de la guerre, leur métier. Tuer Latham ne lui rendrait pas les trophées de chasse qu'attendait M. Zeng, et l'enlever en s'infiltrant dans le lodge les exposait à la riposte armée de ses employés san, mais au-delà du sort de Joost, probablement mort à cette heure, Rainer Du Plessis en faisait dorénavant une affaire personnelle. Une bataille à mort, comme le Scorpion les aimait.

Enfin, parant au plus pressé, le chef du trafic avait ordonné le transfert des cages entreposées dans le hangar de Rundu : il n'en restait qu'une demi-douzaine, que ses hommes s'apprêtaient à camoufler à l'arrière des pick-up quand l'arrivée impromptue des rangers avait changé la donne.

Ils étaient là, prisonniers. Le petit lieutenant, que le Scorpion avait cueilli dans la cour, et sa partenaire, Betwase. Pas très prudent de se jeter dans la gueule du loup, songea-t-il, surtout quand on est la femme du chef de la KaZa – le Chinois savait tout des rangers, jusqu'à leur vie privée, grâce à l'écoute des portables... L'urgent pour le moment était de se replier avant qu'on leur tombe dessus.

Ses hommes hissaient les cages sur les pick-up quand le Scorpion eut une idée.

Une idée géniale, sourit-il pour lui-même.

~

Le colonel Betwase avait reçu l'info de la police sud-africaine : les empreintes sur le volant du 4×4 appartenaient à Joost Du Plessis, un ancien soldat et mercenaire soupçonné de braconner mais qu'on n'avait jamais pu coincer, faute de preuves. Azuel avait déjà croisé ce nom récemment, alors qu'il fouillait dans le passé de Latham : le commandant Du Plessis était le chef du 32ᵉ bataillon en Angola et, après vérification, l'oncle de Joost. Tout se recoupait. Un marigot de crapules qui, si la piste était la bonne, pouvait le mener à l'homme que les rangers de tous les pays recherchaient. Seulement les soupçons ne suffisaient pas. Il fallait encore arrêter Rainer Du Plessis s'il était bien l'auteur de l'attaque contre la KaZa, le prendre la main dans le sac et le confondre comme étant le Scorpion.

Azuel comptait sur Solanah, si elle rentrait dans le rang. Son escapade amoureuse chez Latham le rendait fou mais il lui laissait une chance, la dernière. Mais Solanah n'était pas revenue de Wild Bunch.

Le ranger avait dormi avec une boule d'angoisse dans la poitrine et s'était levé dans un état de tourment tel qu'il avait dit à sa secrétaire d'annuler tous ses rendez-vous et de ne lui passer aucun coup de fil extérieur. Inquiétude, confusion, colère, jalousie, Azuel n'en finissait plus de maugréer. Jamais il n'aurait dû laisser sa femme régler ses comptes seule, il aurait dû se rendre chez Latham pour lui faire rendre gorge. Maintenant il tournait dans son bureau comme un fauve en cage, dans l'expectative. Son portable sonna alors et un nom s'afficha sur l'écran – Solanah. Azuel décrocha aussitôt, entre le soulagement et la rancœur, mais il ne tomba pas sur sa femme.

L'homme à l'accent afrikaans qui parlait dans le combiné ne le laissa pas respirer.

— Je détiens votre femme, colonel, Solanah Betwase, commença-t-il. Elle et son équipier, le lieutenant Shikongo.

— Quoi ? Qui êtes-vous ?!

— Fermez-la, colonel, et écoutez-moi. Je sais tout de l'affaire en cours et aussi de votre vie privée. Vous êtes au courant de la relation de votre femme avec Latham bien sûr, du trafic d'ivoire sur lequel il a bâti sa fortune pendant la guerre, de ses coups en douce et de son pouvoir de séduction sur les êtres trop sensibles. J'ai cueilli votre femme ce matin, alors qu'elle venait de quitter Wild Bunch. Je peux juste vous dire qu'elle s'est bien amusée cette nuit. Maintenant que vous connaissez la situation, je vous propose un marché : je vous rends votre femme saine et sauve, peut-être même son équipier si vous ne jouez pas au héros, et je me charge de liquider Latham. Je vous donne en plus une enveloppe en liquide, disons cent mille dollars US pour vos étrennes et pour couvrir vos frais au cas où vous auriez besoin d'acheter le silence de certaines personnes. En échange de quoi vous me livrez cent des cornes de rhinos stockées dans vos coffres.

— Hein?!

— Vous avez bien entendu. Bien sûr, pas un mot de notre arrangement, à personne.

— Mais... c'est impossible!

— Débrouillez-vous, colonel. Vous êtes le chef de la KaZa, vous avez forcément accès aux coffres. Depuis le temps, plusieurs centaines de cornes doivent s'y entasser : quelques-unes en moins, ça ne se verra pas, si vous êtes un peu malin. Après le décornage de Bwabwata, une destruction du stock passera comme une lettre à la poste. Un simple véhicule suffira pour le transport, enchaîna le trafiquant. En opérant de nuit, c'est l'affaire d'une heure pour charger les cornes. L'échange aura lieu cette nuit même.

— Quoi? Le délai est trop court!

— Pas pour tuer votre femme et son équipier.

Azuel maudit cette vermine qui ne le laissait pas respirer.

— Et si je refuse?

— Mes hommes violent votre femme par tous les trous jusqu'à ce qu'il ne reste plus d'elle que des cris et de la chair sanguinolente, répondit l'Afrikaner avec une autorité morbide. Après quoi on la jettera encore vivante aux crocos. Vous ne retrouverez jamais son corps, et vous ne pourrez pas faire votre deuil.

— Espèce d'ordure.

— Vous avez le choix, colonel. La mort d'un trafiquant d'ivoire qui a séduit votre femme, le sauvetage de la lieutenante Betwase et de quoi l'emmener en vacances à Miami contre cent cornes de rhinos qui croupissent dans un coffre. Ces animaux sont déjà morts, ajouta Du Plessis, vous n'aurez rien à vous reprocher ni de scrupules à avoir, puisque personne ne sera tué. Nous bloquerons les caméras de surveillance pour que vous ne soyez pas inquiété. Les rangers n'y verront que du feu, je vous le garantis. Tout ce que vous avez à faire, c'est transférer les cornes dans un véhicule que vous conduirez, seul évidemment. Je vous indiquerai le lieu de l'échange en temps voulu, mais tenez-vous prêt pour cette nuit.

Azuel tenta son va-tout.

— Qui me dit que vous n'avez pas subtilisé le portable de Solanah ?

Quelques secondes s'écoulèrent avant qu'un cri ne perce, suivi de jurons douloureux. Azuel frémit en reconnaissant la voix de sa femme.

— Je vous laisse dix minutes pour réfléchir, reprit le maître-chanteur. Et ne vous avisez pas de chercher à me doubler, je vous répète que j'ai partout des espions très doués en informatique qui surveillent vos faits et gestes. Cinq cents kilos de kératine contre la vie de votre femme et celle de son équipier. C'est à prendre ou à laisser.

Les événements se précipitaient et Azuel devait trancher dans le vif, prendre une décision qui bouleverserait le reste de son existence. Lui qui avait consacré sa vie à la défense de la faune africaine, lui qu'on avait nommé au poste le plus prestigieux pour sa probité devait aujourd'hui choisir entre trahir sa vocation et son honneur et sauver sa femme, qu'il aimait à sens unique. Le chantage du Scorpion était ignoble et les minutes s'égrainaient. Devait-il organiser une contre-attaque avec la police d'Ekandjo ou l'armée pour tenter d'arracher Solanah des griffes des tueurs ? Monter une telle opération sans même savoir où aurait lieu le deal, c'était du suicide : les unités d'élite arriveraient trop tard et il prenait le risque que Solanah soit abattue lors de l'échange. Non, impossible de se retourner en si peu de temps, l'homme au téléphone le savait. Il savait aussi qu'il avait accès au coffre de la KaZa, qu'avec un peu d'habileté personne ne se douterait de rien. Cent cornes, soit une demi-tonne de kératine contre la vie de Solanah. Techniquement, un 4×4 équipé suffisait pour le transport : les coffres regorgeaient de cornes et d'ivoire, Du Plessis avait raison, cinq cents kilos passeraient inaperçus pour peu qu'il falsifie quelques papiers, il avait tous les codes d'accès informatique liés aux dossiers sensibles... Et puis il y avait Latham, que le trafiquant se proposait de liquider. Faire d'une pierre deux coups. S'il sauvait sa vie et celle de son équipier, Solanah lui serait reconnaissante, redevable comme avant. Elle ne saurait rien des circonstances de l'assassinat de l'ancien caporal, croirait à un règlement de comptes entre vieux ennemis. Solanah oublierait son amant tueur d'éléphants et tout reprendrait sa place.

Plus que trois minutes. La panique le gagna. Devait-il refuser de céder à l'ultimatum et laisser sa femme se faire assassiner? Cette dernière solution était une façon de régler ses problèmes, un moyen de sauver la face et de se poser en victime. Une rumeur malsaine lui murmurait qu'après tout Solanah l'avait bien cherché, mais Azuel n'était pas ce genre de lâche.

Il prit son téléphone et rappela le numéro.

— Alors, colonel?
— C'est d'accord.

11

John avait tenté de recoller les morceaux de cette nuit de drame mais le kaléidoscope s'était fait la malle. Solanah ne répondait plus au téléphone. À ses messages. À rien.

N/Kon se méfiait de la ranger et il avait raison ; il s'était laissé ensorceler par la promesse de ses lèvres au bout de ses doigts, son corps brut qui le réclamait en s'efforçant de le tenir à distance, maintenant la communauté entière de Wild Bunch était suspendue au verdict de Solanah, par sa faute. John errait sur la terrasse du lodge, sans goût à rien, surtout pas à avaler quelque chose ou à s'acharner sur son téléphone pour tenter de la convaincre. Il avait dormi par phases qui ressemblaient à tout sauf au sommeil, le soleil avait pourtant grandi dans le ciel désespérément bleu.

L'âme fendue, John ne songeait plus à ses animaux, au nouveau système de surveillance que Nate était en train de mettre en place, aux vermines qui avaient tué le Longue-Corne et sa famille, à Wia qui leur avait filé entre les doigts. Ses cinquante-quatre ans lui tombaient sur les épaules et il ne portait plus rien. Il s'était fait à l'absence d'Aya, à sa solitude et au repli sur soi ; Solanah lui donnait l'occasion de reprendre sa vie où il l'avait laissée, avec une équipière de choc à ses côtés. Allait-elle avertir la police, les faire arrêter pour assassinats ? L'attente était insupportable, comme celle que subissaient les populations civiles sous la menace de bombardements.

Il était deux heures de l'après-midi quand Priti grimpa les marches de la maison. Elle non plus ne semblait pas dans son assiette.

— Je suis inquiète, annonça-t-elle. Seth est parti ce matin avec Solanah pour leur enquête et je n'ai plus de nouvelles. Ils ne sont pas rentrés au QG des rangers et Seth ne répond plus au téléphone. Je lui ai laissé plein de messages et de textos, pas de réponse. L'hôpital aussi a cherché à le joindre, lui demandant de rappeler, mais il ne l'a pas fait. Ça ne lui ressemble pas.

— Tu étais avec eux ?

— Avec Seth, oui, confirma Priti, puis Solanah a débarqué chez lui au milieu de la nuit. Elle nous a raconté la mine, tous ces bracos tués qui pourrissent là-bas. Mon oncle N/Kon est dans le coup ; qui d'autre, tout le monde ? Je suis la seule adulte à n'être au courant de rien ?

— Pour t'éviter d'être complice, au cas où on viendrait fouiller dans nos affaires, se justifia John. Et puis tu étais partie pour tes études…

— C'est trop tard maintenant, j'y suis jusqu'au cou. Pour le moment, le plus urgent est de retrouver les rangers. Ils sont partis vers huit heures à Rundu sur la piste d'un suspect, One, un unijambiste qui traînait avec Wia. Je ne me souviens plus de tous les détails mais le type en question travaille dans une entreprise de transport qui pourrait être liée au trafic. C'est à partir de là que je n'ai plus eu de nouvelles.

Plusieurs heures étaient passées.

— Pourquoi ils ne sont partis qu'à deux s'ils avaient des soupçons ? s'étonna John.

— Je crois que c'est à cause du boss de la KaZa. Il voulait les mettre sur la touche, se charger lui-même d'arrêter le Scorpion, ou quelque chose comme ça.

Le regard de John s'assombrit.

— Qu'est-ce qu'on peut faire ? s'impatienta Priti.

Un tour au QG des rangers de Caprivi, pour s'expliquer avec leur chef, le colonel Betwase...

Priti n'eut pas le temps de demander à John de l'accompagner : elle reçut l'appel de l'hôpital où l'infirmière de garde, ne parvenant pas à joindre le petit-fils de la vieille dame, s'était rabattue sur son amie san, qui avait laissé ses coordonnées au cas où Seth ne serait pas joignable. La grand-mère faisait une rechute. Il fallait venir, vite.

~

On avait poussé les prisonniers sur une embarcation, les mains liées et une cagoule sur la tête, avec ordre de la boucler s'ils ne voulaient pas subir le bâillon. Aveugles, leurs geôliers pour escorte, Solanah et Seth avaient filé sur les méandres d'une rivière, l'Okavango forcément, en se demandant où on les emmenait. Un Afrikaner grisonnant et massif menait la troupe, une dizaine d'hommes armés dont un Noir muni d'une prothèse qui ne pouvait être que One. L'homme blanc à qui il obéissait, ce sexagénaire au visage passe-partout, était-il le Scorpion en personne ?

Solanah avait d'abord eu peur qu'ils se fassent tuer. Les mafias liées au trafic d'animaux considéraient les rangers comme des ennemis, plus de cent d'entre eux étaient assassinés chaque année, elle et Seth avaient vu les visages de leurs ravisseurs avant qu'on leur colle une cagoule sur la tête et, si le vieux buffle grisonnant était bien le Scorpion, il ne leur laisserait jamais la vie sauve, mais apparemment ce n'était pas encore leur heure.

L'embarcation avait progressé le long du cours d'eau, la peur pour compagne tandis qu'on les maintenait au fond du bateau. Les mugissements des hippopotames les suivirent pendant d'interminables minutes, avant qu'ils accostent enfin. On les débarqua, puis on les jeta chacun dans un coin avec le même ordre de la fermer. Une forte odeur animale imprégnait les lieux et les bruits de bêtes apeurées laissaient penser qu'ils se trouvaient dans un autre entrepôt de contrebande.

Solanah se rongeait les sangs depuis une heure, toujours aveugle et incapable de communiquer avec Seth, qui n'était pas à ses côtés. La ranger s'était faite à l'odeur de fauves mais elle commençait à étouffer sous la cagoule. Elle tenta de se calmer, de mieux respirer, enfin de raisonner : si on ne les avait pas liquidés, c'est qu'ils pouvaient encore servir. Les braconniers les avaient amenés là avec leur butin, certainement dans un comptoir le long de l'Okavango, un lieu de transit avant la destination finale. Le stress des animaux en cage empuantissait l'air et les cloisons de leur geôle, de simples planches, laissaient filtrer les sons du dehors. Quand les hippos se taisaient, on devinait les conversations des hommes sur le ponton voisin.

Solanah tendit l'oreille et reconnut la voix de l'Afrikaner qui avait capturé Seth. Le chef du trafic passait un appel téléphonique, à quelques mètres de là. Elle ne perçut que des bribes de conversation, les bruits des animaux faisaient parasites, mais elle comprit qu'il passait un marché avec son interlocuteur : leur vie contre cent cornes de rhinocéros... Il était aussi question de Latham, de dollars... Solanah n'en sut pas plus : Du Plessis débarqua dans le hangar sans crier gare et se dirigea vers elle. Aveugle sous la cagoule, les mains liées dans le dos, la prisonnière ne put esquiver le coup de pied dans le ventre qu'il lui assena.

Solanah eut un cri étouffé, jura par réflexe tandis que l'Afrikaner reprenait la communication.

— Vous avez dix minutes, colonel.

~

L'infirmière de garde était une petite femme énergique avec d'affreuses Crocs qui avaient du mal à suivre ses pas ; elle conduisit Priti dans les couloirs de l'hôpital de Rundu en l'informant de la situation, critique. Le cerveau inondé, Wilmine n'en avait plus pour longtemps, c'était presque un miracle qu'elle soit encore vivante.

— Vous avez bien fait de me prévenir, dit Priti à ses trousses. Wilmine est encore consciente ?

— La dernière fois que je suis allée la voir, oui... C'est là.

Une chambre de réanimation, avec ses tuyaux, ses

blouses en papier, ces choses qu'elle découvrait – les San ne mouraient pas à l'hôpital. Elle remercia une dernière fois l'infirmière, qui courut vers un autre service, poussa la porte de malheur en regrettant l'absence de Seth.

Wilmine avait les yeux clos, les bras croisés sur son ventre dans une position christique laissant augurer qu'elle était déjà sur le chemin des ombres. Priti se porta à son chevet en comprenant pourquoi les Ovambos croyaient en un dieu qui n'était pas le leur ; à l'article de la mort, la grand-mère avait les traits apaisés, presque libérés…

— Mamie, tu m'entends ?... Mamie ?

Ses paupières ne bougeaient pas, son visage lisse était dénué d'expression. Il fallut que Priti prenne sa main nervurée dans la sienne pour ressentir un tressaillement. Un signe de vie.

— Mamie ? Mamie, tu es encore là ? l'encouragea-t-elle en se penchant sur l'oreiller. Mamie Wilmine ?

La grand-mère fit un effort pour bouger la tête. Sa voix n'était qu'un souffle.

— Seth ?

— Eh bien, non, c'est Priti, sa… chérie, son amoureuse.

Elle ne savait pas trop quoi dire, elle n'était pas préparée à ce genre de situation, ni sûre du tout que la vieille dame se souvenait d'elle.

— Seth, mon petit… c'est toi ?

— Eh bien, si tu veux, oui. Oui, c'est Seth.

Wilmine était déjà à demi partie dans les limbes, trop faible ou le cerveau trop accidenté pour faire la différence ; Priti improvisa, oscillant entre l'embarras à l'idée de mentir à une vieille dame sur son lit de mort et l'envie d'accomplir cette mission.

— Je viens te dire au revoir, mamie.
— Mon petit Seth…
— Il t'aime fort ; enfin, je t'aime fort aussi.

Priti caressait le dessus de sa main comme s'il était très doux. Comme si elle était son petit-fils adoré et non un imposteur.

— Merci d'être là, souffla Wilmine, les yeux mi-clos.
— Je suis là, mamie, avec toi.
— Merci pour tout… bonheur de ma vie…
— Oh ! C'est rien, rien du tout, fit Priti comme ça lui venait.

La tête de Wilmine roula sur l'oreiller. Péniblement, elle demanda :

— Tu es toujours avec… ton amie san ?
— Oui, oui !
— Tant mieux… L'amour, c'est tout ce qui compte. Tout ce qui reste.

L'effort produit pour parler l'avait épuisée. L'avait-elle attendu pour partir en paix, feignait de croire que Seth était bien là, à son chevet ?

— Mamie ?… Mamie ?

Assise sur le rebord du lit, Priti caressait toujours le dessus de sa main, mais la grand-mère avait relâché sa paume dans un pauvre sourire.

~

Deux heures de route séparaient Wild Bunch du QG, avalées comme la poussière de la Trans-Caprivi highway.

John gara le Land Cruiser sur la bande de terre rouge qui faisait office de parking visiteurs, s'enquit auprès des rangers de la présence de Seth ou de Solanah, reçut comme il s'y attendait une réponse négative et demanda à voir le chef de la KaZa. Il n'eut pas à forcer les barrages autour du colonel Betwase, l'évocation de sa femme suffit à semer le doute chez la secrétaire qui fut évincée du bureau du directeur, laissant les deux hommes seuls.

John n'avait jamais imaginé le mari de Solanah : il le trouva grand, épais, voûté mais malgré tout majestueux, les traits ombrageux en sa présence – deux yeux bruns et profonds le scrutaient telle la braise sous ses pieds. Azuel Betwase était surtout extrêmement nerveux.

— Qu'est-ce que vous faites ici ? lâcha-t-il.

— Vous avez des nouvelles de Solanah et de son équipier ? répliqua John.

— Pourquoi vous me demandez ça ?

— Ils ne répondent plus au téléphone depuis ce matin. Vous savez ce qui se passe ?

Azuel Betwase était pâle sous son masque de colonel.

— En quoi ce serait votre affaire ? rétorqua-t-il d'une voix qui trahissait ses émotions.

— J'ai été braconné, répondit John, les rhinocéros dont j'avais la garde ont été massacrés, comme les lions et des dizaines d'autres animaux empoisonnés, victimes d'une organisation criminelle digne du Scorpion. Le trafiquant est dans votre collimateur, m'a-t-on dit. Deux pisteurs autochtones ont été tués sur mes terres pour diriger les soupçons sur les San qui en hériteront tout en semant la confusion, un coup tordu qui laisse croire que la piste du Scorpion est la bonne. Les rangers chargés de l'enquête ne répondent plus au téléphone et, si vous m'avez laissé entrer dans ce bureau, c'est que vous êtes dans la même situation que moi, colonel. Solanah et Seth sont partis ce matin à Rundu, où ils suivaient la piste de One, un unijambiste qui appartient à la bande : vous chapeautez le haut commandement, vous êtes forcément au courant.

L'autre le fixait toujours derrière le bureau, vindicatif.

— Vous savez où est Solanah ? insista John.

— Tu es mal placé pour me poser cette question, Latham, se familiarisa Azuel.

— Je vous propose d'unir nos forces. S'il est arrivé malheur aux rangers, je peux vous aider à les retrouver.

— Que les rangers s'unissent avec un usurpateur qui a acheté ses terres avec l'argent du trafic d'ivoire ? Mais bien sûr ! triompha Azuel sans joie. On ira fêter ça en tirant quelques rhinos !

L'atmosphère s'alourdit un peu plus dans le bureau de la KaZa.

— Solanah et Seth ont disparu alors qu'ils étaient sur la piste du Scorpion, recadra John d'une voix moins amène, ça devrait vous inquiéter.

— L'enquête a été retirée à la lieutenante Betwase, annonça Azuel en jetant un œil au dossier jaune posé sur un coin de table. Je reprends personnellement les rênes de l'affaire, et je n'ai pas de comptes à te rendre, Latham. En revanche, j'ai bien l'intention de t'enfoncer.

Au-delà du fiel, John sentit la peur suinter de sa peau.

— Solanah est en danger, je le sens, dit-il. Peu importe que l'enquête lui ait été retirée.

— Occupe-toi de tes affaires, OK? Maintenant débarrasse le plancher.

Leurs regards se croisèrent, aigle et renard.

— Dis-moi d'abord où sont Solanah et Seth.

— Il faut te le dire comment?

Brisant soudain les distances, l'ancien officier instructeur voulut frapper mais John intercepta son poing, trop lent et prévisible; il lui tordit le poignet dans un mouvement circulaire, saisit une phalange à la volée et, d'une violente flexion, lui cassa l'index.

— N'essaie pas ça avec moi.

Azuel étouffa un cri, penché sur son doigt brisé qu'il tenait comme s'il allait tomber. John s'empara du dossier jaune posé sur le bureau, jeta un bref coup d'œil au contenu et abandonna le Tswana à ses jurons.

~

La circulation était réduite à l'heure où le soleil cognait sur les têtes. John traversa Rundu comme un fantôme. Il venait de lire le rapport que Seth avait livré la veille à son patron, qui évoquait notamment la piste du dénommé One, un unijambiste d'origine angolaise soupçonné d'occuper un emploi fictif dans une entreprise de transport à la sortie de Rundu et qui avait côtoyé Wia en prison. John avait surtout découvert la note que le chef des rangers avait ajoutée au dossier : les empreintes digitales trouvées sur le volant du 4×4 accidenté appartenaient à un Sud-Africain de quarante-six ans, Joost Du Plessis, un ancien mercenaire qui avait travaillé dans la boîte de sécurité de son oncle, Rainer Du Plessis, ex-officier de l'armée sud-africaine aujourd'hui suspecté d'être le fameux Scorpion...

Du Plessis, ce vieil ennemi : si la coïncidence de leur passé commun était stupéfiante, la reconversion de l'ancien commandant du 32e dans le braconnage n'avait, elle, rien de surprenant. John comprit mieux les coups fourrés, le piratage de leur système de télésurveillance, les leurres avant l'attaque du Longue-Corne. La guerre n'était pas finie. Elle s'était juste déplacée sur un autre territoire.

Delite : c'était logiquement le dernier endroit où on pouvait retrouver la trace des rangers disparus. Priti confirmant n'avoir toujours aucune réponse de leur part, John se rendit sur place.

Un hangar poussiéreux se profila, perdu au milieu de nulle part. Si Azuel avait suivi la même logique, des policiers auraient dû être sur place, en quête d'indices, or il n'y avait ni rubans jaunes ni flics à s'affairer ou à garder l'accès au site, que des broussailles qui traversaient la route... John passa à allure réduite devant le bâtiment, ne vit qu'une cour vide, des locaux administratifs et des entrepôts fermés. Il se gara bientôt à hauteur de la guérite, elle aussi désertée. John cacha son Colt sous sa veste et mit pied à terre. Pas de présence humaine ni d'autres bruits que celui des oiseaux revenant le bec plein de la rivière voisine. Il contourna le hangar, découvrit un parking surchargé de palettes et de casiers à consignes empilés, un plateau où les camions pouvaient se mettre à cul, mais la lourde porte du hangar était verrouillée. Revenant sur ses pas, John prit le pied-de-biche qui traînait à l'arrière du Land Cruiser équipé, attendit qu'une voiture passe sur la piste avant de forcer la porte de l'entrepôt.

L'espace de stockage était aussi vaste que vide, mais l'odeur prégnante, reconnaissable entre mille – celle d'animaux sauvages. John inspecta le sol crasseux, découvrit plusieurs types de poils différents, des plumes... L'évacuation des cages avait-elle eu lieu avant ou après l'arrivée de Solanah sur les lieux du transfert ? La seconde hypothèse n'expliquait pas leur silence, la première, si... Les rangers avaient-ils été liquidés ? Dans ce cas, où étaient leurs corps ? Jetés dans la rivière ?

L'air était brûlant lorsque John rejoignit la cour ; l'Okavango serpentait à moins d'un kilomètre, on pouvait l'atteindre par une piste de sable. Des marques de pneus étaient encore visibles. John les suivit. Elles menaient au fleuve. Les poutres d'un ponton de bois baignaient dans l'eau pure : John se pencha sur le courant, évalua les lieux, frémissant à l'idée de trouver deux corps échoués sur la rive, ne vit rien d'autre que des oiseaux naviguant.

Il rebroussa chemin et repéra quelques duvets de plumes à terre, des déjections récentes, dont des débris non moulés que John broya entre ses doigts. Lion. Un fauve en cage, qui avait déféqué de peur quand on l'avait embarqué. Des traces de bottes étaient encore visibles près du ponton, les semelles à crampons de plusieurs hommes que les trafiquants n'avaient pas pris la peine d'effacer.

~

Le soleil déclinait sur le désert rouge du Kalahari quand Priti arriva à Wild Bunch, encore secouée par ce qu'elle venait de vivre à l'hôpital. Cette mort par procuration, sous les traits de Seth... Le ranger ne répondait toujours pas au téléphone, John n'était pas rentré de son escapade au QG des rangers, mais son retour dans la salle de contrôle remit vite la jeune femme dans le bain.

Nate tentait toujours d'identifier la faille dans son mur informatique mais le hacker qui avait pris la main sur leur système de surveillance déjouait toutes ses tentatives de remonter jusqu'à son adresse IP.

— Ça veut dire qu'ils peuvent toujours s'introduire chez nous ? demanda N/Kon, venu le seconder pendant l'absence de sa cousine.

— Possible, oui, fit le geek. C'est pour ça que je fais voler le drone.

— Il a une autre fréquence ?

— Bravo papounet.

— Ne te laisse pas faire par ton rejeton, conseilla sa nièce, de nouveau aux affaires. Et si ton fameux hacker a aussi la main sur ton drone ?

— Il cherchera à le crasher quelque part.

— Au prix que ça coûte, commenta N/Kon.

— Mais seulement si un braconnier ou un de leurs pisteurs s'introduit de nouveau à Wild Bunch, avança Nate devant le monitoring. Sinon, le hacker n'a aucune raison de crasher le drone.

— Sauf à jouer avec tes nerfs, dit Priti.

— J'en ai pas.

— Comme les vers de terre.

Le bruit d'un Land Cruiser se fit entendre près du hangar, qui coupa court à la conversation.

John avait réfléchi sur la route qui le ramenait au lodge. Si, comme il le pensait, les cages accumulées dans le hangar avaient été transférées en Angola, il leur faudrait un lieu de stockage avant d'organiser les transports illégaux vers l'Asie ou ailleurs. De préférence un endroit isolé où personne ne viendrait mettre le nez dans leurs affaires, quelque part le long de l'Okavango puisqu'ils avaient fui en bateau.

N/Kon se montra vite d'accord : Du Plessis avait dû graisser la patte des douaniers angolais en poste sur le fleuve pour qu'ils laissent les embarcations des trafiquants filer vers leur base arrière. Le San était plus surpris par l'identité de leur chef.

— On est sûrs que Du Plessis et le Scorpion sont la même personne ?

— On n'a aucune photo du Scorpion mais ça a l'air de coller avec l'implication de Joost, le neveu, qui a abattu le Longue-Corne.

N/Kon non plus n'avait rien oublié des éléphants massacrés, de Du Plessis. Mais Priti vivait au présent et la menace se précisait.

— Tu crois que Seth et Solanah sont toujours vivants ? demanda-t-elle.

— Il n'y a qu'une façon de le savoir, fit John : aller en Angola. Passer la frontière clandestinement et remonter l'Okavango. Tu es prête à nous aider ?

— À n'importe quoi pour sauver Seth, oui. Et même ta copine ranger qui fait peur à tout le monde.

— Alors rameute deux ou trois filles qui n'ont pas froid aux yeux.

La nuit tombait, ils avaient peu de temps pour s'organiser mais ils n'étaient qu'à une heure et demie de route de la frontière angolaise et ils trouveraient facilement des embarcations dans les villages disséminés le long du fleuve.

Jusqu'alors silencieux, Nate leva le nez de ses écrans.

— Il y a un problème... Le drone, dit-il en manipulant son monitoring, il ne répond plus.

~

Un concert de grenouilles ponctua l'arrivée de la lune dans le ciel étoilé, une nuée cosmique que le Scorpion prit pour un bon signe.

Il avait besoin d'un peu de temps pour préparer l'échange et assurer ses arrières, une fois le butin récupéré. Cent unités, avec une moyenne de cinq kilos par corne, la cargaison s'estimait à trente millions de dollars. Non seulement M. Zeng verrait sa demande honorée malgré la perte de la longue corne, mais Rainer bénéficierait d'une plus-value énorme. On verrait alors s'il vaudrait mieux inonder le marché, quitte à faire baisser les cours, ou les distiller au compte-gouttes. L'essentiel pour le moment était que le chef de la KaZa ait accepté l'arrangement. Ne restait plus qu'à réunir le cash et à liquider Latham.

Quand Joost l'avait appelé à Nairobi, trois semaines plus tôt, son neveu lui avait dressé le portrait d'un solitaire entouré de sauvages patrouillant dans sa réserve privée, mais son homme de terrain avait lourdement sous-estimé l'adversaire. Que des pisteurs poseurs de pièges disparaissent était une chose, qu'un homme aguerri comme son neveu se fasse tuer en était une autre. Et Joost n'avait pas été victime des hommes-lions.

Bee Five avait proposé de se charger de Latham. Il était le tireur le plus précis et, depuis le temps qu'il chassait les gros gibiers, un expert en affût. Doigts de fée et sa machette se faisaient fort de ramener la tête de Latham mais le Scorpion n'avait pas besoin de trophée : la mort du petit caporal lui suffisait maintenant qu'il faisait partie du deal avec le colonel. Conduisant le véhicule le plus robuste de la flotte, Bee Five était parti seul pour Wild Bunch, épaulé à distance par le Chinois qui bloquait les caméras de surveillance.

Le hacker avait installé ses ordinateurs et ses routeurs dans une des pièces de l'habitation du comptoir, une ancienne maison coloniale qui faisait face à l'entrepôt où on stockait les cages.

— Tu es sûr de ton coup ? fit Du Plessis. Joost n'est pas ressorti vivant de la réserve.

— Mais le deuxième 4 × 4, si, répondit le Chinois, pianotant sur son monitoring. Ils ont un drone longue distance, c'est comme ça qu'ils ont repéré votre neveu. Mais j'ai pris la main…

Rainer Du Plessis avait peiné à dompter les nouvelles technologies, ce n'était pas de sa génération, mais il n'avait pas eu le choix pour rester dans la course.

— Vous communiquez comment ?

— Par textos codés, l'informa le hacker. On est trop loin pour utiliser un talkie-walkie.

— Bee Five en est où ?

— Il arrive dans la place. RAS. Les caméras de surveillance sont en mode pause depuis une heure, il devrait approcher du lodge comme une fleur.

Le Scorpion acquiesça devant l'écran du pirate informatique.

— Tu me tiens au courant, conclut-il.

Les insectes affluaient avec le soir. Prendre l'air lui faisait du bien. Les sons portaient sur les plans d'eau, on distinguait la musique qu'écoutaient les gardes angolais du poste fluvial, achetés une misère pour fermer les yeux sur la contrebande et les meuglements des hippopotames. Ces derniers passaient leurs nuits à brouter sur la terre ferme avant de retourner dans le fleuve. Ces animaux territoriaux supportaient mal la promiscuité, ce qui ne les empêchait pas de vivre en groupes, les uns sur les autres au milieu de la merde qu'ils répandaient autour d'eux, se menaçant toute la journée pour un espace forcément restreint, sans parler des crocodiles. «Tu m'étonnes qu'ils sont agressifs», songea le trafiquant, qui s'en méfiait comme de la peste.

Du Plessis guetta le ciel, d'où rien ne venait encore. Une sentinelle patrouillait le long de la rivière, un Uzi en bandoulière. Pas d'appel non plus du colonel. Avec de l'organisation et un peu de cran, le chef de la KaZa ne se ferait pas prendre... Un bruit enfin le sortit de ses pensées : celui d'un bimoteur. Le Piper PA-31 d'Otto, qui se positionnait en phase d'atterrissage.

La piste était courte, mauvaise, mais le pilote effectua la manœuvre avec la maestria qu'il lui connaissait depuis l'armée ; l'as coupa les moteurs alors que son patron approchait de l'appareil. Peter, le Sud-Africain barbu chargé de l'intendance, se tenait à ses côtés ; malgré son embonpoint, il quitta le cockpit le premier.

— Le cash a été réuni, annonça-t-il en foulant l'herbe sèche de la piste improvisée. Il faudra juste faire une rotation à l'aérodrome de Cuito Cuanavale pour aller chercher la mallette.

— Bien. Vous irez là-bas en embarquant la fille et me retrouverez au point de rendez-vous.

L'avion de tourisme avait la capacité d'accueillir quatre passagers et possédait un espace où pouvait s'entasser une demi-tonne de kératine. Le plan consistait à se rejoindre près du village de Katere, le groupe du boss avec le ranger prisonnier, Peter et Otto par les airs avec la femme de Betwase. Une fois l'échange effectué, ses hommes repartiraient en Zodiac vers le comptoir angolais et aideraient aux expéditions d'animaux, tandis que le Scorpion s'envolerait vers Luanda avec le gros du butin. Les cornes de la KaZa.

— Mangez un morceau, conseilla-t-il au pilote et à son acolyte, la nuit va être longue.

Rainer accompagna les deux hommes jusqu'à l'habitation, où sa garde rapprochée se sustentait. Le Chinois se tenait toujours penché sur ses écrans. Les caméras du QG des rangers étaient désactivées, laissant les mains libres au colonel Betwase, mais le silence de Bee Five durait. Des heures maintenant qu'il était parti.

— Quelque chose qui cloche ?

— Non, assura le hacker, tout a l'air d'aller comme convenu.

— Et le drone ?

— Je l'ai fait s'écraser loin du lodge : ils n'y verront que du feu.

Le Scorpion opina. Il aurait bien aimé liquider Latham de ses mains, mais en l'état le chasseur était le meilleur pour accomplir la besogne. Restait le colonel Betwase.

~

Lorsqu'un rhinocéros mourait de vieillesse, les rangers, l'ayant pisté pendant les semaines précédant son décès, récupéraient sa corne, qui allait s'amonceler dans les coffres de la KaZa.

Azuel attendit la nuit pour agir. Il avait accès aux clés du bunker et à la combinaison du coffre-fort, qui changeait tous les mois. Rien à craindre des caméras de surveillance, d'après Du Plessis : les codes informatiques du site en poche, un hacker se chargerait de les désactiver le temps que durerait l'opération, mais pouvait-on faire confiance à ce type d'hommes ? La visite impromptue de Latham dans son bureau avait jeté le trouble dans un univers déjà sous tension. Et le salopard lui avait cassé l'index.

Azuel s'était confectionné une attelle avec le matériel disponible à l'infirmerie, se gardant bien de commenter ce qui était arrivé. Idem pour l'absence de Solanah et Seth, dont l'équipe de rangers ignorait encore la disparition… Bon Dieu, pensa-t-il en s'équipant pour la nuit à venir, toute cette entreprise était de la folie.

Le Tswana avait le cœur en feu lorsqu'il gara la Jeep devant le bâtiment principal. Il portait des vêtements sombres et une lampe frontale, encore éteinte. Des oiseaux nocturnes l'accompagnèrent jusqu'à l'entrée, déserte à cette heure de la nuit. Il alluma sa lampe, traversa le hall sombre comme un fantôme et, ses sacs de toile de jute à la main, descendit vers le sous-sol qui abritait le coffre du QG. Remarquant que le point rouge de la caméra de surveillance était éteint, Azuel respira mieux. En bas des marches, il ouvrit la grille qui bloquait l'accès et laissa ses deux grands sacs sur le sol carrelé. Le silence total, son cœur battait plus fort dans sa poitrine ; il composa la combinaison du coffre-fort, essuya la sueur de son front en constatant qu'il s'ouvrait.

Entre les rhinos décédés au fil des années, les prises saisies aux braconniers et le décornage préventif, c'était près de mille pièces qui reposaient là, pêle-mêle. Sans perdre de temps, Azuel remplit fébrilement les deux sacs de toile. À raison de dix cornes par voyage, c'est une charge de cinquante kilos qu'il devrait acheminer dix fois de suite, avec en prime un doigt douloureux. Le premier trajet fut laborieux, mais la peur d'être surpris et la visualisation du chemin occupèrent tout son esprit. Il parvint à l'air libre, vérifia une nouvelle fois qu'il était seul au milieu des grillons, chargea les cornes à l'arrière de la Jeep en soufflant, s'empara de deux nouveaux sacs vides et réitéra l'opération.

Azuel aurait fait un piètre paysan, empoigner et épauler de telles charges ne figurait pas dans l'ADN familial ; ses bras, tétanisés par l'effort, ne tardèrent pas à le brûler, puis ses épaules. Il chancela au cinquième voyage, son doigt blessé le mettait au supplice, additionna les allers-retours en traînant presque son poids de kératine, continua de serrer les dents. Il entra dans un état second, oublia qu'on pouvait lui demander des comptes. Ses jambes étaient molles lorsqu'il parvint à acheminer les deux derniers sacs. Près de deux heures étaient passées et, pour son plus grand soulagement, rien ne semblait entraver ses plans.

Minuit. Il grimpa à bord du véhicule et attendit d'être assez loin pour appeler Du Plessis.

Personne n'avait rien vu.

— C'est bon, souffla-t-il bientôt, j'ai le chargement.

— Les cent cornes ?

— Oui.

— Quel est votre véhicule ?

— Une Jeep kaki banalisée.

On entendait le coassement des grenouilles derrière la voix du trafiquant, le long d'un cours d'eau qui devait être l'Okavango.

— Comment va ma femme ? s'enquit Azuel.

— Bien pour le moment. Maintenant vous allez prendre la Trans-Caprivi et rouler jusqu'à Katere, l'informa Du Plessis, un hameau à la frontière angolaise. Il y a les restes d'un pont à une centaine de mètres du village. Une pirogue est cachée sous les branchages côté namibien : vous y chargerez les cornes et les mènerez sur l'autre rive. J'arriverai à trois heures du matin, ce qui vous laissera le temps de les transférer.

— Entendu.

— Pas de coup fourré, colonel, prévint Rainer. Les deux prisonniers suivront des chemins différents. Je vous conseille de ne rien tenter si vous voulez revoir vos rangers vivants. J'ai réuni l'argent. Faites ce que je vous dis et tout se passera bien.

— Oui. Oui...

Un silence pesant emplit l'habitacle.

— Et Latham ? souffla Azuel.

— Il est mort.

~

Guidé par le Chinois, Bee Five avait pris le chemin de Wild Bunch à bord d'une Toyota équipée munie de fausses plaques. Son fusil de précision était à l'arrière, sous une bâche, un modèle à visée infrarouge et réducteur de sons capable de repérer et neutraliser d'éventuels gardes. Bee Five avait emprunté cette piste quelques jours plus tôt, lorsqu'il avait abattu le Longue-Corne et sa femelle. Les caméras hors service, il fila sans encombre jusqu'au lodge de Latham, qui se profila bientôt au sommet d'une petite butte.

Deux kilomètres environ.

Le tueur arrêta le véhicule sur le bord de piste, tous feux éteints, garda le casque de vision nocturne qui lui permettrait de voir sans être vu, vérifia son fusil. Il utilisait un .577 Tyrannosaur pour la chasse aux Big Five, dont les balles épaisses et longues comme sa main pouvaient stopper net la charge d'un éléphant, mais pour les longues distances et la précision il préférait la carabine M24 Sniper Weapon System qui équipait l'armée de terre américaine. Une arme qui envoyait des balles de 51 millimètres à la vitesse de 853 mètres par seconde, infaillible avec sa lunette de visée nocturne.

Neuf heures du soir. Bee Five avança dans l'obscurité. La savane était vide, comme si la proximité des humains tenait les animaux à distance. Ses pas étaient furtifs dans la poussière, aussi silencieux que ceux d'un fauve à l'approche. Le chasseur repéra une girafe au loin, assoupie sans doute, et poursuivit sa marche. Il distinguait un kraal sur sa droite, à cinq cents mètres environ, et le lodge dont les lumières illuminaient la terrasse.

Tout le monde semblait dormir dans le *staff camp* ;

il posa un genou à terre et épaula son arme pour observer les lieux. La brise nocturne était tiède. Aucun mouvement dans sa lunette infrarouge. Latham était pourtant debout puisque les lampes éclairaient la maison, il était encore tôt et il aimait traîner le soir sur la terrasse, d'après les infos du Chinois. Une cible facile. Bee Five se redressa et, son fusil à l'épaule, balaya l'espace qui s'offrait à lui. Cinq cents mètres : impossible de rater Latham à cette distance. Il suffirait d'attendre qu'il entre dans son champ pour fixer le petit point rouge sur sa poitrine. Une mort sans douleur, dont il ne se rendrait même pas compte, inconscient du danger. Dommage... Bee Five fut cependant pris d'une vague appréhension. Son casque militaire l'empêchait de bien entendre mais il crut détecter un bruit étouffé sur sa droite.

Trois secondes lui suffisaient pour atteindre les quatre-vingt-dix kilomètres/heure, et la trachée d'un homme valait celle d'une gazelle. Le chasseur n'eut pas le temps d'épauler son arme, ni même de repérer l'ennemi : lancé comme une bombe, le guépard le propulsa à terre, lui sauta à la gorge dans un bref nuage de poussière et ne la lâcha plus.

12

L'activité était intense autour du ponton. Les prisonniers se tenaient assis dans un coin du hangar, attachés et une cagoule sur la tête. Les bêtes stressées faisaient un boucan du diable dans leurs cages pendant que le chef de l'organisation donnait des ordres. Même si les transferts étaient balisés, il faudrait doubler les doses de calmants pour les fauves, qui risquaient de trahir les routiers en cas de contrôle inopiné. Ils seraient ensuite expédiés par bateau aux quatre coins du monde. En attendant, les porteurs faisaient la navette du hangar où les cages s'amoncelaient jusqu'aux camions garés un peu plus loin sur le sentier.

La garde rapprochée du Scorpion s'était regroupée dans la maison coloniale décrépie qui faisait face à l'entrepôt, une douzaine d'hommes contents d'en finir avec cette opération de longue haleine. Du Plessis se réfugia dans la chambre du haut, où il avait posé ses affaires personnelles. Ses gardes du corps afrikaners supervisaient le chargement des camions, des dizaines de cages s'entassaient sous les bâches, commandes de clients moins importants que M. Zeng mais qui complétaient les prélèvements effectués dans les réserves de la KaZa. Tout allait pour le mieux. Le colonel Betwase avait reçu les dernières instructions, le lieu et l'heure du rendez-vous près de l'ancien pont, mais le chef des rangers se fourrait le doigt dans l'œil s'il s'imaginait récupérer sa femme saine et sauve.

L'échange aurait bien lieu, mais elle et son équipier auraient droit à une petite piqûre, la même que celle infligée à l'infortuné Virinao, qui leur laisserait à peine trente minutes de vie avant que leur cœur s'arrête.

Impossible de dormir avant une telle opération. Rainer Du Plessis profita du premier moment de répit de la journée pour s'allonger sur sa couche ; la chambre qu'il partageait normalement avec Joost était rustique, les deux hommes n'y restaient jamais longtemps, mais le lit vide lui rappelait la disparition de son neveu, à coup sûr tué par ce chien de caporal – qu'il grille en enfer.

Enfin, il entendit du remue-ménage en bas de l'habitation, Otto et Peter étaient prêts à prendre les airs. C'était la première phase de l'opération : quarante minutes de vol leur suffiraient pour atteindre l'aérodrome de Cuito Cuanavale, où ils récupéreraient la mallette avec les cent mille dollars de cash, avant de les rejoindre au point de rendez-vous.

Le Scorpion descendit au rez-de-chaussée de la grande maison et fila vers l'entrepôt pendant que le pilote vérifiait ses instruments de vol. Il y eut un attroupement à l'entrée du hangar, et des voix qui montaient dans la nuit…

Les heures étaient passées, il faisait de plus en plus noir sous la cagoule et Solanah étouffait. Seth n'était pas loin, prisonnier comme elle – le geôlier lui avait juste dit de « fermer sa gueule » quand il lui avait demandé de l'eau. L'odeur des bêtes était prégnante, leurs bruits incessants, comme celui des grenouilles au-dehors. La ranger se maudissait pour la trentième fois, elle n'aurait jamais dû embarquer son équipier dans cette affaire, ils auraient dû attendre Ekandjo et ses hommes pour inspecter l'entrepôt de Rundu. C'était trop tard : le plus urgent était de se débarrasser de la cagoule qui l'empêchait de respirer, et pourquoi pas d'attirer leur geôlier.

Solanah se contorsionna, tâcha de comprendre et de visualiser l'espace qui l'entourait, tâta le mur où elle se tenait adossée, trouva un objet aux angles aigus, y accrocha un bout de cagoule, tira dans le sens inverse et, après plusieurs tentatives, parvint à l'enlever. Elle ne cligna pas des yeux longtemps : la nuit était tombée sur le hangar où on les retenait prisonniers, une faible lumière les éclairait mais on devinait les cages, parfois amoncelées les unes sur les autres, des animaux qui tremblaient derrière les barreaux : des oiseaux rares par dizaines, quelques pangolins, plusieurs lions et une panthère qui tournaient en rond... Solanah aperçut Seth, coincé entre deux cages, assis contre le mur avec sa cagoule sur la tête. Un flash de Guantanamo, de toutes les tortures infligées aux prisonniers de guerre ou politiques, puis elle repéra le garde à l'entrée du hangar. Un San aux vêtements fatigués se découpait sous l'ampoule, plus vieux que le reste de la bande : Wia. L'homme avait une vilaine cicatrice à la joue et répondait au signalement du repris de justice. Se sentant observé, il se tourna vers la ranger et réalisa qu'elle était parvenue à se débarrasser de sa cagoule.

Abandonnant son poste, le frère de N/Kon vint vers elle en râlant. Assise contre le mur de bois, Solanah ne comprit pas les jurons du San. L'obscurité l'obligea à ôter ses lunettes noires et elle remarqua que son œil droit aussi était abîmé, comme si un voile translucide stagnait sur son iris.

— Tu vas remettre cette putain de cagoule ! pesta-t-il en approchant.

Il marchait à pas comptés dans le clair-obscur. Les borgnes distinguaient mal les reliefs. D'un signe de tête, Solanah désigna ses mains liées dans le dos.

— Toute seule, ça va être difficile.

Wia se tenait à deux mètres d'elle. Trop loin encore. Il ne portait pas d'arme mais une matraque à la ceinture, au cas où les prisonniers se montreraient récalcitrants ou se mettraient à jacasser. Solanah se pencha sur la droite.

— La cagoule est là.

— Où ça ?

— Là, sous ton nez.

La Tswana était assise mais il ne fallait pas s'y fier. Wia fit deux pas pour ramasser le chiffon de toile, fatals : Solanah balaya sa cheville de sa jambe valide, bondit sur ses pieds pendant que le garde chutait de tout son poids et écrasa sa botte sur sa tempe. La tête de Wia fit un bref aller-retour avant de s'immobiliser. Sonné, il ne se réveillerait pas avant plusieurs minutes. Solanah l'abandonna dans le coin du hangar et avança à croupetons vers Seth, boitant mais bien vivante. Des silhouettes passaient à l'entrée du hangar, s'apprêtant à effectuer un nouveau chargement

– on entendait des ordres en ce sens depuis le ponton. Un comptoir le long du fleuve, comme elle l'avait supposé. La ranger se pencha vers son équipier, alerté par les bruits de lutte à quelques pas de là, elle mordit dans sa cagoule et finit par l'ôter. Seth ouvrit de grands yeux éberlués.

— Je suis désolé, chuchota-t-il.

— Il faut se tirer de là : lève-toi.

Seth était engourdi mais il tenait à peu près debout. Ils se réfugièrent à l'ombre des cages, attisant les grognements d'un lion enfermé non loin. Il semblait K-O, probablement drogué, mais le réveil n'avait pas l'air de l'enchanter.

— Il va nous faire repérer, ce con-là, souffla le ranger. Qu'est-ce qu'on peut faire ?

— Je ne sais pas mais on a peu de temps.

Ils cherchèrent une issue dans la semi-obscurité du hangar, en vain. D'autres hommes approchaient.

— Hey ! s'écria l'un d'eux, il est où le garde ?!

Impossible de détaler : des hommes armés se dispersèrent aux quatre coins de l'entrepôt et les trouvèrent vite. Insultes, coups, on tirait les rangers vers la lumière quand le Scorpion apparut parmi ses hommes.

— Qu'est-ce qui se passe ?

— Ils ont assommé leur gardien.

On venait de relever Wia, titubant sous les poutres.

— Une coriace, hein ? sourit Du Plessis en fixant Solanah. Tu as de la chance d'être ma rançon, ajouta-t-il en l'empoignant par le bras. Allez viens, tu vas faire un petit tour en avion avant de retrouver ton héros de mari.

Peter et Otto étaient prêts à décoller.

Le gouvernement namibien projetait de construire un barrage dans la bande de Caprivi pour réguler le débit de l'Okavango et favoriser l'irrigation agricole. Certains groupes s'y opposaient au motif que cela modifierait fortement le comportement hydrique du fleuve et son influence sur le biotope, mettant en danger la faune et la flore du delta, fleuron du Botswana voisin. Plusieurs millions d'îles et îlots s'y formaient à la saison des pluies. Vingt-quatre espèces d'échassiers nichaient autour des termitières ou des bouquets de végétaux qui retenaient les alluvions, certaines colonies établies sur de simples figuiers aquatiques sous lesquels s'abritaient crocodiles et hippopotames. Les eaux venues d'Angola mettaient plus de six mois à descendre jusqu'au delta, onze kilomètres cubes d'eaux claires car le courant faible n'entraînait pas de sédiments et s'évaporait en laissant d'énormes quantités de sel au centre des îles, où se formaient des croûtes. Dans ce paradis des oiseaux, des pique-bœufs s'installaient sur l'échine des grands mammifères, éléphants, fauves et autres espèces endémiques du delta qu'on croisait à bord des mokoros, les pirogues traditionnelles que les San avaient appris à manier.

L'embarcation se mouvait sur la rivière, la nuit était tombée depuis longtemps. La frontière angolaise était toute proche, une passoire à cause de la corruption des soldats de la douane, mal payés – même les touristes devaient se délester d'un supplément pour entrer dans le pays. Le mokoro progressait à contre-courant, au rythme lent et silencieux des pagaies, une nuée d'insectes et les chants tonitruants des grenouilles comme escorte. Priti se tenait à bord, avec sa grande sœur Eden et Hikka, les seules jolies filles de la communauté à avoir bien voulu se risquer à ce type d'opération. Priti tremblait pour Seth. Elle chassa l'idée qu'il pût être déjà mort. Le plan avait été improvisé dans l'urgence et, si Eden semblait imperméable à tout, sa belle tunique de porc-épic sur les épaules, Hikka commençait à regretter de s'être embarquée dans cette histoire : il suffisait de lire dans le regard de l'institutrice.

Toutes repensaient au tireur embusqué près du lodge que John et N/Kon avaient retrouvé étouffé, aux traces rouges laissées par les crocs du guépard.

Les San scrutaient la rive comme si une armada d'hippos se tenaient prêts à charger leur frêle embarcation, ce qui pouvait arriver à tout moment tant ces bêtes agressives avaient le territoire dans le sang. Priti leur avait dit qu'elles n'avaient rien à gagner dans cette expédition mais, si Wild Bunch faisait l'objet d'une attaque en règle, c'est la survie de tous qui était remise en cause. Son amour pour Seth avait fini de convaincre sa sœur et leur tante Hikka qui, dans un élan moins romantique que solidaire, avaient mis les intérêts de la communauté au-dessus de leur appréhension.

L'Okavango était calme sous les étoiles, le courant assez fort pour éviter de se relayer. Une lumière apparut au détour d'un méandre. Le poste-frontière angolais. Elles se jetèrent un regard en coin, Hikka sur le qui-vive, Eden aux abonnés absents. Priti avait coincé un canif dans son soutien-gorge, sans savoir si elle aurait le temps de le déplier au cas où les choses tourneraient mal ou même la folie de s'en servir contre un homme... La pirogue approchant, les gardes armés, trois sbires en uniforme qui n'avaient pas l'intention d'être dérangés en pleine partie de cartes, se montrèrent d'abord menaçants, mais ils changèrent d'avis en voyant les filles et les caisses de bière qu'elles apportaient avec elles. Un trio alléchant pour de jeunes soldats bourrés de testostérone.

— On vient d'un village de l'autre côté de la rive! expliqua Priti, dans son rôle. Il se passe rien là-bas. Ça vous dirait qu'on boive un verre ensemble?

Les gardes étaient trois, heureuse coïncidence, les muscles boudinés dans leurs chemisettes, visiblement peu disposés à se méfier des San, ces petits êtres inoffensifs et charmants, à y regarder de près. Ils firent grimper les filles sur le ponton du poste-frontière.

— Alors comme ça, on s'ennuie? fit le sergent.
— Comme des rats morts, assura Priti.
— Eh ben, ici c'est pareil!

Ils ne devinèrent rien de leurs rires forcés et des blagues qu'elles échangeaient, les petites robes et leurs atours rendaient les soldats aussi aveugles que la nuit. Une cabane leur servait de refuge en cas de pluie, reliée par radio au camp de base. Les gardes surveillaient les allées et venues sur le fleuve, principalement des riverains des villages alentour qui pêchaient, à l'occasion ils taxaient les rares embarcations de commerce – les entreprises de la région privilégiaient la route.

— Une petite bière, les gars? proposa crânement Priti.
— Pour vous faire plaisir alors!

Les filles étaient mortes de trouille mais souriaient comme des reptiles.

— Vous avez de la musique ?

— Ça se trouve !

— On a une petite pompe ! se réjouit la jeune femme.

Un fût de bière fraîche contenant de quoi endormir un éléphant. Priti espéra qu'ils ne s'étaient pas trompés dans les doses alors qu'elle remplissait les verres, notamment celui du sergent hilare qui, les mains baladeuses, l'avait prise pour cible.

— Tu ne bois pas ? nota Priti, collée de force sur ses genoux.

— Non, ma religion me l'interdit. Mais le reste je peux ! gloussa l'homme avec une satisfaction de dindon.

Ses doigts crochus s'engouffraient sous sa robe, palpaient ses seins.

— Y a pas grand-chose là-dedans !

— Tout est à l'intérieur, répliqua-t-elle en retirant sa main du canif qui pouvait la trahir.

— Hein ?

— Qu'est-ce qu'elle a, votre copine ? grogna le plus jeune des trois soldats. Elle fait la gueule ou quoi ?

Eden se laissait peloter, le visage aussi expressif qu'un caillou.

— Chérie, tu pourrais dire un mot gentil à ce beau garçon, l'encouragea sa sœur.

Eden fixa le jeune homme qui l'enlaçait, son verre à la main.

— Je t'aime, dit-elle, monocorde.

— Ah, voilà !

— Hé hé, on dirait pas mais c'est une rapide ! fit son acolyte, qui avait entrepris Hikka.

— Faut juste qu'elle se chauffe, expliqua Priti. Mais une fois que c'est parti, c'est une vraie locomotive. Pas vrai, chérie ?

Mais si les autres avaient avalé plusieurs gorgées de bière, le sergent n'avait pas touché à son verre.

— Et toi, tu chauffes ? relança-t-il.

— J'ai l'impression d'être une bouillotte quand j'ai mes règles !

— Quoi ?

Priti fourra le visage du type entre ses cuisses, vit les mokoros qui les suivaient à distance longer la rive opposée, en silence.

— Tu sens ma chaleur, sergent ?

— Oui, d'ailleurs on pourrait passer aux choses sérieuses...

— Attends un peu que le désir monte, ce sera encore mieux.

— Bah, j'en ai pour deux ! dit-il en se redressant.

— C'est bien une réflexion de sergent.

— Allez, laisse-toi faire.

Le soldat avait glissé ses serres sous sa robe et attaquait sa petite culotte. Si ses sbires commençaient à dodeliner, souriant comme des lunes soûles, le sergent avait gardé toute sa tête.

— Enlève ta robe, qu'on s'amuse.

— Là ?

— On va aller dans les buissons. Ou à l'intérieur si ça te dérange pas qu'on voie ton cul.

— Tu donnes envie, tu sais.

Elle gardait son sang-froid mais son cœur battait

la chamade. Le canif caché dans son soutien-gorge ne la rassurait plus.

— Envie, ouais, hé hé ! glapit le sergent. Alors, décide-toi : dehors ou dedans !

Les soldats sur les bancs déclinaient à vue d'œil, se plaignaient de somnolence malgré les efforts des filles pour les occuper. Priti sentit que les choses leur échappaient. Hikka commençait à paniquer, un soldat à demi écroulé sur son ventre.

— Tu ne préférerais pas jouer à un jeu ? proposa Priti au dernier homme valide.

— Qu'est-ce que tu racontes ? Quel jeu ? Allez, piaffa-t-il en se levant, ramène-toi !

Le jeune Noir faisait une tête de plus qu'elle, près du double de son poids, tout en muscles et désirs inassouvis : il saisit le poignet de Priti et la tira sans ménagement vers le cabanon. Elle voulut résister, se fit molester en retour et le canif tomba dans la bagarre : le sergent vit l'arme désuète sur le sol du cabanon, manifestement échappée de son soutien-gorge, et grimaça.

— Qu'est-ce que tu comptais faire avec ça, petite garce ?

On ne jouait plus. Il déboutonna son pantalon et, serrant Priti par le cou, la força à s'agenouiller.

~

John et N/Kon avaient dépassé le poste-frontière angolais sans se faire repérer. Le message envoyé depuis le portable du tueur ferait long feu – il était probable que le tireur d'élite trouvé étouffé près du lodge avait John pour cible – mais qu'importe, si les trafiquants mordaient à l'hameçon. Les insectes virevoltaient à la lueur pâle de la lune. La pirogue du delta glissait sur l'eau sombre, eux scrutaient l'obscurité sans un mot. La fête avait l'air de battre son plein dans leur dos mais les douaniers angolais se feraient berner plus facilement que le Scorpion.

John et N/Kon étaient anxieux avant le combat, comme pendant la guerre de la frontière. L'effet de surprise compenserait le manque d'effectifs, mais ils n'avaient aucune idée de leur nombre ni de la riposte que l'ennemi leur opposerait... Ils arrivaient enfin en vue d'un comptoir. Le point de repli des braconniers, comme ils l'avaient escompté.

Le coassement incessant des grenouilles couvrait le bruit de leurs pagaies tandis qu'ils se séparaient. Chacun posta son mokoro à couvert d'une rive, évitant les bulles et les ondes des hippos. N/Kon débarqua côté namibien, près d'un bosquet où il pourrait prendre position à portée de tir de son fusil, un calibre .338 Lapua Magnum déjà chargé, avec deux boîtes de munitions en réserve. Le San se faufila entre les herbes hautes pendant que John accostait côté angolais, à deux cents mètres du comptoir.

Occupés à charger les camions, les hommes ne semblaient pas avoir remarqué leurs manœuvres. Dans ses jumelles, John repéra un grand hangar près du ponton, une bâtisse de bois qui faisait office de logement, le garage avec une demi-douzaine de 4×4 et deux Zodiac qui clapotaient près du ponton. Plus au nord, une zone dégagée pouvait servir de piste d'atterrissage pour un avion de tourisme ou un hélicoptère... Le mokoro amarré à la branche d'un fourré, il vérifia son Colt et progressa à couvert.

À une centaine de mètres, faisant la navette depuis l'entrepôt, des petites mains transportaient des cages vers les camions, destination inconnue. Des dizaines étaient encore empilées dans le hangar ouvert, où des animaux extrêmement stressés se tenaient sur le qui-vive ; des oiseaux rares, des singes, des oryctéropes, deux pangolins, une hyène brune et son cousin protèle, des lions... John prit le temps de repérer les lieux, les mouvements. Il compta douze hommes armés, neuf Noirs et trois Blancs, et une dizaine de porteurs qui s'affairaient autour du quai ; son cœur se pinça quand il reconnut Wia parmi les employés. Trop tard pour prévenir N/Kon qui, depuis le rivage opposé, allait bientôt ouvrir le feu.

John pria pour que son complice ait identifié son frère dans sa lunette de visée, se concentra sur les gardes armés, en plus de ceux qui se trouvaient dans l'ancienne maison coloniale. Il y avait surtout une sentinelle à trente mètres, les coudes posés sur le canon de son Uzi. Grave erreur. John sortit son poignard, une arme de guerre quand on savait s'en servir, expira lentement pour réguler son pouls. La sentinelle n'eut pas le temps de se retourner, à peine de sentir la présence du prédateur dans son dos : avant d'avoir pu respirer, il avait une lame plantée dans le cou et une main plaquée sur sa bouche. L'homme vomissait du sang quand John accompagna son cadavre jusqu'à terre. Il ne ressentait rien, focalisé sur l'objectif, et courba l'échine en contournant les bâtiments, le chant des grenouilles couvrant ses pas. L'adrénaline battait dans ses veines mais l'ancien caporal était calme, détaché de l'idée de mourir ; il parvint à atteindre l'arrière de la maison, faiblement éclairé, sans attirer l'attention. Les sons lui parvenaient maintenant distinctement. John longea le mur à pas feutrés, risqua un œil vers le hangar, à une dizaine de mètres. Il n'en distinguait que la moitié depuis sa position mais il abritait les cages, et peut-être les prisonniers qu'il cherchait... Pas d'autre solution que d'aller vérifier.

John épia les mouvements autour du ponton, trop nombreux pour qu'il prenne le risque de courir à découvert. Il songea à contourner le hangar par le bush, un arc de cercle qui lui permettrait d'atteindre l'angle opposé, quand une détonation retentit en aval du fleuve, suivie de deux autres, presque coup sur coup. John frémit : le poste des gardes-frontières angolais. Trois balles, comme Priti, Eden et Hikka, laissées là-bas.

Des silhouettes se précipitèrent de l'habitation principale, arme au poing ; N/Kon n'eut d'autre choix que de lancer l'attaque.

Crépitant depuis la rive opposée, les premiers coups de feu s'abattirent sur les gardes avec une précision chirurgicale ; un homme pivota sur lui-même, la poitrine emportée, un autre se plia sous l'impact d'une balle de gros calibre, créant un vent de panique sur le ponton. John fondit sur le Noir au bandeau qui se tenait près d'un camion, le vit abandonner sa cage pour chercher à se défendre et couiner de douleur en sentant la lame le transpercer. Il glissa sur le sol, chiffe molle, mais John avait déjà bondi en direction du hangar. N/Kon ne faiblissait pas de l'autre côté du rivage, impossible de savoir combien d'hommes étaient tombés sous les balles mais, aux cris des trafiquants, la confusion la plus totale régnait. John tomba presque nez à nez avec le gardien du hangar, qui s'empala sur lui. Il retira le couteau de chasse, poussa le type qui s'écroula dans les cagettes et vit Wia, à quelques mètres. Leurs regards se croisèrent une seconde, peur contre haine, et le San prit ses jambes à son cou. John avait d'autres chats à fouetter ; il découvrit l'ampleur des prélèvements – des dizaines et des dizaines d'animaux emprisonnés, que les coups de feu finissaient d'affoler. Il repéra vite la silhouette encagoulée d'un ranger dans un coin du hangar, accourut pour le secourir.

Seth cligna des yeux devant son libérateur, se frotta les poignets tandis que John l'aidait à se dresser sur ses jambes, tenta de garder son sang-froid : les balles fusaient dehors, au milieu des exhortations, des jurons et des plaintes des blessés.

— Où est Solanah ?

— Ils l'ont embarquée dans un avion, répondit Seth, il y a peut-être une demi-heure.

— Tu m'expliqueras si on s'en sort. Libère les bêtes pendant que je te couvre, ordonna John, les yeux en feu.

— Mais... il y a des lions.

— Justement, le pressa-t-il. Allez, vite, avant qu'ils nous tombent dessus !

Seth s'activa sans plus réfléchir, un vent de liberté soufflait après ces heures d'angoisse et de séquestration, et Latham semblait savoir ce qu'il faisait. Il guettait à l'angle du hangar, tapi dans l'ombre, son Colt à la main ; Seth était visible depuis le ponton, il suffisait que les trafiquants oublient le sniper qui les harcelait pour réaliser qu'il s'employait à ouvrir les cages. Deux oiseaux affolés s'enfuirent bientôt à tire-d'aile par l'ouverture du hangar, puis une poignée de raphicères et deux malheureux pangolins incapables de savoir dans quelle direction aller.

— Hey! Hey les g…

D'un tir tendu, John abattit l'homme qui tentait de prévenir les autres, un meurtre qui passa inaperçu dans le chaos de l'attaque. Un déluge de feu s'abattait maintenant sur N/Kon, qui avait dû changer de position. John se tourna nerveusement vers Seth : il incitait maintenant les lions à quitter leurs cages; les fauves hésitaient, désorientés par les détonations dehors, les voix des hommes qui s'entre-tuaient, cette odeur de sang…

Le Scorpion ruminait son plan après l'envol du Piper. Il était revenu se reposer dans sa chambre – la nuit serait longue –, lorsque les détonations avaient retenti en aval du fleuve, suivies de cris d'alerte et de salves plus proches qui puaient l'attaque en règle. Du Plessis s'éjecta de son lit, se précipita à la fenêtre sans allumer la lumière, prit garde aux trajectoires mortelles qui balayaient le comptoir, vit trois hommes à terre et d'autres qui organisaient la riposte, réfugiés derrière les baraquements ou les cages abandonnées sur le ponton. Les tirs provenaient de la rive opposée, depuis un bosquet. Un seul sniper, d'après les éclats qui giclaient de son fusil. Un professionnel.

Plusieurs hommes étaient blessés et tentaient d'échapper au feu; Rainer reconnut un de ses gardes du corps entre deux épaules qui le sortaient du champ de tir, ses pieds traînant comme des serpillières tandis qu'on le mettait à l'abri. Des animaux s'échappaient aussi du hangar, semant un peu plus la confusion parmi les hommes. Une attaque surprise. Rangers ou non, le Scorpion comprit qu'il s'était fait blouser. Sous sa fenêtre, son second garde du corps se tenait à couvert, accroupi près d'un frère d'armes baignant dans une mare de sang sans savoir qu'un intrus s'était glissé dans le comptoir ; une ombre fondit sur lui au milieu des hurlements des animaux encore captifs. L'ancien mercenaire fut saisi par le scalp avant de retourner son fusil et égorgé au couteau. Malan. L'éclaireur du 32e : ce chien de caporal n'était pas mort.

Du Plessis songea à défendre la place, les armes à la main, mais d'autres bêtes s'échappaient encore, des oiseaux volaient en tous sens et trois lions rugissaient de peur et de colère à l'entrée de l'entrepôt. Les porteurs s'enfuirent en hurlant à la vue des fauves, ce qui était le meilleur moyen de se faire tuer : les lions se précipitèrent aussitôt après eux, qui bondissaient dans le bush comme des proies en fuite. On n'entendit pas leurs cris ni les rugissements des monstres.

Le Scorpion empoigna son Glock, dévala l'escalier et tomba sur le Chinois et l'équipe de Joost, atterrés. Personne ne comprenait, les gardes fluviaux avaient reçu leur enveloppe, personne n'aurait dû passer le fleuve. Leur chef coupa court.

— On dégage, vite !

Il ne restait plus que trois hommes valides sur le ponton, qui arrosaient le bosquet ; Rainer courut jusqu'au Zodiac pendant que One, Taiwo et Doigts de fée le couvraient et bondit à bord sans se faire tuer. Le Chinois lui emboîta le pas en courbant l'échine.

— Détache les amarres !

One, Taiwo et Doigts de fée tiraient en reculant vers l'embarcation, moins pour toucher le sniper que pour protéger leur fuite. Dernier défenseur, Doigts de fée recula sous l'impact d'un coup au thorax qui le projeta à terre. One fit volte-face, son M16 était vide et il n'avait plus de munitions, il courut vers son salut mais sa prothèse le handicapait ; Taiwo sauta le premier sur le Zodiac qui venait de démarrer et reçut une balle en pleine tête qui le projeta sur les boudins dans une gerbe de sang. Du Plessis mit la gomme. L'unijambiste sauta à bord in extremis et, emporté par l'élan du moteur, roula dans le canot, sain et sauf – « un miracle », glapit-il entre ses dents.

N/Kon avait abattu les hommes armés, méthodique, il avait changé de poste avant de devenir à son tour la cible et avait poursuivi son carnage. Le canon de son fusil à lunette thermique était brûlant, les hommes de Du Plessis l'avaient raté de peu à plusieurs reprises mais John était dans la place. Le San venait d'abattre un garde qui protégeait leur fuite mais leur chef était parvenu jusqu'au Zodiac : il filait maintenant à toute vitesse dans le courant de l'Okavango et le tireur n'avait plus qu'une balle dans son chargeur. Le temps d'en changer, Du Plessis et sa garde rapprochée seraient loin.

N/Kon visa le moteur qui rapetissait dans sa lunette et pressa la détente quand le petit point rouge se fixa sur la réserve d'essence, mais une microseconde et une embardée du Zodiac sur le fleuve lui firent rater sa cible : le projectile toucha la coque de caoutchouc, qui explosa sans pour autant ralentir leur fuite. Le bateau poursuivit sa course sur le fleuve et disparut au premier méandre de l'Okavango...

Ils n'iraient pas loin.

~

Un vent de désolation soufflait sur le ponton du comptoir angolais. Même les grenouilles s'étaient tues. Une quinzaine de cadavres gisaient sur les planches, le froid nocturne comme linceul. Seth non plus ne disait rien, presque surpris d'être encore vivant après la violence de l'attaque.

John comptait les morts avec N/Kon, qui venait de traverser la rivière en pirogue, mais il en manquait un : Rainer Du Plessis.

— Ils étaient trois sur le Zodiac, l'informa son complice, mais avec un boudin crevé, ils vont prendre l'eau avant d'atteindre la frontière namibienne.

John acquiesça, l'adrénaline en chute libre après l'assaut.

— Comment tu as su qu'on était là ? réagit Seth.

— Une longue histoire, qu'on te racontera plus tard.

Les coups de feu avaient pu alerter un poste militaire en amont, sans parler des douaniers angolais que les filles devaient droguer. Les choses avaient mal tourné là-bas mais John ne dit rien à Seth. Dans tous les cas, il ne fallait pas traîner.

— Solanah a été transférée, tu m'as dit ?

— Par avion, oui, confirma le ranger. Un échange se prépare à Katere, un village à la frontière angolaise : Solanah contre des cornes de rhinos, que le colonel Betwase doit prendre dans les coffres de la KaZa.

— Comment tu sais ça ?

— Parce qu'ils parlaient librement, comme s'ils allaient me tuer.

— Tu sais quand a lieu le rendez-vous ?

— À trois heures du matin, je crois.

Soit dans moins d'une heure.

Il restait, amarrés au ponton, les mokoros et un bateau à moteur, qui semblait en état de marche. John hésita. C'était soit se lancer à la poursuite des braconniers, qui avaient dû accoster en catastrophe quelque part en aval, soit tenter de sauver Solanah. L'arracher à ses ravisseurs, qu'ils pouvaient prendre la main dans le sac.

— Filons au lieu du rendez-vous, dit Seth en devinant ses pensées. Solanah est la priorité. Je vais avertir la police de Rundu ; ils risquent d'arriver après nous à Katere mais on sera sur place pour prendre les braconniers en flagrant délit.

— Ceux à bord de l'avion, oui, mais pas Du Plessis, rétorqua John. Le Scorpion est le plus gros trafiquant du continent : on l'a à portée de main, une occasion qui ne se représentera pas.

— Et sacrifier Solanah ? Ce sera sans moi !

Il n'en était pas question, songeait John, mais Du Plessis reviendrait, en force puisqu'il avait des moyens illimités et des gens corrompus à tous les étages. Même identifié, le businessman s'en tirerait, par la fuite, le jeu des faux passeports ou la ruse de ses avocats. Et il assassinerait encore, à Wild Bunch ou ailleurs. En le ramenant vivant, les rangers pourraient l'inculper des crimes, de corruption du chef de la KaZa et du reste. Le Scorpion et sa garde avaient dû s'échouer un peu plus bas sur le fleuve. Avec N/Kon comme pisteur, ils n'avaient pas une chance de leur échapper, seulement il y avait un problème : Seth. Le jeune lieutenant se remettait à peine de sa séquestration, il n'avait pas tiré un coup de feu de sa vie ni affronté des hommes de ce calibre : jamais il ne pourrait piéger Azuel et les trafiquants seul, ni sauver Solanah. Ce n'était pas une question de cran, il se ferait tuer, c'est tout.

— N/Kon, tu vas partir avec Seth, trancha John. Prenez le bateau à quai, des armes, tâchez de retrouver Priti et les filles au poste-frontière et filez au lieu du rendez-vous. Je m'occupe de Du Plessis.

13

Seth avait grimpé sur le hors-bord à la suite de N/Kon, portant les armes, les munitions et tout ce qui pourrait leur servir. Il avait chaud, froid, ne savait plus s'il avait peur ou du courage à revendre. Les deux sans doute. Le bateau qu'il pilotait ralentit en dépassant la pirogue de John, parti trois minutes plus tôt à la poursuite du Scorpion. Seth lui adressa un signe de la main avant de remettre les gaz.

Le fleuve miroitait sous la lune. Ils virent alors l'affreux spectacle qui se déroulait un peu plus loin sur la rive : trois lions dépeçaient le cadavre d'un homme. Un des employés du comptoir, qui s'était enfui en courant au milieu de la tuerie.

— C'est mon frère, murmura N/Kon.
— Quoi ?
— Wia... Il était avec eux.

Seth déglutit, détourna le regard de la scène, et aussi du visage exsangue du vieux San. Le courant les entraîna, des frissons le long de l'échine. Le vent de la nuit ne les aida pas. N/Kon méditait dans le noir, le visage fermé. Ils aperçurent bientôt les restes d'un Zodiac flottant près de la rive angolaise – celui des fugitifs à coup sûr, qui avaient dû l'abandonner. Seth ne s'attarda pas : le poste de la brigade fluviale angolaise se profilait au loin, toutes lumières allumées.

N/Kon lui avait expliqué les risques que ses nièces et l'institutrice avaient pris pour les aider à passer la frontière incognito, mais trois coups de feu avaient retenti plus tôt, sonnant le début des hostilités ; la bouffée d'angoisse et d'amour qui depuis asphyxiait Seth se dissipa lorsqu'il vit les jeunes San sur le ponton de la douane, saines et sauves.

Deux gardes-frontières comataient sur les planches du cabanon, drogués ; entre indifférence et tremblements, Eden et Hikka se tenaient immobiles dans leurs petites robes, mais il ne voyait que Priti, happant de ses tentacules invisibles l'espace qui les séparait encore. Le bateau accosta et la jeune femme se jeta au cou de Seth.

— Tu es vivant, souffla-t-elle contre son oreille, tu es vivant...

— Grâce à toi, il paraît.

Seth se dégagea à regret de ses bras.

— Qu'est-ce qui s'est passé ?

— Ça a failli mal tourner mais Eden m'a sauvé la mise, répondit Priti.

— On a entendu trois coups de feu.

— Oui, il y a un mort dans le cabanon, troué de partout, expliqua-t-elle. J'ai essuyé la crosse du pistolet et je l'ai jeté dans le fleuve. Tu crois que j'ai bien fait ?

— Oui... Oui, balbutia Seth, épaté par son sang-froid.

— C'est pas un meurtre, plutôt de la légitime défense. Le type voulait...

— Tu as bien fait, la rassura-t-il, pressé par les événements. Maintenant il faut qu'on déguerpisse. Il y a un échange dans un village en aval avec Solanah comme otage, ajouta-t-il en se tournant vers N/Kon, et on n'est pas en avance.

— Je viens avec vous, dit Priti sans réfléchir.

— Non. Rentre avec les filles avant que les gardes se réveillent. Je t'assure, ça vaut mieux, et vous en avez assez vu pour ce soir.

— N'y compte même pas.

— Priti...

— J'ai risqué ma virginité pour sauver ta peau, c'est pas maintenant que je vais te laisser te faire tuer. Allez, ne perdons pas de temps ! fit la San en bondissant sur le plat-bord de l'embarcation.

N/Kon ne bronchait pas, plus préoccupé par les ricanements des hippopotames et le visage fermé d'Eden, toujours ailleurs. Elle et Hikka prirent place dans le mokoro et, les pagaies en main, abandonnèrent le poste de garde – le Land Cruiser qui les avait menées là les attendait à deux kilomètres. Eux filèrent avec le bateau à moteur, Priti à la proue. Seth avait prévenu la police de Rundu avec le portable de N/Kon, un appel qui avait fait comme une traînée de poudre de l'autre côté de la frontière. Le ranger pilotait l'embarcation, Priti faisait la vigie à l'avant, sa robe légère pour affronter la fraîcheur du fleuve, N/Kon, le fusil à la main, scrutait les ombres et les bancs d'hippos qui somnolaient comme des récifs.

Priti n'avait pas eu le temps d'apprendre à Seth le décès de sa grand-mère – elle le ferait plus tard, s'ils sortaient vivants de ce cauchemar. L'Okavango étirait ses méandres nocturnes devant leurs yeux grands ouverts. Ils n'avaient pas de carte de la frontière, mais la capture d'écran du smartphone mentionnait la présence du village de Katere. Seth ralentit à l'approche, prenant garde aux hippos immergés qui bullaient sous la lune. Trente minutes d'avance sur l'horaire. Les hommes d'Ekandjo seraient en retard mais le transfert des cornes prendrait un temps pour eux précieux. Il fallait encore déterminer le lieu exact du rendez-vous, tout en restant invisibles aux yeux du colonel Betwase... Katere n'était qu'un hameau de quelques huttes, où aucune lumière ne filtrait, sans autres bruits que le vacarme des grenouilles.

Ils mirent pied à terre sur la rive angolaise, amarrèrent le bateau et se glissèrent dans l'obscurité. N/Kon marchait devant, son fusil entre les mains, les poches de son treillis alourdies de chargeurs, Seth suivait avec une arme de poing ramassée parmi les morts. Un chien aboya, qui leur fit presser le pas, sans réveiller personne. De fait, un espace vierge se profila bientôt, un terrain d'herbe sèche et rase qu'ils atteignirent sans rencontrer âme qui vive. N/Kon observa les bosquets alentour, la topographie, les vestiges d'un pont à quelques encablures.

— Une piste d'atterrissage, souffla Seth.

Le trio se dirigea vers le bosquet le plus touffu, définissant à voix basse le rôle de chacun. S'ils avaient vu juste, le chef de la KaZa passerait le fleuve avec le chargement de cornes, que l'avion embarquerait après avoir relâché Solanah. Du Plessis avait-il eu le temps de prévenir le pilote de l'attaque du comptoir ? L'échange pouvait être annulé à la dernière minute mais Seth comptait sur l'appât du gain et la fortune que représentaient les cornes. N/Kon acquiesçait à tout, le chargeur plein. Un véhicule approcha de l'autre côté de la rive, coupant court à leurs discussions. Ils se tassèrent derrière les branches du bosquet, attentifs aux mouvements du 4×4 qui venait de s'arrêter près du pont en ruine. Dix minutes d'avance.

Azuel sortit du véhicule, visiblement méfiant ; il alluma une lampe-torche, arpenta la rive en se penchant sur les branchages et découvrit une embarcation cachée près du pont. Un mokoro qu'il tira partiellement au sec. Puis il ouvrit le coffre de la Jeep et transporta de lourds sacs en toile jusqu'à la pirogue. Les cornes des rhinos. Il y en avait trop pour faire un seul voyage : le colonel Betwase effectua un premier aller-retour, déposant les dix premières charges sur la rive angolaise, puis un second voyage, se délestant du reste de la cargaison.

L'heure du rendez-vous sonna alors qu'Azuel traversait une dernière fois l'Okavango. On devinait sa silhouette sous la lune, épiant les bruits de la nuit près des sacs amoncelés en bord de piste. Eux ne bougeaient plus d'un pouce, tapis dans les ténèbres du bosquet, distinguant à peine leur visage angoissé, sauf Priti, qui filmait la scène avec son portable. Les secondes limaçaient, s'égrainèrent en minutes, et rien ne venait du ciel.

Priti ne filmait plus. Près de la rive, le chef des rangers se tenait immobile, dans l'expectative. Et l'attente se fit appréhension. Le cosmos était désespérément étoilé, l'Okavango coassait entre les cris rauques des hippos et l'appel des grenouilles, et enfin une rumeur se fit entendre. Un bruit dans le ciel, qui grossit inexorablement. Un avion en approche, tous feux allumés. Le trio se tassa tandis que le Piper survolait le bosquet mais, loin de se poser, l'appareil fit une boucle au-dessus d'eux.

La piste n'était pas balisée, observa Seth, il devait repérer le terrain.

— Putain, qu'est-ce que c'est que ce foutoir ?! grogna Otto aux commandes.

— Je vois un type qui fait des signes, nota Peter, penché sur la vitre du cockpit. Il a aussi des sacs près de lui. Le chef de la KaZa sans doute.

— Le boss doit pas encore être là, ses hommes étaient chargés du balisage ! se plaignit le pilote.

— Tu crois que tu peux te poser ?

— Putain ! réitéra Otto en guise d'assentiment.

Otto était le meilleur pilote de la région, on le lui avait assez dit, et il n'allait pas retourner à Cuito Cuanavale avec toutes ces cornes sous ses yeux, sans compter la négresse. Solanah rongeait son frein à l'arrière de l'appareil. Ses ravisseurs s'exprimant en anglais, elle avait mieux compris la situation, mais l'anxiété la faisait bouillir. Seth était resté dans le hangar avec les cages en cours de transfert, Du Plessis n'avait pas précisé les modalités de l'échange, juste qu'Azuel serait là avec la rançon. Cent cornes, escamotées des coffres : les autorités ne pouvaient pas être au courant, elles n'auraient jamais accepté de céder aux ravisseurs en si peu de temps. Azuel avait dû prendre ça sur lui, s'engageant personnellement dans le deal du trafiquant, au risque de perdre son poste, ou pire, de finir en prison. L'attitude du ranger la décontenançait : était-ce une preuve d'amour, aussi fou soit-il ? S'imaginait-il que personne ne remarquerait la supercherie, ou dans si longtemps qu'il ne serait pas soupçonné ? Solanah le regardait agiter les bras depuis le hublot, à peine visible le long de l'Okavango qui luisait sous la lune.

Le bimoteur finit par se positionner pour l'atterrissage : plus qu'une dizaine de mètres avant de poser les roues dans la brousse.

— Accrochez-vous, ça va secouer !

Solanah en était bien incapable, les mains toujours liées dans le dos. Il y eut un premier choc, puis un second, moins violent, un atterrissage aveugle que le pilote réussit brillamment malgré les soubresauts qui continuaient d'agiter la carlingue ; l'avion effectua un bref demi-tour et roula au pas jusqu'au bout de la piste, où Azuel attendait avec les sacs.

— Je vais d'abord vérifier le contenu, prévint Peter en ôtant sa ceinture. Tiens la fille à l'œil.

L'hélice du Piper s'arrêtait de tourner quand l'intendant du Scorpion sauta du cockpit. Un Noir en tenue civile attendait près des sacs en toile de jute, les traits tendus et une arme visible à la ceinture.

— C'est vous, le colonel ?

— Oui. Où est ma femme ?

— Au chaud, répondit Peter, faisant un signe en direction de l'appareil. Les cornes sont là ?

— Oui.

— Ouvrez ce sac, dit-il en en choisissant un au hasard.

Azuel Betwase s'exécuta, découvrant le butin. Vingt sacs. À vue de nez, il y avait bien le compte. Peter balaya du regard le fleuve, toujours désert. Pas même un bruit de moteur au loin.

— Le boss est en retard, on dirait.

— Je n'ai vu personne.

— Il ne devrait pas tarder. On va commencer à charger en l'attendant, dit Peter en prenant le ranger à partie.

— Pas avant d'avoir vu ma femme.

— Elle est là.

— Je veux la voir, répéta Azuel, sur les nerfs.

Il songea à empoigner son arme mais le canon d'un Glock braquait déjà son ventre.

— Ne vous avisez pas d'y toucher, colonel, le prévint Peter.

— Ce n'est pas ce qui était convenu.

— Ce qui était convenu, c'est qu'on échange votre femme contre les cornes, rétorqua le barbu. Jetez votre arme dans la rivière. Lentement.

Azuel obéit à regret tandis que le pilote aidait Solanah à s'extraire du cockpit, une mallette à la main, rapportée plus tôt de Cuito Cuanavale.

— Voilà l'argent, dit-il bientôt.

Azuel ne saisit pas la mallette qu'Otto venait de déposer à ses pieds : Solanah lui faisait face, les mains liées dans le dos, le regard noir.

— Les effusions pour plus tard, abrégea Peter. Vous allez d'abord m'aider à charger ça dans l'avion, répéta-t-il en désignant les sacs de toile remplis de cornes. Allez, on se dépêche !

Les deux hommes empoignèrent chacun deux sacs, les hissèrent péniblement sur leurs épaules et se dirigèrent vers la soute qu'Otto venait d'ouvrir. Une balle de gros calibre pulvérisa alors la roue avant du Piper.

— Plus personne ne bouge ! hurla un homme depuis un bosquet. Plus un geste ou vous êtes morts !

Azuel reconnut la voix de Seth, qui avait jailli sous la lune. Une jeune San l'accompagnait, filmant la scène avec son portable, et Seth les menaçait de son pistolet – il y avait forcément un deuxième tireur. Mais, bien que pris par surprise, les anciens mercenaires n'obéirent pas aux injonctions du lieutenant : Otto braqua aussitôt le Glock sur la tête de Solanah pendant que Peter empoignait le pistolet à sa ceinture. Deux détonations retentirent au même moment, coup sur coup : la première balle brisa la clavicule du pilote, le propulsant contre la carlingue, celle de Peter faucha Seth, qui approchait.

Solanah n'attendit pas le cri de Priti pour s'élancer vers le tueur : trois pas d'élan, un violent coup de talon et, avant que Peter réagisse, son genou se brisa. L'homme se plia en gémissant, eut le réflexe de redresser son pistolet vers la ranger et vit ses doigts disparaître dans un fracas d'os et de sang. Le Glock vola sous le choc, comme la main arrachée du trafiquant, qui chuinta en se courbant de douleur après le tir du sniper.

Azuel resta éberlué : tout avait basculé en une poignée de secondes et Seth gisait à terre. Priti se précipita vers lui mais Solanah l'arrêta.

— Libère-moi ! Vite !

La San fit volte-face, tira le canif de son soutien-gorge et trancha l'adhésif qui emprisonnait Solanah, sous le regard dépassé de son mari. Les deux femmes se portèrent au chevet de Seth pour évaluer les dégâts : il était touché au ventre mais il respirait encore.

— Dis-moi qu'il va s'en sortir, souffla Priti.

Incapable de parler après le choc de la balle, Seth ne bougeait plus, les mains en sang comme s'il avait voulu retenir l'impact dans son corps.

— Le flanc gauche est perforé mais la balle est ressortie, constata Solanah.
— Ça veut dire quoi ?
— Qu'il a encore une chance de s'en sortir. Donne-moi ton portable.

Cinq centimètres plus au centre et les organes vitaux étaient touchés.

— Déchire un bout de vêtement propre et presse la bourre sur la blessure, ajouta Solanah avant d'appeler les secours.

À trois mètres de là, Peter se tenait assis parmi les herbes, le genou brisé et les doigts arrachés. N/Kon était sorti du bosquet, son fusil à la main : il poussa le Glock du pied pour ne pas y laisser ses empreintes puis il avisa le pilote affalé un peu plus loin. Otto geignait contre la roue crevée du Piper, l'épaule emportée.

— Rejoins ton collègue, ordonna N/Kon au barbu.
— J'ai le genou cassé…
— Dépêche-toi.

Azuel observait la scène avec les yeux d'un autre. Priti ne faisait pas attention à lui, chuchotant des mots d'amour à l'homme qui, à terre, se tenait le ventre. Solanah s'était éloignée pour téléphoner, un œil sur la situation. La San pressa le linge sur la plaie de Seth, le visage baigné de sueur. Solanah revint bientôt, le portable à la main.

— Un hélicoptère arrive, annonça-t-elle. Il sera là dans vingt minutes.
— Qu'est-ce qu'on peut faire ?
— Prier.

Priti voulut lui dire que ça ne servait à rien, que l'aube qui se levait était celle de leur amour infini, que les dieux qui avaient laissé son petit guépard se faire tirer dessus étaient des fumiers, qu'elle ne croyait en rien d'autre qu'en leur amour qui fuyait sous ses yeux à gros bouillons, et d'autres choses encore que vomissait son esprit en flammes.

Sortant enfin de sa torpeur, Azuel se dirigea vers sa femme.

— Bravo Solanah! C'est... c'est... inespéré! bafouilla-t-il, entre la joie et la confusion. Tu vas bien, rien de cassé?

La ranger recula d'un pas.

— Vous êtes en état d'arrestation, colonel. Pour vol de cornes, trafic et corruption. À partir de maintenant, tout ce que vous direz pourra être retenu contre vous.

— Tu plaisantes?!

— J'ai l'air?

Solanah le fixait, froide, dure, sereine. Non, elle ne plaisantait pas, du tout. La Tswana désigna les deux prisonniers assis près du Piper.

— Va t'asseoir avec les autres.

~

Les minutes s'égrainaient, interminables, comme l'écho des mots de N/Kon le long du fleuve. Et Solanah n'était plus la même. Le San venait de lui raconter l'attaque du comptoir un peu plus tôt, la fuite du Scorpion en Zodiac, John parti aux trousses de leur vieil ennemi, Rainer Du Plessis, celui à qui Yan Malan avait volé l'ivoire des services secrets sud-africains pendant la guerre de la frontière; l'argent du butin avait été la rédemption de John, qui avait dû se faire passer pour mort afin d'échapper au commandant du 32ᵉ et à ses supérieurs, lesquels auraient eu tôt fait de le retrouver ou de menacer ses parents pour qu'il sorte du bois. N/Kon lui avait raconté le cauchemar quand ils avaient dû amputer les éléphants à la machette, ceux qui respiraient encore et qu'il avait fallu achever, le sang jusqu'aux coudes à patauger pendant des heures parmi les chairs ouvertes et l'odeur épouvantable des éléphants qui les suivait toujours, une boucherie à devenir fou, une folie que John avait tenté de renverser en créant Wild Bunch.

Les animaux comme remède : Solanah commençait à comprendre.

— Tu vas avertir la police ? demanda N/Kon.

— Pour la mine ? Non… Non. Personne n'a besoin de savoir.

L'odeur du fleuve remontait jusqu'à eux. Au chevet de Seth, Priti attendait fébrilement l'arrivée des secours. Azuel se tenait assis à une dizaine de mètres avec les blessés, tête basse. L'arrestation du chef de la KaZa ferait du bruit, surtout si sa femme témoignait contre lui. Certains collègues lui en voudraient de ne pas avoir préféré laver son linge sale en famille, mais le père d'Azuel était une grosse huile du Botswana et son fils aurait les meilleurs avocats.

— Tu vas continuer ton job chez les rangers ?

— Tu lis dans mon esprit, vieux renard. Pourquoi j'abandonnerais ?

— On a besoin de gens comme toi à Wild Bunch, dit N/Kon d'une voix neutre.

Solanah releva un sourcil.

— C'est une invitation ?

— John t'aime, au point de mettre notre communauté

en péril pour tes beaux yeux. Je dis pas qu'il a tort, mais au moins que tout ça serve à quelque chose.

Un discours elliptique qui laissait toutes les portes ouvertes. Solanah ne répondit pas au renard tueur du Kalahari : le rugissement d'un lion au loin fit trembler la nuit. Une poignée de kilomètres en amont, soit sur le territoire où John était parti en chasse. N/Kon le prit comme un signe et se tourna vers le fleuve.

— John aurait dû nous rejoindre à cette heure, s'inquiéta-t-il.

— Oui.

Le San empoigna son fusil, un chargeur dans sa veste de treillis trop grande.

— Je vais remonter la rive, dit-il. Il a dû se passer quelque chose.

— Tu ne veux pas m'attendre?

— Non.

Les secours mettaient trop longtemps à arriver et il avait déjà perdu un temps précieux. Le bateau à moteur risquant de faire de lui une cible mouvante, N/Kon grimpa à bord de la pirogue sous le regard tendu de Solanah.

Les méandres du fleuve l'avaient avalé quand le son d'un hélicoptère se profila dans le ciel. Les secours. Enfin.

~

Priti veillait toujours Seth, les mains maintenant imbibées d'un rouge poisseux, mais le sang ne coulait plus de la blessure et il était de nouveau conscient. La jeune femme reprenait espoir devant son pauvre sourire, lui interdisant le moindre effort. « Accroche-toi, répétait-elle pour qu'il ne s'endorme pas, accroche-toi. » Priti ne lui avait pas parlé de sa grand-mère, elle lui mentait même, disant que Wilmine ne supporterait pas qu'il meure avant elle, une pure interdiction qu'il avait intérêt à respecter, elle extrapolait pour le tenir éveillé, racontait qu'ils auraient plein de bébés tous les deux, des petits, des gros, des moyens s'il préférait, pas des jumeaux, ça ferait trop d'un coup et son ventre n'était pas une bassine, n'importe quoi pour qu'il continue à serrer sa main dans la sienne.

À quelques mètres de là, Solanah adressait des signes au pilote de l'hélicoptère qui s'apprêtait à se poser. L'appareil se stabilisa bientôt sur la piste d'herbes sèches, semant un vacarme de typhon, et ne coupa pas les gaz, prêt à repartir dans la foulée. Il fallait crier pour s'entendre sous le souffle des pales ; un médecin et son assistant accouraient, portant un brancard et une trousse. Priti se pencha sur Seth qui, recevant les premiers soins, tentait de lui sourire.

— Tu aurais dû tuer ce trafiquant plutôt qu'attendre qu'il te tire dessus, lui reprocha-t-elle, rassurée par la présence du médecin.

— Il nous fallait un témoin... pour l'accusation...

— Oui, eh bien tu vas être gentil de rester en vie pour me raconter tout ça. Je peux grimper avec lui ? lança-t-elle au médecin aéroporté.

— Je vais demander au pilote.

— C'est déjà fait, mentit-elle.

Priti ne lâcha pas la main de Seth sur le brancard qui le transportait, ni dans l'hélicoptère où elle se réfugia avec lui : bien sûr que Seth allait survivre à sa grand-mère, se répétait la San comme un mantra, *il n'avait pas le choix...*

Solanah les vit décoller à l'aube naissante, pria pour eux et aperçut les Jeep de la police qui arrivaient sur la rive opposée. Elle avait expliqué l'affaire au capitaine Ekandjo par téléphone : les preuves de corruption qu'elle détenait, la mallette de billets et les scènes filmées. Azuel s'ébroua à l'approche des policiers qui traversaient le fleuve, joua sa dernière carte.

— Bon Dieu, Solanah, est-ce que tu vas enfin comprendre ? J'ai volé ces cornes pour te sauver la vie ! l'adjura-t-il. Par amour pour toi !

— Tu expliqueras ça au juge.

— Après tout ce que j'ai fait pour toi, éructa-t-il, comment peux-tu me faire une chose pareille ?!

C'était peut-être leur dernière discussion. Solanah regarda son mari dans les yeux.

— Tu sais quoi ? Je ne t'ai jamais trompé, Azuel. J'étais enceinte de toi : c'est la vérité que tu n'as jamais voulu entendre. Je ne t'ai jamais trompé, répéta-t-elle, mais c'est ce que je vais faire, sitôt cette histoire terminée.

John.

Ses animaux.

Ranger ou pas, ils s'aimeraient, cette fois-ci pour de bon, et personne ne saurait rien des cadavres qui pourrissaient dans la mine.

Azuel se liquéfia tandis qu'elle accueillait les policiers.

— Bonsoir lieutenante, lança Ekandjo en accostant le premier.

— Vous avez fait vite, capitaine.

— Pied au plancher, c'est ma devise. Vous êtes sûre de ce que vous faites ?

— Affirmatif.

Les hommes d'Ekandjo investissaient les lieux, le téléphone à l'oreille pour gérer l'affaire avec les autorités angolaises. Ils n'avaient plus besoin d'elle, John si.

14

Le Chinois répétait qu'il ne comprenait pas ce qui avait pu arriver avec Latham, que les caméras disséminées sur la route du lodge avaient été déconnectées au moment de l'infiltration de Bee Five, mais Rainer lui intima de fermer sa putain de gueule de citron : Latham était un ancien soldat du 32e, un éclaireur qu'il avait formé à tuer et mené sur les pires champs de bataille. Ce n'était plus l'heure de gamberger, juste de sauver sa peau.

L'Afrikaner s'agrippait à la poignée du moteur mais, avec le boudin qui avait explosé dans leur fuite, le pont en bois du Zodiac prenait tant d'eau qu'ils n'iraient plus loin. Il était même urgent d'accoster s'ils ne voulaient pas sombrer dans la rivière infestée de crocos. Ils n'étaient qu'à un ou deux kilomètres du comptoir dévasté ; de l'eau jusqu'aux mollets, Du Plessis choisit de se diriger vers la rive angolaise. Un moindre mal si les rangers traînaient dans le coin, et le point de rendez-vous était plus loin en aval. Le Chinois n'en menait pas large à bord du rafiot, l'unijambiste ferait un piètre fugitif dans la brousse, mais il pouvait encore rejoindre l'avion et les cornes de la KaZa.

— Tenez-vous prêts, feula le chef tandis que les autres écopaient le carré avec les moyens du bord.

Le Zodiac s'enfonçait dangereusement ; avec un peu de chance, ils atteindraient la rive avant de basculer dans l'eau saumâtre. Ils ne virent pas la bête qui les chargeait, deux tonnes de furie qui, surgissant soudain, pulvérisèrent les restes du hors-bord. Un hippopotame, qui attaquait quiconque empiétait sur son territoire. Les trois hommes basculèrent dans l'Okavango et tout se passa très vite ; One pataugea en happant l'air, maladroit avec sa prothèse, tentant coûte que coûte de gagner la terre ferme, Du Plessis prit appui sur le fond vaseux pour fuir l'énorme gueule ouverte qui se refermait sur eux, les dents comme des pieux. Les bras battant la surface, il entendit le hurlement du hacker chinois à ses côtés. Pris dans la mâchoire du monstre, le corps transpercé, il agitait ses bras dans le vide. Incapable de se dégager de l'étreinte mortelle, le malheureux coula une première fois, aspiré par la masse, ressurgit dans la mêlée de bulles et de cris, s'immergea une seconde fois parmi les remous sanguinolents puis il disparut à jamais, avalé par la rivière devenue rouge.

Le Scorpion s'accrocha aux plantes qui bordaient la rive et se hissa en soufflant sur la terre ferme. Ça puait la boue, le sang, la mort. L'unijambiste se dépêtra comme il put et parvint à s'extraire du bourbier, épouvanté. Il jurait sans discontinuer, les yeux fous, cherchant à se dresser sur sa jambe, et constata avec effroi qu'une partie de sa prothèse manquait. Cet enfoiré d'hippo l'avait broyée.

— Putain, grogna-t-il, je tiens pas debout avec cette merde !

À l'horreur s'ajoutait la colère, ce qui ne changeait rien à la situation. Les Glock et les portables n'étaient plus utilisables après leur séjour dans l'eau. Trop tard pour avertir le pilote, baliser le bout de piste pour faciliter l'atterrissage, et ce n'était pas le Piper d'Otto qui les tirerait de ce cauchemar. Le butin des cages était perdu mais il restait les cornes. Oui, Du Plessis avait encore une chance d'arriver à l'heure pour le rendez-vous... Il s'éloigna du territoire des hippos, tressaillant dans la brise nocturne après ce qu'il venait de vivre – saloperies de bestiaux.

— Hey ! Hey, qu'est-ce que vous faites ?! glapit One en voyant son patron filer vers le bush. Boss ! Boss !!! Hey, vous allez pas me laisser là ?!

Rainer ne répondit pas au Cafre. Il n'allait pas s'embarrasser d'un poids mort avec Latham à ses trousses.

~

Les poissons-tigres pullulaient dans le delta de l'Okavango, des carnivores plus grands et plus dangereux que les piranhas sud-américains – pouvant atteindre un mètre cinquante et soixante-cinq kilos, ces bêtes n'avaient que des crocodiles pour prédateurs, les seuls capables de réguler leur nombre. John pagayait sous la demi-lune, nyctalope. Le mokoro filait sans bruit le long de la rivière. Il croisa un crocodile, qui plongea bientôt sous l'eau trouble qu'il venait de remuer. John se méfiait surtout des hippopotames – leurs excréments flottaient à la surface, moins rapides que lui dans le courant.

Il ne pensait plus à Solanah, ni aux filles chargées d'endormir les gardes angolais, ni à N/Kon et Seth ; les trafiquants avaient un peu d'avance mais ils n'iraient pas loin avec leur coque trouée. Un cri traversa bientôt les ondes, suivi d'autres, inhumains. John accéléra le mouvement de ses bras, opéra un virage à la corde pour éviter le danger – des sons rauques trahissaient la présence d'hippos – et distingua bientôt une forme à terre, à une centaine de mètres. Un homme rampait sur ses fesses, comme le lui révélèrent ses jumelles, un Noir sans arme qui semblait en piteux état. Les restes du Zodiac ballaient au gré du courant, pris dans des algues ou les plantes qui poussaient là. John pagaya vers la berge, son Colt à portée de main, mais l'unijambiste avait d'autres soucis.

Occupé à fuir le territoire des hippopotames, dégoulinant de vase et peur, One vit l'homme qui avait accosté à une vingtaine de mètres : un grand type blanc armé d'un vieux Colt et d'un couteau de chasse qui, après avoir repoussé la pirogue dans le courant, se dirigea vers lui.

Son regard était presque pire quand il le surplomba.

— Où sont les autres ?

— Le… le Chinois a été bouffé par un hippo, balbutia One, qui pataugeait dans la boue du rivage.

Il portait une prothèse en mauvais état au genou droit. John comprit pourquoi il n'avait pas fui.

— Où est ton patron ?

— Je sais pas.

One étouffa un cri, fixant le tueur avec des yeux

ronds : la semelle de sa botte lui bloquait la trachée et il avait dégainé son poignard.

— Où est Du Plessis ? répéta John.
— Je... Je sais pas. Il est parti... par là ! Katere ! Un village ! fit l'unijambiste en brandissant un bras vers l'est.

Le lieu de rendez-vous. John retira la botte de sa gorge.

— Il est armé ?
— Je crois pas... On est tombés à l'eau.

Le Scorpion était là, quelque part dans le bush.

— Tu sais nager ?
— Hein ? Heu, non.
— Tu sais nager ?!
— Putain, je te dis que non !

John s'agenouilla pour trancher la sangle qui tenait encore sa prothèse et la balança à l'eau.

— Il y a un nid de crocodiles tout près, sur la berge, le prévint-il. Si la femelle ne te mange pas, d'autres s'en chargeront : tu pisses le sang.

— QUOI ?!

Il ne restait que Du Plessis, et l'art du pistage pour le débusquer dans le bush ; John abandonna One à ses suppliques qui le laissaient poisson-froid.

La végétation était assez dense sur cette portion du rivage. Furetant en direction de l'est, John ne tarda pas à trouver une première empreinte, qu'il suivit comme les astres font briller les cailloux dans le désert. Les traces étaient fraîches : le braconnier se hâtait et ne prenait plus garde à rien. Les déjections étaient pourtant nombreuses sur le chemin, certaines énormes – éléphants. Ils passaient la frontière à la nage, migrant à la saison jusqu'au delta de l'Okavango, causant de nombreux dégâts sur leur route. John suivit la piste puis frémit quand retentit le rugissement sourd et répété d'un lion au loin. Lui aussi avait vu l'horrible spectacle de Wia dévoré plus haut sur la rive : les fauves en cage devaient être affamés, déboussolés. Il progressa entre les arbustes du bush et les acacias, dressant l'oreille pour écouter la nuit, avança encore puis s'arrêta, les sens en alerte ; des branches craquaient droit devant lui, trop bruyamment pour être le fait d'un homme... Rhinos, ou plus certainement éléphants, si les déjections de tout à l'heure étaient les leurs.

John pressa le pas. L'odeur se fit plus forte à mesure qu'il découvrait des arbustes éventrés. Les marques sur le sol étaient toujours visibles pour un œil aguerri : le Scorpion était là, tout près... Il y eut un mouvement à une centaine de mètres, comme si les buissons s'étaient mis à bouger, des barrissements, puis un remue-ménage dans la végétation, ponctué de cris humains déchirants. John s'approcha lentement, sans se laisser influencer par les appels. On entendait geindre derrière les acacias et sous le souffle des pachydermes qui tournaient en rond. Leur odeur se fit plus forte. John tomba nez à nez avec une femelle haute de trois mètres, les oreilles battant ses flancs.

— Doucement, ma jolie...

Il chuchotait, l'éléphante en visuel sous la lune. Cinq mètres les séparaient. Trop tard pour chercher à fuir, la bête le rattraperait en quelques enjambées avant de le piétiner à mort, et ce n'était pas sa vieille pétoire qui la stopperait. Le pachyderme resta un long instant comme lui, dans l'expectative, ses longs cils recourbés et l'œil vigilant, puis John comprit ce qui se passait : une mère et ses sœurs venaient de récupérer l'éléphanteau qui s'était imprudemment aventuré au bord du fleuve, où rôdaient les crocodiles. Le petit en sûreté, la harde commença à refluer vers le bush en émettant des sons gutturaux. Un sermon pour l'éléphanteau, peut-être. La femelle qui tenait John en respect, après un mouvement de trompe menaçant, se détourna enfin. Le pas lourd, elle disparut derrière les bosquets d'épineux pour rejoindre les siens... John souffla, la main encore crispée sur la crosse du Colt qu'il tenait contre sa jambe, le cœur à cent à l'heure.

Les plaintes le ramenèrent au présent.

Elles provenaient d'un acacia, à une quinzaine de mètres, un arbuste au pied duquel se traînait son ancien chef de guerre. Du Plessis avait commis l'erreur de se retrouver entre l'éléphanteau égaré et sa mère, qui l'avait aussitôt chargé. Celle-ci l'avait piétiné dans les acacias où le braconnier tentait de se réfugier, toute à sa fureur, avant de récupérer le jeune fugueur. L'éléphante avait laissé l'intrus pour mort mais Du Plessis respirait encore. Les pieds et le bas de ses jambes écrasés par la masse, le Scorpion jurait devant les restes sanguinolents – jamais plus il ne marcherait.

Il dévisagea l'homme qui le traquait dans la nuit, maintenant dressé au-dessus de lui.

— On dirait que c'est la fin de l'histoire, caporal, dit-il entre ses dents.

— Pour toi, oui, confirma John.

Il semblait souffrir le martyre mais Rainer Du Plessis était un dur à cuire. John pouvait le porter sur son dos jusqu'à la rive toute proche, sauver cette ordure d'une agonie lente et la ramener à Solanah par la peau du cou. L'étendue de ses réseaux, ses complicités à tous les échelons, agents corrompus, employés, clients, receleurs, traders ; sa mort ne servirait à rien.

— Je peux te poser une question ? grimaça l'ancien commandant. À qui tu as vendu les défenses volées ? Savimbi ?

— Il connaissait le réseau, répondit John.

— Le vieux renard n'a jamais rien dit.

— J'ai doublé sa commission.

— Pas mal pour un petit caporal…

Du Plessis perdait des forces, ses jambes broyées baignant dans une bouillie d'os et de sang.

— Dommage qu'on ait encore besoin de toi, conclut John, je t'aurais bien laissé crever au milieu des bêtes.

— Tu comptes me ramener ?

— Oui, pour que tu sois jugé.

— Je croyais que tuer était la seule chose qui t'intéressait, insinua Rainer, le visage baigné de sueurs froides.

— Eh bien tu vois, j'ai changé.

John empoigna sa veste humide pour l'aider à se relever et il ne se méfia pas : Du Plessis lui enfonça son pic empoisonné dans les reins.

— En souvenir du Scorpion, sourit-il à la lune.

15

Les grenouilles s'étaient tues à l'heure où le jour peinait à sortir du bush. L'Okavango s'éveillait au rythme du mokoro qui remontait ses méandres. N/Kon progressait à allure réduite au son du clapotis contre la coque, l'œil rivé sur les hippos qui émergeaient çà et là. Une grue à houppette noire s'envola à son approche, puis un nouveau rugissement fit trembler l'air, moins de deux kilomètres en amont ; les lions échappés des cages après l'attaque du comptoir ? N/Kon frissonna en songeant à la fin atroce de son frère... Le soleil émergeait, encore pâle ; alerté par des remous à tribord, le San découvrit alors un cadavre coincé dans les branchages. Un homme à la peau blanche, à demi immergé, dont les poissons-tigres s'arrachaient les chairs avec acharnement.

Il ralentit. Le corps flottait sur le dos, secoué par les dents coupantes qui l'attiraient vers le fond, et N/Kon reconnut le visage de Du Plessis, presque intact. Le Scorpion baignait dans son sang, mort depuis peu sans doute.

Un vent d'horreur soufflait sur le fleuve. Le San

repéra enfin John, assis à une vingtaine de mètres, au pied d'un acacia.

Il accosta aussitôt mais quelque chose ne collait pas dans le décor – son ami ne faisait aucun geste pour l'accueillir, silencieux, immobile. N/Kon croisa son visage blême et s'agenouilla au pied de l'acacia.

— Tu es blessé?

— Non... Mais content de te voir.

John respirait avec peine.

— Solanah? demanda-t-il, le visage plein de fièvre.

— Saine et sauve. Elle ne devrait pas tarder, répondit le San pour le rassurer.

Mais le sourire crispé de John n'augurait rien de bon.

— Qu'est-ce qu'il s'est passé? s'empressa de demander N/Kon. J'ai vu le cadavre de Du Plessis tout à l'heure.

— Oui... Mais le Scorpion m'a piqué... avant que je le jette au fleuve... Le même poison... Je n'ai plus beaucoup de temps.

N/Kon pâlit : aucun hélicoptère ne pouvait se poser si vite dans le bush, aucun hôpital ne pourrait le soigner avant que le poison ne bloque son cœur. Son vieux complice allait mourir là.

— Mais tu vas m'aider, poursuivit John, le souffle court.

Il tendit les bras.

— Relève-moi... S'il te plaît.

Le poison circulait dans ses veines, ce n'était plus qu'une question de minutes. N/Kon avait le cœur brisé mais il ferait ce qu'il voulait. Il aida John à se dresser sur ses jambes, cala son épaule pour soutenir ses pas, puis un bruit de moteur se fit entendre le long du fleuve.

Solanah cherchait son homme dans les méandres de l'Okavango, revisitant sa vie comme si elle commençait. Elle n'avait jamais beaucoup cru à l'amour, trop codifié pour son imaginaire où la liberté des êtres sauvages avait pris toute la place. Azuel était moins la cause de ce désintérêt que l'éducation des filles, poussées à accepter ce qu'on leur proposait parce que c'était comme ça. Et non, ce n'était pas comme ça. Solanah réalisait qu'en dépit de la pression sociale elle pouvait tout envoyer paître. La rage lui montait au cœur quand elle songeait au petit soldat qu'elle avait été. C'était fini. L'obéissance, la soumission. John n'était pas de ceux-là.

Le Zodiac fendait les flots, elle épiait les bruits à l'aube mais les berges de l'Okavango restaient désertes sous les piaillements des oiseaux, qui tout à coup disparurent. Elle croisa d'abord un cadavre dérivant sous la voracité des poissons-tigres, inidentifiable, puis elle aperçut N/Kon qui soutenait John, un peu plus loin sur la rive.

La Tswana accosta aussitôt, le pouls plus rapide à mesure qu'elle pressentait le drame : John marchait vers la savane avec peine, comme si sa vitalité qu'elle aimait tant le fuyait. Solanah comprit qu'un drame avait eu lieu et reçut la pointe en plein cœur – non, pas maintenant. La stupéfaction la figea tandis que N/Kon lâchait le bras de son ami, comme une invitation à continuer seul son chemin. Solanah chercha une idée dans la panique, ou les mots qui l'auraient sauvé, mais le vieux San venait vers elle, la gorge nouée.

— Laisse-le mourir comme il l'entend, dit-il d'une voix tremblante.

John savait que Solanah les avait rejoints ; mais il ne fallait pas se retourner, comme dans les mythes où croiser le regard de l'être aimé pouvait tuer, juste marcher droit devant. Il perdait ses dernières forces, le cœur au ralenti, un peu plus à chaque pas. Déjà son esprit divaguait, entendait des cris de lions qui l'appelaient. Affamés, les fauves libérés des cages avaient goûté à l'homme : ils en chasseraient d'autres, et à leur tour se feraient tuer. John espérait que le poison de son cadavre les rendrait sérieusement malades et leur ferait peut-être passer l'envie de se frotter à leur pire prédateur. Il avait vu leurs traces fraîches près du fleuve, leurs rugissements rauques étaient sa boussole. John tenta de se rassurer : comme la dépouille d'Aya avait rejoint la terre de ses ancêtres vingt ans plus tôt, il alimenterait à son tour le cycle de la vie qui s'en allait. Lui qui, en amour, aurait tout raté.

Solanah ne voulait pas y croire. Ni au poison qui infestait les veines de John, ni à la main de N/Kon qui serrait la sienne pour l'empêcher de courir le rejoindre. C'était trop tard. La lumière de l'aube agrandissait les rives de l'Okavango et John marchait au-devant des lions. Le San pleurait en silence, Solanah pouvait le sentir à la pression de sa main. Statufiée sur la rive, elle suivit John du regard, impuissante, jusqu'à ce que sa silhouette disparaisse parmi les herbes blanches.

Des cailloux de haine lui remontèrent dans la gorge. Elle perdait l'amour, sous ses yeux, et leur rêve de protéger ensemble les animaux sauvages, mais pas la mémoire de ce feu qui la brûlait. John.

Elle poursuivrait son œuvre à Wild Bunch. Sa guerre contre les braconniers... Et elle les tuerait – elle les tuerait tous.

NOTE DE L'AUTEUR

Au-delà des livres lus, ceux de Baptiste Morizot en tête, et des informations données par des ONG ou des associations comme Robin des Bois, j'ai eu la chance d'avoir pour fixeur Félix Vallat (EcoSafaris) lors de mes voyages en Namibie, grand petit pays qui mérite beaucoup plus que le détour. Une seconde maison où les bêtes vivent parfois libres et sauvages hors des réserves. Les voir est bouleversant, ou alors on est un caillou. Un simple sursis au rythme où vont les hommes. Je voulais être tueur de braconniers quand j'étais petit. Je le veux toujours. Écrire comme remède.

La même main caresse et tue
Le souvenir du couteau.

DU MÊME AUTEUR

Aux Éditions Gallimard

Dans la collection Série Noire

OKAVANGO, 2023, Folio Policier n° 1035.
PAZ, 2019, Folio Policier n° 924.
PLUS JAMAIS SEUL, 2018, Folio Policier n° 885.
CONDOR, 2016, Folio Policier n° 850.
MAPUCHE, 2012, Folio Policier n° 716.
ZULU, 2008, Folio Policier n° 584.
UTU, 2004, Folio Policier n° 500.
PLUTÔT CREVER, 2002, Folio Policier n° 423.

Dans la collection Folio Policier

SAGA MAORIE, Haka – Utu, 2016, n° 798.
LA JAMBE GAUCHE DE JOE STRUMMER, 2007, n° 467.

Dans la collection Folio 2 €/3 €

PETIT ÉLOGE DE L'EXCÈS, 2024, n° 4483.

Dans la collection de livres audio « Écoutez lire »

OKAVANGO, lu par Benjamin Jungers, 2023.
PAZ, lu par Michel Vigné, 2019.
CONDOR, lu par Michel Vigné, 2016.
MAPUCHE, lu par Féodor Atkine, 2015.

Aux Éditions Baleine

HAKA, 1998, Folio Policier n° 286.

Dans la collection Le Poulpe

D'AMOUR ET DOPE FRAÎCHE, coécrit avec Sophie Couronne, 2009, Folio Policier n° 681.

Chez d'autres éditeurs

MAGALI, Robert Laffont, 2024.

SANGOMA : LES DAMNÉS DE CAPE TOWN, dessin de Corentin Rouge, Glénat, 2021.

LËD, Les Arènes, 2021, Pocket n° 18375.

POURVU QUE ÇA BRÛLE, Albin Michel, 2017.

LES NUITS DE SAN FRANCISCO, Flammarion, 2014, Folio Policier n° 842.

COMMENT DEVENIR ÉCRIVAIN QUAND ON VIENT DE LA GRANDE PLOUQUERIE INTERNATIONALE, Le Seuil, 2013, Points n° 3036.

NOUVEAU MONDE INC., La Tengo éditions, 2011.

QUEUE DU BONHEUR, édité par le MAC/VAL, 2008, d'après l'œuvre du plasticien Claude Closky.

RACLÉE DE VERTS, Éditions La Branche, collection Suite noire, 2007, Pocket n° 14870.

Aux Éditions Pocket Jeunesse

ILS SONT VENUS DU FROID, 2022.

MAPUCE ET LA RÉVOLTE DES ANIMAUX, illustré par Christian Heinrich, 2015.

KROTOKUS Ier, ROI DES ANIMAUX, illustré par Christian Heinrich, 2010.

Aux Éditions Thierry Magnier

MA LANGUE DE FER, littérature jeunesse, collection Petite Poche, 2007.

JOUR DE COLÈRE, littérature jeunesse, collection Petite Poche, 2003. Nouvelle édition, 2016.

Aux Éditions Syros

L'AFRIKANER DE GORDON'S BAY, littérature jeunesse, collection Souris noire, 2013.

ALICE AU MAROC, littérature jeunesse, collection Souris noire, 2009.

LA DERNIÈRE DANSE DES MAORIS, littérature jeunesse, collection Souris noire, 2007.

LA CAGE AUX LIONNES, littérature jeunesse, collection Souris noire, 2006.

COLLECTION FOLIO POLICIER

Dernières parutions

778. Heinrich Steinfest — *Le poil de la bête*
779. Batya Gour — *Meurtre en direct*
780. Laurent Whale — *Les Rats de poussière I Goodbye Billy*
781. Joe R. Lansdale — *Le sang du bayou*
782. Boileau-Narcejac — *Le contrat*
783. Boileau-Narcejac — *Les nocturnes*
784. Georges Simenon — *Le bateau d'Émile*
785. Dolores Redondo — *De chair et d'os*
786. Max Bentow — *L'Oiseleur*
787. James M. Cain — *Bloody cocktail*
788. Marcus Sakey — *Les Brillants*
789. Joe R. Lansdale — *Les Mécanos de Vénus*
790. Jérôme Leroy — *L'ange gardien*
791. Sébastien Raizer — *L'alignement des équinoxes*
792. Antonio Manzini — *Piste noire*
793. Jo Nesbø — *Du sang sur la glace*
794. Joy Castro — *Après le déluge*
795. Stuart Prebble — *Le Maître des insectes*
796. Sonja Delzongle — *Dust*
797. Luís Miguel Rocha — *Complots au Vatican I Le dernier pape*
798. Caryl Férey — *Saga maorie*
799. Thierry Bourcy — *Célestin Louise, flic et soldat dans la guerre de 14-18*
800. Barry Gornell — *La résurrection de Luther Grove*
801. Antoine Chainas — *Pur*
802. Attica Locke — *Dernière récolte*
803. Maurice G. Dantec — *Liber mundi I Villa Vortex*
804. Howard Gordon — *La Cible*
805. Alain Gardinier — *DPRK*

806.	Georges Simenon	*Le Petit Docteur*
807.	Georges Simenon	*Les dossiers de l'Agence O*
808.	Michel Lambesc	*La « horse »*
809.	Frederick Forsyth	*Chacal*
810.	Gunnar Staalesen	*L'enfant qui criait au loup*
811.	Laurent Guillaume	*Delta Charlie Delta*
812.	Laurent Whale	*Les Rats de poussière II Le manuscrit Robinson*
813.	J. J. Murphy	*Le cercle des plumes assassines*
814.	Éric Maravélias	*La faux soyeuse*
815.	DOA	*Le cycle clandestin, tome I*
816.	Luke McCallin	*L'homme de Berlin*
817.	Lars Pettersson	*La loi des Sames*
818.	Boileau-Narcejac	*Schuss*
819.	Dominique Manotti	*Or noir*
820.	Alberto Garlini	*Les noirs et les rouges*
821.	Marcus Sakey	*Les Brillants II Un monde meilleur*
822.	Thomas Bronnec	*Les initiés*
823.	Kate O'Riordan	*La fin d'une imposture*
824.	Mons Kallentoft, Markus Lutteman	*Zack*
825.	Robert Karjel	*Mon nom est N.*
826.	Dolores Redondo	*Une offrande à la tempête*
827.	Benoît Minville	*Rural noir*
828.	Sonja Delzongle	*Quand la neige danse*
829.	Germán Maggiori	*Entre hommes*
830.	Shannon Kirk	*Méthode 15-33*
831.	Elsa Marpeau	*Et ils oublieront la colère*
832.	Antonio Manzini	*Froid comme la mort*
833.	Luís Miguel Rocha	*Complots au Vatican II La balle sainte*
834.	Patrick Pécherot	*Une plaie ouverte*
835.	Harry Crews	*Le faucon va mourir*
836.	DOA	*Pukhtu. Primo*
837.	DOA	*Pukhtu. Secundo*
838.	Joe R. Lansdale	*Les enfants de l'eau noire*
839.	Gunnar Staalesen	*Cœurs glacés*

840.	Jo Nesbø	*Le fils*
841.	Luke McCallin	*La maison pâle*
842.	Caryl Férey	*Les nuits de San Francisco*
843.	Graham Hurley	*Le paradis n'est pas pour nous*
844.	Boileau-Narcejac	*Champ clos*
845.	Lawrence Block	*Balade entre les tombes*
846.	Sandrine Roy	*Lynwood Miller*
847.	Massimo Carlotto	*La vérité de l'Alligator*
848.	Benoît Philippon	*Cabossé*
849.	Grégoire Courtois	*Les lois du ciel*
850.	Caryl Férey	*Condor*
851.	Antonio Manzini	*Maudit printemps*
852.	Jørn Lier Horst	*Fermé pour l'hiver*
853.	Sonja Delzongle	*Récidive*
854.	Noah Hawley	*Le bon père*
855.	Akimitsu Takagi	*Irezumi*
856.	Pierric Guittaut	*La fille de la Pluie*
857.	Marcus Sakey	*Les Brillants III En lettres de feu*
858.	Matilde Asensi	*Le retour du Caton*
859.	Chan Ho-kei	*Hong Kong Noir*
860.	Harry Crews	*Des savons pour la vie*
861.	Mons Kallentoft, Markus Lutteman	*Zack II Leon*
862.	Elsa Marpeau	*Black Blocs*
863.	Jo Nesbø	*Du sang sur la glace II Soleil de nuit*
864.	Brigitte Gauthier	*Personne ne le saura*
865.	Ingrid Astier	*Haute Voltige*
866.	Luca D'Andrea	*L'essence du mal*
867.	DOA	*Le cycle clandestin, tome II*
868.	Gunnar Staalesen	*Le vent l'emportera*
869.	Rebecca Lighieri	*Husbands*
870.	Patrick Delperdange	*Si tous les dieux nous abandonnent*
871.	Neely Tucker	*La voie des morts*
872.	Nan Aurousseau	*Des coccinelles dans des noyaux de cerise*

873.	Thomas Bronnec	*En pays conquis*
874.	Lawrence Block	*Le voleur qui comptait les cuillères*
875.	Steven Price	*L'homme aux deux ombres*
876.	Jean-Bernard Pouy	*Ma ZAD*
877.	Antonio Manzini	*Un homme seul*
878.	Jørn Lier Horst	*Les chiens de chasse*
879.	Jérôme Leroy	*La Petite Gauloise*
880.	Elsa Marpeau	*Les corps brisés*
881.	Sonja Delzongle	*Boréal*
882.	Patrick Pécherot	*Hével*
883.	Attica Locke	*Pleasantville*
884.	Harry Crews	*Car*
885.	Caryl Férey	*Plus jamais seul*
886.	Guy-Philippe Goldstein	*Sept jours avant la nuit*
887.	Tonino Benacquista	*Quatre romans noirs*
888.	Melba Escobar	*Le salon de beauté*
889.	Noah Hawley	*Avant la chute*
890.	Tom Piccirilli	*Les derniers mots*
891.	Jo Nesbø	*La soif*
892.	Dominique Manotti	*Racket*
893.	Joe R. Lansdale	*Honky Tonk Samouraï*
894.	Antoine Chainas	*Empire des chimères*
895.	Jean-François Paillard	*Le Parisien*
896.	Luca d'Andrea	*Au cœur de la folie*
897.	Sonja Delzongle	*Le hameau des Purs*
898.	Gunnar Staalesen	*Où les roses ne meurent jamais*
899.	Mons Kallentoft, Markus Lutteman	*Bambi*
900.	Kent Anderson	*Un soleil sans espoir*
901.	Nick Stone	*Le verdict*
902.	Lawrence Block	*Tue-moi*
903.	Jørn Lier Horst	*L'usurpateur*
904.	Paul Howarth	*Le diable dans la peau*
905.	Frédéric Paulin	*La guerre est une ruse*
906.	Paul Colize	*Un jour comme les autres*
907.	Sébastien Gendron	*Révolution*
908.	Chantal Pelletier	*Tirez sur le caviste*

#	Author	Title
909.	Sonja Delzongle	*Cataractes*
910.	Elsa Marpeau	*Son autre mort*
911.	Joe Ide	*Gangs of L.A.*
912.	Francesco Dimitri	*Le livre des choses cachées*
913.	Jo Nesbø	*Macbeth*
914.	Dov Alfon	*Unité 8200*
915.	Jérôme Leroy	*Un peu tard dans la saison*
916.	Pasquale Ruju	*Une affaire comme les autres*
917.	Jean-Bernard Pouy	*Trilogie spinoziste*
918.	Abir Mukherjee	*L'attaque du Calcutta-Darjeeling*
919.	Richard Morgiève	*Le Cherokee*
920.	Antonio Manzini	*La course des hamsters*
921.	Gunnar Staalesen	*Piège à loup*
922.	Christian White	*Le mystère Sammy Went*
923.	Yûko Yuzuki	*Le loup d'Hiroshima*
924.	Caryl Férey	*Paz*
925.	Vlad Eisinger	*Du rififi à Wall Street*
926.	Parker Bilal	*La cité des chacals*
927.	Emily Koch	*Il était une fois mon meurtre*
928.	Frédéric Paulin	*Prémices de la chute*
929.	Sonja Delzongle	*L'homme de la plaine du nord*
930.	Sébastien Rutés	*Mictlán*
931.	Thomas Cantaloube	*Requiem pour une République*
932.	Danü Danquigny	*Les aigles endormis*
933.	Sébastien Gendron	*Fin de siècle*
934.	Jørn Lier Horst	*Le disparu de Larvik*
935.	Laurent Guillaume	*Là où vivent les loups*
936.	J. P. Smith	*Noyade*
937.	Joe R. Lansdale	*Rusty Puppy*
938.	Dror Mishani	*Une deux trois*
939.	Deon Meyer	*La proie*
940.	Jo Nesbø	*Le couteau*
941.	Joe Ide	*Lucky*
942.	William Gay	*Stoneburner*
943.	Jacques Moulins	*Le réveil de la bête*
944.	Abir Mukherjee	*Les princes de Sambalpur*
945.	Didier Decoin	*Meurtre à l'anglaise*

946.	Charles Daubas	*Cherbourg*
947.	Chantal Pelletier	*Nos derniers festins*
948.	Richard Morgiève	*Cimetière d'étoiles*
949.	Frédéric Paulin	*La fabrique de la terreur*
950.	Tristan Saule	*Mathilde ne dit rien*
951.	Jørn Lier Horst	*Le code de Katharina*
952.	Robert de Laroche	*La Vestale de Venise*
953.	Mike Nicol	*L'Agence*
954.	Gianrico Carofiglio	*L'été froid*
955.	Sonja Delzongle	*Le dernier chant*
956.	Si-Woo Song	*Le jour du chien noir*
957.	Attica Locke	*Bluebird, Bluebird*
958.	Dolores Redondo	*La face nord du cœur*
959.	Olivier Barde-Cabuçon	*Le Cercle des rêveurs éveillés*
960.	Joe R. Lansdale	*Le sourire de Jackrabbit*
961.	Hervé Le Tellier	*La disparition de Perek*
962.	Antonio Manzini	*07.07.07.*
963.	August Cole – P. W. Singer	*La flotte fantôme*
964.	Paul Colize	*Toute la violence des hommes*
965.	Laurent Guillaume	*Un coin de ciel brûlait*
966.	Yûko Yuzuki	*L'œil du chien enragé*
967.	Jean-Bernard Pouy – Marc Villard	*La mère noire*
968.	Thomas Bronnec	*La meute*
969.	Chang Kuo-Li	*Le sniper, son wok et son fusil*
970.	Deon Meyer	*La femme au manteau bleu*
971.	Deon Meyer	*Jusqu'au dernier*
972.	Caroline De Mulder	*Manger Bambi*
973.	Elsa Marpeau	*L'âme du fusil*
974.	Tim Winton	*La cavale de Jaxie Clackton*
975.	Jacques Moulins	*Retour à Berlin*
976.	Jeon Gunwoo	*Les 4 enquêtrices de la supérette Gwangseon*
977.	Tristan Saule	*Chroniques de la place carrée II Héroïne*
978.	Jo Nesbø	*Leur domaine*
979.	Abir Mukherjee	*Avec la permission de Gandhi*

980.	Robert de Laroche	*Le maître des esprits*
981.	Frédéric Paulin	*La nuit tombée sur nos âmes*
982.	Gianrico Carofiglio	*Une vérité changeante*
983.	Sonja Delzongle	*Abîmes*
984.	Audrey Gloaguen	*SEMIA*
985.	Jérôme Leroy	*Les derniers jours des fauves*
986.	Sébastien Le Jean	*Minuit moins une*
987.	Jean-Bernard Pouy	*En attendant Dogo*
988.	Thomas Cantaloube	*Frakas*
989.	William Irish	*Le diamant orphelin*
990.	J. P. Smith	*La médium*
991.	Pierre Pelot	*Les jardins d'Éden*
992.	August Cole – P. W. Singer	*Control*
993.	Janice Hallett	*Le code Twyford*
994.	Attica Locke	*Au paradis je demeure*
995.	Chang Kuo-Li	*Le sniper, le président et la triade*
996.	Frederick Forsyth	*Les chiens de guerre*
997.	Hubert Maury – Marc Victor	*Des hommes sans nom*
998.	Jeff Lindsay	*Riley tente l'impossible*
999.	Paul Colize	*Un monde merveilleux*
1000.	DOA	*Rétiaire(s)*
1001.	Dror Mishani	*Une disparition inquiétante*
1002.	Thomas Bronnec	*Collapsus*
1003.	Deon Meyer	*Cupidité*
1004.	Gunnar Staalesen	*Grande sœur*
1005.	William R. Burnett	*Rien dans les manches*
1006.	Patrick Pécherot	*Pour tout bagage*
1007.	Jørn Lier Horst	*La chambre du fils*
1008.	Antonio Manzini	*Ombres et poussières*
1009.	Cyril Carrère	*Avant de sombrer*
1010.	Deon Meyer	*Les soldats de l'aube*
1011.	Antoine Chainas	*Bois-aux-Renards*
1012.	Abir Mukherjee	*Le soleil rouge de l'Assam*
1013.	John Brownlow	*L'agent Seventeen*
1014.	Clarence Pitz	*Meurs, mon ange*

Tous les papiers utilisés pour les ouvrages des collections Folio sont certifiés et proviennent de forêts gérées durablement.

*Composition APS-ie
Impression Novoprint
à Barcelone, le 6 décembre 2024
Dépôt légal : décembre 2024*

ISBN 978-2-07-308806-2 / Imprimé en Espagne.

643327